全宋詩

北京大學古文獻研究所編
傅璇琮　倪其心　許逸民
孫欽善　陳　新
主編

第四七册

北京大學出版社

全國高等院校古籍整理
研究工作委員會重點項目

本册資料人員

朱寳模　孟憲忠　姚兆寧　徐永强　崔　岩　崔庚昌

劉　雯

參加本册整理者

于博文　王　嵐　王德保　朱寳模　李　立　李　更

李　權　吴企明　吴　鷗　岳仁堂　孟憲忠　徐永强

陳　捷　崔統華　許紅霞　張希清　張麗娟　蔣岳紅

趙冬梅　虞　行　聞　賢　劉　雯　戴　螢　叢中笑

（以上均以姓氏筆劃為序）

參加本册補遺者

虞　行

本册責任編委

許紅霞　陳曉蘭

第四七册詩人總目

第四七册目次

全宋詩卷二一五〇九

全宋詩卷二一五一〇

全宋詩卷二一五一一

全宋詩卷二一五一二

全宋詩卷二一五一三

全宋詩卷二一五一四

全宋詩卷二一五一五

全宋詩卷二一五一六

章甫五

全宋詩卷二二五一七

全宋詩卷二二五一八

全宋詩卷二一五一九

全宋詩卷二一五二〇

全宋詩卷二五二一

全宋詩卷二五二一

全宋詩卷二五二三

全宋詩卷二五二四

全宋詩卷二五二五

全宋詩卷二一五二八

全宋詩卷二一五二九

全宋詩卷二五三〇

全宋詩卷二五三一

全宋詩卷二五三二

陳傅良六

全宋詩卷二五三二

全宋詩卷二一五三四

全宋詩卷二五三五

全宋詩卷二五三六

全宋詩卷二五三七

全宋詩卷二五三八

全宋詩卷二五三九

全宋詩卷二一五四〇

全宋詩卷二五四一

全宋詩卷二五四二

全宋詩卷二五四三

全宋詩卷二五四四

全宋詩卷二一五四五

全宋詩卷二五四六

全宋詩卷二五四八

全宋詩卷二五五二

全宋詩卷二五五四

全宋詩卷二五五五

全宋詩卷二一五五六

全宋詩卷二五五七

全宋詩卷二五五八

全宋詩卷二五〇六

唐仲友一

唐仲友（一一三六—一一八八），字與政，金華（今屬浙江）人。高宗紹興二十一年（一一五一）進士，調衢州西安簿。三十一年再中弘詞科，通判建康府（《景定建康志》卷二八）。孝宗時上書論時政，召除祕書省著作郎，出知信州。淳熙七年（一一八〇）移知台州，八年擢江西提刑（《嘉定赤城志》卷九），被劾奉祠。十五年卒，年五十三。有《悦齋文集》四十卷等，大多已佚，今存《悦齋文鈔》十卷、補一卷等。《宋元學案》卷六〇、《宋史翼》卷一三有傳。

唐仲友詩，以民國永康胡氏夢選樓刊《續金華叢書》本爲底本。校以影印文淵閣《四庫全書·兩宋名賢小集》卷一五九《説齋小集》（簡稱名賢集）。新輯集外詩編爲第二卷。

續八詠并序

齊禮部郎沈休文出守東陽，為八詠詞。祖《騷》而義本於《詩》，諄諄乎慕君戀闕之意，非特流連光景之文也。後人或引佐梁之事訾在齊之作，才名受屈久矣。郡西樓以八詠名，文高而宇褊。太守參政李公即其東更刱，宏敞於舊，目力所及，曠豁幾倍。題詩揭榜，更勒詠碑，郡人賡酬，充於屋壁。落成之日，仲友適居深山，歸而登之，睹舊觀之增偉，喜前作之有繼。候蟲感秋，何能自默。三復休文之辭，蓋興六而賦二，言吾土之風物，一篇而已，況兼一郡之美，不主茲樓之勝。乃用其調而更其題，別為八詠，凡作者之本意、前後之規模，與樓之光景，盡在是矣。深虞學步，非敢效顰。雖媿續貂，猶庶刻鵠云爾。淳熙丁未季冬戊辰朔唐仲友序。

雙溪占勝地

占勝地，勝地難摹寫。二水護城闉，千山帶林野。山林鬱蒼蒼，千里遥相望。括蒼轉曉色，九峰含夕陽。危欄壓雉堞，嘉名寄文章。陰晴閲變態，晝夜無故常。郊平漲潦渺滄溟，渚迴澄波縈素練。霽後遥岑歷歷分，霧中疊嶂濛濛見。增遠目兮雙明，含清輝兮四面。奉分星之肸蠁，切宸居之眩轉。邦人來此意以恭，客子臨之遊欲倦。神莫睹，敬先通。言有盡，興無窮。烟籠野以浮碧，浪射霞而湧紅。連赤松之佳氣，過三洞之罡風。仰層閣而跂翼，俯浮梁而卧虹。數征帆而引興，瞻倦翼而省躬。接絃歌之盈耳，震鼓角之凌空。洪鐘發天半，清磬入雲中。英靈降神異，膏腴生物豐。清絶茲樓景，佳哉冠江東。

八詠掞英詞

掞英詞，英詞有微意。懷章戀雙闕，吟情深六義。秋月清可依，春風惠無私。草桐感霜露，鴻鶴傷羽儀。解玉佩，去朝會，駕朱旛，張皂蓋。張蓋非不榮，解佩難為情。青緺矯濁侈，錦帳懷休明。邦衣未容褫，況值佳山水。時來一登臨，清曠豁千里。既為茲土愁，復云茲土美。揖林壑，俯清淪，摛錦繡，歌陽春。天球鳴兮朱絃奏，朱絃奏兮玉律新。靈均淵源，建安風度。參衆體於柏梁，接遺聲於楚賦。值重光，歎盈缺。曳長裾，懷散聚。想西園兮不復游，典南尉兮未能去。薄淮陽之見疎，幸浮邱而來顧。非流落以為患，諒熱中而怨慕。景入詠以增輝，詩因樓而得趣。嗟暗投於拙目，指微瑕於寶璐。高文一何寥，絶境亦難遇。子期久云亡，蚍蜉祇撼樹。

千年增舊觀

增舊觀，舊觀已云美。棟宇未翬飛，賢侯為興起。昔時兮清賞，昔日兮清文。揮絃兮歸雁，隱几兮浮雲。八篇合綺麗，萬古垂芳芬。鶴歸城郭幸未改，人去典型猶得聞。風流兮代變，城隅兮勢逼。故蹟兮溪山，靈祠兮門閾。凑香火於庶繁，局宇宙於褊側。惜經度於無地，厭往來於如織。重舊貫於改作，付流年於未極。負吟咏之高名，起登眺之太息。侯至懷古賢，民樂值豐年。謀始規模壯，競辰旃旆遷。落成驖不日，面勢快瞻前。昔人應有待，神交臭蘭荃。淚碑忽已新，革帶儼如在。當時屈望郎，此意屬真宰。樓高兮山遠，野曠兮水長。冥冥兮鴻翼，渺渺兮鷗行。客至有永日，詩成無短章。見聞靡不逮，名實非自彰。隆昌七百原作八，據名賢集改載，作者永相望。

萬象出新奇

出新奇，新奇震吴越。經營得要領，呈露入軒闥。迢迢括蒼山，虬龍南北環。中含七邑壤，下注溪流灣。昔樓已據勝，今樓與名稱。東西倍軒豁，高下增比興。極目送朝宗，目窮波未窮。萬里出寸碧，千里來雄風。地迥月偏蚤，草綿心易忡。窗影射朝白，簷牙留晚紅。村村辨迴互，樹樹分玲瓏。長烟低抹岸，遠水浄涵空。雲間無迅翼，天末識歸篷。輪奂覩新作，邦人胡不樂。憧憧絶紛擾，寂寂宜淡泊。溪響答棋聲，雲影入杯酌。守澄名賢集作登心自知，客至意亦宜。哦詩句易得，憑名賢集作撫檻坐忘疲。垂名千古地，一朝風景異。楹桷壓閭閻，邱壑輸胸次。清游未渠央，吾民那可忘。詞章賁高閣，前後兩甘棠。

遲日春偏麗

春偏麗，偏麗兩溪湄。三農喜趨事，萬物欣逢時。伊吾土之洵樂，勤畎畝之東作。彌隴麥之曠望，遍水田之疏瀹。抽新緑之桑麻，换柔青之林薄。林薄初遷鶯，郊原膏澤晴。園花張錦爛，隄柳弄絲輕。落梅吹香盡，芳草連天生。遊人自適意，客子偏傷情。韶華忽云暮，簷楹亂飛絮。南浦緑波瀾，秀野深烟霧。魚肥隱名賢集作急釣舟，沙煖多翹鷺。紅殘少踏青，日落喧競渡。翩翩來去燕，芳洲啣泥便。弱羽度高城，斜拂微和扇。物態皆光輝，憑高自忘歸。輕雷送夜雨，江色含朝暉。俗厚異觀洧，服成思浴沂。所幸癘不作，但願年無饑。寬書已屢下，宣布闕深機。

薰風夏更宜

夏更宜，更宜倚欄客。扇化養之清微，布豐美之潤澤。空翠幄之桑柘，漲黄雲之麰麥。掃園囿之落紅，溢畎澮之疎白。亘東西之入望，固高下之無擇。響繅車於林野，度牧笛於阡陌。消永晝於尊罍，散輕暑於絺綌。嘉賓可以娱，塵襟可以釋。俯檻草芊芊，懷人情脉脉。黄梅熟兮大霔，洪濤漲兮古渡。前渚長兮長已没，浮梁斷兮斷無路。駐征客之行舟，失遠村之芳樹。望青林之濟溺，慮黄帕之為蠹。浪汹湧而未息，雲冥濛而猶固。幸學海不為遠，忽安流已如故。赤日照奇峰，絶壑召神龍。奔雷過車響，急雨跳珠容。為霖利已溥，潑墨收無踪。微涼入殿閣，朝爽開心胸。高明可居君莫厭，變化莫測吟可供。

秋空月皎皎

月皎皎，皎皎飛明鏡。滌風露以孤高，照溪山而清静。協二氣之金精，肅萬物之西成。捲雲衢之點綴，廓天路之澄清。掃埃壒於玉宇，流沆瀣於金莖。汎林光於遠野，轉簷影於高城。盪金蛇兮深浪湧，浸玉兔兮長灘平。射潛淵名賢集作淵潛兮魚龍動，冷巢棲兮烏鵲驚。在冰壺兮心腑快，吸瓊華兮毛骨輕。念遠人兮懷塞北，依末光兮思承明。顥氣分深淺，素魄有虧盈。橋成牛女渡，日沈河漢傾。光輝半八名賢集作懸半月，憂樂殊羣情。肅肅名賢集作霜漸寒色，遠雁向南征。此景皆奇絶，玆地獨峥嶸。當午夜之寥闃，帶遠烟之蒙幂。認遥山於微微，分近樹於歷歷。急搗衣之寒砧，引泊舟之横笛。緊賞心之難并，對兹焉真無敵。佳人兮懷哉，參已横兮歸去來。

冬野雪垂垂

雪垂垂，迴野望中奇。冥迷一色混，琢鏤萬般宜。嚴風初作意，愛日為收曦。千山淡若慘，萬壑凍無姿。同雲忽沍合，飛絮漸分披。漫天歷亂落，灑檻横斜吹。粉浸兩溪浪，瓊削千林枝。素虬橋枕渚，冰柱瓦流澌。田種皆雍伯，絃絶非子期。沙頭雁影滅，城角鳥聲悲。烟孤辨村墅，天沈迷酒旗。愛登樓之縱目，忘起粟之侵肌。忽愁容以暫開，漏朝暉之照矚。射積素之峰嶺，認微波之溪谷。燦垂簷之明珠，爛開府之羣玉。凛暮寒而復凝，灑夜聲而相續。靚開闔以多端，玩朝昏而未足。孤松氣獨剛，百穀土增沃。積陰那可久，見晛深所欲。白雪與陽春，願賡郢中曲。

游蓋竹山

籃輿東出雨初收，衆山捲霧奔蒼虬。麥田濛濛連千疇，去年見種今見秋。農家椀大即快活，使君不去能無羞。春光欲盡誰挽留，千林蕤蕤新绿柔。桐花遠近淡無色，自開自落那關愁。洞天為我暫晴霽，使我蠟屐窮冥搜。天門發秀萬馬下，水口離立羣峰稠。瀑泉對面瀉絶壁，寶劍却倚丹鳳樓。溪聲噴薄雷震動，石色古怪神剜鎪。洞門谽谺風颼颼，香爐峰下蛟龍湫。中峰特秀小為貴，左右旌節森戈矛。幾時秘奥一日覩，談笑指示君知不。精廬但欲占勝處，專事棟宇非良謀。飛閣跨水納佳氣，突兀堂殿居上頭。軒窗高下有奇致，洗滌肺腑明雙眸。我將於此棲羽流，鳳笙鶴駕應來游。丹成一舉凌九州，下視濁世如浮漚。靈祠款謁路阻修，層巖曲澗邃且幽。經營輪奐亦未就，揮金助爾何須求。晚雲漠漠鳴雨鳩，僕痛泥滑吾欲休。虹橋列炬促歸騎，城鼓已報初更籌。追攀別乘聊復爾，乘興何如王子猷。習池不為倒載去，兒童不用拍手攔街謳。

石　洞

流泉在石上，細路在石下。天宇閉《石洞貽芳集》卷一作陋復開，竹樹邃而雅。我來不值桂壑風，月寒病骨艱迎逢。野田午後愛日烘，杖藜扶去穿谾襱。霜清水落石正瘦，落葉擁徑行龍鍾。決流作瀑飛短虹，小閣踞坐塵慮空。蕭然一笑出山去，迴首峻壁紛青紅。

雲峰院

木杪出危閣，軒窗羅翠屏。更須登石望，欲盡遠山青。

村　舍

草色紅泉井，桐陰白板扉。徘徊不忍去，坐待白雲歸。

以上《悅齋文鈔》卷一〇

唐仲友二

元應善利真人祠

道家言仙人王子晉受帝命為右弼真人，治天台山桐柏福地，坐金庭宫，受五岳朝謁，總御衆仙。其位高，其職重，其冠服儀衛尊嚴。率民以事神，其禮宜稱。蒙澤而效，報者可苟簡而但已耶？淳熙辛丑夏旱，郡以故事迎香火於山，至郊而雨，邦民咨嗟，願致崇敬。迺更天慶塑像，鏤木加髹，絢以奇彩，帳座輿輦幢節旌扇葩果燈燭之供皆新之。工匠精能，金碧輝映，瞻者改觀。壬寅歲上元慶贊於郡之君子堂，後二日，奉安於昊天殿之東偏，使吾民永有依嚮。自周及今數千載，真人道益光，政和、紹興繼錫顯號。仲友之報德，則已微矣。故采國語仙傳，效步虚之音，為贊咏九章，授羽流歌之，其詞曰：

周道昔波蕩，王子生不辰。忠言諫壅川，親意不我親。天壤不可支，厭此濁世塵。樂師爾何知，吾將去上賓。

吹笙洛陽道，邂逅浮邱公。方瞳一莫逆，精思嵩高峰。劍舄我何有，飛馭凌剛風。時聞鳳凰鳴，隱隱丹霞中。

弦月何皎皎，緱山何巍巍。上有白鶴駕，聊與時人期。後天凋三光，何必千年歸。金闕帝有命，吾非丁令威。

帝念下土民，山川分百靈。命汝右弼君，秘宇開金庭。闔闢陰陽機，五岳趨朝纓。暇日帝汝思，時時來玉京。桐柏亦何有，清輝照瓊臺。衆泉注金石，萬木羅琳瑰。玉室静窈窕，鶴轡紛徘徊。紫雲擁飛蓋，知是真仙來。丹符列素奏，黄水晞雲漿。吾道固欲傳，世人殊可傷。授汝紫陽周，語爾茅山楊。食之仙人芝，引袂同飛翔。丹邱壤千里，水旱固所司。吾民實可矜，有守孰不祈。應汝捷影響，樂歲免阻饑。萬民齊叫閽，天子遠亦知。天子錫榮號，賁我靈宫祠。吾道豈加損，群心自瞻依。峩峩芙蓉冠，劍佩明朱衣。自周迄於今，千載彌光輝。外傳炯遺跡，真誥垂微言。子微有妙筆，羅列丹青傳。我生後諸子，傾心慕真詮。像設儼如在，白雲聊續篇。宋陳耆卿《嘉定赤城志》卷三一

行登新現潭

蕎麥花齊晚稻黄，今年此地是仙鄉。籃輿又作山中去，敬為神龍一瓣香。
薄雨輕雲掩翠微，豐年何物不熙熙。拒霜也效嫣然笑，白白紅紅出短籬。

辛丑正月上休日謁靈康廟拜滕公祠

蒼山餘雪在雲端，五兩摇風減曉寒。谷應笙簧成兩部，日涵煙水上三竿。相逢戲事留仙傳，如在英魂激

壯肝。分職幽明均報國，願神終賜免空官。以上宋李庚《天台續集別編》卷五

送錢守歸朝除大農二首

北海廉平守，曾為漢大農。此邦高治行，今日繼前風。飢饉難於政，循良茂厥功。好將清靜對，推與四方同。

賤迹歸田里，高懷不世情。細傾憂國酒，頻話及時耕。紫橐恩將近，茅茨計未成。攀轅無好語，所願達時英。

《永樂大典》卷六二四

代家君答聞老詩三首原注：已下奉祠侍親歸鄉後作。

流水高山舉似誰，我慚善聽匪鍾期。三詩歷歷皆可語，彷彿當時病可師。

附熱銜泥不足言，爾來杖錫亦紛然。不趨鑪炭趨寒谷，青白於中覺汝賢。

江山天借使詩昌，太守風流似沈郎。莫作推敲衝導其，其字當有誤好携佳句過黃堂。

讀章嘉甫詩

句法亡來久，詩壇忽有人。看君哦字苦，勝我食芝新。國史空遺恨，竿門未識真。尚須樽酒細，非效捧心顰。

次季弼索楊繼甫詩

詩來得得巧搜尋，清似壺冰洗我心。白雪陽春皆絕唱，高山流水欠知音。秦淮淼淼涵秋影，楚岸迢迢起夕陰。此際須君速相就，寒鴉趁侶欲投林。

愛山欲作杪秋尋，薄宦逢回倦壯心。排遣牢愁須魯酒，激揚逸氣和春音。歸與物色荒山徑，晚矣功名惜

寸陰。寂寞孤芳聊自守，不殊蘭芷在深林。以上同上書卷八九六

繡川湖

衆水匯山麓，平湖天宇寬。千家連島嶼，十里帶林巒。柳長波瀾闊，荷衰風月寒。吾將乘一棹，誰與辦綸竿。同上書卷二二六一

題劉能之書室日静齋

書齋一明窗，平湖在軒闥。良朋求我名，題榜子聽説。心静見天地，水静燭毫髮。槁木兼死灰，智動此機栝。微風不揚波，方寸皦明月。一舉在雲霄，期汝茲奮發。同上書卷二五三九

雨花臺

竟夕飛花一尺圍，今朝晴色荷神禧。共尋蕭寺因乘興，直上高臺是愛奇。鵁鶄餘寒通北極，鳳凰斜照落西垂。詩成似得江山助，莫遣金陵勝侶知。

促膝紅爐擁肉圍，淺斟竹葉介繁禧。明年雪裏人應健，醉客詩成語益奇。戲擲巧争肌玉瑩，快餐不省鬢絲垂。歸來鼻息春雷動，晴日三竿總未知。

因時興滅易成空，更向層臺覓舊蹤。江渚餘寒棲白鷺，山崗晴色轉青龍。風烟暖入千林景，絲管春生萬井容。堪笑冷官詩思苦，絶塵高韻以難從。同上書卷二六〇三

長臺途中

衝曉入山去，行行遵遠途。灘頭横略彴，林表出浮圖。麥飯田家餉，松醪野店酤。紅塵自擾擾，心與白雲孤。同上書卷二六〇五

蠟梅十五絶和陳天予韻

此花清絶似幽人，苦耐冰霜不愛春。蠟蕊輕明香萬斛，黄姑端的是前身。
點綴何曾待化人，密房瑣瑣暗藏春。定應昔與江梅友，惹得清香尚滿身。
袂剪黄羅亦可人，君詩剩覓小園春。最憐丈室銅瓶裏，獨對維摩似病身。
黄姑侍女兩三人，散作名家不嫁春。仙桂飄零籬菊盡，香容付與雪中身。
日暮天寒倚竹人，淡粧别有一般春。紫橐深貯香無限，金縷初裁穩稱身。
山麝時時暗襲人，薔薇露濕滿枝春。若教粉蝶知音耗，應怨韶華枉誤身。
的皪光明色照人，枝頭已有十分春。我驚喚作菩提樹，為是如來幻化身。
不管江梅妬殺人，壺中日月已先春。恰如姑射神仙子，野服高閑物外身。
長伴南枝帶雪開，渾無蜂蝶去徘徊。可能熟識金仙面，只有詩人日日來。
只恐幽花取次開，哦詩忍凍幾徘徊。莫猜野服風情淺，解把天香暗裏來。
甚欲陪君酒甕開，寒侵病骨却徘徊。不辭更琢金仙句，圖得抛磚换玉來。
為愛凌晨細細開，誰人伴我獨徘徊。朝陽滿樹無塵滓，寒雀驚窺欲下來。
一點輕明照雪開，六花驚妬亦徘徊。清香不在江梅後，底事全無驛使來。
幾歲巖扃獨自開，何人立馬為徘徊。只因坡谷傳佳句，惹得尋春使少來。
積雪愁陰久不開，為憐花冷故徘徊。憑君琢句留金蕊，待取霜風送月來。

蠟梅

唐仲友二

凌寒不獨早梅芳，玉艷更為一樣粧。懶着霓裳貪野服，自然仙骨有天香。輕明最是宜風日，冷淡從來傲雪霜。欲識清奇無盡處，中間深佩紫羅囊。以上同上書卷二八一

難老堂吴居厚爲祖母作張子昭劉文叔史直翁賦詩

風樹感親壽，忽若冬隕霜。以孫養祖母，惴惴駒隙光。無孫又繼絶，此意誰激昂。吴氏有純孝，業業含飴傍。延年寓題榜，戲綵勤奉觴。詩成三巨公，令德昭不忘。九原邈已遠，遺範悲空堂。同上書卷七二三八

題止一堂

艮不獲其身，人無監流水。畎畝義惓惓，時止非吾止。同上書卷七二四一

賀孫知從改章服

蚤歲蹉蛇晚節全，舉觴猶自吸長川。紫泥優渥逢熙事，朱紱榮華慰暮年。强效瓊杯哦慶語，欲將鐵杖壽真仙。明堂尚有蒲輪召，未許終閑野水船。同上書卷一九七九二

句

萬斛出時非擇地，一泓澄處本無心。永慶院　宋王象之《輿地紀勝》卷一二《兩浙東路·台州》

（陳捷整理）

全宋詩卷二五〇八

林亦之一

林亦之（一一三六——一一八五），字學可，號月魚，學者稱網山先生，福清（今屬福建）人。從學林光朝於莆之紅泉，光朝卒，繼其席。與林光朝、陳藻并稱城山三先生（《後村大全集》卷九〇《城山三先生祠記》）。終身布衣，孝宗淳熙十二年卒，年五十。有《網山集》八卷。事見本集卷首宋劉克莊、林希逸序。

林亦之詩，以影印文淵閣《四庫全書·網山集》爲底本，校以影印文淵閣《四庫全書·兩宋名賢小集·網山集》（簡稱小集本），編爲二卷。

奉題林稚春丰菊花枕子歌

故人所説菊花枕，似把冰丸月下飲。秋水一雙明炯炯，數在青囊第一品。狂風江上吹蒹葭，此物往往得之嵇康阮籍家。閉門誦小集本作讀書二十年，眼睛損盡生空花。建陽小作箸頭書，殘更燈火亂蟲魚。石渠文字大如斗，場屋歲月又不偶。却來南山青草邊，東西四至盡為菊花田。手提長筐向山曲，一下收拾三百斛。昨者昏寐才起來，解把簷頭小字讀。乃知妙物通羣原校：一作神仙，一切藥裹應棄捐。

奉酬稚春梅花行稚春云：草堂梅花一枝，大不凡，新詩見餉，却不曾寄花來，因道此意以奉酬耳

草堂梅花千萬枝，新詩品題何太奇。可憐一枝非凡羣，賞心何人空自珍。請與君談别花人，如或見之當

俯身。西湖小集本作河一帶何蒼茫，娟娟數枝臨水傍。上有幽人眉骨横，終日對花情意生。花如秋月照芭蕉，人似春風吹野苗。人與花枝自相親，一篇至今吟如新。胸中若有一點塵，縱對此花無精神。平生不識市沽兒，四更誦書長苦飢。摩挲此腹遶疎籬，笑折花枝花自知。

戲題稚春杜少陵詩集

十年蕭蕭去武林，橐中唯有謫仙吟。君今失意還山窟，少陵詩集如明月。自怪平生每相似，窮愁嗜好亦如許。飯顆山頭舊相逢，安得娟娟同處所。故人語我明年冬，或騎大馬長安中。或倚書樓頭如蓬，即見雙劍終然同。我聞此語歡且劇，視君狀貌如其筆。兩目津津可終遁，此物應藏月魚室。月魚文字非時好，已問菟裘吾將老。緑煙亭下黄花時，兩手抱取歸柴扉。

和李監倉諤欲遊龍卧山以海風大作不果往

枉蒙龍卧篇，如睹藤蘿境。十年招隱士，欲到此山頂。坐石誦離騷，掬水弄清影。無人同荷鋤，長愧林下景。昨者逢李侯，一笑便歡領。為言有明月，公事且暫屏。騎驢學賈島，捫蝨喚王猛。雙鑣雲外來，斜帽不須整。夜投招提宿，聽雨寒更永。論文到昌黎，説詩笑匡鼎。閟人數日風，何時發深省。

丁亥九月十六夜偕李監倉宿龍卧山中聽雨看月同時事也所謂魚與熊掌兼得之賦詩一篇以紀其事

相喚此山來，狂風吹我衣。把酒桂花下，山雲片段飛。掩門雨初滴，開門月還上。倚樹看月明，半山聞雨響。人間有佳景，詩句頗發越。何曾似今夕，聽雨還看月。

九月晦日登烽火山

興來走上烽火山，著足不定秋風寒。四邊黄茅滑如雨，低頭一看毛髮竪。幾年要到紫菜鄉，大練小練并東牆。如今一時在眼傍，白雲浮水天茫茫。酒闌更欲弔虎屋，無端日脚相催促。一奴魋髻一跛足，逐我下山如野鹿。

見獨斯行叔綺子爲赴春試一出江頭送別殊令牽懷聊爲巴闌行一首以道此意云爾

巴闌獨還歲月深，相送出門自沉吟。十年交舊總如許，狂歌一曲傷人心。今人讀書如過客，壺飧只向市頭索。吾曹苦思腸幾穿，安得相逢不索莫。念我平生弄典墳，六月北窗長閉門。雕肝篆肺得一句，旁人袖手評其文。思量至此復一笑，如何躍馬追年少。我今聞説有塲屋，兩耳如聾怕聽得。網山山下月魚亭，就船買魚活煮羹。何時挾册此來歸，議論不到吾縱橫。故人年幾（小集本作紀）今猶未，正好款門問知己。時命相遭不用多，或在半言并片紙。老人校書紫雲樓，相見或問吾因由，為言索處海水頭。蓬萊方丈不可到，此心日夕徒生憂。

秋夜同章三十九弟次邠宿延慶山中紀遊一首

芭蕉月上照窗扉，屋裏老僧眠不知。起來樹根飲一盞，舉頭忽是三更時。藤蘿一處一處好，我亦持盃隨處坐。山雞忽叫野鐘鳴，滿地西風愁殺我。

古意

深夜步秋檐，明月照石階。所憶不可見，乃（小集本作歡）愛徒興懷。我欲掛天帆，長江風浪摧。我欲跨緑耳，蒼林煙雨回。只有坐長想，佳人安在哉。何時覿來袂，雙目冏冏開。

邑大夫范丈處義寵示廣陵餘事泠然誦之歷歷慘惻如在目中輒賦短篇紀所聞也

嘗閱淮南圖，蕭蕭草屋少人居。及讀廣陵集，惻惻我心欲垂泣。吁嗟戀鄉國，生死不肯去。邊笳纔一動，殺幾先此土。可憐此土人，父子無白頭。不死於飢即死戰，性命只在道旁溝。更聞維揚有鬼市，銅錢須臾變為紙。都緣白日殺人多，所以冤魂有如是。君侯壯思凌雲空，青衫匹馬戎幕中。當時轅門眼所見，長歌短歌淚如綫。少陵嶇崎夔峽路，一切悲愁託詩句。至今太史不足憑，惟有此詩為可據。紹興辛巳淮楚功，紛紛予奪或異同。他年石渠訪遺事，為說東陽有蔚宗。

范宰登瑞峰塔續蒙寵寄古篇輒次來韻

平明眺遠目，蒼波吐紅暾。已瞻大鼇網，復矚鸕鷀門。宿酲雖已解，衫襟猶酒痕。憑陵不可覊，往往天欲捫。却憶去年時，舟役勞朝昏。幼婦帶桎梏，嚼飯不敢吞。今年復此役，溪山恣討論。為有陶元亮，心胸如阜坤。

范宰見寄遊草堂誰謂漁鹽市之什輒同賦一篇不用元白唱酬之法

誰謂魚鹽市，乃枉大夫軒。既登雲霞觀，更尋薜蘿村。松枝何夾道，萱草况當門。借問阿誰家，此為故人園。倚竹坐半日，論詩到初根。小集本作更愧無捫蝨姿，敢辱輟鸞言。勞勞青衫客，莽莽紅塵奔。所至有山水，何曾解討論。君侯食肉相，杞菊為心魂。一縣固多事，終朝如山樊。行旌遇佳勝，呼賓羅芳尊。有此幽寂趣，從容以剸繁。

范宰同鄭簿公敏應尉振送戰船至海上招野人同遊賦得可月湖一篇奉呈

可月湖邊送戰艑，長嘯便欲淩清波。好風吹帆如去馬，鼠曹若可雙手把。青天無雲水初漲，一山兩山浮水上。平生膽意少羈束，叩舷長歌心益壯。生平誦書口啾啾，何似一日觀滄流。厖眉太史足重繭，盡驅百怪歸筆頭。羣公楚楚皆人物，我亦自忘布衣拙。恢諧莫續濟川君，可無一詩記明原校：一作年月。

丈人行答通平林簿丈人乃泉州人，嘗客紅泉，與艾軒論樂律。綱山不知其姓名，但稱丈人，尊之也。其後乃子又寄書於林宜季。石筍之喻，美之也

祖龍一出羣儒怒，滔滔稷下如抽縷。樂以聲傳非文字，千年闕斷無人補。昔有丈人壺山前，紹興甲寅乙卯年。定律不待累黍起，瓦缶皆可成宮徵。更言吹律隨隆汙，百世不以一聲拘。此法漢魏周隋無，紅泉得之延坐隅。一時河漢東西奔，姓氏胡小集本作何為旅人門。我欲栩栩還皇墳，要以六琯為根原。九簫鼓吹百物和，羽衣狼藉漁陽戈。須信樂能召太平，非是太平為樂歌。丈人宿草飛毿毿，乾旋坤轉誰更堪。忽有尺紙如春蠶，遺音石笋天一小集本作之南。三更把書不成眠，四更起坐霜月懸。五更開門欲上馬，至竟此人何山下。

賀江宰壽生朝

清秋八月月未弦，河陽市上謳聲傳。今年百姓杯飯足，敢不祝公長命篇。青衫白馬鳴琴初，適逢吁嗟舞羣巫。日維對案愁眉紓，退食皇皇雙頰癯。家雖貧困仰母慈，村村樂業無逃逋。況此一熟十年無，東家西家禾滿車。窮儒如儂四壁立，亦有甌窶可讀書。縣人安得此豐歲，實以善政吾非諛。昨者越上人苦飢，公一主簿何能為。自穿滄海告鄰羅，所視身命半縷絲。長風駕浪海波黑，舟人各各面如墨。尚據胡床取紙筆，為文憤怒罵風伯。翩翩盛名日以起，四海識公從此始。總為六鼇帶歸去，何哉雙鳧更來此。

陰德由來活人多，龜齡鶴算定爾過。況當竹下圍棋日，繽紛百福連山河。自注：荆楚風俗，八月初四日，鄉人於竹下圍棋，勝者獲福也。

奉酬監鎮梁丈所惠臘梅之什

臘梅好好花枝閒，官亭楚楚歲事闌。思量窮冬損情思，感激芳意生容顏。孤標不是如許骨，野落可能禁此寒。誰信魚鹽屈詩客，三更遶樹興未殘。

答稚春送瘞鶴銘

烹魚蒙尺牘，瘞鶴有殘碑。老去無他好，朝來愜所思。幽懷增感激，妙處自傾欹。喜劇還生嘆，如今愛者誰。

答稚春所寄詩卷

不見幾多日，詩篇句句新。沉吟堪膾炙，塗抹更精神。世俗難知己，文章却解貧。竹窗休苦思，思苦轉愁人。

草堂同爨呈稚春

雲錦堂前花作堆，尋幽養靜屬吾儕。高高下下黄柑樹，曲曲斜斜碧草階。數點遠山如越縣，一條寒水似秦淮。龐公父子能留客，我亦三年忘客懷。

奉酬監倉李丈金橘銀魚之什

為有風流賀季真，道齋從此往來頻。錦囊牙軸詩千卷，金橘銀魚酒一巡。見我每呼蓮社客，看君還是竹林人。有時夜話寒更盡，明日相逢語又新。

九月登龍卧山

丁亥九月，同李監倉宿龍卧山。越三年，復與二曹叔姪、海陽章尉為此遊，而監倉已没矣。今兹九月，二曹并海陽又不可見。首尾凡八年，有是存没，對酒悲慨，情見乎詩。

復此雲山飲，吁嗟空自勞。三迴看杞菊，兩度歎蓬蒿。昨者唯傷李，如今更憶曹。海陽真俊逸，一等野墳高。

九月遊龍卧山留一夕明日值雨坐超上人房偶題

野興更周遭，應遲問大刀。山房逢雨好，人意與秋高。多謝烹鮮乳，還令厭濁醪。重來須累少，款款聽蕭騷。

歲晚山樓書懷

儺鼓逢逢起，江邊歲又除。哦詩猶古木，高枕尚僧居。脚垢時忘洗，頭蓬月懶梳。自應塵事少，非我故耽書。

秋試歸訪緑煙亭

竹逕縈紆去，相逢情若何。江從木杪見，秋向菊邊多。謾有風濤想，如今歲月過。唯於交舊裏，聽取碧雲歌。

陳文焕秀才所宅近市憑樓一望西山宛然墮几案中縣之豪雋唱酬不下數十百篇野人後來承聽許不必次韻故爲之賦一首

西山簷外見，何必鹿門行。近晚市聲合，疎簾野意生。終朝如此好，初月更多情。却愧才華鈍，三年句不成。

縣學東軒

莫道東軒惡，朝來意欲迷。平田飛白鳥，高木叫黄鸝。林闕孤峰出，簷低遠樹齊。雖然有佳趣，那似海門西。

江　上

敗絮滄江上，柴門落日中。論文誰與共，覓句不須工。壯思如秋葉，搔頭似老翁。崎嶇村浦路，敢自説豪雄。

陪范明府與諸同官飲新亭是夕以莞爾榜之因賦此詩

把燭新亭下，迂疎原校：一作疎狂聊爾歌。酒緣人品勝，官要野情多。燕豆客俱好，漁竿人亦過。誰知武城笑，深自惜蹉跎。

瑞峰院夜語奉酬鄭簿

百級上層巒，呼鐙同所歡。甆杯真有道，行李似無官。妙語勝熊掌，疎才愧鶡冠。古人相見意，不作酒看看。

江樓陪范長官宴自警一篇戲呈鄭主簿

幾回過海上，此日暫躊躇。未盡尊前酒，還奔使者車。官人無少暇，賤子敢安居。一畝芭蕉圃，如今要自鋤。

奉送范宰秩滿還東陽

語違今幾日，猶更上層巒。原校：一作戀征鞍情自緣君子，吾非送長官。衡寒去程遠，惜別賦詩難。政拙為遺愛，留將識者看。

翁丈柔中同姪昭文相訪留兩日既別贈以詩

委巷無過客，明燈迎此翁。歡欣屐齒折，羞澀酒缾空。燒芋隨家法，論詩到國風。胡麻煮清棗，更擬故人同。

網山二首

風濤生長處，土地屬東隅。樹樹懸魚網，村村吹鷓鴣。酒旗孤嶼見，書卷一山無。欲趁雞豚社，深塹身業儒。

屋舍高低住，比隣活計同。原校：一作衣裳結束同笭箵嫌月白，螃蟹要霜紅。吠犬隨村落，賣魚成老翁。地鹹耕種少，海熟抵年豐。原注：前此和李倉詩序，某欲於網山下結茅為屋，空乏之人徒然有此念耳。新詩餉我，便催促為此行，且以輞川、鹿門為同日事，令人轉有終焉之想。今欲且畫網山圖掛於西壁下，篇詩斗酒，日游其間，此便可以呼網山處士也。買山一件，徐問之未晚耳。

續夢中所見兩句

長劍歌明月，吴門一夜過。紅樓何處是，為説馬闌坡。

記九月二十五夜夢中作

藥圃幽人徑，桃源處士居。歲時雖屢改，蹤跡尚如初。

延慶寫真贊二首

住山頭欲白，何爾太邪揄。却厭舊時面，丹青別換模。

秋雨秋山夜，縱縱自横横。平生無罪過，不合去為僧。

春晚招石門陳居士淼**遊麥斜巖破新茶因讀南華齊物論一首**

叫破殘花深處眠，麥斜巖下畢逋前。更須小集本作須臾汲井開茶共，讀盡南華齊物篇。

范公彌誕之辰輒述閭巷語爲邑大夫壽且俟採詩者

好好輕衫清晝便，短鋤欲乞此來田。只應荷蕢無青髮，且謾春風二十年。

錦樓壽曲未須吹，且聽江邊老婦詞。但願年年好官長，一如官長在官時。

同范長官鄭主簿送戰船至鹽嶼江上奉酬應尉

相送長江風浪輕，尉仙真自好心情。四更明月宿何處，魚骨山前第一程。

題長樂縣靈峰寺望日亭庚子十月十六日作

雲母江邊有草亭，分明見得日頭生。一村籬落更何處，此已無天只水聲。

題嚴子陵釣臺

莫向金門傲冕旒，歸來却要著羊裘。乾坤不是劉文叔，那得長竿釣白頭。

林井伯母生日口占

由來此母如吾母，再拜一巵復一巵。最好年年作生日，碧蘭黄菊與同時。

淑人生日口占

方朔曾為老侍郎，麻姑來降紫雲香。壽杯今日逢長至，款款長年此日長。

重陽次日登城山

城山飲罷冷侵衣，湖上重來月滿巵。未愛疎籬黄菊日，最憐秋水白雲時。

重過紅泉

憶昔嘈嘈來拜經，秋燈秋雨苦吟聲。如今秋雨秋燈夜，大半當年猶未生。

秋日題

漠漠騷騷如卷砂，當門枯木見巢鴉。秋林最怕風吹盡，一直愁心無樹遮。

九日下水

黄花時候苦思鄉，急水還家一日强。不（小集本作莫）道南風打頭上，客船摇櫓作重陽。

草堂老人和仲平頭七十宴客緑煙亭輒賦口號一章以爲草堂之壽

今年七十多青裏，（小集本作紫）莫把仙翁一例看。再拜尊前為翁舞，草堂最好是無官。

辛卯歲應舉過西峽渡

白鹿山頭雲欲頽，峽門灘下水如雷。錦囊破裂元無用，席帽欹崎還更來。我自未能逃世俗，人誰便解脱塵埃。扁舟且趁牛羊渡，莫問如今第幾迴。

寄精嚴谷堂（惟頤）**老宿二十年欲訪谷堂觀筆法因循去未得偶逢水西客沉吟久之因寄此詩**

隔浦娟娟古佛廬，幾迴欲去更踟躕。欲（小集本作敢）誇柳氏元和脚，要問隋僧智果書。見説交情多雋達，每慙識面尚生疎。山頭紅葉知無限，可許閒人暫寓居。

寄范都厢

南去封題久不聞，北來數數聽寒暄。聯鑣太白三千首，擊柝長安十二門。飛觀凌空天子國，輕帆半日女兒村。淵明好趣柴桑近，官職高卑原校：一作低未要論。自注：《西都賦》曰：立十二之通門。

奉陪嚴陵史君楊校書興宗囊山夜語一别數月欲再見不可得因寄此詩庚子十月作

鄉邃一語竟何曾，却向他州逢李膺。白馬千山緣氎相，自注：先生之喪，史君來弔，往返數十程，故有此句。朱幡四海有嚴陵。鵝湖猶記通宵雨，虎石還同半夜燈。素髮相看纔兩度，不知再見幾時能。自注：楊校書云：要得一書藏石室，為緣新說自金陵。

秋試後再寄林井伯

方國三年一合圍，圜門屢戰定高飛。人如我友無青眼，天豈斯文厭紫微。苦縣老聃終遁去，敬亭小謝未須歸。丈夫謀宦非身計，荔子山前有綵衣。

送井伯赴上庠

紫微巷口送征鞍，白社村前荳葉寒。一賦雕蟲如癸水，自注：井伯曾作《桂林賦》。千山嬴馬上長安。短檠已自甘投老，健筆胡為未得官。鳳閣起家緣六館，州人更欲祝東巒。自注：井伯自號東巒子。

得舍弟行可云之鹽官病後書

荷花開盡蓼花紅，遊子今年秋又窮。千里病眠鴻鴈影，一書愁殺月魚翁。天寒好處予煨芋，日落何山汝轉蓬。名利不成作歸計，先生已老海門東。

舍弟客臨平

憑誰為問鶺鴒原，燈火三更殞淚痕。天遠未知萍梗迹，書來說在藕花村。年華似汝寧為未，場屋如吾已懶言。壁水自注：井伯時為國子生。故人今北去，短長門户好同論。自注：吴僧道潛詩云風蒲獵獵美輕柔，欲立蜻蜓不自由。五月臨平山下路，藕花無數滿汀洲，故詩人以名其地。如柳惲云「汀洲生白蘋，日暮江南春」，後人因號白蘋洲。

借册井伯

吉貝城邊寄此身，原校：一作冬復春故鄉歸少異鄉親。蜀無擔石雄何苦，洛有書船孟不貧。綠水孤村何處客，白頭雙闕老門人。令狐冒雪成圖畫，還原校：一作可許渠儂續原校：一作接後塵。

憶浮家洞

萬竹蒼蒼烏烏啼，一江渺渺薜蘿西。幽懷動處蘭初長，好句來時月已低。年歲却從為客盡，家書長是倩人題。疎鐘日落孤村立，秋燕梁空歸思迷。

寄表弟章由之爲理曲堆屋廬

苦來為客竟何為，宅舍荒村誰與治。別墅雖無輞川畫，生涯堪入杜陵詩。身如燕子年年去，家似漁舟處處移。丹井西頭曲堆下，更煩歲晚定疎籬。

送林子方祕書枅赴廣東提舉

乘軺嶺外丈人回，奉使天南學士來。萬里家聲蠻子洞，一門旌節越王臺。驛辭瀨口初逢菊，界入潮州定折梅。莫怪襄陽負韓約，芸香又好賜環催。

次韻奉酬致仕通直吴七丈上元所寄之什

空齋自合冷如灰，何物龍鍾似不才。日日讀書無處用，年年作客幾時迴。君為諸老先生行，我在當初最後來。可忍殘春對耆舊，不携斗酒去相陪。

次韻致政吴丈悦之和林縣丞褎丹桂非時原作特，據小集本改之什

青山湖上宅，丹桂月邊枝。菊蕊元同日，桐花却並時。籠鵝翁不俗，蠟鳳子多奇。須信三秋好，先從數月期。藍田一廳壁，黄卷五男兒。問禮當年事，芹宫未頌僖。

次韻奉酬林仲雨

年去又來三月强，詩成未了寸心狂。已無精力能穿鵠，尚有頭顱可牧羊。老柏縱教逢歲晚，幽蘭本不為人香。東膠待補猶堪戰，莫道今無識繞梁。自注：仲雨次韻云：萬事不成嗟畫虎，一官那得似驅羊。

謝林守元仲架艾軒先生祠堂

雙闕已嗟秋草邊，兩楹誰作麥堆前。幸逢皂蓋行春日，如見紅泉講道年。工部先生天下士，莆陽太守大夫賢。斯文直待斯人出，千載名聲與共傳。自注：林守詩云：原上卧龍無起日，柱頭化鶴見何年。

再用前韻和林守

清詠重重畫戟邊，芳題短短竹籬前。政如美稷西河日，詩到黄初正始年。滕國已歌慈父愛，韓門更感使君賢。銅魚好句關風教，巴嶺賡酬只浪傳。

奉寄雲安安撫寶文少卿林黄中栗

泥封款款下青冥，却許麾幢换使軿。夔子城頭開幕府，杜陵詩卷作圖經。十年去國未還國，萬里長亭更短亭。可信明時好人物，亂猿啼處是州廳。

滕王閣懷古奉呈撫州别駕兼簡户曹

城連帝子閣西頭，水遶南昌故郡流。山短天長鷗鷺小，夜深雲净月星浮。澹臺墓暗竹根古，孺子亭荒荷葉秋。漠漠滄江無了日，哦詩莫苦替人愁。

江西試罷還故里八月二十九日過飛猿嶺連日遇雨

萬里崎嶇愁不禁，飛猿更聽雨淋淋。剩將暑藥凉無用，未著秋衣寒已深。刻鵠雕蟲成底事，牧羊餧鴨負初心。還家漸近病漸好，得句自題時自吟。

秋試罷重九過滄峽

野闊村歸如暮鴉，路沿溪曲似春蛇。不諳水土愁多病，原校：一作屢眠野館愁為客忽聽鄉談喜近家。一帶青山將屋繞，數行原校：一作壟緑竹倚門斜。年年逆旅逢重九，今歲須看籬下花。

同安撫趙子直汝愚**餞朱晦菴於懷安二首得重字**

祖帳寒梅白未空，已看新葉緑重重。八州斧鉞送行客，十里旌旗遶暮峰。北斗獨高韓吏部，南州争慕郭林宗。一時賓主俱豪傑，敢道招要到野農。

虎小集本作武夷長想蕙蘭蹤，螺渚幸修桑梓恭。詩造本情天下誦，學傳正統世儒宗。三山過客日無數，四海聞人此一逢。宦燭行行送歸路，半村無月海雲重。

別莆陽史君林宗丞二首

下筆翩翩如史君，年過五十始朱輪。蜀山久託無家客，滕國曾為負耒人。自注：先任福倅。脱印忽聞過我里，攀轅尤更甚州民。乍晴乍雨黄梅道，好聽泥封下紫宸。

扶羸十日候行期，瓜蔓初生荷滿池。別袖難禁須進酒，離情未足更題詩。飛鸞渡口還家後，老鼠梯前到闕時。士論民謡如繳日，甘泉直上豈容遲。

别林黄中帥湖南

清秋緩轡馬如雲，論定忠邪黑白分。湘水傳呼新刺史，霸陵改觀舊將軍。平生孤節人難到，自此一番名愈聞。定有詔書催入覲，不勞下擔楚江濆。

代上陳給事峴二首

謝安舊宅翠雲環，復見新牆月樣彎。市近豈容三島客，樓居須向九仙山。去天尚鬱金門步，計日催歸玉筍班。好與衣冠添盛事，一門三府照人寰。

雲錦軒楹蘭玉階，暫從仙仗下蓬萊。良辰歌館聲聲起，明月粧樓夜夜開。天上李藩批敕手，蜀中嚴武總戎才。自注：曾知成都。可教問舍悠然去，即下紅泥促召回。

暫還綱山井伯以詩送别次韻

暫著芒鞋歸故丘，新詩吟罷恍如秋。麥堆去後惟君勝，荔子紅時送客愁。好句合教吾北面，生年長恨海東頭。如今别袂應須惜，一日能留便少留。

以上《綱山集》卷一

林亦之二

艾軒先生侍郎挽詞四首

典刑還似魯人初，四海衣冠歸坐隅。涕落寒蕪嗟不見，月明蠏井白雲孤。
菖蒲對客尚從容，明月紅泉夢已空。縱是千年有豪傑，六經人物只（小集本作在）斯翁。
繡衣曾出黄梅嶺，金印還游紅藥階。勳業至今人道説，幽懷長是在空齋。
黄柑時候曲堆村，長憶籃輿到華門。恰是今年去年日，野螢衰草弔寒原。

青龍陳君（次膺）挽詞四首

明月青燈合浦村，北人惟此讀書園。寶家風義人牢落，多少衡門欲斷魂。
誰解題封忠敬堂，長安白髮紫微郎。斯名似不緣渠作，却最關渠泪數行。
胡為春渚夢初回，却是行舟恰到來。數盡長亭過閩嶺，夕陽愁殺落花臺。
欲哭匆靈何日時，長江望斷涕沾衣。夜香樓下如重到，鶴叫三更人已非。（自注：君嘗以合浦書堂謁名於艾軒老人，老人目之為忠敬堂，蓋取武城之人其待先生如此忠敬也。斯名不緣我而生，實以丈人視此事為無愧色。夜香樓、落花臺，謂君之東園也。）

鮑待用（明之父）挽詞四首

一經教子已青裾，况又行年七十餘。恰好遭逢身却死，北風門外只長噓。

去年一笑荔枝園，今歲重來是墓門。縱有青青舊時樹，已看斜日照黄昏。

寒村夜雨斷人煙，却有累累哭野田。一飯誰能弔衰草，似君此事至今傳。

讀盡東床一卷書，不妨蹤跡向來疎。劍津紅帳為門户，想得多多送葬車。

光澤朱君諱賡，字師言，一字少裴挽詞四首

諸老蕭蕭似卷塵，不堪再見素旌新。白頭縣尉笭箵浦，夜雨寒窗是舊人。

長記前回過我廬，艱難步履唤兒扶。莫將馬箠敲門去，寒水無人野嶼孤。

為官長者得聲名，唯諾公堂如父兄。欲作汝南耆舊傳，不須多語盡平生。

迺翁飛旐過前村，一婦隨車一在門。何處人家有三柩，髑髏山下合銷魂。

趙路分丞相汝愚之父挽詞三首

三月餘干花草春，天遥莫問謫仙墳。長簫不要吹哀些，愁殺江東日暮雲。

苦學聲名聞搢紳，傳家况復有麒麟。漢廷玉牒先多士，數盡慈恩只一人。

每誇愛子對人言，東觀同游有艾軒。我向築場聞此語，歛襟西望轉銷魂。

林校尉紹老挽詞三首

落日平田何處村，竹牆繚繞是高門。莫言雞黍未相識，一聽悲歌自斷魂。

白浪漫天眼自驚，吴兒一見欲飛鳴。何人為述膠西事，十萬樓船有姓名。

華屋共言清浄想，長途還作去來緣。念君陰德有如此，何事春風却短年。

林少朋挽詞三首海陽四十弟屢約為海棠之集，斯人不可見，而公亦云亡，因賦此詩，不覺潸然兩悼之

年年二月看花時，野笛小園長短吹。誰道今年看花日，鞦韆門外鼓聲悲。
聞説當年歌鹿鳴，黄花八月牡丹生。何人為續夷堅志，好向橋東問姓名。
幾回欲去醉花傍，此事如今轉渺茫。不獨哦詩弔金谷，更令掩袂憶劉郎。

余倅父子鳳**挽詞二首**

廬陵別駕有慈闈，到處官亭見綵衣。總為青山能送老，不知黄壤却同歸。
誰唱雙棺薤曲悲，前聲未斷後聲隨。人間父子情何限，可忍長簫逐箇吹。

盧氏母挽詞二首

為語歌鈴過野田，不須淚眼更懸懸。人間催促如風葉，誰是平頭八十年。
小徑幽幽竹遶門，閨樓終日總無言。若教誦得維摩句，應愧平生費討論。

哭故人曹十九秘校叔明海陽四十弟自潮州送歸柩未有哭詩故人於海陽爲甥舅也沉吟感涕因併以弔之二首

海陽天外已傷懷，自注：海陽，章闢之。白水牆頭轉自哀。却是人生難得好，兩年只見哭聲來。
泪眼纔乾更哭君，殘陽破寺起愁雲。故人海上能多少，已見江南有兩墳。

小綀林承事文炳父**挽詞二首**

薤歌纔唱已堪嗟，莫道生平隔海涯。曾向網山圖上見，蛇門東去是君家。
生前莫問劉郎浦，死後還看孟母鄰。遥想匆靈穿海出，浪頭如屋自愁人。

曹不占挽詞二首

年年除莫即相呼，夜語如君不可無。為報歲寒同社客，今年不要作柴爐。
有時街上斷行人，猶見敲門訪子雲。一種傷心向誰語，夜闌燈火只思君。

鄭氏母挽詞二首

片片花飛上巳村，誰將雙淚哭寒原。明朝況是初三日，好把流杯為續魂。
畫樓最好緑波前，萱草還看白髮生。更説列卿太常老，吁嗟一曲與人傳。

曹廷輔挽詞二首

里巷相聞長者聲，春風更有女蘿情。殷勤為作愁腸曲，白日西頹月又生。
緑水白鷗三月天，哀簫長短使人憐。草鞋踏雨同歸去，此事如今十五年。

盧助教質夫挽詞二首

山中香火今誰在，那聽殘春薤曲新。第一傷心惟此老，父時諸客已無人。
毗耶鈔軸五千卷，淨几焚香心自閒。蠟燭燒殘春夢斷，逢逢哀鼓弔空山。

方提舉公美挽詞

馬上姿容河朔風，吁嗟不見夕陽紅。長江自小為鄰舍，昨日歸來無此翁。

橫路林少皋挽詞

十年騎馬畫橋歸，長記朱樓傍水湄。今日悲吟想君屋，一如騎馬十年時。

鄭唐仲挽詞

三閭未死已招魂，却是狂夫不要論。誰肯將身緣問道，十年卧病菊花村。

夏循矩先生挽詞

歎惜青燈下，偏旁古字通。讀殘五車去，贏得一生窮。末俗輕前輩，何人念此翁。傷心舊時宅，颯颯已如空。

林伯謨挽詞

幽情千木外，巧思百花前。好事如吾子，傷心歎蚤年。桃蹊親意悅，薤曲里人憐。半夜悲笳起，涼天野月懸。

古龍孺人曹氏林高舉母挽詞

寒原何處哭，下馬欲銷魂。白日數行泪，黄柑十里村。傳家猶墨綬，聘婦盡朱門。似此何多恨，空漚不要論。

孺人鄭氏林牧之母挽詞小集本題作挽郭孺人

國子先生宅，相傳此母賢。一哀孤嶼下，再拜十年前。舐犢貪書卷，飛鸞慰暮年。夕陽聊寓曲，終要到新阡。

丹井陳子白母挽詞二首

哀曲梧桐夜，何年苜蓿盤。敬夫前輩重，好客婦人難。十月明朝盡，孤墳落日寒。鹿門催作黍，此意竟長嘆。

嫁娶比鄰近，門庭古木幽。藁砧舊相好，蘭玉久從游。雙鶴來何處，孤鸞不到頭。通家丘嫂行，愁涕白雲浮。自注：陶侃母憂，嘗有二客來弔，不哭而退，化為雙鶴，冲天而去，時人異之。

松林林巖叟挽詞

誰學陶朱去，梅花古戍旁。平生疎几杖，哀曲損肝腸。稚子青衿隽，東床緑袖長。四更笳鼓動，月白水茫茫。

楊嚴州母挽詞

生長大夫宅，來歸御史門。吾兒天下寶，此母里人尊。九嶺三江外，孤雲片月村。同鄉無見日，他國賦招魂。

宜人姚氏余倅之母挽詞

別駕歸來日，連年哭九原。白頭如此母，丹旐只諸孫。燈火檳榔市，簫笳梅子村。比鄰惱鵜鴨，還阻弔幽魂。

林義夫母挽詞

孟母何曾憾，生前錦軸横。東征鳳毛好，西府玉昆榮。貝葉忘言處，金床寫水聲。十年堂上客，一曲自悲鳴。

方士登母挽詞

傷心來訃日，各各為原校：一作淚沾衣。慈母夜長訣，郎君客未歸。短山長笛慘，青草素旗飛。料得楚人些，連篇説斷機。

清遠尉林昭遠孔章挽詞

一宦辭南海，蕭然百念枯。里閭稱長者，門巷似窮儒。死日分明去，生年爾汝無。傷心哀鼓動，寒月野園孤。

迎仙致政王修職衛**挽詞**

晦德香泉下，秋風知原校：一作今幾回。襟懷如阮達，門閥自唐來。立馬曾交語，寒蛩重一哀。生前雙錦軸，亦足慰蒼苔。

黄小集本作王**司業**定**挽詞**

未作鵬飛萬里程，一時英俊已錚錚。只應傲雪凌雲氣，合得驚天動地名。明月酒杯如李白，暮年官職似陽城。秋風癸亥古祠下，多少行人淚眼盈。自注：韓退之癸亥年守潮，本朝陳文忠堯佐及黄魁並以是年出守，故此郡有三癸亥祠。

戴少美晦之父，黄石人**挽詞**

一聲哀管水邊聞，忽憶秋風留月軒。洛下書生來問字，襄陽耆舊亦過門。遊梁無限通宵話，訪戴如今何處村。縱使鸞封到幽壠，白雲荒草不堪論。

陳伯順夫婦挽詞

晴春相原校：一作一見未多時，忽嘆霜蕪雪屋非。儷瑟樓前方悼往，吹簫臺下竟同歸。讀書歷歷向秋樹，織錦悠悠空曉機。須信人間伉儷重，生年死日不相違。

陳仲罕母挽詞

橘林霜後欲寒天，原校：一作黄柑時候欲霜天多記陶家作客年。碧水青山如昨日，白雲紅旐是新阡。鳲鳩七子母恩重，寡鵠孤巢婦德賢。最苦哀簫老松下，漫漫瞿麥雪平田。自注：《洞簫賦》：孤巢寡鵠娱優乎其下。

稚春母鄭氏挽詞

他誰天外哭聲長，有客歸程何太忙。同爨情親如五服，升堂義重比諸郎。昔人澆薤蒸梨事，即我浮家泛宅傍。嘆息白頭陶母意，中秋三日轉凄涼。

蔡以之母挽詞

鄰母悲歌長短聲，客窗聞此夢魂驚。新鄉誰共雞豚社，先世由來香火情。薤曲縱教如宋玉，里喪終是愧陳平。傷心起望秋雲亂，愁斷千山幾日程。

章徽之妻盧氏挽詞

蒿里歌，蒿里曲。長簫悲奈何，短草歎不足。少年款款嫁夫婿，今夜屋簷何處宿。蒿里歌，蒿里曲。

以上《網山集》卷二

句

講學紅泉不著書，只將心學授生徒。　明凌迪知《萬姓統譜》卷六四

林仲雨

林仲雨，曾與林亦之唱和（《網山集》卷一）。

句

萬事不成嗟畫虎，一官那得似驅羊。　宋林亦之《網山集》卷一《次韻奉酬林仲雨》

（以上李更整理）

全宋詩卷二五一〇

舒璘

舒璘（一一三六—一一九九），字元質，一字元賓，號廣平，奉化（今屬浙江）人。從張栻、陸九淵遊。孝宗乾道八年（一一七二），以上舍賜第。歷江西轉運司幹辦公事，徽州教授，知平陽縣，通判宜州。寧宗慶元五年卒，年六十四。《寶慶四明志》卷九、《宋史》卷四一〇有傳。

南山寺

山谷幽深鎖梵宫，千章灌木鬱蘢葱。香浮古篆半檐霧，茶漱清泉兩腋風。鶴伴老僧歸夕照，山留行客駐霜楓。前朝閣閣渾秋草，眺望悽然碧嶺中。　清舒順方《剡川詩鈔》補編卷一

（王德保整理）

釋元聰

釋元聰（一一三六—一二〇九），字蒙叟，號蒙庵，賜號佛智，福州長樂（今屬福建）人。俗姓朱。年十九去儒入釋，從龜峰僧璘游。璘歿，從晦庵慧光學。慧光歿，往見密庵咸傑於焉居，見且庵守仁於長蘆，見瞎堂慧遠於靈隱，見水庵宗一於淨慈，見誰庵宗演於高亭，見佛照德光於光孝，見復庵可宗於保安，以證其所得。密庵遷徑山，元聰爲第一座，聲名益起。年四十，自光孝開堂，爲晦庵嗣。後住廬山雲居九年。又歷住長蘆、雪峰、徑山。寧宗嘉定二年卒，年七十四。事見《後樂集》卷

一八《徑山蒙庵佛智禪師塔銘》。今録詩九首。

頌古八首

西天初祖摩訶迦葉尊者，見世尊在靈山會上，拈起一枝華，以青蓮目普示大衆。百萬聖賢惟迦葉破顔微笑。世尊乃曰：吾有正法眼藏涅槃妙心實相無相微妙解脱法門，付囑於汝，汝當護持流通，無令斷絶。

釋尊拈起枝花，分明勾賊破家。致令千古之下，兒孫逐惡隨邪。　宋法應、元普會《頌古聯珠通集》卷六

藥山首造石頭之室，便問：三乘十二分教某甲粗知，嘗聞南方直指人心見性成佛，實未明了，伏望和尚慈悲指示。曰：恁麼也不得，不恁麼也不得，恁麼不恁麼總不得，子作麼生？師罔措。曰：子因緣不在此，且往馬大師處去。師稟命恭禮馬祖，仍伸前問。祖曰：我有時教伊揚眉瞬目，有時不教伊揚眉瞬目，有時揚眉瞬目者是，有時揚眉瞬目者不是，子作麼生？師於言下契悟，便禮拜。祖曰：你見甚麼道理便禮拜？師曰：某甲在石頭處，如蚊子上鐵牛。祖曰：汝既如是，善自護持。

倒腹傾腸説向伊，不知何故尚遲疑。只今便好猛提取，莫待天明失却鷄。　同上書卷一四

船子囑夾山曰：汝向去直須藏身處没踪跡，没踪跡處莫藏身。吾二十年在藥山，祇明斯事。汝今既得，他後莫住城隍聚落，但向深山裏钁頭邊覓取一箇半箇接續，毋令斷絶。山乃辭行，頻頻回顧。師遂唤闍黎，山乃回首。師竪起橈曰：汝將謂別有。乃覆船入水而逝。

一下蘭橈驀口鞭，大洋海底火燒天。父南子北家何許，風滿長空月滿船。　同上書卷一七

趙州因與文遠行，乃指一片地曰：這裏好造箇巡鋪。文遠便去路傍立，曰：把將公驗來。師遂與一摑，曰：公驗分明過。

鑽頭鬧藍遠侍者，刺腦膠盆老趙州。兩箇人前誇好手，面皮三寸不知羞。　同上書卷一九

趙州在東司上，見遠侍者過。驀召文遠，遠應諾。師曰：東司上不可與汝説佛法。

明明道不説，此理憑誰識。春風一陣來，滿徑花狼籍。

趙州因文遠侍者在佛殿禮拜次，師見以拄杖打一下曰：作甚麽？曰：禮佛。師曰：用禮作甚麽？曰：禮佛也是好事。師曰：好事不如無。

只知瞻禮紫金容，不覺腦門遭霹靂。平生心膽向人傾，相識還同不相識。　以上同上書卷二〇

靈雲因長慶問：如何是佛法大意？師曰：驢事未去，馬事到來。

松陰行不盡，疎雨下無時。世事幾興廢，山中人未知。　同上書卷二三

玄沙見僧來禮拜，乃曰：禮拜著，因我得禮拜汝。

因我得禮你，莫放屁撒屎。帶累天下人，錯認自家底。　同上書卷三一

臨終辭衆偈

來未嘗來，去未嘗去。七十四年，月印寒渚。　《後樂集》卷一八《徑山蒙庵佛智禪師塔銘》

（聞賢整理）

劉穎

劉穎（一一三六—一二一三），字公實，衢州西安（今浙江衢縣）人。高宗紹興二十七年（一一五七）進士，調溧陽主簿，教授全州。歷知鉛山、常熟縣，簽判潭州，入爲太常寺主簿，遷太常丞。孝宗淳熙十一年（一一八四）提舉浙西常平茶鹽（《宋會要輯稿》食貨六一之一二八），遷提刑。歷江西轉運判官、淮東轉運副使、淮東總領。光宗紹熙三年（一一九二），爲淮西總領（《景定建康志》卷二

六)。召爲起居郎兼實録院檢討。寧宗慶元三年(一一九七),知平江府(《嘉泰會稽志》卷二)。嘉定元年(一二〇八),以寶謨閣直學士致仕。六年卒,年七十八。事見《水心集》卷二〇《寶謨閣直學士劉公墓誌銘》,《宋史》卷四〇四有傳。

西湖再開呈張經略

持節南來聳百城,就分帥閫握邊兵。盡令殊俗窺風采,更許佳山托姓名。峴首要須刊偉蹟,習池底事著狂生。風流人物今宗主,物物俱蒙不朽榮。　元陳世隆《宋詩拾遺》卷一五

(李權整理)

楊　寅

楊寅,字少雲,山陰(今浙江紹興)人。孝宗乾道二年(一一六六)同進士出身(《南宋館閣續録》卷七)。歷涇縣尉(《永樂大典》卷一一九八〇引《逕城志》)、秘書丞、著作郎(《南宋館閣續録》卷七、八)、宗正寺主簿(《宋會要輯稿》選舉二一之七)。今録詩二首。

九里嶺

上下各九里,東西只數家。田横梯齒密,松列雁行斜。分鑣争嶺道,孤往接天涯。為我謝風景,何路不開花。　清錢人麟乾隆《涇縣志》卷九

《永樂大典》卷一一九八〇引《逕城志》:去逕縣東五十里,自西而上遠九里,自嶺而下遠九里,故以九里名山。縣尉楊寅因謁丁令威廟,經從此山,留題云云。

龍雲寺次羅竦韵

路轉羊腸望眼舒，籃輿更入道人居。千林黄葉新霜後，四面青山夕照餘。幽夢乍驚魚鼓響，小詩閑向竹窗書。爐烟茗碗匆匆話，已覺人間萬象虚。

清洪亮吉嘉慶《涇縣志》卷三〇

吕祖仁

吕祖仁，孝宗乾道二年（一一六六）爲新城縣尉（清乾隆《建昌府志》卷二六）。遷新昌縣丞（清乾隆《新昌縣志》卷九）。

題尉廨壁

屈指未逾月，沿封十往還。路危頻駐馬，力倦怯登山。親老難辭禄，時平懶養閑。自憐清苦節，誰與達天顔。

清楊文峰乾隆《新昌縣志》卷二四

聶有

聶有（《南城縣志》作洧），南城（今屬江西）人。孝宗乾道二年（一一六六）進士（清同治《南城縣志》卷七）。寧宗嘉泰元年（一二〇一）爲司農寺丞（《宋會要輯稿》選舉二一之八）。

句

莫愁千古難再得，只有畫圖傳楚國。

宋王象之《輿地紀勝》卷八四《京西南路·郢州》

（以上崔統華整理）

朱渙

朱渙，字濟仲，永福(今福建永泰)人。孝宗乾道二年(一一六六)進士。事見清乾隆《福建通志》卷三四。今録詩七首。

明月滿庭樹招馬道士

明月滿庭樹，與子步清影。參横北斗低，共此良夜永。一從明月缺，子即與我别。兩槳泛西江，摇蕩萬頃雪。明月今復圓，子行阿那邊。愛而不可見，望望空凄然。願子理歸舟，復向長安道。快來我庭前，趁此明月好。

蟻飲研槽歌

晴窗棐几風日舒，呼童汲水供蟾蜍，涓流入研玄穎濡。一蟻蠢蠢爰來趨，須臾十百與之俱。前後有行不亂踰，宛若徙穴舁腐餘。想應燥吻脣頰枯，清夢思欲吞江湖。摇尾羞作涸轍呼，奮迅恰如東海魚。物生天地小大殊，飢食渴飲皆同塗。矧爾有靈非至愚，大槐南柯名利區。一夢而覺驚幻虚，爾其聽我毋睢盱。爾吭既沃腹既腴，歸安其藏勿浪逋。階前羣兒政嬉娱，以指劃土糜爾軀。

入山二首

雨足溪漲緣，風高花委紅。天清氣自佳，獨步來山中。見竹不敢穿，生怕傷籜龍。

溪頭浴吾鬚，樹底蔭吾影。四顧無人來，獨坐了俄頃。欲去更徘徊，夕陽射峰頂。

傾城誤人身寄内翰洪丈

傾城誤人身，嗟哉難具陳。請君試側耳，聽妾歌其因。妾初未笄學新妝，肌理玉雪眉黛長。融怡窈裊銷金裳，態濃意遠奪目光。當時見者心為狂，共謂絶代驚非常。擬思昭陽奉君王，三千寵愛一身當。寧知事大繆，嫁作蕩子婦。空閨獨宿度芳華，蓬首亂鬢顔色朽。四海十年不相聞，一朝歸來新閒舊。新閒舊，妾何有，擯妾不使侍箕箒。佳人多命薄，是事君信否。傾城誤人身，古來唯有李夫人。延年作歌帝所珍，貯之金屋薦華茵。寵光雜遝疏弟昆，將死掩面留餘恩。千載不復見，言之涕沾巾。傾城誤人身，此曲哀怨何可聽。

寒夜曲

寒夜夜政長，愁人背燈立。驚風摇竹樹，棲鳥墮復集。山空接響多，室静虚白入。怊悵不成眠，殘鐘曉邊急。

題徐禮部家歸去來圖

古木參天叫杜鵑，春愁渾在夕陽邊。看君此畫還三歎，憶得西江上水船。

以上宋陳起《前賢小集拾遺》卷二

（王德保整理）

全宋詩卷二五一一

釋祖先

釋祖先(一一三六—一二一一)，號破庵，廣安新明(今屬四川)人。俗姓王。幼喪父母，從羅漢院僧德祥出家。出峽依澧州德山涓禪師落髮。遍參諸方，歷謁潙山行、虎丘瞎堂遠、淨慈月堂昌、雙林水庵、烏巨密庵等禪師。後歸蜀，歷住果之清居、梓之望川、夔門卧龍山咸平等寺。又出峽，歷住常州薦福、真州靈岩、平江秀峰、臨安廣壽慧雲、平江穹窿山福臻、湖州鳳山資福等寺。寧宗嘉定四年卒，年七十六。爲南嶽下十八世，密庵傑禪師法嗣。有《破庵祖先禪師語録》，收入《續藏經》。事見《語録》所附宗性撰《行狀》。

祖先詩，以輯自《語録》及他著的偈頌及《語録》中單編的偈贊合爲一卷。

偈頌四十二首

扶持臨濟正法眼，出手還它勇毅人。利物應機全體用，叢林又見一番新。謝知事頭首

客從南方來，報我天童老。撞破太虚空，全身入荒草。而今子細思量，令人哭不成哭笑不成笑，寥寥目斷千峰曉。密庵訃音至

山潤石含玉，林秀淵藏珠。珠玉兩交輝，情窮意難極。舉金峰問僧：你還知金峰一句子麽？僧云：知來久矣。後來圓悟道：金峰拖泥，這僧涉水。

一夏九十日，今朝喜告畢。二千年前事，切忌更尋覓。
暑威尚熾，喜見新秋。潘閬倒騎驢子，梵志翻著襪頭。堪悲堪笑，自唱自酬。有時乘好月，特地過滄洲。
大家共住喫莖虀，熟煮爛炊。粗餐易飽，細嚼難飢。冷淡没滋味，從來少人知，此意明明説向誰。
今朝又見開爐，浩浩諸方暖熱。卧龍冷落門庭，也要人前細説。夜静更闌炭也無，衲衣破處冰侵骨。
以上輯自《破庵祖先禪師語録》圜照編《夔府卧龍山咸平禪院語録》
楊岐鬬勝不鬬劣，秀峰鬬劣不鬬勝。秀峰乍住没親疎，箇箇盡懷滄海珠。滿眼湖山看不足，釋迦彌勒是他奴。舉古人道：楊岐乍住屋壁疎，滿堂盡布雪珍珠。縮却項，暗嗟吁，翻憶古人樹下居。
馬祖陞堂，百丈卷席。正令不行，拗曲作直。
首夏初臨，薰風乍扇。急景如梭，萬化千變。惟有拄杖子，黑輪皴，没思算。解道厨庫揖僧堂，三門朝佛殿。
寒食清明節，韶光映林樾。壠上標墳人，眼中流出血。生滅本無蹤，時人當自決。君不見水潦曾經馬師踏，直至而今笑不徹。
今朝五月端午，不用書符呪語。只將者箇拄杖，用作降魔鐵杵。楚大夫活捉獰龍，張天師倒騎猛虎。觸翻東海鯉魚，直得傾盆下雨。
一夏九十日，今朝喜圓滿。拈得鞏縣茶瓶，摵碎饒州瓷碗。冷笑布袋，平欺懶瓚。天堂不拘，地獄不管。空腹高心擔片板，無端瞎却頂門眼。
這僧問處，字義炳然。藏主無言，文不加點。還它老成人，扶持正法眼。舉昔有一僧在藏殿裏坐，藏主見乃問云：上座何不看經？僧云：我不識字。主云：何不問人？僧乃緩緩起來，叉手問云：這箇是什麼字？主無語。以上輯自同上書《平江府秀峰禪院語録》

插一莖草建梵刹，畫出規模何太窄。争似亦庵新建立，容盡十方雲水客。鷲嶺風高，少林月白。光明寂照遍河沙，萬古流輝有張拙。舉適來禪客問布髮掩泥因緣

鷓鴣啼處百花香，日暖風和春晝長。昨夜虚空開口笑，祥光瑞氣滿華堂。亦庵居士生日

二千年前公案，今朝重為提撕。同住大光明藏，無修無證無為，腦後依前欠一槌。結夏

今朝五月端午節，千妖百怪盡消滅。艾虎桃符相耳語，摇頭不肯向人説。無端被者主杖子，對衆一時俱漏洩。

曉來鵲噪一聲聲，象駕峥嶸喜見臨。款聽琅琅終日語，異苗翻秀映叢林。杖錫雲簷和尚至

達磨西來事，今人謾度量。天河争起浪，月桂不聞香。達磨西來事，今人謾度量。人貧智短，馬瘦毛長。天氣或晴或雨，白雲乍卷乍舒。行脚漢奔南走北似信不信，老臊胡游梁歷魏似有似無。

辦能開飯店，誰怕肚皮寬，説甚方便不方便。先入南湖門，次入南湖室。吞底熱鐵丸，喫底洋銅汁。本色人到來，沙糖更澆蜜。老東山道：先入白雲門，次入白雲限。吞底栗蒲禪，喫底粈米飯。君子如到來，好好看方便。

諸法寂滅相，不可以言宣。老來不著便，過犯已彌天。

諸人知處良遂知，良遂知處人不知。王維已死無人畫，留得青山對落暉。舉良遂座主訪麻谷，得旨後歸謂衆云：諸人知處良遂總知，良遂知處諸人不知。

堯仁廣被三千界，舜德長敷億萬年。珍重聖恩何以報，只憑一炷海檀煙。聖節

有問冬來事，京師出大黄。漢家勳業在，樊噲與張良。舉僧問古德：如何是冬來事？德云：京師出大黄。

貪緣於此得安閑，屈指三年一瞬間。好是今朝乘快便，又携藜杖過它山。退院　以上輯自同上書《臨安府廣壽慧雲禪寺語録》

常獨行，常獨步。咄，莫來攔我毬門路。入福臻禪院，指三門

百不知，百不會。似兀如癡，隨羣逐隊，誰云趙璧無瑕纇。

智慧弓，堅固箭，射破虚空成兩片。海門斜去兩三行，驚起暮天沙上雁。牛頭没，馬頭回，鐵壁銀山一拶開。上苑玉池方解凍，湖光瀲灧映崔嵬。却笑普通年遠事，不從葱嶺帶將來。歲夜

大小雪竇，錯下名言。若人知得落著，許他喫著大蟲膾。舉欽山問德山：天皇也恁麽道，龍潭也恁麽道，未審和尚作麽生道？山云：你試舉天皇龍潭底看。欽擬議，山便打。巖頭、雪竇各有議論。

卧病恰旬餘，氣力無一銖。皮穿筋骨露，勉强且支梧。無鹽無米，誰為分疎。拄杖子起來，瀉出百斛明珠。各請點檢倉庫，畢竟是有是無。山僧不免隨後念箇蘇嚕蘇嚕。病起

雪子落紛紛，烏盆變白盆。忽然日頭出，依舊是烏盆。舉教中道：假使滿世間皆如舍利弗，盡思共度量，不能測佛智。且畢竟如何是佛智？

十五日已前明似鏡，十五日已後黑如漆。正當十五日，鶯遷喬木頻頻語，蝶戀芳叢對對飛。以上輯自同上書《平江府穹窿山福臻禪院語録》

一切數句非數句，與吾靈覺何交涉。字義炳然，當陽一決。受請入資福禪寺，拈疏示衆

心鏡明鑑無礙，豁然瑩徹周沙界。萬象森羅不覆藏，一顆圓光非内外。升座

黄檗山頭喫棒，大愚肋下築拳。佛法的的大意，猶隔十萬八千。舉臨濟參黄檗佛法大意因緣

大人具大見，大智得大用。胸中懷六合，掌内握乾坤。為和王上堂

世出世間希有事，顯發須還過量人。出没卷舒驚世夢，蓬萊山色又重新。同前

不坐空王殿，不掛本來衣。何須更恁麼，切忌未生時。受密印師號

只箇垂垂白髮僧，一生兩度受皇恩。只憑少室無私句，地久天長祝聖君。同前

天上月圓，人間月半。子細看來，從頭錯算。姮娥昨夜失金鋮，撼動玉樓尋不見。中秋

不是心，不是佛，不是物。忍俊不禁，為諸人做個瞥脱。流水暗銷溪畔石，勸人除却是非難。

節届書雲，陰極陽升。冰河發焰，枯木抽英。惟有拄杖子，依舊黑輪皴。不遷不變，無辱無榮。笑殺當年面壁人。

興化打克賓，猛虎驀腰騎。養子不及父，家門一世衰。舉興化打克賓話

種種性相義，我及十方佛。乃能知是事，晝見日，夜見月。坐卧經行，曾無間歇，吽吽，有甚交涉。

舊歲夜來去，去從何處去。新年今日來，來從何處來。既無來，又無去，鐵壁銀山成指注。歲旦　以上輯自同上書《湖州鳳山資福禪院語録》

達磨贊

梁皇殿前不能把定，少林山下風波愈盛。若解謹初護末，不到圖形畫影。

六祖贊

颺下採樵斧，直入堆坊舂。一脚踏到底，黄梅信息通。

臨濟贊

揎拳捋肘，只有一箇。電卷星飛，抬頭蹉過。

布袋贊

散誕不拘儀軌，街頭走到街尾。逢人大笑呵呵，那個知渠肚裏。

定光贊

天涯海角俱行徧，鬼面神頭只自謾。却憶當年舊風月，杖頭挑出與人看。

戢菴居士請贊濟顛

瞎堂之子，附馬之后。出處行藏，一向漏逗。是聖是凡莫測，掣顛掣狂希有。一拳拳碎虛空，驚得須彌倒走。

周正字請贊亡母宜人王氏真

畫得十分，依前不是。端坐北堂，琅琅仁義。文殊罔明把手行，入定出定恣游戲。

戢菴居士持壽像求贊

似僧有髮，似俗無塵。淡默自處，惟德與鄰。曾向鳳池親聖訓，更來鹿苑奪芳春。

性長老寫師真請贊

頑無所知，說無照對。弄假像真，遭人笑怪。花擘臨濟黄檗，佛法未夢見在。在在在，是處清風動天籟。

本禪人請贊

學道不根，參禪莽鹵。似恁趣向乖疎，如何傳燈繼祖。本禪畫出人前，轉見和泥合土。就中更有些子譊訛，焦尾大蟲元來是虎。

禪人請贊

錯錯，徒名邈。畫得十成，欠蹄少角，一任天下人貶剥。

寄蔣山如一翁

悠悠世路絶躋攀，卧看白雲空往還。惟有同參一句子，肯將容易混塵寰。

寄王承務

經年相别無他囑，莫只波波意裏求。病去藥除消息盡，紅塵堆裏等閒游。

送虎丘首座住菴

劍池拾得豐城劍，凛凛寒光射斗牛。為報不平平底事，草菴蓬户也風流。

示禪人寫華嚴經

毗盧大經卷，塵識久埋藏。上人筆端力，撥出放毫光。笑他自城游歷，自倒自起自忙。江天月曉，夢破斜陽。一印印定，無法商量。

示楞嚴座王

見猶離見非真見，還盡八還無可還。木落霜天山骨露，不知誰識老瞿曇。

示南華行者

黄梅會裏七千指，虎驟龍馳空點胸。碓踏老盧愚且拙，坤維占斷最高峰。

自詒

宴坐白雲裏，經行碧嶂中。遊人窮不到，幽鳥自怱怱。

以上《破庵祖先禪師語録》

臨終偈

末後一句，已成切怛。寫出人前，千錯萬錯。《語録》附《行狀》

頌古三首

六祖慧能大師本姓盧，家貧，賣薪養母。因往五祖求法。南歸曹溪，開東山法門。

應無所住以生心，大地山河一發沉。從此别開窮世界，新州柴把貴如金。宋法應、元普會《頌古聯珠通集》卷七

五臺山大禪師智通禪師初在歸宗會下，忽一夜連叫曰：我大悟也。衆駭之。明日上堂，衆集，宗曰：昨夜大悟底僧出來。師出，曰：某甲。宗曰：汝見甚麽道理，便言大悟，試説看。師曰：師姑元是女人作。宗異之。

師姑元是女人作，百衲禪僧多罔措。雁回沙塞口啣蘆，燕遶紅梁渾不顧。同上書卷二〇

巖頭因僧問：路逢猛虎時如何？師曰：拶。

巖頭一拶，虚空迸裂。父子不傳，神仙妙訣。同上書卷二八

（聞賢整理）

全宋詩卷二五一二

章甫一

章甫，字冠之，自號轉庵、易足居士，饒州鄱陽（今江西波陽）人。早年曾應科舉，後以詩游士大夫間，與韓元吉、陸游、張孝祥等多有唱和。陸游《入蜀記》乾道二年（一一六六）八月二十八日有「同章冠之秀才甫登石鏡亭，訪黄鶴樓」、「復與冠之出漢陽門游仙洞」記事，略可知其時代游踪。有《易足居士自鳴集》十五卷（《直齋書録解題》卷二〇，《貴耳集》作十卷），已佚。清四庫館臣據《永樂大典》輯爲六卷。事見本集有關詩作。

章甫詩，以影印文淵閣《四庫全書·自鳴集》爲底本，校以《豫章叢書》所收近人胡思敬刊本（簡稱豫章本）。新輯集外詩附于卷末。

送馮圓仲入蜀

我本山中人，早信雲無心。卷舒隨清風，或作三日霖。十年江湖游，復識水之性。東西因地形，圓折初無定。却來閲世人，惟公多古風。用舍不繫懷，略與雲水同。還乘明月舟，西泝弄雲水。雲水遠送迎，鷗鷺皆知己。我今與公别，亦若雲水然。相望渺江湖，萬里同青天。

送張寺丞

知己不易得，相知貴知心。我行遍四方，公獨知我深。公如千丈松，凛凛有直氣。我如松下草，亦有傲霜意。公分刺史符，揭來淮上州。而我倦遊者，振衣從公遊。花月醉管弦，江山隨杖履。激水湔窮愁，逢人賞佳句。政成公入覲，酒盡客語離。叠鼓催發船，不顧邦人悲。邦人勿深悲，宣室定前席。公必念爾民，還陳治安策。吾君自神聖，事君公不欺。祝公但加餐，慰此邦人思。

送孫文輔尉新城

我來淮上居，忽忽歲月過。定交誰最久，有唱君必和。棋枰角勝負，文字工切磋。雲山結伴遊，風雨對牀臥。那知世途隘，但喜客愁破。出處方乃殊，離别情無那。江城失益友，山縣得良佐。平生愛圖史，晚歲職警邏。枹鼓常不驚，雞犬亦相賀。强飯君勉旃，功名看老大。

隱静分題得静字

平生苦愛閒，多病復便静。每為林下遊，忽若醉而醒。茲山昔曾登，當暑毛骨冷。碧霄環珮聲，古木旌幢影。五峰如高人，一一各秀穎。俗駕難久留，佇立但俄頃。别來三十載，往往夢清境。從公得再來，共此春日永。憑高愜幽思，即事發深省。然燈戰枯棋，臨水瀹新茗。興闌下山去，妙處心已領。曉雨濕籃輿，衝泥度前嶺。

古洗

古人不可見，古物亦無幾。今朝雙眼明，乃識漢時洗。規模簡而質，彷彿古君子。年深土銷蝕，薄處僅如紙。篆名可意逆，依稀辨雙鯉。傳寶今幾代，是閱人多矣。我生頗好古，摩挲不能已。悠然起遐思，俗物一何鄙。

納涼

大熱金石流，日色赤可畏。鄙夫先多病，喘息僅存氣。飲冰不救渴，膚汗那容睡。秋風幾時來，不問黑貂敝。林梢墮斜陽，凉飔颯然至。呼童汲井泉，洒掃庭中地。胡牀得露坐，始覺有生意。老妻破甘瓜，兒女膝下戲。鳴蟬雖强聒，亦足代鼓吹。坐久月照人，金波正澄霽。惜哉疲薾甚，杯酒未敢置。浮生能幾何，荏苒忽中歲。四時更代謝，寒暑不可避。幻身豈長存，中有不遷義。且享今夕涼，百年安用計。

和仲韓見簡韻

野人不愛名，中歲益安命。辛苦營一區，婆娑只三徑。那知錢有神，但喜酒能聖。翩翩趙公子，時時枉軒乘。詩詞既清婉，筆力亦端勁。傳家堅素守，從仕傷直性。語言生風波，道路足機阱。君猶沉下僚，我亦抱多病。時偷半日閒，樂此一室静。賞月已失期，登高況當令。風物漸凄緊，江山更幽敻。何時城南樓，曳杖可乘興。

和韓丈寄崖簿大雅并見簡韻

故鄉未可歸，異縣難久留。海深蛟鱷怒，安得乘桴遊。貧賤豈天意，自不曲如鈎。吾道未全窮，三歲依賢侯。小雞隨孔鸞，顧影良可羞。所喜臭味同，潔己從清修。邇來苦多病，頗厭淮南州。援琴操土風，大類南冠囚。今辰天氣佳，和風吹敝裘。桃李競顏色，誰能分劣優。空攬遊子心，浩蕩生春愁。新詩忽到手，盛意知難酬。材生天地間，小大固不侔。詞鋒未易當，如以楚伐鄒。玉季更多文，情義還相投。他年內集時，尚記野人不。自注：他年內集應呼我，東坡與康國詩也。

雷

三伏久不雨，今辰忽聞雷。殷殷地中出，轟轟空際來。電光倏先馳，掩耳恐不及。陰雲勢相交，銷鑠畏毒日。上天行號令，君子敬天威。端坐每深省，整冠仍斂衣。蒼生苦炎熱，喘汗不可過。寄聲謝豐隆，為起神龍卧。

秋雨未已客懷不佳夜誦少陵遣興詩至生涯能幾何常在羈旅中三復增感每字賦一詩

日月無停輪，歲律今崢嶸。夜長客無睡，打窗秋雨鳴。早寒逼衾裯，兒女聲咿嚶。令人愧老龐，團欒話平生。

借屋與僧鄰，局促僅如蝸。悲秋懷抱惡，頭緒如亂麻。老來怕讀書，隙風燈影斜。感時思弟妹，衰淚落天涯。

飢寒傍人門，面目自可憎。為善得長貧，天理疑難憑。狂談取富貴，易若階而升。吾實畏鬼神，勿謂吾無能。

愁陰錯昏曉，北風振葭葦。闗塞來悲鴻，戰場多哭鬼。人生真幻戲，歸盡同螻螘。貪夫患得失，達者今無幾。

逆旅故人少，今秋風雨多。禾頭欲生耳，農夫空悲歌。飢腸望一飽，嗷嗷同雁鵝。臨風不把酒，奈此菊花何。

門庭久沮洳，蚯蚓升吾堂。夜寒人閴寥，蟋蟀鳴吾床。屋頭兩株樹，葉落滿僧廊。騷人不須悲，榮悴理之常。

詩吟不必工，酒實性所愛。少年少拘束，日與尊罍對。沉酣相呼和，亦有嵇阮輩。會合不可常，故人今好在。

貧窮束縛人，智慧無所施。文籍紛滿前，不救寒與飢。佳哉江上山，歸隱寧無時。青山若有言，塵土君自羈。

憶買京口船，飄飄適荆楚。覽古弔興亡，亦有會心侶。歲月能幾何，已作幽明阻。筋骸幸無恙，未害且逆旅。

今晨氣候佳，萬里來西風。舉頭看浮雲，已歸天漢東。野人還負暄，帝澤流無窮。心隨鴻雁飛，不離霄壤中。

簡王漕左司

人生天壤中，孰不有所求。小大雖不齊，逐物常同憂。士子文字間，亦各從所愛。取舍未必同，於道均無害。我生才甚下，志與俗子殊。思賢惄如飢，覓句聊自娱。惟公盛德人，君豫章本作居今乃行古。富貴等雲烟，詞翰敏風雨。荆湖十五州，玉節何煌煌。門庭無雜賓，讀書清晝長。摳衣願從遊，自視亦何有。未知函丈地，能着野人否。公誠一顧之，足以為我榮。淮南有石田，歸趁春雨耕。

分題得草果飲子

神農書本草，有美生南州。春華穗端垂，彷彿芙蓉秋。青囊貯嘉實，璀璨安石榴。香味極辛烈，果中第一流。磊落入盤飣，和羹充肴脩。温中與下氣，功用亦罕儔。苞苴走四海，藥籠必見收。吾老苦病暍，淡味空頻投。作飲近得此，選擇知獨優。碧井沈銀瓶，斟酌得自由。蔗漿已覺俗，茗粥良可羞。乃知古聖人，收拾靡不周。口遇七十毒，縱死夫何憂。但吾赤子多，疾苦庶有瘳。大或仁者心，當與天地侔。

同張季子遊琅邪

枯藤久靠壁，雙脚殊蜷跼。日長無往還，午醉睡初熟。誰與來剥啄，一馬挾兩僕。翩翩張公子，得得訪茅屋。别來今十年，高誼驚絶俗。功名付兄弟，冠裳畏羈束。多君殊不凡，愛我常易足。呼兒取酒斟，草草具肴蔌。劇談連晝夜，何止伴幽獨。結為山水遊，策蹇相追逐。滁陽三日程，山路頗詰曲。好風吹雨霽，發軔自幽谷。至樂聞金聲，非絲亦非竹。沉沉柏子潭，神龍所棲宿。旱乾禱輒應，雲雨手翻覆。路轉醉翁亭，釀泉漱寒玉。堂堂四公像，再拜敢不肅。雖云斗大州，盛德繼來辱。凜然生氣在，遺澤被草木。梵宫最高處，俯視山矗矗。境聖人乃凡，野僧才五六。碑崖爛文字，驪珠混魚目。老眼眩生花，往往難盡讀。吾能領其要，正自非匆促。回途遂南首，夜就湯泉浴。清曠舊書房，懷人今鬼録。人生貴適意，百歲風中燭。所恨多别離，安能似麋鹿。玆遊詎難再，後會尚可卜。紀行因贈行，歸裝慰羞縮。

題玲瓏

江月不受塵，風竹儼相倚。窗間讀書人，日用亦如是。涇渭豈同流，天地果一指。客來問如何，南山有雲起。

鹿角

呦呦鳴鹿羣，適意在林藪。泉甘草豐茂，多力故能走。一朝觸禍機，竟死誰人手。割鮮登鼎俎，刺血置杯酒。犄角未易棄，煮膠方術有。汲江為浸漬，七日去粗垢。大候三伏時，煎熬必甖缶。色作琥珀紅，堅重如瓊玖。補陽遂强骨，輕健還堪久。殺身雖可憐，仁實存身後。功能利生人，死且垂不朽。悠悠肉食輩，亦愧此鹿否。

慈湖磯

峭壁激湍流，湍流作洄洑。初無一餉風，飽我蒲帆腹。長笪寄怪石，招呼争挽牽。艱難僅寸進，何翅如登天。及磯日猶高，過磯日曛黑。依約見漁村，燈火照初夕。舟師告疲勞，夜泊投人家。驚犬吠籬落，寒生蘆荻花。

雨中舟出潮牐

官吏急星火，驅民疏漕河。城中三尺泥，歲晚風雨多。雨聲來未已，清滿幽人耳。曲肱篷底眠，船隨夜潮起。

卜宅

卜宅定何好，廬山泉石奇。夜夢五老人，問我歸何時。山中有蕨薇，可以療子饑。束書早歸來，長歌歌紫芝。

次高若虚韻

時事口慵説，性靈詩可陶。客中三日陰，江頭風浪高。六年寄此邦，鷗鷺皆心交。烟波迴自如，應笑吾生勞。世路轉傴仄，旅鬢空蕭騷。既往若電夢，所得真毫毛。歲月解欺人，木落江之皋。勿謂吾甚衰，得酒猶能豪。舊遊固可戀，歸盟那得逃。負暄依茆簷，兒輩供爬搔。

歸自真州道中用前韻簡諸故人

閒愁生旅懷，薄酒安能陶。籃輿赴歸期，歷歷山路高。風雨道旁憩，倏然思故交。官閑相聚首，懷我登頓勞。辯論雜嘲謔，詩詞兼雅騷。人生幾何時，容易生二毛。方今天子聖，登用皆夔皐。願君各努力，去矣追羣豪。我生苦畏事，屏處如逋逃。縱復技癢存，敢念麻姑搔。

俞廣文以詩定交次韻奉答

懶慢易招咎，貧賤難相知。客歸二十年，破屋臨江湄。遣悶豈無酒，寄懷徒有詩。慷慨思古人，恨不生同時。去秋君始來，雲霧容一披。别去冒朔雪，歸來迎南颸。載登君子堂，爽氣生芝眉。劇談兩無礙，並駕行通逵。省闈冠多士，泮宫聊養頤。霄漢自兹始，羽翮隨所之。門闌謝俗子，遊戲惟毛錐。高吟起我病，意欲相箴規。琢句要須工，一字亦有師。逢迎君忽倦，追逐吾敢辭。人生俱寄耳，况乃多别離。

曾仲恭侍郎惠酒以偶有名酒無夕不飲爲韻謝之

窮居少人事，落落仍寡偶。晨曦入茆簷，和氣生户牖。擁褐還負暄，看雲更搔首。閒哦陶令詩，飢腸作雷吼。

力耕不逢年，歲暮百無有。小雨肥麥根，何時得餬口。百年倏已半，辛勤為升斗。賴古多若人，千載可尚友。

古來稱達人，不願身後名。豈其未忘世，隤然聊遣情。我生本衰慵，於時淡無營。但得秫可釀，何勞詩有聲。

烹魚多素書，問字誰載酒。寂寞淮鄉居，歲月亦已久。敢希陋巷樂，但覺貧士醜。知音幸有人，此事可不朽。

丹陽賢使君，高誼今所無。鈴齋有餘閒，遥憶耕田夫。滿船送美酒，盛事驚道途。客來即留醉，不用倩行酤。

一杯復一杯，今夕知何夕。蔀屋發光怪，尊罍盈四壁。老盆還舊觀，寒燈起佳色。既醉使君酒，亦飽使君德。

逢人説項斯，此道今則不。使君如古人，薦善惟恐後。願君登廊廟，搜羅到巖藪。使我擊壤歌，投老安隴畝。

使君開府來，京口酒可飲。公才真麴糵，留滯已再稔。江山助詩興，草木入題品。冰霜寒正嚴，為國護饔寢。

陪韓子雲弔張安國舍人墓

頃從武昌守，來哭清果墓。老淚濕征衫，傷心不忍去。焉知五載後，重到山崔嵬。松柏倏已拱，宿草纏餘哀。公乘使者車，忠厚神所賚。遠懷平生親，斗酒相沃酹。曩以門下故，獲登君子堂。招呼連屋居，此意詎可忘。青春閉佳城，榮華竟消歇。空餘千古名，不隨世磨滅。蓬萊定何處，神仙知有無。徘徊重徘徊，悲風生坐隅。

同張伯子威子季子雉子聞子陸及之時子政家弟輔小子槃過馬清叟摘櫻桃以萬顆勻圓訝許同分賦得許字

南原作有，據豫章本改城有隱居，静退我所與。兩窮成邂逅，一笑同出處。翛然五畝園，耕種了寒暑。朱櫻前日栽，茂密已如許。今歲風雨時，高枝墊難舉。喜我領客來，柴關不我拒。倒衣出逢迎，掃地客豫章本作容燕醑。童奴罷守衛，徒馭先含咀。肴核既雜陳，少長咸以序。堆盤火齊紅，磊落照尊俎。眼明愛勻圓，酒興莫能禦。吾儕既屬饜，亦欲相就語。西鄰老禪伯，攜茗復來煮。放懷誰主賓，劇論忘爾汝。題名污牆壁，分韻索毫楮。月出未忍還，不記城闉阻。懽呼重攀折，璀璨滿筐筥。行歌驚路人，歸遺詫兒女。明年更强健，載酒寧無侶。但恐座上客，相望各吴楚。

落　葉

青青池邊樹，歲久獨婆娑。鳴蜩炎暑時，愛此清陰多。西風一披拂，顔色已非故。朝看一葉飛，暮落渾無數。葉落畢歸根，明年發陽春。人生豈長好，日月如飛輪。

壽王真州

陽春耀桃李，松柏不動心。歲暮霜霰寒，松柏猶翠陰。物生天地間，均此一氣爾。小大有不齊，乘除亦常理。使君盛德後，清白由家傳。平生功名心，不作世態妍。公為人所難，天念公所獨。黄屋結深知，青氈行可復。致遠要自近，試公先一州。生朝喜載臨，頌聲滿江頭。仁者壽固宜，富貴公自有。作詩祝東風，為勸尊中酒。

送陳彌高

憶昨歲云徂，艤舟岳陽樓。獲見故人面，使我明雙眸。今年風露凉，君亦來荆州。笑語倍疇昔，舉杯相勸酬。詞鋒一當百，鵰鶚横高秋。春風待變化，勇往不可留。看花得意時，豈獨為身謀。伊予坐懶慢，行矣歸林丘。世故百念冷，潛魚畏吞鉤。出處雖異途，十載契分投。肉食與藜羹，未用分劣優。出門天地寬，鵬鷃逍遥遊。

寄上曾仲恭侍郎借浄香寮詩韻

官酒味甚薄，客懷愁正濃。節物苦催人，水葉鳴西風。覓句了無得，寂寞誰與同。憑高望京口，佳氣何葱葱。中有賢府主，瑩然冰雪容。家學傳正派，政聲摩秋空。閒哦燕寢詩，香篆縈房櫳。别來未兼旬，頻夜夢見公。白沙距西津，片帆可即通。會當滌場圃，還奉杖屨從。只恐趨召還，接武夔與龍。

題王履方畫漁樵扇

山深多虎狼，腰斧老無力。豈惟身上衣，渾家口中食。水闊蛟龍怒，魚鼈不易求。雖無租賦迫，長有風波憂。偶來蒼江頭，落日相勞苦。斗米今幾錢，粗免寒餓否。形役乃如此，人生真可憐。五陵美少年，寶馬珊瑚鞭。

贈葉伯永

憶昨辛巳秋，張帆過儀真。别君適荆楚，寤寐懷故人。狂寇初敗盟，道路多紛紜。思君不可見，疑君墮邊塵。寄書無處所，消息何時聞。去年我東來，泊船舊江津。始遣訪生死，戎馬乃駸駸。倉皇徑南渡，憂畏損精神。仲冬丹陽館，驚喜忽見君。執手兩無語，老淚欲沾巾。嗟予漫奔走，萬里長酸辛。念君兩鬢白，依然生理貧。開口論兵勢，直氣摩青雲。長揖動卿相，囊封登帝閽。當路頗知己，擬活西江鱗。鯨波泛大海，去結山東民。誓將三寸舌，成此百世勳。艱難得生還，和議已復伸。智略無所施，裋褐還逡巡。藏名酒肆中，悲歌閲芳辰。興闌却顧我，相對南風薰。宛宛豫章本作城昔别地，倏然今四春。江山不改舊，世事凡幾新。是非既未定，涇渭何當分。餘生各加餐，此外不須云。

喜　晴

連山春雨來，徑滑不容足。行人相攀援，泥濘及馬腹。欲往不得前，野店可投宿。朝來天宇佳，笑語聞童僕。宣城半程耳，山路聽詰曲。自别賢主人，三歲如轉燭。應煩倒屣迎，喜氣見眉目。新堂幾日成，春酒此時熟。珠璣傾錦囊，塵埃拂楸局。上饒千里遠，策蹇許追逐。北歸預可料，詩作牛腰束。

履方携姜坦道詩卷相過爲書其後

姜侯同鄉井，憶昨初見時。春風頭陀菴，快作六字詩。一别十五年，漂流各萍轉。君携此軸來，如覿故人面。淤泥青蓮花，本自不受塵。得錢付酒保，往往遭謗嗔。眷言方遐思，相從問消息。清狂猶曩時，鬚髮幸未白。我貧過孟郊，何敢以詩鳴。擬辦黄篾舫，去尋白鷗盟。懷人暮雲碧，憂國寸心折。安得癯仙來，共醉望沙月。

代呼延信夫以筍乞猫於韓子雲

官居城一隅，屋漏如野處。辛勤補緑蘿，僅可待風雨。移家幸亡恙，所苦多碩鼠。齧衣費紉縫，盗肉恣含咀。引子動成羣，啾啾疑爾汝。晝原缺，據豫章本補曾無靦顔，入暮誰能禦。窺燈殫膏油，驚夢鬬儔侶。主人非昔人，爲態尚如許。飽食詎可常，潛踪豈無所。灌穴惡盡殺，具磔難悉舉。牆東吏部家，兩猫將十子。往往感仁惠，相乳忘彼此。花墩夜不眠，衛寢如馴虎。願分俊逸姿，庶以鎮衡宇。穿魚聘銜蟬，於君諒無取。丁寧玉板師，委曲致斯語。妻孥仍有言，乞猫宜乞女。他時遂生育，鄰里轉相予。

簡查仲明

佛法若大海，我生猶蚊虻。飲少腹已滿，鼓翅作微鳴。查侯飽禪學，如説且能行。有如遼天鶴，豈受網罟嬰。有身未免俗，時時還入城。籃輿過茅屋，無異同條生。相見非何事，説法俱縱横。妙處固不一，其實無所争。願君更方便，除我疑惑情。要如兩圓鏡，相照交光明。

題王朝英歇驢圖

天寒山路長，年荒蹇驢瘦。風松適相遭，金石方互奏。是中有佳趣，捨鞍聊杖藜。童奴難與言，得句忘吾飢。懷遠空暮雲，憂時當肉食。市朝塵涴人，歸歟北山北。

送鄉人宗旨上坐

久客不忘歸，相逢喜鄉曲。杖藜時過門，軟語伴幽獨。翩翩別我去，芒鞋踏清秋。二浙富山水，令人懷昔遊。我今齒髮衰，聞道不加進。羡君方妙齡，六翮宜自振。末法日頹弊，叢林魔説多。願君擇師友，金玉須琢磨。他時重逢迎，洗耳聽高論。豈惟慰相思，亦以警老鈍。

與常不輕弈棋輸松枝筆一篇

南山蒼髯翁，閲世幾千秋。終以明自煎，晚為松滋侯。孫枝後來秀，勁直餘風流。亦學管城子，來從毛穎遊。故人使江南，江北停歸輈。持贈比歲寒，厚意豈暗投。形貌若黄槁，風度猶清修。輕健殊可人，不作繞指柔。我貧得長閒，造物因冥搜。詩成呼使前，脱帽明窗幽。旁無賞音人，賴爾能點頭。無論及錢神，政恐為爾羞。

繡觀音

蜀人多巧思，組繡用功深。生綃三尺餘，成此觀世音。慈悲歡喜容，如出旃檀林。蓮花隨步武，纓絡縵衣襟。手中楊柳枝，時布慈雲陰。誓度諸有情，能以音聲尋。由茲善幻力，使我生恭欽。仰瞻大自在，本以一寸針。衆生與諸佛，其實同此心。願學聞思修，苦海脱浮沉。

紫　蘇

吾家大江南，生長慣卑濕。早衰坐辛勤，寒氣得相襲。每愁春夏交，兩脚難行立。貧窮醫藥少，未易辦芝朮。人言常食飲，蔬茹不可忽。紫蘇品之中，功具神農述。為湯益廣庭，調度宜同橘。結子最甘香，要待秋霜實。作腐嚳粟然，加點須薑蜜。由茲頗知殊，豫章本作味每就畦丁乞。飄流無定居，借屋少容膝。何當廣種藝，歲晚愈吾疾。

答權幹用命字韻見惠

峩峩儒衣冠，昕貴知義命。大道若坦途，狂夫蹈邪徑。惟君異流俗，學古師往聖。窮居飲一瓢，輕視車千乘。粹然白玉温，卓爾青松勁。風流入蓮幕，忠恕自天性。愛賢易好色，避利如深穽。時邀野人語，亦説禪家病。不辭王事勞，益知仁者静。兼旬當闊别，强飯遵時令。邊城霜露寒，淮鄉道里敻。事物多感懷，篇章應寓興。

連屋

十年誦公詩，正自識孫楚。一日從公遊，如入圖書府。登門跡已熟，入室心相予。及觀連屋處，益知用意苦。巖巖中書君，正色元祐年。文章照今古，神物護簡編。盛德宜有後，諸孫如彼賢。韡韡常棣華，相戒南陔篇。

以上《自鳴集》卷一

全宋詩卷二五一三

章甫二

驄馬

門前驄馬無人騎，北風落日長聲嘶。細看毛骨獨殊衆，或言來自流沙西。伏櫪忍遭奴隸辱，立仗難貪五品粟。將軍邊塞敢横行，願同生死俱馳逐。

次韓中父送行韻

素琴横牀巾漉酒，千載斯人吾尚友。祇今與世已相違，再見喜君真耐久。笑我生緣良易足，畬田新燒屋新築。飯牛政自不須歌，失馬焉知未為福。百里未容君疾驅，朝廷用才當不拘。他年得意輦轂下，莫忘詩篇寄田舍。

送王純仲

客裏因依三日語，爽氣津津見眉宇。自云縱酒少年場，抛擲黄金如糞土。倏焉四十髮斑斑，手板青衫才一官。江湖陳迹不復夢，食貧月俸仍酸寒。别去不勞重歎息，富貴有時君努力。青春難再却堪憐，恨不相逢十載前。

别陸務觀

江南江北雖一水，欲濟無由若千里。那知奔走避邊塵，邂逅西津見君子。一飯山間同野僧，花前把酒看張燈。醉吟落紙筆不停，留客夜闌雙眼青。才氣如公端有幾，半刺江城聊復爾。新年華省用名郎，自注：謂韓無咎。彙征公合聯翩起。人生相知貴知心，道同何必問升沉。客袂此時成暫別，詩盟他日會重尋。

采石

江行十日風打頭，采石江邊還小留。龍宫煌煌俯湍流，摳衣再拜祈神庥。出門迺作蕭寺遊，危亭縹緲臨金牛。江南江北蒼烟收，日落未落雙蛾愁。尚書麗句世罕儔，惜哉度曲無歌喉。折梅置酒齋堂幽，黄冠不飲空夷猶。野僧舉觴横青眸，更得大斗償香羞。興闌山下却登舟，使君愛客方綢繆。夜深杖藜弔荒丘，列炬照野經塍溝。居人竊視聲咿嚘，好事從來無與侔。促坐款語相答酬，傷今懷古風颼飀。泊渚高吟聊寫憂，然犀照怪知何求。醉狂夜披紫綺裘，騎鯨入海窮冥搜。聖賢寂寞江悠悠，人在天地真蜉蝣。況我此身如贅疣，從公行善臭味投。有酒如川容拍浮，但願早登黄鶴樓。痛飲浩歌更勸酬，一弔禰衡鸚鵡洲。

益睡

主人頎然腰十圍，一官會計同遊嬉。開軒環坐只圖史，錦囊富有驚人詩。邇來萬事不掛口，世情盡付鼻中吼。便腹無妨弟子嘲，着鞭未落少陵後。紛紛逐臭皆羣兒，我正黑甜曾未知。雞蟲得失何足較，是身且卧黄琉璃。博山生雲香斷續，當午清風度修竹。門前吏立雁鶩行，童奴摇手眠方熟。夢中了了欲何鄉，寧復蘧蘧栩栩忙。寒泉洗耳石礪齒，主人家住廬山傍。他時但取青氈舊，歸作春秋同社友。北窗槃礴上羲皇，秫田多種釀壺酒。奉太夫人千百年，兄弟對牀聽雨眠。

送楊德雋赴漕司試

木食草衣吾計決，三釜養親君不闕。胡為亦趁槐花忙，不共中秋醉明月。君言時世眩虚名，才見頭銜分重輕。一第如君當俯拾，卜鄰他日莫寒盟。

寄題郭侯至喜堂

岷江西來會衆水，峽束奔湍吁可畏。長年三老更相賀，舟到夷陵若平地。寧知市朝車馬塵，仕路風波尤畏人。急流往往捷有神，灩澦瞿唐何足云。祇今四海滔滔是，未省幾人知此理。君侯不與世沉浮，家有新堂名至喜。武昌重鎮居上游，雲屯禁旅皆貔貅。君侯智略誰與儔，天子久寬西顧憂。令嚴將士無驕色，玉帳晝閒人語寂。中齋一榻浄無塵，自炷爐香讀周易。有時領客尊酒同，雅歌投壺雙頰紅。門前官柳摇春風，想應目送天邊鴻。狐兔中原須盡掃，功成身退天之道。角巾歸路颺輕舟，童僕懽迎人未老。

种基祖蔡仲逸孫祖顯一時宦遊荆州官閒無事五日一宴集使僕持鉢其間念既飽食不可無語

君不聞薊孝廉，日飯二十家。一朝拂袖去京國，追之不可空咨嗟。又不聞賓頭盧，應供四天下。神通妙用固非難，中有巍然不動者。今年有客來荆州，半世生涯一敝裘。仙風道骨娩二士，諸公亦許相追遊。邇來傳食初無問，醉飽無勞主人勸。絶勝詩人杜拾遺，所歷諸家纔一飯。

芍藥呈韓丈

妖氛深蔽洛陽縣，我生不識姚花面。揚州風物舊曾遊，佳種年深亦多變。去冬淮上起邊塵，不謂見花當此辰。眼明忽憶往時事，世間尤物能移人。公詩寄興多高遠，早悟色空香不染。飽聞嘗醉洛陽春，試比姚花定褒貶。

韓使君分送芍藥索詩因憶舊遊

憶向西津櫂酒船，維揚去結看花緣。杖藜到處花輒好，夭紅豔紫相留連。散盡黄金携酒友，夜深明月還京口。中流擊楫來悲風，天闊參横移北斗。俯仰光陰恰十春，二十四橋經戰塵。眼明忽見揚州種，衰病無因賈餘勇。

寄題極星亭

大曆三年，少陵先生曾下瞿唐，適江陵，晚泊松滋江亭，感興賦詩，卒章有「今宵南極外，甘作老人星」之語。自注：杜詩紗帽隨鷗鳥，扁舟繫此亭。江湖深更白，松竹遠還青。一柱全應近，高唐莫再經。今宵南極外，甘作老人星。隆興癸未歲，代都王履方客食是邑，以書問亭之名於番陽章甫。請榜之曰極星，并作古風寄題亭上。

杜陵白首尚書郎，三見瀼西春草長。忽思蒼梧叫虞舜，翩然短棹下瞿塘。晚泊江亭生暝色，野服出船烏帽側。南極一星落江湖，戰塵蔽天兵未息。閶闔惡少印纍纍，不夢周孔嗟吾衰。機心去盡魚鳥狎，在處詩篇神護持。四百年間一彈指，當時松竹今餘幾。南望冰魂不可招，波翻落日愁雲起。

寄趙鄂州

田家禾黍方登場，枯桑索索天雨霜。黄花籬落尚可醉，今我不樂思武昌。武昌使君半年别，前日書來慰愁絶。相思為我作西亭，徙倚闌干只明月。大材開府何優游，政聲日隨江水流。賜金增秩未為寵，咫尺丹詔催歸輈。燈前春雨同揮翰，南風吹船着淮岸。雲間過雁唤愁生，短褐飯牛歌夜半。

以王通一所畫小舟横截春江圖爲韓無咎壽

江上春風花滿樹，春水才平舊痕處。何人笑傲一扁舟，横截千波萬波去。王郎有句藏毫端，寫出生綃半幅間。明窗供我時展玩，彷佛羅帶縈烟鬟。緘題請壽黄華使，如公福禄川方至。吾君願治正思賢，舟楫期公濟大川。

簡張安國

南北東西厭問津，西海忘形今幾人。惟公名譽一世重，雖不吾與吾當親。氣吞雲夢并餘子，深厚文章六經似。昂霄聳壑正當時，發策決科餘事耳。上方憂顧大江東，虎踞龍盤氣象雄。却袖玉堂揮翰手，來成方面保釐功。西風澹日邊雲碧，歲晚軍情猶未得。不應矯首送飛鴻，想得攢眉正憂國。雅聞一諾值千金，推挽尤多樂善心。坐上能容野人否，試聽客裏短長吟。

張使君以畫屏求題

西湖景物天與奇，歲晚春風常探支。水邊竹外更幽絶，一夜花開南北枝。何處飛來兩鸂鶒，影碎晴波蕩春碧。荷蓋凋零荇帶寒，徘徊如與花相識。短屏畫手豈無心，待公歸赴西湖春。年年春色花照席，應念揮毫老賓客。

臨江何氏結亭松間名曰彈秋因王通一來乞詩

萬籟從風俱發聲，唯松得之尤善鳴。五聲不亂無虧成，膝横三尺秋月明。君家江南一茆屋，直幹森森伴幽獨。人言絲竹不如肉，曲肱聽度無絃曲。故山偃蓋未十圍，猿驚鶴怨吾當歸。聊憑東風寄君詩，風鳴松鳴吾不知。

送李文授還越上

舊歲見君殊草草，懷抱今來各傾倒。新來正好數相尋，豫章本作新涼正好數相孱束裝却向山陰道。千巖萬壑秋更奇，候門兒女望君歸。扁舟此去來何時，莫待梅花開北枝。故人問我憑君說，滿目窮愁生事拙。秋禾未得補饑瘡，萬一飛蝗作檀越。

簡《永樂大典》卷一五一三八作見熊帥景瞻

槐柳陰中數間屋，麤飯濁醪羹杞菊。過門問字久無人，只有圖書伴幽獨。剥啄是誰來叩扃，手持札翰趨吾庭。風采九州安撫使，得得遣騎相招迎。我願識公從宿昔，貴賤殊途那易得。親染雲箋賁草廬，驚喜盈懷仍歎息。折節下士古所稀，豈意於公今見之。况公位貌已崇重，英聲凛凛威羌夷。滿堂賓客皆豪傑，從容何止談風月。野人自視殊缺然，或可為詩紀勳業。

早凉

江頭雨過凉風早，落葉紛紛費人掃。鈎簾日暮無所為，把酒悠然送歸鳥。佳人可望不可親，草根唧唧秋蟲吟。家本江南客江北，鬢髮新添數莖白。

次沈商卿見懷韻

歌喉宛轉變鳴禽，載酒曾同花下吟。寒潮不應宿漁浦，挑燈還憶夜深語。十載故人誰似君，便擬卜隣桑柘村。青錢未辦歸期遠，滿目春山空秀婉。有酒何須身後名，高軒未必如徒行。朝看桃杏發紅蕚，晚來風雨嗟零落。尋幽選勝不應遲，百歲光陰能幾時。問君何日憩奔走，忍令春色成烏有。

寄淮東總領許叔庸

太平寺裏留詩别，江北江南幾秋月。那知未著侍臣冠，坐總軍儲持使節。平生一飯不忘君，蟠胸萬卷皆經綸。聞説别來頭更白，憂國祇今能幾人。憶昨同傾京口酒，笑我凋零已蒲柳。曉驅黄犢破荒烟，留眼看公印如斗。短篇自昔蒙品題，老矣無復能新奇。樂府流傳妙天下，小胥鈔寄定何時。

移家謝趙再可

病眼不禁黄土眯，塵纓屢費滄浪水。曉窗笑語鏡中人，但可置之巖穴裏。縣官有田容我耕，收身已是太遲生。醉眠牛背自安穩，山鳥慣聽哦詩聲。經營小築幽深處，借車歡喜移家去。非公誰寄草堂貲，知我舊諳茆屋趣。此心此地俱寬閒，從渠曠野多風寒。燈前兒女話團欒，廣厦期公千萬間。

謝張倅惠茶

病軀倦甚不舉酒，便腹枵然尤愛茶。淮鄉久住已成俗，客至亦復研芝麻。稱重緗匳還入手，知公與我詩情厚。静無俗駕叩柴關，急遣僧房借茶臼。易足堂中晝倍長，一杯涼餅補饑腸。世間萬事不掛口，齒頰盡日留甘香。青奴可憐姑少却，睡魔退舍詩魔作。詩成吟罷來清風，秋意拂拂生梧桐。

謝韓無咎寄新茶

武夷仙翁冰雪顔，建甯府中春晝閒。揮毫醉寫烏絲欄，新茗續煎扶玉山。應念窮愁坐空谷，頭白眼眵書懶讀。殷勤題裹寄春風，澆我從來藜莧腹。别公宛陵今五春，渴心何啻生埃塵。平生不識七閩路，夢魂欲往山無數。

簡李牧之

落日還家聊面壁，剥啄誰來破幽寂。語音相似桑梓同，風骨軒然雙頰紅。亹亹清談霏玉屑，多説東湖與霜傑。江西故老已凋零，聽君論詩猶典型。君今久占宣城籍，我是江湖未歸客。客愁時事兩蒼茫，一醉邀君君莫惜。

張君明昆仲袖唱和詩見過

村東主客羣飛鴻，月明霜重聲摩空。村西老人如瘦馬，伏櫪倦嘶天北風。村東村西無百步，杖履相尋還有數。兒啼妻病不出門，羞見梅花無好句。雪晴日出天無埃，故人躡屣聯翩來。明珠白璧滿懷袖，使我一見雙眸開。文章雖云一小技，妙處非難亦非易。染絲織錦未足工，點鐵成金始為貴。我窮半世坐吟詩，詩成不救寒與饑。亦知造物厭嘲弄，有手只堪持酒卮。願君少吟詩幾首，請君多辦百壺酒。但得新詩勝舊年，為君醉倒春風前。

元用見過誦詩劇談因成古風以成戲惱兼簡若晦唐卿

有口只可飲醇酒，世事令人三日嘔。有耳只可對詩翁，俗語令人三日聾。平生嗜酒耽佳句，此外自知無用處。東風吹我墮江邊，歲晚知音罕相遇。誅茅蓋頭無少閒，數日不到諸君間。塵土眯眼鬚鬢斑，誰賦淮南大小山。怪底晴簷靈鵲噪，籃輿相尋談絶倒。恨君無乃酒量窄，愛君豈獨詩格老。開尊唤客知何時，坐上可無俞與韋。更長不怕杯行遲，願見春風楊柳枝。

用前韻贈高持一

全身當作冥飛鴻，無心要似雲行空。逢人未用青白眼，與世不妨牛馬風。暇日出門聊散步，雪晴愛此山無數。骨寒那得使鬼錢，腸枯漫索驚人句。邇來筆研欲生埃，舊雨來人今不來。百歲光陰能幾許，一春懷抱未曾開。古人元不貴多技，大道由來常簡易。隨呵之義復何憂，知我者希方足貴。華陽道士亦能詩，不覺餐霞坐忍饑。高山流水琴三弄，明月清風酒一卮。相思不見頻搔首，幾欲招呼無斗酒。從今與子遂忘年，有懷欲語子來前。

次吕伯恭見寄韻

魯鈍不如錐處囊，嗜好鑿圓投枘方。鏡中鬢髮今蒼浪，多病年來疏酒觴。山林舊約都茫茫，局促何由心膽張。半生恍墮水中央，疾呼四顧無舟航。客舍雨餘梅杏黄，憶君著書看屋梁。緘題到手伸讀忙，亦知别後遥相望。我猶駑馬遭絆韁，君若鷹鸇之老蒼。見義勇往柔而剛，君不求名名自彰。行須正色肅鵷行，不容燕雀高飛翔。辱詩敢忘什襲藏，報章勉率聊寄將。廣厦他時客幾房，種成桃李滿江鄉，忍使故人趨道旁。

濡須道中

今年淮西旱，城市無米糶。所至蕭條童僕饑，手持楮幣無人要。行不擇日糧不齎，恨身不生太平時。還家從頭語兒輩，山中寂寞猶可耐。

白露行

今歲淮南雨仍缺，官府祈求已踰月。城中又復閉南門，移市向北人紛紛。州前結壇聚巫覡，頭冠神衣競跳擲。縛草為龍置壇側，童子繞壇呼蜥蜴。簫鼓迎神來不來，旱風終日吹黄埃。寧知白露只數日，稻苗焦枯恐不及。

送王道士

華陽洞天昔曾遊，華陽道士今相訪。江頭倦客老更拙，山中故人喜亡恙。晴沙唤渡何匆匆，鴻飛冥冥天北風。他日希虚如話我，憑君一一謝諸公。

以上《自鳴集》卷二

全宋詩卷二一五一四

章甫三

督祖顯和章

孫侯二尺短檠前，何啻頌詩三百篇。金鑾玉堂未歸去，聊結江湖山水緣。官閑不復弄朱墨，勝日過門無惡客。春風快馬紫遊韁，花底黄鸝盡相識。酒酣談辯翻波瀾，得句全勝得好官。我亦從來有詩癖，撚髭一字吟難安。不知辛苦竟何益，聞道何妨死今夕。他年儻使無知音，盈編不作一錢直。日來頗怪詩筒遲，恐君豫辦磨崖詩。中原窟穴尚狐兔，未應便草閒居賦。

放歌招孫祖訓俞國寶飲

兒時望春春不來，春衣隔年催翦裁。平明出遊薄暮回，惟恐雲氣興風雷。豈知樂極還悲哀，十年黄塵涴青鞋。管領鶯花已無意，感時念舊時豫章本作足傷懷。去年寒食丹徒縣，家寄毗陵不相見。今年寒食江陵府，妻子相看淚如雨。迂儒憂國更憂家，枉殺清明不見花。無端柳絮攪愁思，一徑漫漫春日斜。主人知我坐憔悴，故遺斗酒來相慰。呼妻安穩置牀頭，箇是貧家一祥瑞。牀頭三日未開嘗，耿耿憂心自如醉。朝來忽覺體中佳，吻角流涎已難制。細君平日但濡唇，瓦盆對酌可無人。招朋一飲舒清興，要須脱略任天真。高郵孫夫子，相逢不作高上語。臨川俞先生，客裏傷春作詩苦。二公問學該今古，胸吞雲夢輕阿堵。我酒雖不多，酒行詩可歌。杖藜乘興速來過，不來吟醉奈春何。

聞鵓鴣

陰雲欲暗江頭樹，屋角先聞鵓鴣語。瀟瀟漸作打窗聲，誰道巢居不知雨。雨晴唤婦却同飛，須知此物心無機。豈比人間情義變，銜冤誓死不相見。

題九歌圖

大夫放逐沅湘濱，嘗作九歌祠鬼神。鬼神幽遠不可見，肴酒芬芳猶福人。餐菊佩蘭君不識，從彼讒人為鬼蜮。楚江嗚咽楚雲愁，坐對此圖三歎息。

題王無邪九華圖

雲錦仙翁人不識，多生九華茹芝客。少年登覽妙形容，三十七峯俱改色。手捉高士淡原作談，據豫章本改墨圖，烟雲到處隨卷舒。珠璣衮衮入題詠，縑素往往争臨摹。雪潭四時濺飛雪，歎我幻軀方病渴。何由得共山中人，脚踏寒流弄明月。

王夢得捕蝗二首

相逢每歎俱飄流，尊酒作意同新秋。蝗蟲日來復滿野，府帖夜下還呼舟。江天尚黑客騎馬，草露未晞人牧牛。路長遥想兀殘夢，家在風烟蘭杜洲。

江頭曉日方曈曈，僕夫喘汗天無風。茅簷汲井洗塵土，野寺煮餅燒油葱。平生憂國寸心赤，在處哦詩雙鬢蓬。村民喜識長官面，樹陰可坐毋匆匆。

分蝗食

田園政爾無多子，連歲旱荒饑欲死。今年何幸風雨時，豈意蝗蟲乃如此。麥秋飛從淮北過，遺子滿野何其多。撲滅焚瘞能幾何，羽翼已長如飛蛾。天公生爾為民害，爾如不食焉逃罪。老夫寒餓悲惱纏，分而食之天或憐。

憫農

前村後村水車聲，咿咿軋軋終夜鳴。皇天不雨四十日，高田何止龜兆出。田家眼穿望早禾，早禾不熟奈饑何。今年神祠禱不應，沽酒買牛空費多。天公高居民父母，有耳應聞下民語。乞我滂沱半朝雨，免遭縣吏鞭笞苦。

田家苦

何處行商因問路，歇肩聽説田家苦。今年麥熟勝去年，賤價還人如糞土。五月將次盡，早秧都未移。雨師懶病藏不出，家家灼火鑽烏龜。前朝夏至還上廟，着衫奠酒乞杯珓。許我曾為五日期，待得秋成敢忘報。陰陽水旱由天工，憂雨憂風愁殺儂。農商苦樂元不同，淮南不熟販江東。

送茶與人

雲氣昏昏釀秋雨，歲月驚心遽如許。潮生晚浦足風波，頗憶青燈夜深語。贈君江南春露芽，恐君誦詩眼生花。一杯静對沉烟斜，世事從渠如亂麻。

早雪

賤夫流落來淮海，兩紀悠然忘凍餒。烏薪白粲不論錢，近歲山林禁樵采。去年差官打炭窑，淮民畏事誰敢燒。官軍巡山得心力，草木欣欣有顔色。九月未霜雲漫漫，雪花争先飛作團。凍坐孤吟還自寬，邊頭牽挽人夫寒。

雪中張仲庠惠十詩老懶不能追逐戲答古風兼簡陳伯茂

愛君詩好韻倔奇，快如天馬不容羈。惜君有錢不沽酒，盡日苦吟難療飢。我生真成錯料事，陳子生涯略相似。敢持短兵與君接，笑我老來長退怯。空山一夜雪盈階，軒窗晃耀如瑶臺。尊中尚喜有餘緑，紅潮兩頰心悠哉。安得萬里江，變作葡萄醅。笑呼姮娥共起舞，夜闌更酌北斗杯。一醉三千年，從教海水揚塵埃。妻孥笑我言，此樂恐未諧，典衣且復沽茅柴。淮南有薄田，與汝歸去來。願身長健眉長開，好插梅花醉幾回。

春日呈韓丈

陽烏陰兔争馳騁，人世光陰刹那頃。玉盤生菜亂青絲，三歲公家喫春餅。前年班春池陽城，民物熙熙簫鼓聲。去年轉粟巡邊徼，聖朝初下和戎詔。祇今塞下不傳烽，野梅官柳競春風。相從且作無事飲，莫辭節物來匆匆。明年上國春應早，棠棣陰中詩更好。詩成但遣阿買書，郵筒寄我江南道。

劉祼卿送笋

俗子貪錢如食蜜，幽人愛竹如種玉。君家大隱城一隅，萬个深圍數間屋。陽春不住長兒孫，犢角猫頭還滿目。却恐繁陰礙風月，童奴時取供肴蔌。朝來想掛北窗坐，應念先生食無肉。故遣此君來起予，斕斑嫩籜森盈束。先生饑腸非雷吼，米糝鹽虀羹杞菊。急呼瀹釜然枯薪，殷勤留客晨炊熟。不羨侯家五鼎烹，得此一飽萬事足。客去關門聽雨眠，枕上詩成翻水速。

清明病中遣酒問訊史授夫

一榻蕭然唯坐卧，風雨欺人打窗破。數片飛花何處來，寒食清明病中過。疏狂間憶少年時，問柳尋花夜不歸。春衣一任酒狼籍，玉山自有人扶持。日月變遷衰相現，世途迫隘令人倦。耳冷那聞白雪歌，眼寒不識春風面。懷君著書坐僧房，呼兒與撥浮蛆香。往澆萬卷文字腸，莫學病夫多感傷。

惜花

前朝西風不肯住，紅雨毵毵落深樹。昨日東風更放顛，香雪紛紛飄滿園。四時催人頭髮白，薄相春風亦欺客。漸覺繁枝過眼空，歷歷黄花亂疏麥。野店沽酒酸如虀，先生不飲春將歸。屋頭向晚雨聲急，自炷爐香坐盤膝。

盱眙館中題雲山圖

北風三日吹黄土，長淮浪高少人渡。客愁正坐小窗間，眼明見此江南山。好山連娟螺髻鬟，白雲無心終日閒。野橋溪水流彎環，旁有幽人晝掩關。道路只今多險艱，林泉有約吾當還。黄精可駐冰雪顏，時時令人雙鬢斑。

葉子逸以惠山泉瀹日鑄新茶餉予與常鄭卿

惠山甘泉苦不冷，日鑄茶香方是真。廣文唤客作妙供，石銚風爐皆手親。神清便欲排閶闔，且了吾人淡生活。瓶芽分送已無餘，杯水尚容消午渴。

戲簡樂長卿

長卿談兵氣飄揚，半生漫趁槐花忙。塵埃綠綺誰拂拭，雞羣野鶴空昂藏。何必明經取青紫，請君囊書獻天子。中原猶未息兵戈，萬里横行丈夫事。慨夫株守衡門裏，初無長鬚給薪水。故舊經年絶尺書，烏鵲玩人頻送喜。欲行萬里囊無錢，移牀且對薰風眠。兒啼妻怒了不問，誦詩過午聲琅然。

雨凉成詩一首簡子逸

坦率每愁遭怒嗔，閉門直欲全吾真。美人娟娟不可見，薄俗往往難相親。夢斷風扉自開闔，還喜晚涼生意活。未能衝雨過蘇端，且乞新詩慰飢渴。

戲簡李清宇

四十九年真大謬，三百六旬長鮮驩。人生一夢何足較，田穀薦饑良獨難。酒邊志氣漫豪放，眼中骨相殊酸寒。輸與能詩李供奉，水旱不憂吾有官。

送張安國

前日見公如桂林，梅黄風雨天多陰。今年見公長沙去，草緑江湖春水深。借問長沙多少路，盡是前年曾到處。如公正合在朝廷，胸中素藴經綸具。吾君一視而同仁，且欲煩公蘇遠人。親朋漫作别離惡，王事敢辭行役頻。嗟予潦倒百無用，客食淮南兩相送。青山可買坐無錢，日長只作還鄉夢。九重早晚催賜環，了却功名歸故山。屋頭乞我茆三間，布襪青鞋相伴閒。

題趙純甫渭川千畝圖

君家天姥山前居，未辦種竹先作圖。不惟要與千户等，亦念豈可一日無。勁節虚心聽霜露，細香静色宜風雨。玉版禪師得飽參，翠袖佳人定何許。津津喜氣見眉間，準擬他年如此閑。可無嵇阮相往還，俗客儻來君掩關。

題張希穎筠坡圖

緣坡種竹自成趣，籃輿造門今有誰。張侯好事果絶俗，因人隔江來覓詩。披圖識面恨不早，更愛諸公妙詞藻。繁霜密雪得天全，明月清風為君好。易足堂前方欲栽，摩挲短軸心眼開。忽思江南讀書處，碧玉如椽歸去來。

颼稻行

屋頭場地如鏡光，未曉相呼來破場。今年慙愧好天色，颼稻得風尤省力。分時往往只論筐，主客四六無偏頗。高低十分早晚禾，就中誰家收最多。妻兒春糯試新麴，隣舍茅柴相接續。醉來起舞自頓足，官無差科即為福。

題長蘆方丈

笑别靈巖日當午，籃輿軋軋轉江浦。眼明初入菩提場，一燈傳自西來祖。老禪留客苦殷勤，汲泉煮茗添爐薰。空江向晚無人度，明月滿天秋正分。

中秋次韻

秋浦堂前有清集，久客思家淚痕濕。連年客裏作中秋，今歲還家又無及。山中茅屋冷如水，應念征塵何日洗。邊鴻也解寄歸音，旅燕亦能辭故壘。滔滔四海知音誰，公家公子歲寒期。殷勤為我撥新醲，煖熱向我哦好詩。我生志願良自足，肯向天涯長碌碌。願君腰金佩鳴玉，從我羹藜飯脱粟。秋風舟子兩相催，側帽長吟歸去來。開帆轉柁清溪口，還山要趁重陽酒。

諸公過易足爲紅梅一醉醉後率成數語

一冬雪與寒俱少，膏澤春來頗傾倒。畏寒病懶不出門，未覺心情被春惱。花木今春種種遲，眼明始見紅梅枝。容顏《永樂大典》卷二八〇九，豫章本作華頗稱俗子意，風骨獨有詩人知。人生百年誰滿百，去日漸多來日窄。衰顔已減舊年紅，短髮明年應更白。甕頭有酒不用沽，肴蔌得隨家有無。主人頽然客亦走，明朝無事重來否。

呈謝仲連

一葦江頭風雨寒，邂逅三日同清驩。諸塵不染眼自碧，萬事隨緣心已安。雨晴歸路馬蹄疾，問君呼船定何日。杖藜過我城南偏，遊戲世間文字禪。

從賈倅乞猫

渚宫茅屋住經年，牆壁苦遭羣鼠穿。旋乞狸奴名去惡，中宵客枕得安眠。携之俱東泛江水，饜飫魚腥二千里。半途忽作楚人弓，兒女憐渠今未已。昨宵聞説二車家，花墩五子俱可誇。此詩雖拙勝鹽茶，不問白黑灰貍花。

書黄叔虎傳神卷

鶴骨何清癯，腹空惟貯書。山林日月長，掉頭賦歸歟。松竹歲寒金石友，身後虚名眼前酒。與世相違豈盡然，江湖猶有丹青手。

與北山長老

數間破屋城南街，坐卧一榻心如灰。現身幻化本無住，疾病問渠何自來。剥啄誰歟破幽寂，道人定起北山北。齒冰骨玉兩高寒，禪病詩魔俱辟易。我倦欲眠君且歸，籃輿入郭知何時。貧家客來無準擬，為君時供雞蘇水。

法剛化士幹蔣山藏經乞語

鍾山夜半發奇怪，火光熾然脱三昧。法筵龍象不須驚，寶公留得眉毛在。食輪才轉法輪隨，樓臺金碧還相輝。大千經卷何處覓，剛禪藏在僧伽葉。如來言語皆真實，别有真經名第一。琅函寶藏不能收，若遇知音請拈出。

題張季子妄菴

世間種種無非妄，云何以妄為庵榜。君欲捨妄却求真，展轉思維增妄想。即妄即真君勿疑，真妄俱忘也大奇。笑我猖狂今老矣，因君聊復妄言之。

以上《自鳴集》卷三

全宋詩卷二五一五

章甫四

次韓無咎途中寄陸務觀

風高微退鷁，雲好合從龍。蕭艾長貪雨，松筠却耐冬。禁途今不遠，歸興未應濃。莫羨朱雙轂，相期祿萬鍾。

戎馬馳驅日，江湖邂逅間。笑談無逆旅，翰墨落名山。畫省春風入，漁舟夜月還。唱酬能見記，書札忍令慳。

寒梅欺雪白，臘酒愛鵝黄。花下觥籌亂，燈前錦繡香。醉吟揮字大，愁别聽更長。近報蛾眉好，何時奉一觴。

晝永渾無事，昏歸只掩門。甘貧同陋巷，多病似文園。對月人千里，論文酒一尊。遠懷霄漢路，愁絶虎狼村。

園筍看成竹，庭榴已着花。老來猶是客，歸去亦無家。萬事大槐國，一身焦穀芽。心閒聊默坐，紅日下天涯。

即日

苦憶花吹盡，生姊草長齊。鶯啼春已暮，客散日還西。孺子抛書卷，童奴理菜畦。怒雷將急雨，一夜水平堤。

吟苦知音少，棋低敵手多。故人無恙不，薄酒奈愁何。未暇兔三窟，聊同鷗一波。傳聞江北路，人應力田科。

醉裏三春了，山中五載留。日長知已夏，雨冷忽如秋。書貸監河粟，箱存季子裘。曲肱朝睡美，身外付悠悠。

春盡

晝永花陰直，風輕麥浪匀。僧歸還逼夏，鶯語欲留春。鬢髮垂垂老，親朋往往貧。地偏人事少，聊以寄吾真。

獨登南樓兼懷嚴聖幾俞若晦

瓜茗難逃暑，蚊蠅正作秋。勞生一念錯，晚境萬緣休。筆老無新語，囊空有敝裘。閒携瘦藤杖，獨上郡南樓。

城外江山好，樓前市井喧。登高明遠目，直北望中原。濟世原無策，傷心不忍言。唯餘憂國淚，還共水潺湲。

晝景微微斂，陰雲稍稍低。炎涼催旅燕，風雨聽鳴雞。獨立江樓上，相思浙水西。詩情兼酒伴，何日手重携。

夜坐

枕簟遲遲睡，軒窗一一開。市收人語寂，江迴水風來。熠耀明衣袂，嬋娟到酒杯。新涼兒女健，促織已相催。

喜涼

暑氣今全減，人心始少蘇。客愁生海燕，秋意入庭梧。歲月真虚擲，詩書只自娱。荆山誰獻玉，齊國正吹竽。

老去孤黄孏，愁來賴麴生。客居宜落寞，寒事費經營。歲稔鍛聲急，夜長燈影明。深懷不成寐，四壁候蟲鳴。

宿靈巖

異縣經年客，靈巖一夕留。涼風吹薄暮，明月照中秋。閲世身將老，尋山興未休。還驅羸馬去，訪古大江頭。

不寐

不眠知夜永，危坐起憂端。木葉紛猶落，篝燈焖未殘。年華今晼晚，邊堠且平安。以我衣裳冷，遥憐弟妹寒。

聞鴉

柳暗啼春處，庭空反哺時。鳴聲元自樂，世俗亦多疑。凶吉何須問，雌雄未易知。寧棲丈人屋，莫借上林枝。

除草

惡草溷嘉蔬，涼風獨荷鋤。薅耘非敢後，滋蔓恐難除。女大知艱食，兒癡亦廢書。歸來一長歎，不是厭山居。

春日村居

築圃未成趣，栽桃纔試花。年饑兒强飯，春困婦煎茶。為客空遲暮，逢人只歎嗟。上天新號令，雷雨起龍蛇。

村迥客來少，山寒春到遲。修塘留野水，插槿補疏籬。旁舍閒相過，幽人舊有期。出門看遠燒，拄杖立多時。

冬暖惟憂麥，春寒却勒花。地偏宜鳥雀，江遠少魚蝦。驚犬時時吠，歸鴻字字斜。故園芳草色，遊子亦思家。

浦樹微微改，溪流稍稍深。春來差少病，歲後苦多陰。隴畝三年夢，親朋萬里心。感時仍念舊，老淚欲沾襟。

土室宜冬夏，柴門玩歲時。不嫌貧作祟，直恐老相欺。草茁牛羊壯，山空虎豹饑。天晴好挑菜，吾亦伴兒嬉。

新涼

白帝揚鑣後，炎官退舍初。江山驚客恨，風月到吾廬。黄嬭宜相就，青奴稍見疏。寄聲蓮社友，秋興復何如。

同湯叔度兄弟賦秋聲

古木斜陽暮，寒江澹月秋。蕭騷初滿耳，蟋蟀最關愁。茅屋疑鳴雨，雲溪想枕流。幾回連別恨，為我過西州。

送潘致虚之湖南

久客兒童狎，窮居草木長。蛙聲猶鼓吹，燕子亦炎涼。度日工詩律，傷時洒淚行。輸君載明月，先我過瀟湘。

即　事

暑雨何時了，江雲不肯開。窮途惟有死，薄俗動相猜。怪事供詩卷，閒愁付酒杯。欲從湖海去，安得小舟來。

俯仰憐身世，飄零玩歲時。道途多異説，客子有新詩。日落乾坤慘，風生草木悲。高樓空北望，清淚不勝垂。

天意誠難測，人言果有不。便令江海竭，未厭虎狼求。獨下傷時淚，誰陳活國謀。君王自神武，况乃富貔貅。

門静悠悠日，春愁淡淡天。風塵殊未已，形影自相憐。有客還詩債，無人與酒錢。感時歌慷慨，憂國淚潺湲。

風急收殘雨，花輕點客衣。江山争秀發，燕雁不同飛。異縣交遊少，中原信息稀。王師戰甚苦，方解蔡州圍。

弟妹今安在，飄零各賤貧。詩成難寄遠，目斷更傷神。風俗殊方異，交情白首新。辛勤營一飽，媿此百年身。

探報無虛日，淮東有捷音。周王方北伐，蠢動敢南侵。四海當多事，羣公在一心。祖宗功業盛，德澤結民深。

兩淮仍蜀道，群寇再侵尋。不戒兵猶火，唯誇旅若林。皇圖終復古，天意亦難諶。咨爾無猖獗，須思後患深。

羣寇仍猖獗，城邊即棄捐。休兵雖上策，講信竟虛傳。人事今如此，天心恐未然。忍令唇齒地，重此染腥膻。

初失清河口，駸駸遂逼人。餘生偷歲月，無處避風塵。精鋭看諸將，謀謨仰大臣。悞夫憂國淚，欲忍已沾巾。

江　北

江北多戎馬，江南有戰船。艱難吾欲老，輾轉夜無眠。歸去須三逕，飄零又一年。鄰舟聽客語，愁絶晚來天。

山　行

江行風浪惡，石路僕夫勞。一水幾回度，亂山無數高。村醪清似鏡，早稻細如毛。愁聽田家語，令人首屢搔。

松滋縣作

月近中秋白，雲隨落日横。途窮諳客味，歲晚見交情。念舊傷存没，憂時尚戰爭。西風催起柁，鷗鷺莫寒盟。

十二月朔巢縣道中

瘦馬從摇兀，行裝更寂寥。老來寧浪出，此去有佳招。歲暮風霜苦，山長館舍遥。兒曹應念我，今日是生朝。

守倅元日唱酬次韻

別駕篇章敏，黄堂句法新。宜民多受福，把筆競題春。拖玉丹墀曉，鳴珂紫陌塵。退朝如有作，應亦念兹辰。

舟中簡祖顯

計拙生無益，時危老可傷。江山雙敝屣，詩酒一空囊。夜雨茆廬破，秋風菊逕荒。閒隨枕流客，蓑笠釣滄浪。

散髮扁舟上，秋江一段清。魚肥新入饌，鷗狎舊同盟。浦樹參差出，雲山遠近迎。君詩妙圖寫，不減謝宣城。

雨中簡孫文輔

多病愁陰晦，長貧慣寂寥。一江雲漠漠，十日雨瀟瀟。蛙黽誇秋水，魚蝦趁晚潮。新來疏酒盞，頗覺負清宵。

馬瘦憑誰相，龜靈故自焦。世途何偪仄，物性各逍遥。君老嗟黄綬，吾衰感黑貂。雨寒無病惱，酒熟即招邀。

寂寂諸緣省，緜緜一氣存。心情親藥裹，口味減盤飧。龐藴無生話，維摩不二門。秋聲摇萬壑，落葉會歸根。

贈李君玉

奔走空塵土，歸來日暝時。喜迎蓮社客，細説錦囊詩。短世相逢晚，高樓欲下遲。坐中無賀監，誰與解金龜。

老大何堪客，窮愁睯不醒。髮因閒事白，眼為好山青。月下南飛鵲，風前自照螢。倚君如玉樹，蒲柳愧雕零。

登譙樓

老大心雖懶，登臨眼尚明。水流春後暖，樓迴晚來晴。翔集鳩無數，歸飛雁一鳴。闌干成獨倚，愁絶莫雲平。

次郝澤民韻

歸雁衝寒去，棲烏向日啼。山明初過雨，沙静不多泥。江上梅花細，村中酒價低。無人可同出，課僕理荒畦。

次通一見詒韻

酒力添春意，詩魔惱夜眠。老來尤惜日，客裏又逢年。送雁寒雲外，尋梅野水邊。無錢供劇飲，空枉故人篇。

送任政道

蕭寺同時客，交情子更深。有時長共説，無事即相尋。臨水初分袂，因風數寄音。青雲如得路，珍重歲寒心。

和沈商卿次前韻

故人邊上去，春到未還家。奔走因王事，艱難感歲華。詩壇推俊逸，醉帽想欹斜。莫怪書題少，新年眼更花。

逢人問行李，幾日至東園。别去將三月，書來得五言。淮山分限域，風土異寒暄。四大知安穩，根塵要反源。

王漕舟行邵伯枯河之間一花獨秀有詩次韻

志在冥鴻上，舟行白鷺羣。水花明晚色，詩態藹春雲。獨立興三歎，孤斟為十分。錦囊曾不惜，還遺野人聞。

陪王漕右司遊東園

籍甚皇華使，詩清思不羣。建臺多暇日，領客總能文。花好杯重勸，茶香手自分。禮寬情爛熳，小雨夜深聞。

不到東園久，從公喜再遊。名花移别島，新築俯長流。蕩漾扁舟穩，回還一徑幽。胸中擅邱壑，此地得冥搜。

晝永花紅困，烟輕草緑齊。緩行金瑣細，爛醉玉東西。棋局觀成敗，河魚入品題。門闌老賓客，勝處謝招携。

再用前韻

公合麒麟畫，吾今麋鹿羣。別離頻換歲，夢寐昔論文。寒盡春生後，涇清渭濁分。喜還親几席，語妙得時聞。

黄原作昔，據豫章本改闔清華選，湖山爛熳遊。秋筠同節操，春柳似風流。鬒鬢莖莖白，園林事事幽。天然詩句好，初不待窮搜。

紅紫今無幾，寒暄尚未齊。春愁人更瘦，午醉日還西。課僕除新草，呼兒檢舊題。空庭可徐步，藜杖故相携。

次王勉夫見招

浪迹踰三紀，知音只數公。拙非今日用，愚與古人同。賓客雖常滿，簞瓢或屢空。躬耕逢歲旱，拄杖立西風。

風月分公宇，圖書静客堂。交情知爛熳，暇日想倘徉。我老嗟筋力，詩成損腎腸。報章慚不敏，秋至足悲傷。

送謝王夢得監税借示詩卷兼簡王僉

人入江西社，詩參活句禪。盤珠無滯迹，溪月有餘妍。不采龐公藥，宜先祖逖鞭。淹留茆屋底，愁坐算商船。

歲月易飄忽，文章空怪奇。宦遊君未達，耕種我長饑。事往休三歎，春來又幾時。官閒宜把酒，蓮幕最相知。

憶弟妹

新年思弟妹，何處有田園。見面寧無日，傷心不忍言。飄零空歲晚，契闊又春暄。腸斷東來水，滔滔共一源。

憂　旱

貧賤甘羈旅，淹留賴薄田。悠悠將送老，比比不逢年。旱魃工爲虐，雷公豈易鞭。醉能忘萬事，安得酒如川。

白　露

歲旱今如此，天高豈不聞。家家望秋穀，日日有閒雲。聖主焦勞甚，羣公獻納勤。老農愁欲死，祈禱漫紛紜。

烈日照平野，狂風吹槁苗。皇天無一雨，白露只明朝。世路多艱險，人心恐動摇。愁來唯有酒，聊以永今宵。

薦　饑

隴畝還枯旱，鉏犂謾苦辛。饑寒知不免，盜賊恐相因。憂國書生志，安民聖主仁。豐凶端有數，天本愛斯民。

久客身長健，頻年穀不登。天時有差忒，人事亦因仍。鵬運溟南北，魚呼水斗升。世途惟論報，誰飯在家僧。

和俞若晦晚步

日落帆歸疾，天寒潮應遲。老蟾還照客，宿鳥未安枝。懷抱難忘酒，工夫不到詩。徘徊江上路，此意有誰知。

閏月二日清坐

淮海秋風日，柴荆老病夫。詩因窮處得，愁到酒邊無。俗物妨青眼，浮生喜白鬚。繩床供午寢，清夢落江湖。

秋閏遲收穫，年衰惜友朋。每懷人似玉，安得酒如澠。鵲語何多誕，蟬聲故可憎。茶香新落磨，亦足洗炎蒸。

聞下親征詔志喜

聞下親征詔，軍民喜溢顔。天威方一怒，國步久多艱。思古傷心處，平戎反掌間。書生苦衰憊，空使鬢毛斑。

秋日

奔走傷形役，艱難感物華。澮烟籠遠樹，小雨濕寒沙。疑當作莎喚客尊無酒，撩人菊有華。弟兄書不至，過盡雁行斜。

故人多鬼録，久客又驚秋。為計無三窟，懷歸在一丘。雞鳴風雨晦，雁急稻粱謀。憶我山中友，天寒夜飯牛。

清宇移居

懷抱俱牢落，相逢得暫開。有時逃酒去，排日送詩來。撫事空三歎，移家又一回。秋涼安穩住，莫負菊花杯。

九日壽之見過

老去猶耽酒，歸來自撥醅。絶憐黄菊好，仍有故人來。懷古空三歎，挼香更一杯。横山無十里，騎馬未須回。

過清宇新居再用開字韻

市遠囂塵息，窗原作聰，據豫章本改明老眼開。句從天外得，書自日邊來。久住當成趣，相看不忍回。涼生初却扇，月出好銜杯。

書帙兒能整，柴扉手自開。夢殘江月上，酒醒竹風來。舊集秋重校，微吟日幾回。初無俗客飯，當有故人杯。

送孟希道

異縣交游少，隣牆歲月深。肴蔬長共醉，風雨亦相尋。去路逾千里，離筵惜寸陰。功名君努力，衰病我何心。

寄菜菴主

問訊菜菴主，菴中事若何。得詩堪供佛，學道想無魔。關塞兵戈定，江湖歲月多。他年白蓮社，藜杖飽經過。

秋　興

宿昔驅蠅手，今還把蟹螯。家愁難止酒，天氣近登高。歲月形容改，鄉關夢寐勞。小窗無晤對，風葉暮蕭騷。

答仲韓醉中見和

外事添蛇足，餘生嚼蝛螯。牀頭新酒熟，江上遠山高。紀詠能偷暇，登臨莫憚勞。獨醒誠可笑，辛苦賦離騷。

春日山居

流轉情何限，艱難老見侵。兒啼妨午睡，花落攪春心。得句從誰説，開尊祇自斟。移家近城市，湖水幾時深。

客舍逢迎少，村居道路迷。雨晴知虎過，烟暝有鴉啼。輕薄看諸子，辛勤愧老妻。人生真寄耳，巢燕亦添泥。

村陋渾成俗，雲山要可人。短籬雞唱午，芳樹鳥啼春。地僻愁仍少，身閒懶更真。扁舟因送客，重到大江濱。

登樓

空室才容膝，樓高適與隣。清秋宜眺遠，瘦策故來頻。鳥雀寧知我，江山不厭人。哦詩兼把酒，地主未嘗嗔。

卜焕之求雙竹

結屋清江上，憐君雅趣深。自移雙竹種，分得半簷陰。特立夷齊節，相看管鮑心。祇應風雨夜，聽此兩龍吟。

問祖顯疾

念子何多病，逢人問好音。可無安樂法，未用短長吟。陋巷隣南北，春風酒淺深。杯蛇弓落影，應已斷疑心。

隱几維摩詰，傷春杜拾遺。觀身如聚沫，憂國正攢眉。藥裹添新説，腰圍減舊時。朝來强飯不，問訊一憑詩。

送野堂禪師赴蔡公寶文之招

早歲識諸公，雙眸四海空。叢林今日異，風月往時同。晚境無茆屋，秋江又釣篷。毗耶大居士，游戲有神通。

次惠老見詒

别去忽三紀，餘生能幾年。相看雙眼碧，且喜一燈傳。禪病君無惱，詩狂我欲仙。劇談成絶倒，還似蜜中邊。

次郭遐齡所携張安國詩韻

早作諸公客，過門競挽留。憂時心尚壯，懷舊涕難收。富貴來何晚，文章老更優。尊前身健在，不必問封侯。

以上《自鳴集》卷四

章甫五

和韓丈雪晴

天公逞巧逐時新，戲把乾坤作爛銀。浄壓邊塵無戰馬，寒持使節有詩人。夜長霜月争催曉，年近江山逼放春。歸壽高堂先一醉，稱觴漢殿及嘉辰。

春望

東風吹水豈容平，小雨催花却易晴。旅燕欲來春社近，故人何處晚山横。不才媿忝諸侯客，苦思難攻五字城。芳草滿庭無一事，竹間幽鳥變新聲。

送張揚子

堂上絃歌吏早休，三年官舍冷於秋。諸公極力争推挽，野老何知欲借留。去矣青雲皆坦路，歸歟明月只扁舟。都城故舊如相問，草滿空山自牧牛。

憶王履方

江頭今日少風埃，時有閒雲出斷崖。入網河豚來近市，争巢野鵲墮空階。偶行芳草得佳句，不見故人無好懷。愁送客帆西去盡，日隨潮水到秦淮。

送張玉叔

春風端的解相期，吹盡桃花作雨飛。政苦無錢供劇飲，可堪臨水送將歸。窮愁度日添詩卷，老病憂時減帶圍。後夜思君望銀漢，雙星會處有光輝。

送李清宇

行李過門復小留，劇譚同此小窗幽。三杯酒力客愁破，一夜雨聲春事休。舊燕尋巢元未毁，新鶯出谷自相求。槐牙準擬供湯餅，初夏重來定到不。

和韓無咎使君弔李謫仙

力士能令妃子嗔，長安無復謫仙人。宫袍却换江東酒，野服終為帝外臣。孤冢道旁空怨結，兩峯烟際自愁顰。騎鯨捉月知何在，太白光芒夜夜新。

賢府主禱雪而應喜極有詩

湖海雙魚久不傳，幽人門巷轉蕭然。寒威直與酒為地，雪片忽共梅争妍。自撥小爐猶有火，擬留佳客苦無錢。金篦刮眼何時得，咫尺春風欲换年。

和朱少翁除夕

破曉東風又磔雞，人心物態兩推移。建瓴歲月今將老，漂梗江湖少不羈。獨坐舊諳為客味，長愁新賦悼亡詩。多慚府主鶯花約，歸去西疇恐後期。

送十八兄

故園别去踰三紀，男子生來志四方。千里勞君雙足趼，百窮笑我兩眉長。雪深客舍衣裘冷，春晚家山杖履香。歸省松楸終有日，臨分老淚亦沾裳。

苦旱

巫歌瓦鼓自村村，下鬼安能謁帝閽。盡室每愁風卷屋，何時得見雨翻盆。久無蚯蚓來堂上，頗説飛蝗集穀根。投老躬耕營一飽，客懷歲晚不堪論。

送張安國

萬里烟霄早致身，一麾到處作陽春。隨時用舍知無愠，落筆縱横信有神。江國雲山愁送遠，桂林風土獨宜人。笑談坐懾羣偷化，便合歸來據要津。

和周師禹所寄

九載光陰俯仰間，百年人世幾悲懽。竹樓夢斷傷春晚，雲壑書來喜歲寒。别久更憐詩筆健，愁多須放酒杯寬。相望江北江南路，柳絮隨風又作團。

次仲韓韻兼簡若晦

世途時事兩艱難，上水船行八節灘。旅雁唤愁秋已盡，隣雞驚夢夜將闌。醉狂終是心情懶，老瘦非關骨相寒。閒憶能詩俞與趙，久無妙語發毫端。

張王臣自湖南官滿趨朝舟過白沙和惠資福二詩末章見及次韻

别來身世轉乖違，老病交攻若有期。目力半昏難結字，心情全懶罷吟詩。魚沉湖海無書日，犬吠柴荆有客時。三逕莫嫌猶寂寞，地偏花木得春遲。

叢桂書齋念昔遊，紅蓮幕府喜歸休。秋風起舵蒹葭渚，春月停橈杜若洲。未用把詩輕萬户，直須呼酒散千憂。贊公亦是江湖舊，更問君能少住不。

次張子儀韻

半生原作身，據豫章本改江海慣浮游，邂逅今成客此州。憂國幸逢年穀熟，望鄉長恨晚山稠。連天烟雨雙鴻雁，滿地風波一白鷗。獨把酒杯悲節物，何時弟勸與兄酬。

燈夕韓使君惠谷簾泉

憶昨嬉遊不忍閒，秪今但欲掩柴關。短檠無恙客多病，明月有情天若慳。落日哦詩方袖手，故人憶我未還山。歸家且酌康廬水，恍墮千巖紫翠間。

和劉巖隱道士

青眼難逢阮步兵，白鬚新識老彌明。清談畧洗塵埃盡，妙句仍看欬唾成。休説有身真是患，但知得酒不須名。焦桐更倩揮毫手，要聽秋崖夜鶴鳴。

題天開圖畫

使君新築北城限，舉酒標名繡斧來。一覽江山因勝地，四時圖畫自天開。坐令宋史空盤礴，豈有并刀解翦裁。暇日莫辭頻領客，年豐無事好銜杯。

多日不收家信再和呈丁合州

郵亭盤礴已六日，清坐了無塵事隨。書寄弟兄猶未到，夢遊京浙不勝馳。江邊短艇雨千點，竹裏疎烟梅一枝。兒女未知為客恨，但爭柑橘遶庭墀。

呈胡德器

相逢縱酒又連旬，醉倒誰知主與賓。舌在莫談當世事，眼明仍是故鄉人。不愁春與花俱減，但恨君如我更貧。淮上風烟隨分好，他年準擬作比鄰。

戲答王通一

底事重來淮上村，九關難上阻司閽。短衣他日欲射虎，堂印何時看倒盆。花著襟裾無定力，雪侵鬢髮有愁根。天河且挽洗瘡疥，若問甲兵君莫論。

予歸自都梁魏子深來自滁州坐間酌酒

道路長年笑此身，絶憐塵土涴衣巾。飛花數點已愁客，歸雁一聲如喚人。州縣驅馳君欲老，江湖流落我常貧。相逢却恨成匆遽，不醉沙頭爛熳春。

寄荆南友人

餘生自拚一虚舟，未害尋詩慰客愁。梅欲飄零猶醖藉，柳纔依約已風流。關心弟妹無黄犬，入夢江湖有白鷗。别後故人相念否，東風應倚仲宣樓。

過家留一夕曹丈復和韻再作

賢聖何曾時一中，扁舟但困打頭風。按田外歎裹糧乏，還舍内嗟瓶粟空。論事時遭瞋目視，催科隔絶滿堂烘。匆匆結束又西邁，望眼却隨黄鵠東。

九日

登高長是易銷魂，多病新來目更昏。强引兒童追節物，久拚身世任乾坤。江風冷拂烏紗帽，籬菊香浮老瓦盆。回首西湖如昨日，交遊凋謝不堪論。

王夢得意豫章本作念**久出遠歸惠詩次韻**

手栽桃李已成花，久客歸心急莫鵶。別後新詩圓似彈，依前瘦馬鈍如蛙。路長人困煎茶店，春去鶯啼賣酒家。三徑未荒還寄傲，只應清夢到京華。

寄韓漕子雲

詔書淮上遂休兵，玉帛相隨下帝京。且喜王師還禁衛，獨煩使節在邊城。轉輸積雪河冰合，離別春風塞草生。細札催歸應不晚，到家猶及趁清明。

上黄漕

漢初曲逆未侯日，窮巷席門誰見收。固是知人甚難事，懸知同類合相求。客懷夜雨打破壁，世事春江横釣舟。為報能文韓吏部，吹嘘籍湜預名流。

雨中簡李牧之

提壺勸飲方多病，布穀催耕未有田。老去情懷非宿昔，日長圖史得周旋。客愁正是連山雨，時事渾如上水船。問訊詩翁無恙否，遥憐袓裼聳雙肩。

燈夕戲簡胥直夫

小雨催耕苦未匀，東風吹水起魚鱗。兵戈闗塞今年定，燈火江城此夜新。萬點飛花愁客子，一天明月屬遊人。舊時面壁胥居士，何處笙歌作好春。

次韓無咎盱眙道中韻

人家過午絶炊烟，隴上羸牛挽不前。寇退皇恩方掩骼，民饑客飯只烹鮮。觀風到處春隨馬，揵水歸時月滿川。王事獨賢無倦色，雞鳴起坐屋三椽。

蘇訓直方夷吾相挽同飯招隱

登臨筋力猶如昨，興廢循環自有時。青石獨存超士傳，粉牌新得省郎詩。雲山改色風生座，野鹿無蹤水滿池。勝處只宜文字飲，不須紅袖苦追隨。

重九前一日示弟姪

人生百歲未易滿，我已五十仍加三。異縣長憐九月九，故園遠在南山南。緑尊青眼舊相得，黄菊白頭還好簪。明晨汝輩早同出，脚力躋攀吾尚堪。

九日憶俞若晦

出處殊途會面難，君留湖上我江干。黄花三度不同醉，白髮數莖尤寡歡。鶚立寥寥天地大，鴻飛漠漠水雲寒。登高時節還相憶，朝露誰憐墜木蘭。

愁　坐

俗物滿前無好懷，可堪時序苦相催。飛蚊掃迹夜方静，過雁傳聲寒已來。多病不勝杯瀲灩，遠遊只恐馬虺隤。書窗愁坐令人瘦，獨上江樓日幾回。

同楊德駿任致道登北觀留題壁間

年來多病廢幽尋，眼底風光亦倦吟。歲暮情懷傷老大，雪晴筋力試登臨。一江烟水分南北，千里雲山自古今。杖屨頻來端不惡，只愁東望起歸心。

春晚寺居即事

晚晴鳥雀喜窺簷，客舍餘寒怕卷簾。多病新來知本草，安心老去讀楞嚴。髮稀帽側頭慵櫛，火冷香消手自添。百念不生惟飽飯，春山蔬筍十分甜。

閒吟

春風略不欺貧賤，美酒真堪託死生。芳草又依窮巷緑，殘尊重與故人傾。雨餘入饌添蔬筍，晝永欹眠憶弟兄。但得一廛供送老，更將詩頌紀昇平。

梅花白盡柳初黄，春未平分日已長。老眼明邊湖水緑，閒愁來處楚山蒼。高吟且喜詩無病，痛飲方知酒有腸。南北故人强健否，誰知旅鬢欲秋霜。

蒜山夜歸

雙雙鷗鳥落蒼灣，點點征帆返照間。多病久無鐘鼎夢，忘機長伴水雲閒。江心古寺入圖畫，烟際好山如髻鬟。踏月歸時聞短笛，津頭知有釣舟還。

野步

天寬地大我何憂，白首行歌得自由。窮既有神安可送，富如非義豈容求。四時無出三春好，萬事都拚一醉休。茅屋酒旗遥唤客，餘寒未許脱駝裘。

得蔡深源信

左右圖書一小軒，閉門謝客蔡深源。别來三歲喜無恙，老去百懷誰與言。神魚不肯貪香餌，天馬難令駕短轅。苦憶當年常款曲，茆簷軟語負朝暄。

簡唐先生谷

藩籬落日鳥雀鬧，江湖西風鴻雁高。病軀已厭秋夜永，農事更傷終歲勞。窮愁滿眼未容遣，俗物敗意時相遭。隱芝庵中有高士，拄杖請來同出遨。

送彬禪客

越王樓畔彬禪客，為法南游蚤出關。曾駕鐵船衝巨浪，又携錫杖過他山。夢回故國非無侶，身比孤雲只獨閒。君到諸方如問我，年來多病鬢毛斑。

即　事

平邊活國不關儂，晝永新添炙背功。鳩婦仳離天欲雨，鵲巢低穩歲多風。一彈指頃韶光半，微破顔時夢事空。但得餘生無病惱，從渠南北與西東。

湖上吟

誰家短笛吹楊柳，何處扁舟唱采菱。湖水欲平風作惡，秋雲太薄雨無憑。近人白鷺麾方去，隔岸青山喚不譍。好景滿前難著語，夜歸茅屋望疏燈。

以上《自鳴集》卷五

全宋詩卷二五一七

章甫六

秋曉 五首

窗間耿殘燈，屋角照落月。披衣啟柴關，呼帚掃黃葉。

曉色殊未分，江風飄然起。開窗看芭蕉，露重葉如洗。

不雨已三月，草木無光輝。籬邊舊菊叢，生意良亦微。

鴻雁何時來，肅肅楚天曉。悲鳴向江南，江北稻粱少。

擾擾世間事，悠悠眼中人。幽懷與誰語，獨立望秋旻。

西湖游上人相訪於白沙翌日如金山求詩

剥啄驚春睡，蕭然湖上僧。篝燈夜深語，多説鑒豫章本作覽巴陵。

宗師貪寂滅，祖道益衰遲。只有青山色，相逢似舊時。

江草隨春遠，沙鷗伴我閒。殷勤東去水，送子過金山。

趙再可以通一所作梅雀求題

老去詩情在，逢春祇欲狂。飛來枝上雀，似亦愛幽香。

雨後十小絶以一雨洗殘暑萬家生早凉爲韻

閒居何所宜，把酒策第一。石田今有秋，痛飲事可必。
去秋旱太甚，百神無不舉。今歲感天公，時有容易雨。
暄濁氣未收，夜雨聊一洗。心清不受塵，眼净豈容眯。
哦詩思遠人，欲往無羽翰。焚香閉門睡，睡起香未殘。
百歲已逾半，知復幾寒暑。此事當究觀，勿共俗子語。
長安卿相家，一食費幾萬。有功享固宜，我輩且蔬飯。
新凉可穿衣，出門造誰家。城頭有高樓，散我兩脚麻。
夢作吴淞去，膾鱸擣香橙。道逢湖海人，歡宴如平生。
却扇情未忍，補衣計當早。騷人愛悲秋，秋色政自好。
交情易翻覆，世態多炎凉。倦游將何之，可樂唯醉鄉。

書　壁

禽聲春後變，柳色夜來深。老子關門坐，無人識此心。

浙江觀潮

萬仞銀山鐵壁，三軍貔虎熊羆。不怕蛟龍作横，輸他解事吴兒。

太湖秋晚

處處橙黄橘緑，家家蓴菜鱸魚。昨夜秋風又起，扁舟誰賦歸歟。

鄂渚春光

黄鶴樓中月白，鸚鵡洲前水流。更有何人吹笛，空餘春草鬬愁。

題雨畫軸

緑樹無多雨過，青山一半雲遮。斷岸野橋春水，閉門茆屋誰家。
晞髪松風蕭爽，濯纓溪水清寒。著我春容石上，憑誰游戲毫端。

題惠老松竹圖

江湖上懶行脚，松竹邊聊卜隣。妙處即三即一，畫圖非幻非真。
風細聲音互答，月明體用全彰。二十為君提唱，老僧無法商量。

送劉道士之山陰閲藏書四首

破屋頻來叩户，殘尊俄惜離羣。揮翰他時説我，圍棋暇日思君。
世事雲烟變滅，人生魚鳥飛沈。古錦空多妙句，朱絃誰是知音。
拄杖横肩自如，醯雞無豫章本作舞甕從渠。著脚千岩萬壑，專心琳札青書。
羡子孤雲野鶴，笑儂枯木寒灰。呵手自題詩送，逢人早寄書來。

題畫

一水鳴東西寺，春雨洗南北山。脚力未窮蒼翠，夢魂曾聽潺湲。

寺居

池水平鋪碧玉，靈山側布黄金。未就日邊清夢，夜窗風雨驚心。

海門殘照圖

斜日淡籠吴楚，暮烟欲閉金焦。未暇乘桴浮海，那船曾趁春潮。

書祖顯墨梅枕屏

我曾醉卧勇菴牀，酒渴依然夢吸江。晚角吹回燈尚在，眼花錯認月横窗。

郡圃殘雪

半依籬脚半依城，多傍梅邊水際亭。最是晚晴斜照裏，黄金日射萬銀星。
南風融雪北風凝，晚日城頭已可登。莫道雪融便無迹，雪融成水水成冰。
城外城中雪半開，遠峯依舊玉崔嵬。池冰綻處纔如線，便有鴛鴦浮過來。

寄金山良書記

浮玉山頭屋數椽，同龕彌勒憶當年。衹今輸與良書記，睡起晴窗看釣船。
不向金山作主人，春江鷗鳥定相親。憑君與問寒巖樹，今見桃花幾度新。

葡萄

馬乳酸甜自舊知，眼寒久不見生枝。中原有路人難到，北客思鄉淚欲垂。
磊落堆盤亦快哉，無人能寄一枝來。平生不識涼州酒，漢水遥憐似潑醅。

睡起

日長睡足傍簾櫳，庭院初收落絮風。葉底櫻桃渾可摘，黄鶯不離緑陰中。

以上《自鳴集》卷六

張德恭以詩當謁次韻

新詩俄拜辱，午醉未全醒。如入圖書府，宜游著作庭。文章先體製，耆舊有儀刑。愧我空遲莫，窮居晝掩扃。

故里猶牽夢，他鄉且定居。老於經卷熟，病與酒杯疏。耕稼少豐歲，交朋多素書。飄零常自笑，潦倒更如誰。

無題

碁局機心在，詩篇習氣餘。去來旋磨螘，生死蠹書魚。閲世雙蓬鬢，還山一草廬。苦無食衣計，不是故躊躇。

謾成

時事何年定，吾生半時休。僧居才解夏，邊壘又防秋。遠水朝滄海，斜陽傍小樓。西風吹畫角，歸思滿扁舟。

六言

刺繡何如倚市，力耕須要逢年。留醉堂中老子，日長沽酒無錢。
飢腸有句欲吐，陋巷無人肯來。薄晚飄風驟雨，終年枯木寒灰。
從來鍾鼎無夢，是處林泉可家。料事頗知風雨，逢人且説桑麻。
一丘一壑粗足，老圃老農可師。雞唱不踰風雨，蛙鳴何擇官私。
舊書終日懶讀，小斧有時獨携。取醉旋篘白酒，護生不殺黄雞。
兒女逼人咄咄，交朋笑我悠悠。幸逢邊塞無事，但願山田有秋。

以上《永樂大典》卷八九六引《自鳴集》

句

只欠蛾眉把屈卮。　宋崔敦禮《宮教集》卷二注引

今朝忽至前，郭索當炎伏。也知楚人饞，不待秋霜熟。蟹

藉糟行萬里，醉死甘為戮。又　以上宋高似孫《蟹略》卷二

（吴企明、虞行整理）

全宋詩卷二五一八

石孝友

石孝友，字次仲，南昌（今屬江西）人。孝宗乾道二年（一一六六）進士。有《金谷遺音》一卷，已佚。事見清道光《南昌縣志》卷二二。

釣臺

桐江波上一羊裘，釣得聲名隘九州。天子曷嘗遺故舊，先生不肯事王侯。宋王象之《輿地紀勝》卷八《兩浙西路·釣臺》

（崔統華整理）

鄭郥

鄭郥，字夢授，建安（今福建建甌）人。孝宗乾道二年（一一六六）進士（明嘉靖《建寧府志》卷一五）。淳熙二年（一一七五）爲融州教授（《嶺外代答》卷一〇），歷静江府司法參軍。八年，知保昌縣（清道光《直隸南雄州志》卷四）。事見清嘉慶《廣西通志》卷二二三。

游洋州崇法院

曉色熹微麥隴間，杖藜徐步扣禪關。兩澆水足東西堰，一抹雲收南北田。《宋詩紀事》卷五九作山仕路馳驅同上書作世路飽諳驚歲晚，僧寮同上書作佛巖燕坐覺身閒。故園早辦歸來計，莫待星霜滿鬢斑。清張鵬翼光緒《洋

縣志》卷七

王萊

（孟憲忠整理）

王萊，字邦基，又字基仲（《淳熙稿》卷一二《贈王教授基仲》），號龜湖（宋王光溥《自號録》），無爲（今屬安徽）人。之道子。孝宗乾道二年（一一六六）進士（清乾隆《無爲州志》卷一二）。淳熙八年（一一八一）爲建康府教授（《景定建康志》卷二八）。光宗紹熙元年（一一九〇），知池州貴池縣（《宋會要輯稿》職官七三之四）。有《龜湖集》十卷（《宋史・藝文志》），已佚。

陶隱居上館

最上華陽舘，凄涼豈舊基。山中為相日，樓上待仙時。精力凋文字，羣居厭朮芝。却輸元處士，薪爨得天知。 《永樂大典》卷一一三一三引《龜湖集》

孫紹遠

孫紹遠，字稽仲，姑蘇（今江蘇蘇州）人。孝宗淳熙七年（一一八〇），知興化軍（明弘治《興化府志》卷二）。十三年，供職廣南西路（《粵西金石略》卷九）。著有《大衍方》十二卷（《直齋書録解題》卷一三）、《谷橋愚稿》十卷（《宋史・藝文志》），皆佚。輯有《聲畫集》傳世。

題妙庭觀

爐鼎丹飛又未還，不應忘却舊家山。玉笙餘韵君須聽，只在環流松竹間。

明吴堂正統《富春志》卷五

奚商衡

奚商衡，字元美，臨安（今屬浙江）人。孝宗乾道二年（一一六六）進士，調崑山簿（《崑山雜詠》卷二）。淳熙三年（一一七六），爲樞密院編修官，除太常博士（《宋會要輯稿》儀制一三之二七）。七年，遷敕令所删定官（同上書刑法一之五三）。十年，除校書郎。十一年放罷（同上書職官七二之八）。事見《南宋館閣續録》卷八。今録詩三首。

到崑山

客槎無路到天津，五斗依然不救貧。斂版進趨慚大吏，打門呼索愧窮民。酒邊拓落尋真趣，詩裏平章作好春。自笑小才還小用，姓名安得上麒麟。

慧聚上方

小橋官樹緑無央，袖手東風日正長。料理只今誰到我，衹宜煎茗坐僧房。

簿舍西堂

靡官到眼惟朱墨，箇裏清虚却可人。曉徑忽聞花信早，晚窗時對月痕新。客來但怪階庭寂，晝永偏於枕簟親。莫莫只求閒裏過，抗顔何苦拜車塵。

以上宋龔昱《崑山雜詠》卷二

盧篆

盧篆，莆田（今屬福建）人。孝宗乾道二年（一一六六）進士。官封州教授。事見清乾隆《莆田縣志》卷一二。

題梨嶺馮唐廟

五原塞外驕兒悍，萬死臺前女子多。聞道中郎知魏尚，不教天子憶廉頗。宋李俊甫《莆陽比事》卷三

趙彦肅

趙彦肅，字子欽，學者稱復齋先生，嚴州建德（今浙江建德東北）人。孝宗乾道二年（一一六六）進士。仕止寧海軍節度推官。著有《易説》、《廣學雜辨》等，已佚。事見《景定嚴州續志》卷三。

舟行松江聞雞鳴犬吠

循緣多熟境，溺法無要津。慮心屏百慮，猶是隔幾塵。雲邊察飛翼，水底觀躍鱗。悶殺魯中叟，笑倒濠上人。清黄宗羲《宋元學案》卷三引宋楊簡《寧海軍節推趙公彦肅行狀》

（以上崔統華整理）

吴伯凱

吴伯凱，字虞賓，龍泉（今屬浙江）人。孝宗乾道二年（一一六六）進士（清光緒《處州府志》卷一六）。今録詩二首。

夏夜書所見

吴牛見月喘，引重不得休。孤螢出露草，意行凌九秋。形大苦見役，物微長自由。世無漆園吏，持問道

遥遊。

牧兒

磊塊胸懷漫不平，牧兒横草藉功名。韓彭不戴貂蟬死，牛背斜陽且意行。以上宋陳起《前賢小集拾遺》卷一

句

平生五千卷，為方不為圓。食圓　宋張侃《張氏拙軒集》卷一《食圓用建昌使君叔父韻》注

（孟憲忠整理）

何澹

何澹，字自然，龍泉（今屬浙江）人。孝宗乾道二年（一一六六）進士。淳熙二年（一一七五）除秘書省正字，累遷著作郎，十二年爲將作少監，十五年爲國子祭酒，除兵部侍郎，十六年擢右諫議大夫（《宋史》卷三六）。光宗紹熙元年（一一九〇）除御史中丞（《永樂大典》卷七三五〇引《黄景聲墓誌銘》）。寧宗慶元二年（一一九六）除同知樞密院事兼參知政事，嘉泰元年（一二〇一）罷知樞密院事。嘉定元年（一二〇八）出知建康（《景定建康志》卷一四）。移知江陵，奉祠卒。有《小山雜録》八卷，已佚。《宋史》卷三九四有傳。事見《南宋館閣續録》卷七、八、九。今録詩二十五首。

方壺

玉壺清景面瑶池，便入丹青也自宜。挾册幾回成獨往，壺公應笑一書癡。《永樂大典》卷二二五六引《小山雜著》

和王成之同趙達明遊西湖

只對西湖也自涼，雨餘天更辟商羊。水交秋色心田静，風入山花鼻觀香。別駕慇懃能設醴，吾曹嬉戲且逢場。鳳凰池上今文伯，猶憶春闈夜卷長。同上書卷二二六四引《小山雜著》

和張時可景靈宮即事及暫歸南湖二詩

嵯峨宮殿曉風清，月掛林梢夜欲更。户外朝紳千綺集，馬頭椽燭五枝明。諸天唄響超三界，衆妙香然磬一誠。渭北衣冠應北顧，請扶大漢振天聲。

南湖風月想經行，隱興常多薄宦情。輦轂只今煩佐治，僮奴休復事歡迎。人如仲舉輿增重，客為相如座盡傾。咫尺不妨時問道，病餘已覺此身輕。同上書卷二二六五引《小山雜著》

登遶花臺二首

詩翁當日上凌風，面面看花得句工。我亦巡簷來索笑，古今人意略相同。

臺因水部將花遶，隱為耶溪號小山。且在我家為故事，若言衣鉢有慚顔。同上書卷二六〇四引《小山雜著》

早梅二首

庾嶺香腮想未真，東明纔見一枝新。陽和衣被凡花卉，繁杏夭桃次第春。

姑射仙肌不受塵，舊粧重傅恰如新。東君少試回天手，已占人間幾許春。同上書卷二八〇八引《小山雜著》

紅梅

冷淡梳粧不入時，故將粉面以朱施。風標可作孤山殿，枝葉能令北客疑。及與松筠論舊故，未容桃李强追隨。芳名亦占羣花上，所恨無功到鼎彝。

館中賞紅梅

何澹

石渠南畔小闌干，一種孤芳萬玉攢。應為癯儒嫌冷淡，故將素面汙鉛丹。花前酒盞渾如夢，池上詩盟幸不寒。自注：去歲嘗廢故事，故云。美景要須公管領，轉頭還作隔年看。以上同上書卷二八〇九引《小山雜著》

和聖製蠟梅二首

臣今月三日蒙恩賜對便殿，玉音宣示《蠟梅》新制，聖律高古，麗藻回春。臣一介愚陋，得誦宸章之妙，實千載之榮遇，謹昧死依韻和進二首。伏乞萬機之暇，略賜乙覽，臣無任惶懼戰灼之至。

庾嶺天開一種芳，金枝先到殿中央。東皇為作陽春倡，壓倒千花萬卉香。

不容紅白鬬芬芳，色染薔薇照水央。冷艷可供清燕賞，日融風軟暗傳香。同上書卷二八一一引《小山雜著》

報慈山門

翠屏一匝梵王城，白練兩條功德水。百鳥爭巢高樹枝，似聞佛法心歡喜。

時思山門

澗水琤琮鳴屋角，溪潭瀲灎對山門。綠崖鳥道人行去，隔岸綠陰春正昏。以上同上書卷三五二五引《小山雜著》

群花盛開二首

榮觀新移閬苑栽，芳叢銜晝錦花開。誰知妙手參元化，頃刻青紅照玉杯。

向陽花木易培栽，略借春風已自開。多謝青宮能長養，一枝先壓紫霞杯。同上書卷五八三九引《小山雜著》

詩一首

茂洪艱險扶傾廈，安石從容抗怒蛙。習俗風流猶未改，短轅絲竹壁微瑕。同上書卷六八二九引《小山雜著》

兩監同舍出游和吴監丞韻

我本麋鹿姿，牽來入京闕。舉動違真性，驅馳了歲月。自慚西湖水，照見種種髮。乘興陪諸公，放舟烟浪窟。小雨裛風埃，輕霾翳林樾。春深桃李競，路滑車馬歇。已辦登山屐，不羡凌波襪。沿堤逐樹陰，傍寺訪禪衲。杯行知已深，歡意殊未竭。日暮碧雲横，兩山高突兀。同上書卷八八四四引《小山雜著》

山中之樂

噫，山中之樂兮，與猿鶴兮同遊。幸儋石之有儲，奚斗升之復求。同上書卷八八四五引《小山雜著》

和趙知府延緑韻

柴門三月麥秋寒，日與漁樵自往還。千騎肯來延緑閣，一杯相屬對青山。句工烟雨空濛際，筆妙龍蛇夭矯間。從此小園增倍價，不妨長作老農閑。同上書卷一〇九九九引《小山雜著》

蘿衣洞

蘿衣晴帶護烟簑，楚國狂夫尚作歌。石影到溪千丈勁，藤痕入目八分多。泉分小白山中雨，衣取雲門寺頂荷。洞口樵人誰語汝，茶過相遇更相過。同上書卷一三〇七四引《小山雜著》

玉香洞

玉梅幾歲隔樊牆，剖破藩籬兩鴈行。青眼相看到頭白，洞中無客自吹香。同上書卷一三〇七五引《小山雜著》

棲雲中伏

炎官驅我入山椒，日日松聲似海潮。四月黄梅無不雨，却來三伏洗炎歊。同上書卷一九七八三引《小山雜

著》

和宋憲乙丑元夕韻

三神山上隔凡塵，簫鼓喧闐午夜聲。十里綺羅開翠幕，一天星斗不層城。也知故國風光麗，尤喜新元穀價平。衰朽尚容陪二妙，不妨欹側到天明。同上書卷二〇三五四引《小山雜著》

九日偕朱彦器伯仲遊雁門山

神京浩不及，仙闕次第開。名山逢好友，九日共登台。濟勝聊為具，吟詩愧別才。何年清海甸，結屋此中來。清《義陽金竹朱氏宗譜》

（劉雯整理）

徐似道

徐似道，字淵子，號竹隱，黄巖（今屬浙江）人。孝宗乾道二年（一一六六）進士。爲吴江尉（《萬姓統譜》卷七），知太和縣。寧宗慶元三年（一一九七）主管官告院（《宋會要輯稿》選舉二一之七）。出知郢州（《嘉定赤城志》卷三三）。開禧元年（一二〇五）召除禮部司封郎官兼翰林權直，二年遷祕書少監、起居舍人（《宋中興學士院題名》），兼國史院編修官、實録院檢討官（《南宋館閣續録》卷九），旋罷。嘉定四年（一二一一）爲江西提刑，建言檢驗屍傷當據《格目》標準公開進行，杜絶差訛（《宋會要輯稿》刑法六之七、《宋史・刑法志》）。有《竹隱集》十一卷，已佚。明萬曆《黄巖縣志》卷六、清嘉慶《太平縣志》卷一一有傳。

徐似道詩，據《貴耳集》、《詩人玉屑》等書所録，編爲一卷。

登白雪樓

水落方成放牧坡，水生還作浴鷗波。春風自共桃花笑，秀色偏於麥壠多。村號莫愁勞想象，石名宋玉謾摩挲。試將有袴無襦曲，翻作陽春白雪歌。宋戴復古《石屏詩集》卷五《陪徐淵子使君登白雪樓約各賦一詩必以宋玉石對莫愁村》詩注引

買硯

俸餘宜辦買山錢，却買端州一硯磚。依舊被渠驅使出，買山之事定何年。

遊廬山得蟹

不到廬山辜負目，不食螃蟹辜負腹。亦知二者古難并，到得九江吾事足。廬山偃蹇坐吾前，螃蟹郭索來酒邊。持螯把酒與山對，世無此樂三百年。時人愛畫陶靖節，菊繞東籬手親折。何如更畫我持螯，共對廬山作三絕。以上宋張端義《貴耳集》卷上

和誠齋跋梅坡詩卷

知君得法自南昌，作舍何須問道旁。二老未嘗輕許可，兩詩固已為平章。胸横雲岫無窮意，語帶梅坡不盡香。政乏綺紈相嫵媚，不妨風氣似諸王。宋魏慶之《詩人玉屑》卷一九

題仙居道中

地徧山成簇，溪平水不奔。晴天帶陰色，冬日作春温。草聚雞豚市，機聲桑柘村。舟人識行李，相約候歸轅。

唐史君與正新建浮橋

秋風百柁倚江皋，幻出城南不柱橋。虹影勒回天際水，鵡頭驚退海東潮。白銀闕裏看車馬，赤玉闌邊聽鼓簫。硎刃有餘舟楫在，待隨芝檢上雲霄。

題仙居相湖

嶺名石母誰家母，湖號相公何代公。欲問嶺雲并嶺月，怕推湖水與湖風。漁翁樵子難重問，墨客騷人苦欲窮。愚智校行三十里，朔風吹酒又成空。

宿雲巖二首

古書萬卷積成蠹，老屋數閒深却幽。午枕忽驚毛骨冷，覺來風雨一山秋。

殘僧入定夜堂寂，獨客不眠山月高。静坐了無塵俗態，一燈窗下讀離騷。

以上宋林表民《天台續集别編》卷四

題蒼嶺

看山每恨眼不飽，上馬豈知程可貪。還我一筇雙不借，緩從雲北過雲南。

同上書卷六

九日

衰容不似秋容好，坐上誰憐老孟嘉。牢裹烏紗莫吹却，免教白髮見黄花。

宋羅大經《鶴林玉露》甲編卷二

海棠

子美無詩到海棠，酒邊游戲略平章。日烘不睡却成睡，風暖無香却自香。花事一番勞應接，春光强半被分張。速來寘上尋徐老，同醉花前作楚狂。

宋陳景沂《全芳備祖》前集卷七

巖桂花

重重簾幕護金猊，小樹花開逼麝臍。寒色十分新瘷粟，春心一點暗通犀。香延棋畔仙人斧，影射燈前太乙藜。從此再遇花甲子，伴公長醉日東西。

同上書前集卷一三

酴醿

紛紛紅紫落莓苔，帶月和煙特地開。疑是玉妃新浴出，翠雲梯上舞風臺。

同上書前集卷一五

水仙花二首

徐似道

天然初不事鉛華，此是無塵有韵花。翠帶詎容縈俗客，金杯祇合勸詩家。

林下清風自一家，稍親梅竹近蘭芽。祇緣羞與凡花伍，移植名園不肯花。　同上書前集卷二一

萱草花

莫訝萱枝小，能施宫様粧。只緣沾染足，絶似杜蘭香。　同上書前集卷二六

楊　梅

火齊無光荔實圓，未嘗先説齒流涎。唤回天竺三年夢，參透披雲一味禪。　同上書後集卷六

蒲

圓蒲相將結僧厦，荷葉蒲茸緑相亞。浮花浪葉一本作蕊自飄零，小院迴廊正瀟洒。葉如青幄花成茵，細腰起舞來送春。紙光如銀墨如漆，落筆四座驚有神。輕衫短帽付餘子，花前醉倒輪閑人。　同上書後集卷一二

竹

盧仝茅屋面桃李，杜老草堂依柳梅。我欲四時相照映，小窗時對此君開。　同上書後集卷一六

薺

萋萋牆根薺，采掇盈一襜。破白半浮糝，殺青微下鹽。長貧歎亦苦，積悟覺尤甘。緬想拔葵者，吾今已傷廉。　同上書後集卷二六

蓴菜二首

千里蓴絲一本作羹未下鹽，北遊誰復話江南。可憐一筯秋風味，錯被旁人苦未一本作舌本參。

堆盤縷縷又秋風，客俎虀鹽一洗空。羹鱠疑居柁樓底，杯螯如墮酒船中。蓴羹本是詩人事，樽俎那容俗

子同。不日挽君來快問，請分一筯供涪翁。

守太和

我本田家子，驅來作長官。政雖無小異，民却自相安。静或焚香坐，閒因展畫看。庸人擾之耳，只道太和難。

題雪巢

巢餘太古雪，人有正始風。頭如雪絮白，面作春桃紅。

裝太和米綱

一鞭加爾膚，萬刃劃吾腹。就令猛於虎，何忍食子肉。世無冷鑊湯，邑盡活地獄。

秋日

老覺此身無一堪，尚牽詩課撚衰髯。亦知庭院西風惡，直為秋香不下簾。

詩一首

一瓶儲粟一囊錢，兒學箕裘女紡磚。更買小丘吾事畢，勘書評畫了殘年。

瓶中梅花

可憐玉雪不供愁，似倩詩翁作□□。□□此君雖强項，歲寒相對却風流。

舟行

大官連檣十萬艘，小官僅得一葉如漁舠。其中何所有，白髮翁媪並兒曹。赤脚婢三後執爨，蒼頭奴二前操篙。玄真筆牀間茶竈，吏部酒杯兼蟹螯。書緘一箱半魚蠹，一束百軸成牛腰。平鋪藁秸薦猫犬，剩買棗栗供猨猱。新花鬱屈作萎木，清酒蕩摇成濁醪。篷低日覺牛角折，竈近時聞羹釜轑。高驤正難望鵠首，緩進豈敢争龍標。全家窘拘嘆跼蹐，長物屏當隨周遭。桑樞駟馬各是累，人肝薇蕨俱成饕。不須彼此更相笑，未必鬱林之石賢胡椒。以上宋劉克莊《後村詩話》續集卷三

詩一首

植杞必植梓，藝蘭仍藝蓀。過庭遺訓在，鑿楹故書存。宋王應麟《困學紀聞》卷一八

偶題

老去功名不掛懷，高眠之外只清齋。偶因種竹便多事，風葉掃餘還滿階。宋《詩家鼎臠》卷上

白龍洞

靈仙窟宅不多見，車馬往來成再游。後洞白雲前洞出，上池紅葉下池流。水花照眼明金鯽，石髮藏春護玉虬。邂逅尚青遊子眼，棲遲應白老僧頭。元陳世隆《宋詩拾遺》卷二〇

呈周子充

翰林帳下飲羊羔，客子騎驢渡灞橋。莫似靈鼉笑浮蟻，戴山負粟各逍遥。元韋居安《梅磵詩話》卷中

《梅磵詩話》：平園周益公在翰苑時，天台徐淵子似道投詩云云。後淵子仕亦至翰林直院。

爲劉改之作五首

江西詩社久淪落，晚得一人劉改之。不向嶺頭拈取去，此衣此鉢付他誰。

謫仙昔者號無敵，侯喜中間還有聲。後五百年無繼者，得渠一句便堪聽。宋劉過《龍洲集》附録引作驚

一生能着幾兩屐，萬户何如千首詩。竹隱在傍須徑造，醉鄉有路莫他之。

風吹客袂遊甘露，雪打人頭入半山。無故被他林鳥覺，競傳新句落人間。

閉門長安十日雨，車馬不來蛙黽多。若往澹然應子是，作商聲者必君歌。《永樂大典》卷八九九引竹隱先生徐侍郎詩

過月巖

橋虹跨水千尺，巖月倚空半規。歲晚相看如昨，夕陽佇立移時。同上書卷九七六三引徐似道詩

舟中

紅漆樓船黑占牌，漁翁一見便驚猜。生怕打官交道，此句當闕一字撐入蘆花喚不來。影印《詩淵》册二頁一三二八

縉雲道中

夜泊紅樓市，朝餐黑笠家。淺溪才泛鴨，疏樹不藏鴉。髙上村坊酒，眉尖野店茶。尚緣門有竹，忘却去程賒。同上書册三頁二〇〇一

石夫人

消山偃蹇消湖碧，夫人此恨消未得。海上人歸會有時，怪爾鬢雲非舊色。明曾才漢嘉靖《太平縣志》卷一

妙巖禪寺

宿霧釀成三日雨，曉風壓退一天雲。落花院宇渾無事，閑拂碑塵看斷文。同上書卷八

虞仲房司馬遊園約予不赴因次其韻

祕書行處有歌鐘，身在名園錦繡叢。試問高吟梁苑雪，何如共快楚臺風。人鷗不去機方息，魚我相忘樂

未窮。待得芙容濯雲錦，弄花翻水與君同。清厲鶚《宋詩紀事》引《赤城詩集》

自笑

黄昏茅店帶星入，清曉竹輿蒙露行。客路三千年五十，對人猶説是歸耕。同上書引《東甌詩集》

硐嶺樵歌

黄山東南數十里，芙蓉削翠連雲起。蕭蕭褐褐三五群，生薪半肩歌不止。石徑迢迢雲外行，煙霧滿地穿林坰。聖世不須紫芝曲，息擔擊壤歌太平。

扈陝牧笛

濛濛香霧濕未乾，煙光匝地春風寒。牧童三五唤歸切，鞭牛為馬蓑為鞍。一聲蘆管振林木，口畔嗚嗚相戲逐。梅花亂落自瀟灑，絶勝豪門調新曲。以上清慶霖嘉慶《太平縣志》卷一

北閘停舟

昔人築斯防旱澇，龍鍾常相天地造。舟航群泊沙外汀，酒旗斜插江亭小。歲歲常豐民自怡，幾家燈火兒誦詩。何處漁歌蘆中起，欸乃一聲山月低。

馬橋秋月

石梁横卧清溪曲，波光上下風吹緑。海東推上月輪來，鱗龍閃閃浮寒玉。昔人呼為飲馬泉，至今飲者誰投錢。吟餘不覺露華重，桂花香墮綃衣寒。

溪上值雨

行到溪光竹色間，客懷於此最相關。無端一陣西風雨，不許從容坐看山。以上同上書卷二

句

煖分煨芋火，明借績麻燈。　宋楊萬里《誠齋集》卷一一四《詩話》

小桃洗面添光澤，未點胭脂已自紅。　桃木　《全芳備祖》前集卷八

紅芭蕉映黑牽牛。　牽牛花　同上書前集卷一四

牧童出捲烏鹽角，越女歸簪謝豹花。　杜鵑花　同上書前集卷一六

曉風洛浦凌波際，夜月江皋解佩時。　水仙花　同上書前集卷二一

一帶拒霜三十里，又催簫鼓作秋聲。　芙蓉花　同上書前集卷二四

葉從秋後變，色向晚來紅。　雁來紅　同上書前集卷二七

那堪富有千頭橘，便可稱為四老人。　橘　同上書後集卷三

後茁碧含蘚，厥包黄帶沙。　竹　同上書後集卷一六

見説周顒誇早韭，斵煙鋤雨幸時分。　韭　同上書後集卷二五

胡椒尚殺元丞相，薏苡猶疑馬伏波。　薏苡　同上書後集卷三一

曉梵魚出聽，夜禪石點頭。　體千進夫

胸中著雲夢，皮裏有陽秋。

自作先生傳，誰為故吏碑。　挽錢觀文

肩成山聳因尋句，眼作花昏為勘碑。　陳宣子求碑

天寒不知翠袖薄，日煖但覺玉煙生。　水仙花

徐似道

黄四孃花空朵朵，謝三郎鬢已蒼蒼。燕生

索醉寧傾問字酒，忍飢不取作碑錢。紙閣

駒入隙來元不礙，蠅鑽紙出定何妨。雪

化成銀地佛應喜，移下玉樓天不知。南日

北風萬籟自宫徵，南日一軒真袴襦。明廉

但欲有衣存妓妾，不愁無帳列生徒。王士穎以布衣自命

劉顯貴為天子友，退之窮作相君書。以上《後村詩話》續集卷三

（吴鷗整理）

全宋詩卷二二五二〇

丁世昌

丁世昌，字少明，號竹坡老人，黄巖（今屬浙江）人。隱居，不出門户。與徐似道（淵子）有交。事見明萬曆《黄巖縣志》卷六。今録詩四首。

病中無聊忽徐淵子送酒

丹桂傳香後，黄花著蕊時。老懷期欲賞，病足瘦難移。静對陶潛徑，長吟杜甫詩。白衣人忽至，把酒慰愁眉。

次虞仲房司馬送秋韻

自入秋光能幾時，無端又賦别秋詩。夜長月冷蟲鳴急，天闊風高雁過遲。三徑黄花存舊節，半欄紅葉墮殘枝。往來畢竟乘除法，何用年年宋玉悲。

古樂府

郎如枝上禽，妾比庭前樹。翅健入雲飛，根深隨不去。

少永少雲二弟對弈

平處須忘險，危時好計安。興亡關一著，慎勿等閒看。

以上清王棻《黄巖集》卷一三

（岳仁堂整理）

開禧朝士

開禧朝士，與徐似道同僚。

和徐淵子九日

呼兒為我整烏紗，不是無心學孟嘉。要摘金英滿頭插，明朝還是過時花。　宋羅大經《鶴林玉露》卷一三

（劉雯整理）

徐大忠

徐大忠，西安（今浙江衢縣）人。孝宗乾道二年（一一六六）進士（明弘治《衢州府志》卷一〇）。乾道四年，主管官告院（《宋會要輯稿》選舉二〇之二〇）。淳熙二年（一一七五），知衢州（《永樂大典》卷八六四七引《衢州圖經志》）。

超覽堂

君侯雅有博大見，胸次不使倥偬蝕。一朝放步城東南，超然神會而心得。咄嗟高棟倚層空，振古奇觀今未識。桃花春暖意如迷，凍雨聲來雲潑墨。天青一紙雁横書，雪白千林梅着色。四筵有客無留觴，萬事不來咸得職。鴻筆昭代今文宗，危言劘上古遺直。願馮英略決籌帷，净掃妖氛清八極。緣知此景不須戀，留與邦人勤愛惜。　明吾冔弘治《衢州府志》卷一三

江濤

江濤，麗水（今浙江麗水西北）人。孝宗乾道二年（一一六六）進士。寧宗慶元年間知福清縣。累官福州大都督府長樂郡威武軍通判。事見清乾隆《福建通志》卷二二、光緒《處州府志》卷一六、民國《麗水縣志》卷八。

和放翁題鶯花亭

春雨溪頭長柳園，游仙枕上賦黃鸝。誰知醉卧古藤下，却是浮生夢裏詩。　明朱葵崇禎《處州府志》卷一六

句

麥隴將雛馴乳雉，柳塘遺子漾游魚。　剡中　宋高似孫《剡録》卷一〇

彭　演

彭演，字子山，侯官（今福建福州）人。孝宗乾道二年（一一六六）進士。光宗紹熙四年（一一九三），除大理寺丞，遷大宗正丞（《攻媿集》卷四一《大理寺丞彭演大宗正丞》、《宋會要輯稿》選舉二二之一二）。寧宗慶元四年（一一九八），知贛州（同上書職官七三之二四、四八之二〇）。五年，知廣州（清雍正《廣東通志》卷二六）。嘉泰二年（一二〇二），爲湖南提刑兼本路勸農河渠公事（《後樂集》卷二《朝請大夫直祕閣主管成都府玉局觀彭演依前官特授荆湖南路提點刑獄公事兼本路勸農提舉河渠公事借紫制》、《宋會要輯稿》職官七九之一六）。召爲吏部郎官。四年，知嘉興府。開禧三年（一二〇七），除湖南提刑（同上書職官七三之三二、七四之一六、七四之二五）。官終吏部尚書（清乾隆《福建通志》卷三四）。

羯鼓縚

長安宮闕半蓬蒿，塵暗紅梁羯鼓縚。惟有水天明月夜，一條空碧見秋毫。元不著撰人《排韻增廣事類氏族大全》卷一〇

（以上孟憲忠整理）

祝禹圭

祝禹圭，字汝玉，西安（今浙江衢州）人。孝宗乾道二年（一一六六）進士（明弘治《衢州府志》卷一〇）。淳熙十四年（一一八七），知休寧縣，闢新安道院。寧宗嘉定初除尚書右郎，旋歸，立義學、置義莊。事見《晦庵集》卷八〇《徽州休寧縣廳新安道院記》，清嘉慶《西安縣志》卷三一、三六。

題棲真院棲隱閣

督郵一見未為辱，不暇税冕為膰肉。棲隱閣上字猶新，堪歎五湖去不速。《永樂大典》卷六六九九引《江州志》

（王嵐整理）

李嘉謀

李嘉謀，雙流（今屬四川）人。第進士。曾官宗正丞（清光緒《雙流縣志》卷下）。孝宗淳熙七年（一一八〇），為樞密院編修官（《宋會要輯稿》蕃夷五之五三）。十六年，知黎州（同上書兵二九之四四）。光宗紹熙五年（一一九四），知襄陽府（《止齋文集》卷一八《李嘉謀知襄陽府》）。

次袁尚書巫山十二峰二十五韻

道人愛山出天姿，自謂計黠人嫌癡。獨游名山看不足，每得勝處行為遲。誰人能知物外賞，世上自有靈中奇。一行作吏困汨没，便與好境相參差。脱兔投林今適願，窮猿得木吾何之。芒鞋竹杖恣如往，煙蓑雨笠長相隨。青山愈好足力盡，此意未止駑駘疲。路逢行人説大尹，正見諭蜀揚舲旗。好賢招邀每虛席，問俗疾苦時褰帷。才華落落清廟器，詩筆粲粲珊瑚枝。胸吞楚澤八九盡，氣壓巫峽羣山低。大峯聯娟争媚嫵，蒼壁徙倚供遊嬉。巴東巴峽古所重，作雲作雨今胡為。有情飛鳶送迎客，無數棹歌來去時。昔日畫圖曾見者，何意忽此今逢茲。邇來豐碑在人口，已與流水争東馳。政用中和得大體，智出毫末非全施。不與英聲流上國，已有詩卷傳江湄。狼烽長閒士鼓腹，耕隴不見愁生眉。都門髫鬌記分袂，蜀道倏阻常支頤。持謁見公敢論舊，撫髀顧我清無緇。樽俎頻開閑共話，歌謳聊與民同嘻。忽然晨旦往東壁，但見山月來峨嵋。行吟何獨壯三峽，在處山林來乞詩。

明周復俊《全蜀藝文志》卷九

（孟憲忠整理）

李 揆

李揆，字起宗，瀏陽（今屬湖南）人。孝宗乾道二年（一一六六）進士。授寧遠尉（清嘉慶《寧遠縣志》卷六）。光宗紹熙元年（一一九〇）知上高縣。寧宗嘉定三年（一二一〇）爲國子司業、起居舍人兼國史院編修官。四年，擢中書舍人兼實録院同修撰。事見《南宋館閣續録》卷九、清同治《上高縣志》卷七。今録詩八首。

行鄉 原校：一作勸農

園林二月春纔半，朝日曈曨天氣暖。東風放盡柳梢青，已有黄鸝嬌睍睆。波翻嫩麥緑連坡，露入夭桃紅滿眼。筍輿乘興入招提，苾蒭留我炊香飯。山泉煮茗味更長，又得禪林半朝款。突兀豐碑三百年，古人事蹟今苔蘚。臨風抖擻簿書塵，倚杖須臾歸已晚。耕夫夾道看長官，百錢贈汝聊旌勸。從容後騎毋疾驅，要數前山蒼翠點。

登縣樓

一水中分南北市，插天蒙末有佳山。太平官府原無事，聊放衰翁半日閒。見説南樓秋氣多，夜凉槐蔭影婆娑。滿懷風月成辜負，奈此青州從事何。

元夕雨

山縣逢元夕，東風雨濺燈。漁篝臨遠浦，鬼火附寒藤。酒市可羅雀，官僚皆曲肱。狂歌吾老矣，猶記舊時能。

寒食出郊三首

寒食深山路，桃花雨裏開。可憐傳檄出，不為踏青來。泥滑竹岡下，雞鳴田舍隈。邱園二十里，松櫝有餘哀。

春事遽如許，勞人渾不知。柳垂山闕處，花發雨來時。薄宦祇憔悴，故園成別離。多情睇啼鳥，獨與寸心違。

往歲逢寒食，青鞋踏落花。題詩山寺壁，沽酒野人家。草長春無際，身閒意自遐。時時縣亭畔，畫遍水邊沙。

吉祥寺

帶雨溪雲重，依山石路斜。聊乘阮孚屐，徑入梵王家。接竹引流水，栽籬護野花。簿書有期會，無地老烟霞。　以上清馮蘭森同治《上高縣志》卷一三

（劉雯整理）

王度

王度，字武臣，豫章新建（今江西南昌）人（《詩人玉屑》卷一九作新吴人）。曾與李撰、胡融同登石臺山。張嵲、謝諤曾稱賞其詩。事見《娱書堂詩話》卷一。

遊石門

石門深鎖氣何雄，那得羣仙採藥蹤。列嶂時時看過鳥，懸崖歷歷長游龍。一書未學嵇中散，十日聊陪邴曼容。擬向錦屏題姓字，籥臺端的是元功。　民國楊晨《赤城别集》卷五

句

雲生坐來石，風掩讀殘書。

危紅賒晚景，漲緑上平沙。

鵶分供餘食，鵠亂著殘棋。

樵斧和雲斫，漁蓑帶雪披。　以上宋趙與虤《娱書堂詩話》卷一

《娱書堂詩話》：王武臣度，豫章新建人。吟詩有警句云云。張紫薇、謝艮齋極口稱賞。

（叢中笑整理）

胡融

胡融，字小滄，號四朝老農，寧海（今屬浙江）人（《天台續集別編》卷四）。與李掞同時，生平不詳。今録詩十四首。

望海石

枯藤拄苔磴，長嘯淩秋風。天空白露下，碧落摩青銅。夜半見海日，發軔扶桑紅。黄支與流求，出没白浪中。久誇坎井見，始知天壤空。招手唤海童，寄書蓬萊宫。我欲蹲此石，投竿慕任公。巨鼇儻可得，持壓江之東。

鍊丹井

荒巔有野井，古意豁冥搜。薜石已摧剥，雲蘿閟清幽。憶昔抱朴翁，煉液棲高丘。朝飲井中泉，暮濯井下流。丹成已蟬蜕，巖花幾春秋。但見虎豹蹏，印跡碧甃頭。舉瓢酌寒泉，一飲銷百憂。日暮洞恍惚，攀桂聊淹留。

墨池

世傳王逸少嘗讀書華頂，又有白雲先生者。今從招手石沿磴而下巖岫杳靄處，有黄經洞，先生之隱也。聞逸少嘗與先生裂素寫《黄庭》於此，故名黄經。先生羽化，遺書多藏石壁，好奇之士往往窮搜於崖庵藤蘿之間。今磴棧蒙翳，洞穴冥絶，聞有二虎乳子其中，尋之者自崖而返。墨池在絶頂右軍書堂之側，書傳不載，得之野老云爾。

吾聞逸少筆，人手銛如戈。結廬在華頂，鑿池派天河。書將鬼汗寫，墨遣神手磨。掞藻卧白雲，秃兔堆成坡。臨池日月遠，素流變玄波。咨嗟撫遺蹟，寒猨啼薜蘿。摶壁尋瘞鶴，入洞求换鵞。長松落青蔭，石巘空摩挲。

書　堂

右軍本清真，名題列仙籍。朝披赤城霞，憑崖望南極。不讀人間書，誅茅近東壁。松窗拂青靄，石架橫野色。草聖天仙求，竹扇山猨覓。不有鐵石心，敢邇虎豹跡。高歌振林木，上與霄漢迫。時有太一星，擁杖照几席。

黄經洞

平生山水癖，遐往心獨歆。採秀凌丹丘，忽遇白雲子。腰劍蒼龍活，野袂青霞起。邀我石洞行，共坐咍石髓。架有黄庭經，猶是東晉紙。粲若錐畫沙，其字大如指。口傳却老術，長跪與進履。吾心在魏闕，焉得給薪水。

伏虎壇

顗公天人師，猛虎屢欲瞋。形體掘槁木，鷙心化為仁。猥厠龍象側，而作猫犬馴。礪齒怖天魔，掉尾迎山君。西伯困羑里，仲尼畏匡人。人心害賢聖，寧與猛虎鄰。

葛仙茗園

絶巘匿精廬，蒼煙路孤迴。草秀仙翁園，春風坼幽茗。野僧四五人，腦紺瞳子炯。携壺汲飛瀑，呼我烹石鼎。風濤瀉江灘，松籟起林嶺。七椀瀣郝源，一水鬭雙井。我雖冠屨縛，心樂祇園静。濯足卧禪扃，幽夢墮蒙頂。

葛仙宅

仙翁卧雲日，種松藥爐東。千載鱗鬛古，突兀成老龍。蜕骨入霄漢，横身飲長風。上有玄鶴巢，下有白蟻宫。先生昔羽化，雞犬盡淩空。如何刀圭妙，失此十八公。

桐柏山

清曉騎白鹿，直上桐柏山。山環若城郭，琪樹鬱參天。青猨導我路，如入崆峒巔。瑶草被阪緑，瓊蕊淩霜繁。旁瞰老子宫，玲瓏隱林閒。翚棟天馬出，絳柱彫龍盤。歘與冥寂士，共談秋水篇。散髮松下嘯，拂霞石上眠。贈我玄玉膏，相期淩紫煙。

瓊臺

璚臺插中天，仙聖展游眺。亭亭珠玕樹，蒙日光照曜。上有天樂鳴，嘈雜聲要妙。浮丘倚巖聽，玉女排雲笑。茲游償夙心，時聞八鸞嘯。搴莖茹金芝，援藟愛青峭。琅琊失孤岫，渤海播圓嶠。抵掌嗤客星，石瀨坐投釣。

雙闕

朝游雙闕下，遂登雙闕上。峻壁束清溪，石扇闔奔嶂。旁通風雲氣，下蓄關鍵狀。高踰劍閣竦，狹過彭門壯。我行季秋月，霜飆掃霾瘴。崖枯水還壑，巴峽失清漲。蹻步凌丹梯，陟巘神愈王。作書遺家人，咋指悔狂妄。

玉霄峰

青冥玉霄頂，静夜無纖埃。手携赤松子，拂石坐蒼苔。舉瓢呼海月，長虹貫金罍。挂劍桂樹枝，洗手天河洄。我欲鏟崖嶂，涉海登蓬萊。要觀中州碑，鼓枻雲濤堆。風波雖可越，長鯨正崔嵬。

桐柏碑

韓公在大曆，高名懸日月。游戲翰墨場，八分獨奇絶。遥嗤程邈鈍，近鄙伯喈拙。我來桐柏巔，洗眼見碑碣。峍屼挾風霜，鐘簴粲成列。龜趺閟琳宇，鐵畫照清越。至今氈墨工，石本走胡越。引袖拂台山，山盡字乃滅。

以上宋林表民《天台續集别編》卷四

登石臺山與劉次皋李揆王度周仲卿聯句

按：原詩似非聯句。

璇臺插中天，乾坤發端倪。荆榛夾險道，自古誰攀躋。嘉予二三友，乘興同杖藜。行行陟其巔，一榼手自携。上摩白兔宫，下躡青雲梯。傲睨羣動間，太倉米一稊。俯瞰萬家邑，户牖開蜜脾。羣巒盡東騖，駛若萬驥馳。馬秦忽破碎，象島尤瑰琦。杜鵑狀雄尊，白鯉波連漪。視城横朱鳥，秀連秋水湄。岧岧摘星嶺，上可捫南箕。羽人煉丹丘，迄今有遺基。維西控桐柏，巖壑争獻奇。鴈蕩直括蒼，勢自金庭□。奔雷三十六，趨起龍鳳姿。繼北際四明，塢峉非人窺。天門何蕩蕩，香巖獨嵬嵬。帽峰冠朝霞，髻山染夕霏。眼闊浮世狹，身高衆山低。清遊慨俗子，險語驚山魑。持盃迭獻酬，磨石共鐫題。短李才調逸，手力拔象犀。髯胡詩之豪，鼻息干雲霓。閒雅推王子，皎然霞外期。劉君一癯仙，胸中無町畦。周節萬夫敵，猛將聞鼓鼙。或倦而憩石，或勇而臨涯。或袖手冥搜，或抵掌滑稽。或倚松盤桓，或望雲慘悽。矯矯出籠鶴，卑卑在樊籬。静躁各異物，物情無不齊。來塗逢野嫗，問我何所知。自言石出世，曾夢金仙栖。獻歲買官酒，登山酹地祇。君今契我夢，從此開山蹊。彼嫗尚爾耳，我曹焉已而。他年五君咏，永勒兹山陲。

元陳世隆《宋詩拾遺》卷一八

（張麗娟整理）

蕭國梁

蕭國梁，字挺之，永福（今福建永泰）人。孝宗乾道二年（一一六六）進士（《宋會要輯稿》選舉二之二〇）。五年，除校書郎（同上書禮三一之二三）。七年，以著作郎兼太子侍講（同上書職官七之二九），出知泉州。官終廣東轉運判官。事見《南宋館閣録》卷七、八，《淳熙三山志》卷二九有傳。

句

名傳玉陛星辰曉，澤霈金枝雨露春。第狀元對御吟　清潘永因《宋稗類鈔》卷五

（孟憲忠整理）

薛　澄

薛澄，鄞縣（今浙江寧波）人。孝宗乾道二年（一一六六）進士（《甬上耆舊詩》卷二）。今録詩三首。

效朱公叔絶交詩

東山有梟，不祥其名。惡木是息，惡聲是鳴。食不棄腐，飲不擇清。宜飛求伏，以晦為明。凶殘滿志，嗜欲惟攖。伸頸招鳳，使鳳自驚。豈有鳳口，而和梟聲。奈何伊人，弗審物情。請從此别，各自謀生。

賦得一年將盡夜

可惜惟兹夕，須臾即舊年。人間歲窮處，客館夜分邊。應逐銀缸謝，聊憑玉漏延。曉風雖未至，殘臘幾時天。

立　夏

漸覺風光燠，徐看樹色稠。蠶新教織綺，貂敝豈辭裘。酷有烟波好，將圖荷芰遊。田間讀書處，新笋萬

竿抽。　以上清胡文學《甬上耆舊詩》卷二

黄希

黄希，字夢得，宜黄（今屬江西）人。孝宗乾道二年（一一六六）進士。官終知永新縣。事見明萬曆《永新縣志》卷四、《萬姓統譜》卷四七。

題石砦

誰賦阿房未霽虹，祇誇複道峭淩空。那知海石驅來處，都在巖花晏坐中。鯨背遠銜千嶂雨，鼇頭高占一天風。漫郎更有中興頌，倩把蒼崖仔細礱。　清羅復晉雍正《撫州府志》卷三七

（以上劉雯整理）

黄鵬舉

黄鵬舉，字無黨，福清（今屬福建）人。孝宗乾道二年（一一六六）進士。事見《淳熙三山志》卷二九、清乾隆《福建通志》卷三四。

黄漿山在彭澤縣東南四十五里

清泉徹底瑩無泥，喚作黄漿恐未宜。若見洞仙還寄語，佳名當喚碧琉璃。　明李汎嘉靖《九江府志》卷三

（孟憲忠整理）

黄公槐

黄公槐，字仲美。龜年從子。孝宗乾道二年（一一六六）進士。未仕而卒。事見民國《永泰縣志》卷一〇。今録詩三首。

北　堂并序

北堂，思親也。

瞻彼北堂，在彼永陽。白雲之下，通化之鄉。瞻彼北堂，在彼永水。白雲之下，新豐之里。北堂有子，其實三兮。仲焉此去，其心慘兮。民國金章《永泰縣志》卷一〇

黄人傑

黄人傑，字叔萬，南城（今屬江西）人。孝宗乾道二年（一一六六）進士（清雍正《江西通志》卷五〇）。有《可軒曲林》一卷（《直齋書録解題》卷二一），已佚。今録詩九首。

挽吕東萊先生

夫子來天上，儒宗第一人。英材歸樂育，聖學發沉堙。正路方資闢，澆風未及醇。斯文何遽喪，詩筆絶生民。自注：先生解《詩》，方及《生民》之首章，奄然歸真。

盛德光華閥，高風動九垓。群英傾斗仰，一旦駭山頽。吾道無綱紐，熙朝乏鼎梅。明招涵夜月，忍聽曉猿哀。

天意高難問，胡為奪巨賢。後生安取正，聖道不容傳。感意悲風木，傷心慘暮烟。翩翩丹旐去，徒有淚

潸然。

憶昨飄零日，徒為梁父吟。一時辱輕信，千里示佳音。方講門人禮，蒙嘉國士臨。一朝遽千古，難保見知心。

萍迹來京闕，逾涯辱意隆。劇談銷客氣，終月坐春風。豈謂十旬別，自注：夏四月十九日别先生，至秋七月二十九日先生没，恰一百日。俄成千歳終。哀哉不復見，天闊恨無窮。宋吕祖謙《東萊集》附録卷三

峽中山高巳牌方見日色

上峽扁舟穩，灘平水不波。山高見日晚，谷遠受雲多。亂石争奇怪，幽禽自嘯歌。若無詩寫興，柰此景佳何。宋陳起《前賢小集拾遺》卷二

温　泉在府城西南三十里修仁鄉

離火自天爍，温泉由地生。我來需曉汲，聊用濯塵纓。明嚴嵩正德《袁州府志》卷一

次袁尚書巫山十二峰二十五韻

文昌老仙絶俗姿，愛山成癖非兒癡。胸中况自有丘壑，檻結瑰異常恐遲。坤維謀畧出分閫，江山致助争出奇。尋幽選勝上巫峽，斷崖怪石懸參差。十二峯前弭征楫，枝藤直上窮所之。雲煙變態千萬狀，過眼神動驚天隨。人疑躋攀欲力盡，公自樂此良不疲。瑶華真妃似夙駕，風馬晝下揚旛旗。層巒好處起蒼壁，丹霞望門開赤帷。登壇定可拾瑶翠，却老未應無玉枝。仰天一笑睨寥廓，俯視培塿丘陵低。頗疑遊龍出飛躍，恍若栖鳳猶娱嬉。喬松跨鶴遠近集，雲雨濟人朝暮為。壇羅野翠有餘潤，泉拖修帛無窮時。一經盼睞便改觀，陽臺價重當由兹。惜哉牙纛不久駐，鷁首未轉檣烏馳。輕縑素練欲摹寫，畫師難著五

色施。筆端機杼始潛運，悠然寄興滄洲湄。章成密簡繡衣使，繡衣翰墨今白眉。珠酬玉唱兩相尚，三嘆盡解騷人頤。好刊蒼珉示千古，磨而不磷涅不緇。紛紛我輩小巫耳，健讀數過徒噫嘻。待從兩公奠西極，安南嶷，收關河百二之險，劖岷峨萬仞之嵋。大書有宋中興頌，東還更和巫山詩。《全蜀藝文志》卷九

官舍苦雨

漫空數日雨傾盆，老屋淋漓瓦縫穿。七月不虛為巧月，今年賴得是豐年。泥塗滑滑妨行客，煙隴陰陰礙種田。我欲乘風干造化，盡披雲霧覩青天。同上書卷一七

句

亂山圍楚塞，平野落荊州。楚塞樓　宋王象之《輿地紀勝》卷七三《荆湖北路·峽州》

葉時亨

葉時亨，字季質。孝宗乾道二年（一一六六）特科進士（元至正《崑山郡志》卷三）。今録詩三首。

示郭仲達 二首

撮髮從遊成潦倒，拍肩話舊歎蹉跎。年來對酒詩狂減，老去傷時愁緒多。顧我曳裙今尚爾，念君求禄竟如何。不應例合俱窮蹭，造化兒癡故作魔。

男子升沉雖繫天，風花高下亦俄然。功名未老終歸手，富貴須時小著鞭。落魄羈懷長道路，蒼茫客面染風煙。張儀此舌欣無恙，談笑封侯會有年。

泛舟松江

短棹夷由落照間，不堪凝望發愁端。雁行影没暮天闊，蘋葉香殘秋水寒。朝市觸塗成險棘，風波投足却輕安。白鷗盟在容尋理，急辨煙簑與釣竿。

以上宋龔昱《崑山雜詠》卷中

林宗臣

林宗臣，字實夫，龍溪（今福建漳州）人。從高登學。孝宗乾道二年（一一六六）進士。官止主簿。事見《道南源委》卷二、明嘉靖《龍溪縣志》卷八。

丹霞嶼

笑憑詩句説丹霞，城郭人民數萬家。禮接紫陽風俗厚，學傳東魯道源賒。

明劉天授嘉靖《龍溪縣志》卷一

（以上劉雯整理）

全宋詩卷二五二一

楊輔

楊輔(?—一二〇九),字嗣勳,遂寧(今四川潼南西北)人。孝宗乾道二年(一一六六)進士。淳熙七年(一一八〇)除祕書省正字,遷校書郎,八年出知眉州(《宋中興東宮官僚題名》),十五年,改夔州(《宋會要輯稿》職官四八之一三一)。寧宗慶元二年(一一九六)召爲祕書監,三年出爲江東提刑(《南宋館閣續録》卷七)。六年,知江陵府兼荆湖北路安撫使(《宋會要輯稿》職官四八之一二〇)。召還,尋出知成都府兼四川安撫使。開禧三年(一二〇七),密授四川制置使防吴曦之叛。曦誅召還。嘉定二年知建康府兼江淮制置使(《景定建康志》卷一四),旋卒(《宋會要輯稿》禮五八之九四)。《宋史》卷三九七有傳。

次韻盧彦德學宫詩

頗怪諸生籍奉常,寂寥科目歲年長。只今五桂名猶在,恐有孤桐曲未忘。學校規模新壯麗,江山意氣久徊翔。分光胄使青瑶句,收拾風霆唤阿香。自注:漢太常員,猶今貢禮部耳。明周復俊《全蜀藝文志》卷一〇

(吴鷗整理)

胡長卿

胡長卿，字元之，吴縣（今江蘇蘇州）人。孝宗乾道二年（一一六六）進士（《吴郡志》卷二八）。淳熙七年（一一八〇），爲將作監丞（《宋會要輯稿》職官七二之六）。十一年，改軍器監丞（同上書選舉二二之六）。光宗紹熙三年（一一九二），知崇化縣（《周文忠集》卷二八《吉州新貢院記》）。四年，由知吉州遷提點廣西刑獄（《攻媿集》卷三七《知吉州胡長卿除廣西提刑制》）。五年，爲廣西轉運判官（《止齋文集》卷一七《廣西提刑胡長卿除廣西路轉運判官制》）。今録詩三首。

和經略焕章朱公千葉白梅詩

教授出示經略焕章佳作，戲次元韵。浙西有重萼黄香二種梅頗相類，句中因及之，因會為呈似。

天憐素質太柔輕，不奈西風雪片凝。故與紅顔如美玉，尚餘清影似寒冰。黄香僅可追多葉，重萼堪憐只兩層。欲問園官分此貼，宜樓深遠歎難應。《北京圖書館藏中國歷代石刻拓本匯編》卷四三

禁煙日陪經略焕章丈遊白龍洞得所賦新詩次韵以呈

懸崖怪石水潺潺，宜有神龍隱此間。窮勝不妨穿險洞，尋春那止看羣山。攀龍行即天邊去，躍馬聊同野外還。好景良辰適相會，一尊且共水雲閑。清謝啟昆嘉慶《廣西通志》卷二二四

容州聞雁

舊聞雁不到衡陽，今復南飛入瘴鄉。天闊隨陽皆可去，未應為界限瀟湘。宋王象之《輿地紀勝》卷一二一《廣南西路·鬱林州》

句

聞道嘉魚出火山，我來那得一鱗看。梧州火山嘉魚　同上書卷一〇八《廣南西路·梧州》

趙善堅

趙善堅，字德固，太宗七世孫，袁州宜春（今屬江西）人。孝宗乾道二年（一一六六）進士。累官婺州通判，知寧國府。寧宗慶元間知處州（清光緒《處州府志》卷一三）。六年（一二〇〇），以兩浙轉運副使兼知臨安府。開禧二年（一二〇六）爲沿海制置使兼知慶元府，改知臨安府（《寶慶四明志》卷一）。三年兼敕令所詳定官。嘉定元年（一二〇八），權户部尚書（《宋會要輯稿》職官三七之四〇）。明正德《袁州府志》卷八有傳。

化成巖《永樂大典》卷九七六四作震山巖

低帽白蕉衫，跨馬北巖路。為我撤炎歊，時有清風度。投策躡遊屐，捫蘿窮幽趣。怪石鳴瘦筇，狹徑窘危步。雲間啟深洞，玲瓏天巧露。僧侶羅上下，鐘聲答晨暮。長笑《永樂大典》作嘯排翠謁，原注：亭名。圍棊驚振鷺。原注：亭名。陶寫屏絲竹，恐為風景汚。拂蘚題蒼崖，縱横醉中句。兹遊豈易得，載酒莫辭屢。

明嚴嵩正德《袁州府志》卷一二

（以上孟憲忠整理）

嚴嘉賓

嚴嘉賓，字造道，新喻城岡（今江西新余）人。九齡子，嘉謀弟。孝宗乾道二年（一一六六）進士（《江西通志》卷五〇）。父子昆弟俱以學行聞於時。事見清同治《新喻縣志》卷八、一一。

盤齋

孔明天下士，當年卧南陽。一室儻已足，未害志四方。盤齋誠有餘，輾轉意味長。攢書以為娱，殖蘭以

為芳。四友置左右，聖賢味中央。要為陋巷回，抑作干禄張。何當膏吾車，相從以徜徉。《永樂大典》卷二五三三五引《宜春志》

（朱寶模整理）

劉志行

劉志行，眉州（今四川眉山）人。孝宗乾道二年（一一六六）進士。累官知藤州。事見《宋詩紀事補遺》卷五一。今録詩四首。

離鐔津

公事無多早散衙，蜀中寧有寄來茶。龍光下照三江水，燕子重尋百姓家。疇昔買漿曾得玉，只今作飯類蒸沙。寄言道士玄都客，好種劉郎去後花。

藤　江

驛使何曾寄嶺梅，古藤花下小徘徊。無名異果自成樹，没字殘碑半是苔。木杪山雞知旦晝，江心仙島欠樓臺。灘神憑險成遺廟，笑我何因到此來。以上清汪森《粤西詩載》卷一四

堯山冬雪

洪濛一判天地曉，萬古兹山青未了。朔南聲教本一源，大地圖輿古無考。玄冥此來事遊戲，剪水作花南到地。臘前不識豐年瑞，翻令粤犬雲間吠。

舜洞秋風

當年大駕巡南中，薰兮時兮歌南風。太音九奏鳳凰集，真與塵世開盲聾。重華遠矣成飛仙，湘靈灑淚秋

風前。天荒地老不可詰，秋風滿樹凄寒蟬。　以上清金鉷雍正《廣西通志》卷一二一

俞豐

俞豐，字應南，號雲谷，建寧（今屬福建）人。孝宗乾道二年（一一六六）進士。歷建陽尉，知濛陽縣、秀州。光宗紹熙元年（一一九〇），以幹辦諸軍審計院充類試封彌官兼監謄録官（《宋會要輯稿》選舉二二之一〇）。三年，除宗正簿（同上書二一之六）。寧宗慶元二年（一一九六），遷太常少卿（同上書禮四九之七九）。五年，爲兩浙東路提刑兼權知慶元府（《寶慶四明志》卷一）。嘉泰元年（一二〇一），爲中書舍人。二年，奉祠歸，築雲谷書院，因號雲谷老人。有《雲谷集》，已佚。事見《南宋館閣續録》卷七，明嘉靖《邵武府志》卷一三有傳。

鳳山

老樹蕭蕭吹古風，滿階落葉鳴寒蛩。插天殿閣雲不鎖，挺柱石筍擎太空。鳳去臺空秋寂寂，瑶草離離自青碧。玉簫吹徹渺遺音，十二闌干空月色。　明陳讓嘉靖《邵武府志》卷二

（以上孟憲忠整理）

周泊

周泊（？—一一八五），字子及，臨海（今屬浙江）人。孝宗乾道二年（一一六六）進士，授新昌尉，辟淮西總領所酒官。淳熙五年（一一七八）中博學宏詞科，差江東提刑司幹官。除太學正，俄以

憂去。起爲國子監主簿。淳熙十二年，將召試館職，得疾卒。事見《水心集》卷一九《國子監主簿周公墓誌銘》。

忠孝亭

晉鼎虧庬姦人窺，孰謀國者如兒嬉。陷穽弗設延虎貔，虓闞搏噬嬰者摧。羣公奔潰不敢誰，卞公力疾起督師。謂事迫矣奚生為，以肉餧虎吁可悲。公則死矣二子隨，偉哉忠孝萃一時。維公忠義天所資，向來謀國如蓍龜。不用吾言至于斯，為社稷死則死之。冶城之麓江之湄，荒冢突兀餘豐碑。半生讀史長歔欷，拜公之墳涕霑頤，死者可作吾誰歸。嗟哉江左固多士，往往所欠惟一死，元規兒輩何足罪。王公偪仄石頭裏，氣息奄奄有如泉下鬼。蘇武之節不如是，視公胡不顙有泚。男子之死一言耳，死而不亡公父子。

宋周應合《景定建康志》卷二二

（劉雯整理）

陳炳

陳炳，字德先，義烏（今屬浙江）人。孝宗乾道二年（一一六六）進士，調太平縣主簿。與喻良能、喻良弼、何恪并稱烏傷四君子。著有《易解注》五卷，《進卷注》五卷，《岩堂雜稿》二十卷，均佚。事見《金華先民傳》卷七。今録詩五首。

宗忠簡公畫像贊

平生孔明，稱慕莫及。像見忠簡，懦夫有立。橫流砥柱，萬里長城。欲奮空拳，以植危傾。猛將斂手，氣指目使。誰知此公，亦裳布士。

巢湖神母廟詩

舟之來兮風高，蕩汩潏兮帆招。燎薰在堂兮潔涓牲牢，望神儼然兮歆祗，願速濟我兮不崇朝。舟之去兮風微，波渺瀰兮迅于，飛帆拂兮茫無涯。眼眩瞻栗兮將安之，我有願兮惟神焉依。秋深兮木落，葭葦蕭騷兮清日薄。神兮今焉在，吞吐月星兮獨處廓。神甚仁兮寧以為禍，愚有弗虔兮幸貢過。天地一葉兮相繼，神無波濤兮駭我。

望黃山詞

望黃山兮峨峨，見接天以葱青。紛羣峰兮怪奇，眩百變兮幽明。朱砂湯兮山椒，下白龍兮甚靈。襲深潭兮百尺，夜有光兮晶熒。山中泉兮娛嬉，坐蛇虺兮隱形。歲徂夏兮不雨，農失望兮麕驚。禾稼鬱兮滿野，垂槁死兮無成。訴哀恫兮神祠，牲豆陳兮芬馨。巫誇詡兮後先，龍跧處兮皇寧。合歸雲兮九霄，麾雷公兮震霆。前豐隆兮戒路，叱雨師兮建瓴。予朅來兮江東，元讋竅兮儲瓶。井邑荒兮窮谷，門兩版兮常扃。汎[illegible][illegible]兮良勤，幾視日兮占星。粟升斗兮莫飽，將填壑兮鰥煢。官吾卑兮何求，職水旱兮憂矜。願時以雲兮又以雨，黃之田兮世世可耕。

泛秋浦辭

九華北兮瀨東，石畏硊兮屈盤。誰此遊兮萬頃，初禹鑿兮何年。窈其深兮莫測，微波湧兮淪漣。民連甍兮渚居，矗百雉兮造天外。涵青青兮幾城，混金碧兮中邊。羌予行兮酷暑，修途邈兮回邅。埃迷目兮眵昏，僕馬瘦兮躓顛。若有人兮扁舟，破菱荷以徑前。接予袂兮俱往，欲駕我兮登仙。與汝釣兮空明，魚雜龍兮藻荇青。與汝浴兮靚深，悲風度兮秋濤生。與汝遊兮嵌巖，駭鷗鳧兮争翾。與汝望兮茫冥，若有無兮飛煙。水一去兮入海，問此程兮數千。指蓬萊兮一髮，有安期兮偓佺。紫貝闕兮珠宫，笑紛卑兮塵寰。沆瀣飲兮芝餐，盍輕舉兮蜕蟬。嗟吾生兮窮屯，履平地兮奔湍。心炯炯兮猶在，願脱屣兮人間。青楓老兮欲丹，露溥溥兮山寒。吾何歸兮日暮，寄此懷兮江之南。

以上元吴師道《敬鄉録》卷一〇

翠微寺

麻衣休作獅子吼，門外泉聲正拍空。三十六峰渾不見，翠微真在有無中。

清閔麟嗣《黄山志定本》卷六

章潛

章潛，長興（今屬浙江）人。孝宗乾道二年（一一六六）進士（清同治《長興縣志》卷二〇）。

栲栳山

秀色團團如栲栳，孤高端可壓羣山。藏雲蓄雨無踪跡，怨鶴啼猿自往還。

《輿地紀勝》卷八三《京西南路·隨州》

王寧

王寧，字德和，江陰（今屬江蘇）人。孝宗乾道二年（一一六六）進士（清康熙《常州府志》卷一七、二二）。知歸安縣（《嘉泰吴興志》卷八）。光宗紹熙四年（一一九三），爲大理寺主簿（《宋會要輯稿》選舉二二之一二）。寧宗慶元元年（一一九五），遷太府寺丞兼左曹郎官（同上書選舉二一之六）。三年，以貪黷由淮東提舉放罷（同上書職官七四之二）。嘉泰元年（一二〇一），由四川總領改差湖北路轉運副使(同上書職官七四之一一)。有《笑庵集》十卷(《萬姓統譜》卷四四),已佚。今録詩二首。

秋夜賞桂

秋風吹天香,先著桂枝裏。更挹月露清,芬馥喚睡起。攬衣夜未央,泉喧不入耳。有來蕊珠仙,黄袂翠蓋底。豈無碧雲腴,為君一啟齒。醉卧金粟間,絶勝佩蘭芷。宋談鑰《嘉泰吴興志》卷八

和樓守浮遠堂留題

久去鄉關始一來,竹輿行樂亦佳哉。還尋童子釣游處,又趁史君旌騎迴。風物于人隨意好,江山如畫得天開。向來紀勝歸名筆,喜為重鑱置石崖。清顧季慈《江上詩鈔》卷二

吴　瓌

吴瓌,開封(今屬河南)人。高宗吴皇后弟吴蓋子(《宋史》卷四六五《外戚》下)。高宗紹興二十五年(一一五五)補忠訓郎(《宋會要輯稿》后妃二之一〇)。孝宗淳熙七年(一一八〇),轉右武大夫(同上書后妃二之一六)。十二年,權知閤門事兼客省四方館事(同上書后妃二之一七)。寧宗嘉泰五年(一二〇五),以少師致仕(同上書職官一之八)。

句

飽看七寶山頭月,慣聽三茅觀裏鐘。元方回《瀛奎律髓》卷二四

謝岳甫

謝岳甫，閩縣（今福建福州）人。孝宗時以布衣上書言恢復事，不報。光宗時因上書請問安孝宗知名。事見《四朝聞見録》甲集。今録詩三首。

大滌洞天留題

朝乘雲氣上蓬萊，九鎖仙峰翠作堆。可惜洞天閑日月，人生能得幾回來。

天然奇石聳雲端，下浸龍泓一掬寒。静聽潺湲眠未得，不妨乘月依闌干。

入山細問山中事，紺宇瓊居八百年。五洞潛通誰縮地，一峰突起解擎天。眼前去馬來牛債，夢裏驂鸞跨鵠緣。却羡黄冠無一事，卧聽簫吹落雲邊。

影印《詩淵》册三頁二二一八、二二一九

馬覺

馬覺，雙流（今屬四川）人。騏子。寧宗慶元二年（一一九六），爲工部員外郎（《宋會要輯稿》禮四九之七一）。後由知州召爲太府少卿（《全蜀藝文志》卷五五《氏族譜》）。

鳴山在平陽縣北五里

我來方自噤，投宿寓鳴山。立仗古所戒，對山空厚顔。

清李琬乾隆《温州府志》卷四

（以上崔統華整理）

全宋詩卷二五二二

吕祖謙

吕祖謙(一一三七—一一八一),字伯恭,學者稱東萊先生,婺州(今浙江金華)人。孝宗隆興元年(一一六三)進士,復中博學宏詞科,調南外宗學教授。乾道五年(一一六九),添差嚴州教授。六年,召爲太學博士兼國史院編修官,實録院檢討官。淳熙元年(一一七四),主管台州崇道觀。二年,參與朱熹、陸九淵鵝湖之會。三年,召爲秘書郎,兼職如前。重修《徽宗實録》成,遷著作佐郎。先是奉詔編類《皇朝文海》,六年,書成,賜名《皇朝文鑑》,除直秘閣,主管武夷山冲佑觀。八年,卒,年四十五。著有《東萊吕太史文集》十五卷、别集十六卷、外集五卷等,并輯有《近思録》。事見《東萊集附録》卷一《年譜》,《宋史》卷四三四有傳。

吕祖謙詩,以宋嘉泰四年吕喬年刻、元明遞修本《東萊吕太史文集》爲底本。校以清胡鳳丹輯《金華叢書》本(簡稱金華本)、清胡宗楙輯《續金華叢書》本(簡稱續金華本)、影印文淵閣《四庫全書·兩宋名賢小集》(簡稱小集本),編爲一卷。新輯集外詩附於卷末。

許　由福

許由不耐事,逃堯獨參寥。行至箕山下,盈耳康衢謡。謂此汙我耳,臨流洗塵囂。水中見日馭,勞苦如堯朝。堯天接山際,堯雲抹山椒。誰云能避世,處處悉逢堯。

清曉出郊福

落月窺甕牖，殷勤唤人醒。蓐食治野裝，行行向郊坰。林端横宿靄，未放羣山青。藕花斷復續，莫辨浦與汀。初聞露花香，一洗廛市腥。清景竟難挽，晨光著郵亭。留眼數天際，尚餘三四星。車塵駕暑氣，白汗如翻瓶。涼燠一機耳，愠喜誰使令。泠然解其會，冰壺在中扃。

城樓福

城峻先迎月，簾疎不隔風。棋聲傳下界，鴈影没長空。島嶼秋光裏，樓臺海氣中。登臨故待晚，雨外夕陽紅。

西興道中二首

鳬鷺迎船似有情，隨波故起緑粼粼。野花照水開無主，誰信春歸已兩旬。

桑麻張王不知春，帝恐鶯花太斷魂。東岸紅霞西岸緑，却將景色為平分。

晚望信

獨立荒亭數過帆，横林疎處見滄灣。故知不入豪華眼，送與鳬鷗自在看。

春日七首信

江梅已過杏花初，尚怯春寒著蕚疎。待得重來幾枝在，半隨蝶翅半蜂鬚。

短短菰蒲緑未齊，汀洲水暖鴈行低。柳陰小艇無人管，自送流花下別溪。原校：一云歸時須趁春光淺，待得春深意却迷

岸容山意兩溶溶，便是東皇金華本作春光第一功。春色平鋪人不見，却將醉眼認繁紅。

春波無力未勝鷗，夾岸山光翠欲流。若使畫成鶯顧陸，更教吟出壓曹劉。
絡石寒毛澗底明，春來緑徧小峥嶸。憑誰再續平泉記，為定芸蘭孰弟兄。
一川曉色鷺分去，兩岸煙光鶯帶來。徑欲卜居從釣叟，緑楊缺處竹門開。
簷鐸無聲鳥語稀，徑深鐘梵出花遲。日長徧遶溪南寺，未信東風屬酒旗。

登八詠樓有感

仲舒舊事無人記，家令風流一世傾。天下何曾識真吏，古來幾許尚虛名。自注：王仲舒守婺有異政。

富陽舟中夜雨

萬頃煙波一葉舟，已將心事付溟鷗。蓬籠夜半蕭蕭雨，探借幽人八月秋。

野　步杭

石梁俯清流，苔髮明可數。茅簷春晝長，寂寂亭陰午。鳥啼花徑深，風絮浩無主。幽人不可親，棋聲時出户。

晚春二首

卷地狂風殿晚春，落花蓋水欲成雲。向人不改故時面，惟有蒼官與此君。

風絮流花一任渠，北窗高卧緑陰初。閉門春色閒中老，為謝平生董仲舒。

明招雜詩四首

鳥聲報僧眠，鐘聲報僧起。静中輕白日，遐視東流水。風月有逢迎，出門聊徙倚。傳徧南北村，松間横屐齒。

前山雨退花，餘芳棲老木。卷藏萬古春，歸此一窗竹。浮光泛軒檻，秀色若可掬。豐腴當夕餐，大勝五鼎肉。

牆竹生夏陰，風荷留宿露。解衣一盤礴，此豈不足付。

風簷裊茶煙，銅瓶語相泣。清陰一疎箔，不礙飛花入。

遊絲

遊絲浩蕩醉春光，倚賴微風故故長。幾度鶯聲留欲住，又隨飛絮過東牆。

夏日 癸　紹興二十七年

階前水樂元無譜，簷外風琴不用絃。待喚青奴與黃嬭，為君極意作今年。

鄭武子删定挽章二首 克

博洽推諸老，胸中幾石渠。暮年終反約，精義本無餘。羲易忘言後，楞伽絕筆初。長歸應不憾，舊學盡成書。

古汴豪英海，追隨不厭勤。壘中識梅福，簾下得嚴君。自注：京師賢者多市隱，唯公徧識之。公所從受《太玄》，乃得之於日者。培養逢原學，堙沈濟世勳。定知千載後，下馬董生墳。

又二首 代父倉部作

平生丈人行，每語盡箴規。問字揚雄宅，談經董相帷。壺觴陪勝踐，杖屨及深期。誰料南歸日，墳前宿草衰。

公未陪經幄，還應典奉常。如何便沈没，不使少翱翔。幽壤千年閉，名山萬卷藏。升堂多俊彥，築室繞高岡。

陳庭堅聘君挽章二首

沙尾三家市，人聲半米鹽。悠然搔短髮，忽此見長髯。觴詠歡初合，溪山氣已添。豐城埋劍夜，太史定先占。

大門三世舊，是邑兩公同。易策它年絶，自注：删定鄭公。詩筒去歲空。朱簾豹隱雨，自注：叔父為丞時，公屢集是堂。白馬虎谿風。自注：先隴在焉，公數臨弔。好在慈恩塔，亭亭翠靄中。

鞏采若府推母錢夫人挽章二首

内助功推冠，名成父子間。中原遺俗盡，舊族素風還。石窌天開邑，宫門日綴班。光華竟何許，夕照在西山。

歷歷稱觴地，悲涼騎省園。風枝今日恨，露葉去年痕。鸞翥昏遺鏡，魚枯泣舊軒。曲湖春色滿，不到北堂萱。

葉子山右史父宣義挽章二首

經笥深無底，高談一座傾。置身初濩落，有子晚光榮。命服鄉閭賀，安輿里巷迎。風枝何不定，忽忽到佳城。

諸父烏衣集，公時預往還。涼秋同出郭，勝日共尋山。電掣流年速，舟移古岸閒。又成丹旐去，衰涕不勝潸。

寄章冠之

章侯平生一詩囊，酬風酢月徧四方。浩歌姑熟酒淋浪，醉呼太白同舉觴。遂登浮玉臨渺茫，江濤挾筆益怒張。沙頭倚檣樂未央，興闌忽上秋浦航。門前槐花日夜黄，閉門琢詩聲繞梁。白袍紛紛渠自忙，飄然邂逅非所望。自言久厭世鎖繮，合眼已夢廬山蒼。君才甚碩氣方剛，身雖欲隱文則彰。江湖故人半朝行，左推右挽摩天翔。而我戢翼甘摧藏，不能與俗相迎將，徑當行前掃山房。俟君功成還故鄉，却駕柴車迎路傍。

送柳嚴州解官趨朝 楹

一葉初秋已趣裝，璽書屢下駐歸艎。少留北闕三年最，多借西州半歲强。身外寵榮元自薄，眼前凋瘵故難忘。書囊知有朝天草，不是中和樂職章。

送宋子華通判長沙 代叔祖知録作

騷人故悲秋，九辨播三楚。宋公舊題壁，文采照潭府。千載得君侯，遥遥接華緒。還當初秋天，又進湖湘艣。當家多勝事，此役可兼取。江山日日新，似若相勞苦。木脱獻群峰，雲生失前浦。况持别乘權，光華動徒旅。元戎下分庭，百吏羣趨廡。後車載仁風，習習被南土。預知潢池盗，無復驚桴鼓。政當勸賣劍，不必禁挾弩。嶺頭鏡面平，小集本作人獻有訏謨論賞駢圭組。臨分一盃酒，不為離愁舉。

東陽郭彦明挽章

小試威名蓋一鄉，卷藏韜畧付農桑。傳家籤軸書盈幄，原校：一作屋擇堉簪纓笏滿牀。置邑萬家開兆域，送車千兩塞康莊。正須今代如椽筆，盡發潛光著石章。

李粹伯侍御母夫人挽章

對仗裒冠日，鯨牙汹九淵。堂萱不改色，臺柏故參天。共識吾君聖。今知此母賢。丁寧劉子□，□事一時編。

王龜齡詹事挽章二首乾道七年

諸老收聲盡，佳城又到公。蒼天那可問，吾道竟成窮。旌卷莆田雨，簫横霅浦風。今年襟上淚，三哭原校：一作泣萬夫雄。自注：芮祭酒、劉太史皆以今歲下世，故云。

大使交旃日，元戎解甲秋。先鳴驚衆寐，孤憤壓原校：一作厭羣咻。羽翼新鴻鵠，聲華舊斗牛。斷橋亡恙否，落月照寒流。

尚書汪公得請奉祠餞者十有四人分韵賦詩某得敢字乾道七年正月二十八日

鼎食味苦濃，藿食味苦淡。同生不同嗜，羊棗與昌歜。孰能游其間，進退兩無憾。尚書古仙伯，雅尚本真澹。禁涂履星辰，講厦席氈毯。將升閒槐棘，忽去亂葭菼。太清奉虚皇，奎壁手可攬。舉以華其歸，光耀極鉛槧。向來功名人，勇進忘坎窞。聽誦歸來辭，掩耳謝不敢。寧知達士胸，萬牛眇難撼。清風滿後車，一洗世氛黮。祖帳將軍園，寒枝紅綴糝。公歸寧久闊，别意不成慘。金華訪舊學，和羹待醯醢。政恐牧笛清，終換街鼓紞。

送丘宗卿博士出守嘉禾以視民如傷爲韵乾道七年正月

檇李國西門，道里去天咫。訟庭人摩肩，客館舟銜尾。涼燠變須臾，怵聽復金華本作風俗怵駭視。心平理自見，周道本如砥。

堂下萬休戚，堂上一笑嚬。是心苟不存，對面越與秦。豚魚尚可孚，况此金華本作復能言民。君看津頭柳，葉葉皆金華本作自相親。

奮髯疾抵几，解衣徐探雛。古來多快士，氣吞兩輪朱。簿書高没人，迎筆風摧枯。自許豈不豪，歲晏終何如。

折肱稱良醫，識病由身傷。開府事如麻，豈盡昔所嘗。平生老農語，易置復難忘。麥黄要經雪，橘黄要經霜。

魏元履國録挽章二首淳熙元年七月二十日

麻衣見天子，拜疏不知休。落落山林氣，拳拳畎畝憂。極知千載遇，政用一身酬。繞舍閩溪水，朝宗日夜流。

羣公祖疏傅，多士送陽城。短棹非前約，長亭及此行。深留移白日，共語只蒼生。會續山陽賦，鄰人笛未横。

祭酒芮公既殁四年門人吕某始以十詩哭之淳熙元年

少年把筆便班揚，咳唾珠璣落四方。歲晚寒窗渾忘却，瓦爐香細雨聲長。

際野塵埃撲面來，萬人蟻聚撥難金華本作不開。手中杓柄長多少，蟄盡飢腸十月雷。自注：公為仁和尉，歲荒，殍者滿野，區處賑恤，各有條理。

小醉初醒日半昏，森森赤棒遶籬門。慨然投袂無難色，不識從來獄吏尊。自注：公嘗為某道，坐詩（金華本作詔）獄時如此。

交廣歸來里巷迎，破囊又比去時輕。何須更酌廉泉水，夫子胸中萬斛清。

殿前拜疏閲羣公，獻替從違各異同。陛楯諸郎自相語，白頭祭酒最由衷。

出祖津頭六館空，帽簷齊側掛帆風。吴興盛事人能數，直自胡公到芮公。

聞人有善己伸眉，倒廩傾囷更不疑。苯苯萋萋竟何許，卷阿空老鳳皇枝。

胸懷北海與南溟，却要涓涓一勺清。相對蹴然如重客，無人信道是門生。

璧水經年奉宴居，天和襲物自舒徐。憑誰寄謝朱公掞，纔向春風坐月餘。自注：朱公掞見明道于汝州，歸語人曰：光庭在春風中坐一月。

先生墓木緑成圍，弟子摧頽晝掩扉。大雪繁霜心已死，有時清夢尚摳衣。

送朱叔賜赴閩中幕府二首 淳熙元年

止戈堂上屐聲閒，飛蓋相追杳靄閒。君到定知難入眼，倚天灤霍是家山。

路逢十客九衿青，半是同窗舊弟兄。最憶市橋燈火静，巷南巷北讀書聲。

周堯夫主管挽章 汝能

五柳傳觴地，風流魏晉前。曾探孝先笥，慣坐廣文氈。身世渾如夢，功名莫問天。從今風雪夜，不上剡溪船。

周表卿尚書挽章 執羔

奏篇曾用牘三千，晚歲回翔日月邊。眼看四朝諸老盡，身兼五福幾人全。清臺課歷遺書在，晝寢凝香舊政傳。竹馬館前寒月白，當時轍迹故依然。

楊信伯郎中挽章二首 洵

象魏三千法，瀛洲十八人。南宮占列宿，少海近重輪。聞道清嬴極，猶有職業親。榴皮餘屋壁，零落獨無神。續金華本作痕

並舍游從舊，同朝分義深。時時墜書札，得得到山林。北去先移棹，南來後盍簪。死生離合地，搔首一悲吟。自注：前歲某還朝，公方去國。

蔣世修祕書父朝奉挽章

太一青藜子舍光，命書頻歲到高堂。深居物外風煙老，静看人間日月忙。繞舍圖書千載韵，映階蘭玉四時芳。逝舟休歎東流水，餘慶源流衮衮長。

蘇仁仲計議挽章二首師德

幽棲略具便休官，帝遣蒲輪喚不還。大似文元居道院，又如退金華本作白傅過香山。夢回帷幄青冥上，自注：嘗為密院計議官。醉墮風波浩蕩間。自注：嘗謫汀州。向使胸二字原缺，據小集本、金華本補中有榮辱，那能八十鬢毛班。

登門疇昔奉從容，婺越之間一水通。今日江東無賀老，去年牀下拜龐公。舊來論議多遺落，新出傳聞或異同。已矣從誰判原校：一作辨真贋，汗青連屋未施功。

向運使挽章

戟衣翻户映庭槐，使節州符未展才。文獻定知丞相似，淵源還自洛陽來。異端惑世濃於酒，小集本作深於蠱古學違時冷若灰。從此湖人識喪禮，凛然治命手親裁。

酬上饒徐季益學正淳熙二年

吾家紫微翁，獨守固窮節。金鑾罷直歸，朝飯尚薇蕨。岌岌李杜壇，總角便高躡。暮年自誓齋，銘几深刻責。名章與俊語，掃去秋一葉。冷淡静工夫，槁乾迂事業。有來媚學子，隨叩無不竭。辭受去就間，告戒意尤切。典刑自耆老，護持何敢闕。嗟予生苦晚，名在諸孫金華本作生列。拊頭雖逮事，提耳未親接。徐侯南州秀，少也嘗鼓篋。示我百篇詩，照坐光玉雪。因之理前話，講繹霏談屑。兩都弟子員，家法嚴城堞。取善則未周，守舊猶有説。同門風雨散，孤學絲桐絶。懷哉五馬橋，寒逕尋遺屧。

何茂恭母王夫人挽章

南朝人物盛諸何，壽母皤然樂事多。堂下無憂萱弄色，天邊有信桂交柯。黄金籯滿經方重，白玉樓成恨未磨。空誦安仁舊時賦，版輿零落故山阿。自注：仲子以文稱而先逝，故有玉樓之句。

夜宿浦城魚梁徐删定子出示林謙之挽其父二詩時謙之方按刑廣東有懷次韵

淳熙二年四月二十八日

五年不説空山雨，今夜魚梁著釣船。為問故人今健否，桄榔葉暗瘴江邊。

兩章宛轉復清哀，讀到魚梁首重迴。便使短牋無姓字，也應知自艾軒來。

題劉氏緑映亭二首

凉葉翻翻不受塵，芒鞋藤杖及清晨。開窗小放前溪入，澄緑光中獨岸巾。

鷺浴魚跳金華本作濇在鏡屏，摇青浮碧太鮮明。牆東種得陰成幄，隔葉看來却有情。

題歸菴

雲壁開蒼峽，風林卷翠濤。諸松皆老大，一嶂獨孤高。發興雖公等，尋幽許我曹。秋光端可賦，不是楚人騷。

王通直挽章淳熙二年八月

近來南國冢，半是北人墳。異縣誰憐我，同鄉又失君。深居傳雅尚，堅坐挹清芬。日落長安第，三槐拂暮雲。

劉梧州挽章淳熙二年八月

駟馬高車照路光，幡然改轍興何長。空山猿鶴驚無恙，同社雞豚樂未央。祇見歲華來冉冉，不知耆舊去堂堂。北邙道上麒麟冢，誰得歸休十載强。

許著作挽章

清文麗藻百川增，窘步追隨愧不能。麟趾差肩臺岌岌，鴈飛聯翼塔層層。蓴鱸歸興都門酒，薤露悲歌大隧燈。獨向梁間誦遺句，寒松衰菊繞崚嶒。

次韻葉丞相陳尚書游南園淳熙三年春

樂事良辰古所難，三分春色一分寬。潤花雨過紅裙濕，倚竹風斜翠袖寒。自有南堂誰舉白，可無東絹為施丹。兩翁醉墨曾題品，便作平泉草木看。

宣城李君嘗遊東湖居士之門袖詩見過次韻以謝淳熙三年夏

人去湖空古豫章，溪蓀水荇換年芳。聞風我是通家舊，覓句君猶弟子行。鬚髮蒼浪休歎老，齒牙沆瀣尚生香。宛陵自昔詩人國，今日誰升小謝堂。

何叔京挽章二首鎬　淳熙三年

濮州以諫死，何氏得其真。天下中庸義，人間父子親。再傳猶易簡，小出復逡巡。埋骨雖南土，傾心向北辰。

傾蓋黄亭夜，翛然澗壑姿。倚天唯直幹，到地絶旁枝。亹亹今何許，悠悠只自知。寒碑卧風雨，千載有深期。

魯少卿挽章淳熙四年春

慶源衮衮接天流，老桂傳香次第秋。人物西都九卿選，光華南國十州遊。翛然徑下滕王閣，已矣長懷范蠡舟。身後楚騷誰著録，靈光舊草合兼收。自注：王文考逸之子作《靈光賦》而夭，宗教君實似之。

蕭果卿祭酒挽章二首之敏

虚心觀世態，實行播鄉評。璧玉中邊厚，冰壺表裏清。家聲到蕭傅，人望似陽城。殄瘁無窮恨，湘江日夜傾。

摩揣誠斯薄，雕鎸質自銷。平生但真樸，直上絶枝條。氛霧終澄霽，丘山亦動摇。朝陽舊時鳳，聲入舜簫韶。

送喻叔奇通判會稽

嗚騶前日餞出使，椎鼓今日送作州。會稽别駕官尚薄，道傍羡者何其稠。版輿有親餘九十，東南之美供甘柔。先春鑄牙入午啜，破臘箭茁充晨羞。况復詩壇執牛耳，所至風月相獻小集本作唱酬。千巖萬壑徧題品，會有采者人名遒。

與同館遊張氏園分韵得日字淳熙五年

出門厭囂塵，入門倦佔畢。駕言城北園，滯思頓覺失。方池環修篁，廣陌衛行栗。先雪梅已苞，後霜草猶茁。上躋極高明，旁穿復深密。主人真喜事，秀句屢盈帙。招呼文字飲，及此三餘日。山林與鐘鼎，零茂本非匹。斯遊豈偶然，書板記甲乙。

送胡子遠著作知漢州分韵得行字淳熙五年

定交不在蚤，意合蓋已傾。胡侯西南來，兩載同書檠。與人徐有味，於世初無營。虚舟澹容與，未易寵辱驚。魚龍同一波，中有千丈清。道氣自深穩，名言常簡明。南宫接東觀，天衢勢方亨。夢回得遠信，窺簷金華本作園渚鴻鳴。開書見連環，歸興浩已盈。子政方校録，令伯俄陳情。都門日轂擊，雜襲炎凉并。誰知此麾蓋，獨為思親行。夾道皆歎息，始識真重輕。古來聚散地，雪野天峥嶸。别袖不可挽，宿昔洲渚生。君臣有大義，忠孝相持衡。勉哉楙明德，清廟須棟甍。

薛叔雲左史母方夫人挽章二首

彤管傳遺範，形容欲付誰。初年柏舟賦，晚歲艾軒詩。□□□□□，□金□赤墀。莆中稱壽母，不獨蔡三司。

往在西雍日，從容許拜親。杏花壇壝古，萱草户庭春。曾是升堂客，應為執紼人。壺公天一角，吹淚灑車塵。

端明汪公挽章二首淳熙五年正月

異時憂世士，太息恨才難。每見公身健，猶令我意寬。彫零竟何極，回復豈無端。此理終難解，天風大隧寒。

四海膺門峻，親承二紀中。論交從父祖，受教自兒童。山嶽千尋上，江河萬折東。微言藏肺腑，欲吐與誰同。

趙路分挽章二首 子直之父

魯衛封雖近，原顏室自貧。一家唯四壁，九族自三春。子舍龍頭貴，佳城馬鬣新。升堂如昨日，南望涕沾巾。

晨昏生死際，至性極民彝。巨孝東都傳，劬勞小雅詩。固應為世表，何止秀天枝。令子傳遺緒，纍然不自持。

陳能之少卿挽章二首 舉善

往在西臺日，調娛用力艱。善人終有恃，公道亦徐還。既去言方白，重來鬢已班。清名配詹事，千載赤城山。

二父官曹接，諸郎硯席通。流年何鼎鼎，見日每匆匆。馬走誰憐我，麟書近得公。又成交臂失，楚些鐸聲中。

恭和御製秋日幸祕書省近體詩 淳熙五年

麟閣龍旂日月章，中興再見赭袍光。仰觀焜燿人文盛，始識扶持德意長。功利從今卑管晏，浮華自昔陋盧王。願將實學酬天造，敢效明河織女襄。

賀車駕幸祕書省二首

麟臺高柳識雕輿，共記中興幸省初。黄道再傳天子蹕，青編重入史臣書。需雲下際君恩盛，晨露高張樂節舒。若寫鴻猷參大雅，定非周鼓頌田漁。紫清丹極與天鄰，闔闢乾坤繫笑嚬。獨為斯文回一顧，坐令吾道重千鈞。先王舊物參差見，列聖明謨次第陳。墨客區區感榮遇，豈知深意在彝倫。以上《東萊吕太史文集》卷一

題真覺僧房蘆

何人夜折苕溪雪，吹落山堂寄清絶。夢回軒檻非人間，一岸扶疎碎殘月。秋風索索秋意晚，葉外參差明疊巘。頗似江南短棹歸，平沙鴈落汀洲遠。蒼濤遶窗碧玉寒，中有漁父千古閑。知君胸次五湖闊，波聲髣髴游杏壇。少林之孫韵枯木，避世避人何用逐。渭川謾復千畝多，江上由來一葦足。

再賦真覺僧房蘆三首

湖山近減江湖趣，寂歷頹垣仲蔚蒿。縱有秋風何處著，遶籬無葉起蒼濤。

屋角清渠瀨淺沙，風斜雨重倒蒼葭。沙鷗不下投前浦，塞雁重來失舊花。

清曉霜鍾喚客興，餘聲知度幾稜層。烟霞深處無人到，七字原缺，續金華本據他本補時見憑欄一兩僧。

漢銅弩機歌

甘泉宫中烽火催，武庫掣鑠殷春雷。山西都尉部千弩，意氣欲壓天山摧。朔風慘慘隨旗尾，角聲滿天日色死。眼呑單于方發機，南風不競羽倒飛。血視空弮尚思戰，邊庭無竹可續箭。斷絃已作塞上塵，零落銅牙時一見。土花蝕盡繆篆青，千年遺恨今未平。雕鞍過盡不回首，落身几案依書檠。蘚苔暗淡生古色，中有少卿千斛力。從漢至今無大黄，婦翫兒嬉固其職。長平箭頭豪士憐，赤壁折戟傳青篇。古來慷慨共如此，脱畧形器求天全。是機雖缺神凛然，想成風沙射鵰天。徑欲匹馬南山邊，何必一臂三十絭。

晚步溪上

疎疎屐齒印平堤，露着烏紗客未知。别浦歸舟争占岸，横林宿鳥自分枝。開張漁父胸中趣，漏泄騷人句外悲。會與清溪約長夏，風簾水箄答漣漪。

秋日

堂下梧桐樹，清陰欲滿簾。風前數葉落，枝外幾山添。世故真難犯，幽棲不用占。新凉入書幌，好在鄴侯籤。

夏夜

晚市收聲盡，虚堂一味凉。炎蒸渠酷吏，閒静我羲皇。露沐疎螢濕，風梳細草長。典移無定在，隨月轉胡床。

應春坊輓章

鉛槧青燈夜，韜鈐紫塞秋。請纓雖拜疏，投筆未封侯。幃白風煙慘，旗丹霧雨愁。從來桑梓接，助輓不成謳。

和虞仲逸初夏懷黄巖村居

幾曲江村雨外明，釣磯漁屋入新晴。參天喬木淺深緑，蓋水圓荷先後生。歸夢每煩春鳥唤，故林可忍曉猿驚。功成共祖東門道，不負溪山舊主盟。

次前韻答石秀才

幽軒返照可窗明，政用高談答晚晴。共聽銅瓶秋雨急，不知石鼎曉雲生。清詩未讀心先醉，别日無多夢已驚。聞道烏衣盛文史，祇愁異姓後宗盟。

效進士作三年通一經

歲月去如矢，橫經徒慨然。誰能通一藝，真不負三年。用意窺園外，收功刻楮邊。幽光回蠹簡，新意出陳編。上相黄金重，諸儒白首鮮。同聲不同調，嘆息伯牙絃。

過九江贈同舍陳伯秀

伯秀名芷，少與太史同遊三山林少穎先生之門，此詩賦以贈之四字原缺，據續金華本補

異時夫子門，論交心獨可。晨窗並几案，莫檠共燈火。同升大宗伯，道阻山砐硪。淡墨濕棲鴉，天開棘闈鎖。高張三百丈，偏數不及我。咫尺判飛沈，鵬摶笑鳶墮。音塵兩疎闊，歲月悉笴笴。風吹樊口帆，雨繫潯陽柁。故人尚一尉，旌旗穿紫邏。相逢話舊游，撥置朱墨夥。握手忘寒温，屈指半轗軻。官居岸平湖，波濤日春簸。飽看五老面，此計殊未左。山房舊聞名，欲往輒不果。須君發其藏，萬卷書繞坐。

以上《東萊吕太史文集》外集卷五

睢陽五老圖贊

同支派别胄遥遥，南渡衣冠尚北朝。千載畫圖文獻在，兩朝開濟政明昭。公卿倡和遵皇運，嗣子傳家念祖饒。幸得慶源流自遠，匡扶人世釋塵囂。

清卞永譽《式古堂書畫彙考》卷四五

方齋行

世皆尚圓君獨方，富貴可取君不忙。閉門讀書聲琅琅，舊書重疊堆在牀。點勘同異分邊旁，運精竭思心力彊。十年足不離僧房，荒山野路秋水長。客雖欲至嫌路妨，幽蘭無人為君芳。采菊落英充餱糧，客即

不來有餘香。　清顧貞觀《積書巖宋詩删》卷一一

遊上天竺

淨域何虛寂，居然隔市喧。僧來混不語，吾亦欲忘言。至樂存簞食，浮名類觸藩。行行返初服，貲趾老邱樊。　清梁詩正《西湖志纂》卷八

（劉瑛整理）

全宋詩卷二五二三

廖行之一

廖行之（一一三七—一一八九），字天民，號省齋，衡陽（今屬湖南）人。孝宗淳熙十一年（一一八四）進士，調岳州巴陵尉。未數月，以母老歸養。告滿，注授潭州寧鄉主簿，未赴而卒，時淳熙十六年，年五十三。遺著由其子謙編爲《省齋文集》十卷，已佚。清四庫館臣據《永樂大典》輯爲《省齋集》十卷（其中詩四卷）。事見本集卷首宋戴溪序及附録田奇《宋故寧鄉主簿廖公行狀》。

廖行之詩，以影印文淵閣《四庫全書·省齋集》爲底本。新輯集外詩附於卷末。

夜坐觀書

風露氣凄清，秋堂燈火夕。開編對聖賢，窮理貫今昔。豈無侯門裾，俛仰無顔色。豈無終南路，矯詐虧名實。莘耕渭釣人，樂道貴自得。青紫與金珠，從渠儻來物。

重九後菊未開

春初得菊四株，植之于西窗之牆限，糞土培之，加以灌溉，庶幾為重九之觀。今度重九且踰旬矣，尚未敷榮，作詩詰之，呈示同社諸友。

靈根何許來，初春首移植。封培極膏壤，灌溉勤朝夕。惟知人力勝，可與天工敵。侵尋度重九，荏苒復旬日。含芳似慳吝，細蓓猶的歷。得非司花神，不為狥世習。閉關存清高，後時養介僻。不然蓐妝靈，護持莫庸釋。未容遽爛熳，留作秋歸憶。胡為倚牆隈，向人殊寂寞。雖非彭澤長，汝勿余於惜。

贈别羅舜舉

憶昔相從游，往往嘗繼晷。論文在肺肝，商確到肌體。一從悵分携，梟鴈慣居徙。相望兩川間，别夢縈百里。向來故園思，歸興動行李。奔馳快一見，舍館渠暇理。疇昔夜過門，明月耿相視。一尊邀躊躇，嘯詠天風起。朝來得秀句，惜别語盈紙。所愧才空疎，雅意孰稱是。塵勞喜驅人，遣我輪善柅。明當問歸途，馬足莫西指。男兒結交情，聚散今乃爾。誰論十日惡，懷抱好無幾。活活郴江流，此去下湘水。慇懃儻懸情，願言寄雙鯉。

寄舅氏

北山結齋處，爽塏非囂塵。開軒尋丈間，四座情誾誾。君無挾長態，我亦忘等倫。終朝究道藝，得趣何其真。一從分携去，聲跡如參辰。相望遠十舍，誨席無由親。秋高巃峰秀，得助尤清新。明珠不分錫，何以慰吾貧。

和劉寺簿韵就述丐祠意

衡湘風物佳，微産亦豐美。清腴足秔稻，雋永到梨柿。一飽自有餘，此樂渠有涘。况逢使君賢，公餘多燕喜。新詩且間作，健筆時一泚。形骸了區别，肝膽洞遐邇。言論斯靄如，旨意不忘起。梧檟良栽培，稂莠早耘耔。我愚莫執何，流輩敢倫儗。每聞循循誘，敢愧空空鄙。高堂有白髮，富貴寧羨彼。丐公成此心，萬事歡菽水。

從三舅氏携兒姪遊向園分韵得買字

壥居遠囂塵，市隱渺湖海。閑窗理書卷，樂事供戲綵。蕭然萬慮忘，恬爾四時改。青山滿郊園，未省費錢買。客來笑迂拙，我乃厭機械。今朝起遨遊，歡意與天會。光風挾霽月，璇宇掃氛靄。玆游發吾舅，慫恿及流輩。扁舟凌湘波，步屧更東邁。名園展良覿，珍賞皆勝槩。松筠矗高節，花草足芳佩。化工自無私，物理欣有待。從渠春爛熳，壯我胸磊磈。招邀坐莓苔，取次列鮭菜。真成脱邊幅，底用見奇怪。酒闌發深省，事往憶初載。經營賦歸田，想像古賢宰。騎箕久汗漫，種木今猥大。安能耽燕翫，頗復念興廢。信美非吾廬，高興忽天外。歸來且長哦，它時續詩話。

自中都歸題勝業寺古柏 柏一本九幹，甚奇古

昔聞南山下，有柏古且奇。書癡守寒窗，一見嗟無期。歸從軟紅塵，乃識蒼虯姿。青青十畝蔭，凜凜千年枝。山靈日守護，斧斤誰侵欺。孤根久盤踞，珍幹分逶迤。飄蕭爽氣生，蓊蔚祥雲低。九龍出同穴，宛轉猶相持。高標足古意，貞操長遐棲。豈無金芝秀，瑣瑣誇一時。豈無豫章靈，屑屑關興衰。何如此嘉樹，毀譽無欣悲。傳聞禹所植，往事誰能稽。安得子墨卿，寫作無聲詩。

醉中紀事題辰州浄因寺

山城春半時，底事風作惡。小隱杜書帷，暗想花蕭索。命駕訪林藪，尋芳到叢薄。漫山粲百英，隨分有餘樂。縈迴度城陰，徙倚步禪閣。山僧正齋餘，茗椀快新瀹。壁間有佳句，一誦喜且愕。登堂陳盃盤，痛飲自諧謔。新詩恣賡酬，郢匠成妙斲。忘機物不疑，屋山下烏啄。松風動豪氣，號怒響林壑。顧我亦楚狂，高興復誰托。揮毫屬同遊，聊共題新堊。

代遊西湖分韵得香字

永嘉有儒宗，學古源流長。未施經國手，姑綰祠嶽章。豈惟禮秩重，正遣文教昌。從遊者誰子，秀異推荆楊。潛原作羨，據《永樂大典》卷二二五六改君春秋學，三傳可束藏。君章湘中傑，況有今黄香。羣賢集董帷，幸甚同翱翔。吾邦一何遇，石鼓分餘光。坐令士氣振，聞者皆激昂。今朝過封胡，三英璨琳琅。乘興訪蕭寺，草草羅酒漿。吾儕亦縱臾，十駕隨飛黄。亢宗賴季子，未數彦道狂。讀禮不敢過，養晦須名揚。旁觀且袖手，代斲愧不臧。聊補分韵篇，一笑薰風凉。

送岳陽陳倅秩滿還朝八首 以邦國不空別駕之功為韵

千古太丘長，風流世淳龐。袞袞多公卿，他姓渠可雙。祇今廪賢雋，半刺均麾幢。朝天建長策，致主新周邦。

閩為多士鄉，三山最英特。問學可經世，文章更華國。公維太宰出，宅相有令德。無忌獨何人，猶能弭凶慝。

先漢郡有丞，選置不浪取。次公在河南，吏嚴而獨不。皇家重監郡，小試煩大手。上方求寛和，淹外詎容久。

岳陽古建郡，不但樓觀雄。英英范公記，百世揚清風。斯文行益遠，雅意言非空。懷哉久登臨，所期憂樂同。

重湖昔苦兵，流亡動輕別。幾年費勞來，經旱復騷屑。有底田多稼，民情洽歡悦。洋洋康賴歌，今無愧前哲。

湖山政俗殊，疆理罕憑藉。壞賦無定書，民田互欺詐。所急井田均，争心詎難化。入告今其時，公行毋俟駕。

舍人趣治裝，驅車將東之。兩載賢輸淹，一朝萬里馳。洪惟德器遠，自是廊廟姿。寧須佩刀祝，已動宣室思。

少陵不作威，恐墮趨走中。而今巴丘吏，所遭更途窮。力繇何以振，敢意鄂縣功。慨歎薛長史，誰其繼高風。

壽湖南宗憲五首

梅餘傲雪香，柳欲摇金絲。隆冬如許清，真宰渠物私。居然風景殊，鍾此賢傑姿。政須鴻鈞播，天意扶民彝。

斯文不于政，體用方殊觀。頗聞罷謀曹，渠肯先學官。而公獨古意，首欲尊儒冠。果哉此道振，善俗良非難。

湘俗日窳敝，嗜惡甘如飴。良心豈初然，物欲或迫之。經正則民興，靡事窮誅夷。桑麻遂生業，四海治可推。

伊洛有真派，淵源洙泗宗。蜀張日益遠，言行將無同。於公見事業，吾黨知適從。坐令千載下，竟識儒者功。

欲壽人之情，而仁獨也正。有能用其力，盡性以致命。公誠格物意，心静無不敬。却笑彼談仙，區區較功行。

壽湖南管倉五首

齊卿善高奚，為治孰過之。到今民受賜，微管嗟吾其。宜哉世祀昌，有此廊廟姿。功名方鼎來，端亞蕭與伊。

敬仲始鹽筴，豐財此權輿。端能佐經費，農末深相須。惟皇叙八政，國裕民無癯。誰其制低昂，江左今夷吾。

平羅慮國深，公困匪邦積。自古斯有年，寖遠失初意。今年出緡錢，樂歲怨狼戾。此法竟施行，農民等蒙惠。

古人重繇使，竭作唯追胥。兩税已復役，三倍將何如。洪惟愛基本，幸甚均慘舒。周親今閭閻，民情力有餘。

歲寒萬本怯，表立蒼官榮。相看琅玕碧，更對梅玉清。得能三友佳，來壽千載英。慶事未渠央，高標自天成。

挽劉監廟

去歲與君别，高談氣如虹。酒酣出三詩，遺我意何窮。歸塗度黄花，偶遇衡人東。問君無恙否，報言近已終。聞之駭且疑，期君後凋松。分攜數月耳，鷄年何遽逢。還家僅弛擔，走哭悲填胸。夫君鄉評高，孝友古人同。一第晚乃得，權門肯投蹤。暫出不少留，翩翩若冥鴻。力學老不倦，進得新有功。惜哉幹國資，已矣浮雲空。最憐親白髮，行路為慘容。賴是有子賢，接踵翔蟾宫。朝來哀笳發，湘江雨濛濛。月嶺挂寒斗，霜林號凄風。斯人重難見，夜臺情得通。

送鄧彦霄有序

僕聞南山下有耕者，始其業微甚，他日連阡陌，專沃壤，盖其富視封君。客或訪其故，對曰：「田農也，不知其他，吾能不廢吾業而已。始吾得汙萊數畝，人不屑治者，吾治之加力，不敢鹵莽滅裂也。計其穫，視饁餉，不徒食，以故吾業益廣。今幸且富，顧耕則不暇，而吾心朝夕經畫乎此，特其所處小大之異耳。勞於小而不廢，積於大而益不懈，天下事皆然。」僕嘗異其言，將世之君子殆有愧此。自世以空談媒位，仕未有一毫補公上，已謂州縣為徒勞。簿書期會，一切廢弛，曰儒者以大臣自期，宜若是。彼其愒偷，曾不若耕者之不素餐也。矧仕于邑，所謂高士不為者，先漢已有此俗。今吾友鄧君彦霄，乃欣然就此位，若將得行其志者，其所懷負不苟徇世，誠如是，一職不廢矣。夫使圖籍有考而緣絶淆亂之弊戢，膏澤下於民，必自此始。且僕聞鄭有君子曰子産，其言政如農功，日夜思之，思其始而成其終，朝夕而行之。古之人自效一官，達之于運天下，其於民監法皆如是。彦霄過僕為别，屬聞耕者之説，意其有補于從政，因序而詩之以為贈。

四海一畎畝，萬事均農桑。汙萊儻輟功，饁餉安取償。斯言愧田叟，為吏輕官常。悠悠但愒日，往往俱亡羊。鄧侯獨古意，枳棘寧鸞凰。所懷將志行，身詘庸何傷。高士豈徇俗，濟時乃褰裳。功名始一邑，圖籍皆甘棠。古人正如是，遠業詎可量。薰風入虞絃，萬宇須阜康。行矣食人食，勿謂吾言狂。

題族兄耐軒

乾坤一覆育，日月恒回旋。百川滚滚流，晝夜不舍旃。豈無桃杏姿，孰與松筠堅。物理耐則勝，人事敗以狷。君看伯禹功，手足甘胝胼。苟無尼父志，緇磷多夤緣。躁輕易與耳，頑頓終安然。吾宗伯也亢，學世其家傳。韜藏第懷寶，穮蓘須豐年。雙扉儼庭牖，一字深韋絃。此意當竟成，永言願無愆。吾聞約與樂，仁者斯兩全。君能處以一，我見成皆天。伊傅終佐時，吴鄧徒多錢。他時軒中人，更耐官九遷。

題君子亭

疏池種瓊瑶，築屋看雲錦。愛渠花種賢，佳處心自領。我愛池中花，花中有君子。相看亭上人，其人亦如是。

和苦熱喜雨

吾聞和陰陽，古人喻調鼎。四時有節適，萬類自紓窘。神哉洪鈞播，妙自元氣涬。寒暑遞推遷，日月互光炯。隆冬生流金，酷熱啟冰井。由來積以漸，其究勢莫競。沿流盍尋源，循踵良自寧。天功果其全，人事或可請。民咨思圖易，牛喘戒用猛。于焉貴調燮，持以濟炎冷。今年苦煩蒸，六月無息影。晴曦煽赫赫，卒歲憂懔懔。無何陰鳥鳴，恍若商羊騁。濃雲潑黛合，飛電與天等。誰為投壺戲，多謝一笑肯。疾雷正晝發，隱隱連夜永。羣龍挾雨飛，霶霈浹四境。豈惟蘇槁苗，已足潤頑礦。歡呼到田稚，揚汨亂池黽。熱惱變清涼，造化衹俄頃。如痛乃遽定，若醉而倏醒。人情競欣欣，我寐獨耿耿。帝力今何知，誰其發深省。古來禹稷志，要在飢溺拯。行當歲有秋，豈但禾同穎。羣熙正待哺，一飽慰延頸。恩斯宇宙均，澤可天地準。憐渠詫祥瑞，得醉矜酩酊。何人司調元，嗣歲願多稔。但令風雨時，誰復浪悲哂。

壽岳陽林倅

南風舞山木，幾日天好晴。驟雨洗空翠，當暑氣倏清。湖光散瀰淼，宇鑑浮青冥。魚龍戲吹浪，草木摇芳馨。祥氛郁華居，喜色生緹屏。緹屏一何喜，别駕今甫申。丰神稟崧嶽，仙骨標蓬瀛。間世出王佐，生賢果天心。當時三更月，尚記七莢蓂。居然熊羆夢，况乃星宿熒。堂堂問禮家，豈但工梅吟。西湖耿澄澈，泰山愧峥嶸。德器重九鼎，材猷冠千英。鳴絃了巖邑，展驥開修程。岳陽千乘邦，樓觀萬古名。形勝以人重，民安須政平。誰問蕃宣功，正藉太守丞。要令范公記，亹亹增清芬。十行東北來，六月西南征。心源不受暑，王命無留行。邦人徯膏澤，邑尉覘車塵。斂板慰所慕，執鞭欣且榮。匪私一身遇，所冀千里均。佳辰迫開府，善頌騰歡聲。紛紛祝龜鶴，懇懇祈松椿。人情亶忱切，天理尤著明。維仁必壽祉，稱德斯鈞衡。福禄方鼎來，何者當擬倫。茫洋洞庭波，中有君山青。渟峙未渠央，功成更遐齡。

題舅氏耕隱圖

平生澤物心，不計飽一吻。中年厭道路，回首荒二頃。有口不自餬，誰其識莘尹。天子閔斯勞，祠官養閑冷。庶人乃敢召，往役義唯謹。兩手不袖藏，扶犁遍畦畛。云胡三百廛，正可一笑哂。置之他勿問，樂此果何愠。能敬師冀缺，弗治謝楊惲。深思鹵莽報，寧憚作勞愍。拳拳畎畝志，尚願國多稔。長哦七月篇，知公非素隱。

書懷寄黄夢立

荆山之璞天下奇，韫藏待價其誰知。楚庭已作再獻客，楚國未識連城姿。世間萬事乃如此，遇否在天而已矣。龍螭尚爾困泥蟠，可是紛紛肆蚖虺。人生安可論窮通，失馬有時同塞翁。會須決起凌雲志，高搏九萬扶摇風。

夏夜大雨

西風響樹聲颼颼，暮雲勢作蛟龍逃。玄冥夜半挽銀漢，翻寫到地奔驚濤。萬聲傳空震且怒，草木股慄皆悲號。吾聞閔民望歲者，辛勤必與豐年遭。即今麥孕苗欲秀，得失相去懸秋毫。沛然一雨決豐歉，誰謂天鑒徒高高。

和湯無邪

東風習習初春天，流澌凍解興魚潛。池波生緑紋漪漣，和氣已覺彌天淵。人間佳處不獨此，我有嘉客稱世賢。懷歸不肯依劉表，滿懷貯月清光皎。君行天下眼力高，泰山自見秋毫小。往時祖烈通帝震，凜凜奚啻霜松清。力扶彝倫正皇極，精貫日月伊忠誠。聲彌宇宙身卑下，貪天下願羣龍駕。功高德厚愈流光，誰信幽潛空厚夜。吾聞丹穴多祥鸞，正論世濟非論官。慙卿慙長彼何事，五公四世嗤新安。欣然如君食舊德，瀾翻自詭真奇特。瀟湘江上忽相逢，遨遊遠自蠶叢國。詩豪氣俠負家傳，平生重義不重錢。千金萬鎰隨手盡，南來衹有兩臂全。且言昔與吾兄别，相勉相期皆遠業。六年萬里天西南，歷井捫參淅今接。故人已作騎箕英，顛頽倦游誰可倫。風波險阻厭蜀道，恨不澤國歸垂綸。如今豈乏資身策，家在吴江天一域。牀頭金盡何足言，氣干牛斗心金石。不須伍舉談班荆，開心見膽須真情。交游衮衮半朝露，家有諫省真難兄。聽君話言坐未定，投我新篇富嘲詠。我思伯氏不可作，君為感嘆豈其命。自慚無力空慇懃，扶摇孰起垂天雲。愧無詞華堪掞庭，安得瓊琚持報君。

再酬湯無邪

少陵自嘆休問天，高歌杜曲希陶潛。兩翁潔身如清漣，流行坎止停則淵。不肯相邀事趣走，相望異世俱稱賢。又如雙鶴立表表，長庚共月相輝皎。人言兩翁皆大才，頗恨當時用之小。太微别垣環紫宸，台符炯炯光太清。天心愛君見于世，生賢賚弼何其誠。那知局促多轅下，詭轡竊御誇叓駕。懷哉朝秣玉山禾，徐趨可刷幽并夜。我聞此馬如翔鸞，不比羣蛙私復官。馴轅妥策服黄道，御輿君子何其安。豈其力稱稱以德，谷量謾富驢騾特。乃知市駿等掄材，畢竟多賢重王國。湯君謂我祖有傳，非獨中選如張錢。誅姦發策自其手，亟使國步臻安全。忠言信與紛紛别，大啟羣公扶帝業。退然寧肯自賢功，錫馬無心晝三接。青編自有聲飛英，笑唾當年石季倫。高風盛節位不稱，獨抱此志虛經綸。君言濟世非無策，太息神皐猶異域。會令桂海一冰天，却鐫浯頌燕然石。吾儂瑣碎如棘荊，聽君忠憤猶含情。可憐有志不得展，三嘆失我金昆兄。人生萬事皆前定，試聽滄浪清濁詠。晉陶唐杜等詩窮，怊悵文章不如命。祝君我有心慇懃，天降時雨山川雲。古來皐伊今在庭，食芹有美須獻君。

春日途中

人家二月燕始歸，春陰還近清明期。我行東指來江上，傑木夾徑如旌旗。驅馳不憚百里遠，解后時醉青帘垂。懸知故人隱山市，相見甫邇黃生眉。

山棗道中

疾雷將雨風怒號，夜半破屋聲嘈嘈。平明野水一犂滿，浮雲忽散青山高。三湘歸來故清絕，半載何事徒捐勞。可憐辜負春已晚，鶯老花殘空濁醪。

西郊即事三首

唐年斗酒價三百，苦貴已起詩翁言。那知三倍猶痛飲，可知此老空煩冤。風煙澒洞攪霜信，雲日黯淡浮天根。此世有酒須爛醉，貴賤瑣瑣寧當論。

秋老那復雨初晴，我行西郊賞西成。蘆花飛空訝舞絮，楓葉滿徑紛吹萍。香秔幸愜一飽願，晚菊亦吐三秋英。陂池更作嗣歲計，帝力浩浩仁羣生。

曉行出日歸流螢，二童一馬塵蒙纓。道傍老翁笑相語，道上夫子真勞生。有田觀我奉甘旨，無技聳世難公卿。從渠自嗤我自樂，天風振木哦詩聲。

又次韻三首

昔人逢秋每悲思，往往推本騷人言。安知四時皆足樂，但願一切長無冤。山林朝市等昔夢，榮悴開落俱陳根。不如沉醉了萬事，春蘭秋菊誰能論。

養禾欲雨稼欲晴，閔閔此事須天成。湘田是處可稏稻，村酒縱飲無幾萍。老農歡喜自舉白，俗士觸縮誰飛英。如今秪合謀一醉，功名富貴從浮生。

一年好景今露螢，試問誰濯滄浪纓。隨時動遭不事謗，潔己自覺太清生。西風常次樂郊路，好酒不博當朝卿。浩然十里馬蹄疾，未到城門打鼓聲。

夜夢得一句云老樹拜風窗影亂因伸其語爲一絶

夢魂栩栩塵緣掃，風拜月窗春樹老。一枕驚回得句時，清奇未遜池塘草。

江皋即事

霜肅寒空晴意力，江清一帶玻璃碧。微波漾日光浮浮，萬頃無聲流寂寂。灣頭輕舠一葉微，篙工急刺馳如飛。饑鴉見人自驚去，未若鷗鳥能忘機。原作饑，據次韻詩改船頭午後炊烟起，颯颯微風掠蘋尾。江皋有客意何如，獨立無言望江水。

再次前韻

午日晴明軒眼力，煙浮波面融融碧。隔溪誰家鷄一聲，人在叢篁更深寂。纖鱗弄暖吹波微，饑鴈為作低回飛。漁翁可是生涯闊，放漾終日忘塵機。心旌忽為家山起，遥憶瀟湘鱠鱸尾。誰能一席助清風，歸去蒸江弄蒸水。

書湘陰驛壁

舍舟湖頭煙水昏，假榻郵傳猶柴門。可能濁酒澆客吻，莫厭明月撩詩魂。

溪　流

溪流一作神仙遇，歲歲桃花落復開。誰控空巖守奇鬼，豈唯塵俗到雲來。彭澤昌黎一是非，悠悠千古謾傳疑。蒼崖何物扃巖竇，獨許當時漁父知。

和喜雨詩

夏畦雲稼憂芳蕤，炎官火傘烘晴曦。何人半夜起龍蟄，慰我卒歲豐年期。吾生正作一飽計，天意似憫三農時。椎牛釃酒樂村社，帝力於爾其誰知。

和陳必强韵

三旌之位不足貴，萬鍾於我其何加。誰如日飲無骨相，底用眼眩鳩盤荼。哦詩清籟助蕭爽，角壯餘子空雄誇。東洋北若不汝較，望嘆自失無津涯。

和楊公維二首

子雲家無儋石儲，日有載酒過門閭。道丰澤衍今甫大，天理報施寧欺予。我慚投李得珍贶，俗眼快覩真璠璵。何當急走問奇字，報語姑以先勤渠。

楊侯胸中萬卷書，瀾翻騷興軋三閭。文成素藁富柱腹，詞有餘鋒須賈予。俊逸進追新軌轍，温純端擬古璠璵。我漸不作池塘夢，徒羡清溝愧濁渠。

和游子歎

前年春種方萌蘖，我喜君來屐幾折。今年湖田農正忙，君從伯氏聽漁榔。平生四海饒足力，到處哦詩不虚日。高懷一笑無心雲，暮秣燕冀朝吴餐。從渠小知但莽蒼，羈馽維絡游龍額。男兒遇合自有秋，此志寧為温飽休。

呈武氏表兄

余兒時，武氏三四表兄過我龍穴里中，已而為别，今逾二十載矣。兹侍老人通守沅陵，武氏寓辰之屬邑五峴坡，栖碧翁適逝去。既襄事，而四兄來訪，皆魁偉奇絶，有昂霄聳壑之氣。連日奉款語，劇談世事，論文説詩，私竊喜慰。感而成詩十八韵，呈諸表兄。

我家蒸湘東復東，君嘗過我從嫗翁。我時總角君未冠，相與遊戲如鴻濛。無何君作十年别，遠指沅水云能窮。兒時豈識銷黯事，聚散過眼回頭空。衡陽以西大西麓，其間不及馬牛風。向來往往二十載，音問無計隨鱗鴻。吾翁得官夜郎郡，盡室隨牒溪山中。故應喜近栖碧老，豈謂一疾銘幽宫。箕裘賴有七男子，華萼競秀階庭豐。爾來得得步相訪，磊落玉樹何玲瓏。固知乃翁已無憾，有子足勝王家戎。團圞夜話得相屬，幸勿别去輕匆匆。即今山城二月半，李花能白桃能紅。陽和薰蒸著草木，駘蕩天冶春融融。繁華不足悦我眼，獨以文字忻磨礱。男兒胸中負志業，聲價直欲高恒嵩。立身揚名我輩事，肯逐斥鷃甘蒿蓬。篇詩慇懃丐領畧，但愧骫骳言非工。

呈四表兄求栖碧遺文

某竊聞姑丈生平遊戲於詩，著述甚富。每恨不克奉杖屨，乞其緒餘以啟頑繆，今已矣。然審知諸兄寶藏遺文，以傳不朽，猶幸得一拜讀而未敢輕易也，輒用前韵成拙詩以見意。諸兄幸憐其勤勤，舉以授之，則庶幾尚可沾丐其殘膏賸馥也，幸甚。

詩亡自昔周之東，末乃賴有三閭翁。三閭避讒思去國，當時無人歌雨濛。忠懷義槩不見省，獨以文字塗幽窮。高情寓物發歎詠，憂深思遠言非空。富如渤澥產百怪，浩若九萬扶搖風。後來文士相繼出，思援弓繳隨冥鴻。二都以降更七代，浸墮侈靡淫哇中。新奇嫵媚乏典則，往往體制多稱宮。汗牛充棟號繁博，簡策冗長何其豐。至音寂寥風雅墜，天球何處求玲瓏。遼遼曠世一杜叟，粹出于正排夷戎。丁年天寶適倥傯，崎嶇奔走方匆匆。有我未始不憂國，豈若兒輩隨朱紅。瞻前無隣後無配，膏馥殘賸何豐融。少陵以來栖碧老，筆鋒閃閃矛新礱。九原已矣不可作，知有妙語齊烝嵩。生平痞痳祈一見，如垢未沐頭方蓬。君無恐我誤雌霓，研覈諷誦猶能工。

次韵酬郭承禧

近不羞，以惡拙呈似，望一鍼砭之，以起廢痼。盧扁固未肯輕施，且過於奬拂，借之好語，殆欲益其疾，與公必不恝然也。敢賡元韵，不吝竟誨之，幸甚。

黄鐘大吕非常器，清廟陳之乃其地。胡為小用噎寸莛，猶遺咸韶有遺事。君才棲枳今何時，天意似欲昌吾詩。西山正爾朝氣爽，左手好在霜螯持。連牆顧我勞相過，徙舍羡君安宴坐。春蘭秋菊借芬馨，蚯蚓蒼蠅許賡和。彌明出語如笑嬉，喜悲思苦那能奇。便須起敬拜牀下，敢問所學真誰師。

賦壓波亭呈益陽趙宰

當塗自詭譙中龍，長驅遠鬬矜餘鋒。孫劉交合出奇計，一炬赤壁成三雄。荆州疇昔借資地，久假乃復相仇攻。是時熊湘介二國，北有蜀壘南吴牖。蠻争觸競已千古，往事獨有江流東。人言此水自雲阜，聯引濱邵經夷中。崎嶇二梅壓盤束，擘裂千嶂煩奔衝。窮豪究勇力少縱，始得平隰流春容。紆餘十里僅間暇，贔屭五渚俄衝從。瀦為渟淵産百怪，往往不宅馮夷宫。春霖夏潦故假藉，谷吐川灌資騰舂。陽侯客氣不自禁，驅脅罔象從羣凶。往時井邑困陵藉，欲已此患嗟無庸。英英忠定經國手，初日小試勤民功。不煩燃犀照奇鬼，正爾宴坐銷狂烽。築亭據勝俯百壑，坐使衮衮皆朝宗。投巫謾詑鄴中老，驅鱷未遜潮陽翁。横流一旦復故道，精意要與神明通。吾聞祖龍制六合，欲以盛氣陵華戎。將遊會稽示汰侈，乃被濤浙還他從。區區水波豈云惡，要是暴戾神方恫。安知盛德雖邑宰，能轉造化回天工。爾來百有六十載，民得平土趨耕農。只今令尹亦公輩，惟有善政希高蹤。興言晴雨應如答，豈復旱溢憂匆匆。喜豐對峙且華屋，一槳横絶江無風。江頭秋深足佳趣，林靄煙暝紛冥濛。乘間領客共賞勝，亦有情話攄心胸。夫君豈久吏州縣，偉望况已齊衡嵩。儻令鯨伏波不作，奠枕四海渠非公。

送程正翁解官歸徽州

夫君貌瘠中甚腴，萬卷抑塞蟠胸書。文章有神貴有骨，小住金馬論石渠。青雲可上不自喜，却下枳棘如棲梧。勾稽五載信留滯，澹泊一意忘奔趨。心研典墳畧鞶帨，腕脱牋牘疲鴻魚。諸公要人徧知己，争欲迎致沾波餘。代來秩滿不得去，懇懇至挽桓君須。平生不願受知廣，高興忽動歌歸歟。湘江水落清徹底，桂棹可理真良圖。人生適意貴自得，懷土不為西風鱸。一盃别酒聊復爾，千里明月非人殊。修身善世本一理，聚首分袂皆同區。它時用否猶故吾，寄書當道今何如。

壽邵陽唐倅二首

君不見大士化身兜率天，地湧兩足雙金蓮。光明照耀十方界，至今猶記周昭年。當年刹利西王國，才見薰風入炎日。菩提廣轉大法輪，普現寶身千百億。即今應感湘江涯，一念甫為羣生迷。誕彌猶是舊來日，塵世已覺心南移。宰官未向朝端去，暫作資陽大慈父。惟將四諦妙真來，一洗含靈愁嘆苦。海沂豈久淹王祥，沙堤指日催鳴璫。心華定力莫思議，福利四海為津梁。斯民正賴覺空覺，應世因緣詎能度。椿齡永劫未渠央，會看優曇幾開落。

瑞蓂八葉開蕤賓，湘川當年生俊人。天孫織裳雲錦新，下與聖世為卿雲。妙齡材策趣金鑾，從横禮樂波瀾翻。結知九重生羽翰，揚庭徑許陞朝班。姓名將啟金甌黄，海沂蹔此留王祥。朝來椒頌傳新章，青衫屬吏欣觀光。方瞳玉頰歌雲謡，醴泉為酒鄗斗杓。東方蟠桃三度實，安期瓜棗甘於蜜。

代賀蘇鹽生朝

斗杓酒携井絡墟，月蓂四莢隨盈除。絪緼和氣掬宇宙，葱鬱瑞靄充門閭。門閭自是相家舊，許國勳閥今渠渠。公侯骨相奇表在，佛祖心諦羣疑袪。長材不憚剸煩劇，入贊樞庭還題輿。聲猷業履藹中外，使節棨畀東南如。三湘來領阜通計，九郡咸企澄清車。民言此地公蘧廬，當饋注想寧應徐。姓名行啟金甌書，公府入即潭潭居。方壺蓬島有壽域，安用九轉刀圭餘。

代人上父生朝詩 十月猶有木芙蓉

杓携娵訾月華薄，瑞靄朝來溢簾幕。芙蓉猶解姹然紅，要與誕彌尋舊約。霞觴舉處金璀錯，壽祝莊椿與龜鶴。鯉庭請學熾昌詩，綵衣戲有承顔樂。

將歸新城鄉舍邀賦詩贈行

請君吟詩送我歸，我歸雖作半月期。馬頭黄埃且百里，村店白酒占雙旗。只今柳絲東城路，萬縷方作青青垂。歸來應未及飛絮，自取春色開修眉。

和阻風潛江以詩禱神

江行幾日風打頭，江上客子添牢愁。人言水神喜作祟，客欲精禱姑維舟。平生結習口語業，篇詩敢告波神休。欣然回首領此意，一息千里聊乘流。

以上《省齋集》卷一

廖行之二

爲老人壽蘇鹽

司寇家聲遠，開元相業尊。亞燕推手筆，刺暴賦篪塤。無逸隋圖在，居延漢節存。二天公覆蓋，六印氣雄渾。美玉藍田裔，洪河積石源。人材鍾盛世，侯伯萃高門。龍集天津尾，杓携井絡坤。策加三卦候，蓂改四朝昏。兆夢熊羆喜，儀庭鸑鷟鶱。崧高真氣宇，佛祖是心原。標準儀中外，才猷剸劇煩。樞庭陪國論，江介輔侯藩。忠力宣僚寀，勳庸簡帝閽。皇華分使節，風采動輶軒。煮摘三湘富，澄清九郡恩。融融流叶氣，藹藹載謡言。望洽青氈舊，榮須錫馬蕃。金甌披姓字，芝詔下天垣。卿月當聯棣，王庭合篋鵷。蓬壺開壽域，斗柄挹芳樽。蟠實來仙木，松膏出老根。祝公千歲壽，帶礪見調元。

和劉晋父寒食日從郡掾遊花光相社祠絶江訪向園賞春韵三首

官事何時了，郊行亦興佳。不因修佛供，端為憶詩家。歌櫂浮春浦，吟筇倚暮花。翻思紅藥句，想像怨年華。

不作春遊去，那能詩思佳。春山長在眼，白酒不謀家。泛泛一簑釣，冥冥幾樹花。相從有真趣，無夢到京華。

寒食江頭去，精藍景象佳。懷人悲往事，得句念無家。飄泊苦多病，顛狂因惱花。那知三百載，崇祀有光華。

和春睡

持底賞春晴，清眠自爽魂。據梧銷白日，高枕未黄昏。蝴蝶飛何樂，華胥夢可温。周公應不遠，心事得深論。

和羅舜舉三首舜舉夢中得臘酒催詩處春幡剪綵時二句足成四韵屬余和之

世態醯雞舞，塵緣野馬馳。眼中惟俗物，夢裏是真知。綵筆神傳夜，春池句得時。渠儂未應愧，百世與風期。

日月遊駒迅，光陰激箭馳。自應憐未遇，誰解語先知。消息春來好，功名夢到時。更憑詢造物，無作戲人期。

世無良樂久，驥足謾驅馳。尚喜心無愧，渠憂人未知。塵埃渾眯目，魂夢識佳時。好在張儀舌，男兒詎可期。

贈勝業老了謐

客行半吴楚，人與詩皆窮。得公三昧語，示我五言工。南山足佳氣，古刹長清風。應餘錦囊句，還許蓮社同。

和前韵

有賦為招隱，無文可送窮。郢歌應寡和，齊瑟自難工。好在南山霧，高眠北牖風。此心奚所得，要與古人同。

久雨送春晚，倦游憐客窮。不因人事謬，安得詩篇工。鶯語喚昨夢，雞聲驚曉風。此時無好句，愁絶有誰同。

詩源渺萬頃，袞袞來無窮。定應遊戲爾，豈事雕琢工。三章見囊穎，一讀清頭風。貧兒獲玆富，往往至寶同。

暮春偶成四首

殘花自開落，遲日半晴陰。翡翠山容暗，蒲萄江漲深。緑楊渾作絮，黄鳥欲成瘖。春事今如許，誰能着酒斟。

蒲渚生新漲，花蹊長緑陰。微風將暑至，一雨共春深。强聒燕何吻，卑喧蛙未瘖。有懷無可奈，吟興發清斟。

小雨纖纖潤，輕雲淡淡陰。溪光清絶處，山影翠微深。蠶市朝何寂，牛歌晚不瘖。高吟憐節物，合把酒尊斟。

春色堂堂去，雲容故故陰。情連芳草遠，愁共碧波深。一雨能多久，鳴鳩只合瘖。杖頭方寂寞，那得濁醪斟。

雨中有懷

客裏春三月，江頭雨半旬。囊空那得醉，吟苦未甘貧。愁逐花枝老，詩隨節物新。郴流去湘水，欲此寄雙鱗。

春色無多日，匆匆度七旬。驅馳遊子態，蕭索旅中貧。酒薄愁那減，詩窮句轉新。誰能念牢落，涸轍有枯鱗。

七　夕

目切雲垂望，心馳枕扇凉。兩年違色養，七夕又他鄉。坐想斑衣戲，胡為捧檄忙。何人翟方進，將母冠巖廊。

觀　潮

江接東溟闊，潮從八月高。祇應風捲浪，誰遣怒成濤。舟楫乘流迅，魚龍得意豪。瀛洲今不遠，好去釣金鰲。

宿田橋驛枕上口占

屋敝漏疎星，魂清夢轉驚。蛙鳴千百輩，鳥語兩三聲。意氣渾干斗，塵勞未解纓。平生四方志，安肯效蠅營。

如新墻宿於劉叟逆旅

一雨洗殘暑，初秋生嫩凉。寸岑餘黛緑，多稼已雲黄。早覺宦情薄，可能詩興長。空慚賦囊粟，持底報君王。

向氏歸來園

十畝江頭地，今時靖節園。輞川慚畫古，緑野謾名存。自有菊成徑，何須花滿原。是間無俗物，不用閉松門。

水　仙

擢擢瓊簪秀，盈盈玉頰新。隴梅真季孟，洛浦是精神。好在臨江佩，遥憐步月塵。對花惱詩思，何必雪溪尊。

歲晚寄羅舜舉

歲晚旅懷惡，雲平東望賒。故人空眼底，別恨憶江涯。尺素形聲畫，萍蹤涸齒牙。襟期定何許，歸夢惱胡笳。

懷程正翁

江上送君歸，燈前凝我思。源流嗟世遠，師友不吾欺。此道無今昔，人生易別離。江湖幾千里，從此尚心期。

錢塘買舟西歸

疇昔春江上，詩成感舊遊。重來正炎日，還復理扁舟。興逐輕帆遠，愁隨急雨收。三年四來往，依舊水東流。

戲詠白髮

與愁添悴色，為老出孤標。髣髴生銀縷，依微散玉苗。摘除猶茁茁，晞沐更蕭蕭。相見函關路，應符物色邀。

和益陽趙宰六首

為邦何所急，勸學最留情。數仞新儒館，千年繼武城。梁間珍篆古，門外碧波平。會有明倫士，培風縱鶚橫。

食黠從吾化，安輿本若情。有能奔晉盜，何用築秦城。一邑誠天幸，三年賴政平。儒功固如許，儀舌漫縱橫。

馭吏胡為術，臨民若用情。兩難誠具美，雙璧重連城。威愛無偏舉，權衡自適平。吏忠民更樂，協氣日流橫。

世治不忘兵，公深愛國情。雄張新漢壁，勢壓舊吴城。夜月鳴笳肅，秋風列燧平。農耕渾自適，是處畝從橫。

底事及幽冥，仁人惻隱情。憐渠猶旅骴，為爾返鄉城。泚顙人應化，分香訟亦平。存亡俱惠澤，高義與雲橫。

胸中涵萬象，江上漫怡情。突兀飛華屋，依微出化城。所欣逢歲有，此意樂時平。登覽多新句，何須馬槊橫。

無題

州牧誰能舉，邦人願借情。聲名簡宸扆，恩信著湘城。龐統才何陋，班超策故平。何如今別駕，膏澤與江橫。

挽王倅

政最方賢躅，公心得事情。江湖多撫字，秦蜀佐廉平。族處歡群從，鄉評歎老成。西風非宰木，猶記手經營。

挽周守

姓氏標千佛，功名老一麾。人皆嗟窘步，公不陋居夷。悃愊尤安静，廉明且惠慈。窮陬天弗佑，三月逝如斯。

挽鄧彦霄

秀整文明早，精明吏事優。聯登年正妙，再轉譽彌休。方展雲衢步，俄驚夜壑舟。平生如此友，零落向山丘。

仲氏懷聯璧，慈親念倚閭。官遷身未享，子少室無儲。不料全家望，真成一夢虚。生材慳子壽，天意竟何如。

挽谷子長

仁壽渠應爾，為君呼彼蒼。若人奚所恨，夫我謂難量。好學顔何泯，多才賈遽亡。乘除餘慶在，嶷嶷看諸郎。

百歲三之日，如君乃若然。謝庭凋玉樹，楚澤斃蘭荃。堂有雙親老，身無寸禄緣。英魂儻猶在，泣我此詩篇。

伊昔拜芝宇，詞場話俊游。一從分袂日，五閲鱠鱸秋。别夢思何極，長川逝莫留。盖棺俄隔世，空遣淚横流。

挽劉知府乘

辛苦平生學，儒科志稍酬。路遥車折軸，夜半壑亡舟。士惜鴒原盡，親悲鶴髮留。傳家幸有子，門户可無憂。

挽鄧知縣友龍

文撼湘南國，才高月旦評。弟兄皆吏計，父子擅科名。綵服歡初浹，黄粱夢不驚。傷心見零落，埋玉閉佳城。

別向巴丘去，歸從浙水來。絶憐三益友，高卧九泉臺。清會成陳迹，明時失茂才。無因陪祖奠，風壑寄餘哀。

挽軍器監簿周公子及

人物丹丘秀，才華邁選優。青藜行照坐，白玉遽成樓。數不登知命，言猶見告猷。詞林根柢在，三鳳看嗚啾。

一經同鴈塔，再入並鴛行。方喜為寮好，那知夢奠傷。學多應損壽，文富幸流芳。有士奇如此，雲溪奈閟藏。

挽唐學録頤

今代稱純孝，如公第一流。事親惟婉順，厲志只操修。德行渾無間，功名略未酬。空遺千古恨，明月一山丘。

虎榜標名日，英聲四海聞。傳家惟奥學，有子繼清芬。未熟黄粱夢，俄同冥漠君。哲人今已矣，無復更論文。

挽龔宣教世基

文物湘中盛，唯公獨最優。麒麟來瑞世，鵬鶚快横秋。桂籍名方著，燈窗志少酬。居鄉多令望，治國藴嘉猷。

游刃雖餘地，棲鸞試未周。僅伸三釜養，俄隔九泉幽。風樹悲難弭，蒿莪痛曷瘳。平生無恨處，有子襲箕裘。

挽雍宣教知義

早擢蟾宫桂，聲名第一流。下帷潛大業，擊楫志神州。修短林中木，浮沉水上漚。生芻今日奠，惻愴淚難收。

憶昔居黌舍，曾陪戲綵斑。才華推粹美，功績嘆間關。有子能傳業，無丹可駐顏。哀詞臨隧路，明晦萬重山。

挽龔主簿蓋卿

當代文章伯，聲名屬太常。雲衢方奮立，薤露忽悲傷。郄桂榮賢嗣，萊衣遠北堂。蒼天竟何意，忍使哲人亡。

奇士如公少，居然得譽尊。績文追古作，獻策達修門。梁壞吾安仰，人亡道尚存。傷心南野路，天迥暮雲昏。

挽劉學諭玗

劍浦昔名族，湘川今世家。簪纓方赫奕，里巷正光華。豈意有餘慶，翻成不足嗟。哀哉天道遠，福禄一何差。

詩禮家傳舊，箕裘世襲良。蚤同花蕚秀，晚並桂椿芳。方恨違同氣，那知歎肯堂。斯文今已矣，繼踵屬賢郎。聲猷驚俗舊，科第策名新。筮仕甫從志，辭官復為親。誰期一朝患，遽殞百年身。平昔經綸事，而今已古人。學富猶無已，才雄非自成。誨人真不倦，接物有餘情。僅有摳衣便，俄驚逝水傾。丹旐嗟莫挽，忍聽薤歌聲。

挽劉宣教孝昌

夙世垂遺訓，書林早策勳。敬誠躋至善，師友富多聞。棠棣兩玉筍，閨門萬石君。九原那可作，惆悵哽飛雲。暫出伸三釜，歸安菽水心。立言存絶筆，遺子勝籯金。肝腑真堪託，情親久亦深。交朋忘一鑑，哀淚滿衣襟。

唁陳頤剛頤大二兄

陳子吾為友，别來今甫春。孔庭歌壞木，竇樹失靈椿。誰謂有餘慶，幾成無告民。天涯一携手，涕出為悲辛。

和遊歸來園韵

咄咄柴桑久卜鄰，軒軒少室竟何人。一丘奇興心猶遠，千古論交迹未陳。奮鍤自隨天地闊，園林好在歲時新。東風相逐經行處，花草禽魚不計春。

簿書叢裏厭紛埃，夙駕輶軒此地來。好是板輿將母樂，不妨樽酒為花開。難拚勝賞哦詩適，生怕嚴城打鼓催。明日江頭還眺望，松風閣上幾徘徊。

春　雪

臘尾春風不著忙，雪花先壓百花香。試為天上玉妃舞，欲遣人間越犬狂。萬里冰壺塵不染，一番瓊圃日初長。東皇喜作吾翁瑞，又報豐年到酉陽。自注：時隨侍辰州。

江樓雪望

幾日凝空雪未闌，江頭乘興一凭欄。瑶池宫闕連天迴，瓊圃山川特地寬。極目龍沙千里遠，倚空冰柱數峰寒。望中渾覺蟾宫近，便欲乘風寄羽翰。

和春遊三首

駘蕩融和二月天，邀朋同是飲中仙。試將拄杖踏芳草，更看蘭舟航野川。酒興儻花聊復一，詩篇賈勇或相千。何妨日日尋春去，醉把賡酬授簡傳。

尋勝遨遊且樂天，楚狂應是地行仙。一年最好春三月，到處那能花滿川。夢澤詩腸吞八九，河沙醉境渺三千。眼中況有江皐佩，應作瀟湘勝會傳。

雨餘遲日放晴天，春入園林點化仙。為約奚囊行秀野，更看花島媚清川。杖頭買醉多踰百，笑裏揮金知幾千。一段清狂誰會得，謾將高興付詩傳。

海　棠

暖日烘晴二月天，萬絲垂舞競春妍。誰移西蜀寸根遠，獨領東風一笑嫣。醉臉凝脂朝過雨，紅粧照燭夜籠烟。漫山百卉空粗俗，知是流霞第一仙。

社日雨

一年好樂九十日，底事天工力作難。自古惜春晴有幾，只今連夕雨猶霰。朝來已報山城社，客裏那知花信寒。遥想故園田父樂，伐豚釃酒樹團欒。

清江道中

客裏春愁萬斛量，隨身抖擻一奚囊。了無池草入詩夢，粗有山花供酒狂。半載飛蓬成底事，幾鈎新月誤相望。夕陽又傍空山宿，杜宇聲中入異鄉。

次綱官王簿韵兼簡伯潛二首

江上晴光照眼濃，十分春色滿城東。客懷何限湘波緑，漕事方殷漢粟紅。雅有詩情添興遠，可無酒力破愁攻。舳艫早晚蒲帆穩，長嘯東南萬里風。

柳岸流鶯兩兩黄，風光渾在一帘香。休辭老去追隨懶，莫遣春歸倥偬忙。滿地芳茵猶勝踐，漫天飛絮漫輕狂。溪園早有同遊約，準擬盃行引興長。

和張王臣郊遊韵二首

君訪西郊古佛家，還因燒佛問丹霞。可能同住依彌勒，應是前身悟木叉。林杪危亭供宴坐，門前翠袖儼排衙。紛紛麈市何時了，静看優曇浩劫花。

山頭笑語落千家，曉入登臨引暮霞。極目未應煩笏拄，招朋端不羨魚叉。歸來皓月明於燭，睡熟黄紬卧放衙。幕府官閑詩思敏，賡酬亹亹筆生花。

秀句清圓掩百家，錦心幽思定餐霞。風騷誰敢闚嚴律，誦數惟應滿洛叉。已有文名肩杜曲，却憐羇旅賦彭衙。自嗟下里陪高唱，羞説花時鼓子花。

和芍藥

牡丹摧盡藥初成，花譜還應壓後生。右掖昔年陪俊賞，幽蘭今日助詩情。當階鎮日翻紅艷，傍砌何人翫秀英。國色要須歸第一，花王從此浪收名。

送春

煮醞青梅且共嘗，遊蜂飛蝶為誰忙。鞦韆綵索迷青草，車馬紅橋鎖緑楊。春事戰回蒲劍老，詩腸結盡柳絲長。韶光賦別休匆遽，凝佇東風更一觴。

宿田舍遇雨

奔走塵埃日幾西，又從舟楫問津涯。官身底事多羈束，世路由來足嶮巇。甘雨也知甦穲稏，輕風祇管舞漣漪。夕陽又傍田村宿，無限蜩螗噪晚颸。

七夕

從昔人傳鵲作橋，一年牛女會清宵。幾家乞巧羅瓜果，是處開樽沸管簫。雲雨暫成銀漢約，風雷催趁玉晨朝。憑誰與問支機石，好上仙槎款碧霄。

重九後菊

寂寞東籬幾夕霜，不堪憔悴逐炎凉。誰知璞玉渾金態，盡作紅塵紫陌粧。流液尚能甘水味，返魂應付與梅香。來年莫落秋深後，好趁登高入酒觴。

中秋日簡同盟諸公是日諸公約為雙桂熏煉之舉，不克往

風囊嘯谷獵塵衫，雨鬣行天駕玉驂。一洗蠻烟渾逐北，全提商令似征南。佳時不負中秋約，雙桂能同一夜談。我亦蘭陔奉馨膳，與君歡事喜相參。

和晚菊三首

羇寓窮秋幾許清，晚芳猶爾亦何榮。東籬舊豈論餘子，三徑今應愧老成。氣味耐堪供飲興，登臨那得厠羣英。節華要是丈人行，俗眼誰知省屈平。

何事秋光老更清，故應有菊占秋榮。後來漢陛知薪積，晚出商山歎翼成。三徑惟將松比操，東籬那為酒含英。紛紛紅紫隨時好，聼對西風訴不平。

荒凉籬落露華清，菊為重陽特地榮。奔競鬬心知戒在，疎遲懶性習閑成。償秋為子添秋興，見晚知誰恨晚英。賴有南山陪舊望，悠然目極與雲平。

月夜有懷一宋兄

雲容冉冉碧於衫，蟾影騰騰穩勝驂。萬壑凉聲生木末，一天秋色滿江南。聞雞漫起狂夫舞，捫虱誰從隱士談。坐想詩翁搜好句，初機還許學人參。

秋夜讀書示謙

百年詩種世科存，三載相望兩拜恩。主簿從渠稱大小，儒冠喜我到兒孫。立身正要先忠孝，力學尤須造本原。老矣寸陰猶共惜，日新期汝大吾門。

常記吾公誨語存，豈唯撫育念深恩。要將禮義扶門户，常把詩書訓子孫。衆耳尚聞垂絶語，爾曹無負起家原。慇懃事業能無忝，何羡于公駟馬門。

西囿盧橘數株方窮秋蕭索閒詫然敷榮蕤蕤可愛作詩記之

寂寂園林秋暮時，可人盧橘玉英肥。衹應籬菊返魂在，滿慰金行得意歸。僵立凍蜂攢翅白，霏微繁李綴枝稀。天公似恐緇塵汙，乞與氈裘護雪衣。

和羅舜舉

岸岸花飛客思濃，拍空烟水與天東。暮雲横嶺依依碧，朝日翻波衮衮紅。鷗共忘機元自適，鼉猶鳴鼓定誰攻。凭欄萬里危樓望，愁絶江南一笛風。

對酒憐鵝滿意黄，江天風暖水紋香，詩情到底能多助，官事由來未苦忙。晴雨不妨春自好，醉醒何擇我非狂。幾時容與扁舟去，浩蕩烟波情興長。

和張王臣王臣送示渠與僧普涇、道士胡嗣芝和衫字詩，易喃為南，因次其韵

詞伯今猶從事衫，追風才軼謝羸驂。浪傳齊己聲江左，不見彌明隱岳南。騷讀正堪供痛飲，篪音那許接高談。君家况有輶軒法，乞與新編得細參。

和家字韵呈同社諸公

平生四海魯東家，貌敬誰能禮有加。試問離歌談狗曲，何如艷曲唱山茶。廣平似鐵詩猶好，河内聞箴喜更誇。惟有謫仙堪痛飲，世間佳處樂無涯。

和松坡劉迂詩四首

新凉憑雨入郊墟，却置詩書困簡書。顧我塵埃隨野馬，今誰風味憶鱸魚。可能三釜從吾好，且放雙眉滿意舒。賸買一尊澆磊磈，從他瀌瀌水鳴除。

白雲飛處祝融墟，心切平安一紙書。浪走毛生慚捧檄，清貧羊續漫懸魚。銀蟾浮彩秋尤好，金粟含香桂欲舒。指日安輿奉顏色，綵衣容與戲庭除。

平生湖海敝貂裘，一笑周南底滯留。豪放不妨詩李白，峥嶸何意吏朱游，悠悠世上難窮事，落落胸中肯著愁。高興横秋渾不淺，月明還上武昌樓。

滿袖風埃季子裘，誰憐斗粟漫淹留。棲遲歲月渾閑事，放浪湖山得勝游。一律任渠從濫吹，數盃容我且澆愁。祇應好在平生志，更上陳登百尺樓。

暮秋聞鴈

微日輪晴宿靄妝，征鴻迎暖到南州。相呼相唤稻粱熟，年去年來蘆葦秋。琴操曾遺中散恨，海瀕還見子卿不。夕陽莫傍江樓去，長有别離人倚樓。

和藺仰之咏含笑花

何物包藏欲媚誰，千金難售惜光儀。空凝巧倩如羞靨，晴吐濃薰已透肌。一夕舉烽徒自苦，三年射雉若為奇。無情草木欣欣意，却惱多情為賦詩。

得長兄書

雨餘清夢話躊躇，投曉敲門一紙書。尺組却能羈壯士，寸心渾欲駕飛車。青衫小吏誰知子，白髮慈親正念渠。只道為官志三釜，而今那似守閭閻。

同伯潛諸公聯騎出城東次衫字韵

怯曉征衣襲小衫，山頭淡月照聯驂。晴光忽散湘江上，秋色疑連夢澤南。後約吹香舒藻思，同遊載酒款犀談。遥知堅卧朱文季，倦聽朝雞趁六參。

和武必達郢亭雜咏韵

君家華屋隱松關，滿壑清風六月寒。半歲胡為漫蓬轉，篇詩猶解惜春闌。人言占馬應東首，我欲移文向北山。試問啼鵑緣底事，盡情終日勸人還。

宿白湖即事

亂蟬聲裏夕陽村，野寺荒凉竹映門。汩汩溪流新過雨，芃芃禾稼已平原。老僧不省論詩句，初月猶能共酒樽。莫為奔馳起歸興，東西南北一乾坤。

和洞庭古寺壁間韵

六月湖天凛似秋，曾憑檣燕小遲留。蒼崖偃蹇浮屠古，白壁淋漓醉墨流。吹浪魚龍供客戲，乘槎牛斗得天遊。一聲帝子雲璈曲，家在蓬壺碧玉樓。

和徐志父道中池亭獨遊之什二首

炎風勃勃觸輕衫，何事驅塵未解驂。清我一泓能湛湛，洗渠雙耳任喃喃。方從君子歡相愛，未信樵夫笑不談。他日通泉訪陳迹，光芒寶劍與天參。

聞絃那用濕青衫，俛首鹽車驥可驂。珍重居污自貞潔，飛揚巢幕漫呢喃。雲天意氣生懷抱，尊俎風流入笑談。不礙哦詩佐清逸，明朝斂板又庭參。

游嶽麓宫抱黄洞

長沙不足容回旋，放脚直到清虚天。層雲蕩胸意矯矯，皓月入袖情娟娟。扶摇浩蕩九萬里，城郭彷彿三千年。仙期汗漫直牛斗，此志理我乘風船。

和張王臣登清斯亭韵三首

一年好景負黄花，洗眼江梅傲歲華。把酒欲從天問月，知時誰解管飛葭。人情似水多涇渭，世味如禪説蜜樝。祇可高吟酬節物，鶯聲早晚又天涯。

一夜寒窗剪燭花，細尋詩派憶京華。愛人欲贈兩溪竹，弔古誰荒大澤葭。味永黄雞羹苦菜，香清沈水煮榠樝。拈來信手皆佳句，浩歎東洋渺際涯。

海棠冬暖亦狂花，步遶畦區羡物華。微雨蒼茫低塞鴈，寒聲寂歷到汀葭。映人清絶梅松竹，照眼黄垂橘柚樝。自喜閑中足幽興，不妨時理醉生涯。

題蘇瑑覺齋二首

不隨鑿枘辨方圓，安用蓍龜考未然。萬物由來皆備我，寸心既盡即知天。見幾那俟拈花手，樂道渾忘絶易編。自得誠明千古學，誰能證此具精專。

滅去觚稜性本圓，了除藩蔽物皆然。向來具足頂門眼，盡發皐微甕裏天。膠擾空花俱是幻，拘攣塵鞅束如編。非予孰為幡然起，莫遣阿衡美獨專。

和長兄席間書事

窮山二月無多樂，猶作春來料峭寒。常恐花枝暗蕭索，却教詩句漫艱難。尋芳賴有城西角，泥飲休論日幾竿。他日山僧紀清集，閣中應作畫圖看。

題舅氏耕隱圖

詩書事業可公卿，垂上青冥却反耕。舍己芸人吾弗爾，種田得飽我何營。一犂春雨寧論力，萬里秋雲會享成。堂上更書無逸語，也知稼穡重金籯。

書　懷

萊衣喜氣着青衫，世路從渠裂兩驂。試問虛名空斗北，何如榮養樂陔南。鄰牆飽聽新詩句，尊酒相從幾笑談。聞道秋郊足佳趣，好奇誰復似岑參。

食菜作二首

吾儒不羡能方丈，彼相胡為食萬錢。誰識春來有珍味，樂如疏食曲肱眠。園中菜把勤能致，曹掾蓴羹美未專。便作遠謀勝肉食，他年無愧作詩篇。

春來日膳菜數本，絶勝杖頭携百錢。但得園蔬非饉歲，肯令午夢攪清眠。食芹有美吾思獻，采菲無遺利可專。莫笑先生長涎腹，解吟朝日照盤蓿。

以上《省齋集》卷二

全宋詩卷二五二五

廖行之三

豐城舟中

踏遍江湖路幾千，買舟因得憩江天。不嫌煙水牽離恨，要狎沙鷗伴醉眠。南浦春深波漲岸，長蘆風寢浪平川。生涯喜近長年老，夜半挐音月滿船。

上湖南孫漕四首

湘郡湘城四十餘，賦租無爽歲無虛。三年自是澄清澤，一吏何能撫字書。底事古人勤勸課，由來國計在閭閻。南陽誰守蒲誰宰，更賴褰幃使者車。

湘水湘江袞袞流，南連五嶺北荆州。造船行粟無遺算，自葉流根皆運籌。國計已多劉晏策，民情滋欲寇恂留。善刀莫起庖丁念，何止恢恢十二牛。

湘俗湘人百不憂，口無異論只歌謳。皆言此日孫夫子，還是當年郭細侯。不信民情容易得，可能仁聞鎮長流。而今九郡皆膏澤，看取黄雲萬頃秋。

湘雨湘田處處同，誰知公意與天通。愛民天亦憂民事，望歲公應喜歲豐。自古强兵先足食，從今積粟可平戎。關中事業非難辦，要看他時第一功。

代送王守赴湖北漕

紫泥芝檢下遥天，綉斧榮更竹使權。六轡周王新禮樂，重湖楚國舊山川。澄清風采生麾節，眷倚精神跂邃綖。早晚沙堤歸步穩，二台齊色耀星躔。

和丙午衡州鹿鳴宴詩

丹詔飛來萬國春，掄才美意屬賢臣。幾年志氣風雲壯，一旦聲名日月新。好把良籌裨負扆，莫貪香餌墮垂綸。來年上國風光好，喜帖西馳沸路塵。

和石鼓宴士二首

幾年蓬藋翳儒宫，文物新還俎豆中。幸甚諸生初見武，歡然置酒更親崇。晴收楚嶠千峰雨，薰奏虞絃萬籟風。須信廉平漢循吏，可能齊魯化甿叢。

江頭秀木碧參空，喜見新晴到眼中。秩秩北林筵有序，潭潭東閣禮尤崇。廣平元老今賢傑，江左夷吾正祖風。况復贛君崇教養，清陰到處緑成叢。

上湖北趙司倉三首

君侯德業簡淵衷，亟上朝端望寖隆。鵷鷺羽儀從北闕，驂騑禮樂正西風。六條郡國褰帷裏，萬里沅湘攬轡中。早晚詔書歸衮舄，由來周召合三公。

黼扆天高德意深，恩言臨遣重丁寧。九霄雨露新英節，一日風雷徧洞庭。財力定能均息耗，米鹽因得裕常經。如今想見南翁喜，長望吴頭認使星。

廷尉年來犴獄清，更憑藻鑑惠諸生。新奇往往多聞罷，朴魯區區亦竟成。已見規橅通造化，會看勳業正鈞衡。先生小試澄清手，天下顒顒望太平。

送黄尉解官因簡黄德亨

夫君解紐去通泉，十幅風帆下碧川。寶劍詩成光射斗，扶摇路穩翼垂天。湖山桂老乘秋興，越水梅開近日邊。丹扆須賢方側席，會聽鳴履上星躔。

平生飽聽無雙譽，一見全勝得異書。妙語從君聞梗概，清尊酌我更躊躇。希蹤伯氏情何限，惜别吾曹意有餘。若見滁州新博士，為言湘水愧汙渠。

病中寄武公望二首

四十餘年尚轉蓬，渠論南北與西東。但知愛子三遷教，不辦謀生一畝宫。北海可憐真意廣，步兵良苦漫途窮。人生擇術須循分，鵬鷃逍遥自不同。

輕去千金若棄遺，高情勇決固應稀。端來共我茅一把，不肯折君腰十圍。世事彈棊無定局，人情蒙穽有深機。生涯也趁身强健，況是平陽德可依。

無　題

生憎城裏只塵埃，勝處何妨特地來。況是近郊新雨歇，可能乘興一樽開。春隨使者輶車至，花倩梨園羯鼓催。來歲披香侍華宴，也應猶記此低徊。

逸興飄飄鶴九皋，涼州那得費蒲萄。一從卜築東山勝，便覺聲名北斗高。手種百花從日涉，心澄萬慮弭湯鏖。主人已作騎鯨去，誰與鴻濛共勝遨。

用韵雜興

夏葛冬裘等一衫，飛黄跛鼈謾同驂。人情展轉憐風月，世路沈迷泣北南。我已灰心忘厚味，誰其緘口罷游談。如今欲問西來意，便掛僧牌報放參。

萍鄉道中

萍實鄉中雨初歇，野溪流水奔驚湍。蠶功欲登蠶婦急，春陰已濃春事闌。飛綿漫空白雪舞，疊巘插漢青螺攢。家山歸去此無幾，眼底已作瀟湘看。

宜春道中

路轉溪回幾曲村，溪頭流水去渾渾。農忙野叟朝耕隴，蠶老人家晝掩門。游子漫憐春色晚，故園應想綠陰繁。歸歟屈指無多日，夜雨團欒酒一尊。

覓酒於宋伯潛

典衣無策漸朝衫，早計君毋笑拊驂。未辨牆頭仍甕下，空哦斗北與箕南。蒲萄不作涼州想，庚癸猶酬褐父談。折簡更招花下飲，可能離坐亦容參。

和武公望從人覓酒二首

野店醪香尚帶煙，中山醞久漫經年。公嘗惡草安吾分，太白高吟羡子先。好辨一尊常對月，誰能百斛更浮川。正須澆我談天口，富貴浮雲且任緣。

春愁滿眼久驅除，懶問生涯念及孥。但得論文留客醉，不妨問字到山居。寒收凍面應浮蟻，暖入芳腴可泛酥。便欲呼兒洗杯酌，陶然應許及波餘。

又次韻二首

幾日春寒似禁煙，杜門渾欲任流年。得錢相覓非難辦，載酒來過定孰先。無奈梅邊虛勝踐，遙憐柳外漲晴川。佳時縱意須從事，莫笑幽人也化緣。年來那復不時須，斗酒珍藏敢罪孥。安我饋漿窮逆旅，有誰携榼訪幽居。粗粱何擇皆庚癸，題品寧當辨酪酥。自笑悲辛慙杜老，却愁人不食吾餘。

棄屐有感

蹈遍關山日幾西，周旋步武鎮相依。居貧原憲履長決，戰罷吴王屨不歸。已類憊靴無復召，空慙釋屩頓成非。塵勞棄屐今何有，縱爾雙鳧自在飛。

宋伯華趨朝用川字衫字韻作二詩送之

微雨輕寒透客衫，十分秋色相征驂。人占逸駕應空北，君自良圖已運南。須信由來非枉尺，誰云領取勿多談。而今吐握逢知己，會聽新除趁六參。

馳名衮衮甚長川，君獨乘風萬里船。得意正看期汗漫，趨時寧肯媚連娟。升沈百辟方公道，扶植斯文要衆賢。元獻景文今棣萼，還須柱石漢中天。

送鮑判官解官歸浙西

蚤行吴越得清名，歲久湘中始識君。人物自堪交仲父，才華端可繼參軍。一州從事曾游刃，萬里封侯好策勳。江上今朝話離别，西風吹起楚天雲。

送樂貢父赴書館

秀出書堂雋有聲，又携琴劍主文盟。師承自得春秋學，經行俱高月旦評。援繳解令專志慮，窺園那肯亂精明。安昌異日多成就，何止從宣一二名。

送伯華醉歸不寐又用韵雜言二首

十幅風蒲下碧川，别懷何惜醉金船。婁公正遣江流穩，庾老寧辜月影娟。善世如君皆夙望，澤民應我愧前賢。榮華莫美城南杜，早晚還親尺五天。

休論決處甚防川，剛道呼來不上船。正使涓流鳴瀌瀌，終然脩竹净娟娟。浮沈與世魚潛躍，清濁從渠酒聖賢。富貴功名皆自有，可憐邀月問青天。

和曾知運寄兄詩二首并序

郴水曾嘉運，鄉里推其宿學。丁未特奏名，偶任吾郡，欣然拜命以歸。其弟耒陽尉知運作二詩寄之，以贊其意，繼和者多矣。因見詩軸，率爾同賦，因知運附卷末，斐然可羡。

得喪區區指屈伸，褰裳歸去楚江濱。蓴鱸到底秋風美，牛斗依然夜氣新。滿壑煙霜供嘯傲，傳家詩禮照清貧。不須變姓吴門隱，自有相從化鶴人。

忠孝蟬聯萃一門，鴈行相望款天閽。青雲有弟先行志，藍綬今兄亦拜恩。肘印一時饒季子，風雩千載見諸孫。二難金玉交輝映，出處相高德義尊。

送長兄赴調上都次田俊卿韵二首

霜熟林空月滿川，衡寒突兀聳詩肩。便應策驥行夷路，不用燃犀照碧淵。從昔正人終遇世，到今方士漫求仙。老成謀國須吾輩，可笑輕疎賈少年。

從今日日聽新除，去馬加鞭不用徐。最是好為三釜計，不妨頻寄萬金書。君行霄漢無留軔，我得江湖欲縱魚。更念起家人底事，百年門户正關渠。

重九道中懷長兄二首

客裏匆匆飽歲時，今誰能免利名羈。有人騎鶴去千歲，顧我巢林方一枝。後日空懷棠杕燕，經年慙愧菊花期。白雲飛處湘天碧，心在南陔日詠詩。

追歡那復少年時，老驥如今亦受羈。白髮驚人風落帽，黄花伴我歲寒枝。誰能尋勝過元亮，自嘆知音失子期。點檢胸中猶磊磈，强傾濁酒自哦詩。

田舍雜興懷長兄四首

少休廛市喧囂耳，來聽田農應和歌。叟叟耕疇皆帝力，欣欣時物自天和。山雲亭午半未斂，溪雨黄昏清更多。但得長年飽禾稻，也勝官裏厭風波。

不到田家又夏初，試從野老訪耕鋤。稻畦高下水皆足，天意雨晴時自如。學稼我猶慙孔子，問津君且向長沮。宦游何似團欒好，更念懷歸畏簡書。

去城靳靳路一驛，故歲迢迢今甫來。桃李陰成真緑野，溪山清絶勝章臺。青衫手板徒勞爾，竹杖芒鞋亦快哉。莫向紅塵深著脚，而今毛鬢苦相猜。

遥知此日黄初起，頗憶平生馬少游。薄有田園奉甘旨，苦無機械與沈浮。如今官事真誰了，底事周南獨子留。白髮倚門還念否，令人翻動北山謳。

壽巴陵朱宰

萬里沅湘浩蕩秋，秋來佳致日清遒。湖平一碧波光静，雨足千崖暑氣收。底事歡聲騰下雋，祗今賢宰在中年。民情天意歸仁壽，看到三公尚黑頭。

送許兄還侍兼簡廣南監場二首

君家疇昔汝南龍，淵有驪珠自不窮。黄卷乃翁廉取位，碧梧之子秀參空。儒冠底誤資身術，鹽筴聊成富國功。莫倚沃饒云近鹽，圖南九萬看摶風。

舊游歷歷記湟川，南下番禺穩可沿。知有文星衝斗去，遥憐海水遶城邊。而今五嶺多宜客，見説羣卿賸好賢。問訊夫君聊吏隱，云胡三月未官遷。

次韻酬宋伯潛三首

詩壇得雋敵無强，獨立南豐一瓣香。我欲句中聞妙法，君應肘後出神方。陶鎔景色春長好，流轉風光物自忙。珍重三薰更三沐，全勝湯餅試何郎。

百拙無堪不自强，身謀猶得學黄香。青衫良助君衣綵，圓鑿何嫌我枘方。舊雨故人相得甚，浮雲蒼狗可憐忙。從君更許聞詩律，唤醒風騷起夜郎。

老懶渠能更倔强，鄰牆可戀甕頭香。卷舒自我聊全璧，非笑從人亦大方。日永遊絲隨望遠，春深乳燕趁晴忙。閒來不入邯鄲夢，未厭區區白首郎。

酬羅季康二首

慚愧材非可與言，等閒微籟自鳴天。井蛙無理祇成鬧，里婦空顰豈解妍。君自平生多與點，誰云一語始知然。欲伸床下慇勤拜，詩律於今屬大賢。

自憐疎拙百奚宜，不省胡顔可媚時。馳騖功名非我事，歡娱菽水祇心知。風姿故陋難施粉，面目堪憎正類俱。惟有靈臺亦裴度，到君明眼不能欺。

次陳頤剛與許拾遺酬唱之作

奇謀端合贊幾沈，何事山林意味深。引類古人方厚禄，憂時百念可灰心。會看覽德翔千仞，未信干霄老百尋。却笑疎慵真漫仕，閒中贏得二毛侵。原校：一云莫倚哦詩了清夜，彌明咄咄意吾侵

和四十五叔慶謙子過省二首

行年五十尚青衫，耿耿胸中負不凡。那意寧馨聯桂籍，秪知清白映冰銜。平生濟叔耽周易，何日商宗起傅巖。好上公車治安策，緑緹飛詔下方函。

長笑癡兒戀戲衫，拖泥帶水漫卑凡。何如一動君王聽，不入徒勞簿尉銜。細水循除空瀰瀰，泰山終古鎮巖巖。可憐司馬身華寵，晚作諛書擬奏函。

還十五弟文稿

文府高扃守鬼神，蔽虧那揜黼華春。屠門肯作朵頤過，龍頷輕攘照海珍。十襲莫論藏弆寵，雙眸姑浣向來塵。從玆染指諳腴味，藜莧難甘詠腹貧。

示夢龍姪

小驗文場粗慰心，讀書從此更諄諄。要令大敵尤能勇，須索新功又過人。得力無過親翰墨，致身端可上星辰。秋風春浪鼇頭好，拭目吾宗盡國珍。

贈别羅舜舉二首

疇昔交情一輔車，年來造物且乘除。論文誰共肺肝語，道舊空傳咫尺書。半歲不堪心鄙吝，一樽聊得語躊躇。匆匆又作相違恨，愁絶臨風送目初。

鼇峰夜色輪明月，龍穴秋光藹碧雲。景物故應人惜别，風流難與世相聞。新詩題處君思我，啼鳥聲中我夢君。一笑相從非易得，有懷聊復此云云。

别蒲圻徐丞于金鷄驛次李和卿韵

金鷄亭上小春容，日射湖光照眼濃。痛飲壯君堪八斗，劇談應我避羣鋒。笑看天際孤飛鷺，驚起波中老蟄龍。明日東西各奔走，莫隨流俗浪迎逢。

有禽聲急而似可曉鄉人以催税目之其聲亦頗類焉因感而成詩

怪底微禽似有知，區區舌吻竟奚為。欲將終日能鳴巧，深為當時遠害思。布穀尚應勤播種，春畦何事較公私。誰如獨占催科考，無復陽城恨拙遲。

挽江西宋漕三首

蚤歲才名畫省郎，會紆玉節惠三湘。哀矜折獄人無怨，訪問垂心慮最長。不便幽潛遺陋巷，更將文物萃書堂。期公四海皆膏澤，太息思賢殄瘁章。

牙籌坐席未全温，尚想星沙戀德門。剡牘方新蠲賦請，憂民不計此身存。平生大樂功何晚，壽相龐眉理莫論。雲黯江南失春色，可堪杜宇更銷魂。

櫺具曾承衣繡迎，學宫仍見選諸生。求文於白遠何取，聯第如詹時共榮。公自典刑多教化，人誰菑播頼生成。而今未報何侯力，萬里神馳兩淚傾。

挽宋知縣剛仲一首

與君同志復同州，少日論文放一頭。孝子憂親雙鬢白，癡兒了事一生愁。凌雲意氣須臾盡，積歲聲名取次休。賴有遺編留史筆，幾回廢卷淚横流。

閥閲方成一段奇，三湘況是古來稀。弟兄同歲乘槎去，父子連科折桂歸。詩禮傳家人共羨，歡華過眼事俱非。秋風寂寞萱堂露，染盡當年戲綵衣。

挽陳宣教直中

回鴈峰前憶隱淪，平生謀道不謀身。詩書滿腹空名世，科第衰年獨後人。賴有佳兒傳素業，能令潛德上貞珉。交游半世今零落，忍望銘旌淚墨新。

挽武宣教徹二首

三釜何如菽水長，毅然投劾奉歸裝。共欽筆楚辭巴嶺，又聽勾稽復楚鄉。濁鵜下灘誰御史，鳳鸞棲棘漫仇香。絶憐五十三年筆，不草文園封禪囊。

書來撩我重思君，情比雝雝鴈叫羣。詞賦一時高李杜，弟兄今日掃機雲。未還金馬日邊詔，去作玉樓天上文。千里莫能親視窆，篇詩寄挽亦徒云。

挽武宣教徯四首

南楚東吴萬里長，幾年來往共資裝。公方著脚功名路，我辦卜隣文物鄉。雅意嘉招言在耳，贈行新句墨猶香。追思氣概生涯語，誠意諄諄總括囊。

生平耿耿不忘君，位下才高氣不羣。手取科名如拾芥，眼高富貴等浮雲。祇知世可行吾道，其奈天將喪此文。知遇莫酬今已矣，篇詩聊寓一哀云。

嗚咽鍾悲子夜昏，靈椿摧折重銷魂。數絲白雪遺慈母，一寸青松括耳孫。返哺聲乾那可及，挽鬚情在不堪論。桂枝皎皎歛寒玉，竚看揚名振禮門。

哭公無計挽公留，痛寫哀衷佐紼謳。丹旐姓名何所益，青編事業等閑休。長江百里浮清恨，明月孤峰起些愁。底事波神均此怨，白頭寒浪拍空流。

挽周宣教宗沂二首

子職勤勞衆莫攀，巴丘高節世尤難。一官未抵琴書樂，三釜何如菽水歡。儻有軒裳存妙句，平居豐儉只儒酸。音容渺邈今何在，雲黯江南萬木寒。

始別猶承笑語温，昭暉相望幾晨昏。伻來駭聽言傳異，淚哽悲懷飽不餐。歸拜文帷人已去，痛瞻靈室像徒存。反思博我諄諄意，何日能酬知遇恩。

挽劉宣教秉二首

銘旌摇曳淚沾巾，為惜賢才生死分。樂道喜陪今漫道，高文誰與共論文。西湘岸脚送霜雨，明月嶺頭留暮雲。有子登科真不朽，它年勳鼎慰嚴君。

道義君家振楚荆，嗟君功業負平生。詩書累世有底盛，簿領一官徒爾榮。親族追思應重惜，慈顔悵望不勝情。靈輀遠送松岡外，風雨凄凄猿鶴鳴。

挽黄承事三首

肯為儒冠嘆誤身，直將富貴等浮雲。談棋柯腐塵勞想，讀易編摩世俗紛。鄭叟遽嗟年在已，卜商寧作地脩文。須知異日高人傳，耿耿君平繼有君。

不用籝金侈厚藏，無煩農圃富耕桑。一經父子韋編訓，餘慶階庭玉樹芳。道義固堪綿有後，功名渾把付諸郎。他年竇桂詵詵報，當信於今種德香。

疇昔雲天一覩披，十年徒有夢追隨。擔簦已負異時志，仰斗今餘後學師。夜壑舟亡人孰秘，少微名在世空悲。嗟嗟莫致徐芻奠，掩袂傷心隕涙洟。

挽李主簿長民二首

蚤擅湘中二妙聲，一官政爾為親榮。倦遊未試胸中藴，苦學徒遺身後名。踵武世科知有子，盡心色養足生平。可堪膝下稱觴處，不見伯仁賢弟兄。

帝里從遊情最親，江頭一别幾經春。追思語笑恍如昨，時枉音書寧厭頻。憂患自嗟非故我，昂藏不復見斯人。每哦風月無邊句，西望潸然涙滿巾。

挽劉主簿令二首

鴈行塲屋久聯翩，賦客終為桂籍僊。鸞誥已封慈母貴，鯉庭仍見世科傳。轉頭生死歸何地，反掌榮枯欲問天。賤子門闌方有託，驚嗟梁木忽先顛。

投檄巴陵本為親，遲留方擬問通津。一官粗報平生志，萬里俄傾未老身。里棘豈堪棲鳳駐，冢花重歎卧麟新。我慙李漢無才望，敢效韓編作序人。

挽朱監廟明二首

人間世事最堪悲，有子騎鯨去不歸。客廐謾遺陶母薦，萱堂空對老萊衣。黄金榜上嗟陳跡，白玉階前泣斷機。賴有青氈存眼底，滿庭蘭玉侍親闈。

平生知己幾何人，高誼如君最好親。鶴蓋不隨青眼顧，鷄窗唯有白頭新。今誰肯借周瑜宅，待我深知管仲貧。腸斷眼穿明月嶺，九河傾淚一沾巾。

玩易齋

三椽函宇宙，一卷肇乾坤。深味畫前意，寧於紙上論。
作者亦何患，思深義亦深。忘言更忘象，默會古人心。

遣興四首

賤宜人弗齒，貧遣日勞心。不著新詩句，春愁那可禁。
窮達渠非命，機關不到心。新詩聊自遣，高興若為禁。
無客共談道，有誰能賞心。人生要自得，窮困吾能禁。
一生俱有分，萬事要無心。强聒誠行險，危哉安可禁。

書詩隱何元仲詩卷

歌舞純周雅，風流見夏時。可能供痛飲，無畏誤雌霓。

方　壺

閱世觚稜如許，照人冰玉淵然。箇裏可藏天地，塵中自有神仙。

書陳頤剛墨梅扇

玉斧琢成明月，陳玄幻出横枝。依舊西湖風景，素衣聊受塵緇。

寄題李筠叟主簿所居竹齋

寄傲寧須門柳，哦詩不必庭松。伴我虚心直節，領渠明月清風。

書詩隱何元仲詩卷

相馬玄黄牝牡，斵輪甘苦疾徐。元亮得琴中趣，彌明非世間書。

半隱詩

遠引未能忘世，端居且學灰心。定自隨時隱見，應非與俗浮湛。

山居三首

鳥語喚回春夢，鷄聲叫出朝暾。一段可人晴景，幾家深處田村。

暖地池塘早緑，春和筍蕨先肥。慣作田家活計，懶隨廛市關機。

貴賤孰欣孰戚，窮通何損何加。成毁舉同墮甑，妍媸不屬鉛華。

立春二首

曉雪纔過天氣清，喧闐鉦鼓喜迎春。世間多少虚名事，綵仗驅牛又一新。

隨意旛花剪綴新，盃盤草草簇芳辛。還欣好景平生事，贏得旬餘分外春。

和清明後即事

柳陰嫩緑藏鶯語，花徑餘香著燕泥。南畝十分農事好，平疇野水稱耕犂。

和清明前即事三首

乍雨還晴近禁烟，踏青人憩楚江邊。花枝處處争妍媚，粧點春光二月天。

漫山百卉效奇珍，尤喜原頭雀舌新。不待清明改泉火，擷芳收取最先春。

雨歇花畦徑未乾，春衣初試覺輕寒。所欣節物能多好，祓禊臨流江不瀾。

春晚雨中

緑楊庭院雨如絲，已是梅林欲熟時。慚愧春工起歸興，向來節物彼何知。

雨中惜海棠花四首

東君何事妬花妍，不遣春風一笑嫣。邀動芳心愁萬縷，盈盈含恨雨中天。

點綴春容特地妍，艷粧金縷臉霞嫣。無端風雨妬顔色，半吐芳心向晚天。

誰恨花枝苦未妍，故將雨熟醉顔嫣。禁寒來把芳絲吐，會向和風放暖天。

費盡胭脂畫不妍，春心一縷褪唇嫣。雨中似是花神意，猶作西來舊蜀天。

和送春四首

瀟湘江上送春歸，酒榼何人共我携。不是吾儂怨春别，明朝車馬各東西。

三月春工倦欲歸，花神應約手同携。明年早赴東郊迓，未論渠儂南北西。

畹晚春光作意歸，送春誰把酒樽携。多情風雨留連處，幾看霖霪到日西。

匆匆春馭去何忙，挽繫難憑柳線長。好著新晴送行色，莫教風雨漫彷徨。

和詠鶯

雅正餘音隱小成，咿哇嘈囐彼何榮。數聲睆彼遷喬語，一洗紛紛百口鳴。

豐城道中聞鶯書于故縣

底事離羣今暮春，故人懷想渴生塵。陽關聲斷空回首，慚愧遷喬鳥語新。

午睡

暑日薰蒸睡思濃，黑甜真處世情空。那知一枕窗前夢，無限塵緣在眼中。

溽暑中一雨遂翛然枕上口占喜涼

枕簟翛然夜氣舒，煩蒸無復到襟裾。慇懃多謝天公意，一雨生涼足有餘。

月夜不寐

月薄西山夜氣清，就牀欹枕不勝情。姮娥似欲相鉤引，特地窺窗巧獻明。

寒著衾裯思不禁，月娥於我似鍾情。更添睠睠窺簷入，容與横窗一帶明。

重九前二日夜雨

去去重陽越夕間，瀟瀟風雨作輕寒。心知又負登高興，籬菊留來過後看。

和惜香紅二首

花神那作世間香，狂蝶遊蜂暗斷腸。不是朱顔向人吝，恥隨桃李倚門牆。

韜藏馥郁保天真，珍重芳姿肯殢人。莫道清高便無韵，春來誰是解全身。

和武公望催梅三首

長羡南枝笑北枝，東風能早亦能遲。而今滿樹渾無那，管領春光更有誰。

準擬花前玉斚飛，那知辜負隔年期。枝頭未報春來信，閒却西湖處士詩。

絲絲弱柳猶迎歲，點點飛雯亦餞年。可是清高厭紛競，百花那許著鞭先。

和武公望雪梅五首

臘月十四日，冰雪方壯，乘興訪梅于東軒，清標傲寒，珠玉輝映，尤為奇絶。適公望它往，獨賞而歸，甚念荒拙，不能作數語記述。其明日，公望示我五絕句，稱是梅矣，因繼韵答之。

雪裏最憐梅破萼，花時那負歲寒心。不因王子聊乘興，爭得林逋為賞音。

自是陽和生處有，不同凡卉競時開。居然茹雪猶全節，底為藏冰但却災。

刺火藝蘭能九畹，白衣訪菊亦東籬。君詩喚起西湖老，好處何慙幼婦碑。

臘殘春到無多日，留得清芬伴頌椒。却放東風吹凍裂，遺渠堤柳又新條。

水精宮闕偏宜汝，鐵石心腸肯受欺。應笑蠟梅猶族姓，祇堪薪槱薦晨炊。

再次武公望雪梅韵五首

每憶西湖處士吟，暗香浮處最關心。而今也有冰霜操，祇要人知韶濩音。

從來陋巷祇顏回，子悦胡為羡漆開。端向歲寒觀雅操，須知冰凌不為災。

梅邊好與酒杯持，寂寂牙簷短短籬。但有詩人出佳句，絕勝謏墓得金碑。

自有天香軋魏姚，何須裂麝與塗椒。蠟梅卑俗紅梅媚，漫與增添本草條。

休論青瑣與黃扉，祇有西湖不受欺。每向冰霜見全操，笑渠長夏受蒸炊。

梅

江北江南入夏來，雲蒸日煦欲黃梅。邸居兀坐關山隔，空想微酸到齒隈。

和周少晢咏梅韵五首

孤根應得暖先回，天惜花房遣護開。早是冰肌自清絕，却因冠玉更奇瑰。

太息凋年雨木冰，歲寒心事屬何人。携筇試遶牆邊樹，喜見瓊林第一春。

銀色諸天渺不窮，森羅萬象匪磨鎔。眼明的歷南枝好，絶勝瑶臺月下逢。
天姿不解入時粧，綴佩聯瓊特地芳。幾日東風回隴首，却教羣卉羨天香。
弱植卑叢凍易摧，百花誰伴雪花開。如今最識春先處，紅紫紛紛亦漫栽。

又和前韻十首

梅君消得為高吟，素艷曾無媚世心。粲粲牆限自瀟灑，江南到處有知音。
貪看繁紅錦被堆，有人青眼為君開。西湖千古林和靖，還悟犧尊木質災。
曲檻琱欄詫護持，寬閒何用著藩籬。林間立馬多真賞，須信行人口是碑。
結實收功鼎鼐調，不論江路與山椒。可憐楊柳空牽嫵，飛盡狂緜祗緑條。
客舍袁安雪壅扉，清標凜凜詎容欺。如今凍解梅無恙，還似高眠甑不炊。
新詩筆力可天回，萬里東風掃凍開。照眼玉英清徹骨，花神報子亦瓊瑰。
嫩蘂含芳恰褪冰，此時偏惱少陵人。顛狂覓酒尋詩去，賞遍西湖幾樹春。
癡絶兒童不耐窮，搓酥綴蠟競銷鎔。如何見得真風度，須索天工歲一逢。
如今總總鬭新粧，天與風姿壓衆芳。自是百年中第一，不因蘭菊返魂香。
勁氣由來不可摧，年年偏向臘前開。清芬肯為冰霜減，好在含章簷下栽。

和真珠花二首

瓊林玉女職司花，裝綴珠璣泣露華。妙手有神俄點化，靈根何日下天涯。
纍纍瓔珞作新裝，萬蘤勻開細細香。好是花時最清絶，月明珠露夜初長。

以上《省齋集》卷三

廖行之四

和人乞朱櫻十首

見説朱櫻正及時，眼穿火齊曉雲披。筠籠走送還能否，好帶朝霜摘幾枝。

桃李從渠著斗量，明珠顆顆更含香。紅顏不老如丹渥，笑詫南翁見未嘗。

當年上苑得殊觀，爾許匀圓訝走盤。容易香山白居士，漫同樊素等閑看。

浮沉閑却紫玻璃，洗盞丁寧已戒兒。會見金盤紅萬顆，為君痛飲倒酴醿。

侯門珍膳詫猩唇，肉食愚哉鄙若人。安得頳珠洗葷濁，驪龍方寐詎非真。

那須得得列盃盤，不念貧兒逐彈丸。齒頰猶能識珍味，乞渠細咀辨甘酸。

舊聞雲夢澤邊城，飽飫林間主不嗔。薄暮一鞭飛騎迅，歸來盈袖熟紅匀。

族派蟠桃譜牒存，三千歷歲物難羣。黠兒尚許三偷摘，可是年年不見分。

連朝急雨相狂風，愁絶枝頭入望中。不比來禽與青李，端能炯炯照顔紅。

惱亂詩情庾子山，饞涎渾似未朝餐。張頤一飽非難辦，争得君家伏火丹。

和食蕨三首

放箸朝來頗不貧，野盤春蕨正宜人。玉條縷縷東風軟，慚愧山家為薦新。

根荄蔓衍布山巔，一夕春雷引怒拳。足我窮中八珍味，竹萌木耳更求旃。
不須態掌夸珍膳，安用雞跌快嗜情。富有漫山千臂指，何妨採擷日充盈。

江上舟中

京塵無奈染征衣，況是南宫逐客歸。後夜子陵臺下去，祇應慚愧釣魚機。

舟中風便

一席清風游子歸，扁舟輕逐浪痕西。濁醪滿飲詩情快，盡攬江山入醉題。

和馬茂先浄因閣中所題

紛紛紅紫泄天機，已是山城春半時。顧我逢花須泥飲，高情難許俗人知。

題雲梯石和王東卿壁間韵

客裏春愁萬緒長，歸心宛轉九回腸。鳥聲啼破刀頭夢，似是曉人猶異鄉。

書田俊卿北征紀行詩

南北東西一箇天，區區二偶漫相憐。而今若説悲游子，不似當時王仲宣。

讀浮休詩有感

九月五日，夜觀浮休張公詩，至《彭城君忌辰》篇，云：「東房西舍語諠諠，舊事無人可共論。遺像展開多不識，獨將衰淚對兒孫。」感吾嬪之早世適相類，用張韵悼之。

二十年間兒女諠，糟糠勤苦不堪論。如今八載君身後，兒已登科又長孫。自注：惜其不見也。

舊友家睹書劄感成

下馬連聲扣竹門，主人何事感遺恩。回頭泣向兒童道，重見甘棠舊子孫。

夢

家山歸夢恍悠然，小閣逢迎尚世緣。驚覺鄰雞號月曙，不堪攲枕小窗前。

贈舅氏授室

不須種玉向藍田，不用吹笙學鳳仙。試看玉郎親迎處，梯雲挈得月嬋娟。

和宗秀才惠詩七首

五世儒冠愧甲門，滄浪何意濯塵纓。不嫌山鬼揶揄笑，寧得齊兒舒緩名。

吾祖元豐一桂枝，百年門户尚餘輝。箕裘敢説韋平事，且學寬饒衣短衣。

正學心端不論材，吁嗟媒禄漫梯階。歲寒萬木多摧折，凛凛喬松不可埋。

千户侯封有國權，栽能薑韭當畦千。如今誰是凄凉尉，却有新詩可手編。

平生南嶽望重湖，煙靄蒼茫認有無。可是能來訪苗俗，祇今風化已唐虞。

藉甚家聲杜小冠，公侯衮衮照門闌。培風小作湖山隱，九萬扶摇正好看。

有道如君方杜門，無能慚我亦乘軒。慇懃好在經綸學，早晚親承雨露恩。

和松坡劉迂詩二首

秋來吾亦愛吾廬，松菊交情未省疎。底逐風埃輕去魯，尚餘客氣欠消除。

碌碌隨人未足旌，折腰趨走太清生。絶憐抗直陳公子，晚欲憑書入帝城。

送湖南張倉解官還建昌九首

一節三湘兩載留，高懷寧羨子公謀。由來奇士為時用，未信林泉得久游。

灼灼聲華簡帝聰，得君元不藉先容。趣裝已就朝天路，行有新除下九重。

江海無忘魏闕思，不妨身佩國安危。太平基業須賢輔，政賴君王用及時。

湘俗湘人自戚休，親民誰復念承流。公歸若也嫌名迹，論奏何由達冕旒。

扶持根本恃綱維，歎息論功到鼓鼙。蠢蠢潢池皆赤子，埋輪何必問狐狸。

衮衮諸公競朵頤，具文天亦厭謾欺。嗇夫不拜非難事，會有公車訪釋之。

從來唐治數開元，百辟誰知産亂原。惟有曲江金鑑在，從昆能不效忠言。

稔見銀河派裏人，眼高餘子似紛紛。君今綽有前風烈，願振家聲稔舊聞。

見說龍門不可攀，自驚容易得承顏。從今洗眼湘江上，看取功成鬢未斑。

送陳必强赴宜春理官掾三絶

萬頃烟光入客舟，不堪風雨攪離愁。慇懃小竚江頭話，試問垂楊可繫不。

君向春臺好宦遊，刑清今已獄無囚。會聞寬恕求黄覇，肯復公卿慙太丘。

三年同此日追遊，樽酒相歡幾獻酬。别後臨風重凝想，湘雲東去是袁州。

上浙西張帥十首

先世精忠百世尊，重扶日月正乾坤。歲寒最見喬松節，凛凛清規在子孫。

大學無傳久晦冥，英英伯氏獨推明。隱齋會得名中意，明道伊川真弟兄。

天邑由來歸浩穰，正憑威信執豪彊。次公不到圓機處，須索神醫肘後方。

條教初頒洽里閭，米鹽靡密見紆餘。而今坐嘯鈴齋肅，鴈鶩行空無簿書。

薦士今誰有古風，不論疎戚與窮通。憐渠報國河南尹，愧我無私第五公。

朱履長裾客幾千，雙鳧乘鴈一天淵。交情可笑書門老，不省從來有失賢。

御吏何憂束濕難，如今門内已相安。羔羊正使閑風化，他日翁歸尚可觀。

稔惡偷兒喜探丸，邇來通夕寢何安。鑄頑自有金丹訣，何事區區柱後冠。

榷酤誰云一切功，軍儲百萬若為豐。能令利入皆公上，從此深根得裕農。

曾上雲端款祝融，更臨濤海揖清風。於今又見張夫子，眼底紛紛一洗空。

壽五一弟四首

年年六月二十一，舉酒華堂祝誕辰。此意肯為身快樂，須知所喜壽慈親。

等觀性空兩居士，自注：叔祖父、叔祖母道號。世諦寧忘兒與孫。懇懃須若興門户，力去驕淫是法門。

奉養烝嘗子職共，盍迎爾相重承宗。人生正始嚴昏娶，嬖御雖賢禮不容。

哲命天年本自貽，若為五福具期頤。義方端是長生藥，安用金丹與玉芝。

壽湖南汪倉十首

西府風流載世長，玉龍鱗甲更儲祥。慶源衮衮多英傑，可但韋平一再芳。

見説奎文得歲時，杓携天北啟天機。黄陂嗣有公侯氣，牛斗揚光曜紫微。

萬卷詩書即肯堂，儒宗氣習洗膏粱。天資問學俱前輩，須信源深流正長。

不用籯金累世資，名家人物照清時。碧梧翠竹今何羨，森立庭前丹桂枝。

六月湖田槁欲爇，嶽雲俄起雨如川。不憑公意回天意，争得饑年變有年。
百萬喁喁日苦饑，左餐右粥轉歡嬉。也知振廪非私惠，端為皇家愛本基。
饑腹那堪癘鬼欺，萬金良藥起沈羸。致和自可消羣沴，小試猶煩活國醫。
賦政頻年合簡求，民情滋欲得公留。雖然湖外私膏澤，須索樊侯入佐周。
紫樞勳業舊青氈，更上中台秉化權。它日鴻鈞陶壽域，赤松相與不論年。
三年弱羽自清陰，行借高風入上林。猶向齊庭一伸喙，此鳴端亦為知音。　以上《省齋集》卷四

田縣尉悲風詞　臨安道中作

風蕭蕭兮吹我衣，念故人兮我心孔悲。飛霞為襜兮彩雲為旂，胡徘徊兮耒江之湄。風蕭蕭兮吹我裳，念故人兮我心孔傷。星辰為珮兮明月為璫，胡褭羊兮耒山之陽。耒山高高兮耒水清清，高者君之氣兮清為君之神。君挾此以生兮不隘以大，胡皎以明兮忽湮以曖。堂有老兮室有穉，能不抱孫兮樂親以戲。子如不暇恤兮親寧忍忘，孰奪之去兮不少翺翔。大江之南兮瀏江之東，昔與君兮笑言相從。想丹旐兮埋圭玉於土中，千里泫然兮余獨感此悲風。　同上書卷一〇

野花

草木送春歸去後，山花種種自然開。略無醉倒遊人至，自有交情戲蝶來。日暖欲令紛錦繡，風和未遣委莓苔。清幽渾絶囂塵態，應遣青陽恨莫陪。　《永樂大典》卷五八三八引《省齋集》

落花　三首

春深處處有花妍，已覺春工興浩然。投曉憑欄枝上看，飄零贏得舞容翩。

花枝春老不禁寒，一夕狂風到畫欄。飛盡繁紅委苔徑，明朝猶作錦茵看。

芳心都付蜜紛披，薄恨狂蜂有底知。紅雨一番春事罷，緑陰誰把酒杯持。同上書卷五八三九

（李更整理）

羅舜舉

羅舜舉，與廖行之有唱和。

句

臘酒催詩處，春幡剪綵時。《省齋集》卷二《和羅舜舉三首屬余和之》引

（崔統華整理）

全宋詩卷二五二七

陳傅良一

陳傅良（一一三七—一二〇三），字君舉，温州瑞安（今屬浙江）人。早師事鄭伯熊、薛季宣，爲永嘉學派巨擘。孝宗乾道八年（一一七二）進士，授太學録。歷通判福州、知桂陽軍。光宗禪位，遷提舉湖南常平茶鹽、轉運判官，改提點浙西刑獄，過闕，留爲吏部員外郎。紹熙三年（一一九二）遷秘書少監兼實録院檢討官，嘉王府贊讀，起居舍人，四年，兼權中書舍人，因建言調和兩宫矛盾不應，自免而歸。寧宗即位，召爲中書舍人兼侍讀、直學士院、同實録院修撰。尋與韓侂胄不合，出提舉江州太平興國宫。慶元二年（一一九六），削秩罷宫觀，杜門韜晦，榜所居室爲止齋。嘉泰三年卒，年六十九，謚文節。有《止齋先生文集》五十二卷等。事見本集附録宋樓鑰《陳公神道碑》、蔡幼學《陳公行狀》，《宋史》卷四三四有傳。

陳傅良詩，以明正德覆刻宋嘉定五年永嘉郡齋本爲底本（藏北京大學圖書館），校以影印文淵閣《四庫全書》本（簡稱四庫本）等。新輯集外詩附于卷末。

暮之春六章章五句 先生有堂曰暮春，御翰扁榜

暮之春兮物維其嘉，乾際兮坤涯。母將雛兮彼實者華，魚在藻兮燕子還于故家，今者不樂兮云何。

暮之春兮風日與柔，桑女兮南疇。相爾夏畦兮悲秋，蟴冰兮長夜無裘，今者不樂兮何求。

暮之春兮雍雍熙熙，堯裳兮舜衣。五絃之琴兮一夔，曾不知結繩與秉鉞兮何時，瞻言千載兮忽焉其遠而。

山有龜蒙兮水有沂，天未喪斯文兮在茲。二三子兮皇皇欲何之，鼓瑟兮為誰，捨此兮吾將安歸。

止齋兮年年，室環堵兮兩山有川。鷗鷺巢簷兮圓荷田田，豈無芳草兮杜鵑，世微孔子兮獨抱乎韋編。

雲漢之章兮光燭天，朝宗兮列仙。胡歸晚兮病骨拳然，與客歌商兮忘食與眠，黠爾何如兮吾未知其孰賢。

西廟招辭并序

淳熙十有三年二月，知瑞安縣事公非先生之曾孫劉龜從再作西廟，以祠宣和縣令王公經國。於其落也，邑人陳某為作迎神一章，使工歌之。經國字公濟，其守禦事，許忠簡公嘗識之，故不叙。

君昔兮胡不去斯，君今兮胡不來斯。文棟兮琱楣，峴山之麓兮江圻。旨酒牲兮潔肥，皓遺老兮鬚眉。坎擊鼓兮吹篪，君勿來兮遲遲。山蜿蜿兮榕陰萎蕤，江水清夷兮無蛟與螭。君之來兮可以娱嬉，君不共安兮誰與共危。鳴玉兮衮衣，彼亦君兮一時。莽中州兮為夷，匪冢則廟兮牛羊纍纍。尚我民兮有知，子子孫孫原缺，據四庫本補兮永依。揆之兮以是非，君舍此兮安之。田有畔兮澤有陂，桑稻兮誕彌，懷不報兮忸怩。日早暮兮夜何其，猶容與兮誰須。

落葉一首別諸友客新昌

落葉一二數，遥夜忽已午。百年能幾何，望道猶未睹。清揚得邂逅，簡易從險阻。明朝買扁舟，萬議付風雨。新詩話別恨，為我謝酸楚。蒼蒼歲後竹，白首見肺腑。要有不別時，尸居一環堵。

讀范文正公神道碑有感佚事

武侯不可致，玄德造其廬。公在衰絰中，乃上時政書。維時君臣定，事與草昧殊。出處千載同，豈必名迹如。行伍拔大將，寒饑得名儒。推轂天下士，百年用其餘。生平慕河汾，未許王魏俱。慇懃八司馬，意獨何區區。自古朋黨論，消復莽無期。誰令羣疑亡，韓富及有為。惜哉公不見，功名止西陲。

送國子監丞顔幾聖提舉江東分韵得動字

長安夜未艾，客枕厭羣動。平明視天闕，劍珮鳴珌琫。學省雖冷官，上意嚮周孔。六飛自天下，多士溢雲滃。饔餐燕苹鹿，道義發醯蠓。方將屬耆英，高舉出埃壒。離觴春駘蕩，歸路月朣朧。勳業當及時，千年付南董。

懷寧國守鄭少卿景望

一日一度過短牆，三日風雨撓我觴。天球河圖在東序，保障繭絲分晉陽。我欲從之苕水遠，搔首不見月滿廊。笑看兒女羅列拜，老人星下燒夜香。

送宋國博參議江東分韵得夜字前年上幸學一時同舍今去略盡爲之悵然

南門供帳江上亭，北門觴酒湖邊榭。兩年出餞略可數，往往行人半同舍。憶昔翠華臨璧海，儒先一日争聲價。蘇君舌掉巫峽水，楊君氣奪幽并夜。黄君石矻不可轉，夫子居然古彝斝。艾軒風流天下少，獨奏咸韶無濩夏。黄粱未熟事如許，白髮不生心亦怕。古來賢俊多坎軻，道與世違胡足詫。武皇好少臣已老，孟子尊王君尚霸。嗟乎夫子幸遭時，諸公衮衮皆流亞。德尊不過五品薄，歲晚曾無一飯暇。君恩豈必問湖海，家事姑惟問桑稼。此行端可振頹俗，令我短轅今欲駕。

遊鼓山

鼓山聞天下，一見名不空。自從周職方，閩在王會中。登山亦幾人，興寄隨所逢。騎君常愒日，遷客多悲風。劍川發甌西，萬阻與海通。忽焉得平壤，北山矗其東。我行未及巔，已見國勢雄。三韓到吴會，不可道里窮。俯瞰南來帆，沄沄自朝宗。曩時諸降王，各撫千里封。相招神衛圖，旅獻東都宫。東都今何如，胡馬鳴蒿蓬。一春長雨霧，明日歸樊籠。慫探泉石幽，篝燈道歸筇。

和孫偉卿雜言十章

萬事如浮雲，可翫不可有。三年刻一葉，未就骨已朽。

可憐負薪子，誤有廊廟志。出門欲何之，馬拙車未試。

一飯腹果然，身外百不須。深知飢方朔，不似飽侏儒。

墮落生死間，大患為有身。老子識未破，天地豈不仁。

幽居悟前疲，寡欲得身健。筮之此何祥，厥繇無水困。

有書但插架，有門亦常關。是非天下争，而我土石頑。

好酒來誰家，明月得我心。把酒弄明月，醉卧盗不侵。

阨窮果何尤，利達竟誰在。眷言荷鉏人，妻子敬相待。

或勸著子書，我恐落人世。呼兒具紙筆，一歲復一歲。

人事盡鄉曲，田租了王官。獨於大海枯，不改古井寒。

送林正仲丞王山

去年我為客，持酒送君歸。君今理征驂，我適卧舊廬。人生足離合，仕宦相乘除。科名餘十年，丞縣亦既遲。顔色日愈好，絶口無歔欷。自言有時命，歲宴知何如。深藏濟人具，不作借勢書。虚名多自誤，徐步乃疾驅。從兹拭老眼，看君上亨衢。

和林懿仲喜雪韵

常暘厥咎何，君相疢朝夕。愧莫慰羣黎，凄其望三白。是心與天通，昨夜平地尺。簑笠在東阡，耰耡在西陌。忍待明年飽，欣及吾事隙。海宇正無塵，草木亦焕赫。遥知紫宸朝，千官手加額。温綸粲龍光，賀牘交馬跡。銜枚懸瓠城，仗節居延澤。獨擁藍關馬，共飯滹沱麥。更願吾君相，對此念忠赤。當今挾纊温，恩意到疆埸。有士如有年，要豈旦日積。袁安自甘寢，掃軌無過客。

再和前韵

冬夜苦難曉，短景復易夕。安得户牖光，不待東方白。恍如游化城，瓊臺若千尺。英華發林藪，餘彩散阡陌。平鋪浩無垠，巽入微有隙。忍寒貪縱觀，未顧朝曦赫。柳綿著歌茵，梅片墮粧額。嚼然羣汙中，有意欲比迹。自識玉皇家，癯仙陋山澤。新來學為農，遭歲屢無麥。稗子色恒饑，老婢脚盡赤。一飯今有待，喜更問瓜場。歸來看牀頭，瓶粟幸餘積。且以炊春醪，號召已散客。

除夜用前韵

又添犬馬齒，常恐牛羊夕。牙無數株牢，鬢已太半白。六朝貴人家，珊瑚高數尺。復有陵邑豪，沃壤動連陌。居然燕巢幙，忽矣駒過隙。伊傅亦中壽，至今名赫赫。蒼苔卧風雨，曾乏斷碑額。中原五十載，胡騎亂禹跡。誰當懶折腰，去學陶彭澤。憂端壓不下，中夜歌秀麥。昭代豈無人，腰黄眼前赤。鴻儒籌禁蒼，壯士守邊場。罷歌且盃酒，澆此懷抱積。柴門剥剥響，已有賀年客。

和林宗簡除夜韵余與宗簡皆病餘而除夜皆賦詩因反前意

窮懷卿相憂，老作兒女悲。百爾皆妄想，一粲看新詩。短長總歸盡，君閱古盛衰。煌煌五侯家，寬作數世期。經史或不讀，名字亦奚為。茂對乾三陽，靜養月一規。

再用喜雪除夕一韵寄宗簡

百年彈指頃，羣動不遑夕。變彼惰游者，長夜浮太白。豪俠旁無人，卧我樓百尺。衲子縛禪靜，不敢踐桑陌。武夫髀肉滿，睥睨候邊隙。道家求不死，真火養陰赫。躁人干速化，自點雷門額。書生苦穿鑿，奇字窮鳥迹。何如吾老農，一雨犂春澤。相忘與雞豚，所辨纔菽麥。不聞有孔子，安識由與赤。紛紛舉世士，肝膽自疆埸。老翁捧腹笑，空洞無一積。有來問時事，請以臆對客。

子歌我有感，我和子益悲。文武有天下，二南無變詩。陵夷及其季，小雅亦既衰。殷人早墜命，秦氏不及期。治身如治國，夭壽人所為。舊恙何時已，與子看前規。

賦芙蕖簡諸友

我欲待明月，相從弄芙蕖。月郭一再滿，我行竟徐徐。誅茅困黃埃，開卷疲蠹魚。纏縛二事間，紅披緑蕭疎。秋風白髮生，撫事增欷歔。美人隔雲山，芙蓉並吾廬。近者不得見，逾遠還何如。花無三月長，人壽千歲餘。相期不朽事，勿與草木俱。君上鍾鼎銘，我作山澤癯。

送楊似之提舉湖南

昨日有客去分符，今朝有客來攬轡。蕨芽掇盡筍可劚，送客焉知老將至。儒雅風流能有幾，南宮先生無乃是。十年不復夢蓬山，萬里何為隔湘水。葉公巋然地官貳，顏公領袖天下士。星聯郎署尤與何，次第諸公亦連茹。一時臺省舊名德，十見班行已三四。可令僕馬病崔嵬，獨抱蘭蓀吊憔悴。漁樵混迹山窮處，故故肯臨人不記。酒半停盃問鬢髮，夜闌秉燭徵文字。多時渴見痛折節，萬事要看方得意。先生行矣扈甘泉，請自此心扶大議。自注：薛士昭寺丞赴衡陽守之翌日，而似之吏部至。初似之與葉侍郎叔羽、顏祭酒幾聖、尚書郎尤延之、何一之同在舘學，今皆還朝，故併及之。

哭吕伯恭郎中舟行寄諸友

去年上溪船，落日建安旐。今年上溪船，濡露金華草。當代能幾人，胡不白髮早。念昔會合時，心事得傾倒。倚廬魚鼓夜，聯轡鷄人曉。遐搜接混茫，細剖入幽眇。挹注隘溟渤，扶携薄穹昊。斯文何契闊，之子復凋槁。百年在無窮，寥廓一過鳥。家人徵舊聞，學者拾餘稿。區區存萬一，散逸誰可保。君看魯論上，彭壽顏回夭。于今懸日月，豈必言語好。儻無後來者，泯没秋毫小。南浮吴蜀會，北顧關河杳。懷哉各努力，人物古來少。

張冠卿以前詩懷哉各努力人物古來少之句爲十詩見寄次韻奉酬

明月不可涴，有時障氛霾。芙蕖生淤泥，豈必所處佳。老子苦錬藏，釋氏多遣排。如欲盡物累，自古誰好懷。

連楹着胡椒，環堵誅蒿萊。節士亦良苦，乃築懷清臺。世故何浩蕩，人心亦崔嵬。之子訪田舍，厥谿安在哉。

冥心觀宇宙，孰是同與各。夜旦無反惡，日出星河落。此有齊人瑟，彼有荆人璞。嗟余耳目短，豈故重然諾。

朝雞警冠劍，巷犬吠村塢。胡然子列子，越在鄭東甫。永懷王黍離，莫與戍申許。雞犬各有役，人亦宜自努。

說合何必然，金化黃河塞。真然說不合，千鈞等蟬翼。纍纍近丘墓，浩浩古載籍。崎嶇蓋天意，解后匪人力。

我友天下士，逝者八九人。非無新造交，亦有久故親。可與共安利，未可同隱淪。欣然得一箇，迴首終酸辛。

秦人弊申韓，亡梁以崇佛。六經獨何罪，莽亦竊大物。堪嗟二百年，吾道功第一。熙豐餘論在，河洛諸賢没。

澶淵竟要盟，老萊氣安吐。韓范猶自憐，不遂臣西虜。人材繫其逢，事業隨所附。千載有南董，何啻今視古。

江梅歲已過，燕子春又來。不愁吾鬢霜，所恨此志灰。扶桑焞焞明，閶闔蕩蕩開。欲往豈不可，致遠非駑駘。

子歌我三嘆，我和子一笑。方期俗耳合，勿與知音道。頗聞古韶卷，不落人間調。悲歌泣鬼神，妙語無餘少。

黄巖張之望之立來訪與遊梅潭詩以送之

張子好兄弟，别我今九年。東風刮眯眼，雙鵠忽墮前。坐定看兩鬢，喜極意慘然。來日豈不多，此意合少延。念子伏巖穴，有作皆巨編。稻粱未暇謀，從我志獨堅。虚名適相累，浩嘆當誰憐。積雨得新霽，緑漲彌百川。載酒問何有，漾舟隨所便。與子梅潭游，以兹寓惓惓。傾崖俯仰立，中有飛瀑懸。平地儼閶闔，晴空自雲烟。既見各有得，欲語不可傳。衆妙在領會，天成謝琱鎸。子歸有新詩，時寄三兩篇。

和張孟阜尋梅韵

平生拙狀物，出語輒自咍。久欲頌梅花，恒恐累紙寫不該。羡子年少氣豪敏，詩筒往往歲一來。語不驚人意不止，筆力待盡千松煤。我以病驥追霜隼，著鞭不上嗔人催。置詩太息梅困我，恨不縱斧尋條枚。嗟乎孤山無人老坡死，水邊竹外誰低徊。我嘗欲擬禁字體，不道雪月冰瓊瑰。退藏物後獨笑傲，奄有歲晚多驚猜。紛紛自謂好顔色，萬彙秃立皆堪哀。模將此意入詩句，十年未就梅空開。君詩却怪梅不早，令我内熱紅生腮。强隨嶮韵終不滿，今年又恐坐看落片飛莓苔。

送劉茂實宰奉新

遠別欲無寐，細論誰有酒。今當作劇縣，君意亦樂不。江湖吏道僻，歲月民勞久。救之敝精神，自愛終袖手。要中名甚美，用意物所咎。君觀蘭桂林，餘茂及樵櫄。移根託客土，顔色非故有。贈言幾滿車，一字堪皓首。於焉但裁擇，對越二三友。諸賢在當路，公論在衆口。

送趙叔静教授閩中四首

家無宿舂糧，適意恣所向。征鞍催上官，帆海看疊嶂。有言及當代，浩飲益悲壯。以兹寘周行，盍在幾人上。

讀書須讀經，學文須學古。青松故不换，白髮早可數。我亦窶人子，風雨蔽蓬户。胡為數相過，夜話恒過午。

烱烱出萬壑，冰壺縣清秋。孰與玉瓚中，穆然養黄流。孤松高半天，蘭芷復過幽。看君最雍容，柰何短自謀。百吏不可試，卷懷州校官。翩然落南閩，不為茘子丹。彫蟲妙經術，倚市多儒冠。吾道未必貴，政此良已難。

遊白石巖

地向東南傾，石際滄海立。蛟鼉限波濤，鷄犬得城邑。居然通國望，跛莫他山及。道人獨有之，置屋三四級。幾看星月爛，却聽風雨急。于今二百年，我共冥鴻集。唔語夕陽低，對酒秋旻濕。明朝江上舟，避雨漁翁笠。邂逅一俛仰，此道可於邑。

和孟阜老梅韵

朝遊山南莫北隅，脩竹之下手所披。五步一顧立不趨，柔枝弱榦千萬餘。粲然笑倩多新奇，歲寒安用衆穉為。驚嗟怪怪丈人行，縞衣藍縷冰鄀肌。莓苔雪片凍不飛，玉飾其末璣衡欹。藐姑之仙下縹緲，蒼虬為駕羽葆希。三閭大夫從女須，枯槁嬋娟却並馳。張子愛之亦既癡，人不得覤以我歸。我生自視梅孰如，滄江獨立兒女嗤。年來稍稍學折枝，柰何復與此老期。望美人兮天一隅，薜蘿為衣顛倒披。水竹隔我不可趨，今我搔首三歲餘。漢庭年少六七奇，鬚眉皓白來何為。我欲避寢問之道，安得玉貌生枯肌。長翁傲睨欲奮飛，滄江釣雪蓑笠欹。少翁頓挫枅牙角，笑齒一粲知音希。樵家斧斤磨以須，過者萬人人背馳。梅乎梅乎我非癡，持汝二老將安歸。古來弱植剛不如，孰有嫵媚為人嗤。君不見孤竹之管求孫枝，汝盍早定歸山期。

以上《止齋先生文集》卷一

全宋詩卷二二五二八

陳傅良二

送同年林多益丞寧海

同里衣冠近闊疎，同年齒髮多衰變。美人宜在玉筍班，隱吏亦隨花雨縣。有杭一葦逢迎可，每食雙魚甘旨便。顧瞻周道竟何如，善為身謀吾豈願。清廟笙鏞濟濟陳，碧梧鸞鵠深深見。由來盛事歲月晚，誰到倏途肝膽健。楊花吹水酒揺波，一請加餐再無倦。

送謝希孟歸黄巖四首

紛紛竹帛傳，浩浩金石刻。淪亡已無限，存亦誰愛惜。如何伏羲氏，文字二三畫。姬孔豈不聖，用以演周易。

法令如牛毛，斯鞅信手成。簿書積丘山，趙張眼愈明。萬人立下風，國勢尊且榮。未省三代前，誰獨有此名。

圭璧襲繅藉，山龍飾衣裳。不聞燧古初，而興自虞唐。毁車崇騎射，隸作篆籀藏。至今人便之，秦亦忽以亡。

累觴以為歡，班荆以為儀。交際貴如此，勿使至意虧。頗常怪小雅，鹿鳴至魚麗。賓主禮百拜，六經似支離。

看筍和潘養大韵

兒童纔丱角，兵衛忽森戟。十日不汝見，尋丈出咫尺。隱几觀物化，軒奮恣所極。褰裳欲從之，世事有繩墨。

贈尹紹伊

吾友尹紹伊，十年抱心疾。休然萬事廢，豆子黑如漆。從之問舊學，歷歷不遺一。佳篇間哇鄭，法語雜方術。豈其遇人耶，託此訪遺逸。張皇鬼物怪，漏泄宮禁密。君看服烏喙，孰與近參朮。

送郡守汪充之移治嚴陵方郡小旱，汪禱雨甚急，禱三日而雨至。郡人大喜，是日有改刺之命

挂梁龍骨經時蟄，井井黃雲秋已及。十日不雨民未急，使君日膳長蔬湆。澄空颯颯雲霧入，饁婦休眠兒覓笠。村春化出雲子粒，市上明朝升二十。農家語圃商語賈，恒願使君無疾苦。自今一飯吾腹果，健看將母從簫鼓。馮翊扶風天尺五，見說嚴陵在何所。詔書奪去萬舌吐，九重欲扣君門阻。棲烏護巢駒戀皂，東人自視西人好。那知湛露溥秋草，春意平鋪無剩少。有客解事翻然笑，元祐治平諸故老，身要人扶功未了。誰知青絲絡馬横門道，應笑江湖華髮早。

寄題陳同甫抱膝亭

稻粱不難謀，軒冕亦易得。胡為抱膝翁，惻惻復惻惻。秋風墮碧梧，鳳鳥去無迹。愁吟草際蛩，兒女淚盈臆。忽然一長嘯，孤響起空寂。令人識雅頌，一唱三嘆息。室廬在路傍，耕鑿在民籍。行人聽笑語，稚子共眠食。讀書果何罪，鬢髮又半白。此意太勞勞，此身長抑抑。抱膝且不可，出門更何適。但勿問門外，蓬蒿若干尺。

送葉正則赴浙西憲幕

頻年送行客，酒罄詩不工。最晚與君别，柰此百感叢。岐山有鳴鳳，雅頌移豳風。于時二老生，出處海上同。曹劉對匕箸，失色一語中。明朝蜀江水，不與灊潍通。人心起毫末，世故闢鴻蒙。乃知貧賤交，不下王覇功。霜根宿病驥，雲帆背蜚鴻。秋水能隔人，白蘋况連空。相從自束髮，各去隨轉蓬。今懷欣有合，後會苦未重。鱸魚直萬錢，羊酪酯一鍾。願君養盛年，我友半已翁。

送陳益之架閣

論事不欲如戎兵，欲如衣冠佩玉嚴重而寬平。作文不欲如組繡，欲如疎林茂麓窈窕而敷榮。楨榦盍亦煩繩墨，滋味何如餘典則。吾宗受才萬人敵，排空所向無遺力。親喪三年面漆黑，交情一語千金璧。明朝不爨鼾撼壁，裘馬借人無德色。作掾閩山可蹤跡，擬將秉秆空螟蟘。相君有令民未得，勿問堂高若干尺。春江瀰渺風張席，欲言江水何終極。貧賤相依鬢毛白，吾可雷同名送客，浩歌未放情彌激。君看風雅詩三百，亦有初章三嘆息。

翁誠之尉原作慰，據四庫本改慈溪再擬祖送不及

昨來久佇驪駒集，今來悵望檣烏急。中年送客亦多違，先事徒勞後無及。江頭祖帳幾百人，落紙珠璣詩什什。自哦短韵意甚得，亟欲陳之復羞澀。君方筮仕從兹始，騨騮開路日千里。若逢人話子陳子，侏儒一節今如此。

送鮑清卿教授莆中

閩中豈不好，莆中况多儒。其山有丹荔，其水有子魚。艾軒諸老生，典則故所餘。堂堂退傅門，海内欲

曳裾。宦遊得此樂，餞者酒滿車。我亦勸君酒，我意獨未舒。嘗聞入林獵，不可背水漁。背水漁尚可，背時更崎嶇。方今朝廷尊，紳笏日走趨。官多豈勝記，勢遠復易踈。媒身衆所同，藉口誰不如。柰何但温飽，去向天一隅。平生拙自謀，蓬巷歲月除。更事亦既熟，畫此未必愚。豈有服茝蘭，佩之以瓊琚。令人愛不見，搔首空踟躕。

作南塘記郡守沈持要以詩來謝次韵奉酬

周公作雅頌，退然在豳風。功成貴無迹，名大謗亦叢。彼人自標置，刻畫豈不工。君看榛莽間，斷碑卧穨墉。想當在世時，拳拳效深衷。胡然今弗省，身後議論公。達人悟物情，玄覽昭有融。區區强名我，咨爾來何從。沈公天下士，於今萬夫雄。邦人見未嘗，譬之口不容。請將氏南樓，語盡意未窮。公詩陳誼高，耻與好事同。年登百廢興，解后吾何功。勇去學休影，倦游謝遺蹤。吾方笑征南，雙雙勒堅玒。一以棲山顛，一以没水中。

送謝倅景英赴闕

言詩必南雅，自鄶吾無譏。嗟余生已晚，觀人以觀詩。人情日變化，往事十九非。相從飾邊幅，欲語懷銜羈。久不見官寺，下與家人夷。渡江六十年，得此心目疑。早從諸公游，晚佐一郡治。居嘗陳誼高，動與作吏違。大白浮朋簪，單車款民扉。多文雖素履，用拙真良規。二年意綢繆，一別事渺瀰。有酒公不飲，贈言我何裨。穆穆清朝班，僉曰尚德宜。何妨着此翁，衣冠皓鬚眉。

懷同舍石天民編脩

山陰不得見，見期在東陽。東陽忽歲華，欲往又阻長。貽書輒無報，有便復寄將。以君懶於書，我豈望得當。永懷十年別，動止曾莫詳。君貌今何如，孰與我老蒼。就使白髮同，脚力誰弱强。日飯米多少，飲酒可幾觴。尚能甘寢耶，比之昔對床。嫂氏亦晚景，吾婦伯姊行。為君過客頻，膏沐當不常。有兒若干人，已未勝冠裳。但要能譽門，勿問鄙與臧。一紙細説似，慰此遥相望。末乃及田舍，何有還何亡。丞郡禄已厚，豈不可小康。憶昔夜夢君，託交少年場。竦身而掀髯，眸子炯炯光。依然論時事，悲壯淚以滂。我方閉門嬉，謁至即暫忙。婆娑松竹下，細數秋葉黄。舊志益凋落，羣書半遺忘。請君勿他及，却使我意傷。

次韻蕃叟弟月下有感

平原接翠微，脩竹園緑浄。乃於此中間，更以皓月映。佳人笑隱几，萬物獨我正。幸哉吾有母，侍飲得缾罄。

夢人誦詩覺省數句足成一首

三人共一被，寒夜争抽牽。一人耻不讓，起坐遲朝暄。明朝復雨雪，忍豈無春妍。四時各天運，二人正鼾眠。

送曹器遠試臨安二首

青衫豈必貴，未得不可已。皇皇海内人，趨走共一軌。生前極浮榮，没後抱深耻。他山有隱淪，一笑粲冰齒。豈知天地間，樹立在人紀。

大有扛鼎力，小有挈瓶智。誰當頓八紘，舉以掩衆器。煌煌一百年，此道最宏被。雖躋三事尊，亦起一藝試。或云科目弊，此語復有味。

約同舍蜀人王德修二首

遠莫遠關塞，鴻鴈來年年。我嘗按輿圖，嶓漢在眼前。胡為與君別，壯齒今華顛。下峽君有期，會吴我何緣。令人媿不如，鴻鴈得自便。

疇昔夢遡江，巴陵至瞿唐。兩崖束秋旻，中有一帶蒼。安流進分寸，怒去千丈强。求君竟不得，望之涕淋浪。往日事已然，來日理未詳。

橙橘方粲粲，魚蝦亦多多。能春半年糧，豈惜一見過。良夜月如霜，聽我苦別歌。翳翳葭蘆鄉，風定水自波。或者阻君舟，柰此佇立何。

次德脩仙巖韵

我家仙巖人跡稀，客從何來此何時。岷山之陽適海嶠，萬里欲寫心精微。瀑泉自雨一丘壑，有龍蟄不隨羣飛。病樵弛檐渴猿喜，雖未作霖良已奇。吾聞岷山天與齊，仰止不見如調饑。君登絶頂小天下，此縱有山安足嬉。翩然肯過非所期，此道遼闊車誰脂。願言税駕毋遄歸，為我更賦崧高詩。

再用韵呈德脩

一日一見猶為稀，如何十年見無期。前詩韵作時昔方壯歲意輕別，一笑聽君歌式微。江流永矣劍閣阻，恨不羽翰能奮飛。不圖今日已華髪，話此怪怪還奇奇。桑麻不競蒿壓屋，厚禄書斷兒恒饑。誰當附熱踬冰雪，歲晏獨可相從嬉。功名富貴各有時，人亦空自為韋脂。與君持此將安歸，滄海雪山無盡詩。

東門歌送德脩原作脩德，據前三詩乙還闕

萬古江入海，吴蜀有不通。不通誰使然，人自為異同。昔在李孟錢，士各懷土封。静言彼何尤，亦各徇

所忠。恭惟宋受命，三姓皆朝宗。斯文已百年，名世纔數公。眉山與金陵，柰何不相容。大雅如闕洛，亦復互詆攻。朋分文字間，禍起師友中。四郊忽戎馬，塵滿夷門宫。往事已覆轍，後事如飄蓬。一飯忘苦饑，一褐忘苦冬。身謀每不長，王事靡有終。有客獨惻惻，萬里輿深衷。相過話離合，歷歷繇熙豐。我久世慮薄，念之涕無從。貧賤將安歸，功名在其逢。有能用斯人，可使百阻空。西人不為西，東人不為東。

借書一首別薛子長

山阿着柴扉，陋甚誰盤桓。美人此何求，鉅竹數十竿。日閲書百篇，尚覺日力寬。欲從我借書，我書何足觀。辛勤抱遺經，及此鬢髮班。一語未領會，累日不自安。雖更聖人手，亦恐衆説謾。况復秦漢下，曾莫脩與删。致之獲麟前，存者今若干。我無以裁之，望洋久空嘆。羡君方盛年，恣意涉浩漫。又聞書少多，不繫學缺完。讀書固匪易，用書良獨難。昨來荷堤上，嘗試及孟韓。此話如涓埃，此道如丘山。

寄陳同甫生日

南國雨初潤，西風水微波。持酒欲勸君，奈此道阻何。天地自久長，日月良蹉跎。志士惜少年，用意矢靡他。豈無文字功，百代名不磨。胡然朝攬原作檻，據四庫本改鏡，夜起瞻星河。思婦視貞操，驕人視勞歌。曾微强飯書，覆出為詆訶。永懷姑射神，尸居養天和。下視塵冥冥，鴻鵠謝網羅。身將世誰親，得孰與喪多。請君以尊生，我亦以養痾。

述懷

有客盈門飯不足，有書千卷兒懶讀。王公勞問煬争竈，樵牧相忘盗騎屋。古來堪笑如我少，生無一事能恰好。獨有居閑可引年，我又不然華髮蚤。

簡鄭景元

西風肅萬物，於卦曷為兑。説言就凋蟄，之死矢靡悔。方當春和時，動植出草昧。喧號聒穹蒼，怒長彌大塊。紛紛誰則敢，所恃蓋有在。

簡王道父

瞻彼萬仞巖，亭亭上烟霞。其下寒淵水，清不容原作客，據四庫本改魚蝦。閔予生好修，而居東海涯。顧見泥中藏，日食百萬家。浮名太累人，未語衆已譁。為海不為淵，何道以自瑕。

贈東陽吕望孫周登二武士

鴻門無人易水寒，安得壯士久所患。求之市隱戎行間，紛不當意鬢已班。逆胡未討憂萬端，此得兩君聊自寬。有石堂坳立磧砆，百夫睨之欲舉難。兩君挾起如弄丸，舞空一葉風團團。吕君忽作胡衣冠，瀝酒於地盟血殷。長劍久倚燕然山，義欲為漢誅樓蘭。九重深窈虎守關，竟以劍器博一餐。語未良已聲珊珊，兩蛟出没萬馬攢。夜闌月暗天汗漫，滿堂悲憤淚欲潸。嗟爾兩君誠義肝，我方乘障荆之蠻。五營諸將皆豢安，髀肉久不堪征鞍。誰能喚與百辟看，但得汝等一解吾君顔，書生老死不足歎。

書黄巖丁明仲墓誌碑陰

葉君隻字雙南金，予子拳石藏幽深。百名以上辭不淫，我豈識子猶漸襟。黄山之阿墓林林，斷碑日爍秋雨霖。彼豈孫子力不任，人莫過問嗥孤禽。子以窮餓死苦吟，束棺逆旅無衣衾。末乃得此世所欽，子視昔者孰與今。區間壽短升與沉，長留天地誰無心。於中詩人最嶇嶔，竟亦朽腐如書蟫。何獨遺子天球琳，上與郊島名相尋。雖無薦藉鬼已歆，况立之後主釜鬵。期以數歲頭勝簪，有田可稼桑可紝。收拾舊稿編朱鋟，未必千載無知音。請我書此碑之陰，大亮一語不肯侵。嗚呼讀者悲不禁，牛羊勿踐木森森。

以上《止齋先生文集》卷二

陳傅良三

赴桂陽道中喜晴書事

十日九雨垂垂雪，馬僵僕病泥乘橇。披衣闖户得星月，喜有卧向妻兒説。耳根久與朝鷄别，熟睡八年謀未拙。乞米作糜蒙被啜，客來午漏家僮出。如今兒嗷妻愁絶，我縱喜晴心已折。可以藝麻多筍蕨，苟有一丘吾計決。奈何諸公厮役皆豪傑，尚愛春陵老元結。

簡友人二首

南去有五嶺，北來有重湖。水清石益奇，往往中州無。在昔宦游者，越若韓張徒。胡然自衡陽，隻鴈亦不徂。

安眠夜至卯，休吏日加申。廪稍亦已厚，養痾非隱淪。恨無封君法，老矣藏其身。遄歸豈不欲，更有宜歸人。

和王教授謙叔述郡圃韵

守邊豈無事，治圃亦有説。朝看士飲羽，暮與客投轄。且以示多暇，且以勞同列。我生腸九回，世故肱三折。環堵僅尋丈，短亭聊歲月。忽蒙當宁記，濫補專城缺。區區自米鹽，在在欲黼黻。矧惟有兹山，未省從何月。張羅上空庭，尋斧及勁節。舊觀誰緝熙，新思蓋綿蕝。幸方一小治，自注：謂拂雲。尚可六太息。自注：謂芳洲、潄玉、風月、釣磯、錦湖、撫松。胡然召南人，而驟歌所芟。

臨桂尉楊渭夫以詩來因次其韵兼簡同僚

萬物各美惡，一室有面背。去來故無恒，欣厭惟所會。有能悟玆理，何必著幽邃。後圃並山麓，脩竹積空翠。斧尋自何年，樊養特過計。陳根獨遭時，沃壤亦借勢。居然成獨清，可以掩衆媚。亭院起中兀，四庫本作間湖潦粲前際。於時吾豈敢，謂此天作對。新詩忽盛談，俗狀良内媿。子方及歸期，客復攪離思。自注：謂謙叔教授。尚當封殖之，去日如始至。

送宋伯潛宰高安

秋風日來諗，役車何時休。有鳴丘中琴，玉瓚懷黄流。此腰不可折，此笏未忍抽。亦入鴈鶩行，而為稻粱謀。四海楊誠齋，吾道得自由。悠哉思萬端，哿矣試一籌。風詩訖於豳，易象亟以周。自注：偶語《詩》《易》，因詩及之。當知横空翮，不若逆水舟。

送楊渭夫歸省

應侯氣蓋百粤小，朱侯誼與灕江長。兩侯愛士早成癖，怪甚渭夫懷故鄉。士窮萬事一不就，就得一事窮何傷。渭夫壯者忍窮久，老驥欲秣胡沙霜。吾家何在雲横嶺，趙媪不冤劉兒瞑，孰與親旁煮湯餅。自注：渭夫初至臨桂，劉氏兒被殺，賊不獲，不數日渭夫竟得之。既而權義寧令，復有殺趙氏媪者，或執平人將處死，人以為非渭夫莫能辨，府召渭夫與議，旬日又得之。

南嶽聖業寺禹柏

久與林壑居，所見皆衆穉。豈無壽千年，未有此柏異。壯而嘗參天，晚乃但仆地。定非風雨摧，殆是斤斧棄。其本則離披，其末則倒植。其枯如殘枿，而蔚有新意。其靡如弱植，而凛有高致。將前復却行，宜右忽左次。驤龍或俯顧，遁虎或回眙。隕石或猛起，飛翬或顛墜。山立或磬折，尸寢或拳跽。斷支或强附，横陳或巽避。綢繆情不狎，頽墮力未瘁。朴署自光怪，挺持匪標置。終焉人偽盡，獨以天巧遂。吾聞古有道，純朴去故智。與世每如此，全身亦幾是。疑將問歲月，缺弗見載記。誰言導江時，手植特嬉戲。世人那得識，會有神禹至。

牡丹和潘養大韵

看花喜極翻愁人，京洛久矣為胡塵。還知姚魏輩何在，但有歐蔡名不泯。夕陽為我作初霽，佳節過此無多春。更燒銀燭飲花下，五陵佳氣今方新。

張漕行部過湘岸有作因次其韵

春晚得新霽，草木日夜緑。陽光初蔽虧，野暝或單復。美人浮湘波，領此入蓬屋。故放歸帆遲，更呼漁火續。窮探物精華，盡付詩凡目。憶昨欣晤對，令我忘休沐。劇談酒行希，危坐兵衛肅。相思正倚樓，所寄忽累幅。瑰辭堪買貧，軼韵和難屬。自從楚騷興，悲些逮差玉。後來數唐人，欻乃巖隈宿。世無梁昭明，斯文又誰録。

送王南强赴紹興簽幕四首

詞章行天下，嘉賴二百年。甲科至公卿，誰敢謂不然。有人妄媒孽，一世所棄捐。我亦欲護短，諱不言幽燕。汗簡在吾後，覆車在吾前。

人人尊孔孟，家家誦詩書。未省有宇宙，孰與今多儒。儒者道如砥，豈其自崎嶇。申以黄老廢，賈以絳灌疎。漢家嘗紛紛，政爾門户殊。歷官如歷階，越等多所傷。柰何坳堂水，持綆萬丈長。誰無斯世方，乃此抽四庫本作袖手旁。永夜淚不禁，仲尼故皇皇。又聞雖小魯，乘田問牛羊。聞之浙河東，見之湘水南。未歸却相送，既喜復不堪。行矣乞自便，帥幕或可參。君方乘日長，勉為停朝驂。我池有螃蟹，我園有黄柑。

題明皇醉歸圖

騎者兩人扶不正，夾道誰知為萬乘。一人前馳一顧後，懷欲並驅無號令。狩人亦忘記鷹犬，仰視只愁天欲暝。有司刺候上起居，杳莫得詳宮鑰静。嗚呼開元自英主，前鑒竟遺盈幅紙。君不見漢宮圖妲己，未必當年甚如是。

送范憲東叔帥潼川四首

離逾十年合，合復十月離。往日苦無及，來日忽未知。江源與海通，吴會與蜀違。通固天道常，違亦物理宜。勿作兒女感，是中有精微。

相從意氣豪，相知鬢毛斑。細説竟昨非，淺斟始今歡。每懷吾黨多，未捄此世難。一則琢冰雪，再則紉芝蘭。騷人絶芳潔，孰與風人寬。

有書但遮眼，有位亦養痾。養痾猶近名，遮眼已患多。聊復歲晏爾，柰此人遠何。聲光正横空，議論如懸河。宜君見别輕，款曲理則那。

逢人九頓首，遇事三折肱。雖知少為狂，正復老可憎。吾今有儲粟，吾昔有短檠。魯論訓何如，周易讀未曾。言歸又言歸，兒女喚不譍。

行湘喜雨簡劉公度周明叔

將行客有戒，正熱人不禁。出門一昔雨，解纜十日陰。湘山益以碧，湘水益以深。天光接雲夢，野暝蒙衡郴。蠅無盤中蹟，蟬有木末音。顧乃廢枕簟，爰方索衣衾。我起問夾岸，往歲孰與今。衡茅或數間，叢竹皆十尋。蒲蓮間華實，鷗鷺時浮沉。老稺各有得，漁樵不相侵。早插禾欲孕，新炊粟如金。為之失倦游，於以成孤斟。永懷泛湘人，屈賈多愁吟。往者亦此境，今者亦此心。空名但千載，佳思誰一襟。時哉不可失，浯溪更騷騷。

劉連州和前韵因道湘中之樂以謝

湘中足可樂，誰苦愁不禁。變彼蘭蕙姿，固怯霰雪陰。賈子天下士，子何念慮深。貞元兩御史，南還會於郴。亦復相唱酬，間有亡國音。愚溪更憔悴，中夜起擁衾。而得欸乃句，膾炙循至今。我後五百年，公來適相尋。田疇歲膴膴，獄市春沉沉。寬書日夕下，民蠹祛牟侵。況也省賦甚，小郡至萬金。交歡有陸賈，私恨無羊斟。我飽竟甘寢，公暇多長吟。乃知湘中樂，關時匪關心。湘民忘勞力，樂極翻沾襟。却愁吾二人，四牡歌騷騷。

聞葉正則閱藏經次其送客韵以問之

順水去吴會，逆水來夔門。萬古逆順舟，以斗占旦昏。曩余好百家，信不及魯論。初亦半喜愕，久之乍亡存。白髮一無成，頗識委與源。風停波自平，却視消長痕。六經夫如何，夫子手所翻。恒言但桑稼，怪志無鵬鶡。規圓而矩方，往往萬巧攢。諸儒各有得，長短賢若干。玉帛相會盟，兵車相并吞。一語茍暗合，羣生皆晏温。經成今幾年，嘗試以是觀。此道未輒死，此書未秦燔。猶之斗經天，於以生蓋渾。西方亦人豪，國自為乾坤。書來入中州，坐使學者奔。君豈捨從之，或但遊其藩。吾聞欲乘槎，鑿空訪河根。孰與瞻斗車，把柁行江湍。

和張倅唐英詠梅十四首

種梅欲百畝，誰疑當作雖老意未渝。有山在堂背，有溪在庭除。我危坐中央，花以寘坐隅。人固不可親，花亦不可疎。

花芳以養性，花陰以休影。更欲從旁謀，種秫可半頃。衝寒時一觴，我醉花獨醒。醉醒兩相忘，久矣繫歸艇。

因山為高下，因水為縱横。恣花欲何之，勿撓所性清。却愁雪太深，瞻言不勝情。有時亦肯來，當我户牖明。

我豈愛花者，而獨愛此花。愛之匪無人，詩且數百家。前有水邊横，後有竹外斜。但作如是觀，桃李亦可誇。

人言物不齊，相較三十里。以梅等羣芳，何啻隔弱水。杜陵狀百物，無語可著此。巡簷索之笑，但不禁冷蕊。

駸駸入衰暮，故作不潔清。美人美無度，可使一國傾。胡然立林林，夾此東西榮。對之意自消，令我欲近名。

以之為雪耶，雪或墮汙淺。以之為玉耶，玉或附旒冕。春前每嘗試，歲晏不退轉。悠哉似有道，可與共舒卷。

政應違衆好，可忍負幽探。以兹落南雅，蜂蝶獨遺憾。豈無好顏色，一雨竟陳暗。誰知歲寒姿，可久非可暫。

若以色見我，色衰令人忘。香為衆妙宗，妙亦不在香。鄉來芸芸者，自意傲雪霜。當斯玉立時，曾莫一在旁。

遲遲可殿後，寂寂可鎮浮。風人第一章，窈窕河之洲。穆如三代英，惟此宜與儔。不然則臞仙，玉簫下秦樓。

紛華有心説，艷美得目送。越在篁葦間，顧使詩興動。詩人被花惱，盡日手自弄。愁吟日不足，又作栩栩夢。

亭亭湘岸竹，烱烱湘波月。其中雪垂垂，一樹為誰設。不應皂蓋人，於此能忘折。折之寄相思，可以慰分裂。

商山皓鬚眉，久不見綺黃。邂逅一笑粲，可與斯人當。如何為林逋，托根向錢塘。居遺蘭與芷，牢愁楚沅湘。

先人手所種，家在何處村。自別此堂堂，不知幾寒温。盍歸封植之，歲歲為此言。老如霧中看，正恐目力昏。

招隱二首

將子無登山，山上岡復岡。朝為朱陽煒，暮作陰飇涼。磴滑幽鳥啼，林深山鬼翔。子兮何所求，樂此魑原誤作螭魅鄉。國人佇齊軾，吾黨多魯狂。望子子不來，翠袖天風揚。緇塵擺落盡，幽願次第償。焦鵩原誤作鵬入冥雲，蟣虱寬貝陽。子兮竟誰從，獨樂無已康。豈其羊之饑，而可穀與臧。

將子無涉水，水深下無極。儵魚舞浮陽，螭首闖陰碧。弱去一羽沉，惡來萬波激。子兮何所求，快此蛟涎滴。議諫起陽城，拾遺招李渤。望子子不來，羊裘號逋客。踞坐山石巃，晞髮朔風疾。亂流兩白足，何日踔疎逸。自注：扶疎、清逸，倉司二亭。子兮寧不悲，饑氓俟唐稷。豈其洛之涯，而可温與石。

記夢

窪然石壁罅，涓涓如絲繩。其人指此泉，下去為滄溟。旁有玉蟾蜍，空中底方平。視之鼻通尻，徹竅刻畫精。泉從鼻聰入，可止不可盈。欲問已無人，我亦悟我生。惜哉烟火食，滓我朝清明。以上《止齋先生文集》卷三

陳傅良四

始生七章章八句上皇子嘉王生辰

生為帝子貴，本自歷數歸。歷數萬億年，帝子壽無期。今夕果何夕，欲頌皆贅辭。但願王此心，無忘始生時。

王看松柏萌，未具葉與枝。冲然一點春，其大可十圍。云胡間不茂，為失雨露滋。乃知生意同，其異各所罹。

入均此生爾，王生樂無涯。如將與人同，請自今夕推。奉觴一何多，于以介壽祺。王其敬舉觴，一念周八維。

百鼎羅珍羞，世豈無調饑。錦綺爛盈門，藍縷還誰衣。龍樓近日月，茅舍或不支。三宮子孫孫，亦有孤與嫠。

吾方貴吾生，相彼多阽危。豈伊天地公，而獨及我私。於焉識仁端，一物豈忍遺。當思宇宙間，壽域咸熙熙。

獵人愛麛麑，漁人愛鯤鮞。萬物欣自遂，况也民秉彝。家有舉桉婦，人有譽門兒。王心至於此，壽不數耆頤。

詩人誦稷功，造周本岐嶷。首言民初生，次及稷誕彌。民命繫於稷，此語非夸毗。末僚甚拳拳，所愧無周詩。

送丘宗卿帥蜀

户部侍郎丘公被命以焕章閣直學士出帥全蜀，其友生永嘉陳某作詩三章送之。一章以重別也，二章頌也，三章以遄其歸也。

嘗陪諸老後，亦原作示，據四庫本改與晚進游。有能一夕話，可洗萬古愁。昔君尚青衫，今我已白頭。闕下何匆匆，蜀江正悠悠。一請工治庖，再請拙操舟。

好静從古始，尚恩極今時。寧使舉國貧，勿與一士遺。熙寧固前轍，元祐誠良醫。我亦欲宴興，人方乏朝炊。持之訊人傑，人傑良自疑。

前瞻及河隴，内顧連江沱。邊籌尚彈壓，民瘴須挼挱。方當上懷遠，況復歲薦瘥。宜公去帆輕，歲月亦易多。西人豈不好，奈此東人何。

短歌送吕子約丞郡天台

露荷不肯附緑漲，石榴自欲當朱明。我無一物與君別，持此薦以雙玉瓶。榴花結子荷成的，定亦扁舟去為客。良集偏於吾輩慳，新功或向他山得。我歌雖短聲苦長，君不能飲酒滿觴。申公何在麗澤死，又送冥鴻謀稻粱。

送黄子聞得縣瑞安

西都循吏無墨綬，密令忽用為三公。仁人遭時乃自見，不係官爵汙與隆。黄君崎嶇髮半白，得縣吾州滄海東。平生經術久未試，今幸小試難為功。休聲出自士論衆，遺愛見於民力窮。如君作吏豈擇便，第勿謂難斯令終。嗟余欲歸歸未得，觀政不在漁樵中。逢人每似卓傳傳，此道萬古君王同。

送陳仲孚還里

意勝不受暑，交深欲忘言。子車今日脂，我經何時箋。卜稼豈無疇，頌橘亦有園。掛冠特易耳，奈何子盛年。

教授李夢符惠宣聖畫像用韵奉酬

一藝必有師，尚論襄與夔。一國必有師，尚論管與伊。信知師道尊，分與君父夷。吁嗟文王没，斯文屬之誰。微言二十篇，論次自學而。傳之者顔曾，其後則子思。方當周之衰，諸子出怪奇。王公各師承，一語可觧頤。見之擁篲迎，不見嚬其眉。孟子獨推尊，是惟聖之時。苟不本孔氏，皆放其淫詞。於是尊孔孟，誕作百世師。自非戎翟秦，孰背此道馳。本朝郡為學，薄海尸祝之。往往屈萬乘，降升廟庭垂。我作暮春堂，魯論以自隨。扁題落天上，鬼遁蛟龍移。江山護昭回，誰敢或訕嗤。中有夫子像，來從魯家兒。廣文以遺我，温厲尚可追。吾今得吾師，下視衆説卑。世世萬子孫，永此巢一枝。

還徐叔子犀帶

徐子贈我舊寶犀，宣和國工所事治。玄玉十截黄四垂，厚且半寸徑尺圍。方廉整不刻毫釐，金飾諸末柔丹韋。寘之止齋光陸原作禄，據四庫本改離，天吴海若不敢窺。奈何骨相堪蓑衣，自得此帶逢百罹。我服黑角二紀餘，歲月幾半蒙蛛絲。識與不識皆歔欷，恨不披拂來隆墀。湖湘老把乘邊麾，次第三節登王畿。脩門再入留郎闈，上皇一見玉色怡。闊步蓬山上坳螭，向者所恨今交譏。懼滙肝膽得請歸，自意永與漁樵嬉。急詔適際潛龍飛，誤恩狎至湛露斯。古來逾分天不宜，百炊未滿萬事非。還觀櫝中一解頤，吾腰安用爾帶為。徐子盛年脩幹支，才華不數紛紛兒。請以帶去藏待時，拖金縣玉未可知。招招車騎來何遲，苦勿留此令我悲。君不見在昔十圜終失之，終朝三褫事尤危。況我昏睡誰護持，亦恐夜半神運蛟龍移。

憶筇杖

岷峨山下筇竹杖，危者使安衰可壯。秦皇漢武窮兵不可得，我獨得之今丞相。前年有旨還故園，其冬急召朝日邊。半歲驅馳數千里，賴有此杖常扶顛。倉黄又別脩門去，私室無人謹呵護。夜半雷霆下取將，兒叫妻啼留不住。我聞丞相下峽時，一物無有杖自隨。屬當晏朝立仗久，憐我弱脛疲坳螭。如今步屧隨衰草，十步趑趄九步倒。假如杖在欲用之，山精海怪震怒亦不保。君不見杜陵桃竹歎，常恐失之君山湖上之風波。梓潼使君之贈尚爾耳，況自丞相還如何。

蘭花供壽國舉兄

山丹吹出青藜火，金蝶窺叢何婀娜。朱槿更作猩袍紅，夸道風人嘗印可。自注：《詩》顔如舜華注：舜，木槿也。没利從旁粲然笑，奄有諸香誰似我。素馨蕭然山澤臞，至香不數脂粉腴。衆芳固自有醖藉，要是傍人之庭除。何如琉璃千頃水，涵碧淤泥不解汙。芙蕖幽蘭獨自倚脩竹，生來未始受諸觸。深知抱此竟安用，用多亦豈芙蕖福。若以滋味屬厭人，虀粉此身人不足。今夕何夕新風露，入秋一雨天西顧。止齋有兄永難老，止齋之弟愛莫助。但以清白傳之萬子孫，歲供蘭花美無度。

東陽郭希吕山園十詠

幽人有遐心，蔀屋涵澄空。況復得此山，心事與境同。

右清曠亭

一壑亦易得，安得桂林林。道人偶見之，不是歲月深。

右桂壑

兩崖束青天，中有月皎皎。乍可謂月低，不可謂天小。

右月峽

促膝有仙凡，爛柯無小大。誰知桃源人，不在秦晉外。

右小爛柯

嘗聞鳳棲梧，梧老鳳未棲。令我日佇立，不知月東西。

右傾月

雲以無心出，雲歸亦何心。樵牧窺其藏，妄意此阻深。

右閟雲關

清曉閱草木，各具天一水。安用學餐玉，將以蘄不死。

右玉泉

涓涓自空來，霏霏復不見。安得自尤物，使我耳目亂。

右飛雪

凭欄時獨立，萬象皆見前。若非着眼高，亦是天一偏。

右壺天閣

鬵釜吾已溉，吾纓亦無塵。窪石以潴之，恐有抱甕人。

右石井

送郭希吕

我門閉重重，我徑阻且深。梅花獨相依，聊以慰我心。美人從何來，崎嶇自幽尋。亦於琢冰中，而和南風琴。萊甲尚可羹，新蒻足同斟。不知歲已華，歸興生霜砧。欲别復少住，棲烏歸月林。客去鳥翾飛，落花滿牆陰。

水仙花

江梅丈人行，歲寒固天姿。蠟梅微着色，標致亦背時。胡然此柔嘉，支本僅自持。乃以平地尺，氣與松篁夷。粹然金玉相，承以翠羽儀。獨立萬槁中，冰膠雪垂垂。水仙誰强名，相宜未相知。刻畫近脂粉，而況山谷詩。吾聞抱太和，未易形似窺。當其自英華，造物且霽威。平生恨剛褊，未老齒髮衰。掇花置膽瓶，吾今得吾師。

止齋曲廊初成

但酒勝如水，但花勝如草。小廊曲通幽，竹椽亦良好。止齋十數間，足以便衰老。簷低遠風露，地窄易汛掃。淺溪浮薄觴，短屏糊舊稿。著書僅玄易，過客多韋縞。於中榜退思，誰其諒深抱。吾思亦已晚，吾退盍更早。懷哉彭澤令，仰止商山皓。維淵有潛龍，維岳有藏寶。煌煌暮春堂，三字落穹昊。昭回際南極，鎮撫及東島。胡然乃在斯，夙夜懼不保。鬼神無世情，呵護必有道。

次沈儉夫求花木韵

我意何不樂，我顏復何懊。止齋有新畬，耕犢角已繭。止齋有溪水，釣席隨所展。兩山夾精舍，佳處迫廬峴。朋來盡名流，燕坐皆勝踐。頹然止齋翁，心故不可轉。厭書或窺園，乘興時陟巘。日月之蔽虧，木陰自幽顯。雨露之密疎，草色自深淺。翁子一觴詠，初不着姝孌。易老探醇駁，風騷較寬褊。眠食雖甚佳，病患盍加勉。謗篋况所招，訟詬那能辨。於焉更悟入，豈但苟排遣。寄言子沈子，所欲果何件。葭豕來春田，冥鴻脱秋獮。谷蘭猶見纫，月桂不可搴。慕遠失之近，求多得常鮮。請以壯縣才，從兹益懷卷。深居勿近市，隘巷莫容輦。有花門擁篲，無花地生蘚。嘗試玩喧寂，何者是真舛。舊學枉初心，新功費重研。何如過止齋，我亦精文選。

春晚書懷二首奉簡陳益之

百舌喜太甚，杜鵑恨何深。睍睆斯黄鸝，律中宫之音。物情自不齊，天運初無心。道人獨領會，杖藜立芳陰。

百卉得雨露，華滋巧相娱。但知説姚魏，河洛竟何如。我方悟吾生，箋經未成書。安得小學師，從之注蟲魚。

題沈仲一所藏周氏羣公書帖

紛紛世上如落花，東風即入西鄰家，要亦餘事吾何嗟。斯人故國之喬木，枝葉胡然亦流落。吾生已晚講聞熟，見欲墮淚那忍讀。古來道德功名上，傳世不曾緣物重。君不見人間秦漢鼎彝銘與頌，子子孫孫永寳用。

贈章虞卿并序

虞卿相别久，意其困場屋，舍而它之也。忽以書説來，余喜甚，留數日。晤語不但説書，諸學無不涉也。又愛之甚，欲作一詩亟稱之，輒不就。虞卿促歸，姑贈數語。

章子一别二十年，此來銜袖書一編。自出己意説百篇，至説五誥尤愕然。我今萬事付幽屏，是書插架漫不省。子之書意吾已領，且探梅花試湯餅。

題僧法傳爲沈仲一畫聽松圖

古松不知幾千年，直幹欲上干青天。樛枝下與人世接，冷風過之萬壑喧。猿驚鶴怪樵牧遁，百鬼愁絶誰傍邊。紛紛海内絲竹耳，何處縹緲來臞仙。整襟拱聽移永日，置琴弗顧僮欹眠。松風有際意無盡，莊騷不數惟易玄。嗟乎深山大澤松不乏，斯人往往千載之陳編。筆端若有夜半力，一日忽在軒楹前。止齋虚静對立久，晴昊亦為生蒼烟。畢宏韋偃骨已朽，畫工一世脂粉便。北湖居士安得此，奄有二子雲山傳。北湖居士雲山傳，吾詩孰與杜老起九原。

送畫僧法傳雪菴禪師從瑾之弟子

問訊雪庵今何如，子來搔首更踟蹰。時於戲墨窺禪悦，尚想家傳及緒餘。曾點爾各言爾志，陶潛吾亦愛吾廬。誰人解寫二歸意，欲放風帆還摻袪。

題瑞安宰朱元成乃祖雲壑莊圖

功成不受富貴汙，輕舟翩然下五湖。至今風流在姑蘇，我復見此雲壑圖。兩坡喬木樛相扶，殘山剩水千里餘。天際未知何有無，一葦横絶雙風蒲。楊花春岸秋蓴鱸，在在着此儒仙臞。世無宗師貌不如，誰其嗣之吾大夫。

詠梅分韻得蕊字

惜樹須惜枝，看花須看蕊。枯瘦發纖穠，况此具衆美。千林墮黄埃，數點昭青沘。誰知霜雪深，天意欲玉女。

送蕃叟弟赴江西帥幕分韻得獨字

生平未省友松竹，愛言從宦輸幽獨。子也諸侯老賓客，襆被僅緣升斗禄。為問江神何世情，霽月光風送帆幅。天意元來向事功，謹毋遐心自金玉。

鼓琴行送許深父同知被詔赴闕并序

乃季秋朔旦，上御祥琴，公亦始免喪蓋五日而趣召至。揆路虚左以待公者三年矣，盛事盛事。初某識高宗所賞之琴僧於西湖，晚入太學。高宗晏居殊宫，而僧亦希得進見。數與之遊，歸琴一張，寶之有年。今覩盛事而不敢愛，持以贈别，故作是詩以道其所從來，因禱以為辭焉。

伯牙非不善鼓琴，指下能寫山高而水深。亦有師曠號精絶，蜚雪白晝為重陰。吾琴不以與二子，二子不過衰季愁嘆而悲吟。后夔安在九嶷遠，南風不競鳳鳥瘖。恭惟高宗復古殿得此，净洗禁昧朱離任。一鼓朝綱日井井，再鼓邊柝原作拆，據四庫本改秋沉沉。桑麻萬里皆按堵，笙歌三紀無沾襟。橋山遺此歲月侵，何時雅頌得所籥不僭。寳藏豈愛五重玉，市價敢論雙南金。公歸舊隱三霜砧，天子恭默思商霖。君臣祥琴適相際，使者十輩來駸駸。白麻已草弄印久，端揆虚左誰當今。我抱此琴病山林，不如送公西歸調釜鬵。但願為作南風音，上以對揚高宗中興之大業，下以追還虞舜萬國之歡心。

送徐一之客贛上兼簡贛守薛象先

清水一段出萬壑，越玉五重陳兩厢。美人去作諸侯客，幾年薖澗籌行藏。自注：一之自號所居曰薖澗。（原作澗，據四庫本改）繫舟夷猶暮春堂，細雨冥冥烟樹蒼。竹萌梅實盡此觴，别恨豈但山川長。章貢分流合江水，西風為我送雙鯉。休言相憶强加餐，報道吴帆何日起。

以上《止齋先生文集》卷四

陳傅良五

新昌詠歸

回頭三十二年非，木落霜空水見涯。萬事自憐多譽早，半生猶幸一官遲。好將翰墨付儕輩，去與漁樵相爾誰。還有故人招隱否，寄聲橘柚欲黄時。

贈石時亨并序

釋氏敵生死，老氏無怛化，而吾儒則曰殀壽不貳，修身以俟之，所以立命。夫垂涎麴車，染指羊鼎，豈曰不知味，要不若飢食渴飲之為至也。吾友石時亨，喜二氏書，晚與余游，讀《易》、《論語》。於其行，作詩贈之。

要是同根本，應須識等差。六經無剩語，百氏自名家。日落山含斗，潮回浦見沙。了知來往意，萬古一生涯。

題觀潮閣

俯拾滄溟大，衡陳蒼自注：去聲。莽多。閩山飛鳥没，吴會一帆過。消長看沙尾，行藏問釣蓑。登臨有如此，人物付誰何。

上閩帥梁丞相生日二十二韻

炎正維中葉，皇圖再造年。天潢流少海，星緯粲台躔。臣主嘗難並，乾坤豈偶然。千齡開歷數，一氣付陶甄。黄屋傳神器，彤庭領衆仙。風雲從此會，日月更誰先。昔者求侵地，何人賦甫田。吴兒咸抵掌，噲等欲差肩。廟論惟多士，戎功不在邊。一麾分赤社，萬事屬青編。吾道誠難用，諸儒亦自偏。才名多濩落，經行失枸攣。洛蜀何嗟及，熙豐竟禍延。帝羅兼鴈木，平步忽貂蟬。甚矣知當宁，凄其望濟川。年來羣老行，公在萬民懸。定作鹽梅夢，行歌杕杜還。滄溟宗衆灊，衡嶽倚蒼玄。要使垂身後，無為慰眼前。管絃無筭爵，桃李未央天。魯燕雖堪頌，閩山不足鐫。中原康濟事，彝鼎願聯翩。

送鄭少卿景望知建寧

按：此詩亦見《水心集》卷七，題作送鄭丈赴建寧五首，第四首頷聯作「十年長隱吏，一語必驚人」。鄭景望知建寧為淳熙七年，時陳傅良於通判福州任被劾罷，味末章「屏棄」等語，當為陳作。

過家鄉里敬，將母士夫榮。得失從人論，行藏獨自明。百年中古少，一笑萬金輕。廉讓吾何敢，新茶可擷英。

有志須身健，關心在歲寒。一時諸老盡，多見大名難。湖海方連旱，甌閩適少寬。為州人不乏，千萬强加餐。

清廟圖書寶，熙朝雅頌音。頻繁三節召，荏苒二毛侵。衣飯家纔足，丘園意亦深。卧聽床下士，時作武侯吟。

海内言華蕚，誰名動搢紳。豈無當世志，能忍十年貧。酒與新來減，交情老更親。公餘如促膝，剩把古書陳。自注：兼送景元。

屏廢誠愚分，牢愁更索居。若逢知己問，猶解課兒書。地僻門長閉，年饑菜自鋤。相望無一字，不是故情疎。

庚子除夜有懷

老盆自酌共誰歌，嘆息其如此夜何。已覺二毛嗔婦問，可堪一飯患兒多。關河滿眼風塵在，天地藏身歲月過。事業文章吾所畏，東陽人亦卧巖阿。

送沈元誠赴臨漳主簿

誰説鄉先進，能無沈隱侯。青衫今適越，白髮竟依劉。自注：時里人劉義夫守臨漳。道固為名累，人當與命謀。三台行漸近，且勿問歸舟。

終藏懷未已，欲去事多違。士友方推轂，鄉鄰但挽衣。冥鴻寒汲汲，霜菊晚暉暉。何限春蜚動，君看果是非。

送德遠弟赴省

科名雖細事，文字要新功。方拙存家學，豐腴與衆同。江湖多我友，臺省半諸公。為道貧非病，連簷有芥菘。

和張孟皋歲旦韵

白髮朝看鏡，青燈夜數更。文章輸善宦，名字誤浮生。廢學兒鼾睡，安貧婦饁耕。從今定逢吉，吾已卜先庚。

聞沈元誠歸自臨漳喜而奉寄

荔圃班班熟，蠔房箇箇肥。我雖緣此誤，公亦為何歸。吏事生衣垢，家山減帶圍。不無華衮字，卿月更光輝。

晚春二首

萬枝寂寞待春風，風雨過多春已空。未曉啼鶯相唤語，海棠飛盡一庭紅。

莫道春歸事已非，水邊天際緑成圍。隔籬聽得農家語，雨過田田麥含肥。

送孫謇卿赴壽昌主簿

烏鵲填門雪滿除，倩誰騎馬謝雙魚。苦吟孫楚三年别，饑卧袁安一病餘。仕宦吾人聊復爾，夢魂今夜定何如。釣臺多是西征客，莫道渠能賦子虚。

哭吕大著至明招寺簡潘叔度

小雨崇朝過，深秋薄海清。故人期不至，喬木眼偏明。欲往還何日，堪論久此情。侯芭幸無恙，應就太玄名。

招徐居厚

老來却憶少相過，别自何年白髮多。山葉抱蟬蟲吊夜，去看滄海壯秋波。

天台王子木解官長樂見訪

夜深擘荔真愁絶，春淺傳柑更惘然。世事愛來欺兩鬢，人生堪得别多年。琢冰積雪江湖阻，樹羽崇牙日月懸。此理倉茫君勿問，明朝且莫刺歸船。

月夜書懷二（原作一，據四庫本改）首

送客門初掩，收書室更虚。新篁高過瓦，凉月下臨除。婦病纔扶杖，兒饞或饋魚。今朝吾已過，莫問夜何如。

道德吾何敢，功名代有人。倉黄恒畏咎，班白總憂貧。細字書全廢，深杯酒勿親。静言空自愛，萬古亦泯泯。

送周魯山辰州法曹

團欒妻子是誰家，獨被饑驅天一涯。遠地豈無人晤語，長才能免世驚嗟。好於書作千年計，勿為官驅兩鬢華。為問湖南似湖北，逾年吾亦訪丹砂。

游丁次翁篔簹園期次翁不至

徑蹊曲折屋參差，半是天成半自治。修竹萬竿人獨立，我來搔首菊花期。

送朱同之福州户掾

我自三山失馬餘，君方千里問津初。衣冠萬室催科易，禮樂元戎節目疎。謹勿向人徵外事，只須着意訪奇書。一年正好榕陰密，丹荔黄蕉奉版輿。

覓樹栽

覓得循除數畝園，衰遲無力正乾坤。學為老圃徒幽意，富比封君亦浪言。計日若將栽樹木，成陰當待長兒孫。出門悵望春連塢，為向雲屯斸一根。

題仙巖梅雨潭

衮衮羣山俱入海，堂堂背水若重闉。怒號懸瀑從天下，傑立蒼崖夾道陳。晉宋至今堪屈指，東南如此豈無人。結廬作對吾何敢，聊向樵漁寄此身。

次陳益之韵戲呈汪守充之

雨過山新沐，風平水漫流。移尊來選勝，立馬步通幽。春在桑麻塢，香團橘柚州。從君詩有律，還我酒無籌。自注：汪守坐上苦吟，而忘飲客酒，因戲及之。

汪守三以詩來次韻酬之

一年春事墮槐宫，却愛清和與政通。乳燕黄鸝相倡和，落花脩竹亂青紅。羡君有賦非占服，自注：使君以四月一日為題。愧我無才可送窮。細與論文一樽酒，它時還憶暮江東。

江城如在水晶宫，百粤三吴一葦通。桑女不論裘粹白，橘奴堪當粟陳紅。絃歌滿市衣冠盛，鮖訟無人刀筆窮。多荷弱翁今少霽，更能携客謝巖東。

音合桑林律中宫，試聽布鼓亦三通。相從璧水浮葱白，自注：見《酒正》注。一别閩山擘荔紅。把釣扁舟將老去，款門多竹未全窮。若為皂蓋能忘我，立盡斜陽車不東。自注：汪守屢期見訪不至。

酬謝倅景英用前韻見寄

窮巷蕭然一畝宫，勞勞漫刺倩誰通。空翻故紙頭垂白，晚對清標面發紅。諸老飄零亡幾在，自注：謝乃參政任伯之姪。百年放佚不勝窮。擬將舊學相從問，何獨詩壇欲讓東。

用幽字韻戲簡謝倅

當户排危翠，循除漾淺流。此生從稼圃，誰與伴深幽。韓子癡凭桉，龐公倦入州。青蒭與白飯，却待為君籌。

用幽字韻呈汪守謝倅

旌騎收人迹，簪紳雜道流。引盃忘日永，得句與山幽。行在今當路，中興此望州。為將登覽目，著處訪邊籌。

用幽字韵答賈端老

人皆忘姓字，誰獨訪源流。病驥宜懷櫪，遷鶯故入幽。十年慚主簿，萬户薄荆州。此事吾何敢，相將負一籌。

自仙巖還舍留别諸友

瀑布衡從雲一塢，浮圖明滅木千章。在山終愛離山去，遮莫黄塵涴我裳。

送任虞卿教授江陰

學省穿楊末，江城振羽端。聲名人不忌，仕宦意常寬。缺月天將曙，孤村歲已寒。小舟來話别，此道少人敦。

和謝倅見贈生日二首

朝天冠佩幾千員，熟數東州未乏賢。若論中原舊文物，蒲輪應合聘高年。

獨醒長愛衆歡酣，酸苦隨人却嗜甘。好客不知彈劍鋏，聞公風味可無慚。自注：謝倅絶不飲而善勸客酒，惟客所好，獨嗜甘物。

再和

休將枘鑿問方員，且引壺觴對聖賢。鴻雁不賓滄海凍，梅花相伴笑年年。

淺杯莫到十分酣，但愛齁齁夜夢甘。萬里桑麻風雨好，一夫尸禄我何慚。

謝倅生日

此夕其如好客何，秋風嫋嫋水微波。渡江公子今無恙，上蔡家聲世不多。未放清朝空老去，欲談前事竟誰過。阻陪觴豆彷徨久，坐想風流為一歌。

景元益之諸友考試旁郡余夢與步月聯詩得水花初浄月如銀之句追成一絶

連年波浪與埃塵，誰可論心五六人。昨夜夢同天地闊，水花初浄月如銀。

謝倅監試未畢事而出以詩三章來用韵奉酬

殷勤送客蹇誰留，久待江城未解舟。我醉欲眠君且去，不妨懶瓚繼前猷。

歸舟莫訝太匆忙，會面何曾累十觴。孰與持螯霜月下，拍浮酒浪舊陂塘。自注：公不能飲。

極欲從君十日歡，倦飛終羡鳥知還。棘圍觀戰緣何事，亦縱驊騮自出關。

沈仲一三益堂

有此名三益，之人可晤言。游藏無俗物，典則似諸昆。剩着書充棟，仍添竹過垣。翻愁長者轍，稀得到柴門。

遊金嶴趙園

脈脈循簷水，林林夾岸山。令兒從竹下，領客入雲間。稠木容人過，懸崖着手攀。從今名字出，不到徑苔班。

海棠絶句

淡月看花似霧中，遽呼燈燭倚花叢。夜來月色明如畫，却向庭蕪數落紅。

湖樓送客即事一首奉懷益之兼簡同餞諸友

誰家喧馬盍朋簪，屋壓城頭水照簷。橘柚兩山香盡在，蒲荷十里浄相兼。愁將久雨春無賴，別在明朝酒未厭。甚欲去同三四友，鱸風更捲一江簾。自注：時益之尚館鮑氏鱸風亭。

春晚一首約同志泛舟

匆匆春事竟如何，問訊庭前手種花。又送行人又風雨，半為芳草半泥沙。橘香通國今無恙，梅實於人晚更佳。莫放此春齊去盡，夜深愁聽一池蛙。

用前韵招蕃叟弟仍和蕃叟癸卯二絶

細看物理愁如海，遥想朋從眼欲花。逆水魚兒衝斷岸，貪泥燕子墮危沙。百年喬木參天上，一昔平蕪着處佳。行樂不妨隨邂逅，我無官守似蚳蛙。

落花風雨奈愁何，愁亦不應緣落花。尚可流觴追曲水，底須占鵩似長沙。自注：孟夏事。無人晤語烏烏落，為我食貧樓筍佳。休説關河無限恨，腹非空怒道旁蛙。

大饗須三飯，中黄起四維。欲追千古意，眼底合深思。

功名還壯士，道術付諸儒。但欲謀田□，扁舟下五湖。

送翁誠之尉慈溪

徐劉文采後，鄒魯典刑間。為母求三釜，令人見一班。時平無事立，地僻得官閑。好索梅花笑，題詩海上山。

詩律吾將問，心期孰與親。明朝當異縣，永夜更懷人。尚友逢三益，明農識大臣。可無相問訊，勿道鬢毛新。

和陳仲石韻

久矣懷相與，翩然喜見臨。清風生案□，短日過牆陰。王事何時暇，神州半陸沉。諸公宣力去，伴我水雲深。

送謝懷英道士歸廬山懷英棄儒服從皇甫道人游，晚入東宮，賜號觀復大師

場屋收餘策，匡廬寄一瓢。款門如有欲，委幣輒難招。菜甲留終夕，蒲團共小橋。崆峒他日問，應記說神霄。自注：懷英自言林靈素遭遇誤國事甚悉。

一別忘年月，重來失故初。美髯今幾尺，衡袖竟何書。自注：謝嘗持所著《老子實録》并皇甫記求題跋，余未暇及也。勛業諸公在，衰遲半世餘。許身無補報，吾亦欲樵漁。

送陳持中赴四明節推二首

更無人未識東州，晚得吾宗第一流。編磬在縣金奏合，清冰出壑玉壺秋。喜纔一見還分袂，懷欲多言但倚樓。亦有鄮山三四友，可令觀政話然不。

前修恨不為同姓，更有跫然喜似人。歲晏得君顏面好，天涯從此尺書頻。政須有力同扶世，業已將名自絆身。它日雲臺勛績上，南陽應記舊比鄰。

乙巳歲首寄彭子復徐子直

又過一年空草草，尋思萬事太勞勞。歲煩士友愁薪米，日見兒童嘆鬢毛。亂卉各隨分寸長，新禽已變兩三號。及時君亦圖良集，莫待春深水一篙。

次韻奉酬丁少詹見過同遊仙巖遇雨而別

佳人何似似江梅，邂逅梅陰共舉盃。欲與溪山成勝話，却因風雨得空回。新詩報我春乘興，小徑從今日掃埃。自是衰遲愁獨立，敢論名字望朋來。

瑞安宰劉伯協載酒遊趙園叔静道甫子宜行之同集小雨喜霽

上巳所餘春有幾，不堪風雨付春愁。君能載酒知誰侶，我欲看花不自由。倚岸小舟謀未定，隔林斜日故相投。莓苔踏遍篝燈去，收拾殘紅插滿頭。

和丁少詹韵

盡日支頤聽雨聲，閑中惟得自知明。朋來何敢煩公等，老去方慚負此名。待欲短檠看少作，敢將尺牘論交情。區區却望從容意，要莫令人一座傾。

明月隋珠忽墮前，坐令衰颯意飄然。無端太史頭搶地，安得揚雄賦上天。前輩門牆餘幾在，他時竹帛竟誰傳。落花流水君愁不，南渡于今六十年。

病餘久不趨郡且遷仙巖書院於屋西有懷同志

欲往如天際，相期忽歲華。山空明獨樹，江晚暗連葭。作屋皆三益，藏書可萬家。豈無人裹飯，躬自灌園芽。

酬陳頤剛見和前韵

離合皆天意，盈虚幾月華。家纔辨藜莧，吾亦逐蘆葭。憂世還當路，論兵有故家。深深看踵息，陰火養黄芽。

寄謝景英參議夢作寄詩，覺來追記兩句。魂夢半年皆草草，鬢毛一別益蒼蒼，足成之故人不見吾何適，欲見其人已異鄉。魂夢半年皆草草，鬢毛一別益蒼蒼。籌邊淮海何遲暮，乘障湖湘亦阻長。及此居閑宜問訊，題書須待滿林霜。

寄題翁誠之慈溪縣尉廳無我亭

星月明當户，烏鳶下傍人。小亭長獨立，通國自相親。置尉緣求盗，居官已喪真。須知三尺外，敲榜亦深仁。

和郡守沈持要賞柑之什三首

滄海無波日萬艘，山農囷廪自相豪。争看紫橐行阡陌，可對黄甘負酒醪。曲水一觴隨意集，成都千騎最頭遨。風流儒雅誰公似，增得東嘉地望高。

東都門外問征艘，去國身輕亦太豪。誰可對床聽夜雨，自於同社燕春醪。不知温詔從天下，又罷幽尋與世遨。從此宜休堂下夢，顧瞻松柏為誰高。

仰止苕溪近一艘，幾年猶未識人豪。黄堂為客知何夕，白髮從公飲此醪。四海衣冠多後進，兩朝几杖舊同遨。令人仰視冥冥翮，不道微風燕雀高。

和沈守持要觀潮閣留題

畢生欲賦觀潮閣，立盡斜陽倦復還。一日江山蒙筆力，百年名字滿人寰。郡從晉宋風流後，詩到蘇黄伯仲間。向去摩挲看石刻，誰知功在十年閑。自注：公閑居十年。

奉陪王德脩登觀海閣兼呈邑宰劉伯協

觀潮閣在東溟上，有客來登自華陽。不道雪山通老柏，却看朝日上扶桑。勝游氣合南三郡，自注：荆、揚、益也。劉，江西人。妙畫家傳晉二王。後會不知誰與繼，爾江吾海永相望。

落成王朝奉廟以薄恙不獲預謝劉宰并諸鄉丈五首

盜起清溪兩淛空，童王親自帥元戎。誰知小邑無亭障，但握空拳有隱功。

横塘一字比南金，滿紙書勞屬意深。太史不知收拾未，邦人父老淚漸襟。自注：許忠簡公嘗手疏王公濟守禦事，欲列諸朝。

操一豚蹄亦可憐，欲將廟食自旌賢。壞牆頽壁神臺笠，不見干戈六十年。

却向平時念後艱，榱題百尺忽如山。誰將西上逢人問，令尹何如此一班。

抱病荒村望欲迷，駿奔無數獨鷄棲。瞻言鼙鼓何時歇，好聽農郊雨一犂。

和沈守持要題謝公樓額

危樓何在水雲中，穿市牙旗退自公。閑作此來横笛夜，愛看人醉落帆風。歡呼夾道江聲合，硬語蟠空客技窮。姓字從今聯沈謝，不知千古更誰同。

沈守生日

燕寢凝香不記春，宜休堂下柏輪囷。三吴南渡今多士，四皓東宫此一人。雅不欲書名上上，謾令在處歲陳陳。玉巵宴罷思黄髪，應合從頭第從臣。

觀南塘四首呈沈守

曾不容舠咫尺間，誰知救溺合纓冠。今從枕席人行過，自注：用趙充國語。最好翻盆雨後看。

夾道歡呼百里間，不論扶杖與勝冠。公年幾許顔何似，遲放牙檣待我看。

樂在宜休水竹間，十年黄帕裹朝冠。却乘五箇花文馬，來與江村婦子看。

别乘潘郎伯仲間，朅來公適去彈冠。更將未盡公碑意，收入新詩為並看。

以上《止齋先生文集》卷五

全宋詩卷二五三二

陳傅良六

桂陽勸農

雨耨風耕病汝多，誰將一一手摩挲。幸因奉令來循壟，恨不分勞去荷蓑。涼德未知年熟不，微官其奈月椿何。殷勤父老曾無補，待放腰鐮與醉歌。

九日奉呈同僚四絶句

澤國重陽花較遲，得花雖□□愁余。家家人醉鷄豚社，獨對西風憶鱠魚。

小雨廉纖僅滑泥，强隨年少更攀躋。欲憑最上浮圖望，晚稻如今齊未齊。

臨風遮莫晚山佳，自古功名看鬢華。幸自不知余種種，可教容易落烏紗。

領客山危亦既懽，故人往往去歸班。明年此會知誰肯，為上吴山望楚山。自注：教授將赴闕，簽司亦旦夕解官。

郴守丁端叔以九日詩至次韵奉酬

十年不見尋常事，九日相違咫尺間。橙蟹渠能追勝賞，藜牲孰與奉慈顔。逝將酒坫更酬酢，乍可詩筒略往還。新將適聞臨遣罷，鹿頭吾待望吴山。

丁端叔和九日詩至用韵奉謝恤鄰之義且申前請

壯不如人老更遲，可憐赤□□宗余。鄉微膚使賢方伯，誰激西江活鮒魚。

生怕遄歸趁紫泥，緣危方藉得同躋。交鄰誼與春秋並，應許臧孫數告齊。

夏畦不病晚穜佳，哿矣將詩補黍華。散百為千吾寫似，深山窮谷徧籠紗。

不因與國近交歡，冰齒相從髮已班。多見長才無肯綮，豈辭一簣竟為山。

再用前韻簡丁端叔

乞鄰亟只報何遲，愁絶饑甿一勝余。上有加餐下相憶，莫同泛泛寄雙魚。

閉闕饒着一丸泥，我亦前扳更後躋。四海弟兄君看取，苛風不斷鴈行齊。

事到難時意轉佳，聲名早已動皇華。撥煩自古書生短，只合横經住絳紗。

繇吴入楚共悲歡，懷欲班荆竟未班。直待還艫願銜尾，洞庭彭蠡浪如山。

和丁端叔竹梅二詩韻 端叔於庭前對梅柏竹八竿

空階琤若下琅玕，全楚何人巧耐寒。誰伴八龍長傲雪，蕭然一榻卧袁安。

管領春風别有天，不論水際與山巔。祝融玉立湖湘凍，獨付寒梢笑粲然。

丁端叔送牡丹以詩來用韻酬之

覺省他年見一班，老從湖海看春頒。瞻言百里幾相及，仰止高山竟莫攀。每事乞公留上策，不才容我着中間。一時公論方當路，愁為絲麻棄蒯菅。

客來談政已班班，況復書縢一再頒。亦欲頡頏相上下，不容分寸得躋攀。花猶河洛承平□，詩在黄陳輩行間。簿領役人塵撲面，沃如雲霧下茅菅。

和丁端叔歲晚書懷韻

來涂藍縷雪埋人，三百於今又六旬。奏課定應書下下，班春聊復喜津津。餘蔬被壞農亡恙，茂草連扉盜自新。曳杖鹿頭時極目，炊烟齊起兩州民。

丁端叔送海錯以詩來用韻酬之

澤魚山豕各忘年，味可勝窮總所便。堪笑荆吴相俎豆，遂令蠻觸自矛鋋。食無誤蟹車同軌，貢不徵蚶澤漏泉。我在窮山人迹罕，亦蒙惟錯饋甘鮮。

酬王判官和九日韻 一以歸德於部使者，二寄郴州使君，三以為謝，四奉留也

皇華六轡按倭遲，博採參差到接余。自注：《詩》注：荇菜，接余也。我獨内慚無具甚，萬家亦免釜生魚。

想懸郴桂一雲泥，夫子聲名正日躋。乞與早移河内粟，牙牌歸聽報班齊。

翩翩公子一何佳，銜命窮山薄歲華。獨自把將詩過日，不知梅影下窗原作總，據四庫本改紗。

懷自何年晚見懽，匆匆惜已□聲班。青芻白飯吾何有，風月猶堪倒玉山。

戊申臘桂陽喜雪

月不能明雨却稀，山容野色夜輝輝。清霄下際雙瓊闕，仙仗前驅萬玉妃。亘古嶺旁冬不到，從今湖外歲無饑。來年此日吾何適，蓑笠寒江一釣磯。

再用喜雪韻 一以書懷，一以喜客

南人見雪古來稀，見只愁吟草木輝。留齧氈毛窮漢使，説開圍角老胡妃。我嘗豪健能無褐，今已衰遲要不饑。北望鴈門腸欲斷，春蒲空老舊漁磯。

瘴雨蠻烟此後稀，山童亦與借餘輝。争看狂穉相呼唤，下啄饑烏自匹妃。苦乏貂裘堪夜永，喜無蟓子着

冬饑。興來那況山陰客，為我扁舟倚石磯。

題范秀才萬卷堂

雅尚時相背，幽棲我數過。兒應看客慣，田孰與書多。自析唐郴縣，誰聯漢甲科。儒門今有此，天意定如何。

和段君仲衡同令嗣天晴少出之作

文字時高下，功名勢去來。誰人堪語此，吾道竟懷哉。携幼安容膝，巡簷笑索梅。巷門通後圃，今數為君開。

陳頤剛注孫子許拾遺贈詩用韵寄之

千帆過盡獨舟沈，玩世鞠鞠踵息深。何自著書今白髪，不禁戀闕此丹心。詩來滄海珠盈把，人在掖垣梧十尋。應為一編三致意，細論小雅到交侵。

和段仲衡譙樓新軍額二首潘帥德鄜為書軍額，以立春日揭之

筆落元戎重，詩成坐客新。譙門雙壯觀，邊將一團春。夢破盤行玉，名存甕得銀。自注：桂陽因銀置監，今無復有。衰遲亡補報，着意與民親。

寒消晴後雪，光轉凍前風。歲已宜麻麥，人猶厭芥菘。樓頭千里望，筆勢萬夫雄。及此吾何力，天低露草豐。

和蕭俊仲司法詠譙樓新軍額韵

海濱驅馬過湘濱，喜及今春憶舊春。公燕有時令市酤，村春不繼待炊新。嚴城鼓角留三字，當代衣冠第

一人。看取吾民繇此去，萬家雞犬永無塵。

送洪子端還鄉子端，丞相之孫

將相三陳後，文章兩漢餘。英標還有此，天意定何如。海内相離合，年來半毁譽。未知貪尚友，孰與鄴侯書。

送吴德夫

嶽麓樓頭卧，湖湘眼底空。聲名無處着，容止與人同。白髮何多日，輕帆不待風。修門春漏淺，封事倩誰通。

楊伯子以其尊人誠齋南海集爲贈以詩奉酬

辱與門牆最不遲，白頭方誦嶺南詩。文從嘉祐今三變，人在廬陵此一時。細數儒先能幾見，獨憐歲晚欲何之。瀟湘直下長江去，得望蓬萊却更疑。

潭帥潘德鄜生辰

落南添得黑髭歸，歸與相忘草木知。嶽麓沈沈秋柝静，湘波穆穆夜帆遲。人間公論今何在，柱下家聲此不疑。自注：德鄜乃子賤舍人之姪。但欲公年如衛武，為留淇澳變風詩。

衡守劉子澄以詩來和韵奉酬

曳裾朝路不同時，謀食衡湘亦把麾。一見相忘光可鑑，十年何在惄如饑。力堪扶世將誰可，語不驚人或自危。夜雪埋山江欲凍，依然春信在南枝。

遊南嶽

天作之山曷為哉，遥知閶闔正南開。兩川文武長江下，百粤車書五嶺來。柴望久為周墜典，牢愁多見楚遺才。不知崧岱還何似，我欲將書寄鴈回。

登祝融峰喜霽

仰止扶藜鬢髮蒼，恰當風雨暗三湘。為誰一闢天無際，及我重來日未央。江過數州多曲折，山緣長畝半青黄。老僧耐得從頭問，問到吴門竟渺茫。

和沈帥持要張漕季長韻二首

欲杭一葦近聲光，恨不先期燕子凉。舊學甘盤聊此日，倦游司馬尚他鄉。别從滄海山横斗，自注：謂别沈於永嘉華蓋山下。來自岷峨水濫觴。不謂偶成三楚客，得為蘭杜附諸香。

麾節元戎祖席光，晚風吹雨借初凉。師傳問訊誰書院，石刻摩挲是道鄉。聞有先聲來召馹，想無後會到流觴。路朝正設横經席，册府重紬辟蠹香。

送沈帥

甘盤夢不入高宗，四皓莫知其所終。傅野有人能論學，漢庭無事可言功。行藏於此嘗成趣，談笑從今得退公。分付諸兒理民社，宜休堂上聽松風。

携客過王提舉園訪梅劉連州以詩來因用其韻

屋後雲梢萬箇長，屋前風蔓一川芳。有梅自索巡簷笑，無酒還酤踏雪香。偶與三劉同下榻，却懷二宋對持觴。自注：是日同集劉連州景晉父子及宋伯華也，坐客皆懷伯潜，故云。伯華、伯潜，宋景文公後。寫將詩句吾何敢，欸乃聽人汲曉湘。

再用前韵簡劉連州

吴楚相望道阻長，我來邂逅挹羣芳。人如盤谷元非隱，詩到孤山不道香。每與盍簪移永日，更須篝火及餘觴。何須誇去東州説，不學藍關獨吊湘。

小詩爲張漕壽 一春苦雨，張漕行部謁嶽祠而霽，是日登祝融

皇華散作九州春，老稺□□夾道陳。韓子莫愁今夕雨，甫侯元是此山神。我雖載酒□□算，孰與將詩附不泯。他日中興編小雅，若論孝友更誰人。

謝司馬倅惠東坡竹石

出自坡翁餘百年，傳之温國子孫孫。兩家文物來歸我，便盍投簪去杜門。

和趙帥俊臣壽張漕韵二首

但得桑麻徧楚間，此心不在大夫環。落花流水深春好，畫戟清香永日閒。英簜偶來成勝賞，萱庭孰與奉慈顔。正應得句尤奇傑，可繼淮南大小山。

使者耕時出省春，聯翩珠玉又前陳。先聲所暨摇山嶽，落筆相豪泣鬼神。嘉與九城俱晏粲，訖無一事尚棼泯。獨慚衰惰歸何晚，亦著中間作廩人。

題耒陽黄宰詩卷

詩卷來何處，棠陰日夕佳。令人添白髮，及此有黄花。事業誰千載，文章各一家。何時定還闕，解柂向長沙。

送黄元吉陸子静門人

荷君來意固非輕，曾未深交意便傾。語到七篇無欠少，學從三畫已分明。每懷前此傷標置，頗欲從今近老成。為謝荆門三益友，何時尊酒話生平。

懷歸丐祠

久矣懷歸曷月哉，冠纓吾欲濯吾埃。天寒病馬尚遠放，日夕罷牛宜下來。名家翰墨書還蠹，蓋世功名骨已苔。孰與東籬訪黄菊，柴門終不為人開。

送范東叔歸帥潼川

楚山黄落洞庭波，背却鷄人問釣蓑。歸思甚於三峽壯，才名空自十年多。曩游記得青燈在，後會愁如白髮何。我更有懷言不盡，故將短韵代長歌。

送丁懷忠教授象州

二毛羈旅久，一飯瘴鄉輕。把酒時相屬，令人意自平。校官無簿領，帥閫甚聲名。自注：應仲實帥廣西。所恨冥冥雨，梅天不肯明。

長沙臘月雷是日約宴趙帥俊臣聞雷乃罷越三日雨雪帥喜以詩相賀用韵酬之

民欲遮留上欲來，自注：時長沙民數數投狀乞留趙帥，而廟議欲召還。政聲無間到輿臺。道迎和氣收蠻瘴，彈壓餘陰蟄楚雷。已是因風成柳絮，會須逐馬見銀盃。一觴好上公堂壽，不為梅花昨夜開。

又和

沴氣反自注：平聲。為和氣來，長沙千里一瑶臺。新炊頓頓匙抄玉，熟睡家家壁撼雷。天直於人如合券，公應憐我欲停盃。向來韓子誇精禱，雲合衡山特易開。

趙帥復賦詩來用韵酬之

天水交光地欲無，中間老子獨軒渠。一蓑漁隱真堪畫，萬玉龍驤不可屠。已卜菑畬何幸甚，却憐藍縷更愁如。莫將此惠長私楚，好上甘泉扈屬車。

用韵詠雪簡湘中諸友

夾湘而住《瀛奎律髓》卷一三作往一塵無，不在瑶池在石渠。氣蓋松篁誰與競，令行螟蟘自相屠。山光際水天無間，夜色通朝月不如。中有一翁鬢皓白，蕭然野鶴亦乘車。

贈張孟阜絶句

燕坐何曾論古今，束書高閣反求心。若能領會無多子，絶勝相從歲月深。

用趙帥韵爲孟阜解嘲

恨無毫髮老波瀾，世有曹劉亦後班。堪笑燕人夸璞腊，欲隨圭璧上三壇。

登祝融峰觀日出

星月凋零萬象昏，誰能先我見朝暾。東南已得乾坤正，蠻貊方知夜旦分。但覺滄溟浮佛屋，却忘衡嶽近天閽。迢迢下瞰山腰寺，人世烟雲尚吐吞。

舟中奉呈趙帥一首且速迎侍相與滿歲

曷不放言追鵩賦，豈無幽思續離騷。去年比屋餘三釜，自注：《周禮》用鬴字。昨夜沿江長一篙。白髮豈曾緣吏役，青衫那更有兒曹。魚軒肯為公來否，相約春光訪蟹螯。

除浙西憲舟過釣臺有感

一再登臨萬事非，裹頭還已雪垂垂。敢論筆力今無恨，欲附碑陰始不疑。臺閣有人堪共政，江山如此且隨宜。論功漢鼎吾何有，自是風流百代師。

以上《止齋先生文集》卷六

陳傅良七

上皇子嘉王生辰詩三章

兩官頻燕喜，交舉萬年觴。會慶川方至，重明日未央。聖賢何繼世，孫子更宜王。聞説斯干夢，祥占近一陽。

造次依儒術，朝迴只一經。更無他嗜好，端是衆儀刑。符應當良月，聲華自妙齡。帝垣從此日，光焰粲前星。

要識皇圖永，當觀藝祖初。維持今盡是，回復更何如。庸陋誰推轂，衰遲此曳裾。慙無為壽具，獨袖一編書。自注：方講《藝祖實録》，故及之。

袁起巖會飲湖上出示古刻酒罷各携桂花以歸因成一絶

湖光不動見魚蝦，敗紙殘編數十家。巖桂叢中三四客，醉歸人得一瓶花。

又和

湖上簾須半捲蝦，調冰雪藕各名家。有人不鮮長安飲，話極茶鐺吸井花。

寄陳同甫

古來材大難為用，納納乾坤着幾人。但把雞豚燕同社，莫將鵝鴨惱比隣。世非文字將安托，身與兒孫竟執親。一語鮮紛吾豈敢，祇應行道亦酸辛。

送辛卿幼安帥閩

長才自昔恨平時，三入修門兩鬢絲。瓮下可能長夜飲，花間却學晚唐詞。潸然北顧關河水，簡在西清日月遲。乘鴈雙鳧滄海上，與君從此恐差池。

送盧郎中國華赴閩憲

相望千里馬牛風，聯事湖湘各已翁。造次便呼兒女見，綢繆略與弟兄同。百年又是梅花發，萬事何如荔子紅。欲附使軺嗟不及，却憐身在俊𪇆中。

送范大著文叔知彭州

中書世禄今無幾，唐鑑家聲世不多。安得有人賢若此，忽聞去國意如何。同朝最是頭先白，知己還愁語太苛。盡欲讀書三萬卷，蓬萊未必似岷峨。

和劉進之韵兼簡吴阜之

憧憧滿眼事何稠，落落論心思獨幽。去國未能身一葉，懷人但覺日三秋。池塘春草方同夢，江漢歸舟更別愁。安得簫韶儀兩鳳，不妨燕雀自嘲啁。

初夏有感因用前韵久旱適得雨欣然卒章

湖山嫵媚緑陰稠，誰向芸芸得趣幽。半破榴花方恨晚，新來燕子未知秋。去為吏隱雖吾願，歸得家山政自愁。賴有雨聲寬百感，忽如孤鳳見羣啁。

送潘德久之官建康

平生不解通毛刺，萬事無能改鬢華。豈是襟懷堪逆旅，直須詩句可名家。老為賓客從戎幙，强使妻孥理帽紗。不有將軍寬禮數，新愁却恐墮江花。

同游張園酒中各嘆明年未知誰與此會余最衰病宜去因作詩識之

春過新烟能有幾，愁生飛絮轉難禁。可憐衰白隨年少，愛看殘紅到夜深。一輩衣冠方事事，故園松竹已陰陰。明年此會知誰共，鴈蕩山前寄好音。

次韵奉酬方輝先

也知朝士愧山林，猿鶴相懷怨亦深。屈指落花年荏苒，斷魂凋鬢日侵尋。向來相與期何事，老去誰能會此心。多謝故人重話舊，獨憐志古定遺今。

送倪正甫侍郎賀正

雪枿冰芽又復春，中原□覩屬車塵。懽呼漢節從天下，愕立胡兒夾道陳。老去獨慚□偃蹇，君行决意問經綸。顧瞻河洛關心處，應記幽燕用事人。

喜　雨

天顧於人略有情，片時收盡越山青。老農望外扶犂立，倦客愁邊擁被聽。塵翳欲清閶闔道，井花已上轆轤亭。冥冥直待黄梅熟，未要風池看約萍。

送曾繼先赴山陰路鈐

鬍鬚白盡猶强飯，髀肉添多未跨鞍。不向胡沙親矢石，却來橋塚護衣冠。歸舟自此長相背，薦墨于今尚未乾。只恐燕然他日事，獨無名字可同刊。

送何起巖之江東

苦吟海内知音少，獨往江東問政頻。我亦他山於此别，世無吾黨更誰親。六朝故實皆新句，一代風流尚幾人。話次儻懷無恙否，為將衰惰再三陳。

上元日同京仲遠趙德老羅春伯謝子肅訪郭殿帥游鳳凰山次韵

層雲飛鳥共危欄，江漢朝宗萬折盤。王氣信知千古盛，聖圖元自九朝寬。公餘曳履探殊勝，酒罷磨崖記衆懽。衰惰不知能健否，相從河岱弄柔翰。

癸丑冬車駕過宫留相還朝

一聲警蹕接天齊，馳道無塵馬不嘶。月御順行隨日轂，乾端和氣匝坤倪。三槐相繼歸公衮，細柳還須聽將鼙。老矣尚能歌二聖，不應專美在浯溪。

和樓大防尚書送行韵

齊年兄弟又齊名，商略行藏共此生。自昔從君瞻馬首，如今輸我與鷗盟。讀書松竹交千載，曳履星辰聽五更。借問塞翁誰得失，諸無一語到留行。

折子明提刑自湘中以詩問訊用韵酬之

久立天涯詠式微，胡然華髮尚□□。□□□望歸簪履，便冀君恩到蓋帷。當世豈無君子論，□□□□人詩。湘中一似桐鄉好，安得扁舟着釣絲。

泊釣臺灘下

今歲僅餘今夜月，此舟三泊此江沂。遭逢明主還遺恨，慚愧先生獨見幾。泗水列侯多不免，湘山四皓竟安歸。漢家故舊嘗校數，孰與東南一釣磯。

臘月望泊舟釣臺灘下賦詩既而登婺女明遠樓誦之鄉丈陳德承同集黄奇卿張伯廣因書以遺德承之子性甫直甫後春六日奉和德承韵兼簡奇卿伯廣爲别

行藏獨倚少陵樓，怨鶴愁猿孰與儔。嘗與萬人争魏闕，何如一壑老菟裘。追隨士友從吾好，領略江山自此遊。急趁梅花理歸棹，雙溪為我亦西流。

贈杜伯高

臘後玄冥意氣驕，餘寒造物亦亡聊。風收夜雨春何淺，雲障朝暾雪不消。真悟此生纔半歲，恣聽何處是三朝。粲然一笑將迎我，賴有江梅慰寂寥。

除夜宿處州天寧寺

人言老去不如初，我愛初心老轉無。懶向門前題鬱壘，喜從人後飲屠蘇。杯盤甚簡眠須早，禮數多寬拜要扶。况復鶣鶣紙帳，雞人不聽禁庭呼。

寄僧嗣清

衡陽傑閣宵人記，淮右豐碑刺史書。永已橋山藏劍佩，空餘雲漢照林廬。河圖萬古陳東序，汗簡諸儒校石渠。誰道幽深窮衲子，乞錢買石更崎嶇。

余與嗣清作《雲章閣記》，欲刻之衡山，不果。今清來致舒州吴使君所書閣記石刻一本，蓋投子山碑也。於是壽皇晏駕一年矣，讀之涕泗交下。頃為學官，逮事壽皇，滿歲當罷去，而對班尚在數月之後，遂乞補外。晚為祕書少監，會聖政書成，被旨詣重華殿進讀首篇。壽皇色甚康，顧視良久，益恨平生之不遭也。因作詩詒清以附碑陰。

蔣處州仲可惠酒

括州太守□亭侯，及與前時一輩游。剩欲池塘看芳草，謾隨烟雨上危樓。無錢可解催科拙，有酒能寬放逐愁。可笑杜陵嚴武客，時時傍舍過牆頭。

再寄用前韻

幸無骨相可封侯，歸理先人舊釣游。山下剩栽諸本竹，水邊須着數間樓。羣書可讀自隨喜，一客不來誰與愁。時把釣絲銷永日，魚兒亦得兩三頭。

丙辰寄國舉兄

是間南極老人星，喬木脩篁亦有情。直向朱明為後殿，不隨黄落入秋聲。兒孫衮衮看新出，兄弟團團得晚成。笑閲世人心事短，却從黄老問長生。

送長溪高國楹從學朱元晦

洛學今無恙，東南屬此翁。從游雖已晚，趣向竟誰同。一第收良易，遺經語未終。歸期定何日，我欲叩新功。

以兩鶴壽薛象先

日與山農共一廛，不應家有四乘軒。殷勤分送平齋下，為看蟠桃熟幾年。

重陽日寄瑞安留原作劉，據四庫本改**宰留宰以是日宴新第人併見招不及赴**

落帽沾衣總失真，追隨萸菊亦勞神。酒無肴核依然好，家有溪山豈是貧。沆瀣從空來夜氣，青冥隨處際秋旻。不知此是登高否，為問慈恩塔上人。

和林宗易菊花韻

一歲所餘秋有幾，重陽偏與老相催。每憐白髮能長健，雖愛黄花亦懶栽。好景游從須好友，新詩風味似新醅。人生適意無過此，恣聽東籬早晏開。

和沈仲一北湖十詠

北湖只隔嶺頭雲，誰在湖邊問訊人。若得小舟通我過，雨晴須破半時辰。

右北湖

人去岷峨水自流，豫章三字竟沈浮。懷人好上層樓看，木落山寒不肯秋。

右豫章閣

可愛南山與北山，北山上有斗芒寒。碧雲歸盡人何在，更捲珠簾到夜闌。

右仰止亭

平平下語及雲管，學到詩人豈不難。莫似□人大芳潔，湘波千古訴椒蘭。

右葯房

一年曾得幾番圓，恨不驂鸞上廣寒。占得波光須細酌，恰聞滄海已狂瀾。

右穆波亭

欲來花底竟差池，我有佳名誰與歸。翌日看花天一色，狐裘猶自織寒機。

右粹白堂

借無舟楫亦褰裳，目斷蒹葭水一方。今夜不來同剪韭，隔山明日事茫茫。

右遲客臺

萱草須鋤莫放深，竹須剪伐待成林。一花一葉皆相附，要使兒孫識此心。

右萱竹堂

紛紛萬木盡西風，獨立霜林我御冬。滓畔無人誰着語，止齋但護紫泥封。

右楚頌亭余雅愛頌橘之語，仲一欲以名其亭。一日出所藏潛邸頌橘二字，遂改今名

看花只為雨愁人，一片纔飛減却春。獨此得春無盡藏，每於愁外見精神。

右宜雨亭

周宣義三子仲敏明□幼謹同年登第因以前韻奉寄

營營浮俗贋還真，孰與傳經妙入神。一榜及看三子貴，數椽能忍十年貧。自將弧矢書閭史，便使冰淵誦小旻。家學如君今有幾，殷勤羅拜我何人。

再次韻簡新第諸人

行酒何如温太真，風流元不鄙錢神。扁舟容我歸來老，一子令人買得貧。雖有羣仙來月窟，欲扶衰力上霜旻。吾今已定漁樵約，勛業煩公一輩人。

送瑞安尉林叔全尊人還鄉

論交海内略飄零，最晚相看却有情。不以一經誇魯諺，自於二子識徐卿。橘香黱與蜂銜晚，麥信急催鳩喚晴。天氣正佳歸恰好，莫將愁思為空名。

送林叔全秩滿歸四明

三年絶境興誰同，雞叫桑巔犬巷中。但欲户庭多暇日，不將鞭朴奏膚公。相期霄漢摶風翮，每見燈花綴玉蟲。此去逢人臺閣上，丁寧莫道止齋翁。

送雪庵瑾禪師還山

五馬逢迎甚闊疎，滿朝問訊近何如。諸公極有遲留意，一日連收竟别書。佛法盛衰千劫後，人生老壯百年餘。向來游舊今亡恙，願得斯人尚起予。

周和叔通判雪寒索酒戲用來韻以將朋尊

持盃雖念故人寒，欲予還不似印刓。此債豈應行處有，麯春何日寄雲安。自注：和叔入蜀，故云。

奉和周蕃伯用王道夫韻二章見寄

森森萬木一精廬，黄卷青燈自卷舒。却肯追隨三舍遠，不論聞問十年疎。遺賢公已長懷玉，老圃吾方欲荷鋤。安得謝巖題壁處，一尊相伴看芙蕖。

論定千年後，心寬萬事平。吾方慚鼠伎，安敢道鴻冥。門户雖入境，溪山亦世情。半天喬木立，盡日好禽鳴。

壽叔祖母與先人同生

三陽昨夜轉洪鈞，鳳曆今年又紀寅。再拜與君觴壽母，更生猶我面先人。兒孫夾侍渾忘數，梅柳前陳不記春。從此常為湯餅主，賸看諸婦抱麒麟。

東陽杜季高遠訪詩以送之

當世關衰壯，斯文看合離。强餐吾豈敢，後會子何期。村落秋彌好，溪山晚最宜。逢人相問訊，所欠更能詩。

春日和林宗易韻

白與紅兼盡落梅，小園獨步日千迴。浮空曉色臨無際，排闥春光撥不開。學語新禽更後囀，鋪茸細草雨邊來。却憐追逐今無力，放下簾鈎就麝煤。

移花

櫻柳初無素與鸞，可將何物伴身閒。欲栽花木千餘本，但候春風還未還。

送花還宗易

酷愛看花懶種花，知心惟有故人家。花開兮送花殘取，娱老扶衰度歲華。

遊鳴山寺徐一之兄弟載酒即席和其韻

惰歸春力不勝驅，風雨尚愁人摻裾。掠盡殘紅前日樹，催還新緑去年畬。相將興盡隨花屧，賴有朋來載酒車。但得從今身尚健，吾鄉風物勝匡廬。

和徐叔子用林宗易韻見示

相過風雨獨何敷，校酒論文已不如。方信深交相戀嫪，却因衰退更躊躇。吟生池草書成束，飲落簷花醉墮車。明日待隨公等去，我頭應始自今梳。

和徐叔子勸農韻呈留宰

親從蓑笠問飢寒，赴愬人人得犯顔。更向棠陰聊甜茇，要令粒食共鮮艱。身歸雨露司存後，詩在山川刻畫間。飽飯之餘能細和，止齋應有幾年閑。

遊金罍趙園賦海棠梨花呈留宰

海棠故作十分紅，梨更超然與雪同。文物英華周盛事，風流玄遠晉餘風。

赴留宰寶壇之集因和蕃叟弟趙園韻

一枝纔放前村雪，一線初開愛日天。潘縣風流凡五客，趙園名字亦千年。可無能賦如難弟，恨不曾來有尉仙。待得中興用循吏，更於此地設離筵。

示留宰

縣樓即日氣橫空，施及觀潮亦奏功。曾上石崗看蟻穴，當圖一飽到三農。

或以詩送來禽次韻奉酬

連年栽樹未成陰，頳實堆盤慰我心。手把新詩堪永日，休誇法帖送來禽。隔水佳人久不逢，祇應我懶或君慵。感時相饋情何厚，却説雲泥笑殺儂。

遊雲頂院和徐叔子韻

老大生憎兒女態，更無春怨與秋悲。略將盃酌隨宜具，剩有溪山取次嬉。愛客不妨兼泛泛，論文何苦太奇奇。況曾窺得尊生術，通昔蒲團日一炊。

壽薛象先

蕭然山澤一臞仙，故被聲名絆俊韉。祇為春秋同社燕，遂歸風雨對牀眠。中年曾未鬚眉白，盡日全無車馬喧。我有壽觴誰與共，會昌湖上釣魚船。

酬蕃叟弟韻

朋游同一輩，伯季自相師。薄宦俄衰暮，清懽僅暇時。我懷青冢曲，子念紫荆詩。但得無憂患，幽棲豈不宜。

壽潘省之

泛水淺紅荷十里，蔽雲濃緑木千章。旁無俗子山居巷，中有臞仙一瓣香。今夕還知是何夕，吾鄉終勝似他鄉。雙鳧便合青冥上，笑看兒孫樂未央。

丁巳壽國舉兄

歲自為詩歲自賡，愁無新思思還生。更從今閏書初伏，待看何年值後庚。漢網疏如天地闊，奎文下與水雲平。弟兄長健貧何病，判解金龜當一酲。以上《止齋先生文集》卷七

陳傅良八

村居二首

業已將身落耦耕，時於觀物悟浮生。擇栖未定烏離立，避礙已通魚並行。野老窺巢占太歲，牧兒敲角報殘更。絶勝倚市看郵置，客至還無菜甲羹。

野衣農圃雜，華髮弟兄同。佚老便居僻，貪閑喜命窮。習成杯酌少，脱落語言工。危坐看流景，新萌又落紅。

和宗易作屋之什

欲因舊築倍勢形，昔在先生配二程。梅樹護持供北顧，萱堂潤色作東榮。但堪樽俎來三益，何必籓牆屏五兵。若徙荼蘪分乞我，亦令兒輩記家聲。

送縉雲葉正初兼簡杜伯高

我固閲人非草草，君於前輩亦拳拳。經師未數郯夫子，筆力方窺李謫仙。所恨尚於收第晚，將詩空與背時傳。頻年不信燈花報，報得人來亦可憐。

和宗易賦素馨茉莉白蓮韻

軒窗一日粲三英，盡室無塵眼倍明。閩粤固嘗矜絶美，風騷猶未及知名。羞將姿媚隨花譜，愛伴孤高上月評。獨恨遇寒成弱植，色香殊不讓梅兄。

沈仲一送菊自言封殖之勞欲得詩爲報爲賦三絶

東籬何在菊年年，菊視陶詩竟孰賢。未必緣詩花更好，花將詩與萬人傳。

霜螯風味小槽春，新樣宫衣試麴塵。自注：見《周禮》鞠衣注。一段秋光誰領此，芙蓉凡子桂陳人。

愁乾手自搭連筒，苦雨丁丁杙小篷。乞得花開急催客，明朝恐已着霜紅。

仲一以詩來用韻奉答

陪侍經幃涉歲年，亦嘗尚論鞠衣賢。如今三嗅馨香泣，惟恐將詩去浪傳。

嗚咽苔移玉座春，昔年曾扈屬車塵。重陽不見黄封酒，只見餐英獨醒人。

剩有新詩入遞筒，豈無能畫作掀篷。金錢翠蓋相輝映，着我皤然酒借紅。

寄題薛象先新樓

矮簷風雨送蝸牛，有客來誇百尺樓。闔郡臺池皆下瞰，背城湖海亦全收。清時未放徒高卧，半世何為故倦遊。解盡橐金君計決，月明長笛起漁舟。

立春

千官勒馬謝幡勝，萬國鞭牛占雨晴。誰據槁梧相近午，頻車徐轉鼻無聲。

除夜用前韻

春來十日垂垂雨，歲盡今朝亦未晴。衰老見年殊不覺，卧聽穿葉打窗聲。

送子婿林中甫還侍

鏘鏘笙磬阼階東，穆穆黄流玉瓚中。近在門闌無此稱，老來襟抱更誰同。幽燕遺恨須收第，孔孟微言要忍窮。精舍一區泉石好，何時相就看冥鴻。

遊趙園

主人避客竟何之，雨過停橈落日遲。賴有畦丁曾識客，來禽花送兩三枝。

赴林宗大招賞牡丹之集

剥啄要春酌，團欒得晚晴。千花名品下，一葦病身輕。文會非投轄，清歡勝絶纓。倦遊吾獨愧，歸趁兩山明。

寄謝懷英高士

聞君已得歸山請，顧我方當絶跡時。欲葺止齋猶未就，篋中應有草堂資。

和張端士初夏

緑陰四合水迷津，春去雖愁却可人。無數飛螢窺案帙，有時乳燕落梁塵。滿塘荷蓤將還舊，試火包香又斬新。短夜得眠常不足，僧鍾遮莫報昏晨。

屈原、賈誼、陶淵明文辭皆喜道孟夏，而悲樂不同，雖所遭之時異，要亦懷抱使然爾。端士寄《夏日》一首，若無聊然，因和其韻，頌初夏之美以解之。

送周介之同年赴德化宰

民社須吾黨，江湖足此情。不堪秋暑近，欲趁莫潮平。拙宦成華髮，憂時自短檠。君看廬阜石，千載尚垂名。

謝林默之居士惠酒居士山居方與世絶尚欲友此廢人耶小詩舉發一笑

不將鶖鴨惱比隣，林下蕭然老幅巾。乞與青州十從事，添成明月兩閒人。

戊午壽國舉兄

一母分身四白頭，從今家事付兒流。只須老草供觴味，乍可婆娑伴釣遊。勞世萬人輸暇日，好天一雨薦新秋。平章何物宜為壽，三十餘年晏子裘。

止齋即事二首

性已耐岑寂，老應忘隱憂。齊年雙白髮，盡日一蒼頭。竹閉緘門鑰，蒲團數漏籌。未知庭廡下，還有雀羅不。

教子時開卷，逢人强整襟。再貧看晚節，多病得初心。地僻芰蓮好，山低竹樹深。寄聲同燕社，明月又秋砧。

戲題止齋叢石

雖無壁立翠琅玕，聊當庭前犢鼻褌。我亦聞之方伎者，衆山皆大小為尊。

重陽和朱直方韻

衰老登臨得並家，絶勝十載向天涯。直須與世為陶令，謹勿令人識孟嘉。藍水悲吟空雅健，牛山醉墨謾欹斜。誰知竹葉雖無分，一笑何妨菊自花。

用徐叔子韻送其過毗陵

家食年年未解忙，浮沉閭里但壺觴。偶緣他故趨吴會，可使吾徒憶魯狂。曲水風流王逸少，鑑湖窮約賀知章。請於百尺樓頭上，下視人間有肺腸。

送四明汪文子

文盛經生少，官輕舉子繁。誰能堪遠役，相與及微言。殘凍留春雨，新愁起夜樽。斯文吾不敢，短句送歸轅。

寄九江宋居士

篋中每閱所藏書，長憶瀟湘九宛（四庫本作死）餘。一別十年身尚健，恨無飛羽過匡廬。

酬劉進之

冰柱劉叉句，綈袍范叔寒。所親多物望，相識半人寰。今老猶徒步，吾窮亦厚顏。幽懷真易足，萬卷屋三間。

己未上巳清明

霖霪故作落花天，佳節重重倍悵然。雖有庭除臨曲水，更無尊俎試新烟。酴醾雅欲延春賞，杜宇還能破晝眠。賴得二昆同一客，蕨芽蒲筍短檠邊。

和林宗易上巳韻

毿毿曙鼓五更初，枚數何門可曳裾。孰與課兒翻故紙，幾曾緣客掃精廬。常饑未免時中酒，多病安能强著書。自笑無才供視草，徒勞身後問相如。

和林宗易雨後韻兼簡沈仲一

溪山秋色日侵尋，一水循除萬木陰。幸有新炊送農扈，可無勝踐盍朋簪。蒲荷綿亘衡從畝，鷗鷺追隨下上音。寄語北湖休獨自，摩挲周原作問，據四庫本改鼎與商彝。

張端士以詩送蘭蕙因和其韻

暮春堂上抱天和，時啟柴扉與客過。客有可人須語似，新篁來看玉森羅。

寶壇寺和原缺，據四庫本補林宗易韻

夢回齒頰自天香，何必招魂怨渡湘。少待精廬天向曉，有來嘉客歲為常。雲山鎮壓魚蝦市，煙雨莊嚴橘柚鄉。最好題名雙石闕，可題周曆萬年長。

答朱翔遠見別之作

總角相看五十年，行藏殊轍各皤然。豈無子美書成束，欲送相如賦上天。俗眼不寬多小謹，交情何限復長篇。乘壺偶自兵厨至，聊助征帆一醉眠。

嘗語客蓴鱸橙蟹的對或言今年斗門堅寒故蟹不上又今秋風急鱸魚亦鮮余發一笑因成二十八字

蓴鱸有玉西風急，橙蟹無金東海深。祇為酒醒愁夜永，二蟲得失我何心。

因客說秋秫水傷復用前韻

風鱠不須鹽豉好，霜螯須着酒船深。無由種秫求旁舍，旁舍秋螟已蠹心。

己未生朝謝莘叟兄送梅

無歲探梅不恨遲，緝齋今送兩三枝。也知造物多生意，亦為畸人解笑頤。壬子恰同身墮地，庚申還值國開基。數家誇道明年好，好在長貧誦繫辭。

莫笑栽培日月遲，待看老幹及孫枝。天將臈去春回首，人與花同雪滿頭。萬里隴頭空故蹟，孤山籬落但餘基。至今佳句無人繼，誰與招魂著楚辭。

覓花

背山面水竹週遭，雖乏樓臺氣已豪。更得好花千百本，中間容我誦莊騷。

和徐魏叔見寄三絶

蒲團坐閱歲如梭，不管門前雀可羅。投贈紵衣纔薄物，道人微笑已嫌多。

紈袴何嘗不誤身，梁園金谷草長春。送將重錦齊三十，笑殺生芻一束人。

獨向心源識背趨，豈於身外較精粗。凄其下視人間世，朝市區區地一夫。

和朱宰遊丁園韻

榆火逢佳節，棠陰接勝遊。移樽忻及暇，乘屐共尋幽。日静竹光合，風喧花氣浮。主情殊未倦，衰暮為遲留。

庚申上巳

何事□□□，天低雨露慳。一□遺晚□，百感又春闌。墨客山陰竹，騷人洧外蘭。誰知千古意，不在□游間。

清明後一日宴客明日宗易送牡丹有詩次韻

客去朝酲惡，詩來晚思和。名花如洛上，佳句近陰何。雨故妨新火，春應墮夢柯。莫將行樂地，蝸角動干戈。

和汪仲嘉樓大防二尚書賀鄭貴和華文休致韻貴和，四明人，從其子泰興為瑞安主簿

簪笏相摩入殿廬，人皆自笑此區區。豈無隻字踰華衮，未必千鍾勝飯蔬。吾見北山多後倦，誰如東里竟先驅。追隨曳履枌榆社，猶及香山退傅無。

巋然名節萬人尊，詩落文昌帝九閽。耄及衛公還失策，早如疎傅亦傷恩。華文延閣如今少，神武脩門自古存。我與東樓最欣慕，掖垣燈火幾同論。

寒食早起圍爐中戲和林宗易韻二首

疊帳重裘更怯風，絶憐寒食到匆匆。一春不見花開落，但説栽花費幾工。

春工偏以速為神，誰管沉痾未覺春。禁得春寒長恣賞，甘心輸與少年人。

晚移舟塘次值風而回華叟兄有詩次韻

經春屏跡與誰同，苦雨衣篝亦自烘。方此欲為官況事，依然不值世情風。蒙茸水國蒲荷蕩，馥郁田家橘柚叢。最是一年行樂處，翻成咄咄坐書空。

送四明方伯起

世事關分合，人情看短長。君應愁富貴，人已畏文章。竚立親雙鬢，追隨客累觴。未知歸定否，吾亦愛吾鄉。

送楊渭夫入淮

老去關心最語離，不堪離久會還希。君方慷慨思矜振，我已婆娑喜惰歸。萬事莫如身自愛，十詩亦與世多違。倘將書寄南來鴈，且問瓊花果是非。

從族叔覓老桂

他山有桂老髯鬆，好植梅旁伴槁容。着我對吟前赤壁，乞君分與左青龍。踰牆之樹宜無取，自注：《國風》：將仲子兮，無踰我牆，無折我樹桑。益屋於東本不凶。自注：《家語》：有人問東益屋不祥，孔子闢之。恭想短章蒙一笑，便呼鉏钁破苔封。

蓮花

伯仲之間竹與梅，魏姚聲價浪崔嵬。雖然亦混魚蝦處，風度自從丘壑來。

寄林宗大

春已無情雨妬花，病還妬客到花家。今當未雨纔身健，杖策來看半吐葩。

和莘叟兄詠張子房韻

不緣多病遽懷安，閱盡人間萬事難。謾以笑談分楚漢，竟將功業付蕭韓。

朱及之以所種荔枝結實招飲不及赴以詩謝之

閩譜余嘗第狀元，年來雖見僅名存。貢存天寶猶徒擾，賦似相如亦妄論。每羨朝陽私沃壤，正愁秋雨妬芳樽。絳衣玉質今何夕，照我西歸十二軒。自注：及之云：以風雨僅存十二顆。

從徐一之覓菊

我欲作亭題獨立，苦無翠蓋著金錢。園林百輩皆名勝，為趁西風乞冗員。

土盆瓦斛空中久，羞見重陽插滿頭。寄向柁樓煩送似，芼鱸齏蟹待新芻。

次韻奉酬徐一之送菊

桂叢蘭畹悄無譁，但有哀鴻天一涯。節物更誰知白髮，交情於此見黃花。聲名獨立空秋際，香色平鋪與露華。南雅未收騷致意，騷人應欲補詩葩。

廷植姪得男朱文昭寄詩於湯餅集即席和韻

喜説徐卿得二雛，吾家波及亦君餘。青衫手板宜從此，斷簡家藏莫付渠。但欲健如黃犢走，不妨錯寫弄麞書。更看湯餅頻頻供，笑索梅花到歲除。

送鄭主簿泰興解官歸四明

師友於今説鄭鄉，親庭分付舊行藏。但知職分宜棲棘，盡把聲名屬甜棠。一字未曾緣薦墨，扁舟纔可着詩囊。問津漁浦多西笑，獨為萊衣味更長。自注：泰興以乃尊華文老不能車，迂道處、婺，自錢清漁浦歸四明。

送孟延昌歸蘭溪

典同周命士，律協漢諸郎。師友今千載，妻孥各一方。髮從何處白，菊有去年黃。惜別無多語，關雎三斷章。

劉進之飲蕃叟弟筠亭且賦詩余與蕃叟族居蓋屏迹不出各數年於是有感次其韵

判與漁樵日往還，鶴亡蜂遁徑苔班。何人不棄尋常事，有弟相忘咫尺間。寬網及余端已老，祥琴相爾未應閒。但將丘壑全分付，可待移文始厚顏。

林宗易劉進之見訪有詩再用前韻

牛羊日夕鳥知還，休説年時玉笋班。四皓亦嘗空老去，二疏不在共功間。脩書尚覺歸期晚，隱几兼忘永日閒。況有宸章長對越，昭回雲漢不違顏。

題錢宰吸光亭圖

棲身雲夢八九上，用意風雩五六間。惟有澄波兼皓月，尚憐波月蔽虧山。

以上《止齋先生文集》卷八

全宋詩卷二五三五

陳傅良九

孝宗皇帝挽詞五首

九廟威靈遠，原校：一作重三宗德業尊。謳歌思藝祖，曆數在神孫。欲返皇圖正，先推帝繫恩。諸儒議東嚮，此意定初元。自注：謂以隆興紀元。

但謹雞鳴問，何知鶴髮侵。石經方典學，盟載更關心。四海堯喪畢，三年舜慕深。匆匆付神器，長樂尚沾襟。

神機規禹迹，鬼膽破胡兒。大號初歸我，成功少待時。鞬櫜懷不滿，簞食問何遲。河洛空遺恨，年年上玉卮。

好學元無斁，忘疲晚有加。明謨宗六藝，妙用合三家。照映天經緯，流傳士齒牙。奎文尊閣處，更合榜重華。

群才何輻輳，聖度似天寬。清蹕留儒館，黄金散將壇。風雲一語合，日月萬人看。攀附今無路，哀摧壯士肝。

孝宗皇帝挽詞五首

藝祖開皇極，何心畀後昆。天將翊堯運，世復見湯孫。武接規模在，仁追典則存。煌煌宋宗社，永永配乾坤。

深衷何自見，寬詔不勝書。當宁延方岳，逢人問里閭。歲爲周委積，家被漢蠲除。巷哭彌天遠，長江淚不如。

豈以崇高極，能忘凛凛憂。衣更三澣舊，費爲十金休。熊館無秋獵，期門絶夜遊。恭惟懷顯德，真可締孫謀。

貞觀真英主，三王合庶幾。此時生後聖，端欲踵前徽。濟世功何異，除凶志偶違。辛勤三十載，十漸更無譏。

不作脩齡夢，天乎詎可諶。白雲新厭世，黄屋舊非心。德業成千古，閭閻寢八音。烏號在何許，霜重越山岑。

挽吴明可給事

諸老俱淪落，流風日轉移。獨懷憂國意，長説渡江時。姓字誰如此，功名早不疑。却收湖海氣，燕坐雪垂頤。

憶上諸生謁，公方薄恙侵。欣然蒙絮帽，恨不醉花陰。自説看人熟，相期晚歲深。半天蒼嶺雪，回首爲沾襟。自注：謁公之夕，宿蒼嶺下，天大雪，明日嶺上深數尺。

挽木奉議蘊之詹事尊人

寵數頻年及，俞音萬口傳。豐碑來少海，大軸落台躔。教子宜如此，聞風亦凛然。送車今塞道，拱木看參天。自注：東宫爲寫榮慶二字，史丞相以詩賀之。

盛事無虛得，玄襟可自知。偏觀同輩行，誰似暮年時。衮冕趨椒殿，簫韶送玉巵。又宜天一笑，獨此有遺悲。

悼蔣昇仲承事

扁舟來往適吾真，却笑旁觀道隱淪。三釜豈無兒可就，百年要與酒相親。賸栽梅竹皆緣客，晚得冠裳不語人。試向南塘問漁牧，定於此老亦沾巾。

挽族叔父

松竹深園屋，□蓮賸種魚。所愁賓客少，不問稻粱餘。盡日□相語，盈門手自書。吾兒有名字，萬事聽何如。

我懷終古恨，不及奉觴時。滿眼看諸弟，何心賦此詩。牛羊來蟄蟄，丘墓去纍纍。亦有千鍾養，曾無一字碑。自注：蕃叟自為尊人埋銘。

題丁少詹姑墓誌後

白髮從夫志，青芻為客謀。送車今幾兩，樂土有斯丘。自注：歸葬于父黨。猶子聲名甚，他時雨露秋。摩挲看石刻，嗟惜到松楸。

挽樓朝奉

裘馬朋簪盛，緋魚筦庫卑。行藏公論在，然否寸心知。歲晏曾三接，民功僅一麾。空餘華衮字，有恨蓋棺時。自注：史少傅銘其墓。

九寺方連茹，專城又夾河。晚看諸子好，孰與一門多。薄海皆驚嘆，亨衢忽薦瘥。大連同厚夜，其柰少連何。

挽包顒叟

樵牧常事席，篇觴早策功。有懷隨事見，不耻與人同。我故奇諸子，年來識此翁。待看稽古力，喬木已悲風。

翁子看時輩，平生不妄賢。獨於公有誄，惟恐世無傳。他日須深刻，吾詩可附聯。草黄松柏秃，名與石巋然。自注：翁誠之作行狀。

挽張子由母

又是君王上玉巵，未央雨露湛垂垂。版輿此去還無恙，芝檢重來更不疑。四世團欒能有幾，百年澌盡亦堪悲。里中諸母今誰在，聽説承平祐聖時。

挽潘才叔母

剥啄唯深夜，門前杙小船。有兒能自致，此母已堪傳。竹院前聞熟，桓楹大字懸。病懷嗟不及，健筆附諸賢。自注：才叔所居有竹院。

挽周宣義魯山司法尊人

無酒澆陳草，將詩刻隧碑。遺名從此在，真意竟誰知。教子還餘事，周人亦有時。憶嘗從夜話，欲去更遲遲。

挽婺女何茂宏

勸駕嘗連薦，應門忽二毛。竟於時不偶，吾更晚相遭。宿草堪揮淚，豐碑忍泚毫。送車今幾兩，誰最戀綈袍。

挽薛季益尚書

徧試江淮聲藉藉，久勞荆蜀鬢蒼蒼。同時半已登槐棘，卒歲纔能足稻粱。遺橐不為他日計，佳城尚及此丘藏。豈無後作多文勝，今我懷人淚欲滂。

州里誰如此達尊，户庭深静最情敦。不將尺牘通當路，却枉扁舟訪杜門。每見色温如有屬，欲書心愧不能言。從今若祭枌榆社，好配横塘兩獻樽。自注：公與許忠簡公居同鄉。

挽彭通直子復監丞尊人

前輩如同郡，流風僅幾人。不令兒巧宦，所尚世清貧。及老猶書卷，通班但幅巾。吾銘雖未就，鄉譽勝堅珉。

挽沈次卿學正

洛學傳當代，家聲屬此翁。一生無世味，萬事與人同。恨不師前鄭，欣嘗客阿戎。宜銘千古意，豈在語言工。

挽林承信道夫教授尊人

重交寧問田安在，急義固於官不知。膴仕幸多花萼好，幽棲宜與竹林期。床頭周易吾將老，案上楞嚴晚得師。此意自應天予後，嶧陽未琢長孫枝。

悼林仲逸縣尉

家故書千卷，生纔試一斑。賞音殊不少，筮仕獨何艱。松菊將身隱，蘋蘩忽涕潸。幸哉賢玉潤，有誄不容删。

挽張材卿知郡大猷端明之子，春卿尚書之弟

貂蟬不逮老端明，世濟誰如好弟兄。能着青衫偕計吏，却將白髮去邊城。夜魂俄斷凝香寢，秋淚仍兼曳履聲。萬石君家同一傳，嗣書應更有公卿。

挽新昌吕脩職

頃作庵廬客，看公手種蒔。溪毛無亂理，宰木有連枝。久欲鑱他石，今還賦此詩。黯然懷宿昔，絮酒定何時。

不道千山阻，將遺百世名。有兒能自致，此老已堪銘。禄豈無三釜，賢誰似一經。吾詞雖未就，應有護幽扃。

挽尤延之尚書

自為師説竟誰宗，每事持平屬此翁。有志政須名節是，斯文非獨語言工。要令舉世人材出，合在前朝行輩中。安得長年留把柁，後來各與一帆風。

宿留江湖長子孫，行藏節節耐人看。及為侍從身垂老，欲試平生事轉難。書就僅題前太史，功成方記舊甘盤。令人長恨經綸意，歷事三朝見一斑。

向來諸老獨巋然，羸不勝衣萬事便。燈下細書批敕字，雪邊先着趁朝鞭。豈應無故令身健，却止功名與世傳。遺奏定留封禪藁，憑誰吹送九重天。

壯歲從游兩鬢霜，重來函丈各堪傷。那知卒業今無及，極悔論心昨未嘗。相約歸期須次第，獨存病骨更

淒涼。他年賴有門生記，託在碑陰永不忘。

挽沈虞卿侍郎

官重元非好，思閒樂有餘。生兒早傳業，課女夜抄書。時事方關念，歸懷不遂初。經綸緣未了，天意盍留渠。

嗜古真成癖，摩挲笑眼開。斷編遺汲冢，名篆出秦臺。□□緣應盡，雲山唤不回。淒涼子雲宅，問字有誰來。

挽東陽郭德誼

簪紱何能貴，聲名幸自脩。凡今為我友，幾半與君遊。翰墨千年托，松梧一夜秋。令人懷昔日，炯炯夢丹丘。

悼楊休甫

袖手旁觀一世餘，元非親物亦非疎。酒邊每事如人意，燈下通宵讀我書。學到莊騷纔止此，生逢周漢定何如。西州相識無遺恨，獨恨無從摻子袪。

挽宋巖老參議

居然是是亦非非，錯處稠中定不疑。萬事過人旁袖手，一生從衆自觀頤。肯為壯縣雖嘗試，略見周行已逆知。盡日杜門佳客至，小槽親校酒醇漓。

少小修藏近市朝，亦非着意混漁樵。不為禦寇猶争席，好説淵明更折腰。一飯重違凡子約，千金終却故人招。送車幾兩交相唁，我獨難忘最久要。

悼劉謙之知録

海内多吾友，飄零今幾人。相忘尤墮淚，欲誄輒傷神。自注：余欲作景元、同父祭文，皆不勝悲輒止，謙之亦然。才力矜餘地，心期耻後塵。溘然無一語，愁殺白頭親。

挽王興之提刑

四海王詹事，傳家有象賢。宦情塵滓外，風誼典刑邊。遺愛依前鄭，群居得少連。生平纔樂此，一夢涕潸然。

悼濟陽夫人

久接江山境，曾論子姓文。於焉覯内則，可以繼前聞。榛栗嚴賓豆，蘋蘩潔祀芬。有人言不朽，片石合摩雲。

挽張春卿尚書

懷抱今遺直，身名古象賢。路車陳左塾，笙磬在東懸。再世星辰上，三年雨露邊。崎嶇空老去，有識共潸然。

論建回天力，生平與衆同。居常焚諫草，人自避乘驄。朝譽多張仲，家聲近魯公。挽辭吾不愧，收入汗青中。

悼翁仲立達州

憶昔看封事，令人激懦衷。邊籌皆破的，硬語更盤空。晚亦通家好，居然與衆同。行藏嘗論定，誰假一帆風。

淮幙何多譽，巴城僅一麾。最書膚使上，好語近臣知。篳路江山原校：一作烟雲久，維舟日月遲。空懷歸報牘，不逮勞還時。

挽劉端木司户

十年共語昨來非，長憶初年握手時。身世自憐心炯炯，功名猶恐論卑卑。民彝亘古非蕪没，學者如公好器資。緩轡徐行逢九軌，可堪倏忽九原悲。

挽林致賢提舉

一經韋氏學，五桂竇儀家。每耻鄉評過，深懲履道華。人方貴全璧，事已墮空花。褒衮來黄閣，千年置齒牙。

挽劉茂實和州

欲課民庸元道州，欲評人品馬少游。居無一事可切齒，薦有三公方掉頭。送公歷陽令我愁，目斷賓鴈書沈浮。識與不識涕淚流，人世安用須封侯。

鄭自明哀詞 并序題原缺，據四庫本補

鄉士大夫書説自明，果然。嗚呼，悲夫！自明為太學諸生，數與余游。乾道壬辰同試進士，自明不第，於是始别。别三四年間，自明以釋褐仕于朝。而余之再乍當奪行字在所也，則自明寖貴，絶出其輩行間。相過語，至其歡狎悲壯，與在學校時無異也。余丞郡長樂，會自明家居待台州闕，更數往來。嘗造其所舍僧寺，室中蕭然，箯輿一乘，老床凳數隻。凡若干口，日須婦翁米以為食，而自明意象與在館閣時亦無異。余每語人，自明來日甚長也，而今死矣。自明言行焯焯在人耳目，不但余能言之也。余獨悲自明以喜事嫉邪取名於世，而死最不幸。好議論者曰：是宜不良

死也。余觀自明立朝，於進對苟得之閭里厮役，當諱而不以言上者，具以情奏。滿朝為危，而自明雖即死不悔，真若不愛其死者。然其事母孝，左右不敢違。晚得師友，務為靖恭閒雅，不苟坐立，雖一飲茹，亦必揣度無害乃下口。余嘗羹菌以進，自明驚謂曰：是可食耶？往聞有食此死者，至今不近也。自明可謂重其死矣。士患無志；有志矣，患不見知於上；知而少不合，輒不持重以究其用，亦士之罪也。方自明以母老請外，去非上意，天下皆以旦夕且復用。自明又甚自愛，而及於此何哉？是不謂之天耶？故余為斯文也，他不暇論，於其死亟致意焉，以見余悲，且以解議者之惑，亦自明之志歟。自明，長樂人，姓鄭氏，名鑑。詞曰：

母曰余兒兮，吾莫知其何尤。婦曰良人兮，吾曷為罹此憂。兄弟不以是咎兮，朋友稱其好脩。恭不得其故兮，庸强名之曰命。相彼下堂而貽戚兮，或結纓以順聽。萬不同咸自取兮，曾二者孰失其正聲。鬼神之所仇兮，人直躬焉是病。胥屬鏤忽墮其前兮，屈魚腹以為穽。奇禍作於牖下兮，顧奚悲而宜慶。嗟子何傷兮，獨余懷不能以自勝。尚或相爾藐孤兮，天終焉其有定。　以上《止齋先生文集》卷九

洛陽橋

跨海為橋布石牢，那知直下壓靈鰲。基連岳嶼規模壯，勢截淵潭氣象豪。鐵馬著行横絶漠，玉鯨張鬣露寒濤。縑圖已幸天顔照，應得元豐史筆褒。　宋祝穆《方輿勝覽》卷一二《泉州》

句

夢由今日賚，事與古人求。　宋吕祖謙《詩律武庫後集》卷一五

玉龍十二蓬山頂，寶髻三千漢殿中。　芍藥

半粧宫面迎風笑，間色仙衣帶露收。　又

密葉自成金翦飾，亂英誰輯紫茸香。　又

凝脂新賜浴，半面更啼紅。又　以上宋陳景沂《全芳備祖》前集卷三

苗分鄭七穆，香發謝諸郎。蘭花　同上書前集卷二三

羲皇向上人。宋孫奕《履齋示兒編》卷一〇

（戴螢整理）

吕祖儉

吕祖儉（？—一一九六），字子約，自號大愚叟（清康熙《金華府志》卷一六），金華（今屬浙江）人。祖謙弟。以父蔭入官。歷監明州倉，衢州法曹，藉田令，司農簿。光宗紹熙四年（一一九三）六月，通判台州；十一月，除太府寺丞（《嘉定赤城志》卷一〇）。寧宗慶元元年（一一九五），以忤韓侂胄，韶州安置，後送吉州，遇赦，量移高安。二年，卒。著有《大愚集》，已佚。《宋史》卷四五五有傳。今録詩二十六首。

晁景迂大觀庚寅冬爲四明船場後七十有餘年某適以倉氏之職至此閒而王兄季和亦來作景迂官相與訪問舊迹故傳尚有可考偶成數語簡季和因呈叔晦

鄞川舊有船司空，小亭晚望江之東。自注：景迂有江亭晚望詩。父老猶能理前話，無錢無木人無功。自注：時有漕使來場中詰問造船事，景迂對以此語云：有錢則有木，有木則有船，既無錢則無木，既無木則自然不能造船。漕使語塞而去。風流已往四十載，水仙木犀徒自紅。自注：景迂有思四明水仙詩及和蔡天啟四明瑶柱木犀之句。吾嘗夜看司空集，元符上書入邪中。歲月蹉跎今幾許，俯仰一身隨轉蓬。自爾怕道四明守，詎有律吕為始終。易系後譜此時有，又得剛説來發蒙。自注：景迂跋云今年始見剛説明州，令人不覺意氣自倍。魯人獵較亦獵較，復使妙句追飛鴻。揭

來海頭四閱月，塵埃滿袖生㲲毿。平生執鞭所欣慕，追尋故蹟得數弓。超然之名猶可想，自注：超然之名舊矣，相傳在江之滸，後樓易其名，而非復故處矣。海氣微茫日未曨。越中豈是不好事，別乘皆賢心已忼。場官繾綣真我友，欲來卜築祠此翁。大書特書景迂號，庶幾遺躅常清通。簿書期會目前耳，此意當令齊洛嵩。豐公室外草芃芃，了齋却埽耳若聾。當時二士相游從，夜闌太息非為躬。年運而往將溟濛，後輩風□□□□。薄材微宦猶未工，尸祝越俎自忡忡。誰圖遺像寘學宫，時與先儒相磨礲。却歸金華守吾宗，端坐不出固其窮。

慈溪龍虎軒偶成

龍蟠虎踞秣陵城，甬上蒼官亦强名。獨占高峰傲千古，夜深月照落潮聲。

老松偃蹇卧江濱，風月煙雲寄此身。不羡參天二千尺，低徊欲對小峩岷。

仙都石筍似天成，凫水松龍是弟兄。走徧游人與行客，未知誰可寄深情。

蒼然暮色已峥嶸，姑射山頭卧玉鯨。墨客强生龍虎想，我來猶自怯威名。

尚書風節映鄞川，人物蕭然又幾年。世路逶迤雖已極，軒前龍虎尚依然。

年來世路轉蹉跎，正大中庸論愈多。出本無心歸亦好，何須胸次自干戈。

泛舟至竹洲 叔晦所居

湖光拍天浮竹洲，隱然一面城之幽。中有高士披素裘，我欲從之恐淹留。探囊百金辦扁舟，又煩我友著意修。微風一動生波頭，飛棹來往倦則休。兀兀坐曹如繫囚，吏餘只有萬斛愁。一生安坐無幾求，今日棲遲如置郵。脱帽露頂固狂流，俯首折腰亦可羞。誓將入海登之罘，棄置人間繞指柔。蒼然暮色下羊

牛，出處語默兩悠悠。九原可起柳柳州，燕坐相與未始遊。以上元王元恭《至正四明續志》卷一二

題史子仁碧沚 碧沚，即芳草洲。子仁名守之，心非叔父彌遠所為，著《昇聞録》以寓規諫。避勢遠嫌，退處月湖與慈湖諸公講肄為樂寧宗御書碧沚字賜之

相家小有四明山，更葺桃源渺莽間。四面樓臺相映發，一川烟水自彎環。

中州纍石勢嵯峩，城外遥峰聳翠螺。舊說夕陽無限好，此中更得夕陽多。

金沙臺

謫居無地寄幽懷，□清同治《上高縣志》卷二六作筠有高臺自漢開。紫極晨光招我望，錦江春色逐誰來。賡歌惟憶多炎裔，作賦應憐乏賈才。人物若增山水勝，詩仙龍種兩奇哉。

題聽雨堂

王笥參參好弟兄，幽軒共對短燈檠。摶風萬里志將遂，聽雨幾年心獨清。戲綵奉觴歡正洽，對床欹枕夢初成。此時細細簷花落，別是一觥風雨報。報字庫點滅，似當作聲 以上元陳世隆《宋詩拾遺》卷一八

和趙户曹彦掞，衢之龍游人**遊南湖之篇**

金華山下舊同遊，甬水相逢又半秋。明月初開青玉匣，徹雲吹破白雲頭。誰能共我同清賞，且得從君散客愁。深夜沉沉欲回棹，浩歌相送過青州。《永樂大典》卷二二六五引《大愚叟集》

詩一首

小齋標新名，清風自成響。世累已破除，陽來道方長。同上書卷二五三六

韶陽之還道中呈汪時法 乙卯夏

南江一道水分明，寂寂扁舟不記程。回望家山在雲際，夢魂猶對短書檠。

汪氏諸郎子獨賢，相從過嶺過韶川。九齡風味猶存否，莫向南華却問禪。

一川風月下扁舟，蕩漾金波泛白鷗。此去韶江知幾里，九成縹渺在雲頭。

道上有感

羣書亂插架，荏苒忽忘年。歸來誰謂必，拂拭復茫然。聖遠道難繼，事變如山連。寒夜煨芋栗，炎天浮藕蓮。時與舊朋儔，曳杖訪林泉。忽來朝市中，歲月復推遷。一朝忽南去，道里有餘艱。韶陽號善地，九齡亦稱賢。杜門省愆咎，夙夜問周旋。異時歸故里，拜掃明招阡。目力儻未衰，庶幾守遺編。

送汪時法歸金華

扁舟南去意茫然，襆被追隨便欲前。親故道途相與語，但言高義薄雲天。

梅潦因仍不計旬，舟車屢易敢因循。昭真觀裏泠泠水，豈解遊人有怒瞋。

霽虹解纜動江聲，風不隨人舟易橫。咫尺青泥含淡月，何時相對話平生。

問途快閣得寬恩，舟轉風移日未昏。山月相忘期度歲，別懷祇覺暗銷魂。

人言追送不嫌遠，我獨衰殘懶出門。重教來時路旁候，猶留風月伴黃昏。

歸去兒曹欲與言，相思切處莫窺園。吾宗事業無多子，守得簞瓢始見根。

攜手山橋第一軒，誰能結我夢中緣。他年有意重過我，細細爐熏理舊編。

送時法登舟

四山寒雨送行舟，獨掩柴扉淚未收。歸見故人應問我，為言卒歲敢優游。

以上元吳師道《敬鄉録》卷七

（崔統華整理）

李丙

李丙，字仲南，邵武（今屬福建）人。與吕祖謙友善。有《集古録》，已佚。事見《東萊集》卷六《李仲南集古録序》。今録詩二首。

白紵辭

嬌如花，美如玉，越溪女兒十五六。光風入簾睡初足，起畫修眉遠山緑。飛香走紅三月心，一聲白紵千黄金。高堂客散燈火深，醉鬢斜釵夜沈沈。

夜夜曲

玉窗結怨歌幽獨，絃絶鸞膠幾時續。銅龍漏促春夜長，冷雨酸風亂心曲。閒熏翠被鬱金香，拂拭繡枕屏山緑。飛飛乳燕歸不歸，寂寞流蘇帳前燭。宋陳起《前賢小集拾遺》卷一

（劉雯整理）

全宋詩卷二五三六

樓鑰一

樓鑰（一一三七—一二一三），字大防，舊字啓伯，自號攻媿主人，明州鄞縣（今浙江寧波）人。孝宗隆興元年（一一六三）進士，調温州教授。乾道五年（一〇六九），以書狀官隨舅汪大猷使金。累官知温州。光宗朝，召爲考功郎，改國子司業，累遷中書舍人兼直學士院，給事中。寧宗受禪，遷吏部尚書，因忤韓侂胄，提舉江州太平興國宫。尋知婺州，移寧國府，仍奪職致仕。侂胄誅，起爲翰林學士，累遷簽書樞密院事、參知政事。嘉定六年卒，年七十七。贈少師，謚宣獻。有《攻媿集》一百二十卷、《范文正公年譜》等。事見《絜齋集》卷一一《資政殿大學士贈少師樓公行狀》，《宋史》卷三九五有傳。

樓鑰詩，以南宋四明樓氏家刻本《攻媿集》（藏北京大學圖書館）爲底本。底本殘缺部分，據武英殿聚珍版《四庫全書》本補足（其中五至七卷，武英殿本分爲四卷，仍改按底本目録爲序）。校以影印文淵閣《四庫全書》本（簡稱四庫本）。新輯集外詩附于卷末。

攻媿齋

余以攻媿名齋，俞致翁惠書謂若無媿可攻者。讀之悚然不敢當，以詩謝之。

聖賢不得見，道散固已久。學者多自賢，鮮肯事師友。顛冥聲利中，悔吝皆自取。動言無媿怍，未知果然否。寡過云未能，先聖欣善誘。凛凛孟氏言，幾希異禽獸。參乎病知免，遂使啟足手。寧知起易簀，又在此段後。吾儕況小人，氣質素凡陋。以其所以養，孝道亦何有。勉前類水馬，立處秖如舊。儻復不自力，其末當愈謬。每思攻所媿，扁榜銘座右。三誦故人書，慙汗幾欲溜。夫豈為戲言，知君於我厚。因之更加警，補過尚無咎。

謝湖山居士示和陶詩 吴給事芾

淵明千載人，風節仰孤峭。豈惟辭督郵，蓮社不得召。書不求甚解，眼高得玄要。詩亦本無意，但寫胸中妙。齊梁紛衆作，嘈雜春禽叫。稚子候簷隙，文通劇搜紹。矯矯玉局翁，尚友謝浮漂。飽喫惠州飯，追和欲同調。湖山老居士，宏才盍廊廟。出入官五紀，懷歸自年少。屢賡歸來辭，吾行有先兆。老龍卧林壑，年高德彌邵。向來批敕手，甘心事耕釣。築室據仙居，泉石造深突。亭榭望堂皇，蓬萊對圓嶠。涉園日成趣，遇客酒頻釂。巖巖鷺鶴姿，炯炯雙眸瞭。墮體黜聰明，坐忘樂遺照。西疇時告春，東皐快舒嘯。襟期古暗合，此事不容詔。盡和靖節詩，筆走追風驃。又如裴旻劍，騰空徑投鞘。人生嗜慾深，山林不供燒。何當從公游，翛然寧荷蓧。小子敢言詩，未免事華鬖。西施難效顰，邯鄲恐貽笑。思欲焚舊藁，世味輕咀嚼。稍尋韋蘇州，旁引孟貞曜。絶去翰墨畦，毋鑿渾沌竅。尚或庶幾焉，未暇期速肖。

送袁和叔尉江陰

澄江少日曾經行，高城傍有長江横。君山特立江之汀，下瞰淮甸一掌平。申港引潮深無聲，萬頃灌注滋農耕。戰國今幾二千齡，黄歇此地猶垂名。舊以邑屬南蘭陵，疲於奔命吏失寧。今焉裂地為專城，獨當一面行雙旌。井市雖小民厚生，四十萬緡輸賦征。舶商輻湊衆貨贏，牒訴簡省官曹清。一邑負郭相依憑，守宰同僚齊弟兄。脈絡貫通易盡情，尉職無卑近編氓。坐閱是否真權衡，傍郡孔道困將迎。我乃靜趣如郊坰，安輿並行人子榮。況有海錯供庖烹，河豚鯆鯗鮮不腥。車螯蛤蟹均藜羹，夫君傳家有典刑。父子知己人一經，詩書滿門不慙卿。豈羨漢士黃金籯，薦口久已徹帝京。九萬自此開鵬程，平生寒窗照短檠。興亡千古無遁形，妙年射策當彤庭。歸領後生為主盟，友朋講習誠專精。世故多端須飽更，京口直下連滄溟。官府闊稀行旅驚，邊頭久無夕烽青。要在彈壓潢池兵，簿書期會勤經營。人物酬應審重輕，一言行之可終身。謹毋失己毋失人，贈人以言豈吾能。頗嘗於此三折肱，舉以送君君試聽。

登育王望海亭

瘦藤拄破山頭雲，山蹊盡處開危亭。平田萬頃際大海，海無所際空冥冥。乾端坤倪悉呈露，飛帆去鳥無遺形。蓬萊去人似不遠，指點水上三山青。褰裳濡足恐未免，儻有飈馭吾當乘。是中始覺宇宙大，眼力雖窮了無礙。雲夢八九不足吞，回視塵寰一何隘。曾聞芥子納須彌，漫說草庵含法界。看我振衣千仞岡，笑把豪端捲煙海。

林景思雪巢

四時不皆雪，陸居本非巢。高人興寄遠，表此一把茅。吾非二祖可，夜立寒齊腰。吾非鳥窠師，結廬真（四庫本作置）樹梢。白日照我心，不以見晛消。兩脚踏實地，風雨無漂搖。作詩窮益工，寒瘦逼島郊。落筆句驚人，不復尋推敲。客至不問誰，淡若君子交。直氣干霄上，下視鄙斗筲。富貴頃刻花，誰能等幻泡。附離如幕燕，自謂漆與膠。先生閱世熟，兀坐山城坳。春陽會有時，豈曰終繫匏。錫山寄雄文，凜然豎髮毛。我非敢言詩，為君聊解嘲。

題龍眠畫騎射拖毬戲

緑楊幾枝插平沙，柔梢裊裊隨風斜。紅綃去地不及尺，錦袍壯士斫鬃射。横磨箭鋒滿分靶，一箭正截紅綃下。前騎長纓拖繡毬，後騎射中如星流。繡毬飛碮最難射，十中三四稱為優。元豐策士集英殿，金門應奉人方倦。日長因過衛士班，飛騎如雲人馬健。駕幸寶津知有日，窮景馳驅欣縱觀。龍眠胸中空萬馬，駭目洞心千萬變。追圖大槩寫當時，至今想象如親見。静中似有叱咤聲，墨淡猶疑錦繡眩。閑窗撫卷三太息，五紀胡塵暗畿甸。安得士馬有如此，長驅為决單于戰。

題羅春伯所藏脩禊序

東游登會稽，祇見蘭亭不見碑。北過中山府，欲訪此碑不知處。間從故家看墨本，如此二者絶難遇。曾經耶律氈裹去，至今胡虜猶知慕。時將一二餽虜使，持歸往往快先覩。未知玉石真在否，要比江南終近古。他日縛取呼韓作編户，勒銘歸來過定武。只問君王乞此碑，打向人間莫論數。

題孟東野聽琴圖因次其韻

誰歟住前谿，夜深以琴鳴。天高顥氣肅，月斜映疎星。椽林助蕭瑟，泉聲激琮琤。彈者人定佳，能使東野聽。東帶不立朝，遥夜甘空庭。龍眠發妙思，神交窮杳冥。不見彈琴人，畫出琴外聲。郊寒凛如對，作詩太瘦生。恨不從之游，撫卷空含情。

壽安撫伯父

東樓德澤流無窮，我公挺生慶所鍾。瓊枝玉樹瑩精彩，迥然不墮風塵中。少年慷慨吐虹氣，文詞元不減儕輩。胸中妙藴經綸才，剸劇裁繁特餘事。曾從蓮幕試牛刀，舉城但識劉功曹。瀾翻薦口動天聽，一語便逾華衮褒。上方欲革嶺南弊，柬才果得吴刺史。不妨一勺飲貪泉，清德泠泠今可紀。憑軾雍容安七閩，列郡合詞稱得人。從兹十載秉麾節，坐令萬里回陽春。洞庭風月瀟湘雨，君王無復憂南顧。抗章乞得半生閑，遥指家山賦歸去。廟堂未肯閑宏材，大開東閤需公來。朝隨召節赴天闕，夜馳使馹歸長淮。廣陵卧治要汲直，金節熒煌照熊軾。底用腰纏十萬錢，且看身享二千石。忽思鱸膾寒菰羹，拂衣欲遂鄉關情。視去西陽如脱屣，意色蕭然同關生。畫船重泛西湖上，水光山色都無恙。主人管領東風回，故園桃李倍清爽。六鼇背負三山歸，輪囷老檜蒼龍姿。了無塵俗敗人意，棐几長物皆瑰奇。横岸綸巾披鶴氅，神情直出羲皇上。塵事到頭曾不聞，卧聽歌臺傳煖響。百花堂前手自栽，興來一盃復一盃。人生亦欲自適爾，富貴於我何為哉。中春況屬懸弧旦，史君亭榭風光煖。東君預借一分春，不許芳菲作春殿。綺羅香深初肆筵，弟兄酬酢盃相傳。此時更復惜一醉，君從何處拚垂蓮。五侯貴盛德未美，簪纓不滿高陽里。何如清白傳家風，奕世青氈盡朱紫。燕居今喜相比鄰，其如四海須陶鈞。羽書鼎來在朝夕，何數羔鴈徒成羣。芙蓉城中有仙宅，十洲三島環其側。此中樂不減商山，功成歸作茹芝客。

送伯舅汪運幹 大雅

人生自古悲别離，别離今日何足悲。試問今日行者誰，鄞江名族真男兒。虬鬚燕頷軀十圍，凛凛端有熊豹姿。毅然剛立不怒威，笑視鼠輩何脂韋。州縣小試囊中錐，政績今在衆口碑。姓名通籍黄金闈，便泝王儉紅蓮池。平時幕府多素尸，坐縻公粟遨以嬉。只今方當多事時，正要名士同驅馳。森森百萬虎與貔，荷戈分駐淮東西。兩淮千里雙使麾，幕中僚吏皆擢犀。惟公婉畫明蓍龜，辯如懸河不可隄。胸中武庫深難窺，决策固有堂上奇。朔風吹空黄草齊，正恐秋高胡馬肥。萬人相顧目睽睽，見公此去多腹非。

公獨襆被行不疑，單車西去征馬嘶。平生氣槩衝虹霓，恨無尺箠笞羌夷。方今天相中興期，黠虜戴頭來邊陲。願公速蹈功名機，匈奴不滅何家為。出門千里何足辭，但願滿引金屈巵。

月夜汎舟姚江

秋暑不可能，幾思泛中川。晚來興有適，溪船偶及門。涼月纔上弦，平潮可黄昏。倚楫縱所如，卧看龍泉山。長虹跨空闊，過之凛生寒。坐穩興益佳，夜氣方漫漫。草蟲鳴東西，飛鳥相與還。仰頭數明星，垂手摇碧瀾。坐客惜此景，不及携清樽。無酒要不惡，徜徉足幽歡。幽歡有何好，叩舷澹無言。

送王正言守永嘉

江頭潮生江月小，瞑煙緑暗垂楊道。有客扁舟送史君，道傍不怕揶揄笑。向來一别三换歲，正喜情親得傾倒。吏民引頸望旌麾，空有離愁滿懷抱。史君讀殘萬卷書，古事今事俱了了。便應珥筆侍天陛，不然代言登鳳沼。瀛堧山水久寂寥，為屈朱轓來坐嘯。岭嶠峯高舊題詠，赤城所在經行飽。永嘉名郡太守尊，靈運後來詩絶少。天作鴈蕩地為藏，蠟屐穿山未曾到。改轅却向箇中去，更得江山助詩好。齋鈴静處定得句，不待池塘夢春草。去年海水上平地，大風駕浪從天杪。蒼生濈濈生魚頭，聚落隨波迹如掃。今年二麥連野秀，田家扶犁事秔稻。史君憂國眉不開，叱馭徑行仍及早。哀哉千里方更生，縣官租錢須户曉。縱民自恐上不足，誅取仍憐下無告。邦儲邦本孰輕重，肯使疲民困征擾。君不見巖巖千古陽道州，政拙催科自書考。

遊龍瑞宫

隔山望危石，老面凛如鐵。路回兩屏開，見此高嵽嵲。偉哉名公卿，袞冠會朝列。又如鼓迅霆，玄雲助擊烈。癡陰不作雨，空翠襲冰雪。野水不知源，遶徑幾萬折。子長真愛奇，萬里探禹穴。我家甬水東，扁舟輕入越。竊此半日閑，到處輒清絶。傳聞古洞天，瓊臺照金闕。神僊杳難問，一笑山石裂。相逢客路中，翻手數年别。勝地更躋攀，莫厭屐齒折。

三日不得過都泗堰

南朝何公棲禹穴，嘉遁悠然志高潔。一朝送人都泗埭，歸嘆此途於此絶。我亦何為走塵埃，數年不記幾往來。船横三日不得度，愧想高風安在哉。

宿佛日山

平生臨平山，知誦藕花句。輕帆幾來往，山色澹如故。寧知千萬峯，中間著佳趣。蕭蕭蒼髯翁，為指花城路。我來春正濃，天寒日將暮。雲深鍾唄鳴，自喜得勝具。緬懷玉局僊，老筆掃朝霧。玉槊儼相持，珠旒竟何所。惟餘渥洼水，蒼龍角牙露。人間翻覆手，烈日變煙雨。俗子眩炎涼，三四錯賦芧。道人笑視之，萬化隨所遇。深坐十笏地，一息了千慮。箇中誰得知，幽鳥背人去。

求仲抑招遊山歸途遇雨

竹輿遶湖濱，宿露尚厭浥。徑到玉岑下，坐久客始集。起穿靈石山，萬松介而立。梅天氣清潤，空翠行可挹。古藤幾百年，枝蔓兩山及。見説春暮時，花紫光熠熠。直疑老潛虯，初起夜來蟄。俯瞰歲寒泉，齒冷不敢吸。相將上龍泓，塵鞅謝羈馽。洞有靈獸居，臨深心岌岌。魚游明鏡中，巨浪無三級。寒苔載水去，萬頃潤原隰。濛濛山雨來，歸僕鳥飛急。野興殊未已，日昃不暇給。衝泥上湖船，雨陣遽奔襲。飄風將急點，回旋驚四入。中流益蕩兀，短蓬不當笠。停篙亦久之，怒勢不少戢。我徒方嘯歌，弗為改豪習。但恥餅罍罄，莫問衣裳濕。

吴江舟中

阿連久矣共一被，小别愁生夜無寐。風帆將我上征途，回首江山忽千里。小舟横卧吴江水，夢回依約蕭齋裏。五更漏急月黄昏，烏鵲一聲人未起。

讀范吏部三高祠堂記

三高之風天與高，三高之靈或可招。小山以後無此作，具區笠澤空寥寥。幾從垂虹蕩雙槳，寓目滄浪獨怊悵。筆端不倒三峽流，欲遽招之恐長往。前身陶朱今董狐，襟抱磊落吞江湖。瑰詞三章妙天下，大書深刻江之隅。我來誦詩凛生氣，若有人兮在江水。扁舟獨釣膾鱸魚，茶竈筆床歸甫里。先生固是丘壑人，只今方迫功與名。謝公捉鼻恐未免，便看林藪生風雲。他年事業滿彝鼎，乞身歸來坐佳境。不嫌俗士三斗塵，容我漁蓑理煙艇。

僊都獨峰

漢家武徹求神僊，方士搤擊多夸言。蓬萊隔海不可到，屬車方羊上橋山。傳聞黄帝久僊去，胡為有石高巑岏。游談不經理欲屈，謾言此地藏衣冠。縉雲自是僊窟宅，萬壑千巖比如櫛。突然一石摩青雲，造化應勞巨靈擘。僊風吹墮碧蓮花，玉井半空人不識。望之不計幾千尺，八柱擎天此其一。伯夷制行高且孤，萬世猶能立懦夫。英魂凛凛今不死，化作此石山之隅。横斜轍迹依然在，我亦何能窮古初。

靈壁道傍怪石

飽聞兹山産奇石，東南寶之如尺璧。誰知狼藉亂如麻，往往嵌空類鑱刻。長安東風萬歲山，搜抉珍怪窮人間。汴流一舸載數輩，徑上艮嶽增孱顏。當時巧匠斲山骨，寘之河干高突兀。干戈動地胡塵飛，坐使奇材成棄物。君不見黃金橫帶號神運，不數臺城拜三品。只今零落荒草中，萬古淒涼有遺恨。木人漂漂不如土，坐閱興亡知幾許。行人沉嘆馬不前，石雖不言恐能語。

括蒼溪漲

雨餘大溪觸山流，氣勢直欲凌沙洲。浮梁中分斷螮蝀，流沫東去行蛟虬。人家嘈嘈避新漲，雲稼苒苒添平疇。漁翁輕生有如此，小艇橫絕隨飛鷗。

石門洞

扁舟百里蓮城回，青山中斷立兩崖。清都虎豹隱不見，但見閶闔排雲開。峯回失喜大飛瀑，聲震萬壑驚春雷。掀髯目極九霄外，玉虹千丈飛空來。一冬青女靳天雪，不知聚此山之隈。傳聞神龍卧其上，寶藏擊碎真瓊瑰。胸中先自無塵埃，到此更覺心崔嵬。天風為我噀空翠，春水瀉入騷人懷。謫僊曾來寫勝句，劉郎又為開天台。我慚筆無挽牛力，醉墨滿壁誰為裁。或言龍湫更奇絕，鴈山高處深雲埋。我方携笻往尋訪，未知比此何如哉！

大龍湫

北上太行東禹穴，鴈蕩山中最奇絕。龍湫一派天下無，萬口讚揚同一舌。行行路入兩山間，踏碎苔痕屐將折。山窮路斷脚力盡，始見銀河落雙闕。矩羅宴坐看不厭，騷人弄詞困搜抉。謝公千載有遺恨，李杜復生吟不徹。我遊石門稱勝地，未信此湫真卓越。一來氣象大不侔，石屏倚天驚鬼設。飛泉直自天際來，來處益高聲益烈。從他倒瀉三峽流，到此誰能定優劣。鴈山佳趣得要領，一日盡游神惡褻。驪龍高卧喚不應，自媿筆端無電掣。輪囷蕭索湍不怒，非霧非煙亦非雪。我聞涷雨初霽時，噴擊生風散空闊。更期雨後再來看，淨洗一生煩惱熱。

連雲亭望海中諸山

鴈山本在雲海中，波濤千古相撞舂。泥沙洗盡見山骨，巖壑所在皆玲瓏。是誰一口吸水盡，平地卓立成奇峯。至今往往有遺迹，相傳渺瀰何能窮。我乘單車來自東，佳處千數一覽空。晚登四十九盤頂，曠望巨海煙濛濛。羣山錯立不知幾，朝日照耀天霞紅。是間瑰奇定多有，鯨波掩蔽深莫通。我無太真燬犀法，安得一闖馮夷宫。會聞滄海變成陸，却與鴈山爭長雄。

寄題張法曹瞻雲軒

張侯名軒意可知，如登太行看雲移。我雖未得登軒墀，不鄙要我巴人詞。爾時膝下遨以嬉，欲斲數語語不隨。娱侍東嘉樂無涯，官舍偪仄親不怡。安輿相將甬水湄，日日東望勞支頤。秋風得檄欣星馳，歸拜親下聊信眉。官事有程不得違，欲去故國行遲遲。重來橘柚黄金垂，霜著新蟹雙螯肥。海魚甘鮮一尺圍，欲奉色養春為期。瞻雲之思今同之，慨然落筆成新詩。人間至樂在庭闈，何用自縛微官為。君方欲解左顧龜，我亦日思投檄歸。相望百里俱萊衣，從他天外閑雲飛。

次韻翁處度同遊北山

兩夫持鎌行我先，巧尋徑路其智專。我扶枯藤衣短後，意氣已出層峯巔。何郎鮑叔飽經歷，勝處一一手自編。我携舊記訪陳迹，正恐急景不得延。當年共登青雲梯，今日邀我為擊鮮。始觀神龜闖清泚，上有石壁來飛泉。隱清遺基平可坐，下顧亂石如磨鋌。懸崖雙瀑灑空雪，來自一握孤雲天。却從下流泝深險，崎嶇直到清潭邊。朝陽射光破幽閟，斷虹上下遮潺湲。傳聞高山更高處，雅有行路從西偏。同行無乃深好事，盃酒自犒脚力全。誅鋤荆棘窮鳥道，欲進不得意愈堅。旋呼僮僕累危石，笑採野菊聊盤旋。捫蘿騰身上苔磴，往往歡呼争著鞭。側行危步汗浹背，石角或使衣裳褰。少焉身在雙瀑上，又見高派衝泓淵。自笑泉石成膏肓，愛賞不減蟻慕羶。巉巖數峯巧遮護，妙處二老初無傳。脱迹塵埃到此地，便覺神思飄飄然。回首江南塵一聚，城郭歷歷眼俗穿。相期更看水流處，步履未倦夸輕翩。一上千尺窮山椒，碧澗靡迤流蒼煙。尋源不能且忘返，石猊巍踞驚神鑴。退求歸徑惘難問，藤蘿所在相縈纏。我方踟蹰風煙表，披披衣袂身欲僊。晚歸招提各痛飲，讀盡屋壁長短篇。截筒環山筧清駛，竅出珠穗心亦憐。棋枰相與論瓜葛，横琴不妨揮五絃。人生易老費扶掖，勝具大率須少年。伊余歷聘佳山水，愛奇切慕太史遷。明年炎暑襲故步，與君共枕清流眠。

遊白石巖

我遊僊都觀獨峯，轍迹雖在車不通。鼎湖望極幾怊悵，悵無羽翮凌天風。玆來樂成望白石，玉甑突兀摩蒼穹。人言真人老聃裔，鑿開洞府遺僊蹤。無人共登青雲梯，躋攀伴我惟枯筇。縈回約略三十里，踏遍萬疊高巃嵸。斷崖泠泠落殘雨，雙石凛凛亭孤松。却從山椒下谷口，石欄屈曲遮碧欆。頗疑山高氣凝凛，古來積雪今未融。是誰玉斧妙鑴斵，僊洞雙闢驚神工。巖深白日尚幽閟，别有石竅開天聰。傳聞峯頭貯清泚，苔罅涓滴聲冬瓏。奮身更與上虛閣，海山錯立煙濛濛。脚底千山行伏龍，手揮五絃俯冥鴻。霜林摇落當玄冬，長嘯一覽萬象空。解衣寄宿旦過寮，魂夢亦墮冰壺中。曉看日出滄海東，蠟炬百萬燒天紅。眼高不數鴈蕩雄，行田下笑康樂公。未能辟穀追僊翁，頗亦有意棲琳宫。三山不覺去人遠，安期羡門宜相從。驂鸞駕鶴太多事，但欲御氣遊無窮。

約諸公再遊龍湫

昨暮與君上龍湫，天久不雨無湍流。噓呼拊掌喚不應，悵望頗亦令人愁。夜來雷鼓驚龍起，溪聲已覺亂人耳。莫辭重訪尊者居，坐看倒翻三峽水。

送劉仲起主簿

劉郎鸞棲海瀕邑，不減向來人姓習。凜然軀幹即之温，語恐傷人中有立。論交雖厚笑甘醴，御史以嚴無束濕。公餘黄卷頻卷舒，藝圃工夫日加葺。永嘉素多君子僚，休沐新盟有清集。伯倫忽去誰鯨吸，欲挽不留情悒悒。君年方盛才有餘，逸驥寧容在羈馽。期君速蹈功名機，塞草連雲朔風急。

王侍御壽詩

史君威名聞四方，南床凜凜凝秋霜。史君和氣到甌越，幕府初開夜飛雪。頗聞此雪仍歲無，定知來隨御史車。黄堂洗印未多日，慶朝況此當懸弧。明年豐登日可數，父老兒童争起舞。遲明賀版擁譙門，試拾歡謡作詩語。史君風度神僊人，相門出相寧非真。妙齡兩科談笑得，晚趨嚴召依風雲。臺端敢言姦聽聳，至今讜論時傳誦。踏遍巫山十二峯，却尋春草池塘夢。人傳史君威稜稜，我知威愛元兼行。蒼髯如戟面如鐵，惠養自有循良稱。高牙入境紛進謁，賓屬庭趨公磬折。民生共喜愛日温，吏行獨畏春冰裂。向來夔州妙籌邊，夷蠻落膽皇靈宣。還朝奏課居第一，夜半帝席為之前。東嘉今為股肱郡，小試望之三輔近。會循故事入三公，致君要使登堯舜。東風未動春先回，梅花照眼歌筵開。吏民合詞頌難老，一笑千里傳銀盃。佳兒恂恂授衣鉢，玉樹芝蘭俱秀發。江南世胄比長淮，更看雲來萃簪笏。平生知己今上天，敢復坐嘆寒無氈。巴言未足贊公壽，載誦峻極崧高篇。

鮑清卿病目不赴竹院之集詩寄坐客次韻

鮑矦年少老文學，藝苑優游富耕穫。胸中涵養自成趣，妙處正恐兒輩覺。我慙門巷非尺五，字欲問奇誰與榷。開樽竹院望同醉，遮眼腦脂何太虐。團圞十客踏雨來，相從不負東風約。投壺雅歌了無根，秪恨車公一前却。海棠春深照眼明，風物融融悟非昨。從教雨洗烟脂淡，小摘何妨供把握。夜闌燒燭照春睡，靚粧如在結綺閣。牆頭西望爛蜀錦，嫣然一笑無聲樂。飛紅點地綉作茵，正須席地天為幕。要知富貴出天姿，艷杏夭桃何足録。主人小築真好事，肯學區區專一壑。洞門不鎖要客來，笑君大似羊公鶴。雨餘珠淚色慘悽，一顧正嫌無佾樂。忽驚新詩來叩門，妙語天然不煩琢。坐中傳觀字欲漫，我竪降幡甘面縛。清明已過雨不休，雲霧猶屯四山脚。揩摩病目不應遲，及此紅英半零落。枝頭尚有未開花，縱已離披亦何惡。知君既負西岑游，可使一春終落寞。會須來此共賦之，正要重聞誦新作。

贈光孝益老

光孝長老師益，蘇魏公諸孫，兄延壽，為台州判官。别四十餘年，一見歡甚。林吏部有詩次韻。

鶺原鴻鴈行，此理懸諸天。萬事可變滅，天性難推遷。顯菴幼出家，潔飢四庫本作飲同玄蟬。一鉢寄西東，悠悠經幾年。外慕等浮雲，百念灰無煙。難兄忽相逢，觸動歡喜緣。光陰信可惜，征袂何翩翩。叱胥掩簿領，來同妙峯禪。刺刺道家世，客淚如迸泉。玉堂與黄閣，衣鉢親相傳。游宦非為貧，不敢替所先。老師雖宴坐，至情豈唐捐。此會非偶爾，絶倒秋風前。手持詩卷來，謂予得無言。曉以天性語，人生要有原。嗟哉偽日薄，其豆本同根。一旦成仇敵，釜中急相煎。寧知有佳人，芳草夢阿連。相見無幾時，瞥如魚躍淵。固知出世法，惜别詎不然。又當作大觀，勿為愛綱牽。千山元不隔，毋庸對床眠。

送王道州

九疑之南為春陵，瀟水清駛山為城。郡齋正據山直上，一覽萬家無遺形。家君頃年入蓮幕，我不得往空馳情。先生分符此中去，心旌摇颺隨雙旌。先生平生飽文學，身上著作承明庭。奥篇隱帙辨如響，一時自許文章鳴。高詞坐奪造化巧，凛凛韶濩聲鏘鏗。把麾江海非無意，親扶版輿賦南征。頗聞楚俗未蘇息，糟糠不厭嗟疲氓。正資儒術飾吏事，拔去强薙摩孩嬰。政成環召事未晚，天子日夜開延英。風流千古三刺史，往繼聱叟陽先生。毋庸自書追科考，但願寄我春陵行。

哭王知幾墓

知幾少也爽，萬事笑談了。自謂頗寡合，見我輒傾倒。百年能幾見，一别迹如掃。父子俱埋璧，烏乎何其早。向來論文酒，和淚傾宿草。此意誰復知，寤歎令人老。

仲舅尚書生朝

去年生朝燕稽山，館舍朗朗屋百間。紅裙合樂飲徹旦，坐上衆客皆酡顔。今年生朝半歸路，竹輿蕭蕭曉衝雨。回頭風景非去年，當時賓客今何處。仕已喜愠曾何分，適齋未減楚子文。鼻間栩栩固自若，世情物態徒紛紛。平生知足志閑退，歸老鄉關了無悔。但欲年年醉西風，坐閲人間百千歲。人間萬事日不同，尚書人望方顒顒。明年舉酒拜公壽，安知不在槐庭中。

送鄭惠叔司封江西提舉

君名切斗魁，步武上霄極。蓬萊群玉府，圖書照奎壁。郎官應列宿，寢覺象緯逼。胡為作使星，炯炯向江國。仰奉鶴髮親，版輿映萊服。昔日紅蓮池，帥垣資婉畫。方將散餘潤，連城被膏澤。官推與民繇，豐儉煩振羅。小試活國手，疲甿賴休息。便歸侍玉皇，拱立香案側。富貴殊未已，行行上鸞掖。君其妙演綸，三能看齊色。

次韻胡元用末利花

殘暑未盡秋欲來，玉刻萬葉瓊英開。孤標雅韻一枝足，江上紫翠空成堆。素娥長與明月約，青女細把輕綃裁。主人好事趁時買，買置此地真宜哉。牆間閑地方丈所，幾年累甓裝層臺。春花秋卉紛互發，胡葵芍藥參徘徊。眼明忽見此奇絶，弟畜素馨兄事梅。夜深飛香性幽獨，未許蜂蝶來相陪。糖罌封餘有閩土，會須掃取添花栽。吾聞閩山千萬本，人或視此齊蒿萊。何如航海上天闕，玉色照映瑠璃杯。新涼徙倚看不足，坐見日影欹庭槐。

同官登敕局小樓觀雪

去年歲豐登，雨暘應時須。所欠惟一雪，祈禳遍精廬。晚亦粗飄瞥，六花舞空虛。雲氣不待族，風伯隨驅除。淺春寒尚深，忽見雲糢糊。撒鹽壓衡茅，晨興粟生膚。隨班上原廟，恍若登蓬壺。岧嶢宫殿深，朱扉黄金鋪。百神衛靈居，半天散瓊琚。又疑守護嚴，寶網絡明珠。參差鵷鷺行，簪笏皆沾濡。退歸冷局中，窗間竹扶疎。為思此絶景，往往終年無。不應憚凌寒，閉門守紅爐。為君登危樓，深盃泛駝酥。崔嵬瞻吴山，莽蒼望西湖。瓊枝宿飢鷹，玉街走韓盧。酒興萬里遠，容我歌且呼。坐欲蹶五言，所媿李與蘇。君與工屬聯，灞橋去騎驢。

久不作詩喜仲兄遷鄰居因成長句

宦游各天涯，皇州今鴈行。官居半里所，相過復相望。西鄰得老屋，往來連户窗。水竹占幽勝，風雨對一床。十年短檠燈，今夜分餘光。兒曹亦可樂，洛誦聲洋洋。天邊有白雲，隨風正飛揚。相期奉旨甘，萊衣戲親傍。軒冕皆儻來，此意可暫忘。詩成喜可知，且復釂此觴。

送林宗丞浙東議幕 劭

先生風骨天與清，孤松野鶴何瘦生。胸中落落笥五經，大篇短章筆縱横。壯年文場諸老驚，俯仰世故雙鬢星。萬事不理詩自鳴，笑視軒冕秋豪輕。市者争利朝争名，著脚往往遭譏評。先生四五官神京，又復歸去鴻冥冥。臺家急賢理不應，况復寮舊離觴傾。先生自喜得此行，禄粟可已啼號聲。秦望之山高且平，卧龍横亘環州城。鏡湖千頃波不興，晋宋遺迹多豪英。議幕了無塵務縈，撫物吊古皆關情。我亦久矣懷滄溟，旦夕欲乘緹油屏。相望縱復三數程，詩筒尚得尋前盟。

臨海縣治琴堂

子賤彈琴真是琴，我今無弦知琴心。使我不得琴中趣，弦以脩綆誰知音。才術高低不自由，單父二子心則侔。後人不得彈琴暇，勿以戴星為可羞。

送石應之司户歸剡以室邇人遠爲韻

捷徑指終南，索價譏少室。窮達豈無命，踏地胡不實。之人吏海隅，所吐百未一。夷塗澹無營，君其有終吉。

年來嘆離群，磨琢殆無幾。資凡學益落，駑駘費尺箠。羡君富春秋，發軔方自邇。驊騮更著鞭，洗眼日千里。

南明千古秀，慶源久益新。剡溪照人清，况復屈斯人。摻袪不容留，椒觴思拜親。他年風雪中，扁舟儻知津。

平生貪賢心，山川恨悠緬。寧知日相見，懷抱竟不展。樽酒了無暇，離情果深淺。室邇猶許疎，況今乃真遠。

送王仲矜倅興元

蜀道難，難於上青天。蜀道易，易於履平地。蜀山天險固自若，視難為易在人爾。王尊真有四方志，叱馭徑行了無累。早登岷峨仕陰城，談笑動行千萬里。漢中由來説鷄肋，意謂棄之為可惜。君今此去良似之，更欲遠遊尋故迹。漢都南鄭啟炎圖，秦置石牛山徑闢。淮陰拜將餘高臺，武侯葬處空松柏。大笑出門何慨慷，天涯離愁各盡觴。荷君走馬却送我，李侯參語夜未央。君方往蹈功名機，何止別駕歌王祥。先正九年遺愛在，更携故笏訪甘棠。自注：仲矜象簡，乃參政入蜀時所用。

巾山

兩巃嵸巃隨西行，勢欲吸盡西江清。是誰繚以千丈城，欲去不去豈不靈。化為青山鎮東溟，首冠窣堵雙峥嵘。安輿從東喜逢迎，笑指巃背同來登。春殘雨足緑陰成，山鳥相和聲咿嚶。自從半山經小亭，仰望巨石扶軒楹。千山萬山擁翠屏，陰霾掃静纖雲興。翠微下有長江横，衮衮不盡千古情。廣軒俯瞰萬瓦平，佳處歷歷堪指名。雪蓬蹙雲連曲肱，蜂房蟻垤棲殘僧。扶欄更上三兩層，一覽物象無遺形。徙倚未厭茗椀傾，長嘯兩腋清風生。親顔甚怡輪為停，我亦色笑喜不勝。願我雙親俱遐齡，方瞳鍊顔華髮星，如此兩峰相對青。

沿檄柯山歸别張特秀

我昔志學年，侍親宦西安。弟兄游庠校，見君平生歡。君才獨穎出，逸駕不可攀。夜窗共檠燈，春遊合盃盤。虚堂卧雪嶺，傑閣横雲山。爛柯上危磴，烏巨沿溪灣。是時氣相高，辯論俱瀾翻。一别二十年，天街見峩冠。殿廬看决科，藍袍立清班。黄牒墨猶濕，大弨力能彎。爾來又五載，短書能幾番。兹焉捧檄來，吏牘方拏煩。室邇歎人遠，一朝脱籠樊。滿意縱劇談，痛飲到夜闌。十步九太行，此事亦孔艱。進哭老先生，畫圖慘青綸。特顯顧何為，一昔成大還。回思我伯氏，人琴有餘嘆。感今念疇昔，相與涕淚潸。故人悵無幾，恍如春夢殘。有酒不得飲，有琴不成彈。復歸坐冷屋，使我凋朱顔。我歸不可遲，倚門夢連環。君言欲舂糧，伴我行路難。欲去不得去，僧坊話閒關。年各幾半百，後會鬢亦斑。何處更有詩，此心匪石頑。羣憂發孤笑，屬聯不當慳。氣岸有如君，著身簿尉間。鹽車勿長鳴，會當上天閑。摻袪不忍别，雨聲為潺潺。君有門户責，慇懃願加餐。

次韻沈史君懷浮岡梅花

玉人迥立山谷裏，不有使君誰與憐。毋庸高牙煞風景，為著佳句增孤妍。寒溪照影謾千樹，横笛吹殘又一年。傳聞年後更多在，便思躍馬趨平川。

送王木叔推官分韻得錦字

王郎天下士，中和自生禀。澹然初無營，見者輒斂衽。幕中資婉畫，處事極精審。與人如恐傷，律己淵冰懔。深恐馬駭輿，要使鴞食葚。一寸憂國心，幾年不甘寢。此意大未酬，退静若已甚。使之行所學，庶幾人奠枕。向來孰間之，未免斯立噤。川泳而雲飛，賴有東陽沈。露章極推轂，分韻句裁錦。風流有如許，不復嘆踔踸。如君豈蓬蒿，人物妙流品。不應奉香火，為養謀禄廩。與君幸瓜葛，心交今十稔。豈惟我惜别，行道情荏苒。紅蓮色何似，翠柏風逾凜。願君疎藥裹，一意護茵飪。棄鼎寶康瓠，浮名如拾瀋。行矣無多言，臨岐且劇飲。

彭子復臨海縣齋

乾道癸巳冬，此邦我經行。鬱攸氣未殄，千家真赤城。來訪臨海令，瓦礫紛縱横。翹然三尺高，問是戒石銘。徘徊重太息，更聞愁歎聲。試詢來者誰，共言令姓彭。我時語傍人，此邑其將興。迨予來贅倅，客館方暫停。夜聞簫鼓沸，聽事先落成。起望輪奂美，壯觀聳連甍。百堵日以作，斧斤喜丁丁。層樓庋敕書，兩廡環中庭。久乃遊其間，宏大使我驚。位置既深穩，斲削仍攻精。田里不知役，纖粟無輸征。安得屋朗朗，突兀有寧馨。退食不苟處，扁榜皆佳名。中虚物自照，政平由心平。穉柏已可悦，況有賢弟兄。小亭真吏隱，縣擁高山青。琴堂雖增舊，此意宜細評。智調天下理，夸言笑後生。大弦可以急，小弦恐弗勝。舉意屬俄頃，立欲如所營。手足民無措，吏姦益相乘。不如疎節目，示以信與誠。施行有次第，幽遠無隱情。上下始相應，温和亮以清。子賤意不傳，僅許勝戴星。彭令蓋得此，所以千里稱。此非以政學，淵源甚分明。行矣解印去，衆心已先傾。太守薦之朝，一鶚飛青冥。傍無蚍蜉援，日夜思歸耕。我無薦賢柄，直書氣填膺。安得採詩官，取以徹明廷。

送虞仲房赴潼川漕

我來丹丘乘貳車，送客往往萬里餘。盛山使君别寖久，漢中郡丞新寄書。公指四明喜鄰境，典午何知成畫餅。揚旌忽作梓潼行，去路六千抑何迥。餘杭名家多俊奇，君於輩行尤白眉。雍容晉韻足夷曠，百家到手無停披。向來郎曹天咫尺，引身閩山接商舶。賈胡嘆仰清節高，霧中親見越王石。此行叱馭不作難，手遮西日又長安。長安日近公應住，未放使星臨蜀山。不然一行亦不惡，潼川應如錦城樂。鄧侯功名凛如在，拾遺風采今猶昨。流馬木牛諸葛公，飛輓正欲修前功。蜀民險遠日凋瘵，摩撫要令畿甸同。況公五絶追鼻祖，隸古真有兩漢風。歸來富貴固未晚，為傳此學川西東。

奉口遇雨

七月欲盡八月初，天久不雨暑未徂。下田焦卷上田槁，愁歎不止田間夫。嘔啞水車日夜響，漕河揚塵成坦途。喜見此溪深且廣，玄雲忽起西北隅。林間檝檝水漚起，兩岸人物懽欲呼。未聞霧霈潤龜拆，且使萬物聊沾濡。船窗飄灑疎蓬漏，客意自適凉襟裾。引身東望雲氣薄，未知帝城有此無。傳聞今日方奏告，便有響應來斯須。人家百萬苦炎熇，君王齋禱幾月餘。君王齋禱幾月餘，雲師雨師其疾驅。

游天台石橋

兩龍争欲赴深壑，觸破山骨成脩梁。滔滔共出一門去，凛凛直落千丈强。初疑鞭石跨滄海，絶勝乘鵲横銀潢。要須高躡前峰過，往叩山中真寶坊。

以上《攻媿先生文集》卷一

全宋詩卷二五三七

樓鑰二

史少師賜第賞芍藥分韻得木字

帝城有偎山，雙徑森萬玉。洞户入深窈，突兀見華屋。相君領衆客，紅藥想芬馥。霜刀妙裁剪，烟脂點冰縠。枝弱不勝花，翠葉共斜矗。向來争春風，桃李媿麤俗。百卉紛何在，庭樹擁新緑。此花丈人行，儼立見幽獨。相君戴花笑，和氣俱可掬。人言此花勝，相君意傾屬。誰知心廣大，何物不蒙福。豈以庭中花，而肯棄凡木。君看擇勝具，所在可追逐。自言居閑時，情話會親族。一花有可觀，爛賞費銀燭。此心何揀擇，寓意本無欲。以此宰天下，以此鎮藩服。兒童與走卒，人人歌相國。有能達此觀，春風四時足。

送錢伯同寺丞守嚴陵

嚴陵錢使君丐外得請，外府同僚相與飲餞于錢塘之津，某病疹，弗得預。方得請之初，某嘆曰：去年送君來，今年送君歸。使君笑曰：此即送行詩也。卧病枕上口占。

去年送君來，今年送君歸。君善全去就，我獨念别離。君是忠孝家，襲紫傳金龜。門户二百年，所寄在一夔。少年便老蒼，況今更險夷。不獨妙言語，理窟深莫窺。健筆照手澤，典刑從可知。向來御祥琴，欲把江海麾。促召歸舊班，退食方委蛇。世事等飄瓦，人情嘆燃萁。向非渾金質，百煉豈不衰。浩然賦歸歟，潔身而去之。為僚曾未幾，棄我忽若遺。君既棄我去，謫僊復追隨。陡去二良友，摻袪重分岐。前别易再會，今見當何時。才具素絕倫，涵養日以滋。且為牧嚴陵，赤手摩瘡痍。歸來應不晚，青氈當屬誰。願君厚自愛，歲寒尚相期。

送楊嗣勳校書守眉山

我生東南陬，不識蜀道難。觀君眉宇秀，想見岷峨山。漢廷射策時，連璧照鴛班。伯氏書萬言，逸駕不可攀。玆焉從君游，頗得窺一斑。僊凡隔弱水，接辭良亦艱。矧玆萬里別，望望何當還。三蘇騎鯨去，詞章滿人間。豈無後來者，遺珠有餘嘆。願君效欒全，飛章達天關。報國此最急，餘事付等閑。宣室行見思，朝暮當予環。别語敢言詩，屬聯不容慳。

送何道夫祕監守潼川

妙齡冠蜀士，名聲振王畿。晚隨召節來，天朝增羽儀。我昔倅丹丘，鹿侯掛冠歸。群公俱祖送，見公四三詩。頗恨著鞭先，自言乞身遲。拳拳慕下風，直欲夢見之。還朝挹高致，氣宇清且夷。稱者不容口，往往同一詞。始見荷傾倒，笑談欲忘疲。况當秋風高，濫吹參試闈。鼎臠得一嘗，豹斑容管窺。叔度真似道，莊生信忘機。親疎皆不可，况復容磷緇。原作淄，據四庫本改諸生得公來，讙曰真吾師。叩簾或三請，響答了不疑。私謂如此人，定應備論思。胡為歸興勇，抗章氣不衰。鼓盆萬里外，抱孫更成悲。擁麾東川去，無人留孔戣。别懷不自勝，别酒聽淋漓。他時念老成，追鋒且復西。公能重來否，此意非吾私。

送趙子直貳卿帥三山

一蹴登從班，人胡謂公遲。建牙帥七閩，人胡為公疑。公今第一流，志操古與期。兩州有遺愛，江西憎霜威。重來長道山，批敕兼瑣闈。一片憂國心，輾轉中夜思。正色抗危言，傳誦滿紳綬。造膝有啟沃，削藁知者誰。此心與天通，此意上所知。所以名愈尊，萬口同一詞。進用恐不速，小却成嘆咨。天語自昭然，更欲試望之。况彼三山重，謀帥皆袞衣。玆行豈細事，報政不待朞。登門恨最晚，臭味忘賤微。自慙空惜別，不解留孔戣。十連終歛惠，居中乃其宜。試問行道人，但知望公歸。

玉版鮓次陸子元郎中韻

鱘黄不減鯨與鱣，逆風鼓鬣噴腥涎。漁人不顧浪如山，談笑坐致扁舟前。一鈎香餌不得去，何用大網相縈纏。揮刀紛紜臠肉骨，巨口噞喁誠可憐。珍鮓萬甕不論錢，頭顱萬里頳行肩。星郎日參玉版禪，頗厭蔬食供盤筵。尚書親作孟宗寄，坐覺匕箸生春妍。却笑多事張茂先，光怪異説空千年。

走筆送僧義冲

一氣行太虚，流形紛不齊。要之本無物，洞然無足疑。梵志有至言，還我未生時。燒了似不曾，亦有毛僧詞。沖師名家子，少年習裘箕。談吐霏木屑，落筆皆珠璣。自稱十年來，不復念作詩。空門坐枯禪，綺語知昨非。聞之意已消，談笑到日西。習氣終未盡，舊編還自攜。秀句堪供佛，古作力可追。愛玩不去手，未免成一癡。又欲上西湖，駐錫來語離。我生墮宿業，筆硯置藩籬。拔擢困胃腎，未老神已疲。幾欲焚故藁，要使心清夷。君詩既不作，何不等棄之。萬事都放下，一意探玄機。語罷復自笑，無使高人知。作詩固無用，參禪亦胡為。勸人反自蹈，此紙何必揮。不如兩俱忘，他時赤體歸。

催老融墨戲

古人惜墨如惜金，老融惜墨如惜命。濡毫洗盡始輕拂，意匠經營極深敻。人非求似韻自足，物已忘形影猶映。地蒸宿霧日未高，雨帶寒煙山欲暝。中含太古不盡意，筆墨超然絶畦逕。畫家安得論三尺，身世生緣俱墮甑。人言可望不可親，夜半叩門寧復聽。三生宿契誰得知，一見未言心已應。巖傾千丈雪散空，上有清池開錦鏡。意行忽發虎溪笑，許作新圖寫幽勝。歸尋一紙五十尺，傅以礬膠如練淨。自知能事難促迫，捲送松窗待清興。筆端膚寸今何如，西抹東塗應略定。何當一日快先覩，洗我昏眸十年病。

獨旦蕈次九五從叔韻

朝菌晦朔雖不知，食之實冠東南味。庾郎二十有七品，一見流涎驚絶異。擷蔬剪韭皆可却，味苦應無夏蟲避。大阮哦詩聲未了，又索蒸芝今再遺。邇來枯栟尚未茁，拳拳頗媿臺無餽。儻容小摘寄情親，會遣長鬚見芹意。

雪

丙午九月才入冬，晦日忽驚雪墮空。傳聞都城更復早，萬官入賀明光宫。自從開霽更不雨，和氣直似青春濃。斗柄插子日丁卯，夜煽裂缺鞭雷公。從以震霆至三四，驚破蟄户紛昆蟲。寧知玄冥全未究，翻手作雲千里同。暗窗初聽灑珠雹，巽二滕六方施工。一日喜見瓦溝積，忍寒待伴炯不融。二日三日遂盈尺，膏潤四海恩無窮。古來詩人詠不盡，巧思横出昌黎翁。少時奮筆不肯已，老矣袖手便疎慵。兒曹作戲記昨夢，舞狻獰踞金雙瞳。誰人苦欲撩詩思，更作玉山高數峯。移將劉叉兩冰柱，輝映愈覺清心胸。見之躍躍忽技癢，起呵凍筆尋詩筒。開門一看天宇闊，素蜺百萬翻長風。瓊樓玉宇滿妙界，千林寶樹春玲瓏。恨無高臺三百尺，縱觀萬象凌空濛。固知幻景有變滅，一時如入崑閬中。偃家俄頃閲塵劫，安知此際非神功。賸喜年來米價賤，便欲扶犂隨老農。牆頭濁醪走來過，相與痛飲歌年豐。

少及兄真率會

畫錦坊中作真率，群從相過無俗物。主人就樹折楊梅，醉倒薰風涼拂拂。小舟傍城登雉堞，坐看白鳥蒼煙没。須臾撑出洞天去，傑閣三層高突兀。樽前賦詩貴神速，十分鈍似潦天鶻。從他銀漏促殘更，要見林閒紅日出。

送元聲弟赴水陽監鎮

吾翁積德厚，九子官其六。不幸失三人，孤嫠紛在目。三弟尚白丁，升沉猶未卜。吾人扶門户，參立如鼎足。脱死憂患餘，偏親須水菽。阿連先著鞭，去去長江曲。弱冠承賞延，十載荷衣緑。閒關困家食，才就五斗粟。要知官無卑，豪髮當畏肅。督耕兩大圩，受輸十萬斛。處之誠未易，勉旃直自勗。執别動萬感，酌酒再三祝。吾子素解事，涉世要未熟。意行須揆理，言輕恐招辱。王事究一心，言玷復三復。細行累大德，陰財損陽禄。豈惟贈爾言，余亦每自恧。公餘稍有暇，更取故書讀。行矣更自愛，家聲要人續。

伯中弟生朝賦酴醾

春日足風雨，不知艷陽天。桃李俱成塵，懶上西湖船。春餘忽微和，酴醾發清妍。池塘芳草夢，况復向阿連。中庭月方午，密林澹清煙。蒙蒙青羅帔，粲粲白玉鈿。幽歡久不講，群從俱讙然。銀燭煩高燒，妃子浴温泉。花以酒為名，我以杯相傳。爛醉不復辭，此會期年年。

黄巖令鄭仁叔索委羽洞詩

君不見王君羽化脱秦厄，故山至今名落翮。又不見烏程野鶴投氅毛，佞臣稱瑞民斯勞。何如奉林控鶴登青霄，傷然委羽登山椒。青衣出入洞方杳，紫氣氤氳風尚飄。令君頗似丁令威，鶴馭久去雙鳧歸。山川良是人民非，一新琳宫還舊規。黄山父老歌循良，誦君詩句游雲房。更將山石比堅操，百碎猶能徹骨方。

青林

郡齋偶休沐，驅車出西城。依依山水佳，蕭蕭松柏聲。雪餘春意動，新緑生坳泓。行行到青林，老眼增雙明。主人喜客來，倒屣欣逢迎。幽居迹甚遐，健筆詩方鳴。回首幾年别，千里摇心旌。相見又睽隔，此意猶未平。不如造齋閣，四座酒重傾。風流陶彭澤，骯髒阮步兵。看劍引三尺，論文驅六丁。緑野秀横檻，山寺傍連甍。石罅幽泉溢，脚底輕雲生。詩盟忝予會，弈道從君爭。哦詩谷禽應，列炬林鴉驚。清歡未云足，累句忽已成。環坐粲十眉，舉酒酬三英。滿壁灑醉墨，歸夢含餘清。我方媿此集，君欲尋前盟。吏鞅方縛我，秋風為君行。

隱清

右軍訪文君，遁迹入深竹。我來尋歔欷，人亡但空谷。靈龜闖澄潭，華宇對飛瀑。若人今何之，尚想舊茅屋。吾聞古君子，千載守孤獨。楚些不可招，懷哉愴喬木。

送劉晉父監獄

濟南劉夫子，生來逢百罹。乃翁負長才，宦游至京西。時當建炎間，寇盜紛不齊。轉徙入湖廣，一家屢阽危。五羊買海舟，萬里向鮚埼。舟破投永嘉，有如鳥擇棲。哀哀老治中，藁葬山之垂。母家在衡陽，孤嫠往相依。久臥漳濱疾，羸窮命如絲。事母以孝聞，執喪禮無虧。廬墓屏葷茹，至行徹丹墀。有詔寵數蕃，得官祇奉祠。行年六十二，霜髯照厖眉。慨然念防墓，千里來海涯。西山如蓮華，古今冢纍纍。況此久宿草，蕪穢不復治。孝思雖甚切，冥漠何從推。行道為興嘆，智力無所施。有僧幾九齡，自言記當時。君聞亟叩請，東岡指荒基。吾師慕泓公，少也從吾師。墓中有版識，倉猝不暇碑。素棺無石槨，灰炭周四圍。君方感斯言，鑽穴從旁窺。其言皆可驗，自此不置疑。惟餘蓋棺木，遺骨不堪移。斲石表故阡，遂塞無窮悲。此僧老而壯，斗酒如覆巵。與君登山椒，下上幾如飛。竣事才數日，溘然不可為。孝感人益仰，真有神相之。君曰某不孝，遷奉致失期。未得如有失，既得涕滿頤。嗟我誠寡陋，識君顧已遲。一朝來短札，謂我從此辭。皎皎真白駒，安得施縶維。戴侯舊山長，參語心相知。謂余當詩此，頹風激澆漓。世出世間法，君方探玄機。引證即謄語，焉用骩骳詞。衡陽尚寄書，當有鴻鴈歸。後會渺無日，為賦古別離。

王成之給事囿山堂

煙雨望麗陽，前山羅紫翠。照水挹南明，不與巾子對。朅來登囿山，一覽萬山會。蓮城山固多，此地要為最。主人意軒豁，物境供曠快。山椒湧華屋，迥立風埃外。一物無遁形，所在見纖介。清霜肅天壤，佳樹隔闤闠。俯仰隨取捨，左右從盼睞。門牆尋故步，杖屨許從邁。恍然至絕頂，更覺宇宙大。樽酒屢勸酬，棋枰更勝敗。秋高月色皎，浮雲了無礙。不俟攀仙掌，徒手吸溪瀨。茲堂極崇敞，意若欠深邃。先植易生木，徐待松柏兑。望遠仍可喜，意滿聊自晦。無使山下人，或得窺外內。但恐趣賜環，樹藝或不逮。先生味斯言，一笑相領解。吾將飭園丁，隨處添翳薈。他時遠扶疎，吾廬益可愛。

游初暘谷及白巖

重來游仙都，止欲訪獨峯。寧知一峯外，佳境無終窮。何處潁川子，鏡巖便相逢。約我游白巖，輕舟借溪翁。齋餘尋宿諾，秋霽波溶溶。清澈見石底，鑱刻驚神工。昨登初暘谷，但見石嵌空。茲浮懸崖下，萬石森巃嵸。上有勝絶地，古語留郭公。鬼神謹呵護，雷霆掃塵蹤。換船到白巖，脩篁摇清風。縈回進石屋，孤竹攢沙峰。洞府傴所闕，無由辨西東。扣舷過巖下，數仞如崇墉。石趾平如甃，奇怪遮蒼穹。更尋小蓬萊，俯瞰馮夷宫。篙師進深窈，捫蘿捨枯笻。游子非不多，無人解從容。我因一日留，幽尋極山中。秋旻快排盪，日暖如春融。歸坐獨峯下，石影横空濛。急呼醽醁清，澆此磊磈胸。幸有濟勝具，未能上金龍。為君揮五弦，決眥送飛鴻。

夜游獨峰下

峯背正白月舒光，峯影横野萬丈强。仰之彌高立卓爾，蔽遮星斗摩穹蒼。半秋風露清徹骨，望望直欲隨風翔。歸尋玉虚步松逕，月輪正湧門中央。

送顔希聖尚書守泉南

聖朝賓運開虞唐，太平天子垂衣裳。恢張治具崇儒良，孰不願依日月光。用之則行舍則藏，孔門賢德遥相望。朝望方隆位文昌，跬步可到中書堂。問公擁麾何太忙，公獨三請志益剛。俞音一下冥鴻翔，行李徑出臨濤江。争留孔戣動朝行，公更傴俯不敢當。老成全德真圭璋，温如春風嚴如霜。柏臺峩豸肅朝綱，賢關嚮風士氣揚。大天小天稱公方，五年吏姦蓋而彰。金華勸講言加詳，明主傾聽談皇王。査膺枋除任贊襄，名遂身退天所臧。明哲保身身更康，高風可仰不可量。泉山壤土接臨漳，建牙千里開封疆。

老龍負圖寵煌煌，何殊衣錦還故鄉。賤子薄宦接王楊，曾陪御史臨文場。風簾宮燭夜未央，劇談猶記聲琅琅。茲來誤忝尚書郎，始尋故步依門牆。西風津頭望歸艎，挽公不留遠予將。兩宮念公未詎忘，公雖遠去如在旁。庶幾重來上錢塘，夾輔大業恢中邦，儻有重事須平章。

陳順之靈壁石硯山

陳順之吏部靈壁石硯山，中有雙澗，低處為硯。下米元章題云：唐弘文館校書李群玉有詩，南唐李重光故物也。蔣教授文會有詩，次韻。

名畫法書環四壁，中有米家真寶石。羣峯森聳外澗流，他物雖奇敢争席。舊屬半山老僊人，佛印乞之如乞鄰。阿章有力負之走，一時攘取成紛綸。此石天然非琢磨，是時有水生巖阿。至今研池尚餘潤，歲月既久惜不多。幾年徒見士夫説，一旦喜看形偃月。傍連玉立兩於菟，主人照映冰壺澈。陳侯之富可敵國，會有寶光驚四塞。呼童吸盡研中水，更為輕翻玩奇刻。不堪回首江南李，空唱多愁似春水。不如此石千載傳，玉砌雕欄等糠粃。寶晉得之真不易，身後寧知亦輕棄。只今傳玩知幾人，當日瑣窗空自祕。端歙争名南北部，勿向雷門揚布鼓。相四庫本作銅臺渴瓦更不須，祇合觚稜蔭風雨。

跋汪季路所藏脩禊序

永和歲癸丑，羣賢會蘭亭。流觴各賦詩，風流見丹青。右軍草禊序，文采粲日星。選文乃見遺，至今恨昭明。字畫最能意，自言勝平生。七傳到永師，襲藏過金籯。辯才尤祕重，名已徹天庭。屢詔不肯獻，託言墮戎兵。妙選蕭御史，微服山陰行。譎詭殆萬狀，徑取歸神京。辯才恍如失，何異敕六丁。文皇好已甚，丁寧殉昭陵。當時馮趙輩，臨寫賜公卿。惟此定武本，謂出歐率更。採擇獨稱善，遂以鎸瑶瓊。流傳迨五季，皆在御寢扃。耶律殘石晉，睥睨不知名。意必希世寶，氈裹載輜軿。帝羓既北去，棄與朽壤并。久乃遇知者，龕置太守廳。或云政宣間，此石歸紹彭。又言入内府，宣取恐違程。焚膏繼短晷，拓本手不停。疊紙至三四，肥瘠遂異形。南渡愈難見，得者輒相矜。我見十數本，對之心欲酲。汪侯端明子，嗜古自弱齡。錦囊荷傾倒，快覩喜失聲。帶流及右天，往往字不成。而此獨全好，護持如有靈。尤王號博雅，異論誰與評。硬黄極摹寫，唐人苦無稱。贋本滿東南，瑣瑣不足呈。猶有婺與撫，碔砆近璸玕。右軍再三作，已覺不稱情。心慕且手追，安能效筆精。響搨固近似，形似神不清。不如參其意，到手隨縱横。况我筆素拙，何由望群英。近亦得舊物，庶幾窺典刑。此本更高勝，著語安敢輕。孤風邈難繼，悵望冥鴻征。

送劉德脩少卿潼川漕

清朝重争臣，選取妙一世。矯矯劉御史，一鶚勝百鷙。顧瞻最有力，步武亦嚴毅。一生憂國心，千古敢言氣。氣足充所學，文能行其意。遇事輒奮發，觸邪無顧忌。乘驄行且止，斂手已知避。但思補衮闕，何暇為身計。獨立當雷霆，三進氣彌厲。去魯固遲遲，出晝豈濡滯。上終行其言，群賢争挽致。將輪向潼川，寓直尚中祕。風裁仰清峻，進退審難易。伊昔聯周行，睽違十餘歲。來為同舍郎，愈篤金蘭契。洗眼看騰上，寧知攬征袂。抗章歎高絶，勇退尤知愧。去勿窮日力，予環日月冀。承君送道鄉，硬語吁可畏。毋以此自滿，當為不止是。臨别提斯言，少盡交朋誼。萬里苟同心，吴蜀安有異。

次韻李季章監簿泛湖

僊舟共泛滄波去，且向蘇公堤下住。西風吹就芙蓉城，青鏡閑粧兩呈露。皇家家法崇儉素，宸心但欲乘商略。離宫别殿無興作，天以西湖供一豫。吾儕公退得清賞，酒醆棋枰不知暮。深知夕照戀狎鷗，又恐昕朝追振鷺。自憐三入鳳凰城，歲月黄塵等閑度。湖光正欲捲簾看，風色更煩搴幕護。孤山不見處士廬，司馬空尋蘇小墓。酒乾人醉歡有餘，聯騎還趨湧金路。歸來健倒渾不知，睡覺燈前裊香霧。丈人公子真冰玉，曾為出遨揮妙句。匆匆借韻僅成章，敢詫樽前鸚鵡賦。

送楊廷秀祕監赴江東漕

平生楊誠齋，可仰不可見。去年尺一書，老韓忽同傳。道山故僊伯，再上右文殿。蓬萊幾清淺，筆力愈雄健。獨挾風雅輈，孰敢當白戰。一官定一集，流傳殆千卷。拙工見大匠，有技不敢獻。誰持斫鬃篇，徑徹巖下電。誦之百寮上，慙汗幾被面。公今欲何之，江左去乘傳。鼻閒長栩栩，仕已忘欣怨。英英日暮雲，薦紳極追戀。挽公不得留，觴豆紛祖餞。惟應三山高，須公和江練。君王念疇昔，臨遣尤繾綣。公乎遂來歸，密侍清閒燕。坐寢淮南謀，如彼雪見晛。從容處籌帷，侵疆歸古汴。

送曾無玷寺丞守池陽

我朝衣冠盛，名家數三曾。南豐暨贛川，後起參温陵。邇來螺川族，駸駸著簪纓。春風鴈塔中，參差見姓名。君才素穎出，健筆隨縱横。江右兩壯縣，談笑政已成。河陽桃李花，武城絃歌聲。入朝八九載，去擁池陽旌。年家有舊好，一見意氣傾。更因劉御史，為君寫先銘。去年叨省郎，君亦轉為丞。中都但交謁，名紙空毛生。惟因候賓廡，接膝傾交情。分陰尤可惜，翻恐倒屣迎。阿連幸為寮，庶幾多合并。寧知成勇退，拂袖尋歸程。秋浦素簡静，不足煩公行。要當試盤錯，才刃新發硎。似聞有劇部，或已薦長卿。君其少停驂，有詔來皇扃。

劉望之國録惠示文卷次韻爲謝

吾聞三峽江，湍流下無底。吾聞岷峨山，聳秀且千里。坤維氣淑靈，所産多名士。高文既鏗然，特立亦卓爾。久慕黄中劉，近有貢公喜。亟從蜀士問，人物定誰比。少年負奇節，論事如翻水。萬里見張胡，義激非氣使。賢關遂為寮，八尺見英偉。諸君皆歛避，相與推德齒。惠我春容篇，句法參子美。再誦平生言，作者真近似。戰國信徒勞，秦貪不知止。漢唐取與守，反覆皆造理。藩鎮論加詳，河朔紛鼎峙。詞源既淵深，浩博渺無涘。從今使諸生，教育均蒙被。論議歸正平，辭章掃浮靡。古人去已遠，時毋分彼此。君其挽之回，續絃須鳳髓。

餞李君亮著作守眉山分韻得翠字

天下大峨山，雄秀盤厚地。山雖不在眉，所在擁空翠。矯矯三蘇公，挹此淑靈氣。文章垂日星，照映蓋一世。李侯起廣漢，射策叩丹陛。褎然出群英，東南藹名字。來上著作庭，行入甘泉侍。胡為把一麾，西歸尋藥市。吾聞此州俗，秉法更陳義。厚德坐鎮之，近古翻易治。君家義檗堂，活人百萬計。老親懷故山，色養謹承志。還家萬里餘，赴鎮夕可至。不作題柱驕，豈有晝繡意。班班老萊衣，人間真樂事。忠孝無兩心，出處固一致。他日上思君，命駕當不俟。此别諒非久，毋庸摻征袂。

送張定叟尚書鎮襄陽

武部尚書張公出鎮襄陽，士夫莫不惜其去。昔韓昌黎送鄭尚書。詩韻必以來字，祝使成政而來歸疾。去而願歸，蓋人之至情也。而公自受隆委，謂邊事非可趣辦，願加久任，庶有成績。憂國而不為身謀，聞者壯之。某嘗陪郎省餞别，分韻得壤字，未能措辭。繼又隨西蜀諸賢之後，始得詳聞臨遣奏請之言。被酒夜歸，亟述長韻。

公家忠獻公，勳名照穹壤。南軒傳聖學，後進斗山仰。尚書天分高，百間真朗朗。日坐四益堂，濡染助涵養。小出輒驚世，發譽自英蕩。兩朝倚才刃，三接承睿奬。堂堂尹京手，風采漢張敞。九街寢桴鼓，終朝清訟訢。汙流化清溝，閙市鋤巨駔。鈴齋晝無人，士友厚吾黨。政成化自行，談笑揮浩穰。皇家重閫寄，拊髀勞注想。頗牧起禁中，帝曰汝其往。人多惜公去，地位切台兩。惟公不擇地，引義猶慨慷。喻度更周詢，千里若尋丈。再拜受臨遣，因得進忠讜。邊臣固多事，備禦當素講。要須久其任，百弊隨剗磢。願假臣歲月，表裏如指掌。人材固不乏，第一戒欺罔。樸拙勝巧心，好佞寧木彊。願求忠信士，枉直謹誅賞。更須寬轡策，奏請應如響。上問卿何先，安靜最為上。上憂襄漢間，平楚欠遮障。公因論形勢，袞袞到遜抗。是時晉在洛，武昌勢相向。是為必争地，南北謹隄防。今雖居上游，事與古殊狀。狂虜縱欲來，無處可傳餉。況今三垂靜，皇靈方遠暢。與蜀相掎角，國勢自增壯。尚期效尺寸，才疎意非廣。忠肝氣凛凛，秋旻足排蕩。上喜憂顧寬，趣行開玉帳。捐金示優寵，諭賜煩上相。惟公最得士，離別俱惘惘。薦紳紛祖餞，直欲傾家釀。賦詩寫胸臆，一一成技癢。家聲與國事，負荷有餘量。邊頭十萬兵，公臨如挾纊。吾聞胡運窮，群酋欲争長。不戢將自焚，前轍有狂煬。當為不可勝，有和謹毋倡。千載羊叔子，制敵恢天綱。行將友斯人，山川固無恙。備成撫機動，應煩護諸將。功高歸未晚，會見登弼亮。他時名父子，繼踵凌煙像。

送鄭惠叔尚書守建寧

十五年前送別詩，道山持節向江西。今年又見送公別，大天擁麾鎮閩越。向來惜別固已深，今日摻袪尤動心。尚書自是第一人，氣義相許披胸襟。南宮五表平明入，列辟傳聞俱聳立。壽皇聖孝冠百王，三復高文天為泣。擢處螭坳寵數新，果然百日掌絲綸。拭圭修聘稱應變，握節不撓威殊鄰。直上銀臺尤振職，李藩氣槩時批敕。嗣皇鋭意新百度，筆端真有回天力。星辰聽履冠文昌，急流勇退驚朝行。望之正欲試馮翊，長孺寧肯薄淮陽。孤拙自憐銷壯志，三入脩門空負媿。薦人不進終不已，獨賴當時言有味。公在猶嘆一居州，公去無人為王留。公平行歸佐天子，肯作管晏卑微休。

送蘇壽甫少卿赴潼川漕

老坡送江直入海，君今歸尋江之源。外臺去鄉苦不遠，為持使節臨潼川。君家家世四海聞，單于一問驚胡塵。歸來便合上清禁，胡為日念横峨岷。賢哉群從傳家風，夕郎名節世所宗。諸卿亦復載清德，况君又似尚書公。壽皇念舊久更深，聖明親擢傳玉音。君歸寧能及黔突，定應召馹來追尋。清獻入蜀携一龜，君今數鶴同載歸。他時未免蕙帳怨，人在西清鶴自飛。

分韻送孫從之司業使湖南得千字

夫君静而敏，人十己則千。讀破萬卷書，操筆思湧泉。古事與今事，一一探本源。蚤蜚場屋聲，作吏志益堅。揭來上清班，漢庭誰在先。雍容行祕書，史館躬槧鉛。片言寤明主，立使登諫垣。拳拳憂國心，傾倒十三篇。司成天下選，歸志已浩然。赤日送妻子，襆被尋谿船。諸生慕陽城，欲挽不得專。竟持湖南節，征袂何翩翩。憶昨忝同登，于今三十年。朝行喜相會，終恨非官聯。請益殊未饜，匆匆啟離筵。始以長官來，今以繡衣還。書生素安分，豈問却與前。第惟公輩流，自應留日邊。德星聚南楚，予環當茹連。事體有關繫，臨岐欲無言。

送王恭父倉部知洋州

天清無雲秋氣明，好風叢桂傳芳馨。乃於此時送君行，江空目短難為情。蚤從兩川馳大名，眉宇瑩徹春壺冰。語輒傾倒心地平，大篇小篇韶鈞鳴。壽皇一見喜不勝，璧水道山照群英。潼川題輿遠有聲，痛洗鹽筴疲民醒。天子呼來再登瀛，典領著作承明庭。絶域往陪蘇子卿，馬上談笑胡人驚。歸來期君侍西清，胡為西去謀專城。士友重歎君不訾，視此進退秋毫輕。洋川風物天下稱，文翁流詠人載賡。當時猶待郡政成，君今未到意已傾。岢峩大艑秋江澄，圖史萬卷鷗與盟。殘編斷軸恐飄零，數輩裝潢手不停。我亦重來預影纓，三日不見鄙吝生。况此摻袪將長征，欲挽不留鴻冥冥。賜環勿憚萬里程，江山多助筆縱横，黼藻王度扶中興。

題范寬秋山小景

山高最難圖，意足不待大。尺楮眇千里，長江浸横翠。畫家雜雲煙，懭悦徒意會。苟或森三尺，便若俗子對。此畫格律嚴，興寄獨超邁。洗眼映窗明，妙處乃不昧。流泉見原委，著屋分向背。推車度危橋，指路向關隘。輕舟最渺茫，浦嶼如有待。山稜瘦露骨，汀洲横若帶。木葉黄欲脱，秋容儼然在。霜餘無片雲，歷歷數沙界。搜尋目力疲，欲賦無可奈。近山才四寸，萬象紛納芥。欲識無窮意，聳翠更天外。

江西李君千能和墨及畫梅艮齋許以三奇而詩非所長也

游藝無小大，要皆知本原。後人率意作，終當媿前賢。老潘妙對膠，法從玉局傳。或假季心名，空掃千鐙煙。補之貌梅花，疎瘦仍清妍。折枝映月影，真態得之天。李君信雅尚，二者將求全。諸公競稱許，試之乃誠然。江西有詩派，皎皎俱成編。茲事未易窺，屬君尚加鞭。

分韻送盧國華福建提刑得華字

盧侯場屋聲，天馬騰渥洼。殘膏沾後人，奇芬吐天葩。來踏九陌塵，去種河陽花。向來再去國，盛山建高牙。平生長者譽，静篤語不譁。古井絶微波，璞玉無纖瑕。使星照蜀道，惠愛流三巴。吏姦賴刮磨，民瘼煩搔爬。田里誦盧公，兒童知國華。白首尚郎潛，坐曹事如麻。翩翩擁軺車，去去向合沙。朝行惜君去，舉酒相邀遮。共登獅子峯，巨石臨唅呀。却來澄湖邊，野梅訪萌芽。老柳掃黄葉，枯荷矗寒茄。棋枰戰文楸，醉帽欹烏紗。伊昔送君行，相去萬里賒。荷君遠寄書，得得來東嘉。一見又成别，此句始至《慧元畫寒林七賢》詩末，原脱一頁，據四庫本補感念成咨嗟。羡君徑褰帷，往戍不待瓜。先尋上水船，何殊泛僊槎。作粥喜奉姊，上冢仍過家。此計正未疎，所恨成天涯。尚幾或留行，船鼓毋庸撾。

題老融畫牛溪煙雨

暝煙吹雨冥冥，兩牛半渡深清。京塵久污巾履，頗思歸濯吾纓。

慧元畫寒林七賢

舊有唐人出游圖，謂宋之問、王維、李白、高適、史白、岑參六人。多畫七賢，不知第七人為誰，或云是潘逍遥，然未見所據。病起坐攻媿齋，元公忽作《寒林七賢》相寄，余方夢寐故山，見之灑然，戲作數語謝之。

羣賢俱詩豪，世代不同處。安得寒林中，聯鑣睇相語。誰歟創妙意，臭味無今古。吾聞顧陸輩，寓意或如許。桃李並芙蓉，雪中蕉葉吐。元師師老融，淡墨掃風雨。作此寄攻媿，歸興渺煙渚。舊六今則七，未知果誰與。我欲從之遊，詎敢厠儔侣。畫我往執鞭，欣為李君御。

李文授和所贈老融詩復次韻爲謝

鄴侯插架書最多，筆力雄奇天所命。萬人海中深閉門，理窟搜尋到幽敻。我詩無律如山謳，形穢豈堪珠玉映。時時歸夢入故山，曳杖松間記投暝。因君佳句撩秋思，便欲歸尋舊三徑。兼旬足痹不良行，況復炎蒸如釜甑。夜來一雨洗河漢，簷溜涓涓清入聽。晨興剥啄誰叩門，乃有同聲喜相應。讀之恍若濯清風，自覺昏眸怯明鏡。伊余何幸點班行，結交往往多名勝。夫君平處顧清新，解道澄江如練浄。從今我乃得四友，不特官梅動詩興。推枕裁詩謝高致，扶憊摇毫心靡定。舊聞讀檄愈頭風，今賴長篇起衰病。

次韻六和塔秀江亭壁閒留題

江外參差列萬山，我家深在萬山間。好山正不用錢買，但要未老身先閑。長江比愁終似少，江水能回愁不了。扁舟何日過西陵，鄮山佳處吾歸老。

跋袁起巖所藏脩禊序

悵望當時真蹟，臨摹所在支分。千載但稱合作，誰能有感斯文。定本為世第一，此又在定武前。今日錦標玉軸，向來不直一錢。

送陳君舉舍人東歸

皇天生人物，千載非偶然。沖和兼萬人，始得一英賢。夫君乃其人，人一己百千。飛黄欲追風，況復勤著鞭。文陣蚤奔放，氣欲摩青天。短褐東海瀕，名貫牛斗躔。聞道更獨早，自言若隊淵。出登龍虎榜，徑上鵷鷺聯。中間幾流落，清湘窮泝沿。白首始為郎，一見意已傳。登瀛上麟臺，授簡游兔園。擢為柱下史，遂居紫微垣。去天真尺五，朝綱賴扶顛。龍樓缺問寢，萬口争進言。惟君最勇決，螭頭屢直前。危言破人膽，三進加勤拳。天高聽亦高，歸袂何翩翩。高風激頹波，同列空慙顔。君雖未必去，一去勝九遷。我欲留孔戣，有懷不得專。況我自欲去，何心挽歸船。嗟我生何為，與君幸齊年。先後才九日，相與同氣然。幾年苦契闊，班心忽差肩。判花同代庖，君思如湧泉。上房草數制，下房時一篇。一篇輒高妙，隗始媿余先。春秋隱公傳，國史建隆編。周官授大旨，所得俱未全。聚散不可料，餞别滄江邊。君將處於陵，我耕綿上田。君行毋疾驅，中途恐傳宣。不然遂成别，孤帆渺風煙。夢魂不可制，隨君墮中川。

次韻趙子野石城釣月圖

石城江頭可憐月，曾照六朝清夜獵。古往今來知幾何，長江衮衮蕭蕭葉。謫僊去後詩盟寒，王孫詩瘦清欒欒。詩情浩蕩坐無奈，扁舟笑把磻溪竿。江平風輕波瑟瑟，宿靄卷空天一色。東風吹句入長安，一卷風流坐中得。初得神意清，再讀胸次平。回頭明月祇如故，世上興廢徒紛更。想君一葉方掀舞，夜静水寒誰與語。船頭有酒且孤斟，莫向金陵重懷古。

戍溪道中

寒潮高於埭，黄流濯西河。人牛力俱壯，相與衝流過。潮落勢亘禦，轉櫂依丘阿。暮靄起平楚，陰雲翳寒莎。夜分潮復上，櫓聲相軋摩。大江渺無津，不知身在何。餘生一虚舟，兀然聽風波。吾親白雲下，况爾方卧痾。遠游非吾事，歸矣毋蹉跎。

哭表弟汪去僞墓

内弟幼而敏，抗志欲决科。一行試曹掾，吏才猶患多。謂當為時用，舌在如命何。通籍已艱阻，入幕終蹉跎。我生依外家，侵尋閲羲娥。視君如同氣，竹馬聲相和。少長聯研席，詞場深琢磨。相期到晚歲，杖屨俱婆娑。寧知五年别，君隨東逝波。憶同戍溪行，我馬君乘贏。馬駑費十駕，贏後已倍過。重來意慘愴，樹擁山崖嵬。嗟君父與兄，相望空山阿。宿草埋白璧，寒風撼林柯。沉吟痛疇昔，有淚如懸河。

次韻蔣德要三徑

居山或稱囚，得閑乃賦謫。我方樂靜退，來作三徑客。西山致朝爽，膏肓在泉石。況當秋空淨，萬里看一碧。

吳參議達觀齋

君不見大鵬與鷽鳩，自適俱是逍遥游。又不見大椿視朝菌，一脩一短終期盡。況乎秋豪為大泰山小，莫壽殤子彭為夭。漆園老子超衆作，立論雖奇定非矯。鳧脛從短鶴脛長，蠻觸亦能成戰場。譬堯非桀兩置之，讀書博簺俱亡羊。世人顛倒名利途，躋攀分寸争錙銖。河伯猶驚北海若，井蛙醯雞何足誅。試同萬衆走城市，躍馬徒行分賤貴。却登高處望塵中，但見紛紛如聚蟻。暫高猶爾況真高，神游八表非矜豪。寧能高舉去人世，勿以役役隨滔滔。是知達人有大觀，蝶夢為周聊自玩。翛然無入不自得，處若終身仕成漫。吳侯晚到東海濱，飽諳世故無戚欣。相逢一笑成莫逆，似知我亦箇中人。

送姜子謙丞於潛

處則有超蓮，出則將峨松。眉宇無一塵，出處皆雍容。君看妙蓮華，本出汙泥中。兩松痛埽溉，下有簿書叢。汙潔無二致，喧寂本亦同。於潛今畿邑，蜀道萬里通。至今存古意，民風尚醇醲。一邑既當問，尤宜撫疲癃。藍田文最高，後學仰韓公。彼言蓋有激，味者但稱工。成案漫不省，丞哉豈真聾。姜氏太嶽後，夷門慕家風。教子延名師，列碑多儒宗。宮庠既開荒，書種慶所鍾。換桂雙枝秀，益見筆研功。後生日加勉，衣鉢傳無窮。君才有餘刃，壯行氣方充。功名此椎輪，勁翮看摩空。我歸幸同社，棋酒時相從。尊前不忍别，吟愁夕陽春。我家老揚州，五紀有遺蹤。向來耕織圖，為煩訪溪翁。

送從弟叔韶尉東陽

阿連少也爽，孤立生氣燄。壯年淬詞鋒，傾心事鉛槧。膠庠困虀鹽，世科終穩占。再興連桂堂，爾祖真不忝。況將尉東白，士友尚歆豔。惟我愛子深，老矣猶不厭。固知為子喜，頗亦動吾念。贈子當以言，苦口當針砭。此邑子舊游，歷歷數行店。棠陰見郎君，遺老喜窺覘。其民最服義，情僞靡容掩。莫恃采棒威，要使慕巾墊。子文多立就，詞采更華贍。吾聞恃俊者，塞門差反坫。前賢最加謹，臨用更重撿。他時可待取，天庭得錦掞。吾家有素風，耳目久濡染。毋庸慕豪舉，助廉先以儉。湎酒更宜戒，平地有深塹。酣暢當有時，勿習盃瀲灩。持論毋過高，斯言却防玷。立節毋務奇，躐等恐成僭。外物思過分，檢身但多欠。勿嫌一尉卑，封清尚為慊。仕途固崄巇，大要進以漸。不須苦求知，真知奏應剡。向來湖海豪，四十可收歛。寧為處囊錐，莫作露刃劍。匆匆摻袪别，魚鮮酒方釅。刮目待子歸，罔俾吾言驗。

以上《攻媿先生文集》卷二

樓鑰三

送制帥林和叔歸

使君一何清，鶴骨天與瘦。少年場屋聲，六藝飽芳漱。一行起作吏，所立已不苟。立朝凜大節，論事幾及雷。發言必體國，平正無矯揉。藜藿為不採，風采照宇宙。出入有本末，眼見凡三就。來不為苟合，薦召乃結綬。去亦不好高，三宿徐出晝。天官豈不貴，陳義堅素守。贛川嘗報政，復來守鄞鄮。不求赫赫名，實出龔黄右。情偽千萬端，到眼輒空透。撫民過嬰兒，閭里息爭鬬。姦胥及强梗，時用霹靂手。人誦南山判，情通理亦究。六邑俱帖静，稱贊不容口。律身至嚴冷，無能掣吾肘。吏事精且勤，呼燭侵夜漏。公退入家塾，諸孫後來秀。吏卒不識面，洛誦出窗牖。幾年南塘路，來往困僵仆。一朝平似掌，行歌紛老幼。公心信如水，古井波不皺。榮觀處超然，軒冕亦何有。翩翩欲賦歸，排雲屢騰奏。廟論終不許，斯民方借寇。上心重閔勞，祠官向廬阜。闔境極攀戀，人人懷杜母。君看卧轍人，誰能使奔走。挽須不得留，百拜願公壽。老我幸同朝，傾蓋已如舊。聯事東西省，交情久益厚。我歸公亦來，門户託雲覆。黄堂間參語，惟我甥與舅。揚旌鳴鼓吹，賁此蓬蓽陋。清談不及私，翁歸況不受。義命孰不知，踐履或差繆。惟公見善明，力行真耐久。有時相與言，心同蘭其臭。摻袪寧忍别，追送列觴豆。公雖不好飲，勉為引醇酎。公去我亦隱，菽水翻綵袖。花溪渺何許，望望幾雙堠。千里共月明，懷人重搔首。惟應折梅花，臨風為三嗅。

賦揚州伯父海檜

潛虬拔地徑夭矯，騰拏勢出青雲表。為誰猶向此中蟠，坐閱春秋昏復曉。團團高蓋月輪平，矗矗蒼叢衆星小。枯槎當面結生香，外有霜皮細匀遶。乃知造化有神巧，散作樛枝窮樹杪。雖非直幹棟梁材，怪怪奇奇樂幽窈。獨秀海山臨浩漾，駭浪翻空雲縹渺。茁芽自有甘露滋，弄影幾經霜月皎。峥嶸老氣本天然，後生矯揉何時了。我家揚州真好事，買歸但覺千金少。夜半有力欲負之，護持和璧終歸趙。從來寫照無髣髴，畫師欲快毫端掃。解衣盤礴意慘澹，卷起生綃色徒愀。我來青邊立寒峭，自憐氣與秋天杳。倚笻一笑賓亦歡，開尊相與傾清醥。謂當好此如好賢，為君三復緇衣篇。時時來前看不足，終待結屋平湖邊。

跋綦北海扈從書事詩

晉陽固自有高共，奉天豈可無宣公。當時扶日滄海東，尚想健筆驅長風。指揮諸將如奴童，中興内相當推功。斷碑毋庸詫詩工，制藁具在鑾坡中。

送萬耕道帥瓊管

黎山千仞摩蒼穹，顓顓獨在大海中。自從漢武置兩郡，黎人始與南州通。歷歷更革不勝計，唐設五筦如容邕。皇朝聲教久漸被，事體全有中華風。生黎中居不可近，熟黎百洞蟠疆封。或從徐聞向南望，一粟不見波吞空。靈神致禱如響答，征帆飽掛輕飛鴻。曉行不計幾多里，彼岸往往夕陽舂。流求大食更天表，舶交海上俱朝宗。勢須至此少休息，乘風徑集番禺東。不然舶政不可為，兩地雖遠休戚同。古今事變無定論，難信捐之與揚雄。四州隅分各置守，瓊臺帥閫尤尊崇。高牙大纛擁方伯，鼓吹振響驚蛟龍。漢家威名兩伏波，盧丁以來幾宗工。衛公精爽尚如生，妙語況有玉局翁。史君吏事素高了，明若古鏡摩青銅。叱馭行行不作難，平生惟仗信與忠。布宣王靈萬里外，益使向化來蠻賨。第惟遐方習疎慢，政化要當率以躬。霧中能見越王石，自然心服令易從。頑獷未率宜以漸，勿示駭政先含容。平平之策用定遠，下下之考書陽公。吏民生長固安土，尚當摩撫如童蒙。屬僚宦游豈得已，士多失職悲途窮。名分卑尊不可紊，更念何處不相逢。官事既了與無間，可使知氣俱冲融。鄉閭惜别情所鍾，臨岐為傾琥珀濃。手遮西日念遠去，欲留奈何鼓逢逢。願君穩度三合溜，早歸入侍明光宫。

寄題高汝一少卿識山堂

廬山之高誰不識，欲識其真了難得。往來山中最親切，嶺為横看峯是側。曾從彭蠡望山外，識得山南昧山北。山體如如本不動，人苦求之愈多惑。君今一堂據湓城，香爐五老皆嘉賓。莫問後前與向背，面目還君多識真。君今與山如故人，慎毋忽作白頭新。堂中燕坐静且壽，君其於此知吾心。

侍仲舅同諸表游山

來游大梅山，涉山知幾重。平行千仞岡，俯瞰他山峯。一步一步高，勢欲凌虚空。左顧九地底，樓臺鳴鼓鍾。蓬萊反在下，直恐船引風。又疑海水竭，洞見馮夷宫。行行愈就順，故步尋苔封。十年舊主人，相對如夢中。清談虚閣上，坐到夕陽舂。年來頗畏影，挈身慕冥鴻。入山非不深，猶有行人蹤。安得更深居，尚友荷衣翁。未問梅子熟，寧能噉青松。庶幾適吾心，餘生得從容。

大梅山

此山名大梅，驅車入山麓。試問山中人，山名竟誰屬。禪家開道場，為説梅子熟。僊家指為巖，曾此隱梅福。或云古有梅，其大蔽山谷。至今二梅梁，靈響皆其族。他山抗鶩湍，禹祠横殿屋。三者尚誰憑，禪師有遺躅。餘皆不可辨，安得究圖録。但愛山又山，喬林間脩竹。

金峨漱石亭

溪聲真是廣長舌，歷劫談空聲不絶。不知來自何處山，一意傾東忘萬折。我欲漱石向水濱，無奈齒牙摇落頻。夜半寒聲到客枕，只疑身是枕流人。

寄題台州倅廳雲壑

頃年登臨赤城裏，江遶城中萬家市。治中寄我雲壑圖，快讀新詩眼如洗。回思歲月如星流，念念飛空尋舊游。披圖哦詩想幽致，直欲携筇上山頭。聞有於菟在岑蔚，晚徑寒鴉敢翔集。幾年榛棘蔽巃嵸，一朝絶境從中出。細路雖非五達康，縈回自覺阻且長。萬壑風煙開絶頂，一丘曲折於中藏。老砂射日銀星炯，梅峽含風襟袖冷。千巖高下各異狀，如障如鋒亦如領。天景須憑意匠營，山不在高僊則名。規撫已定力未暇，他時會有滕王亭。風浪隔闊天垂幕，安得叩門親剥啄。詩成夢到故山川，睡美不知鍾鼓傳。

王原慶新遷居南堂以古風求寫恕齋二大字并石刻次韻

三槐諸孫有奇士，才高特未遇時爾。作詩尤能備衆體，短章大篇仍雜擬。解紛使掉三寸舌，隨陸蘇張何足比。鷴鷳猶未離風塵，蛟螭尚爾蟠泥滓。平生曳裾向侯門，豪傑聞風競瞻企。只今交游亦凋落，凛凛一身嗟獨峙。槐陰滿庭渺何在，久寓瀛壖成故里。瀕湖小樓太孤露，何殊玉川洛城裏。邇來深入作郊居，高屋好山成二美。未能拔劒斬樓蘭，幾欲袖椎摧晉鄙。便將拂袖武陵溪，誰能著脚長安市。西門性急佩柔韋，柳子氣高戕曲几。衡宇全似歸柴桑，茅茨大勝居儋耳。我詩非工字尤拙，荷子愛忘剛見喜。夜來縱筆寫恕齋，自笑黔驢技止此。更求古刻訪少作，頗記醉中曾諾唯。舊書紛沓費搜尋，魚鑰未開塵事起。呼童卷送三數軸，僅可障風同故紙。新詩鼎來亟予和，顛字敢追張長史。不須更投苦海中，一笑以還隨棄毀。徑須携酒登南堂，朗詠白駒三四章。

又次韻

投老歸稱前進士，時與田夫相汝爾。淵明賦歸何敢望，曼容自免差可擬。門前爵羅真可設，老圃灌畦聊自比。恕齋空洞最相親，笑談頗覺清無滓。時時過我共銜盃，望望不來予為企。丈夫未遇困泥塗，誰識鸞停兼鵠峙。方期從容結詩社，相與浮湛向閭里。一朝别我欲遠游，欲入桃源深洞裏。為言半隱欲偕行，二子風流真儷美。向來早有四方志，行盡東南到邊鄙。只今名利遂兩忘，争心無復於朝市。祇有哦詩興未闌，連得新詩照塵几。調高韻險不易和，白雪陽春驚俚耳。年登六十鬢未斑，乘興一行若可喜。宗盟莫逆素相忘，並轡笑談無彼此。湖海豪氣儘收斂，以恕名齋幾一唯。匆匆摻袪不得留，卮酒未乾人欲起。寄聲半隱不容言，空有語離書滿紙。歸時賡和必盈箱，寫盡山川詩作史。送子才歸深閉門，莫問是非并譽毀。但期遠歸亦升堂，西湖仍訪老知章。

送鄭楚客司法之岳陽

先生作賦真八吟，高處獨步無古今。少從三山來四明，一郡士子多青衿。我嘗學事六七載，膏馥沾丐資之深。竊名文場掌帝制，至今不敢忘指南。英英二子俱秀爽，遺以一經無籯金。長公奉母上巴陵，念君遠去因論心。見君詩編筆雖敏，三嘆未見朱弦音。海瀕熬波幸解組，未知宦路多嶇嶔。先生賦編更熟讀，非止駢儷誇詞林。其中關鍵妙一世，字字諧協如鳴琴。談經況有著述在，持論肯為向與歆。青箱但能世其業，前躡雋軌將駸駸。君家曾無錐可卓，遲次幸此突不黔。不惟母老身非少，廉介又務循官箴。量入為出可不謹，斤斤飢食寒有衾。非求多藏第約己，瓶儲紙裹迹可尋。法曹持平守三尺，平反一笑神所臨。謹毋失己毋失人，同列當和時盍簪。上官善事免曠職，首上尻高宜致欽。岳陽樓號天下稀，地坼吳楚連衡郴。洞庭漫汗天立壁，君山當中出青岑。向來命名字以楚，宦游直到重湖潯。登樓談笑領僚屬，風流欣遇賢侯任。君行應得江山助，新篇寄我毋浮沉。摻袪欲言不盡意，更取濁酒從君斟。自注：太守任洙道原。

周伯範棋會以足疾不赴走筆寄坐客

里閭講棋社，大要率且真。豈惟簡苛禮，正欲聚首頻。向來賞花約，深恐負此春。春來顧多事，殆如參與辰。今朝怡怡堂，坐上凡幾賓。默計病或故，約略三數人。益知會合難，舉酒勿問巡。棋枰誰勝負，清新想歌脣。偃卧一榻上，執熱難屈伸。斐然申前盟，余將踵後塵。

史清翁次前韻覓酒以金川玉友一枕瓶西安酒一斗送之次韻

社中日相從，此意豈不真。其初定要約，深期往來頻。今年苦多故，孤負四郊春。清和到新秋，其間足良辰。而我獨抱痾，未能會嘉賓。近又得玉友，風味尤可人。思與君痛飲，欲招復逡巡。忽焉得新酒，亟遣徑入脣。別有酒一斗，併使君意伸。我雖不敢嘗，為洗胸中塵。

陳天成用東坡趙清獻高齋詩韻賦適齋次韻

二公晚辭軒冕勞，兩齋莫辨適與高。嘗登雲山仰清獻，平地著屋山周遭。白頭日過適齋下，鈞游尚想隨兒曹。方從家舅與俱隱，野鶴誰能鳴九皐。加我數年未納禄，解去簪紱甘同袍。世間此事要識破，差處不可容一毫。潁川尉偲賦長句，數寸之管煩君操。欲追險韻繼坡老，詞鋒犀鋭真吹毛。舅家見詩勉續貂，長松相倚慙青蒿。我本無復望禄仕，不應招我更由敖。

送元衛弟赴長亭鹽場

阿連生而秀，二親所甚愛。仲兄勤拊養，遇事輒加誨。幹蠱静而辦，胸次無卑隘。今焉職牢盆，官宇臨渤澥。毋謂官為小，要使所居大。毋言才可了，檢身到纖介。我家門户重，衣冠綿數代。當以誠心求，子視勿自懈。亭民亦良民，孰謂俱無賴。官吏既擾之，兼并責逋債。熬波亦良苦，樂歲色猶菜。輸鹽不得錢，何以禁私賣。所在積蠹久，良法浸多壞。吾聞不無術，更當審利害。熟視不為謀，空餐媿難蓋。不應行一切，遽使絶稱貸。富者能寡取，倍息久仍在。貧者庶少寬，公私可緩帶。母年登九十，家居幸康泰。其家不從政，禮經有深戒。幸子去不遠，時時可歸拜。小別不足惜，輕舟送前邁。

送從子沆宰鄮鄉

小阮幼鍾愛，長乃遭百罹。風木既深痛，棣華更纏悲。所賴有吾子，獨立守家規。上有門户託，傍有孤與嫠。忽為磨國行，泝江秋為期。冬澇與夏漲，漢水足險巇。摻袪送子去，風帆不可羈。城中楮為幣，邑下尤可知。定知公事少，不必事作為。用智正惡鑿，大道本自夷。家無壯子弟，宗族各天涯。幸有知己人，方且把一麾。四海皆兄弟，官寮善待之。眠食謹調攝，家務須自持。俸薄用宜嗇，無使實漏巵。此別動深念，毋忘故鄉思。一書抵萬金，時寄賓鴻歸。

送高仲遠赴滁倅

高氏在四明，於今為清門。貳卿道素高，夫人德尤尊。子弟盡恂恂，夫君更春温。昔年奉慈親，定省嚴晨昏。今日當門户，友愛深弟昆。伉儷信緣合，端良由性根。門中有孤嫠，極意均撫存。與我親兒女，次第了嫁婚。不可解於心，肯自以為恩。不言而躬行，後生熟見聞。諸郎已秀發，穎異有佳孫。鄉評共歸重，内外無間言。公勤官業廣，所至治不煩。僊舟何遽西，行行佐侯藩。環滁皆好山，風月當平分。醉翁與樂全，遺蹟今尚存。况有賢史君，易鎮方北轅。公餘陪嘯詠，相映如瑶琨。生來仕平進，自此朱兩轓。從兄今鼎貴，龍禁兼掖垣。君其繼英躅，復收舊青氈。老我得投閑，頻年接清歡。同社摻君袪，戀戀傾離樽。梅風吹溽暑，祝君尚加餐。

秋雨兀坐王原慶携孫吉父菊花倡和見過有分遺之意次韻

五載杜門居海角，無復翻階賦紅藥。自憐荒徑菊猶存，夕餐空待秋英落。眼明喜見緑叢叢，始也抽苗今滿握。扶筇著意養孤芳，荆棘旁連細開斫。天香入骨徐吐芬，中有秋風非外鑠。傳聞南堂有佳種，願過屠門思大嚼。頗亦有意欲見之，此意未容兒輩覺。乃知便許移芳根，不止園官供小摘。要令壽客來駢肩，何用潭水求延年。有時採之東籬邊，不覺南山在眼前。淵明千載幸同調，老我此際方悠然。西風吹花日夜急，散金坐看開田田。兩詩先到衡門下，思向平臺尋戲馬。從君九日去行樂，莫為登高淚盈把。

送王粹中教授入蜀

王粹中教授赴新蜀帥尚書黄公之招，萬里有行。古調一篇贈别，因誦所聞以求益。雜然陳叙，不暇較工拙也。

萬山四塞圍平陸，大為關中次為蜀。我生東南未曾到，蜀士游從聞頗熟。自從襄陽上峻途，高欲登天下臨谷。女媧大山塞空虚，麻綫名堆千萬曲。行人一升鹿頭關，下瞰平川如畫幅。幅員二百四十里，里出萬緡民日蹙。向來陜西五路兵，退守諸關疆地促。計臣權宜重增賦，民力尚寬隨所欲。爾來因仍七十年，鬼不輸錢無雨粟。民生哀哉不堪命，外若富饒中不足。益梓尚有繁盛風，夔峽窮民幾比屋。側耕危穫供税租，飯多稊稗無嘉穀。朝廷謀帥弄印久，宣諭尚書剖符竹。尚書當今第一流，翁婿相望冰映玉。貽書挽君為此行，古人義槩非流俗。君亦慨然挈家去，摻袪未免再三祝。君行豈為温飽計，一舉高飛快鴻鵠。丈夫生有四方志，登覽山川非碌碌。頃為假吏到燕山，未行先取山經讀。所至訪尋多得力，中原至今在吾目。北征西征昔有賦，何肯徒行空逐逐。子西嘗因過峴首，遐想羊公欲相沃。關右放買眼拔鏃，表留卒使癰潰肉。試推此意向前去，到處前人有遺躅。五丁開山果何在，贊皇籌邊言可覆。劍門石角皆北向，雪嶺界天望身毒。高皇將壇在漢中，武侯八陣留魚復。棧閣繩橋世稱嶮，威茂渡筰來夷族。李冰離堆如底柱，大寧鹽泉若飛瀑。四路尤多未見書，買歸何止三萬軸。黄松次功蜀檮杌，石湖居士吴船録。君宜預考經行地，却隨所見書之牘。幕中便可資籌策，遠業因兹增蘊蓄。又聞渡瀘不在瀘南在沉黎，邛崍九折是君家世尤當知。藝祖按圖揮玉斧，大度河外等棄之。木朝獨無南詔患，一語決定無敢違。成都郡庠千白袍，後來之秀日益奇。周公禮殿巋然在，畫像盤古繼宓犧。春秋奠謁用舊樂，想見節奏并威儀。談經約史各專門，學問可以相發揮。康節遺書有傳者，不惜師問窮精微。先天僅得十一二，聲音律吕無由窺。更有異聞多細事，試因餘暇質所疑。青城大面訪僊迹，普賢靈變窮峨眉。街名棋盤路九逵，江號濯錦如汙池。古柏參天二千尺，水滸鼎立三石犀。藥有珂貝説尤詭，字書不見栮與榿。金堂鸜鵒掃孤塔，蒼溪橘柚五出榫。嘉陵梵像為最巨，閬州城南天下稀。少陵入蜀往來久，須行萬里方知詩。我慙寡聞言又拙，君其更為加詢咨。老我無復為世用，但當杜門待君歸。歸期未知果何時，時寄尺楮寬吾思。

山行歸來喜栽新竹

平生好看竹，每見覺相與。小大或疎密，一一皆媚嫵。恨無地可種，所至造竹所。近方闢門徑，得地尋丈許。乞鄰栽百箇，參差正當户。天公有老眼，惠以三日雨。山行不厭泥，但喜竹無苦。歸來報平安，翠葉多楚楚。不妨來子猷，奚必希蔣詡。何當遶扶疎，歲寒與君侣。

小溪道中

晚出城西門，循牆過南境。夏橋日沉輝，沈店月成影。納納川路遥，聒聒水聲冷。欹枕擁衾裯，樂此寒夜永。

醉題魚屏

五千買得見屏風，白魚相逐菰蒲中。俊尾撥刺有生意，旁人未易分雌雄。屏後諸孫更雍容，濈濈無數迷西東。我雖非魚知魚樂，樂處未必魚知儂。

范牛

人問吾何愛一牛，范偎真筆倍風流。繩牽雖未如自放，猶勝更著金籠頭。

白醉

陶内翰《清異録》，首載開元時高太素隱商山，起六逍遥館，各製一銘。其三曰《冬日初出銘》，曰：「折膠墮指，夢想炙背。金鑼騰空，映簷白醉。」余愛其言，取以名日閣。陳進道示惠大篇，次韻。

處世難獨醒，時作映簷醉。年少足裘馬，安知老夫味。天梳與日帽，且免供酒事。謫居幸三適，得此更慙媿。向來六逍遥，特書見清異。君家老希夷，相求諒同氣。曲身成直身，朝寒俄失記。醉中知其天，不飲乃同意。書生暫奇温，難語純綿麗。

贈范緯文秀才

括蒼范牛自題云，中興道士范子珉，異人也。淳熙間，武昌羅端良史君遠寄詩編，有《贈畫牛范秀才》一詩，愛玩不能去手，時時誦之，以寫云亡之悲，今十八年矣。有范緯文叩門，初談風鑒，旋及墨戲事。自言視子珉為大父行，羅史君贈詩即其人也。既試其説，草數語畀之。

中興道士以牛鳴，淡墨百果尤著聲。妙入神品仍有靈，我不識之欽其名。曾得烏犍兩横軸，又有石榴才一幅。武昌使君舊寄詩，末言秀才乃其族。忽有緯文來款門，自言真是當家孫。口誦羅詩若翻水，他詩歷歷俱能言。一見前畫歎真蹟，願得生綃奮吾筆。為作來禽對石榴，一掃横枝生意出。我詩不工人已陳，有詩豈復能動人。為君一寫史君語，更求知己如羅君。

送陳表道宰南豐

與客出西郊，送子之南盱。子為名父子，才器真璠璵。乃翁老從臣，循吏追兩都。益公工擬人，謂比王仲舒。積善必餘慶，于公大門閭。子能傳家學，何止讀父書。執喪真有聞，孺慕久不渝。彈琴不成聲，西上何徐徐。文場嘗得隽，一跌重歎吁。通籍金閨中，夷庚因少迂。邑中有三曾，聲名照堪輿。士夫秀而文，比屋多為儒。萬里此發軔，胸中有全模。將别更求言，老馬從問途。乃翁同汪出，親誼崇終初。以規不以頌，不自知其愚。民社非細事，况此壯大區。不飲第一策，精神長有餘。以此奉塵刹，以此當萬殊。何官不可為，禍福皆在吾。劇邑最為難，謹畏可無虞。試看悔吝者，實惟予之辜。民力久已困，未免索税租。欲如古什一，攻瑟難吹竽。古意行今法，自應知樂輪。有弊勿遽革，有姦毋亟鉏。責己重以周，檢束到錙銖。兩脚踏實地，處事隨精粗。頑不在斯民，猾不在吏胥。苟以明恕行，久之定交孚。為善無近名，實著名與俱。飲啄信前定，富貴不容圖。三年報政成，明時其舍諸。老我世無用，情親肯自踈。盡此一盃酒，惘然摻子袪。相依忽成別，加餐意何如。

陳天成詩多和東坡韻兹因寄喜雨詩走筆謝之

一春垂垂困多雨，雖曰如膏反成苦。自知潦後必成旱，果見晴天雨黄土。連旬不雨已歎嗟，滌滌山川雲不吐。未聞鵓鳩鳴屋角，但有蚊蠅争振羽。一梅無望望重梅，旱魃為妖無術禦。閒居憂國傒雲霓，夜夜三星正當户。君王側身歎涼德，雲漢之詩無媿古。避殿減膳率以躬，己責縱囚真有補。史君精禱盡誠意，千里歸心稱杜母。四郊神物招蝓蜒，所在疲氓加手撫。風伯在今誠可訟，已聞石燕空中舞。時時小雨慰人心，渴瓦流膏僅兒乳。傳言望日當通濟，老巫已得靈神語。霈然三日果應期，靡神不舉誰為主。河流頓已復舊痕，良苗喜見興南畝。中宵愁念不成夢，摩挲便腹眠清午。從今一飽便可望，坻京行見曾孫庾。陳侯忽就春容篇，徑遣長須入城府。歎君健筆今已老，不草赦書招贊普。坡翁相去已百年，時出新詩追步武。

六月十六夜觀月翌早紀所見成長謡

海雲湧立雙鐵山，明月正在山中間。初疑渼陂藍田出水面，又似長風吹度玉門關。須臾雲過月愈上，太虚點綴從飛翻。白衣蒼狗不足究，千變萬態俱可觀。忽焉横卧如蒼龍，驪珠頷下光團團。山河清影見歷歷，桂枝扶踈若可攀。夜深醉倒雞鳴起，光景不類居塵寰。長庚曄然朝曦發，望舒猶掛西林端。我欲呼吸晶華駐朱顏，左有金丹右玉丹。昔聞兩曜在天如磨蟻，日行日止一度慳。太陰行速朔必會，金餅旋復成弓彎。八卦萬物盡關繫，歷古不已真跳丸。急景爣恍難控摶，但見霞彩生斕斑。老我已復卦氣闌，學道無成空自嘆。不如安坐委天順，一聽運化更循環。

它山堰

它山，吾鄉絶境也，屢游而不及賦。近過其上，得前四句而歸。季夏鬱蒸，午寂無事，因足成篇。寫罷長哦，遐想勝地，寖覺風生兩腋，汗垢俱清，比之陵陽冷語，尤為逃暑上策也。

它山堰頭足奇觀，百萬雷霆聲不斷。誰把并州快剪刀，平剪波瀾成兩段。四明山深水源遠，衆壑會谿長漫汗。滔天狂潦不少留，瀉入長江勢奔竄。賢哉唐家王長官，欲圖永利輸長算。想得慘澹經營時，下上山川應飽看。西偏千嶺相屬聯，惟有兹山擁東岸。遂於此地築横埭，截取衆流心自斷。斟酌利害不全取，高下參差僅强半。水大十分七入江，徐挹三分供溉灌。支流瀰瀰穿郡城，脉絡貫通平且緩。旱時反此水亦足，坐使千年忘旱暵。無窮廟祀報元功，像設森嚴人敢玩。梅梁夭矯有冥助，大患于今尚能捍。前輩所作多神靈，日月真成赤心貫。後人小智或更易，費盡工夫隨破散。河堙盍浚謀不集，堤斷河傾流甚悍。富民縮手人受殃，仰望古人重興歎。老木號風波湛碧，畫屏俯仰丹青焕。更須積雨看驚湍，濡足褰裳何足憚。去家不遠時一游，短艇垂綸流可亂。八月儻有僊槎來，便欲乘之泝天漢。

林復之求僧陳君舉爲寫山谷與俞清老詩而和之次韻

歸墨氣何鋭，為儒意何闌。勸沮皆不可，要惟心所安。何必收澄觀，强欲加巾冠。余看飲光衣，以次傳阿難。

送秦仲防制幹

秦郎相家子，被服一寒士。不味膏粱珍，嗜書如嗜芰。仕途樂平進，欲上行或止。制使護瀛壖，婉畫幕中試。不避癡兒譏，但欲了官事。君賢他可及，好善無與比。公餘仍進學，訪問無巨細。片言苟有聞，必欲窮根柢。一介有可觀，窮閻必躬履。老我甘投閑，衡門人所棄。惟君異時好，時來訪生死。淡交久而敬，清談或移晷。一朝語余别，摻袪不容已。向來二三公，頗亦同臭味。去去群欲空，今君又行矣。欲歸投金瀨，尚眷甬東水。結交多老蒼，要路有知己。青氈我家舊，勉旃收上第。先聽傳除書，使我喜不寐。别後未相忘，毋愛書一紙。

送蔣德常宰鄱陽

棋社頗寥落，聚會多差參。矧如夫君賢，貴重雙南金。豈可無此君，周旋相與深。一别歸未久，征鞍又駸駸。老我苦多病，别酒難重斟。摻袪不可留，贈言效規箴。吾聞古番君，甚得江湖心。官無崇與庳，時無古與今。古人乃能爾，斂衽當致欽。我亦一丈夫，毋謂力難任。未暇言偃歌，肯彈宓賤琴。明恕加撫摩，細故多親臨。罔密吏易姦，賦重民弗禁。飛鴞懷桑葚，烹魚溉釜鬵。此邦熟往來，當有慰黎黔。君能踐世科，朝行佇朋簪。公餘昌遠業，書讀松竹林。故家未見書，校讎如向歆。時時為尋訪，歸來共書淫。勿以三徑荒，閒作莊舄吟。勉哉赴功名，莫待二毛侵。數年儻加我，寒盟尚能尋。

題家藏二畫

二　龍

老龍卧海沙，覺來未欠伸。珠光發海底，闖然目有神。畫龍不畫全，必雜煙與雲。此龍未嘗動，具見爪與鱗。一龍望見之，争心生怒嗔。奮迅勇欲前，便爾雲滿身。不知出誰筆，定非塵中人。若非親見之，何由寫其真。雲濤方汹湧，恍若渺無津。為霖會有時，正爾良苦辛。乃知青雲高，不如寂寞濱。深虞或飛去，十襲聊自珍。

二　虎

一虎弭耳行，一虎立而顧。猛鷙乃天資，亦爾相媚嫵。媚嫵尚眈眈，况復逢其怒。吾聞宣城包，今古稱獨步。投老筆愈精，利牙爪可怖。方其欲畫時，閉户張絹素。磨墨備丹彩，飲酒至斗許。解衣恣盤礴，手足平地踞。顧眄或騰拏，窺之真是虎。捉筆一揮成，神全威不露。此其真是歟，為我振蓬户。藜藿將不採，何止讋狐兔。

送陳進道倅三山

陳侯少有場屋聲，歲在壬午聯薦名。晚年倦游安里居，君亦懷綬歸家庭。齊年連姻更同社，臭味相與如弟兄。一朝話别欲遠去，洗盞更酌歌渭城。合沙樂土宜宦游，或謂不減洛與京。平分風月信可樂，人家弦誦幾連甍。豈惟帥閫賴關決，定知秋闈望陶成。西都外司掌宗盟，煩君共二為之丞。勿謂為丞但虚稱，亨途要當自此升。惟君儒雅聞簪纓，種學歲久筆縱横。奥篇隱帙了如響，清談吐屑四坐傾。詩筒來往附郵傳，時出妙語人為驚。梅花萬樹照山白，荔子百種輝空明。九門雄尊盛官府，三山森聳多地靈。長樂一志書不盡，平生頗恨未經行。煩君傑句為摹寫，遠寄使我心神清。

送姜子謙宰鍾離

濠梁自古揚州域，禹娶塗山城尚留。鍾離雖嘗作楚縣，子男之國書春秋。卑梁争桑起吴釁，陰陵失道除漢讎。嬴秦屬之九江郡，典午置郡任愈優。蕭梁尤重北徐鎮，高齊又為西楚州。貞觀割淮疆理失，元和加水號名脩。陽冰篆虎書户册，奇畫于今照譙樓。浮山築堰誰與謀，漫引童謠為激溝。役工沈鐵不勝計，欲灌壽陽為廢丘。霧昏三日水怪出，一决空貽千古羞。上格下格果何在，西濠東濠猶並流。守邊在人不在險，險阻如故事不侔。元魏擁兵數十萬，義之堅守竄其酋。向來横澗一失據，凛凛重貽宵旰憂。刺史舊帶兩城使，渦口兩城今在不。君侯妙年筆為投，名位詎肯卑微休。世科高掟更膴仕，哦松壯志未足酬。欲效金城上方略，宦游直到窮邊頭。三光五嶽氣猶分，故疆慨想何時收。邑事不足煩大手，往訪古今資遠猷。老我無用重多病，為君相與數觥籌。棋社冷落故人少，况復臨風送行舟。看君徑赴功名會，努力自取公與侯。又聞魚臺在近境，誰知魚樂如莊周。烽沈柝静若多暇，從容何惜觀游儵。

送潚丞剡川

工部丞崑丘，我生丁巳年。比吾既逾冠，再轉丞金困。年齡過半百，奏子哦松軒。親見勤小物，如彼少壯然。受輸導行費，略不取一錢。飛糠至眯目，猶恐勞弗宣。汝方壯有室，行行貳剡川。地近既便親，俸外有圭田。惟當念爾祖，奉職罔不虔。邑無不當問，事亦不得專。退無為避事，進勿至侵權。莊生才不才，其間要求旃。去年苦旱歉，穀熟殊頗偏。未知催科時，何取何當蠲。二十七鄉民，户口富人煙。去天曾不遠，美惡易以傳。大寧九十餘，父母俱華顛。况子勤幹蠱，豈不深愛憐。食禄須盡瘁，毋歎我獨賢。不應頻往來，恃有檄可沿。時時寄安書，何殊在目前。秋賦已復近，公餘更加鞭。金罍喜接境，一水通鄉船。他時黛少病，尚能催擊鮮。

送王知復宰建德

筮仕一何早，字民一何遲。歷歷三十年，中間多險巇。宦途祇平進，分寸窮攀躋。最後官胄監，一蹴黃金閨。低徊能自愛，風鷁甘退飛。寧為紅蓮幕，往尋武陵谿。親黨多勸止，君去獨不疑。治家有賢媛，應門委佳兒。安居捨大廈，列屋間歌姬。風霜登客路，單車如雞棲。勇決有如此，端是英雄姿。有志事竟成，不後一年期。明詔趣鵷班，壯縣催瓜時。贏得為君子，否泰相因依。古郡足蕭灑，年來困征追。守宰俱賢明，斯民其庶幾。杭葦欲走別，有足如縶維。舉酒向西望，離愁渺天涯。惟君才素高，邑若不足為。謂難易將至，謂易後難支。老我百念冷，安能效良規。猶記簿領初，過庭聞舊詩。惟畏為過寡，惟勤無功虧。遺訓儼如在，終身當誦之。

題趙尊道渥洼圖

趙尊道制幹以《龍眠渥洼圖》示余，余曰：誤矣。本韓幹馬，東坡所為賦詩者，此龍眠所臨，而以後為前。俾易之，為書坡詩于後而次其韻。馬實十六，坡集詩云十四匹，豈誤耶。

良馬六十有四蹄，騰驤進止紛不齊。權奇倜儻多不羈，亦有顧影成驕嘶。或行或涉更相顧，交頸相靡若相語。畫出老杜沙苑行，將軍弟子早有聲。中間名種雜群鶴，無復瘦瘠烏暮啄。當時玉花可媒龍，後日去盡烏呼風。開元四十萬匹馬，俯仰興亡空見畫。龍眠妙手欲希韓，莫遺鐵面關西看。

題高麗行看子

高麗賈人有以韓幹馬十二疋質於鄉人者，題曰《行看子》。接處黃綾上書韓幹馬。表飾以綾，尾以精紙，皆麗物也。聞其懷金來取，因命工臨寫而歸之。再用東坡韻書臨本之後。

竹批雙耳風入蹄，霜鬣剪作三花齊。相隨西去皆良種，撼首勢竄迎風嘶。丹青不減陸與顧，麗人傳來譯通語。裝為横軸看且行，云是韓幹非虚聲。圉人乘馬如乘鶴，人馬相諳同呼啄。中有二匹真游龍，爬梳迴立緑楊風。賈胡携金贖此馬，亟呼工人臨舊畫。我詩無分到三韓，寫向新圖時自看。

跋李少裴原作陵，據四庫本及序文改脩褉序

唐文皇之賜韓王，有崔潤甫之題為可考。若李重光撥鐙書，斷然無能效之者，其為真筆何疑。朱徐開皇之記，則已見少裴之辨。開元去貞觀未遠，潤甫又職校定四部圖書，以為最善本，則真善矣。辯才之本既殉昭陵，今世止以定武本為第一，又出歐陽率更所臨石本，自應在墨蹟之下，則知此本信為冠絶，蓋希代之寳也。然考之新舊唐史，崔湜弟液、滌及從兄涖，並有文翰，居清要。液至殿中侍御史，液弟滌，明皇用為祕書監，出入禁中，後賜名澄。如此，則液為湜之親弟，而為祕書監者滌也。又宰相世系表，博陵安平崔氏仁師相太宗、高宗。次子擢，擢之子液，吏部員外郎。第四子挹，挹之子湜，相中宗。湜之弟滌，祕書監。如此，則液為湜之從弟，人不為祕書監。傳之與表已自不同，而滌之親筆乃爾，以是知作史與考古之難也。因併述之，仍賦長句，以副少裴好古之意。

蘭亭修褉永和中，羣賢高會俱雍容。右軍作序亦寓耳，藁草乃致傳無窮。自言疑若有神助，他日屢書終不同。歷代傳寳在祕府，尤其甚者唐太宗。當時搜取極心力，模本一一攽羣公。惟此真蹟最奇絶，蕭梁開皇有遺蹤。親御奎文賜元嘉，龍蟠鳳翥何其工。辯才所取祕昭陵，此本一洗凡馬空。崔家兄弟列清要，誨子况復稱龜龍。圖書四部資校讎，當時尚有貞觀風。自云此為最善本，冰御臣液題甚恭。李王深得撥鐙法，筆力絶勁雄江東。右軍以來皆妙筆，名勝異代如相從。病餘扶憊行掃松，李君携來為發蒙。平生多看舊墨本，一見使我開心胸。摩挲歎息不自已，至寳盍入明光宫。隱居懷寳正不惡，異氣或能牛斗衝。叩門有客勿傾倒，恐有御史來乘驄。　以上《攻媿先生文集》卷三

全宋詩卷二一五三九

樓　鑰四

趙資政建三層樓中層藏書

危樓傑立潭府雄，仰望驚瞿何穹窿。擎以八柱真良工，恍如木天移海東。扶欄三級横復縱，八窗交映光玲瓏。更上一層迴不同，歷覽萬象俱空濛。東南太白金峩峯，西山千疊青芙蓉。環遶不斷如屏風，平疇彌望禾芃芃。城郭市井聚螘蜂，煙樹高低知幾叢。澄湖一片磨青銅，潮來江漲銀在鎔。海匝三垂屬提封，四山寬圍城在中。地平樓小望易窮，安得高卧陳元龍。麗譙公府難從容，二閣均在道佛宫。江山得助無遺蹤，眼前突兀忽此逢。主人幹國成棟隆，鼎彝久書柱石功。名遂身退兹明農，卜築深静依高墉。百間朗朗羅心胸，咄嗟不待鼛鼓鼕。最後奇觀凌虚空，窗户未須濕青紅。似聞廬陵周益公，亦作此樓高於崧。相望落落見兩翁，心匠不謀如影從。我欲效顰意方濃，一朝登眺若發矇。不願侍公飲千鍾，不願舞女紛歌僮。插架三萬牙籤重，此身願為書蠹蟲。不然相陪夕陽舂，與公憑欄送冥鴻。

再題行看子

先引護欄毬子驄，九馬近遠俱相從。黑駒驕黄騅素騮，亦有笏面仍銀鬃。夏國一種青於藍，五明錯靴皆如龍。或驂或引恣馳驟，坐覺隱耳聲瓏瓏。人間安得有此輩，一一必自天閑中。不惟骨相異凡馬，圉人貴介多雍容。三花翦鬣自官様，空鞍更以香羅幪。中間二者蓋天馬，齒雖已老氣尚雄。不知幾出横門道，雙立柳下青陰濃。擡轠捽頷刷背膂，旋梳鬃尾摇清風。人人生意馬欲動，態度曲盡各不同。韓生去我幾百年，藻色尚濕青與紅。不知何時墮雞林，萬里遠在東海東。賈人携來得寓目，一見絶歎丹青工。千金可買真不惜，忽復携去何匆匆。亟令臨寫得形似，如此神駿那得逢。開元内外馬盈億，色别為群從登封。韓生所貌定傑出，七尺為騋八尺駥。向來鶩邊繫金羈，歸乘款段頭已童。伏櫪寧能志千里，却笑區區據鞍矍鑠翁。

寄題吴漢英玩芳亭

吴侯奕奕天分高，歷記萬卷無差毫。青雲垂上忽歸去，年來益收湖海豪。志同三閭時則異，玩此芳物亭之皋。視彼顑頷亦何苦，鼻間栩栩忘鬱陶。詩文滿軸寄海嶠，靈均細論無乃勞。與君齊年況同袍，衹今衡門没蓬蒿。有芳可玩便自適，草間野卉時一遭。蘺芷辛夷蘭杜若，未暇一一追離騷。自注：詩文皆以屈平異同為言。

送孫子祥赴新昌主簿

高士不為簿，子嚴論獨殊。不遭何不可，而況主簿乎。夫君豈其裔，南明筮仕初。要知官無卑，禄可代耕鋤。正須勾小稽，使民能樂輸。矧復兼尉曹，鼠竊隨除驅。兩職去民近，亭途此權輿。君誠吾里秀，賢厚素有餘。埋蛇有陰德，映雪讀古書。起家決儒科，鄉評足名譽。妻以兄之子，相與久相娱。小别不足惜，未免摻子袪。邑境連台剡，好山環四隅。二子丞鄰封，川陸通舟車。乘興或一往，徑欲造庭除。公餘想績文，尤當惜居諸。會看興公賦，擲地金聲如。

送淳丞上虞

我老不復仕，行將掛衣冠。兩子俱貳令，官職恰一般。剡川且書考，上虞亦之官。人言易捧檄，歸奉重親歡。我意正不爾，期汝政可觀。食焉怠其事，古訓戒捨鏝。汝職去民親，簿書當細看。一邑無不問，正爾良獨難。江海匝三垂，長隄捍驚湍。埭高幾如山，潮至不留殘。宣和有遺迹，能使潮浸灘。陂湖謹蓄泄，可以救旱乾。長溝濟漕運，浚治令通寬。此皆丞所職，勿憚心力殫。江頭有東山，永懷謝家安。邑有李與豐，況復居二潘。尚友更從游，問學加研鑽。平時固知汝，廉謹無欺謾。涉世終未深，送汝能忘言。故鄉去帝鄉，舟馭多往還。失己固不可，待人亦多端。罔求違道譽，善遣非意干。窮達自有時，此理真如丹。聚散不足較，豈得長團欒。閑静我所便，汝其自加餐。有時或乘興，往來二子間。踏雨送汝行，浮家當游般。走筆如家書，誰能苦雕剜。

送伯中弟尉新喻

伯父盛德人，伯中實暮子。不惟能象賢，氣貌亦相似。幼日讀父書，結字得皮髓。粹然金玉姿，少日期千里。寧知游上庠，蹉跎困名第。晚始著青衫，酸寒就一尉。欻然報瓜時，往戍真樂事。自惟群從希，惜别不能已。中年重離别，況我衰如此。親故例作惡，況復於吾弟。兹行豈得休，雅懷聊漫仕。勿憚三年留，江南富山水。尉曹官雖卑，去民最密邇。一日斯必葺，職務毋少弛。善保金石軀，離觴且同醉。歸來畢婚嫁，相從期暮齒。教子以義方，忍貧授經史。素業俱有傳，見進未見止。大兒方決科，如摘頷髭耳。子尚徐其驅，中途聽捷喜。

送張子宓分教澧陽

澧陽渺何許，遠在天盡頭。頃為郡樓記，圖志不可求。王侯録故實，頗亦費冥搜。忠以申明著，學有車公優。外挹蘭江水，下俯僊明洲。讀書記群玉，採藥思浮丘。況得子厚語，謂冠漢南州。見謂頗詳盡，豐碑照城陬。可憐城與樓，百姓不知修。乃知尚有遺，家傳載鄴侯。張君將客授，蓋嘗叙其由。為我謝澧人，聊以遮前羞。君家世為儒，青箱襲箕裘。太玄泊潛虛，探賾深可鈎。君才兼數器，博洽誰與儔。南廟推第一，鶤鶚快九秋。得官愈嗜學，手抄不能休。館殿要人物，衆寶登琳璆。演綸及視草，如君真勝流。蘭芷生顏色，暫煩為遠游。君方俟瓜時，相依意綢繆。樽酒接從容，詩篇更唱酬。論文究今昔，析理到孔周。老我澹無伴，摻袪不容留。別乘澹庵子，傾蓋當相投。公餘文字飲，能思故人不。

送周君可宰會稽

作邑誠匪易，況子之稽山。銀茜視兩赤，朝家知其難。鼎鼎數萬户，賦重民生蹠。山陵五雲飛，辦護力更殫。預買萬世敝，法貪至於殘。越人瘠已甚，當饋幾發歎。名臣為竭力，減額宜少寬。不齊物之情，兹事終變翻。箕歛及雞豚，詭户多容姦。竟未得要領，條令何其煩。通才善剸劇，南康遂通班。誠心試求之，要使後可觀。古仕不出鄉，習俗皆素閑。東嘉嘗客授，尋乃乘朱轓。略如仕於鄉，非意不得干。況昔攝邑久，疾苦知民間。故吏想猶在，疲氓知長官。宜若差易耳，未免送以言。權雖與正同，事體終兩般。趣辦不計久，為真事多端。遇事勿生風，三思庶能安。試登寬簡堂，取我前碑看。六一真格言，坐右當銘盤。向來難奉母，版輿今似潘。外盡撫字勞，退公悅慈顏。蓮峯聲望重，待子興門闌。勉哉發政譽，行矣聞天關。

錢清王千里得王大令保母磚刻爲賦長句

書家千載稱蘭亭，蘭亭真蹟藏昭陵。只今定本誇第一，貞觀臨寫鎸瑶瓊。黄閍岡下得寶墨，古人燒磚堅於石。大令親書保母銘，況是當時晉人刻。磚雖破裂文多全，妙畫遠過蘭亭鐫。其間曲水悲夫字，髣髴欲度驊騮前。我家阿連縛虎手，更得退堂方外友。王君系出三槐家，參坐會文真耐久。田丁初來獻小硯，尋見津津若微溜。細看背刻晉獻之，永和彷佛在旁右。亟訪田家叩所從，始知墓崩隨意取。大磚支牀得前段，掀倒浮屠全尾首。字為十行行十二，百十有七二字漏。交螭方壺不復見，貞石摧藏松亦朽。我得此碑喜不寐，摩挲三歎歎未有。興寧甲子十四周，更閲三年仍乙丑。若非洞曉未來數，安知八百餘年後。坡翁應未見此志，金蟬之銘何絕類。又知文章有暗合，智謀所見略相似。二王遺蹤無所遺，誰知地下此段奇。三君共為成勝事，至寶呈露端有時。越山盤屈獻與羲，付與耳孫世守之。煩君更為護幽竁，或恐意如猶有知。

趙資政招賞川海棠次袁和叔韻

少陵千古詩人傑，每見名花輒題絕。錦棠無如蜀川盛，見說千林天染纈。大篇短章合無數，忍對此花舌如結。黃鵠銜子萬里來，春光頗向東南洩。槹閒老子携春歸，移石鬱林表高潔。崇桃炫晝不足言，紅艷燒林疑益烈。棠梨小紅自退聽，不待騷人定優劣。兩登蜀道歸海濱，一琴一龜全晚節。嘉招容我到花下，春酒新篘公自挈。攀翻亂插人共醉，十二金釵不成列。袁安參坐為長哦，同氣相求磁石鐵。不須高燭映紅粧，佳月自能明作哲。紅潮滿頰卧林間，風流誰敢來分別。

泉口淨明院晝寢

沙頭古招提，往來幾經行。茲來當春晝，解衣愒西楹。玉立青琅玕，小窗虛且明。紙帳白如雪，牀軟枕更平。偃仰四體適，欠伸困思生。須臾右脇卧，徑入華胥城。無人夢自覺，閴然四無聲。林間婆餅焦，悠悠時一鳴。翻身更從容，意泰氣亦清。連朝走丘壟，百拜不遑寧。老我久倦游，幸兹息營營。衰相益已迫，世念日愈輕。自欣天與閒，身是半髮僧。未能遂高隱，庶幾保餘齡。

賦蔣甥若水番馬圖

何處驅來良馬六，騮黄參錯如花簇。胡為不作騰驤去，各有游韁縶前足。胡人下馬俱少休，背倚氈裘眠正熟。酋豪揀箭奚奴撚，意欲射麞不遺鏃。琵琶横倚續續彈，一夫坐聽胡中曲。卧擁提壺將引飲，英氣虬鬚皆貴族。沙磧坡陀高復低，天寒不見寸草緑。我行燕薊頗見之，狼帽烏靴乃其俗。勿云恃勇不知義，要以赤心置其腹。嗚呼安得壯士健馬咸作使，坐令戎虜為臣僕。

陳表道惠米纜

平生所嗜惟湯餅，下箸輒空真雋永。年來風痹忌觸口，厭聞來力敇正整。江西誰將米作纜，捲送銀絲光可鑑。仙禾為餅亞來牟，細剪暴乾供健啗。如來螺髻一毛拔，卷然如蠆都人髮。新絃未上尚盤盤，獨繭長繅猶軋軋。盱江珍品推南豐，荷君來歸携來東。知君正直如羔羊，貽我素絲踰五緫。仙禾本出從嘉穀，色味俱同無餅毒。鼎深熟煮葱豉香，大美元年加爨肉。有時飯素芼以虀，饞口屬饜味更奇。東晳一賦不及此，為君却作補亡詩。

盧甥申之自吴門寄顔樂間畫牋

年來吴門箋，色澤勝西蜀。春膏最宜書，葉葉瑩栗玉。賢甥更好奇，惠我小畫幅。開緘粲殷紅，展玩光溢目。巧隨砑光花，傅色濕丹緑。桃杏春共嫵，蘭桂秋始肅。趙昌工折枝，露華清可掬。妙手真似之，臧去不忍觸。苟非歐虞輩，誰敢當簡牘。又聞樂間君，古篆頗絶俗。併求數紙書，寄我慰幽獨。

題中之寄示春郊畫軸

郊原膴膴春意足，細草淒迷芳樹緑。鴈鶩無數泛陂塘，羊牛相與隨芻牧。幾年不泛浙西船，恍如蘇臺俯平川。閑人憂國無他策，但願好雨成豐年。

六言問天池寶華

昔年曾賦虎丘，猶恨靈巖未游。天池之景絶勝，寶華有水倒流。老矣不復西去，夢入陶朱扁舟。煩君為我尋訪，能以新詩寄不。

贈成都魯講書焯，字叔獻

君家江發源，我生瀛之壖。相望萬里外，中間幾山川。近聞今子敬，文價驚鸞鵷。何由夢見之，失喜瞻在前。幅巾聳英標，衔袖出文編。倒屣平生歡，劇談河漢懸。老我三入朝，廣識兩蜀賢。相與論諸公，與君最周旋。自言隱太城，讀書三十年。城中竹谿居，肥遯遠市廛。清谿擁屋後，緑樹環前軒。一舟號横雪，可泝復可沿。拂衣下三峽，非為名利牽。灩澦追古作，海潮賦新篇。舊依棹閒公，來乘甬東船。顧我何所取，有懷俱盡言。老親苦多病，嘗藥冀少痊。佳客不容留，欲著歸驂鞭。間為惡草具，願君少留連。報無錦繡段，贈有朱絲絃。一别無復會，摻袪意茫然。蜀山渺何許，同聲惟杜鵑。

趙資政當山堂

我公仁存心，樂山心如丹。平生經行處，不厭行路難。青城及大面，萬疊連百巒。捫參仰脅息，亦嘗坐長歎。功成歸四明，得地數畝慳。城隅路窮際，小橋水汪灣。蕭條漁家市，中有屋百間。危樓俯人世，一看山四環。堂深無他景，猶以城當山。城荒披緑莎，青青透棹間。秀潤長滿門，坐對無躋攀。日夕氣亦佳，鳥飛相與還。終日看不厭，徙倚十二欄。有如擁泰華，管窺見一斑。況兹綠陰成，連朝雨潺潺。濃翠真欲滴，秀色幾可餐。我家但環堵，窮年困彎跧。出門得曠望，遙碧羅煙鬟。有時碧雲湧，半空聳商顏。須臾輒變滅，欲駐良亦艱。羨公得佳趣，容我游其藩。悠然時見之，重門勿令關。

風琴

淵明有琴本無絃，白傅偏喜聽人彈。不如空中風度曲，隨風往來聲斷續。非宮非商從君聽，不中律呂無虧成。大如角韻來孤城，細似蚓竅蒼蠅聲。華亭夜鶴圓吭清，顫動長引寒蟬鳴。或疑鳳咮叫霄漢，又恐僊佩雲中行。使其似曲無別調，安得自在聲泠泠。蛙喧尚謂勝鼓吹，牛鳴猶以黃鍾稱。絲不如竹亦漫語，賴此七竅俱瓏玲。幽人院靜新涼生，八風不問來縱横。短篁六尺午睡足，彷彿神來傳廣陵。

寄題臨江徐祕閣儒榮堂

滄水海豹來京畿，繫裙堯舜深惡之。元祐政和能幾時，女真航海來乞師。以燕伐燕夷攻夷，吾國何與潛與期。島夷日張耶律卑，城門失火殃魚池。督亢雖入空無貲，免夫賦及東南垂。廟謨顛倒幾逆施，中原丘墟責誰尸。高皇匹馬興渙灘，南巡國步尤阽危。神旌北指虜屢隳，天雖悔禍庭未犂。兩邦交聘玉節馳，廿年不見紅旌旗。狂胡窮凶不自知，意欲投箠凌江湄。安知送死蕪城西，倒戈勢如蟻潰隄。三年拜賜無能為，再尋和議平創痍。中間紀載紛是非，顛末不備多懷私。痛定泣血作者誰，僉言亂華疑傳疑。徐君憂世老不衰，會粹衆作無棼絲。東觀直筆多所資，蓬萊漢閣生光輝。儒榮名堂本訓辭，大書流詠見豐碑。我昔假吏陪琬圭，故宮禾黍傷離離，洪河大山望而悲。壯士無數胡馬肥，謂國有人何至斯。此心耿耿淚自揮，年運而往不可追。因君來覓儒榮詩，感觸義槩矢以詞。無由縱覽讀書帷，願得版行用激臣子無窮思。

送袁恭安赴江州節推

袁氏四世凡五公，唐朝三相傳家風。君家幾代擅儒業，高曾藝苑俱稱雄。大父謙尊古君子，諸父名高表吾里。一門子弟更競爽，挹取乙科自君始。九江需次今幾年，去去渌水依紅蓮。忘年論交正相予，叱馭欲往難留連。老我秋來抱病久，臨岐無由置尊酒。祇從卧内叙離懷，戀戀摻袪仍握手。鵬程萬里茲權輿，平時義方師有餘。送人以言古所重，雖誦所聞寧起予。君看公孝與孟博，太守坐嘯仍畫諾。一郡之政賴關決，千里應須念民瘼。鄉州義事煩主盟，纖悉於余無隱情。處事條理亦為政，知君出仕當有聲。尊公亦入閫中幕，公退著書端不惡。君才更得江山助，簡書既省尋家學。君行遠業未可量，弟兄丹桂終齊芳。老悖無庸况多病，尚能留眼看翺翔。

趙南仲寄王朴畫猫犬戲爲之賦

鬛鬖兩狻猊，胡為到庭户。細觀畫手妙，模寫真態度。意足謝繁筆，不待丹青汙。亂掃腹背毛，頭足巧分布。尨也如愁胡，眉攢眼光注。豈惟足生氂，垂耳紛敗絮。掉尾固自若，狸奴為驚瞿。側耳實畏之，衝目猶敢怒。誠知取形似，不吠亦不捕。對之輒一笑，聊用慰沈痼。

朱季公寄詩有懷真率之集次韻

伊昔羊尹臨丹陽，真率之名初濫觴。香山尚齒當會昌，卧雲不羡坐巖廊。七人各列官與鄉，年德俱高世所臧。丙午同甲遥相望，清談生風想琅琅。耆英人物尤軒昂，賦詩遠追白侍郎。文富歸休壽而康，衣冠十二何鏘鏘。吾鄉五老如鴈行，至今月評尚推揚。家舅仕宦接王楊，眉壽遂及渭水姜。我如傷禽趁鸞凰，忽驚騎箕歸銀潢。向來雅約猶寶藏，菜羹草具烹彘肪。四皓中間有夏黄，藹藹義風誇句章。年來抱痾久在牀，同社闊别如河梁。君嘗遠宦踰沅湘，又向封川憩甘棠。瘴雨蠻煙暗桄榔，何時歸安朝士坊。忽傳新詩几生光，歛衽正色而寒芒。詩境幾成破天荒，徐為續貂未須忙。静揣歸期應未央，歸縱未衰亦老蒼。莫年甘與子同裳，何事相望天一方。

吴少由惠詩百篇久未及謝又以委貺勉次來韻

江左一世稱名公，首出劉惔與王濛。自高直以天自況，何止數仞言高墉。虚聲一傳實何在，但知景附而風從。我朝諸公門户闊，普納萬象如虚空。羣才俱入大鑪鞴，鑄人端如金在鎔。又如東君一布令，白者自白紅自紅。巖巖千載玉局老，少年徑以吾道東。首干欒全次六一，二公自是燕許宗。奏篇六論初流傳，四海一日俱承風。其間傑出六君子，香薰班馬尤為濃。涪翁又分江西派，作圖序次由本中。哦詩作文各務實，鷰鶚不媿北海融。坐令文物掩前代，主盟豈非諸老功。固知文氣僵湜籍，亦許詩律沾徐洪。宛丘諸黄接前輩，宜有此甥風味同。蚤嘗決勝翰墨場，筆端豪健誰争工。新篇句句多灑落，妙畫字字真玲瓏。惜哉生晚百餘載，歐蘇之門欠登龍。尚兹踸踔未闊步，吞舟之魚溝豈容。我方投老與世隔，映窗愛景方朣朧。十年屏居可羅爵，何人來顧一秃翁。儼然衣冠見吾子，文書銜袖名自通。向來兩卷餘百篇，諷味抵今未能窮。更携大篇如拱璧，刻畫無鹽貢孤蹤。人言霜蹄騁夷路，我今秋隼凌三峯。愛余過厚擬前良，此事如何著得儂。老我不入杞梓林，嶧陽深隱如孤桐。平生習氣掃欲盡，只有媿處著力攻。子歸求之有餘師，惟知嘆息錦繡胸。時時杖屨許來往，庶可歲寒相始終。

龍潭丈室一筍穿入露滿其上因賦之

一筍入屋照座寒，淩晨仍有清露溥。益信露珠自根起，正如真水朝泥丸。厦屋不應為汝穿，不肯屈節斜倚欄。干霄拂雲已在望，且復自保青琅玕。

旱久無水王伯容分惠桃源大谿泉將以長篇水至已雨走筆次韻

七十老翁門晝閉，終日蕭然無一事。却因不雨動衰懷，擁笏黄堂與祠祀。兼旬旱涸舟不通，井泉欲竭知無計。僮奴抱甕扣比鄰，水不得清僅無滓。舊時見説横谿源，有水側出萬竹前。考之爾雅名氿泉，頗思走介分微涓。去之一驛不易到，午暑坐想空垂涎。不知何人剥啄扣我門，惠以小罌童稚驚相傳。啟封一勺挹清泚，烹試茗碗真增妍。況當精禱已孚應，三日簷溜傾潺湲。病中一笑成莞爾，城闉安有泉如此。吴松四橋思陸羽，白帝城西歌子美。何用中泠取揚子，已覺清甘冰人齒。前人所品殊不定，一下一高隨所喜。老我住世能幾年，引飲一瓢幾子淵。行見甫田取十千，坐使遠近俱安然。欲和大篇不覺沉吟久，擊鉢成章慙敏手。

送潚宰富陽

富春富山水，地勝雄三吴。壯哉十萬户，畿邑拱行都。大江横吾前，上下萬賈趨。吾子丞剡川，攝事姦已鉏。試縣力愈難，勉旃立規橅。治縣古有譜，近頗多著書。槹閒愛汝厚，誨語皆良圖。老我不惜别，所望安官居。汝亦頗練事，正恐才尚疎。我以熱肺腸，有求應所須。遇事費十思，一跌真不虞。雖當縱心年，兢兢矩不踰。況汝年方壯，勿恃才有餘。據輪始窺井，任誕寧失拘。三年待汝歸，一親真倚閭。

又送從子淮

二孫吾所愛，别去殊關情。阿剡將賞延，伴子性亦靈。煩子善誘之，他日使有成。公餘松竹林，共勉洛誦聲。

寄題林宗山巢龜

彼澤之陂蒲與荷，有美一人傷如何。潔清如許豈不好，紉蘭綴蘺何足多。七十二鑽無遺策，不靈於己徒遭厄。人生何用千歲為，願似巢蓮足清白。

送趙仲禮守天台

棹閒社稷臣，卷藏經濟手。功名付諸郎，秀出諸公右。大兒倅東嘉，洗印未云久。次子鎮赤城，急流去何驟。二者皆為親，欲奉喬松壽。況有戲綵堂，可繼清獻後。鄰封尤便養，榮侍各晝繡。春風扇微和，安輿雲出岫。家傳吏師法，從政於何有。還歸鴛鷺行，金印當繫肘。向來嘗佐郡，山川若僚友。南渡多北客，風味中都舊。士夫喜公來，紛然迎馬首。其中多故知，頗問老夫否。

贈相手文李道人

生有文在手，縱横殆天予。其間動成字，往往傳自古。舜褒梁武武，老十子貢五。季友太叔虞，仲子竟歸魯。仲弓有鉤文，宰我亦握户。敏士自文雅，習道本因輔。鄧淵彭神符，瑣瑣不足數。李郃陶士衡，四庫本作行三公皆定數。白帝矜奇瑞，見誚漢世祖。何為言禍福，歷歷如君語。自言傳希夷，妙處勝貌取。見手知國封，況此細紋縷。研油燎旃檀，始見掌中虜。何如一覽頃，坐談樂與苦。老我縮袖閒，不復煩推步。子其訪塵中，英傑在何許。

跋余子壽所藏山谷書范孟博傳

山谷晚在宜州，或求作字。谷問欲何書，則曰惟先生之意。谷許以書《范孟博傳》。或謂南方無復書，谷曰平時好讀此傳，遂默誦而書之。舊聞此説，又知在上饒大夫家，願見不可。余子壽來入制幕，博記善屬文，偶談及此，又出摹本及尊公跋語，始知其為先世舊物也。為賦長句。

宜人初謂宜於人，菜肚老人竟不振。承天院記顧何罪，一斥致死南海濱。賢哉别駕眷遷客，不恤罪罟深相親。衮衮不容處城闉，夜遣二子從夫君。一日携紙丐奇畫，引筆行墨生煙雲。南方無書可尋閱，默寫此傳終全文。補亡三篋比安世，偶熟此卷非張巡。巖巖汝南范孟博，清裁千載無比倫。坡翁侍母曾啟問，百謫九死氣自伸。别駕去官公亦已，身雖既衰筆有神。我聞此書久欲見，摹本尚爾況其真。輟公清俸登堅珉，可立懦夫羞佞臣。

謝葉處士寫照

頃在朝行，葉處士光遠為余寫照，置於山林中。欣然自贊，有云山林如許盍歸去，蓋志於歸也。一歸十三年，既掛冠，再寄一圖，為老人星狀，形容變盡，非復故吾矣。戲作長句謝之。

老我舊曾官日邊，隨衆年除仍歲遷。母子日夜念鄉國，但欲共耕綿上田。葉君寫照妙一世，畫我形模在山水。有如虎頭貌幼輿，正合置之巖石裏。猶記有客為諛言，盍更野服為貂蟬。我笑不答心不然，拂衣徑得歸林泉。歸來歲月不知久，十餘年中何不有。此心炯炯尚如丹，只為幽憂成老醜。久矣與世俱相忘，荷君念我應老蒼。新圖白髭添一二，豈知雙鬢皆成霜。兩圖對掛耿相照，顧盼從容成一笑。更添松竹作壽星，我已甘心就枯槁。人言姿態與真同，如照止水窺青銅。明知已非故吾矣，小孫指點能呼翁。君居天街號稱首，侯王生面羅左右。邊頭飛將新立功，颯爽英氣照窗牖。名滿四方求者多，千金造門君不呵。能事固不受促迫，應酬雖繁可柰何。胡為有暇及衰朽，楚楚裝池意尤厚。我今已是行路人，不須重累丹青手。

送宣宗禹保寧軍掌書記

宣之為姓世所稀，暇日試為君家推。宋之宣公舍與夷，子孫相承此為基。或云出自魯宣伯，元和姓纂言則非。西京功臣虎與義，侯封累世皆宗枝。盛哉雲陽宣巨公，光武稱其勝二龔。酆為司空懷在趙，遥遥久矣無亢宗。君家本自太末來，世以儒術為家風。尚及詹識諸父行，君方髫齔成孤童。艱難歷徧屹中立，五行俱下攻時習。自從一登賢士庭，貴名日起人誰及。舍選真似青銅錢，一躍龍門浪三級。吾鄉驚喜破天荒，歸見朋儔愈謙挹。賨婺古郡名浙東，往泛緑水依芙蓉。如君入幕假途爾，及今民事宜加工。亨途萬里才發軔，摻袪勿使金樽空。從今家聲當愈大，坐使宣氏崔盧同。

以上《攻媿先生文集》卷四

樓　鑰五

林和叔侍郎龜潭莊

林和叔侍郎永康别墅龜潭莊，以蜀中烏絲欄為寄，使賦詩而書之。

頃年曾記游花谿，宗樞潭府谿之湄。徘徊其上嘆秀爽，宜有英才瑞明時。巖巖林公天與奇，勁氣不為金石移。少以六義鳴上庠，游宦所至英聲馳。瀾翻薦口徹旒冕，通籍直上黄金閨。出宰長城如卓魯，至今遺愛人歌之。入朝一冠御史豸，臺綱振厲先光輝。光宗聖度如天大，俾承舊制形宸奎。言所當言公不屈，上喜抗直深倚毗。歷居三院上横榻，首尾獨擊及四期。擢居小天不肯住，遠指章貢把一麾。政成召節不旋踵，神與清漲促公歸。代言批敕節彌勵，藜藿不採非公誰。竟以松班分制閫，海邦雖陋不鄙夷。撫摩赤子厘一毯，功利及物難周知。公方在臺我立螭，臺省相望心事齊。皇上初政公賜環，我居青瑣公紫薇。時平論事同努力，寄名雷霆如恐遲。我求外補徑投閒，公亦出關喜相隨。受廛親見賢郡侯，攀轅卧轍同旄倪。公時自謂二宜去，吏民猶誦三不欺。棠陰蔽芾勿翦伐，萬人來往城南隄。書來不復説餘事，頗言别墅躬鉏犁。頻年日涉愈成趣，去家三里共游嬉。首崇御札極尊閣，又以副墨登之碑。非欲自詫稽古力，鋪張聖德彰仁慈。猶記殿上争挽衣，咫尺龍顔犯天威。坐以漢法當粉齏，廷臣就列仍紳緌。篋藏常裾不容毀，如以折檻存軒墀。公嚴十襲我書榜，老臣追往空涕洟。吾聞一潭浩深緑，上有怪石形如龜。是為古麗最佳處，地藏天作公發揮。大谿横貫地坦平，演迤明秀山四圍。十峰歷歷可名數，餘如芙蓉聳天涯。獨此一山亘里許，中立壁峻難攀躋。堂名娱老正東南，比漢二疏公庶幾。海棠炫晝遶欄檻，細數嫣紅遍繁枝。雜花滿地秀而野，何殊迂叟居洛師。千歲靈龜巢蓮葉，祝公耆壽登龐眉。桃花源杳號霞隱，木奴霜後黄金垂。深可藏書曠可射，初篁細香臨月池。狎鷗渚邊鷗為下，觀魚梁上魚不疑。懸崖石横筍斜出，拒霜為城媚清漪。公既垂車棄軒冕，鴻飛冥冥不受羈。超然但欲適吾意，抱甕直欲心忘機。我雖未到景略序，盡録無心圖畫為。花朝月夕景何限，想見晴好雨亦宜。落霞孤鶩映西日，多少空翠仍烟霏。此雖見之咏不足，强欲著語是耶非。兩守寶婺行或止，無由往叩山中扉。舊聞趙公訪歐陽，千里命駕如吕稽。清風明月兩閒人，萬口猶傳樂府詩。我雖掛冠病雙足，頌繫一榻當炎曦。荷公雖若魚相忘，尺書時來自緘題。屢索鄙書懶未暇，又恐境勝難為詞。兹來督我語益峻，遠寄蜀絹欄烏絲。為吾贈詩仍就寫，欲待相好無時衰。想像試作高堂賦，身知難往心欲飛。才固不多老更盡，况此病瘁神亦疲。不如及今為公作，語成不工不敢辭。兩家子弟向後日，庶幾二老同襟期。

次韻黄文叔正言送日鑄茶

龍圖正言年兄寄日鑄貢品，且以東坡詩中「妖邪奴隸」等語為病，使為直之。既與佳客品嘗，比平日所得者絶不同。仰嘆鑒賞之精也。細觀坡公《和錢安道寄惠建茶詩》，一時和韵反為雙井所牽，後在北方和蔣夔寄茶，則云「沙谿北苑强分別，水脚一線争誰先」，又云「老妻稚子不知愛，一半已入薑鹽煎」。人生所遇無不可，南北嗜好知誰賢。死生禍福久不擇，更論甘苦争媸妍。」則是此老初亦無定論，似不必深較。輒次前韵，聊為日鑄解嘲，以資一笑。

古人養老食而酳，後人既飽須啜茗。唐稱陽羨顧渚茶，惠建之名猶未省。小團花誇矞雲龍，競巧争妍動天聽。要之造化生萬物，甘苦酸鹽適其性。古來水品多異同，茶品知誰真得（四庫本作得其正。）芽新火活善調湯，種類雖殊俱雋永。坡翁立論亦頗當，一貶一褒何太猛。北苑固為天下最，未必餘茶盡邪𢤱。越山日鑄名最高，種在陽坡性非冷。父老不堪痛摧抑，待以奴隸心若鯁。草木端有地所宜，此品標奇惟一嶺。祇因雜取應人須，寖使虛名成畫餅。坡公殆未識吾真，真者如珠光自炯。白頭拾遺辨真贋，非是容心為鄉井。寄來雙缶妙絶倫，病叟新嘗信僥倖。七碗自煎成水厄，笑看腹似支離癭。

長生草

我方髫齔時，已復見兹草。仲舅尉江陽，奉親顔色好。窗門掛經冬，蛛絲罥輕縞。意為霜雪殘，白花乃明杲。世間三友外，此有歲寒操。年至十七八，童心如木槁。隨時到柯山，逢人細訪考。買之野人手，何須訪蓬島。嘗為伯氏壽，作詩頌難老。經今五十年，得自江南道。老我日就衰，歲月豈長保。一笑哦子詩，猶將伴梨棗。

又次王恭叔韵

仲冬方寒荔挺出，仲夏方炎靡草死。若將朝菌比大椿，相去何啻千萬里。金芝僊草不可見，長生之草畧相似。少時曾識青青色，今日得之乃真是。天工矜憫輕喪生，故出珍苗昔相示。若言神僊可學致，自是未得養生理。人為天地最靈物，野卉無情猶若此。石間薜荔水昌陽，卷柏生崖并葛藟。是皆草中號長久，未見懸空解葩蘂。柯葉不改耐歲寒，土著青松那可擬。不須丹砂訪葛洪，毋用僊方傳李耳。未知此種誰為傳，烏有先生子虚子。

寄題閻風劉允叔月波

浮海思乘桴，拾月或掛席。何如閬風僊，渤澥坐中得。隱几時觀瀾，黏天四無壁。清夜水不摇，孤蟾静沈璧。飄風一過之，波光湛空碧。萬頃玻璃田，蕩以黄金液。我欲從之游，尚恐一層隔。何當携珍茶，石井試餘滴。

題楊子元琪所藏東坡古木

東坡筆端游戲，槎牙老氣横秋。笑揖退廉博士，信酷似文湖州。

同倪正甫尚書游西湖

靈芝寺臨西湖，倪正甫尚書曰：此湖如賢者，别久再見，儼然如昨。感其言而作。

舊説西湖比西子，君言西湖似賢士。于嗟契闊十五年，一日相逢祇如此。南山北山兩高峰，春波灩灩摩青銅。未能蕩槳窮勝處，倚欄一望開心胸。老我掛冠隱田里，豈知再見烟連水。小須夏日醉滿荷，脱屣東歸甘已矣。

贈犁春謝耕道

歸耕十三年，此來殊欲然。一犁正春雨，君行欲何處。我方買紅船，重歸尋舊廛。君亦早歸來，勿荒負郭田。

訪李國器於包山同登寺後山菴

訪客包家山，相與登層顛。嶙峋巨石中，屈曲扶欄干。夜來雨初過，石罅時涓涓。輕輿到岡頭，大江横吾前。亭午潮方盛，千艘散平川。道人茅三間，花木羅後先。朅來汩京塵，曠望為洗湔。山斷塔層層，西陵渺蒼烟。此道走邯鄲，歸心更翩翩。

謝林德久正字惠詩次韵

老我甘投閒，晏然十三秋。玆來何所似，反衣狐白裘。京塵素為緇，夢寐忠首丘。低徊未成去，黽勉終自羞。久聞歌楚騷，欲見知無由。詩文惠盈軸，一誦消百憂。便當細論文，夜雨同春蒭。平生萬事了，此去復何求。尚貪未見書，痛洗千斛愁。得此不翅足，携歸老先疇。

次韵東坡武昌西山詩

黨論一興誰可回，賢路荆棘争先栽。竄流多能擅筆墨，囚拘或可為鹽梅。雪堂先生萬人敵，議論磊落心崔嵬。向來羅織脱一死，至今詩話存烏臺。憑高望遠想宏放，眼界四海空無埃。黄岡踏遍興未盡，絶江浪破琉璃堆。漫郎神交信如在，石為窊樽勝金罍。鄧侯先曾訪遺跡，銘文深刻山之隈。山荒地僻分埋没，二公前後搜莓苔。元祐一洗人間怨，天地清寧公道開。玉堂同念舊游勝，筆端萬物挫欲摧。時哉難得復易失，弟兄遠過崖與雷。北歸天涯望陽羨，買田不及歸去來。我為長歌弔此老，慟哭未抵長歌哀。

自注：盛山十二詩具在石刻，而不見于諸公集中。唱和之盛，未有如西山者。舊軸既不知所在，後來跋語亦僅存録本爾。輒不揣和韵，以寓弔古之意，仍效周益公用翰苑印章，重歎二公俱曾佩此也。

次韻雷知院觀音詩因叙家中銅像之詳

鼻祖家住江東邊，推擇為吏心静淵。朝朝趨邑過圯上，時見暗磧光煜然。平時奉佛心至謹，建立塔廟崇諸天。試令便介識所在，退公始得來其前。揮鉏去沙若有物，微見銅像傷其顛。須臾衆覩全體見，端嚴相好巧且堅。迎歸供養備精潔，我家舊物猶青氈。銖衣飄摇俱梵相，珠纓垂裊穿淮蠙。雖非丈六黄金身，他處像設無能先。不知何人妙陶冶，底用五色增華妍。自兹累葉永為寶，如以衣鉢更相傳。是時承平最盛際，正在景德咸平間。畫工難貌天人妙，劫風不動神光圓。益知佛教來已遠，徧滿震旦尊金僊。慈悲無量應成禱，影響若與人周旋。耳則聞音目可觀，此有妙理誰能詮。寶光燄燄擁身後，貝花葉葉俱成全。頂戴天冠工莫及，中有一佛立不偏。有孫是為鄉先生，決科衣冠遂蟬聯。大父持喪久廬墓，曾以此事形碑鐫。起身月卿出為郡，殿上寤主以一言。易守鄉邦凡五年，寵光赫奕當政宣。移至湖心值兵燹，精廬灰滅因亡焉。初聞諸父話遺跡，興歎欲見無因緣。揚州伯父初賦歸，慨念孝感如參騫。零丁募以十萬錢，里巷響應慶愈綿。木工先為小臺殿，居以古像□□缺字四庫本補小之，亦誤旃。後人事之加篤敬，日裊香篆長蜿蜒。衰宗幸有此奇特，信知福利非唐捐。安得東歸奉香火，晏坐終老甘三椽。

桃源圖

《夷堅丙志》載桃源圖畫事甚詳。曾茂昭尚書以所藏墨本題識其上，後見遺余。益信《夷堅》之說不誣，作長句以謝。

桃源初傳武陵谿，靖節作記人不疑。其先深避嬴政虐，嘉遯與世真相違。尚不知漢況晉魏，子孫綿遠無終期。正如三韓有秦語，傳為神僊愈難知。桃林四庫本作園洞府漁人窺，別有天地均四時。意必智者塞其蹊，不然將為世所羈。後人想像作圖畫，但見耋稚咸嬉嬉。人家隨處成井市，畎畝頗亦分塍畦。井鬼下照坤之維，方士異人多崛奇。筠籠二版堅如鐵，能刻景物窮纖微。淨室給以酒盈斗，一昔圖成了無虧。同寮欲求第二本，版忽震裂人已非。夷堅志怪言歷歷，何意今乃親見之。未知桃源有此否，此事茫昧不可稽。初疑長房縮地脈，又似照影歸摩尼。巨麗寫成阿房賦，牽連貌出連昌辭。采女細數七十二，人言霓裳舞羽衣。樓閣玲瓏在縹緲，其間恐有太真妃。刻畫工巧世固鮮，磨以歲月或可為。彩鸞唐韵已甚捷，未見神速能如斯。尚有漁舟傍階墀，咫尺安知前路迷。天聖已踰三甲子，何人寶藏至今茲。南豐丈人惠墨本，老眼增明失昏眵。固知凡蹤不可到，一夢遊僊猶庶幾。祕之十襲何以報？贈子相好無衰時。

吴山井

寒泉堂道流王德正屢求吴山井記，而臨安圖經所載甚略，無可考證，賦長句以遺之。

錢塘東南一都會，西湖宛在高城外。鑿為六井引入城，唐相鄴侯功尚在。吴山横亘城中央，左右江湖盡襟帶。寒泉迸溢清且甘，發自靈源匪分派。天目兩乳龍鳳來，秀氣所鍾此其最。海濱斥鹵潤作鹹，安得一泉獨滂沛。四朝駐蹕八十年，民聚五方真衆大。抱甕桔槔萬夫汲，飛泉仰流筒吸快。大旱不乾潦不溢，數里頳肩競分賣。人言神龍宅其下，濟物陰功至今在。川澤固多資灌溉，此井猶能濟闤闠。皇家德澤如此泉，福祚與之俱不改。

代書寄内弟耐翁總幹

我昔生外家，半世猶相依。至今連牆居，日日相聞知。諸表如羣從，休戚真同之。耐翁生而秀，愛惜從兒時。文采既俊發，吏才人共推。低徊久選調，每每為歎咨。兹行佐王人，未到聲已蜚。郵置屢得書，論事語益奇。使長首推薦，婉畫多所資。近觀會稽編，分析及毫釐。益知足心計，薦書徧諸司。正欲助才選，非敢請以私。惜君年欲侵，正以遠大期。得書再三讀，憫然增愕眙。非所望于子，所言何背馳。江湖兩路間，弄兵分潢池。羽檄以時至，廟堂日三思。調度供軍需，發兵匝四垂。吾事誠可慮，彼亦安能為。豈曰白頭賊，指日當誅夷。使子任賊衝，尚望羽扇揮。如何隔千里，遽求奉檄歸。長沙屹巨鎮，洞庭渺無涯。鄂渚屯重兵，上游藉兵威。當思深遠謀，胡為先自萎。此言及同寮，必為人所窺。歸以語閨門，徒驚妾與妻。無端使稟議，在此何為辭。望子置私憂，志立官無卑。張巡起縣令，力抗百萬師。逆徒哽喉牙，蔽遮賴涣灘。韋寬守玉璧，臧質全盱眙。丈夫立節義，有才尤當施。殺身以成仁，致命須見危。讀書不念此，萬卷終何裨。但當安義命，前定無參差。勉哉盡所職，造物不汝遺。況復受國恩，當與相維持。今子仕高沙，偶然脱危機。正須加義方，豈應使同斯。向也未得禄，遑遑不自支。既入紅蓮幕，圖進亦其宜。今日寧為民，此乃無聊詞。歸來事若定，又思登王畿。胸中空擾擾，禍福不在兹。倘能悟愚言，便可知昨非。著枕必安寢，食淡甘如飴。老詩非强聒，鄙見不可移。少安當毋躁，通籍看金閨。

題汪季路家藏吴彩鸞唐韻後

舊説僊人吴彩鸞，日書切韻歸毫端。不應神速有如此，令人至今疑稗官。相傳此事三百載，誰知真蹟儼然在。筆精墨妙信入神，間以朱丹倍晶彩。法言初為此韻時，騰哀文字覺後知。寧知遂經謫僊手，諱字曾闕民與基。經生矻矻盡精力，摩以歲月或可得。動翰如飛猶恐遲，一日一揮出心畫。神僊之説云渺茫，僊凡配耦尤荒唐。蕭史弄玉乘鳳去，藍田空説容裴航。文簫之遇真是否，豈比虛名傳不朽。五篇歷歷為全書，始信傳聞是真有。當時所直才五緡，于今千金價未均。十年蓄有數百本，未知幾本傳今人。惜哉字畫太纖細，後日傳之知幾歲。祇今已有字不全，欲鐫翠珉固非易。我踰七十方見之，暫借一觀聊自怡。平生願見心便足，何必更謀身後為。自注：隋開皇初，陸法言與劉儀同等八人論具音韻，燭下握筆，略記綱紀。至仁壽元年，始成《切韻》五卷，比之前人《韻集》、《韻略》、《音譜》等書，已不羣矣。後有郭知立等九人各有增加，惟天寶十載孫愐《唐韻》最著。今世所行《廣韻》，則皇朝景德、祥符重修，遂至二萬六千一百九十四言，而《集韻》又在其後也。今以《廣韻》較彩鸞所書，東有十七，而此本止三字；同有四十五，而此止十九；公有十三，而此止于八；蒙有二十七，而此止于十二；注文亦多不全。況法言及愐二序，今該立于《唐韻》之前，彩鸞所書既名曰《切韻》，又首書法言之序，則其為法言之《切韻》明矣。傳記已誤曰孫愐《唐韻》，今亦多以三書為一，或至謂《廣韵》為《唐韵》，而彩鸞能書之，是皆非也。且五篇其四皆于其首書凡若干韵，而于上聲獨闕，序中辛得源偶言旁有闕文，後人遽以東字足之為諫議，非也，蓋諂議云。

題汪宏甫三馬圖

玉花流雲照夜白，開元尚想行天四庫本作九街。韓李鄭君俱已矣，健筆誰能如順齋。

樞密府雪後作故韓氏子舍也

平生好流水，雅欲臨流賦。澗谿或過之，眷眷不能去。青山園故鄉，不肯入城府。寧知開八袠，重為尋故步。勢家遺故居，傳舍偶成寓。軒楹立奇石，巉巖高丈許。三面立屏障，曲沼水深貯。荏苒將半載，未見有時雨。新春積雪餘，簷聲夜如注。曉起推閒窗，石穴水噴吐。下穿玲瓏餘，數尺成瀑布。髣髴小龍湫，雖微體略具。退公輒對之，相逢歎遲暮。有客與同賞，酌酒更告語。雖云京塵深，燕坐得幽趣。懸崖掛長藤，絶頂列佳樹。微風一披拂，墜點紛無數。吾方謀乞身，信美難久駐。未能寫成圖，聊用賦長句。

謝文思許尚之石函廣陵散譜

余好彈《廣陵散》，比見周待制《清真集》序石函中譜，歎味不已。念無從可得，文思許尚之中行云家有此本，後自武昌録寄。深歎雅尚，又以知然諾之不輕也。因作是詩以謝之。

叔夜千載人，生也當晉魏。君卑臣寖强，駸駸司馬氏。幽憤無所洩，紓寫向桐梓。慢商與宫同，慘痛聲足備。規橅既弘闊，音節分巨細。撥刺洎全扶，他曲安有是。昌黎贈穎師，必為此曲製。昵昵變軒昂，悲壯見英氣。形容泛絲聲，雲絮無根蔕。孤鳳出喧啾，或失千丈勢。謂此琵琶詩，歐蘇俱過矣。余生無他好，嗜此如嗜芰。清彈五十年，良夜或無寐。向時幾似之，激烈至流涕。素考韓皐言，神授託奇詭。別姊取韓相，多用聶政事。近讀清真序，始知石函祕。賢哉許阿訥，自言家有此。文君昔寶藏，人亡琴亦廢。荷君重然諾，寫譜遠相寄。按拍三十六，大同小有異。此即名止息，八拍信為贅。君遠未能來，我老從此逝。何當為君彈，更窮不盡意。自注：韓文公《聽穎師彈琴》詩幾為古今絶唱。前十句形容曲盡，是必為《廣陵散》而作，他曲不足以當此。歐公以為琵琶詩，而蘇公遂檃括為琵琶詞，二公皆天人，何敢輕議，然俱非深于琴者也。丁卯夏秋間，嘗有一詞，謾録呈，所謂激烈至流涕者也。正聲第一拍名《取韓相》，第十三拍名《别姊》。又一本序五拍，亦有名，第一拍名《井里》。《史記·刺客傳》：聶政，軹深井里人也，刺殺韓相俠累，有姊曰榮。韓皐知叔夜之託于神授以避禍，而不知名拍以聶政事，又以見古有此曲也。鮮有知者，故及之。

王叔達以尉彭澤潛玉洞述見示

書巖已奇甚，潛玉尤偉哉。李君漫盤谷，元子空峿臺。神不得自祕，天應為君開。淵明如得此，應不賦歸來。

題董亭道八景圖

錢塘怒濤天下無，誰將尺紙為新圖。賀家湖上如鏡浄，屢向烟波逢釣徒。彩虹橫卧吴淞上，洞庭一螺浮具區。亦曾泛舟彭蠡湖，插立千劍名大孤。廬山高哉不得到，歷歷五老聯香爐。上鍾下鍾夾湖口，半江清濁涇渭如。多景雄據金焦間，夕陽微照海門山。其餘知名不知處，赤壁但歌前後賦。江漢至鄂始合流，黄鶴樓前鸚鵡洲。瀟湘見説青如染，道林岳麓橫清秋。我欲遠遊嗟暮齒，蝶夢翩翩漫千里。但欲絶江尋越山，歸老故山吾已矣。

魚計亭

平生信天公，頹然不作計。顧我雖非魚，想見亦相似。潛深本其性，魚亦非有意。浮陽或在渚，不能終自祕。或為饑所驅，危機在香餌。輕絲引纖鉤，性命困刀几。魚以味得烹，我以名自累。安得兩相忘，容我從此逝。

跋盧中之所藏韋偃三馬

《名畫記》言：韋鑒，工龍馬，妙得精氣。從子鶠，善小馬，有《小馬放牧圖》傳于代。思陵親為再書，尤為可寶。中之求詩，感而有作。

嗟哉馬之生，馳驟乃其性。一為人所羈，寸步不得騁。局促閑廄中，專俟圉人令。調服無蹍齧，始可用朝請。戰騎冒鋒鏑，或致隕其命。繡羈非不華，金銊號為盛。青黄木之災，此亦馬所病。立仗尤貴重，一鳴輒斥屏。何如在牧時，卧起玩烟景。豐草勝芻豆，清波恣游泳。韋侯擅筆精，幻出無人境。思陵賜珍題，昭回光炳炳。身方縛名韁，三年慙負乘。細窺樂寬閒，悠然動歸興。

宇文樞密借示范寬春山圖妙絶一時以詩送還

范生本以寬得名，不學關仝與李成。筆端自出一機杼，理通神會真其能。横披小軸屢到眼，頗亦時能辨真贋。未見弘大如公藏，茂樹喬山春爛漫。此圖不是江南山，寒空青嶂疑商顔。高高下下幾佳處，莊家時有茅三間。橋梁樓觀各有趣，一夫驅驢何處去。安得隨入杳靄間，布襪青鞋踏空霧。近山忽斷見遥碧，天涯一望無中極。胸中丘壑誰測知，鐵屋石人驚筆力。鵝谿六幅高堂空，終日對坐心神融。看罷為我捲還客，自此歸余境夢中。

錢文季少卿以蜀中織成山谷書廬山高爲壽次韵

七十衰翁年愈高，意氣銷盡湖海豪。平生萬事不翅足，但欲乞身歸故巢。幾番掛冠不容去，歸夢屢涉滄浪濤。縱使不去豈能久，命如槁葉風將飄。一陽來復值初度，方念吹棘心夭夭。何期老友加記録，乃為衰朽親揮毫。廬山高哉山谷字，蜀女織就新冰綃。安得東歸抱四絶，雙鳧飛舄追王喬。張圖痛飲信一快，更須傳寶留兒曹。慶朝非遠却圖報，别當作頌齊崧高。

以太湖石響板爲文季壽

太湖中心洞庭山，千巖萬壑高孱顔。風濤舂撞自太古，漱成樂石如雕剜。玲瓏中空窮變態，奇奇怪怪羅滄灣。良工巧手琢威鳳，片雲承足同飛翻。叩之五聲八音足，疑有僊風揺珮環。月卿蜚聲塞宇宙，文如九苞瑞世間。祇今在治真若鳳，朝陽一鳴聞九關。先從鵷閣掌帝制，徑上鸞臺領朝班。德既不衰石不泐，祝公遐壽如彭籛。

次韻章樞密賦吴彩鸞玉篇

文簫躡彩鸞，夜半恐不逮。山深忽呼名，驚喜不得退。僊謫無所逃，士貧何可耐。乃以三生緣，遂為二姓配。至人與凡夫，伉儷豈其輩。鬻書以自給，細字如玉碎。一一存楷法，明珠蔑瑕纇。初如鶼比翼，久若魚同隊。終日了韵編，心畫亡罣礙。人間八百本，終古知敬愛。玉篇尤可珍，何必贈雜佩。倘邀千黄金，雖貧亦當貸。摩挲惜見晚，老眼看茫昧。墨妙饒精神，筆勁含姿態。次第部居中，盤曲法庫内。九齡美風度，孟博信清裁。書拙無合作，見此增愧慨。尤物難久假，雪窗暫相對。遺蹤雖已邈，真跡儼然在。　輒效西子顰，小楷書牘背。

題太乙宫武林山贈易高士

易居求賦武林山，日困塵勞無暫閒。我求掛冠欲歸去，念此詩債須當還。武林山出武林水，靈隱後山無乃是。此山亦復用此名，細考其來真有以。天目兩乳到錢塘，一山環湖萬龍翔。扶輿磅礴擁王氣，皇居壯麗環宮牆。湖陰一峰如怒猊，勢臨城北尤瑰奇。吴越大作緇黃廬，為穿百井以厭之。從來有龍必有珠，此雖培塿千山餘。中興南渡為行都，崇列原廟太乙廬。曾因祀事來登眺，闤闠塵中有圜嶠。薫風時來洗袢暑，緑樹陰陰隱殘照。我得暫來猶醒心，羨君清福住年深。長安信美非吾土，倦翼惟思歸故林。

寄題王以道寧蘭墅

百卉生深林，無人皆自芳。楚騷發妙意，惟蘭乃能當。我欲效潞公，賸種坡之陽。不須强披拂，風來味愈長。君乃先為之，滋畹雙雁鄉。正欲生階庭，聚書教諸郎。父子自同心，久之不聞香。老我行西歸，一造君子堂。勉哉篤義方，雙雁看高翔。

蕉菴雜言

環植巒蕉數十株，幻成方丈一屠蘇。幾重青蒼兩邊合，四壁穿空一物無。早凉日薄坐其下，爽氣肅颯風來徐。此為天下易生物，不多歲月真可廬。王愷謾夸紫步障，石崇安得青珊瑚。寓居得地不畝許，好事便可傳規模。顧余老矣豈久處，後來得此自足娱。若謂霜雪成摧枯，環臺瑶室今何如？以上武英殿本《攻媿集》卷五

石時亨飽山閣

乾道七年冬見時亨，相與登飽山閣，淳熙七年秋又過之，今三十有三年矣。時亨書來索詩，老矣，日困憂責之重，應酬之繁，何處有此。慨念舊遊，况昔止齋陳君舉洎薛象先諸公往來必遊焉，此閣名因以傳。黃文叔則又里人也，存

者無幾，併于末章見之。率爾有作，蕪拙媿甚。

層層得好山，是處足飽看。君真樂山者，心地尤平寬。生長山水縣，慣見青巑岏。築室欲飫賞，憑虛著危欄。天亦遂君意，俾君老其間。場屋早得名，晚始就一官。官又不得進，甘心樂瓢簞。官少家食多，知更幾暑寒。朝見山嵐高，暮喜山雲還。山氣日夕佳，秀色幾可餐。晴雨各變態，雪月更萬端。于山真屬饜，清明流肺肝。膏粱與芻豢，與世殊鹹酸。久矣謝世紛，屏息專内觀。鬢無一莖白，八十顔如丹。所得不既多，愈飽天不慳。此閣本不華，何處無此山。苟為名利驅，人境無相關。吾鄉山苦遠，可望不可攀。東樓快登眺，聳翠羅烟鬟。年來勇欲歸，匏繫未許閒。君索飽山詩，南明恍在前。十年兩訪君，共醉苜蓿盤。向時多名流，與君平生歡。祇今幾人在，一見良獨難。叔度鎮金陵，道衡處瀛壖。舊遊如晨星，相望可長歎。歸夢遶故丘，非晚再掛冠。何當泛剡谿，往從子于盤。

林德久祕書寄楚辭故訓傳及叶音草木疏求序于余病中未暇因以詩寄謝

平時感歎屈靈均，離騷三誦涕欲零。向來傳注賴王逸，尚以舛陋遭譏評。河東天對最傑作，釋問多本山海經。練塘後出號詳備，晦翁集註尤精明。比逢善本窮日誦，章分句析無遁情。林侯忽又示此帙，正欲參考搴華英。屬余近歲方苦疾，筆硯廢墮幾塵生。嘗鼎一臠已知味，始知用工久已成。況復身到荆楚地，詳究蘭芷聞芳馨。前此同朝幸相與，錦囊詩文為我傾。惜哉不早見此書，病中欲續神不寧。年老耄及屢求去，倘得掛冠早歸耕。尚當一一為尋繹，期以爝火裨明星。謾揮斐語塞厚意，深媿所報非瓊瑩。

贈黄真護道人游茅山

少年曾上三茅山，千巖萬壑窮躋攀。烟霏空翠不可狀，弟兄聯騎欣清閒。回頭五十有餘載，至今夢境猶班班。初從崇禧入僊境，元符玉晨紛幢幡。草庵精舍不知數，各占山麓清溪灣。蓑衣相見黑虎谷，蒼然白髮猶朱顏。延之土窟款清論，桃皮釀酒無留殘。達道所居更奇絶，萬山開豁如重關。一山巉巖似筆格，聳秀正矗湖中間。白馬真人尚生氣，長史舊井藏餘丹。異石若碎還復合，豢龍幾處多澄瀾。華陽洞門閉已久，傳聞亦有游其藩。撫掌浮漚湧如沸，僊人捧石手可扳。最奇無如大茅峰，千尋直上天市壇。中峰小峰如雁行，下視堆阜羅烟鬟。三君司命時歸降，往往天風吹珮環。人言春日羽衣會，胎禽終日來飛翻。玄帝大鼎秦皇璧，丹砂六千在流泉。地無虺虎與荆棘，但有衆藥堪延年。洞天凡蹤不易到，我欲再往良獨難。有時慨想舊游處，陟岡惘惘涕為潸。江夏僊人有僊骨，卓爾拔俗甘瓢簞。摇鈴真能徹帝所，揮钁自足驅神姦。曾入金華訪初平，今往地肺求洞玄。游經都城道價重，拂袖忽厭拘塵煩。徑登紫芝繡衣亭，咫尺衆真相往還。神僊渺茫信可學，祇恐涓塵天意慳。但見茅君極僊品，誰知求道越岨艱。至今豐碑載錫文，舟墮千劍如指彈。君得此居宜勇進，勿使學步譏邯鄲。我欲休官未容去，歸夢遇覺多愁歎。終當掛冠四明隱，捫蘿采石紉芝蘭。江東日暮雲生處，安得羽化同霞餐。

代魏丞相爲錢參政壽

天台傑立滄海東，古今名士長相從。神遊八極司馬子，擲金作賦孫興公。松窗先生千載士，文價道骨相與同。芙蓉為裳蘭為佩，一笑坐斷千山峰。向來羽扇揮羣雄，貔貅給使如奴僮。淮南草木識姓字，烽燧一掃邊庭空。勳名巍峨謝不有，天子神聖非臣功。黄扉安坐斷國論，精神自折千里衝。東山之志意不改，歸來碧落稱僊翁。調元老手自燮理，鬖鬖緑髮雙方瞳。蒼生顒望謝公起，中興事業須宗工。新冬五日記穀旦，霜餘和氣回春風。門牆老生繫郡紱，欲借壽斚斟吴松。祝公壽考與家世，山河帶礪俱無窮。

代仲舅尚書賦江山得助樓

江山信美非吾土，王粲登樓意淒楚。麗譙井幹高則高，未免綺羅相滓污。君家華屋照城隅，丹壁重重不知數。誰令作此三層樓，雪脊干霄千尺所。幾番貽書來索詩，只許歸田為君賦。快哉今日真得歸，無復黄塵涴巾屨。試凭欄干俯人世，城郭村畦可枚數。四山雲物任卷舒，大江波濤恣吞吐。曉看紅日上滄溟，夜見冰蟾轉天宇。四明山水秀東南，祇恨青山不肯入城府。我家朗朗屋百間，欲創一樓兄未許。羨君輪奂日日新，鼛鼓一聲紛郢斧。眼明見此高突兀，騷人當得江山助。我久欲歸未得間，門巷相望纔尺五。賦詩幸不負前盟，但慚筆底無風雨。從今造門不復問主人，醉倒樓上君莫嗔。

代求子紹上魏邸壽詩

皇家基業天與隆，金枝玉葉槃石宗。我皇聖德摩蒼穹，朱邸森列慶所鍾。仲氏吹篪何雝雝，雲夢八九羅心胸。羣經讀遍巾箱中，筆端豪氣舒長虹。殿前玉佩聲冬瓏，天人眉宇輝宸楓。大名起魏茅士封，黄旛豹尾雙鎮雄。宣城名郡煩憑熊，政績越過黄與龔。樓前疊嶂横雲空，佳句不減玄暉工。賢王易鎮甬水東，陽春有脚皆仁風。百蠻面内文軌同，坐清聚蟻驅屯蠭。碧海萬里樓船通，天子神聖非臣功。薰風入弦槐陰濃，新荷泛緑榴花紅。曉來佳氣飛青葱，驚詫野老田家翁。簫鼓動地光融融，堂上帝子方雍容。清旦燕賀簪笏叢，負弩小吏隨登龍。由來降靈自神崧，難老何用齊喬松。年年箕翼壽兩宫，捧觴戲彩俱無窮。

代毛崇夫賀婦翁黄巳老生朝

東都競風節，清裁稱巨賢。猋馳不自定，相與扶其顛。獨立黄徵君，道周性具全。辟舉既不就，言論亦無傳。當時論篤士，比之孔與顔。陳蕃為三公，自媿不敢先。丈人豈苗裔，德高靜而專。不清復不濁，量陂瀲無邊。學問粹然正，師友承淵源。詞章玉無瑕，作者當摩肩。向來登王畿，悟主在一言。校讎天禄閣，朱黄手自研。郎潛不啻足，肯羡歲九遷。清朝獎廉退，擢居西府員。膴仕皆坐致，高懷越拘攣。出乘使者車，徑歸卧林泉。出處無戚欣，鼻間栩栩然。謝公恐未免，召馹行著鞭。松山介閩浙，淑氣常蜿蜒。隆冬正凝沍，愛日回春妍。懸弧慶生申，飄若區中僊。僊風自難老，何須記椿年。賤子託枌榆，掃門如宿緣。叨在玉潤選，得窺樂廣天。川涂阻拜壽，春容陳大篇。孺子倘可教，願受書一編。

曾（原作贈，據宋刻本目録改）吏部壽詩集老杜句

刺史諸侯貴，春城海水邊。層城臨媚景，水合數百源。山色佳有餘，雲門吼瀑泉。遊山憶謝公，頻遊任履穿。三寸如黄金，朱橘不論錢。瀟灑到江心，石瀨月娟娟。翠華擁吴岳，誰扶黄屋尊。御榻在嵽嵲，佳氣拂周旋。多除南省郎，一麾出守還。城中賢府主，今之黄潁川。筆落驚風雨，談論淮湖奔。羣書一萬卷，分明在眼前。老氣横九州，黄鵠摩蒼天。歷職漢庭久，磊落映時賢。否臧太常議，正直朱絲弦。東下姑蘇臺，戮力効鷹鸇。謁帝似馮唐，明公獨妙年。列宿頓輝光，馨香粉署妍。卿月昇金掌，等級敢比肩。巢許山林志，虚心味道玄。此邦承平日，接近與名藩。時節立復度，水旱其數然。百谷漏波濤，狂風大放顛。江流氣不平，地軸為之翻。人烟眇蕭瑟，茅茨寄短椽。凋瘵滿膏肓，誅求何多門。至尊方旰食，鴻雁美周宣。平生方寸心，窮年憂黎元。恐辜明主恩，筋力不辭煩。晨趨閶闔内，應對如轉環。制可題未乾，御札早流傳。斯人亦何幸，已聞動行軒。滯務兹一掃，煩苛法令蠲。撫養甚分明，連檣並米船。蜂蠆不敢毒，歌笑輕波瀾。驕陽化為霖，江鳴夜雨懸。公鎮踰歲月，人安若泰山。且如今年冬，祁

寒為之暄。蕭蕭理體静，迥出諸侯先。何時降璽書，誰能叫帝閽。絲綸實具新，載渥照乾坤。借問今何官，蓬萊漢閣連。鴛鷺回金闕，會是正陶甄。煊赫舊家聲，風流今尚存。嚴家聚德星，文雅見天倫。曾參與游夏，寔為親弟昆。潘輿送喜頻，堂後自生萱。國與大名新，中堂有神僊。令子各清標，芝蘭疊璵璠。今朝烏鵲喜，僊鶴下人間。甘作老人星，晨霞朝可餐。但求椿壽永，何曾藉偓佺。獻壽更稱觴，肅肅秩初筵。爛漫倒芳樽，華燭蟠長烟。清朝燕賀人，佳句染華牋。吾非文人特，不敢廢詩篇。顧惟魯鈍姿，喧争懶著鞭。出遊翰墨場，常受衆目憐。尚為諸侯客，坐客寒無氈。未見有知音，非理誰與論。始知賢主人，見我顔色温。包蒙忻有擊，豁達露心肝。竊效貢公喜，兼盡賓主歡。吹嘘人所羡，推轂期孤騫。

七月上浣游裴園醉翁操

茫茫，蒼蒼。青山，遶千頃。波光，新秋露風荷吹香。悠颺心地脩然，生清凉。古岸摇垂楊，時有白鷺飛來雙。隱君如在，鶴與翱翔。老先何處，尚有流風未忘。琴與君兮宫商，酒與君兮杯觴。清歡殊未央，西山忽斜陽。欲去且徜徉，更將霜鬢臨滄浪。

和東坡醉翁操韵詠風琴

泠然，輕圓。誰彈，向屋山。何言，清風至陰德之天。悠颺餘響嬋娟，方晝眠。迥立八風前，八音相宣知孰賢。有時悲壯，鏗若龍泉。有時幽杳，彷彿猿吟鶴怨。忽若巍巍山顛，蕩蕩幾如流川。聊將娱暮年，聽之身欲僊。弦索滿人間，未有逸韵如此弦。

雪谿仙隱

余讀《叢桂堂記》，而知雙流宋氏之盛，觀《登科記》，而知四川類元正仲之名。忽過余于寂寞之濱，問其所以來，則懷閬風之綏，而訪其大父閬中君雪谿之僊蹤也。其詳見于楊獻子之記矣。又言其先君諱庶俊，特多才藝，閬中素所鍾愛，年止四十。于是時，正仲之生始九閱月爾。少長，女兄淑仲告之曰：「汝之生也，卜人曰棄之。先君不然，取《洪範》攸好德之言作詩以名汝，謂壽富康寧考終，是有命焉。惟好德在人，為可勉。詩末以世科為屬。自爾刻木誓斷絶世故，將從雪谿為物外游，不幸志不克就。汝其識之。」則又泣曰：「先君已矣。大父之來四明，不知其果何在。萬里來游，志在此也。」余聞其言而哀其意，為作楚辭以招之。

君之生兮天之西，望雪山兮名之以雪谿。君之游兮海之湄，隱于雪竇兮杳然何歸。子從其父兮孫訪吾祖，子志不遂兮孫之心良苦。嗟嗟，閬中君兮棄家而遠遊，蹇胡為乎不久留。其遂蟬蜕塵埃而僊耶，其亦肥遯得道不死而隱于四窗之幽耶。捫蘿以尋于爛平兮既不可見，莽白雲之廿里兮欲進兮焉求。青櫑兮實繁，莎羅兮花稠。鞠侯兮相與羣，白鷴兮嘯其儔。謂為遠兮何景物之良是，謂在邇耶將徑之何由。肖君像兮茲堂，謹奉嘗兮良疇。君其來兮庶幾其見之，君之不來兮徒相羊以夷猶。原注：是集傳寫多訛缺處，因無善本參校，每仍其舊。此首「青櫑」句，原缺「櫑」字；「鞠侯」句，原缺「鞠」字。今據陸龜蒙《四明山詩小序》云：有青櫑子味極甘，有猿謂之鞠侯補入。又考《寧波府志》：宋耕，號雪谿，世家雙流。紹興中為閬中令，後仙去。其孫德之，聞其在四明，來訪至雪竇山，遇蜀僧告以山後爛平山有宋宣教居焉。德之攀躋，至巔，果見丹竈，而終不得耕所在。乃置祠其上而歸云。足補樓鑰是序所未詳，謹附注于此。

以上同上書卷六

全宋詩卷二五四一

樓鑰六

姚江高風閣 邑有嚴先生墓

不從文叔作三公，歸著羊裘大澤中。石瀨釣臺非故地，雲山江水自高風。烟迷宿草古遺恨，樹擁危樓新奏功。僊馭飄飖疑不遠，翩然獨鶴度寒空。

夜坐

埀雲烟雨日冥冥，柱礎流津意未晴。賴得豁風送雲出，放開山月照人明。紛紜世態長松影，荏苒時光流水聲。坐久蕭然轉琴軸，為君更作九臯鳴。

山陰道中

昨望山陰古道中，蕺山直上最高峰。今朝更踏山陰道，却向雲間認八松。捲上疎簾莫放垂，迎眸景色自淋漓。有雲更覺千山秀，不雨争知萬壑奇。古道經行盡遺跡，羣賢風度想當時。奚囊莫怪新篇少，應接山川不暇詩。

蘭亭别丁杲卿 原作于果鄉，據宋刻本《目録》改

山陰巖壑妙人寰，十載扁舟空往還。贊府端能慰牢落，連朝相與上孱顏。龍盤鳳翥無奇畫，霞蔚雲蒸有舊山。弔古凄凉更離别，滿懷秋思到眉間。

早行

水餘枯栟尚棲苴，催促征夫趁曉鴉。細路繚山穿亂石，輕輿掠樹得飛花。柔桑彌望兩三里，修竹深藏四五家。徑處不容行客戀，可憐一步一天涯。

水漲乘小舟

一番凍雨洗郊丘，冷逼征衫四月秋。只喜青山瀉懸瀑，不知黃潦漲平疇。登途已厭頻輿轎，得意何妨且榜舟。處順安貧聊自適，未應坎止愧乘流。

繡川道中

伏波莫作賈胡留，雨意垂垂未肯休。不憚征衫有微濕，只愁平地又横流。行人自厭衝泥苦，野老方當得意秋。倦僕如何致千里，登天徒笑傳鳴鳩。

過蘇谿

處處谿環舍，家家石累牆。有時逢老稚，無事只耕桑。野色撩詩思，村醪引醉鄉。山川已如許，急雨更斜陽。

東陽遇雨

萬壑千巖已飽看，更尋佳處為開顔。無端早上一番雨，遮盡東陽縣裏山。

即事

雨外山光淡，烟中草色鮮。斷橋依古岸，流水自斜川。紫椹餘桑表，青藤遶樹顛。人情兼物態，只合付天然。

行〔原脱，據宋刻本《目録》補〕

荆坑道中

古澗隨山轉，征人趁水行。懸崖當步險，空翠逼人清。石路無尋直，沙田不畝平。千巖得一二，亦足慰平生。

馮公嶺

百級山田帶雨耕，驅牛扶耒半空行。不如身倚市門者，飽食豐衣過一生。

括蒼烟雨樓

莫為看山只凭欄，遠懷猶恨兩山間。坐深却得無窮趣，祗看平川一半山。

晚步少微閣

落日謝虛閣，横琴相對閒。片雲將急雨，一笑失前山。

夜坐燒香臺

長晝苦炎熱，夜分凉始生。電中千嶂立，琴外一蛩鳴。急雨催詩思，遥空答〔四庫本作打〕鼓聲。誰知一〔原脱，據四庫本補〕府地，得此意凄清。

即事

睡重不知曉，山高意得秋。風來已落葉，潦去忽中洲。幽閴素所願，登臨儘自由。瀕溪千萬壑，何日上扁舟。

小雨

好風先雨到危欄，却送殘雲過别山。不用開襟强披拂，自然凉意滿人間。

烟雨樓夜坐

暮靄横空黯未收，晚來凉動滿懷秋。澹雲影裏千山月，殘角聲中百尺樓。參坐共為文字飲，高談不見古今愁。夜闌半醉意方適，徑欲乘風汗漫遊。

晚自擬滁亭轉烟雨樓聽角

兩寺疎鐘夾岸聞，荒烟無數亂前村。山銜落日雲生彩，谿溜孤舟水不痕。蟲羽凄凄鳴緑暗，星暉隱隱照黄昏。欲歸重到層樓上，更為梅花一斷魂。

重陽

佳處逢佳節，寧辭望眼勞。有樓皆眺遠，無日不登高。野栗炊新秫，寒萸泛濁醪。黄花何太晚，籬落上蕭騷。

北行雪中渡淮

風捲清淮夜不休，曉驚急雪遍郊丘。坐令和氣三邊滿，便覺胡塵萬里收。瑟瑟江頭輝玉節，蕭蕭馬上點貂裘。歸來風物渾相似，二月楊花遶御溝。

泗州道中

宿雪助寒色，相看汴水濱。輕車兀殘夢，羣馬濺飛塵。行役過周地，官儀泣漢民。中原陸沈久，任責豈無人。

靈壁道中

古汴微流絶，餘民尚孑遺。高丘祠漢祖，荒草葬虞姬。垓下空陳迹，鴻溝愴近時。膏腴滿荆棘，傷甚黍

離離。據宋刻本《目録》，下脱《雍丘驛吏》一首

陳留柏

驛門深閉柏參天，月可中庭夜影圓。人静好風喧客枕，坐令歸夢到林泉。據宋刻本《目録》，下脱《京城外丘壠》一首

相州道中

千古興亡一夢驚，就中物理似持衡。茜花空染朝歌血，荒草猶祠羑里城。但見反身知自咎，誰言修政欲相傾。知音只有昌黎操，臣罪當誅主聖明。據宋刻本《目録》，下脱《過安肅軍》一首

即事

行盡窮邊歲亦殫，倚門應是念衣單。寧知今日幕南地，不似去年江上寒。乘馬惟欣日可愛，逢人長説雪初乾。三衾四襖半無用，何必重歌行路難。

臘月二十五日大人生朝

去年沙岸倚歸舟，今日驅車古涿州。綵服難陪萊子戲，巴詞應付雪兒謳。客途行及五千里，壽宴須開十二樓。南望飛雲天樣遠，太行山外久凝眸。據宋刻本《目録》，下脱《元日》一首

初出燕山

去國三千里，還家第一程。都緣人意樂，便覺馬蹄輕。落日催心速，飛雲逐望生。莫嫌歸去晚，猶得趁清明。

春雨

石斗微微覆淺沙，蘭叢短短茁青芽。春花著眼未云久，花事于人漸有涯。

漫漫平湖接遠天，濛濛細雨濕輕烟。野橋横著草深外，何處渡頭人上船。

送人之官池州

春空吹雨作餘寒，去去扁舟不可扳。伊昔曾游三大水，到今獨記九華山。想君脈脈征途遠，屬我悠悠夢境閒。回首江山固無恙，懷人倚待好詩還。

春遊遇雨

公子喜青春，歡遊弗厭頻。久晴都不問，好雨却成嗔。桃杏紅方入，禾苗緑未勻。請君停杖履，俯念耦耕人。

糧料院葵向亭

結屋蒼崖晝不譁，崚嶒亂石遶簾牙。濤江渺莽三千頃，烟瓦參差百萬家。雉堞環山餘暮雪，龍樓聳闕焕朝霞。登臨可是望都省，但有葵心向日華。

廨舍小軒

袞袞羣山尾，横窗更此岑。塵埃遮物外，風物宛山陰。作吏何妨隱，尋山不用深。居然一丘壑，便足快登臨。

尺五亭

舊説城南社，當作杜今登山外亭。宫牆步可到，御柳望中青。引嘯千巖響，哦詩過鳥聽。曲欄頻徙倚，歸思渺東溟。

挈從子滌歸烏戍外家

五年不泛浙西船，今日重來倍黯然。葦席不重寒刺被，菱歌孤唱月摇川。咿啞回櫓梟鷗狎，來往輕帆風雨便。點檢湖山固無恙，鴒原遺恨到黄泉。

烏戍道中

田在港西家港東，斷橋春水步難通。束蘆挾瓮穩來去，不礙小船分釣筩。

重陽寄雪窗從叔

秋意未教籬菊知，不妨烏帽著風吹。絶憐對酒君歸矣，更欲登高誰共之。風雨滿城千里夢，茱萸綴席一年期。君非俗物敗意者，莫為催租便不詩。

次伯舅汪運幹大雅**所寄韻**

遥憶牢之舅，功名志欲成。離思滿方寸，望眼費雙明。攬筆四愁詠，登樓千里情。賢勞休自歎，幢下本書生。

佛日山

曉出都城暮入山，杖藜蕭散易開顔。松風五里未行盡，隱隱疎鐘紫翠間。

遊香山次王正言迷**韻**

四山過雨翠光流，境勝心閒自點頭。野鳥叫春多格磔，晚風吹鬢故颼飀。三年幾作舊山夢，一笑喜成今日遊。獨歎寒泉本無意，强隨機械走溪溝。

過西興

幾載京塵涴客裘，江村乍入倍清幽。柔桑穲麥寒猶在，流水落花春又休。蒼狗浮空驚易失，白駒過隙若為留。細思誰似垂綸者，寘《永樂大典》卷七九六二作買酒烹魚百不憂。

携家再游姚江

又作泛舟行，浮家一葉輕。潮生江外晚，月比夜來明。雲盡天容徹，風高水氣清。五湖乘興去，何苦慕功名。

渡揚子

江豚吹浪雨颼颼，望斷天涯人白頭。一舸乘風渡揚子，數鷗導我過瓜州。

曉霧

曉霧冥濛水拍堤，稜嶒亂石與雲齊。扁舟不用兼程去，到得稽城日已西。

登蕺山

晚步蕺山上，休辭脚力窮。八松不礙眼，萬里欲乘風。逸興浮滄海，高歌徹太空。羲之不可見，猶得想胸中。

永嘉試院謝曾使君送酒

一簾疎雨洗塵埃，滿架酴醾自在開。正恨烹茶殺風景，忽驚門外白衣來。

脱身場屋幾春秋，故步重尋我自羞。閉置有如三日婦，畫成應遣一生愁。與錢誰是老司業，送酒更無賢郡侯。掩卷出門花下坐，真成一酌散千憂。

木藴之國博遷居

寄齋今日又遷居，門巷相過五尺餘。王子何妨借人屋，淵明不必愛吾廬。大千眼裏無非寄，三十乘中皆是書。祀竈卜鄰無用爾，衹今天上有鋒車。

名大人稱屈，心閒我自餘。言詩今子貢，作賦古玄虚。鳳沼定平進，鷗盟殊未疏。潭潭府中去，只作寄齋居。

次南真宫龔道士壁間韵

幽舍足留客，疎篁不用林。相過幾樽酒，清坐一瑶琴。野鶴伴僊隱，閒雲寄此心。黄冠如有許，來者為低簪。

送樂清姚令行可

長官清政玉無瑕，卓魯循良不足誇。前席有期吾黨喜，挽鬚無路邑人嗟。才高雁蕩千峰石，惠足河陽一縣花。欲信三年渾不擾，遊山今日始携家。

入雁山過雙峰

眼前未見古龍湫，望望前山景自幽。紅日一門千嶂曉，翠峰雙聳半空秋。風高落木無邊下，氣勁閒雲逐處收。要識雁山真面目，直須霜後一來遊。

靈　峰

老笻扶我轉林丘，直到僧房最上頭。地擁雙峰遮勝境，天分半石闕靈湫。空中大士澹相對，山罅清泉空自流。人謂石崖宜置我，不知來此有緣不。

龍　湫

地聳峰巒秀，天開氣象寬。九霄銀漢落，千古玉龍寒。壯觀供尊者，幽居稱冷官。何時遂肥遯，不厭白頭看。

又次王瑞安韵

雲鎖千峰碧，泉飛百尺湫。山蹊驚險絶，洞府足深幽。谷静摇虚箔，巖高卧老虬。賈胡還似我，到處輒遲留。

忘歸亭

一峰凛凛插烟霏，誰築新亭占石磯。標榜未應專一壑，此山何處不忘歸。

登馬鞍嶺

軋軋輕輿上馬鞍，半天嵐翠逼人寒。從教宿靄迷清嶂，明日晴空取意看。

游西山次范丞公興韵

東風吹我上西岡，更覺僧房白晝長。草色已翻新歲碧，梅花衹是去年香。好山圍繞屏三面，野竹蕭森玉數行。千里同遊逢范叔，綈袍他日未相忘。

喜雪

曉風吹起雪漫漫，來兆豐年喜有端。玉樹瓊枝無限好，雪窗高閣不勝寒。直疑天上梅花落，莫作人間柳絮看。我欲乘風游汗漫，倚欄空自羨飛翰。

同年翁處度原脱，據宋刻本《目録》補招遊北山次韵

不嫌屐齒碎莓苔，衹要吾人得得來。見説飛泉高落澗，待尋曲水作流杯。竹林素約羣賢集，雞黍相過一

笑開。政恐清遊自忘返，不應空棹酒船回。

支茂先烟蓑亭

人生逆旅困風波，大似寄居鸚鵡螺。月白江空無一事，不須更作釣魚蓑。

紅　梅

南枝零落北枝殘，失喜新蕤苦耐寒。莫道北人渾不識，南人幾作杏花看。

秋意次林致甫宗丞韵

河漢秋來浄，飛星一點過。好風吹暑盡，疎雨送凉多。紈扇收團月，桃笙捲細波。自知恩到骨，欹枕夢無何。

送　春

飛花一片減風光，不待紅稀意已傷。今歲餘春能幾許，浮生此日更須忙。隴頭有雨麥初秀，林下無人蘭自芳。夜倚踈欞誦佳句，好風如水月如霜。

花披催蝶舞，柳暗受鶯遷。過眼忽新夢，回頭誰少年。溪雲隨筍供，山雨近梅天。詩思正無賴，一聲來杜鵑。

病日初愈張子家有詩次韵

年來視物隔褷䙰，祇有昏花似退之。强起《永樂大典》卷一九六三七作送歸鴻聊自放，妙穿懸蝨恐難為。相親黄奶交親《永樂大典》作媼交新絶，見代《永樂大典》作伐青姑事寢危。寫照苦添雲蔽日，不應更誚虎頭癡。

許深父餉酒覆於舟中

千里貽書慰寂寥，更將尊酒餉今朝。先生忽已成烏有，用事何因見白超。醉裏謾思鯨吸海，夢回誰悟鹿藏蕉。何時痛飲論心曲，雲滿江東望眼遥。

送胡巨原作朝臣，據宋刻本《目録》改**濟辛湘潭**

君向瀟湘忽語離，江城離思亂雲飛。傳聞楚俗尤凋瘵，勿以秦人視瘠肥。宰縣要尋行志處，監州空有負丞譏。此行得句須頻寄，直到衡陽有雁歸。

即　事

芸芸物態見天機，静裏工夫得細微。階下秋紅千萬點，游蜂一一採香歸。

正月庚申朔淳熙六年

春來節物一番新，今歲仍逢臘裏春。莫訝連宵清不寐，衹緣守歲守庚申。原作由，據四庫本改

國清寺

夾道青松引客來，五峰雙澗擁樓臺。豐干饒舌留公案，隋帝遺書暗古煤。最喜親知來里社，真成春月上天台。陰雲掃盡尋幽去，佳處端疑為我開。

山中懷仲兄

雁山曾御九秋風，更喜春深到此中。芳草絶憐隨意緑，野花真是映山紅。未知方丈景何似，直恐桃源路已通。起聽朝雞無恙否，兹遊恨不與君同。

天台道中口占

路上人家短竹籬，繅蠶刈麥自熙熙。可憐日對千尋瀑，不解閒吟半字書。

宿仙居民家

投暝人家欲睡時，雨聲不斷水平池。回頭已過三江渡，醉看《天台續集別編》卷三作著車中總不知。

寄管叔原脱，據宋刻本《目録》補儀通判并同官

執別僧房日未斜，別離愁緒滿天涯。清宵已落柔《天台續集別編》卷三作霜已落冬桑葉，小雨頓開蕎麥花。醉裏不知身是客，自注：江南李主詞。酒闌無奈客思家。自注：歐公夢中句。憑誰寄語三夫子，歸路還須好句誇。

贈寶藏老道源

骨相昂藏澗底松，平生禪窟儘從容。幾年大隱清暉閣，今日來瞻獨秀峰。打破畫瓶無罣礙，大開飯店喜迎逢。今朝且逐征途去，何日重來聽曉鐘。

過蒼嶺

黄雲滿塢沙田稻，白雪漫山薺菜花。路人縉雲頻借問，碧香酒好是誰家。

崇朝辛苦上孱顔，泥徑初平意暫閒。蒼嶺東頭移野步，眼前便得處州山。

婺女極目亭

危樓雄據郡城東，掃盡秋雲快碧空。目力不容山隔斷，詩情長與酒無窮。先分樓下雙溪水，高挹人間萬里風。興逸不知真近遠，五弦聲裏送歸鴻。

自柯原作阿，據宋刻本《目録》改山歸再過蒼嶺

雨後過蒼嶺，平生行路難。危層驚步滑，絶澗覺心寒。就嶺山逾險，趨平谷更盤。年來輕世故，不作險塗看。

以上武英殿本《攻媿集》卷七

樓　鑰七

鹿伯可郎中園池雜詠

見一堂

靈澈清詩千載傳，始聞林下有斯賢。傍人只道休官早，見一名堂已十年。

止　室

流行坎止事無多，舉世營營自網羅。珍重主人真止矣，直如古井更無波。

小東山

安石東山志不渝，歸來尋得静工夫。從教更為蒼生起，携妓何妨且自娛。

桂　堂

芳樹叢生庭砌間，高枝更許後來攀。主人勿戀山中桂，招隱還應看小山。

雲　龕

浮雲舒卷原無定，此意誰能為飽參。出岫無心歸亦爾，不妨今日與同龕。

柑　隅

霜著芳苞翠作圍，數椽瀟灑映斜暉。木奴何必須千樹，乞得閒身徑且歸。

桃　蹊

幾樹桃花相映開，主人歸路入天台。憑誰寄語玄都觀，前度劉郎不更來。

月　沼

玉潔冰清一壑專，籊龍何處引涓涓。深知月滿還虧缺，祇學蟾光一半圓。

星　潭

山頭分下一泓清，石甃團團瞰小亭。身在赤城名絳闕，至今潭影照郎星。

三友徑原作經，據宋刻本《目録》、四庫本改

公是端人友必端，世情冷暖不相干。雖云門外可羅雀，三益還能耐歲寒。

竹　塢

幾年種竹未成叢，一日歸來翠掃空。儘好閉門高枕卧，從今日日是清風。

梅　坡

江梅留待主人還，見説歸時得飽看。回首殘花飛作雪，一峰當户正高寒。

松　嶺

翠雲深處曳枯筇，插碧堂堂十八公。全似華陽隱君子，掛冠歸去聽松風。

戲贈張漢卿

張侯理窟妙無窮，雅謔于人亦有功。渺渺江湖千萬頃，未聞餓死信天公。

陪沈虞卿使君游錢園

休沐無官事，公庭且放衙。城中尋勝地，道上引高牙。潭府臨芳徑，東巖玩物華。山林真夐絶，棟宇謝豪奢。陶令親栽菊，秦侯晚種瓜。裴公餘緑野，六一醉琅玡。幽阪森三友，飛橋粲百花。樹深藏曲折，谷險路谽谺。道院羅星斗，禪房供釋迦。巃峰思御氣，畫舸想乘槎。佳處城環雉，吟邊路遶蛇。登山携翠袖，喝道屏銀檛。井市花相映，湖陂柳半遮。高歌驚野鳥，疊鼓亂鳴蛙。陛級青珉滑，秋千綵旆斜。叢篁穿嫩筍，芳草綻新葩。静憩方開宴，徐行更試茶。僊醪斟瑪瑙，玉指奏琵琶。清絶囂塵遠，蒼茫望眼賒。詩情彌海嶠，飲興渺天涯。賢尹民同樂，名郎子克家。才高修月户，筆妙補天媧。揮麈風流勝，憑欄笑語誇。追風慚款段，倚玉媿蒹葭。逸韻迷春蝶，清歡接暮鴉。舞茵收地錦，畫燭照籠紗。耋稚欣相告，輿臺靖不譁。微風朝趁馬，好雨夜隨車。土脈興原隰，霖膏潤甲芽。相將勸耕去，和氣滿桑麻。

巾山曲肱齋

山立青冥外，人行紫翠間。小窗開木末，孤塔映江灣。平楚一何《永樂大典》卷一一九二作不勝遠，白雲相與閒。我來不暇寢，冷坐對前山。

廣軒夜望

點點萬家燈，風清醉復醒。廣軒高絶處，俯瞰一天星。

玉霄亭玩雪

羣齋高晏雪浮空，同上山城第一重。今日無非銀色界，此亭真是玉霄峰。雲迷野路舞輕鶴，風急瓦溝噓老龍。便欲相將游汗漫，剡溪何必訪遺蹤。

倅廳雲水亭

山遶澄江江遶城，水雲徑接海冥冥。萬家曲折在吾目，一郡登臨屬此亭。今日詩題隨處有，幾番醉眼望中醒。風流鄭老知何在，回首蒼茫島嶼青。

再過鹿伯可

又上先生見一堂，澹然賓主兩相忘。不知海内清風滿，但覺山中白晝長。小雨絡林妨蠟屐，靚妝環坐快瑶觴。曲終扶杖欲歸去，即詠白駒三四章。

天姥嶺原作峰，據宋刻本《目録》改

剡水迂回徹底清，濫觴從此一泓澄。曉來蠟屐沖寒上，踏碎山頭十里冰。

虎　丘

望望古招提，兹遊恨已遲。池深驚地裂，野曠覺天垂。聽法人千數，談空松一枝。從誰訪遺跡，惟有石頭知。

洛社原誤作杜**老僧聽琴**

宴坐蕭齋不作勞，謂予何事走蓬蒿。從容試問今年幾，手植黄楊三丈高。自言幾載不聞琴，屢聽清彈苦契心。少待庭柯蟬噪静，為師更作醉翁吟。

中　秋

歲歲當秋半，人人待月明。絶憐今夜賞，更勝去年晴。光彩澄高露，氛埃廓太清。衆心方閔雨，却望暮雲生。

又次丁端叔韵

好風涼月湛中秋，自笑何為作遠遊。不有諸君故人戀，未應連日買胡留。三千銀界俱呈色，十二珠簾總上鉤。飲罷客歸清不寐，誰知心折大刀頭。

游惠山

石徑縈迴入翠林，廿年故步喜重尋。千山直上雲扉啟，萬木陰中古殿深。泉水泓澄風拂拂，洞門幽杳晝沈沈。調琴瀹茗清無限，倦客忘歸到夕陰。

游洞霄宮

宿雨頑雲撥不開，紫霄佳處訪樓臺。青山九鎖固奇甚，古洞一深如此哉。拔地千林俱秀潤，擎天一柱最崔嵬。出山爽氣尚相屬，數里清溪送我回。

游徑山

起看海日曉團團，更挹神燈照夜闌。百萬杉松雙徑杳，三千樓閣五峰寒。蟄龍何在渺難問，古井于今竟不智。但覓靈泉歸洗眼，誰能故把細書看。

送蘇伯昌大卿

禁路岧嶤欲問津，抗章便自乞閒身。閔勞劇部皇情厚，寓直中奎寵數新。飛輓正資經濟手，典刑終念老成人。赤松未許長為伴，歸取青氈繼潁濱。甬東曾幸拜蘇天，外府官僚復備員。前輩風流真在眼，名公談笑辱忘年。浙江相對一巵酒，嫈港欲行雙槳船。門鍵馬銜難作遠，西風停立但茫然。

送劉淳叟博士倅豫章

熟知明主可忠言，奏牘方陳意已傳。人言能遜千乘國，我自能補九重天。拔山轉石孰難易，爛額徙薪誰後先。不用更論如許事，把君征袂且茫然。

送吕周輔宗丞守崇慶

從昔傳家學，當今良史才。聲名冠西蜀，風節象東臺。朝蹟收何速，歸心挽不回。一麾從此去，萬里可能來。自注：吕為四川類試省元，曾祖陶為給事中。舊矣唐安郡，龍潛府號新。當年一絳帳，今日兩朱輪。民意來何暮，仁聲煖似春。劍南毋戀却，鼇禁要詞人。祕甚先天學，誰傳陸士龍。上方留自近，天豈不相容。契託君家厚，情惟我輩鍾。慇懃訓猶子，他日使追蹤。

上魏丞相

夢菴深坐宴朝曛，秪有梅花對此君。今日衣冠有巢許，向來元凱佐華勳。入山誰解訪弘景，載酒時應問子雲。童諷寫成心未懶，可因貪佛贊論文。

次韻蔣德言游太白玉几兩山

西山不到幾經春，玉几猶能一再臨。太白峰前成夢境，直從總角到于今。少日游山不要歸，老來腰脚不相宜。羡君勝具了無倦，踏雪尋幽更一奇。賸欲扶筇隨意行，要令心跡得雙清。何時同入翠微去，丈室先參老浄名。

落花影裏步春闌，飛鳥翩翩相與還。若得把茅成小隱，等閒來往兩山間。

誰能饒舌强參禪，何用談因更説緣。生死本來無大事，晨朝須起夜須眠。

謝僧道全惠詩并菖蒲

楚楚芳蓀詩樣清，翠苗低護小峥嶸。一泓功借幽根潤，六月能令凉意生。雁蕩渾如夢邊事，龍湫頓覺眼中明。閒窗坐對思無限，何日隨君遶澗行。

趙安國梅坡

隆暑倦行役，梅坡得暫閒。卷簾南浦岸，終日對成山。竹裏清風遠，棋邊夕照還。歲寒重卜醉，覓句暗香問。

資聖寺

野溪清淺度危橋，徑策枯笻上紫霄。曉霧暗蒸山寺雨，松風深隱海門潮。浮杯水漲人何在，洗鉢池清意已消。又上樂亭基上望，雲山萬里更逍遥。

次韻蔣德言壁間舊題

一鈴簷角自吟風，兩面松篁翠掃空。山卉更藏無盡意，枝頭未作去年紅。

上史太傅

一坡煙水緑灣環，竹樹樓臺縹緲間。但説一丘藏曲折，誰知更有四明山。

二十里雲隨步生，潺湲洞裏訪青櫺。山中要識無窮趣，看取南雷問答經。

衮繡堂中語夜分，幾將經史細評論。不知世上三公貴，祇是東湖八行孫。

贈鄭相士

知君冰鑑照人寒，我相儒酸未足觀。東甬從來多俊秀，為煩著眼細尋看。

雪竇道中

城居久矣厭塵勞，來訪名山寫鬱陶。客路行隨流水遠，征人與坐白雲高。千林舞翠吹蓬鬢，二麥摇青照紵袍。努力共登天尺五，要看飛雪噴雲濤。

錦鏡

兩溪赴壑若奔虬，此地端能截衆流。三版放開千丈雪，一匳清徹四山秋。幾年空自存公案，今日重新指路頭。珍重老師成勝事，清名當與此山留。

妙峰亭

一峰高出白雲端，俯瞰天涯千萬山。試向岡頭轉圓石，不知何日到人間。

隱潭

靈潭深入白雲堆，帶雨春雲為我開。乳石半空渾欲墮，瀑泉千尺正中來。兩軍酣戰鼓鼙急，一雨生寒霹靂催。中有卧龍君勿狎，有時平地起風雷。

游大梅山護聖寺

江東東畔更東山，又過東山數里間。試問招提在何處，萬山深處白雲環。

寒雲片日忽吹開，歷井捫參得得來。行盡高山天欲半，不知平地有樓臺。

常禪師塔旁有虎冢

當時道價極光華，鷙獸相隨共一家。象去虎亡師亦老，不須百鳥更銜花。

從來猛虎性堅剛，據石依林死不僵。何待寒林班侍者，千年陪葬祖師傍。

梅仙巖

梅山遺跡若為尋，怪石崚嶒一徑深。未必當時真隱處，清風自覺襲衣襟。

雲巖

但見雲生谷，初無石似巖。得名非舊觀，買地作精藍。境勝環修竹，門深擁翠杉。禪林自家處，《永樂大典》卷九七六三作佳趣莫問後三三。

啓霞冰壺亭

拍拍新漪徹底清，兩山寫照翠光凝。笑看風動縠紋起，坐我玉壺春夜冰。

天童玲瓏巖

捫蘿歷棧上層峰，寢覺芒鞋踏半空。七竅幾時開渾沌，八窗無處不玲瓏。已欣古洞容身過，直恐丹丘有路通。俯視人間懶歸去，拂衣徑欲御天風。

送內弟汪作德赴建德士簿

今日望春下，送春還送行。簿書須著意，家世有餘清。瀟灑桐廬郡，文章陸士衡。自注：時陸務觀為守。公餘定多暇，無廢讀書聲。

南江酒家

南江舟檝飽經行，橋外人家最可人。賸種寒杉映修竹，快沽村酒趁鮮鱗。潮痕落草櫓聲動，日脚銜山涼意新。酷愛老樟横卧處，他時來此坐垂綸。

宿登山

竹輿來訪小梅山，山在空濛紫翠間。嵐霧滿林朝漠漠，溪聲和雨夜潺潺。峰頭丹井隨潮信，松下禪房舊祖關。誰是無生誰不死，晨鐘未響夢先還。

羣從泛湖次叔韶弟韵

倚遍瀛洲十二欄，老蟾推出爛銀盤。絶憐千頃波瀾闊，更覺滿身風露寒。境勝能令詩興逸，夜深自喜酒腸寬。離離掛影清如許，莫惜終宵作意看。

送陳君舉守桂陽

重尋漫壁認題名，十五年來一夢驚。誰料今朝携客至，却成此地送君行。桂陽卧治真談笑，魯史遺編賴發明。文定南軒仙去後，湖湘又得一先生。

永嘉天慶觀

斗口横安華蓋山，茂林修竹路灣環。琳宫迥出滄瀛表，羽士如遊崑閬間。東挹江山窮望眼，西臨闤闠笑塵寰。自知去此無多日，著意來尋一餉閒。

次許深甫寄陳頤剛韵

博物曾經辨實沈，論兵更覺用功深。九閽未進六奇計，萬卷空催一寸心。流水高山誰復會，寒松春柳解相尋。如君豈是長貧者，作計無令歲月侵。

前朝折戟尚沙沈，志士私憂意向深。謀國未須先問陳，平戎要且務攻心。衣冠舊老知誰在，禾黍遺宫尚可尋。騎省再新人有望，一言坐復故疆侵。

勸農

一番好雨潤桑麻，和氣歡聲十萬家。太守勸農纔出郭，老農含哺競隨車。土膏澤澤地宜稻，雲物陰陰天養花。願得四方無旱潦，盡教樂歲似東嘉。

書吴夢予古樂府後

古來樂府近來無，筆力如君却有餘。日恐遺音亡正始，喜聞新作過黄初。不誇藝苑徒工瑟，應免侯門久曳裾。更向江西詩窟去，他年時寄一行書。

謝景英送鄭景元篇末見屬次韵

張羅清似翟公門，門外都無野雀喧。可但風流追鮑謝，直教高論到羲軒。絶憐父子為知己，時把文章得細論。箇裏是非何足較，乍賢乍佞一王尊。原注：一本此首後尚有一首云：「觸暑相過憶去年，汝南又得見先賢。向來喬木今亡矣，祇有靈光尚巋然。謄記暮年專一壑，想聞高咏和流泉。兩公直諒渾相似，」其末一句缺載，不可考，今附注于此。按：據宋刻本《目録》，此詩為二首，殿本原注中所云蓋其二。

喜雨次甄雲卿監簿韵

四郊苗槁勃然興，頓覺歡聲滿郡城。行且刈雲成歲事，敢因喜雨記亭名。昔如魚在釜中活，今見龍從地上行。憂國願豐同此樂，讀君佳句欲風生。

又次徐仲宗通判韵

老龍破蟄斬幽關，亂滴天飄不復慳。可但甘霖驅旱魃，自然凉氣滿人寰。民心徒切焦熬甚，神力毋勞指顧問。遥想清都應表賀，紫宸軒陛曉催班。

又次鄭性之縣尉韵

槁項疲農病夏畦，喜聞烟雨四天垂。旋尋秔稻供糜粥，驚見新香玉滿匙。
閔雨才寬又畏風，從朝愁到夕陽春。誰教官到二千石，不學當年邴曼容。
幾番好雨應先占，欣見階庭緑草纖。秋後陰晴猶未定，更看新月卧磨鐮。
爰居集魯要先知，飛雪侵春久已疑。慚愧風師幸安静，敢將虎口鬭龍癡。

游隱清

簿領叢中偷得閒，輕輿相與出鄉關。亂流先已登孤嶼，采蕨還來上北山。藤遶龜身增贔屭，水涵虹影照孱顔。老農擁道迎人笑，今日使君來破慳。

瀑泉奔放石坡陀，回首清游歲幾何。脚力不如前日健，詩盟還喜故人多。滕王閣上無韓子，還景樓中欠老坡。不謂鄙言成宿讖，偶因晚泊得波波。

窮冬吏鞅解紛纏，重入兹山憶少年。千里幸同豐歲樂，三生曾結郡人緣。幾番山色望空外，今日水聲來耳邊。坐上何須聽絲竹，與君嘯詠和風前。

富覽亭

城郭占佳勝，眼高貞白鼉。霜天開浩蕩，雲屋涌嵯峨。四面山總好，東窗江最多。脚跟盤巨石，吞吐任風波。

贈陳居靖道人

為衲道人身御風，棄家求静慕僊蹤。僊都有石立天半，特立要當如此峰。

雪中簡林景思劉振之

驟寒忽變雪花飛，抱膝長吟況可知。襆被可能來過我，忍寒相與話新詩。

謝林景思和韵

黄昏門外六花飛，困倚胡牀醉不知。凍合玉樓猶强項，擁衾方詠雪巢詩。

送趙子固吏部帥合肥

少年文價重神京，游宦還聞政有聲。南省但推韓吏部，北方猶問趙先生。人傳殿上三千牘，上喜胸中十萬兵。暫輟望郎分帥閫，淮南草木更知名。

老韓同傳我多慙，意氣相傾自不凡。憂患飽更俱白髮，班行獨立見青山。羡君真有虎頭相，顧我方為馬口銜。同舍幾何俄話别，可堪目力送風帆。

襟帶長淮地望崇，勳名當繼古英雄。吴人止解依濡塢，晉將才能過八公。可但綏懷邊境静，直須經略朔庭空。折衝不必居遐徼，頗牧尤當在禁中。據宋刻本《目録》，下脱《考功直舍窗前雙竹》一首

曲竹

放出一頭地，出牆梢更新。傍人為稱屈，素志肯求伸。苦節變甘節，曲身成直身。青霄看直上，莫忘手援人。

寄題汪端明墳菴真如軒

山藏佳處竹藏廬，見説離家百里餘。已矣空求真學士，傷哉閒殺老尚書。後生自恨登門晚，壯歲寧忘跪

履初。悵望九京那可作，此心徒切慕相如。

萬箇篔簹一草廬，傷心埋璧十年餘。革聲誰聽尚書履，金榜空懸少保書。無復遺音追正始，尚傳新作過黄初。真成一代風流盡，歎息浮生信六如。

題汪季路太傅所藏龍眠陽關圖

離觴别泪為君傾，行李匆匆欲問程。不用陽關尋舊曲，圖中端有斷腸聲。

畫出陽關古别離，蕭疎柳質不勝悲。行人顧歎離人泣，柳下漁翁總不知。

題陳簡齋寄夫人書

行書滿紙遺君文，可見閨門敬若賓。應與少文能協趣，定因元亮遂忘貧。

題韓氏所藏元祐選尚詔草

禁臠當年選尚初，難兄辭寵意何如。裕陵遺旨知難改，元祐湛恩信有餘。今日猶存卯君筆，向來誰造粉昆書。韓門世實宜無墜，史有遺文尚取諸。

秋日懷國仲觀

四明聳秀一溪流，曾記經行十里秋。行李今從何處住，宦游自笑幾時休。兒時故舊今誰在，老去光陰不借留。贏得東歸訪丘壑，約君同上釣魚舟。

客省聽燕樂

曉入金門拜紫宸，門前錯立士如雲。未容密侍君王宴，衹許鈞天隔殿聞。

次李季章監簿韻

跪履巽巖今幾年，見君風度喜翛然。長編固已翻青簡，老墨猶能寶漆烟。游宦自欣天影近，思家猶在夕陽邊。時從甥館追清賞，賸寫新詩繼謫僊。

賀雪八盤嶺上作

平時卧雪似袁安，誰肯凌晨犯苦寒。百辟班中因族賀，八盤嶺上得遥看。層層觀闕瓊樓聳，納納乾坤玉宇寬。悵望僊山何處是，欲從此地徑驂鸞。

送林子方吏部將漕江東

光堯三紀焕文章，寶閣岧嶤謹祕藏。寓直到君才第四，皇華禮樂遠增光。望郎三度到長安，垂上青雲作好官。暫向江東一澄按，却歸徑著侍臣冠。自説嵇康七不堪，上教持節向江南。江南父老應相賀，見説清明似晦菴。殿廬官燭對風簾，郎舍修篁共一簷。别日苦多良晤少，摻袪不耐雨纖纖。

子方移守四明見於浙江亭

春初送别欠詩篇，歲晚還欣受一廛。都騎始聞臨浙水，先聲久已讋鄞川。里人見説俱延頸，海嶠從今定息肩。夜夜故山頻入夢，為君端欲買歸船。

寄題蜀李氏義概堂君亮著作之祖

養氣非為俠，輕財弗市恩。仁聲高月旦，義概徹天閽。稱美推賢嗣，揚名有順孫。活人幾百萬，何止駟容門。

送衛清叔著作提舉淮東

漢庭早已冠羣僊，闊步登瀛最少年。竊歎豈惟年亘及，人門才業總翹然。

通泰牢盆亘海濱，宅家專欲用儒臣。淮南草木生顏色，又見龍頭第一人。

虎榜先登到鳳池，前良多以十年期。雖知勇退急流去，壯歲功名會及時。

羨君持節拜庭闈，未老雙親看綵衣。若過蓋公煩問信，坐曹日念舊游稀。自注：外府舊為敕局，衛乃蓋侍郎婿。

屢從樽酒接從容，叔寶風姿照座中。他日相逢年益老，棋壇尚可角雌雄。

送黄景聲祕丞提舉浙西

江夏無雙第一人，清明久矣動簪紳。心平氣勁無偏黨，好在皇朝作争臣。

宅家親擢得真才，柏府蘭堂更外臺。未問諯驅向溝壑，半途應有詔書催。

從來軒冕一毫輕，朝蹟初收去玉京。打破畫瓶無個事，不妨游戲繡衣行。

論詩纔了便談禪，鄙吝冰消更豁然。稽首心空先及第，敢將癸未論同年。

玉節光華照日曦，揚清激濁正當時。阿連幸出百僚底，正恐翁歸不受私。

雪中迎駕

都人久不望威顏，驚喜嗚鞘風雪間。萬井歡聲迎曉仗，九天和氣下人寰。龍樓笑啟瑤池宴，鵷序欣趨玉笋班。道上峰頭皆見日，絕勝銜燭照崑山。

題尤延之給事所藏葛仙翁徙居圖

莫言家具少于車，藥裹衣囊自有餘。老婦親携三稚子，仙翁獨玩一篇書。羊牛相與趨新築，雞犬無因戀故廬。到處山頭有丹井，不知如此幾遷居。

又題楊妃上馬圖

金鞍欲上故徐徐，想見華清被寵初。後日延秋門下路，不應有暇作踟蹰。

題老融歸牛圖

薄宦六年辭故山，故山祇在夢魂間。簪紳何苦自纏縛，却羡歸牛自在閒。

天竺禱晴

早奉天香禱白衣，遲明宿霧故凄迷。忽驚紅日穿林薄，無數碧山明澗溪。上竺寺連中竺寺，蘇公堤映白公堤。湖光一碧幾千頃，牘捲荷香送馬蹄。

具美堂

明光殿裏早催班，亭午天街從駕還。已聽歡聲傳市井，更看喜氣滿湖山。聯鑣遠去閒尋勝，爛醉歸來夜叩關。但願兩宮千萬壽，退公時得過雲間。

水月園

具美盃殘意未休，相將重上望湖樓。樓臺忽已居平地，風月何曾識舊游。更挈酒樽過水月，坐增詩興滿滄洲。春風共約新橋畔，遥拜雙龍萬斛舟。

三月九日從駕

昨日為親壽，今朝從駕行。君親俱有喜，家國共增榮。淑氣浮黄屋，歡聲動玉京。人心真易感，翻手作昇平。

湖上原作山，據宋刻本《目録》改次袁起巖安撫韵

同年紫陌再尋春，力主斯盟賴尹京。山外斜陽湖外雪，夜來陰靄曉來晴。平波灧灧新添緑，凍木欣欣欲向榮。此日此身清潔甚，軟紅何苦太忙生。

以上武英殿本《攻媿集》卷八

全宋詩卷二一五四三

樓 鑰八

試俞珣長頭筆

倦游俞老又中州，霜兔抽豪飽盛秋。平日相親管城子，結交今得賈長頭。

訪留昭文於范村山間不得見

黄扉處士掩松關，小立松風去住難。可歎山中真宰相，未容神武掛衣冠。

送倪正父侍郎使虜

經帷親見犯天顔，口伐何勞抗可汗。故國應悲周黍稷，遺黎猶識漢衣冠。殊鄰諜報終難測，累歲要盟恐易寒。馳至金城上方略，始知頗牧在金鑾。

送王仲言添倅海陵

萬卷詩書老雪溪，頎然二子和塤篪。絶憐伯氏久亡矣，猶幸夫君及見之。來上鵷行人謂晚，往舒驥足自嫌遲。他時還向雲門否，布襪青鞋尚可期。

遂初陳迹遽凄涼，轚歎青緗極薦楊。談笑於儂情易厚，典刑使我意差强。重屏舊畫論中主，古殿遺文話阿章。舊事從今向誰得，尺書時許到淮鄉。

寄題延平范氏六桂堂

高門儒效許誰同，秀氣于今照演峰。家學一椿連五桂，地靈兩劍化雙龍。三人衣鉢清名接，累世簪纓慶事重。彼茁孫枝更林立，不須萬户羨侯封。

京仲遠尚書爲澹然子作二大字

濃墨新題付澹然，松坡為子老談天。憑君推我行年看，何日歸耕綿上田。

送李伯和吏部提舉浙東伯珍寺丞將漕夔門

奕奕君家好弟兄，皇華交映棣華明。幾年並列金閨彦，同日俱持玉節行。萬里往臨夔子國，一江先到越王城。會聞歸取青氈舊，都似當年老貳卿。

送范文叔禮部守彭州

憂國鬢先雪，愛君心似丹。旌麾雖自適，懷抱未全寬。直道任三黜，故人憐一寒。濛陽毋久駐，旋復簉鵷鸞。

送趙德老端明帥蜀

身名俱泰老尚書，叱馭寧辭萬里途。兩地恩榮真赫奕，四川父老定歡呼。乖崖袍帶今重見，清獻琴龜我更無。頻向籌邊樓上望，歸來方畧上新圖。

次盧國華提刑所寄韵

持節歸來上粉闈，祇今一節又何之。樂天好句追長慶，元亮高風挹義熙。我恨别多仍會少，君雖去速豈來遲。閩山荔子燻晴晝，莫惜登臨賸賦詩。

古梅遺張時可

枝封蒼蘚澹花疎，一種風流高更孤。試問約齋三百樹，林中還有此枝無。

李才翁賀除天官次韵

九年奔走祇思閑，歸夢時時墮故山。已媿演綸詞禁上，更堪曳履侍臣間。官曹顧我空無補，世事惟君了不關。但欲相從游物外，不應久此玷清班。

我居銓部鬧簪裾，終羡寒窗只蠹魚。每念故交今有幾，况如盛德豈容疎。京塵共嘆催人老，市道誰知有隱居。久苦筆端枯渴甚，楚波正欲借君餘。

劉德修右史去國示所和從父東谿及楊子直詩走筆次韵

無人為辨樂羊書，却向空山問草廬。世上榮枯無定在，眼前毁譽竟何如。寸心未徹九重上，百口仍行萬里餘。只恐君王思舊學，便看飛詔促嚴徐。

東谿詩似老彌明，傾蓋論詩絶點塵。筆墨為供無盡藏，江湖乞得自由身。出門遠送成惆悵，無計相留更主臣。但願皇天開老眼，不應空谷滯斯人。

閣下相期久，山中把酒稀。未能容我去，又復送君歸。柱史寧終隱，威顔暫咫違。壯心誰與語，看劍一燈微。

謝袁起巖侍郎送盆梔奉老母

翠綃飛蓋擁生香，冰雪精神試晚妝。鶴髮慈親俄一笑，玉人何事晚升堂。

送曾南仲寺丞守永嘉

六和久坐趣歸鞭，却送旌麾水竹邊。無説可裨新令尹，有詩重送老同年。城隅緑竹今安否，庭下朱欒定儼然。回首東州真夢境，羡君此去若登仙。

過上虞懷謝驛喜雨

夢回簷溜作驚湍，净洗炎歊百慮寬。咫尺東山見膏澤，令人更憶謝家安。

答杖錫平老

老我平生不願餘，歸來但欲賦閑居。灌園自足供朝膳，且奉夫人御版輿。

送淳尉海陵併寄示潚

二子俱從宦，重親足自怡。汝能行幼學，吾豈恨輕離。平日自知己，真心更與誰。臨文有遺忘，此是憶兒時。

處己幸寡過，居官勿願餘。動成經歲别，賸寄幾行書。公退仍多學，心清任索居。但知行所職，通塞聽何如。

次潘安叔寄新谿詩韵

曾游明月舊雙谿，老去情懷百不宜。夢繞新谿身不到，更休重和寄來詩。

送内弟汪强仲赴台州税官

雕鞍去去不容攀，柳下門牆輟往還。可但征商私龍斷，不妨拄頰看巾山。右軍墨妙惟修禊，太傅才高亦抱關。只尺親庭毋苦戀，有人能伴適齋閑。

少潛兄再立晝錦坊伯中弟有詩次韵

東樓舊日史君家，盛德于今説孟嘉。晝錦門牆再興起，烏衣巷陌倍輝華。雖無崔氏聯三戟，肯學楊家簇五花。尤喜桂枝香不斷，藏書滿屋是生涯。

王原慶訴盤餐蕭然走筆次韵

愁絶詩人太瘦生，也無北食與南烹。君看俚語亦堪笑，何日能填鼻下横。莫嗜鰒魚如老曹，但應菜飯學參寥。坡翁晚節更清苦，玉糝新羹手自調。

送趙振文主簿

去去江西不作難，片帆雙槳蕩秋瀾。已知官業非時樣，尤喜情親耐歲寒。志大自然羞附驥，官卑何用歎棲鸞。少卿膝上加文度，更比年時刮眼看。

病足戲效樂天體

課得退連茹，藥逢新太醫。居閑幸餘暇，養病任多時。步屧雖非便，調琴足自怡。曉來風雨急，高卧到晨炊。

叔韶弟上連桂堂牌會群從

我家簪紱百餘年，書種于今幸有傳。折桂時能取黄牒，肯堂賴子挹青氈。一新扁牓照華屋，共集尊罍招衆賢。須信後生尤可畏，要當争著祖生鞭。

題林氏香嚴庵

緩步尋佳處，林深路欲迷。偃松披數畝，立竹漱三谿。瀹茗憑山檻，呼燈照石梯。輕輿空翠濕，投暝喜幽棲。

送汪强仲還官所

又向丹丘去，安書易往還。固應官事了，莫放舊書閑。問訊雪巢老，寄懷巾子山。經行皆夢境，自笑日蒼顔。

寄題吴紹古縣尉經德堂

問舍玉真下，讀書經德中。心期知共遠，臭味許誰同。吹笛夜涼月，舞雩春暮風。直須涵泳熟，毋負象山翁。

送季舅汪江州大定

清直如公天自知，晚年百順了無虧。九成臺下方還旆，五老峰前又擁麾。題坐喜逢陳仲舉，據牀好繼庾元規。太平散吏無由到，倚聽中和樂職詩。

舅甥相與自垂髫，游宦歸來鬢已凋。坐上可無車武子，酒酣時賴蓋寬饒。喜公自此驅千騎，顧我從今守一瓢。間與適齋同悵望，草堂樽酒幸清朝。

送内弟汪耐翁隨侍因赴臨川推官

之子長才盍要津，未知此别幾經春。且為溢浦過庭子，徑作臨川入幕賓。生長外家身已老，周旋中表意尤親。從今家問須情實，莫事虚文學外人。

環村踏雪

一冬求雪雨還晴，賸喜春朝見玉霙。不為偶同佳客到，誰能深入亂山行。雲窗霧閣知何限，玉樹瓊枝到處明。更唤輕舟同穩泛，小谿何似剡谿清。

筍輿衝雪過溪橋，流水方東未晚潮。白裹不知梅奪色，青邊尤喜麥成苗。煙深帶雨參差下，空闊隨風自在飄。可是忍寒詩更切，故求野路踏瓊瑶。

又次蔣甥仲愚韵

山色空濛雪更奇，滿空擊碎吠四庫本作碧琉璃。寒侵茅屋春無寐，凍合梅花夜不知。泛泛輕舟勝路滑，洋洋流水樂人飢。興來但覺酒腸闊，江海安能實漏巵。

送元積弟赴永嘉酒官

宦游五載住中川，似與邦人有夙緣。昔日江山知好在，舊游人物想依然。吾衰無復逢梅福，子去惟應夢阿連。或問故侯霜鬢未，為言潘令是齊年。我家清白世相傳，工部真清更有年。百口未曾營活計，一生惟喜種心田。吾方奉母耕綿上，子更移封向酒泉。兄弟凋零期自勉，只將家訓作青氈。

同王原慶知道游天童

舊游曾記夢中身，一日重來白髮新。行盡杉松三十里，看來樓閣幾由旬。狎鷗亭外波瀾闊，宿鷺池邊草木春。自笑賦歸如許久，始來此地作閑人。

東谷

舊説東柯谷，兹來到此山。樹深煙冉冉，花落雨潺潺。有客禮師塔，何人叩祖關。天連秋水遠，此意尚人間。

千佛閣

平横雲棟塞空虚，倒影仍臨碧玉壺。千佛威光歸寶所，九霄宸藻粲河圖。人天共歎未曾有，燕雀相驚不敢踰。試問南詢童子看，化城曾見此樓無。

從子滌濯寒納凉

楊柳陰陰映粉牆，密雲藏雨晚來凉。高荷欲出欄干上，笑挹紅英吸浄香。

淳謁告歸省復還海陵

吾子遠歸省，重闈俱粲然。難留毛義檄，又送子真僊。西笑仍千里，東歸約二年。詞場期自力，收取舊青氈。

題少潛兄得閑

亭下水吞空，輕舟處處通。閑情誰得似，逸興更何窮。詩社率相過，醉鄉時一中。我家元不遠，只在小橋東。

平日君多暇，如今我亦閑。人歸真得地，吏隱勝居山。煙浪一千頃，茅簷三四間。天寒倚修竹，空翠濕欹鬟。

送從子淵宰浦江

誰云宦路足嶇嶔，送子之官獨放心。廉介有餘無矯亢，謙恭已甚自崇深。安輿何用資三釜，慶問時能抵萬金。公退讀書三子侍，縣齋松竹已成林。

慈溪道中

雙櫓真成鵝鸛鳴，客愁厭苦夢魂驚。須臾寢覺耳根熟，一覺醒來天已明。

題惠崇着色四時景物

舊説惠崇真畫師，生綃四幅見天機。鷺翻桃岸韶光嫵，鵝漾蓮塘暑氣微。風勁賓鴻霜始肅，寒欺花鴨雪初飛。分明知是丹青卷，仍欲沙頭唤渡歸。

送吴參議 褒

才氣勇無前，人推季子賢。侯藩聯剖竹，制幕晚依蓮。勢利從身外，風流到酒邊。四明欣會遇，兩載得周旋。為記題名石，仍吟達觀篇。留行何及矣，執别但茫然。我已甘投老，君方欲引年。未知重見日，目斷五湖船。

即　事

十日陰寒雪不成，臘殘春近更霜晴。深山高卧如春煖，遶鬢飛蚊自在鳴。

吊陳衛道墓

平生學博更加詳，和會三家儘較量。一覺可憐成夢蝶，多岐終是易亡羊。門前修竹連叢桂，道上芙蓉間海棠。何似剗除閑草木，青松一色蔭高岡。

游大梅山梅仙巖

為憶西京梅子真，人言羽化匪沉淪。海瀕古罍已無跡，山外高峰寧有神。鯁論至今光漢傳，清風猶足盪秋旻。何須更説神仙事，終老市門良可人。

虎　冢

辛勤玉柙更珠襦，或見叉牙出骨須。鷙獸一心能護法，敝帷千載尚全軀。餘威凛凛空埋骨，遺像眈眈若負嵎。及見當年梅子熟，自應驚倒老妖狐。

謝潘端叔惠紅梅有序

潘端叔惠紅梅一本，全體皆江梅也，香亦如之，但色紅爾。來自湖湘，非他種比。自此當稱為紅江梅以別之。王文公、蘇文忠、石曼卿諸公有紅梅詩，意其皆未見此種也。感歎不足，為賦二十絶。

舊家桃李種河陽，今日紅梅自楚湘。根撥送春君意重，為移絶艷到吾鄉。
黄姑曾為點冰肌，亦有緇塵染素衣。何似烟脂天賜與，暗香猶在是耶非。
為君手種向南堂，誤認昌州移海棠。元是玉妃生酒暈，帳中仍帶返魂香。
前身施粉忌太白，今日施朱恐太紅。説似旁人剛不信，清香萬斛在花中。
殿後鞓紅色漫穠，絳桃空自笑春風。何人擊碎珊瑚樹，惱得瑶姬面發紅。
舊見寒花蠟蔕紅，寧知沁入雪膚中。絶憐金谷佳人墜，到地餘香散曉風。
梅花幾種盡相聞，老矣才欣見此君。相與對花文字飲，絶勝歌舞醉紅裙。
人間丹桂亦微黄，未見紅葩解有香。惟喜此花兼衆美，麝臍薰徹絳紗囊。
初移湘水一枝春，膹馥還欣為我分。夢入山房三十樹，何時醉倒看紅雲。
歲晚紅英繞凍柯，玉人無那醉顔酡。廣平賦就如逢汝，鐵石心腸可柰何。
少陵年後詠花開，未見烟脂一抹腮。可惜當時詩興動，止因東閣看官梅。
坡翁着意賦三詩，謾説穠香已透肌。若見此花應絶倒，惜君生晚不逢時。
花品無庸定等差，國香國色屬吾家。海棠正自慙臝俗，莫問漫山桃李花。
不學江頭玉樹寒，壽陽紅粉舊粧殘。嬋娟可是慙隨俗，莫作金沙鎖骨看。

客來試與倚欄干，拂拂清香觸鼻端。儘做四庫本作教北人渾不識，不應敢四庫本作改作杏花看。

全體江梅臘裏芳，紫綿新拂漢宮妝。臨川借得江梅句，傾國天教抵死香。

詩老為花空自忙，想應未識此奇芳。青枝緑葉何須辨，桃杏安能如許香。

只説梅花似雪飛，朱顔誰信暗香隨。不須添上徐熙畫，付與西湖别賦詩。

縞裙練帨玉為肌，誰點微頳向北枝。若使羅虬見顔色，定須將此比紅兒。

自昔梅花雪作團，紅梅晚出可人看。江梅不解追時好，祇守冰姿度歲寒。

山　行

行入春山紫翠中，入山深處更桃紅。一百五日麥秋冷，二十四番花信風。千頃摇青幾蔽地，四山聳翠欲浮空。野橋横跨溪如練，待買輕舟下釣筒。

金　蹄

金蹄垂耳小韓盧，飾以重鐶馴可呼。誰擊冬青碧陰下，恍然如見擊梧四庫本作桐圖。

次吴伯華韵

一身遇坎復乘流，景物當前亦自由。草淺人行因作徑，水來沙聚看成洲。哦詩肯為鈎棘句，適意即是逍遥游。爛醉不知門外事，夕陽日日下西頭。

從子渢送梅枝戲作

向來地暖見東嘉，帶葉江梅殿歲華。不似青春三月暮，南枝梅子北枝花。

菁江迓客

菁江十里路透遲，兩岸平疇接翠微。贏得閑中乘畫舫，隨潮西上趁潮歸。

午睡聽雨

老年樂事莫如閑，午睡醒來夢已闌。枕上欠伸猶懶起，更聽簷外雨珊珊。

放鶴送潘恭叔司理

沖霄六翮困蓬蒿，清唳時時發九皋。鵠立固應能獨出，雞羣未免歎徒勞。相從顧我憐冰玉，欲去知君刷羽毛。幸脱樊籠隨所適，平平飛去不須高。

宿育王山涵秋

清秋來此宿涵秋，雨後山泉自在流。夜暗寒聲鏘玉佩，燈明清影粲珠旒。枕流正自憐孫楚，洗耳何須效許由。我亦暫來專一壑，倚欄耽玩不知休。

長女清歸夫家寄以小詩

胡笳未了遽成歸，婦職如何敢失期。彈到佳聲重入塞，伯喈未免念文姬。

太湖響石

何處飛來一段雲，太湖風急到江城。雲中疑有羣仙過，時聽丁東環佩聲。

送朱季公倅嚴陵

朱家族裔甲龍舒，循吏清名史特書。止為嗇夫恩所部，至今廟食盛鄉閭。舍人曾賦嚴公瀨，季子方題仲舉輿。但向棠陰增蔽芾，桐鄉今却在桐廬。

以十月桃雜松竹置瓶中照以鏡屏用潚韵

中有桃源天地寬，杳然溪照武陵寒。莫言洞府無由入，試向桃花背後看。

次周益公韵有序

某比從朱南劍獲拜覩丞相益公送行末章，齒及舅甥姓字，既又得盡見詩刻。文潞公同甲會之盛，世所共聞。公與王、錢三府，名丙午坊，尤為奇事。今歐、葛二賢士以布衣交五載，與齊年之集，壽樂未央，高風厚誼，古未有也。舅氏尚書既已屬和，命某同賦。課成五首，以謝厚意。

天將間氣孕山川，名世還當五百年。已是有官居鼎鼐，不妨平地作神仙。書林尚欲校三豕，筆力猶能驅兩肩。前日勳名身既退，斯文留與後人傳。

六一先生葛稚川，兩孫俱並相君年。詞場鏖戰今成夢，潭府齊盟望若仙。政路三公舊同甲，洛陽四老信差肩。坊名丙午真奇事，寫入詩編盍並傳。

頃嘗假守向中川，公在黄扉已數年。每念夔龍容接武，自期雞犬亦登仙。入朝終歎一交臂，問道幾思偏袒肩。數仞宫牆天樣遠，此心何日遂親傳。

別駕歸來自贛川，相迎方歎別經年。為言相國珠璣語，寄問祠庭山澤儒。妙句聳觀親盥手，滿城争玩日駢肩。退憐母子方偕隱，却恐虚名似此傳。

舅甥相與老鄞川，況值慈親九十年。畫舫時追唐賀監，筍輿聯訪漢梅仙。官名自媿偶同轍，才望如何敢並肩。誤辱品題稱酷似，此聲梁楚更堪傳。

題施武子所藏老融二牛圖

佳哉淡墨掃人牛，一笛横風各自由。平日深知焉用稼，如今但欲老西疇。

烏犍離立意透遲，鞭策俱忘取次歸。駃犢跳風仍却顧，老融於此露天機。

謝少微兄惠牡丹

乍觀泉石分新種，想為黟山憶舊葩。病後不妨風韵在，此花之外更無花。
方剪欄干第四花，玉人聯袂過吾家。捻紅玉翼皆名品，醉眼相看到日斜。
簫鼓聲中醉九旬，落紅萬點正愁人。眼明忽見傾城色，更向尊前作好春。

戲和淳詩卷

琴弈心偏好，丹鉛手自磨。衰翁會同社，吾子揖餘波。歌動玉條脱，酒傾金叵羅。好為文字飲，行樂未宜多。
山色藍初染，湖光鏡始磨。竹梢輕墜雨，花片亂隨波。麈尾揮東晉，龍舟吊汨羅。莫愁春易老，暢飲一春多。
澄江如練净，新月似鐮磨。老柳飄輕絮，良苗颭細波。歌聲追古郢，詩價怯新羅。到處還成醉，芳醪旨且多。
暮年甘散誕，壯志久消磨。自媿今摩詰，誰憐老伏波。清新慙庾信，敏慧謝甘羅。惟有詩情在，猶能益辦多。

過從子澤家

楚楚初篁脱緑苞，城居約略似荒郊。土膏更得春風力，直引薔薇上竹梢。

題陸放翁詩卷

妙畫初驚渴驥奔，新詩熟讀歎微言。四明知我豈相屬，一水思君誰與論。茶竈筆牀懷甫里，青鞋布襪想雲門。何當一棹訪深雪，夜語同傾老瓦盆。

送内弟汪莊仲赴浙西倉幕

家食八經秋，茲焉喜宦游。往依王仲賓，况事薛居州。寄信憑鴻羽，題詩記虎丘。雲飛親舍近，時望海東頭。

贈龍游術士胡杲

方笑劉郎問大鈞，從來禍福本無門。世閒生老病死苦，時至即行何足論。

夜　坐

晚涼徐步出柴扃，萬變浮雲在窈冥。濃似鐵山擎缺月，薄於春絮透疎星。正欣夜久沉天籟，尤喜空明鬱帝青。雨氣未平龍欲動，電光前後射中庭。

再送潘恭叔

我似冥鴻弋猶慕，君如放鶴去還歸。秋空今日真成去，好伴閑雲自在飛。

以六經左氏傳莊子遺伯中弟有詩來謝次韵

手披欲究百家編，奴婢年來識鄭玄。顧我幸多千卷富，念君未有一經全。詩書心醉不容醒，父子筆耕期有年。此但古人糟粕耳，更須從此悟真筌。

書種傳來直到今，讀書幾似孝標淫。欲君終就九經庫，與子平分一片心。更向漆園窮妙旨，何殊清廟奏遺音。中郎書籍付王粲，想得知余此意深。

中秋無月

涼意秋將半，深期月影清。昨宵雲點綴，今夜雨縱横。睡久何曾著，更闌喜暫晴。起來聊曠望，終欠十分明。

贈丁相士

相形何似且論心，眼力工夫見淺深。古怪清奇任君説，靈臺一片若為尋。

送叔韶弟赴官錢清

蕞爾錢清鎮，兹行正為貧。九夷猶可處，十室豈無人。官守毋卑小，城居緩卜鄰。老夫平日事，所至若終身。

净明方丈

雲深宿雨未忺晴，短艇還來叩曉扃。山溜擁谿侵石磴，天風吹霧暗空庭。茵鋪野草滋新緑，玉立修篁洗舊青。老我時時假僧榻，夢魂直向醉中醒。

新闢門徑或謂太窄

門外頓空曠，雙眸豁太虛。誰欺列佳樹，正爾對吾廬。蚤歲曾修業，衰年得定居。買鄰賢伯仲，衣錦舊門閭。未辦三間屋，先栽數席蔬。歡娱戲萊服，晨夕奉潘輿。駟馬容雖狹，齋郎住有餘。牀金知已盡，瓶粟豈無儲。細草沿階嫩，新篁得雨初。竊希仁者静，未覺故人疎。晝永翻名畫，更長理舊書。何妨抱琴醉，儘好帶經鉏。耋穉同甘苦，兒孫共卷舒。眼花多掩卷，鬢雪不堪梳。少飲毋求醉，徐行可當車。此生千萬足，祇願老樵漁。

小溪道中

簇簇蒼山隱夕暉，遥看野鴈著行歸。久之不動方知是，一搭碎雲寒不飛。

後衙環村儘遡游，鳳山寺下换輕舟。舟人努力雙篙急，引得清溪逆岸流。

送從子淵葬

晨起霜如雪，天寒水欲冰。引舟拖急瀨，扶杖歷危層。北阮苦多事，二疎俄喪朋。四庫本作明山阿埋白璧，悲慟不能勝。

早起戲作

枕穩衾温夢乍回，閒居不怕漏聲催。天明更欲從容睡，長被孫兒惱覺來。

午睡戲作

早起三朝當一工，老來貪睡不相同。偶然一次五更起，却用重眠到日中。以上《攻媿先生文集》卷八

全宋詩卷二五四四

樓　鑰九

南山廣莫軒

廣莫乘風隘九州，亂山無數點平疇。一千里外在吾目，三十年來無此游。地下天高俱歷歷，鳶飛魚躍兩悠悠。昌黎費盡南山句，曠望還能似此不。

送趙至道節推

君來入幕恰三年，我幸投閑識此賢。婉畫時時因事見，素風凛凛信家傳。易林律本君須寄，月窟天根語未圓。問訊難兄無恙否，相忘千里各瀛壖。

湖亭觀競渡

涵虚歌舞擁邦君，兩兩龍舟來往頻。閏月風光三月景，二分煙水八分人。錦標贏得千人笑，畫鼓敲殘一半春。薄暮游船分散去，尚餘簫鼓繞湖濱。

龍潭方丈

又因寒食此中來，窗户虚明絶點埃。山裏春風無間斷，海棠開過地四庫本作棣棠開。

吊僅老塔

僅老相從五十朞，來瞻遺塔我心悲。當時舊話無人説，空有門前洗鉢池。

夜携家登南渡橋

幾過長橋下，清宵得意行。風高江水急，月上海潮生。空迴寒逾峭，更深境過清。扁舟難久駐，轉柂問歸程。

題蘿月上人送鴻小樓

雨洗春山空翠新，登樓不見送鴻人。薜蘿清夜月依舊，無復新詩泣鬼神。

贈于湖劉相士

自笑今年卦氣闌，壯心銷盡鬢毛殘。明知七十無多子，只問何時可掛冠。

五月望月蝕曆家又言六月朔日蝕

閭巷夜争呼，相傳救望舒。偶因雲暫破，真似月之初。孰謂蟆能嗜，端知曆不踈。太陽交蝕近，試看更何如。

題賀監李謫仙二像

不有風流賀季真，更誰能識謫仙人。金龜换酒今何在，相對畫圖如有神。

斗酒澆詩動百篇，鑑湖牛渚兩俱仙。早知今日猶相對，不向稽山回酒船。

病後戲作

河魚腹疾未全除，一飯充飢不願餘。縱有珍羞難下筯，真成頓頓食黄魚。

枕上

不守庚申不坐禪，老來觸事總悠然。天明門外無來客，儘好蕭蕭聽雨眠。

謝蔣行之送菊

秋老情懷儘自寬，眼前只欠菊花團。分來三徑雙株秀，先得重陽兩日看。玉軟金輕無限態，風高露冷不勝寒。幽人相對成清伴，正爾落英供夕餐。

廳事落成老母置酒喜而成詩

數椽增葺苟全時，我愛吾廬喜得歸。兒輩粗能勤父蠱，老夫元不費心機。年來每媿踰初望，病裏尤知悟昨非。從此蕭然無一事，但當日舞老萊衣。

十月十七日夜

蟄蟲坯户六經旬，掣電驚雷若莫春。震起昆蟲千百億，不知何處更容身。

織錦棋盤

錦城巧女費心機，織就一枰如許齊。彷佛回文仍具體，縱横方罫若分畦。爛柯未易供仙弈，畫紙何須倩老妻。如欲拈棋輕且稱，當求白象與烏犀。

叔韶弟以退堂洪老詩來寄謝

不受人天供，甘心樂隱居。坐窮千里目，笑擁一樓書。攻媿老無用，退堂閑有餘。相望可杭葦，何日訪吾廬。

寄題正卿通判可高亭

樟坡直上可高亭，未見高亭衹見名。想像豈能勝一覽，登高安得快雙明。大龍湫下聽雷吼，白石巖頭看日生。咫尺好山隨杖屨，自應老筆擅詩聲。

中秋次從子涔韵

雨餘不見日西沈，將謂中秋又作陰。佳月忽開千里影，騷人滿慰一年心。掃除宿翳風雖動，滓穢太清雲尚深。坐待寒光誰會此，阿咸為我發微吟。

楊花

杜門無緒看芳菲，見説楊花滿路飛。謝汝不隨人冷暖，因風翻舞到柴扉。

送趙南仲丞溧水

不用匆匆恨別離，版輿春晝綵衣隨。往題斯立藍田壁，更訪清真溧上詩。公事毋庸桁牙角，鄰封真是和塤篪。日哦新句頻相寄，明月清風慰所思。

戲題龍眠馬性圖

狗子已知無佛性，馬又何曾有性來。伯樂若來休着眼，任它騏驥混駑駘。

它山

素蜆横卧作雷吼，日射細鱗銀雪光。安得此身如白鷺，修然終日在梅梁。過盡水禽并野鳧，風標惟許一春鉏。可憐久立梅梁上，不為谿光祇為魚。

小酌元衛弟聽雨

小閣臨流暑氣清，藕花的的照人明。移牀更近欄邊坐，要聽棋聲雜雨聲。

潚再往剡中念之尤切作詩寬之

剡縣不為遠，丞官勿謂卑。鼓盆知愛重，去國倍行遲。堂上森三老，房中秀一兒。加餐了官事，莫賦悼亡詩。

觀雲寄簡講師

蒼狗俄然又白衣，來從何處去何歸。無心出岫還歸去，莫向秋風説是非。

過故家

團團桂樹擁簷牙，舊日輕黄滿樹花。惆悵秋清無一葉，空餘枯枿縋寒瓜。

題從子浹娱親

阿戎築屋為娱親，野草閑花日日新。我奉版輿來舉酒，祈君親壽似夫人。

丹桂

碧雲步障紫金莛，風静秋高千萬枝。嬌額塗黄元自好，是誰深傳蜜烟脂。

下元日暖甚夜風雨大作早微雪從子潗以酴醾來

眼明喜見早酴醾，窗外風號集霰時。梅蘂已慙前臘破，芳心休用怨春遲。納涼除夜昨幾似，見雪芭蕉今不疑。若使洛人真得此，應須更詫百宜枝。

送朱叔止守南劍

舍人簪筆舊甘泉，家學相傳子姓賢。未羡夾河為太守，阿連剖竹向封川。

檇李曾蜚剸劇聲，貳車仍贊虎頭城。朱轓小試承流手，要繼桐鄉循吏名。

萬竹蟠山喉不乾，兩龍潛水氣猶寒。郡齋見説真圖畫，公退何妨一倚欄。

下水上山腰帶州，人家無數起危樓。遨頭不用喧簫鼓，衹把清詩紀勝游。

同盟東下或西征，老我惟知管送迎。祇恐政成登省户，未容歸騎向西城。

名畫法書知幾編，俸餘寧復計求田。麻沙賸買新文字，歸滿米家書畫船。

送杓孫隨侍上虞

阿斗生來十五年，未曾一日去翁前。聞詩勿廢家庭問，習吏仍求城旦篇。婚宦有涯真是幸，巾箱所蓄要相傳。榮罍雖小性非魯，口授詩書加愛憐。

戲　作

二子為丞分越邑，女兒隨壻過江南。莫言屋裏成岑寂，匹似當初只住庵。

諸瑩拜掃晚歸長汀

雨意早垂垂，寒雲晚更低。空中時散點，道上不成泥。緑柳桃相映，黄花麥與齊。迂回餘百里，喜見舊松隄。

送朱季公守封川

韶陽生長十餘年，城郭重經固宛然。嘆息紫微仙去久，尚餘遺墨照山川。自注：先舍人居韶十四年，季公生於壬戌。

桐鄉漢有大司農，封守今推陳秀公。君向邦人著遺愛，近追相業遠家風。自注：陳秀公曾守封州，有惠愛。

鄉評久説鴈行賢，剖竹封川與劍川。不用對牀風雨約，政成同取舊青氈。

吾鄉棋社寖凋零，賴有朱家好弟兄。舉酒看看故人少，陽關莫唱斷腸聲。

妙舞清歌有二姝，後堂曾見繡羅襦。嶺南太守風流勝，不用歸舟載緑珠。

以玉蘭贈王習父

一種香蘭玉色新，仙家分得蘂宫春。調高韵勝誰能稱，付與能言解語人。
華屋翬飛慶事綿，芝蘭玉樹喜庭前。似聞楚畹芽初茁，便看藍田生晚煙。

送趙清臣宰姚江

玉立君家好弟兄，藍田風采照花城。版輿壽母人間盛，千里何曾去送迎。
鄞江水與舜江通，久矣威名滿一同。試問何時到封部，數聲柔櫓一帆風。
長江東去跨虹橋，千丈横隄捍海潮。更向燭谿圖永利，坐令百里沸歌謡。
才刃恢恢妙撥煩，鄰封撫字尚何難。更能觸事加長慮，自有甘棠向後看。
婦家故步懶重尋，藏拙年來恐不深。短棹有時乘興去，徑登竹所聽鳴琴。

楊花

雨壓輕寒春較遲，春深不見柳綿飛。忽然飛入閒庭院，疑是故人何處歸。
柳綿無數糝枝頭，日暖隨風撲畫樓。萬象可觀惟有雪，喜看晴晝滿空游。
為我輕攀緑柳枝，帶花低護笑携歸。日長深院微風動，要看鬆綿當面飛。
野芳庭草是生涯，老去衹宜閑在家。幾日惜春留不住，小鬟為我拾楊花。

送王伯奮守筠陽

三槐名德萃清門，七葉為州賴有君。道院無忘山谷賦，郡齋當繼潁濱文。君應膝上憐文度，我向東牀憶右軍。振起家聲差易耳，便看奏最躡青雲。

別王恭叔

兩兒雖近隔江潮，賴有王郎慰寂寥。遠侍雙親官道院，為同盡室餞西橋。腦脂遮眼最關念，客路尋仙勿憚遥。別後飛緘問安否，數來谷口訪山樵。

別長女淯

老我年來百念輕，文姬助我以琴鳴。等閑相對成三弄，游戲俱彈似一聲。舉酒不堪千里別，登途知用幾程行。郡齋自是神仙窟，會有階庭玉樹生。

趙資政園梅篆

小徑回環里許長，寒梅森列間疎篁。路如古繭縈繆篆，身似輕煙繚印香。九折坂中經蜀險，八盤嶺上趁朝忙。歸來游戲通幽處，笑看危途九太行。

示從子

東院敲棋西院琴，固知猶勝別勞心。少年不比老癡叔，且向書窗惜寸陰。

贈畫梅吕生

西湖處士賦疎影，未似希真好樂章。豈是無情甘澹泊，受它風月幾凄凉。

潚自剡川寄水晶蒲萄

馬乳從他堆滿盤，未如清嚼水晶寒。固知一縣蒲萄熟，不用勞人數問安。

送汪莊仲赴江東倉幕彊仲荆門簽判

不見適齋老，于今三四秋。弟兄登宦路，親黨駐行舟。老病無詩思，哀懷重別愁。外家門户盛，勉力紹箕裘。外氏蒙恩厚，文昌獨我知。居甦酷似舅，喜有寧馨兒。遇事行方便，禔身謹護持。公餘定多暇，黄卷有餘師。

蚤歲過秋浦，貪程不入關。君今參倫幕，時得上齊山。膚使資關決，賢侯伴宴閒。好音頻寄我，賴此一開顔。

之子游何許，平州更玉州。山川稱勝絶，幕府信風流。翠巘寒逾秀，金蓮夜不收。天涯念鄉國，少上仲宣樓。

見説荆門地，如門蔽楚荆。舊時為内郡，今日號邊城。但守平平策，毋求赫赫名。勉哉關決際，從此振家聲。

送元積弟赴淮東總屬

南徐來往飽經過，總餉賓寮入禮羅。子去幸陪鄒湛輩，君今還是伯休那。金閨通籍時方可，鐵甕名城景最多。我有浄名遺記在，試從萬井訪維摩。

十人兄弟五人存，心事方欣得細論。可但衰遲憐遠别，衹因喜懼有慈尊。倚門何止期吾子，發策還知望好孫。從此三年風雨夜，寂寥棋局與清樽。

陳君舉既亡汪文子携其所作春秋後傳及送行詩來次韵

名盛望尤備，枝披實亦繁。無由究賢業，猶幸立斯言。書在經逾顯，人亡道更尊。九京如可作，與子共南轅。

送趙伯藏添倅永嘉

當代槔閒老吏師，佳兒官業具而微。已煩潘令宰花縣，正要王祥康海沂。得助江山詩興逸，平分風月羽觴揮。安車何日迎清獻，又向堂前戲綵衣。分教分符恰五年，異鄉幾若故鄉然。歸來幾作池塘夢，送別欲隨騶御僊。目斷甘林應飽熟，手栽欒實想芳鮮。邦人若問老州牧，為説清霜繞鬢邊。

晝寢

彈徹悲風更廣陵，滄浪一為濯塵纓。邯鄲枕上夢初覺，喜聽簷間秋雨聲。

喚仙閣

上到危層莫喚仙，祇凭横檻挹江天。江天如許來借四庫本作供眼，何用徑僑四庫本作王喬更偓佺。多少尋仙更不還，渺茫竟墮有無閒。使其真有毋庸喚，仙自曾城我自山。犯暑來登覽，松風為灑然。龍泉澄古井，虹影卧中川。萬簇寒林秀，四山秋色鮮。詩翁不可見，況敢喚飛仙。

送趙晦之丞彭澤

淮甸歸來涉學深，孤雲又出亦何心。公餘巖下讀書去，遠繼風流石橘林。淵明事晉肯臣劉，仁傑忠良不附周。見説三賢參羽士，自注：尉斯光。盡將吴簿配蘋羞。自注：南唐吴舉為彭澤主簿，有高節，見《六一集》。陶令居官八十日，始為督郵方賦歸。君家門户要興起，未用飄然詠式微。

阿虞試晬戲作

阿虞匍匐晬盤中，事事都拏要學翁。最是傳家清白處，不將雙手向頑銅。

贈別盧甥中之歸吴門

千里何妨命駕來，晤言未厭已西馳。子休重賦瓊瑰贈，我亦懶歌親戚離。好向清江論樂府，更從葉子説新詩。樂閒引紙五十尺，為篆離騷繼李斯。

又謝中之示詩卷

不見賢甥十一年，新詩示我百餘篇。古風已喜能行意，近體尤欣細屬聯。宅相真成珠在側，冷官休歎坐無氈。作詩勿謂今餘事，更下工夫繼玉川。

送秦仲防通判

清德曾瞻敔慶碑，孫曾清更畏人知。衹緣一介弗輕取，坐使斯民不忍欺。瀨水家傳御書卦，宣城手寫送行詩。典刑尚繼金鑾舊，馬氏一門誰白眉。

題輿再到海東涯，嗜學深於入幕時。一字未通終不置，五行俱下尚嫌遲。情親端有卜鄰意，別後空勞望月思。老我無因可重見，祝君來此擁旌麾。

謝剡中沈元龍惠詩

東陽何事到東州，百語曾無一語酬。深羡松筠無改葉，自言蒲柳已先秋。千金既覺成虚擲，雙璧還驚又暗投。别後未知何日見，但將吾道付滄洲。

謝舒景叔寫照見贈

誰寫衰容入畫圖，本來面目舊形模。幾年老瘦鬢如雪，不道今吾非故吾。

庭前一蓮著花

門外荷蓮浥露華，緑雲平地擁秋霞。病夫不能出門去，且看庭前第一花。

淸月下鼓琴用淳韻

老穉團欒鯉在庭，文姬為鼓玉琴聲。起來同作悲風曲，倍覺先秋月影清。

國仲觀遷居尹隩訪別

晚年來（四庫本作未定）一枝巢，到處蓋頭無把茅。又欲浮家過尹隩，何殊樂道向莘郊。君今去此難招隱，老更從誰可定交。見說衡門臨野水，秋深容我去推敲。

仲觀有詩來謝次韻

危機屢見劍頭炊，喜及挂冠神武時。從此含藏三寸舌，算來插得幾張匙。讀書窗下病勤舊，攻媿庵中老住持。速辦小舟頻往反，及今精力未全衰。

謝王粹中惠白鶴山麟川觀斑竹杖并竹輿

麟川僊館翠琅玕，荷子携來白鶴山。未效葛陂龍種化，絶勝湘浦淚痕斑。裁為拄杖一尋許，巧作輕輿四尺慳。兒子門生俱努力，病夫欲過虎谿還。

曾無逸郎中名燕居曰和三續社有詩次韻（欲和會三家以續雙林）

通地通天祇箇中，千岐雖別大都同。兩家偶爾流傳盛，一貫臨之内外融。欲境掃開心在我，浮雲散盡月當空。感而通者從來話，不感須知自有通。

老來

老來何以度光陰，祇有圍棋與鼓琴。棋為心勞疎對局，琴因臂弱倦調音。曲肱時復同尼父，面壁何妨學少林。氣習未除祇自笑，又還弄筆動微吟。

長生草

玻璃擢葉玉蟠根，千里提携寄海濱。雨澤不霑仍自潤，土膏無著自長春。歲寒秀色鎮依舊，日暖素英能一新。我欲餌之求久視，恐君靈已不靈人。

謝黄汝濟教授惠建茶并惠山泉

幾年不泛浙西船，每憶林間訪惠泉。雅好誰如廣文老，親携直到病夫前。細傾瓊液清如舊，更瀹雲芽味始全。或問此為真品否，其中自有石如拳。

史子仁碧沚

相家小有四明山，更葺桃源渺莽間。四面樓臺相映發，一川煙水自彎環。中川累石勢嵯峩，城上遥岑聳翠螺。舊説夕陽無限好，此中最得夕陽多。

題趙晞遠二畫

藻翻數尾已如生，妙絶魚兒作隊行。不是深知濠上趣，未應筆底得縱横。自注：魚扇。

窗前驚見一枝斜，照眼英英十數花。千載簡齋僊去後，何人更著好詩誇。自注：墨梅。

送陳表道倅岳陽

垂上青雲去，如何乘貳車。輕為千里别，時寄幾行書。刺劇才無滯，傳家學有餘。當塗足知己，應不費吹噓。

聞說巴陵好，樓高占古城。湖光千頃白，山色一螺明。赤壁沈沙戟，蒼煙老樹精。好詩收拾取，寄我慰離情。

元珍弟酌別賦此贈之

歸來十暑又三霜，衰病那知謁帝傍。採菊初期老陶令，種桃應是笑劉郎。不辭白首登鰲禁，正欲青衫及鴈行。今夕團欒同醉後，未知何日駕歸航。

靈芝寺

送客靈芝寺，凭闌山有無。自從朝北闕，始得見西湖。煙外移輕槳，波間浴野鳧。清寒不可駐，回首又神都。

閭丘醫視脉曰老人之脉如小春有感

老去光陰似小春，如何比得少年人。君看桃李秋風後，縱有花開不是真。

貢闈對硯盤發歎

老去未忘黄與朱，琢成三硯樂閒居。豈能更作諸生業，但欲頻看後世書。視草北門才已盡，持衡南省計尤疎。便須再挂衣冠去，約汝同歸故草廬。

次韵李孟達使君與林雪巢子季武詩

古梅巨石瞰清池，觴詠曾陪老敞期。別我遂成千古恨，傳家空有一編詩。使君尚爾悲陳迹，處士惜非同此時。若使南樓與清賞，胡床應奉庾元規。

玉堂早起

早起多奔走，旬休亦往還。偶因二十試，始得一朝閒。靈鵲花枝上，金魚荇蔕間。素餐終有媿，只憶舊家山。

贈徐松

我為浮名媿引年，老餘八十尚飄然。不如合却談天口，歸向白雲深處眠。

經筵講詩徹章進詩

聖主承丕祚，于今歲幾遷。昭回光飾物，剛健位乘乾。善治新更化，當陽獨攬權。誅鉏及共鯀，擢任列閎顛。曩日方謀始，宸心最急先。未遑親政理，首務闢經筵。恭儉甘卑室，尊嚴拱細旃。晝居勤已甚，坐侍禮無前。講徹詩三百，時逢運半千。諸儒深誦説，六義極摩研。俯閲毛公傳，旁參鄭氏箋。慨尋中古意，重是素王編。舊本三千首，終存十二篇。雖遭煨燼厄，所賴詠歌全。開迹因農事，安民在井田。成功時邁酌，興業大明綿。東國思平賦，南山樂得賢。艱難由后稷，勞來美周宣。起自紹熙載，迨兹嘉定年。關雎從肇彼，殷武遂終焉。寵數傳中旨，恩光被邇聯。神文期繼踵，元祐信齊肩。内厩頒雲騎，雕鞍絢錦韉。茗分龍焙品，香拂御爐煙。衆俊咸宣力，孤生亦備員。少時曾學依，《永樂大典》卷八九五六作仕、四庫本作詠老去未忘筌。納禄誠休矣，歸耕久晏然。鋒車俄促召，梓里謂登僊。詞禁容揮翰，天官命典銓。豈知侵莫境，重得侍甘泉。朽質何能報，孱軀殆欲捐。尚思求譎諫，海嶽效塵涓。

題天竺珪老復菴

路從天竺更微南，衲子邀余過復菴。八法照人瞻睿藻，一峰當户擁晴嵐。奇爻初動玩羲畫，萬物竝觀師老聃。六用不成均此理，楞嚴容我為同參。

爲倪正父尚書題壯懷堂扁以詩來謝次韵

久矣君宜任弼諧，果隨召馹上天階。幾年不作相逢夢，一日俄傾積别懷。情厚夫君幾鮑叔，愚如老我類高柴。它時户册高懸後，直欲扁舟訪水涯。

以上《攻媿先生文集》卷九

全宋詩卷二五四五

樓鑰一〇

送趙德老觀文東歸

趣還宗老侍經筵，宿望訏謨信巋然。引疾屢煩頒漢制，賦歸先已買吴船。去年趨召叨同傳，今日求閑媿着鞭。未得相隨出關去，羡公徒御若登僊。往還不過酒三行，成敗同觀棋一枰。東海敢言成二老，西湖自足度餘生。朅來便覺廢兹事，歸去定須尋舊盟。錦里錦坊秋色裏，夢魂先已到江城。

送倪正父尚書守南徐

君如春柳我如松，晚歲重逢意愈通。日日公餘搜理窟，時時史暇樂談叢。友朋罕有心相照，兄弟惟應姓不同。此别未知何日見，摻袪無語對西風。滿腔忠膜與嘉謨，空洞它無一物餘。有語莫非憂國志，欲行猶上薦賢書。已欣勇退成清節，更喜高眠即故廬。廊廟須公經濟手，不應歛惠向南徐。幾回去國向吴興，出處雖高事不平。兹以優恩臨北固，不妨禁直寓西清。羡君決去行何速，媿我求歸計未成。㴴水東西又千里，壯懷堂上未忘情。

戲題十四絃

十四朱弦欲動時，泛商流羽看瑶姬。弦疎不隔如花面，聲急還同墮馬兒。谿蟹霜餘縈密網，簷蛛雨後理輕絲。曲終勸客杯無筭，一吐空喉醉不知。

樞密新府

平生苦欲住山間，每恨家居不傍山。游倦忽來參宥密，公餘却得對孱顏。援琴萬壑自同響，緩步一丘猶可攀。信美終非吾久處，乞身惟待老鄉關。

門號簽書府，心存攻媿齋。倚欄臨曲沼，扶杖看懸崖。槁葉鳴輕雨，殘山擁半階。退公成吏隱，足以暢幽懷。

大雪趙振文寄詩言乘月泛舟清甚次韻

老我心知筆力衰，頗欣臘雪瑞清時。三茅奇觀亦難遇，白玉峰頭燈萬枝。

萬玉真妃摇佩琚，梁園授簡屬相如。莫嫌一水限吴越，兩岸交輝合太虚。

雪光絶勝水銀銀，未覺僊家隔一塵。真境宜君著佳句，賞心樂事更良辰。

見説中宵泛綵舟，何人同賞大江流。陽冰伯雪應為伴，更約禪人白道猷。

舊聞老具擅詩聲，夜泛錢塘向鳳城。今日清游更豪逸，雪花和月帶潮生。自注：法具，字圓復，紹興初詩僧也。有《月夜游錢塘江》詩云小舟為我載月色，白沙翠竹光相射。自從李白下金陵，四百年無此豪逸。

酒邊戲作

未年六十已言歸，七十重來自覺癡。未報君恩歸未許，樽前羞聽摸魚兒。

葉處士畫貂蟬喜神見惠

重煩妙手費丹鉛，貌出衰容信宛然。君看頭顱已如許，豈堪頭上著貂蟬。

頃游龍井得一聯王伯齊同兒輩游因足成之

路入風篁上翠微，老龍蟠井四山圍。水真緑净不可唾，原校：一作水從何來不知處魚若空行無所依。勝處雖多終莫及，舊游誰在事皆非。衹今匏繫何由到，徒羡聯鑣帶月歸。

海潮圖

錢塘佳月照青霄，壯觀仍看半夜潮。每恨形容無健筆，誰知收拾在生綃。蕩摇直恐三山没，咫尺真成萬里遥。金闕岧嶤天尺五，海王自合日來朝。

題施武子所藏醉白堂記有序

《醉白堂記》，相臺舊刻已不多見，施武子得太清樓所藏真蹟，一代奇寶也。魏王尚友香山、坡翁，詞翰兩絶。晝錦故居，昔嘗以假吏過其門巷，恨不一到其處。太清圖書流傳至此，撫卷無非可歎者。事至今日，歎又不足，為之慟哭可也。

堂名醉白尚存不，詞翰輝光射兩眸。天下曾除蘇氏學，禁中却有太清樓。舊碑於世已難見，真蹟惟君乃得收。感歎不堪衰淚落，林慮山下水空流。自注：魏王以相州城中無水，於林慮山引水入城，貫第中，溢為灌溉之利。

謝雷季仲樞密惠社餅

寵分餅卷荷深情，割肉烹鮮不厭精。潭府始知嚴社祭，衰門又得詫侯鯖。洗杯用薦逡巡酒，下箸如餐谷董羹。回首枌榆未能去，欲隨秋燕問歸程。

婁彦發參政壽詩八月二十一日　有序

某伏承生申之旦，正得秋而萬寶成，真是一年好處。中秋佳月、浙江大潮，皆每歲所有。芙蓉菊桂，俱不復重陳。今則實朱巖壑所誇「一百省歲」之時，况值合宫大禮，儲君受册，前星誕育，昴宿凝祥，相去只五日間。賓僚惟公爲舊學，都省後堂祝壽之儀久不講，此公首當之。今又以慶朝，按試鼓吹、嚴更警場，輒成唐律，發樽前一粲。

青宫册寶盛朝章，玉佩珠旒照日光。儲采久資三善得，生朝相去半旬强。五千餘卷學尤富，一百省年身更康。都省先曾同舉酒，貢闈最喜又傳觴。易逢皓齒令歌曲，難值嚴更聽警場。慶事鼎來真可卜，祝公黄髮相虞唐。

題孫谷橋墦間圖

墦間不足又之他，猶自施施驕室家。齊國一人如許爾，寧知後日事如麻。因知義利本殊途，莫笑墦間乞祭徒。正使往來多顯者，此中尤要著工夫。

肆赦小雨 時章達之樞密在麗正樓上，禮畢，戲謂余曰：「君雖長，未免雨立。」歸途成小詩

端門宣赦樂歡然，膏澤還應降九天。始覺耳邊鳴摵摵，漸看笏上溜涓涓。我班金闕雞竿側，君侍玉皇香案前。雨立固知同陛楯，一言猶幸賴優旃。

題桃源王少卿占山亭

納納乾坤一草亭，西山盡見若秋屏。霜餘遠水呈天碧，雨過遥空現帝青。逸叟真成陶令隱，高懷長似屈原醒。肯堂固賴賢孫子，精爽猶疑尚有靈。

題汪季路侍郎所藏吴道子天龍八部

妙絶天龍八部圖，細看真不失錙銖。聲名自足高千古，題品尤難遇二蘇。旌旆冕旒猶可想，鬼神人物亦

何殊。君看坐位蘭亭草，費盡工夫學得無。自注：二蘇，謂子美、子瞻也。

謝顔樂閒篆離騷

樂閒下筆素推高，攻媿耽書老更饕。顧我好看秦小篆，煩君為作楚離騷。晚年應悟成羇匾，痛飲猶堪寫鬱陶。喜劇但知藏十襲，瓊瑶無以報投桃。

題徐聖可知縣所藏楊補之二畫

誰種疎梅古岸頭，推蓬瞥見倍清幽。君看竹外一枝好，真有江南萬斛愁。

梅花屢見筆如神，松竹寧知更逼真。百卉千華皆面友，歲寒祇見此三人。

嵩嶽圖有序

先祖太師齊國公，元符中知河南府登封縣。建炎兵燬，先集故物煨燼無遺。兒時猶及見揚州伯父藏《嵩山圖》丹青僅存，雖傳録廿四峰詩，以生晚既不逮事，不知有石刻也。張致遠為京西漕屬，寄登封舊碑，得之驚喜，唐律為謝。

先世前蹤不可追，君從何處得全碑。上横嵩岳三千丈，下列齊公廿四詩。室號揖僊懷舊事，菴名面壁認遺基。青氈真是我家物，欲以瓊瑶厚報之。

寫照葉處士求僧

幾年依様畫葫蘆，自作葫蘆學佛徒。一筆從今勾斷了，一瓶一鉢任江湖。

元　日

歲當庚午旦庚寅，最喜明朝遇上辛。五福來臨吴越分，更欣三日即攽春。

題郭恕先雪霽江行圖

妙絶丹青郭恕先，幻成雪霽大江船。沿流更飽輕帆舉，上水仍勞百丈牽。捩柂長年渾欲動，褰帷佳客若將僊。侍親曾泛滄浪月，猶記蘭成射策年。自注：十八歲時，侍先太師行大江。

寄題江西劉氏勤有齋

樸斲敷菑皆用勤，況吾儒者務多聞。萬書插架非關我，一卷入心方屬君。為學從來無止法，立身寧祇富多文。自憐習氣今猶在，尚欲焚膏到夜分。

書葛氏詩卷 詩有致仕心閑適十首

未年六十蚤休官，海角投閑儘自安。一紀時容奉香火，七旬遂許掛衣冠。重來深媿妨賢路，此去終期保歲寒。三上封章歸未得，葛家詩卷却羞看。

殿上聞杜鵑

衰晚三年侍玉墀，高梧又擢鳳凰枝。封章屢上未容去，更向殿頭聞子規。

王伯齊染髭

垂髫相見舜江濱，荏苒俄驚過五旬。顧我頹齡真似葉，訝君長鬣亦如銀。萬金安得神僊藥，一笑重回舊日春。縱使星星還復出，不妨時作少年人。

乞出過傳法聞伯齊歸姚江

扶病還朝一秃翁，重來寧免笑何公。夢魂長是尋雲北，歸路何時向浙東。深願聳身隨畫鷁，空勞舉目送飛鴻。主人竹所終須到，最憶東軒一枕風。

行香聞杜鵑

牆西緑樹杜鵑聲，老我何堪側耳聽。我自賦歸歸不得，不須苦語更丁寧。

送蔣甥若水使屬北行

曾為假吏到燕山，送子長征不作難。故國能無歎禾黍，中原應欲覩衣冠。黑甜軟飽宜加愛，紅皺黄團止可觀。行矣勿為兒女戀，指期良月待君還。

夜讀王承家縣丞詩編

向來深夜快揮犀，不聽清談又許時。浄洗昏眸急呼燭，為君讀盡一編詩。鍊句工深興味長，固知家學富青箱。莫言一臠能嘗鼎，更欲為余傾錦囊。

寒食

輔政無功日歉然，佳時攽賚屢傳宣。已蒙授粲仍分茗，既荷貽牟更擊鮮。酒號流香盛寶榼，燭然新火散青煙。孫兒不識君恩重，但覓東宫則劇錢。

夫人携家泛湖

三分春色二分休，始見魚軒泛綵舟。諸子侍行歡盡日，一翁獨坐淡於秋。滿斟美酒應同醉，是處名園為少留。陰霾在前雷雨後，特晴此日稱君游。

即事

壯志摧頹貌亦衰，豈知官舍傍巖隈。此身不是京塵裏，飯了沿山看臘梅。

劉寺即事

不到兹山二十年，豈知重見舊山川。煙深雖不見湖水，且看長空萬里天。

飛泉何事仰空流，無數明珠散不收。注輦昔時曾撒殿，至今抛擲未曾休。

淳發漕薦喜而成詩併勉杓

戊辰貢舉忝余知，曾礙孫兒到省闈。欣汝今秋重預薦，喜吾即日可言歸。門闌有慶人争賀，父子同登世所希。癡望十人俱上第，坐令晝錦倍光輝。

十月旦尚煖用夾公服二月初吉雪寒甚服單

尚暖先添夾，方寒却用單。不惟春料峭，况值雪飛翻。但欲朝儀肅，難求己分安。衣囊如欲懶，歸去老江干。

從子淮過省寄伯中弟

我家伯父德餘輝，吾弟風標具體微。七葉欣聞五争奮，四人先喜一雄飛。忍貧老尚甘簞食，教子今方擢省闈。他日雙椿臨六桂，麻衣俱换緑衣歸。

贈僧文可往黄州建東坡寺

一坡久矣郡城東，居士來游地望崇。問舍求田煩作計，拈槌豎拂看談空。共分龐老沈江寳，要奉儋州秃鬢翁。去作開山第一代，燈燈相續到無窮。

三月七日上賜牡丹并薔薇露勸酒

幾見牡丹東海涯，暮年敢謂到京華。休論千品洛中譜，驚看百枝天上花。况有八珍來禁苑，更加雙榼賜流霞。闔門飽暖聊同醉，稽首將何報宅家。

史清翁談詩走筆次韵

公退門庭静，輕風輥絮毬。故人驚一見，小酌散千憂。西上不容久，東歸又別愁。何當附舟尾，從此遂歸休。

以興安石阮底寄顏樂閒

興安樂石響於桐，作阮猶堪繼仲容。茂苑樂閒真好事，為君添起晉玲瓏。

觀冷泉亭放水

冷泉淺濁使人愁，閞板黄波去不休。岸側細泉穿亂石，始知别是一清流。

贈蜀二史有序

紹熙四年，蜀士李德秀甫登科，求致其事以榮親。先帝詔從其請，某時在西掖，預草詞命。今皇帝策士，蜀又有二人焉，同姓史氏。其一綿州司户天應，與其子龑同登，遂以身之官求封贈父母；其一成都府司户公亮，自陳素志，晚得一官，亦為此舉。上益嘉之，各特循從事郎致仕。聖朝孝治之盛，十九年間見此三人。坤維士風，於是尤振。輒成唐律，表贊喜之私，仍寄後谿劉德脩。

老我挂冠慙復彈，羨君登第遽休官。幸哉有子事尤美，專以為親人更難。舊説三賢皆特操，今看二士倍榮觀。同歸猶及襄陽老，一舸清風廿四灘。

題汪季路尚書所藏米元暉蔣山出雲

龍盤往昔名鍾山，雲起從龍意自閑。膚寸須臾成戴帽，坐看膏雨滿人間。

九月十一日杓孫得男

郡齋弧矢記垂門，今日衰翁更覺尊。生晚不能瞻大父，年高却幸見曾孫。從今鏡鑷知無用，但喜芝蘭近愈繁。願汝孳孳守家法，為傳衣鉢到仍昆。

送叔詔弟宰華亭

試邑雲間事最多，直將心力細礲磨。固知三泖五茸勝，其柰千瘡百孔何。敏手未須施霹靂，疲民正欲聽絃歌。規橅穩作三年計，徐上青雲鬢未皤。

又示從子澶

壯縣人歌第一奇，過庭為有寧馨兒。親旁色養宜加謹，户外分豪勿預知。寓意杯觴須自節，讀書松竹有餘師。它時刮目相期待，連桂家風望一夔。

寄叔詔弟

阿連試邑有成規，誰謂雲間不可為。能使鑊湯偏衮處，直如官府太平時。容容非欲後多福，赫赫何如去見思。子路當年曾請益，更須無倦以終之。

朝　退

謝事不得去，趨朝愈更難。誰憐八旬老，日冒五更寒。指凍怯持笏，腰酸强跽鞍。細思誰縛汝，只合挂衣冠。

劉德脩赴遂寧示和篇改除荆南復寄之

老矣思歸鋏屢彈，七旬望八合抛官。我將東去計安出，君欲西還事亦難。好向渚宫尋故蹟，更從雄楚縱遐觀。上游正倚公為重，莫向蓬谿更上灘。

李起宗舍人悠然亭

遠游蜀道歷艱難，徑上甘泉豹尾間。荷橐忽思辭北省，拂衣自喜見南山。當時旁舍基猶在，回首垂髫鬢已斑。先友碑陰盡陳迹，寒空依舊濕煙鬟。

伯中弟可休堂

夫婦老相對，閨門貧甚安。六兒俱力學，一子幸先官。香火祠初奉，勳名鏡屢看。更當聯五桂，納禄尚何難。

海棠

海棠昨日始萌芽，一夜驚雷發萬葩。老眼恍然何所得，凌雲菴外見桃花。

後圃

海棠初發為題詩，倏見輕紅萬點吹。已惜落英鋪滿地，更憐幾片罥蛛絲。

春雨才晴氣已和，暖風吹動百花窠。絶憐玉屑如吾髮，緑者全稀白者多。

贈熊道人

十載隱潭衡，居然腑肺清。枯禪參懶瓚，老氣激彌明。筆底煙雲妙，人間勢利輕。款門俄告别，江海一浮萍。自注：借韵。

題汪季路尚書所藏米元暉湖山瑞雪圖

筆力誰能似虎兒，思陵親為御珍題。小臣不識湖山好，但欲扁舟泛剡谿。

楊州瓊花

回憶靈根六十年，秋深恨不見芳鮮。兹從淮上來千里，非比人間聚八仙。曾有畫圖稱小異，諒應后土愛孤妍。或言天杖誠虛語，榮悴中分亦偶然。

題林宗魯校書所藏宣和御畫

周公多藝孔多能，徽廟才高更倍增。除却萬機都不會，至今遺老話昭陵。

贈別章茂獻尚書

我輩重來鬢已皤，貞元朝士苦無多。才堪柱石猶歸去，柰此摧頽一老何。

戲詠戎葵簇成芍藥

回首向來棼尾春，横風吹盡已成塵。戎葵簇就誰嘗巧，紅藥當前太逼真。觀洧贈人迷冶子，翻階得句誤詞臣。園丁妙手有如許，猶勝隋園剪綵人。

戲題膽瓶蕉

垂膽新甆出汝窑，滿中幾莢浸雲苗。瓶非貯水無由罄，葉解流根自不凋。露綴疑儲陶令粟，風摇欲響許由瓢。相携同到緑天下，別是閩山一種蕉。

午　暑

炎官火傘罩中區，病老低垂氣不蘇。難學孫兒頻飲冷，時將冰水洗霜鬚。

省　宿

樹滿茅山緑正肥，昏鴉日日向南歸。如今身在三茅外，却看歸鴉正北飛。

水　蕉

獵獵水芭蕉，如將隱士招。清風來處遠，袢暑坐中消。

送楊晦叔提舉浙西并寄陳表道

兩兩郎星映使星，老人星彩對晶明。褰帷共喜行畿甸，洗印仍欣就帝城。五馬況當恩始拜，三吴從此政尤清。便看瑞慶來稱壽，同聽嵩呼萬歲聲。

八月四日晚霹靂碎大柳木

秋分雷自合收聲，白露明朝忽震霆。怪得坐中驚欲倒，鄰牆老柳碎中庭。

靈光

魯邦宮殿久蕪荒，惟有靈光最久長。身似靈光終變滅，巋然别有一靈光。

謝陸伯業通判示淮西小藳

四海詩名老放翁，遺編俱在迹成空。忽從淮右傳詩卷，近比劍南真父風。暫向壺頭追馬援，何當甫里訪龜蒙。江山為助多佳句，莫惜南來寄斷鴻。

蕉菴清坐

薄晚歸來煙已蒼，蠻蕉一葉障斜陽。不須久住潭潭府，始覺山林興味長。

蕉菴暮歸

緑蕉陰下遶斑衣，飯了從容到夕暉。老子才携笻杖去，孫兒各捧竹團歸。

病告

閉户垂簾儘自如，兀然終日擁紅爐。得歸足可優游老，此地何堪養病軀。

殿上侍立寒甚

小雪以來霜氣清，今朝寒色倍嚴凝。榻前侍立無遮障，吹得半身真是冰。

齒落戲作

零落殘牙齒，年來落欲空。得魚惟食凍，捨肉只餐葱。休憶紅綾餤，難吞栗棘蓬。何須如劍樹，始解振宗風。

重陽淳生日時年四十九矣

汝生四十九年春，猶記雙親喜得孫。當慕知非過能寡，敢言學易道彌尊。喜吾父子為知己，賴爾詩書遂滿門。但得團欒長似此，年年萸菊醉清樽。

范叔剛舍人示文正公象笏

千載威名文正公，忽瞻遺笏照雙瞳。敢從象齒窺清裁，屢批龍鱗奮大忠。秉立定知端若植，至今猶想氣如虹。舍人接武登廊廟，宜竇甘棠振祖風。

送黃真護道人住茅山贈以小黑玉虎

少從黑虎谷中行，晚得於菟玉琢成。輟以贈君俱隱處，大茅峰頂看風生。

贈凌一源道人

知君曾住武當山，更解尋幽灊皖閒。老矣無緣窮勝處，但思歸去卧鄉關。

以上《攻媿先生文集》卷一〇

謝滕宰彦可惠詩

與君相遇海東頭，明月如何忽暗投。自媿重來千歲鶴，永懷静對五湖鷗。新編不覺成三復，妙思誠堪比四愁。還肯來遊鄮山否，與君携手上東樓。

薌林雪中過峽圖

不土之里無言詩，泛雪清圖事已非。墨隱為君傳舊跡，宛然興起剡谿西。

賀監湖上

萬頃平湖一葦杭，此歸喜似賀知章。上恩賜與西湖曲，遂老吾家歸照堂。
狂客歸來終好夸，越王城下占烟霞。此中信美非吾土，不似西湖是我家。

以上武英殿本《攻媿集》卷一一

樓鑰一一

史文惠王挽詞

八行源流遠，三師慶系遥。樞庭先附鳳，相國薦簪貂。感會逢千載，榮華冠四朝。甘盤稱舊學，綺季簉儲寮。曆數終歸舜，羹牆欲見堯。聖圖滋廣大，孝治極光昭。善類茅連茹，英才楚刈翹。經綸任鈞軸，詢訪及芻蕘。未急宣攘狄，先求禹格苗。訏謨裨廟筭，長策御天驕。衮闕心勤補，羹和手自調。臨機杜如晦，處事李文饒。越俗懷恩紀，閩人服教條。羣公推治行，所至起民謡。晚歲車垂薛，皇慈第賜蕭。精鏐盃引壽，寶玉帶横腰。潭府輝宸翰，頻年走使軺。中書輸尚父，封户溢票姚。教子躬師道，傳家作世標。紳緌成繼踵，鉛槧到垂髫。持論書還著，談經燭屢燒。官雖居鼎鼐，樂不改簞瓢。門外車長滿，樽前客載招。人間等游戲，物表自消摇。幾見承三接，重來侍九韶。桑榆方借暖，蒲柳歎先凋。洮頮俄憑几，衣冠忽葬橋。信能依日月，端合配宗祧。賤子慙愚懵，平時荷下闕一葉。據宋刻本《目録》，尚闕《崇憲靖王挽詞》一題

王敏肅公挽詞之望題原闕，據宋刻本《目録》補

□□□□□，□□□□□。□□□□□，□□□宣公。全蜀增天險，長淮折犬戎。經綸今已矣，貫日有餘忠。

賤子慙生晚，龍門莫問津。詞場沾賸腹，政地仰洪鈞。古栝杏壇舊，東嘉棠蔭新。九京無馥作，知己更何人。

樞密謝公挽詞四庫本有廓然二字

臣主一意合，風雲平地生。立朝專論諫，為國總樞衡。行矣登三事，悲哉奠兩楹。輟瓜恩意重，終始備哀榮。

千古台山秀，名流列鴈行。惟公登政路，一旦破天荒。故里空華屋，佳城映夕陽。送車無路到，東望淚浪浪。

觀文殿學士陳公挽詞駢

台嶽鍾神秀，居然社稷臣。海涵書萬卷，魁冠數千人。南服頻懷綬，西垣屢演綸。惜哉真漢相，不遂秉洪鈞。

幾見衣冠偉，終聞羽翼成。先皇崇舊學，大政任名卿。神器親傳授，崇朝再太平。功成身自退，寵利一豪輕。

朝著登門久，詞林辱眷深。代言稱據古，議禮許同心。去國臨歸路，還家寄好音。病中聞赴告，老淚動盈襟。

林正惠公挽詞大中

愛直趙清獻，忠文范景仁。累朝推舊德，今日見斯人。正色欲劘上，敢言寧顧身。紫樞方大用，惜不究經綸。

去國名逾重，還朝道益尊。清虛懷骨骾，嚴冷帶春温。公綽真無慾，臧孫尚立言。騎箕雖永隔，精爽儼如存。

凛凛古循吏，堂堂真巨公。死生忘度外，邪正炯胸中。憂世心誠切，籌邊事已空。龜潭山下水，流慶與無窮。

百辟素歸重，三朝俱受知。風稜振臺省，名字落戎夷。召節叨同命，幾廷踵舊規。隧銘書不盡，歸泣峴山碑。

丘文定公挽詞 崈

謀國規模闊，絶人才具高。三朝千載遇，四海一身勞。儒將通鴛序，樞庭握豹韜。皇家資柱石，天遽奪伊皋。

初擬文翁化，誰知懷遠圖。廟謨專制閫，世將易兵符。養虎竟遺患，斷蛇由不殊。寧同死諸葛，空恨失吞吴。

十載龐居士，一朝裴晉公。宣威先抗虜，決策竟和戎。宥密行誰尼，規恢事已空。灰心更霜鬢，千載泣英雄。

處事拘攣外，鉏姦談笑中。幾年亡主將，全蜀賴明公。畏愛盾衰日，清和夷惠風。屢書終不盡，詩意亦何窮。

同與隆興第，嘉禾見兩幡。瀛壖迂使節，蜀道送行軒。預草前鬚詔，驚傳易簀言。不堪鸞鏡舞，雙旐馆丘原。

觀文殿學士趙公挽詞　彦逾

千古盛周宗，皇朝實比隆。位多窮貴爵，誰見立王功。一語國先定，寸心天與通。龍飛稽事實，信史詔無窮。

授受唐虞際，從容平勃間。宗英誰柄用，人望屬棲閒。晚侍經闈讀，寖登規殿班。帝鄉留不住，歸去老湖山。

麾節稱循吏，三朝藹政聲。治如黄霸最，心慕伯夷清。諸道俱遺愛，兩川尤著名。起家臨制閫，更羨錦衣榮。

皇上初更化，追鋒詔語温。同看三老起，今歎一身存。别久勞魂夢，人亡濺淚痕。從兹歸故隱，舊事與誰論。

殄瘁人俱駭，伊余獨永歎。十年交義重，五日舊盟寒。求去重維縶，欲歸無羽翰。佳城何處是，東盼涕汍瀾。

聽履領簪纓，忠言徹帝庭。公方扶日月，我亦寄雷霆。憂世形詞色，卧家存典刑。靈光更陳迹，楚些不堪聽。

婁忠簡公挽詞　機

壯歲志先定，耆年氣不衰。治高為縣日，名重佐州時。雅望登朝著，忠言徹帝墀。亨途日千里，闊步不容遲。

邊事釁初開，惟公論不回。深謀比婁敬，極力阻王恢。兒戲何堪用，冰山忽已摧。朝廷始更化，大老盍歸來。

共政三年久，蜚英四海尊。色詞無假借，風裁靡囂喧。但欲持公道，寧容啟幸門。經綸終未究，猶有典刑存。

寮寀侍儲闈，如公久任稀。載欣商皓起，終惜漢疏歸。問字煩參訂，談經賴發揮。一書真總要，星日重光輝。

得姓共東樓，同朝兩故侯。文編叨二序，誕日頌千秋。老矣俱宜去，公乎不少留。來書墨猶濕，展讀淚空流。

少保李公挽詞 孝友

戚閈疏恩厚，勳門積慶餘。弓彎飛將臂，架插鄴侯書。六纛秦官重，三槐漢相如。惜哉終半百，聞者為欷歔。

王忠文公挽詞 十朋

夙負敢言氣，輸忠不愛身。劉蕡仍遇主，綺季更憂民。治行真循吏，風稜古争臣。薦紳千載恨，不得究經綸。

梁木今其壞，誰能問大鈞。恩深兩宮賻，哀動四州民。已矣天人策，傷哉社稷臣。吾生良可耻，不及見斯人。

端明殿學士汪公挽詞 應辰

制閫詩書帥，公朝侍從臣。身能全進退，人可得疎親。曳履聲猶在，持衡迹遂陳。從今幾百載，更復見斯人。

蚤歲聲名大，婆娑始遇時。難兄屏隔坐，令子桂芳枝。人望還為用，天胡不憖遺。成蹊堪喻大，墮淚不須碑。

道學不盡試，功名祇緒餘。立朝惟正色，薦士有遺書。百贖嗟無及，九京誰與居。莫酬推轂意，衰涕濕巾裾。

錢殿撰挽詞 佃

雋譽蜚庠校，孤忠動冕旒。捄荒心欲折，憂國鬢先秋。惠滿長江水，風清八詠樓。禁途交一臂，人物等閑休。

枌社歸來晚，翛然得故吾。哦詩頻刻燭，點易細研朱。有淚悲連璧，無階奠束芻。名門餘慶遠，丹穴看奇雛。

趙待制挽詞 粹中

明主晝三接，清班歲九遷。一居周柱史，徑入漢甘泉。批敕嚴東省，掄材上小天。平生經國志，惜不冠貂蟬。

詩近劉賓客，手追歐率更。雙旌古良吏，萬卷老書生。世諦浮雲薄，生緣曉夢驚。吁嗟東向議，何日遂施行。

半世誰知己，登門意氣傾。交情忘父行，文會忝余盟。持論先忠厚，談經歎老成。幽光誰為發，落筆淚縱橫。

端明殿學士王公挽詞 希吕

片言寤主上亨途，幾向専城佩左魚。羊陸遐衝雖坐折，高文宿憤竟誰攄。平時屢草千言奏，垂絶猶騰八難書。漢殿履聲今已矣，兩州遺老倍欷歔。

短檠鐵研用功深，萬卷蟠胸不輟吟。故國遁身來濟岱，壯年發藻向儒林。愛民利物平生事，憂國忘家一片心。史館頃年陪潤色，挽公無路涕盈襟。

尚書尤公挽詞 袤

敏甚五行下，豪釐耻不知。千人揮筆陣，萬卷納須彌。有夏傳追蠡，先秦拾斷碑。鄴侯書插架，分付稱家兒。

憂國言多切，回天力有餘。衆推真學士，上念老尚書。直道終難進，高懷只遂初。梁溪釣游處，此意竟何如。

舊學方登用，公來領從臣。末光依日月，聽履上星辰。共政將圖舊，騰章屢乞身。甘盤終罔顯，雨露未霑新。

北面願師承，東臺拜老成。忘年容末至，四庫本作坐叙契若平生。風月吟千首，雷霆寄一名。送車無路到，寒涕為君傾。

程文簡公挽詞 大昌

論著大哉堯，英聲早已昭。横飛欽遠業，特立仰高標。言議超千載，風猷聳四朝。惜乎經世學，不及珥金貂。

太上崇耆舊，龍鱗手可攀。胡為遯荒野，竟復老商山。漢閣頒綸渥，瀛壖擁旆還。靈光遂陳迹，西望涕空潸。

設卦探羲畫，隨山究禹謨。仰天真見象，畫地可成圖。健筆凌前輩，殘膏浹萬夫。登門嗟最晚，猶得覘宏摹。

吴待制挽詞 博古

御史再乘驄，忠言沃帝聰。處心平似水，疾惡迅如風。遇合嗟何晚，論思信有功。惜哉辛佐治，竟不到三公。

三仕入儲闈，堂堂夾日飛。初同四皓起，終作二疎歸。冰玉清班近，衣冠盛事稀。間居忽仙去，西望是邪非。

東甬與賓興，文闈賴主盟。非葑無下體，衣鉢有門生。劍佩今何處，樽罍空復情。自慙無報所，老淚為君傾。

王給事挽詞 信

主眷逢千載，寵光傾一時。銓曹著官簿，禁掖粲英辭。論議推東省，威聲讋北夷。平生經世意，懷卷竟何之。

宦學素稱豪，仍聞吏事高。精神雖腹滿，撫字亦心勞。藩輔連三組，沉痾見二毛。胡牀庾樓在，殘月墮江皋。

自忝年家好，居慙雌甲辰。賓興蒙異奬，客授喜同寅。别去時無幾，年來意益親。囿山觴詠地，回首重沾巾。

顔侍郎挽詞 度

宴坐匆菴上，晞顔亦是顔。平心真似水，立説信如山。屢擁皇華節，盍登清禁班。始終無玷闕，風裁許誰攀。

禄養嗟無及，朝朝飯一僧。移忠躬蹇蹇，錫類日烝烝。賦政優吴郡，知賢仰阜陵。清忠與公恕，餘慶啟昆仍。

贅倅丹丘日，眼看康濟泉。同朝叨奬予，四庫本作與侍坐得周旋。妙畫多傳寶，遺文合細編。典刑今已矣，西望涕潸然。

陳文懿公挽詞 四庫本有居仁二字

衆口推文伯，何人識吏師。義襟惟古有，心地只天知。至死終無玷，平生本不欺。在公亡可憾，猶恨哲人萎。

文最宜為誥，尤能簡上心。周旋鑾掖久，惆悵玉堂深。去國身仍遠，還朝病已侵。三山風引去，雲海竟沉沉。

珍館徑歸鄞，人猶望秉鈞。郵傳千里訃，哀動五州民。躃踴森賢嗣，攀號感路人。公乎不亡矣，袞袞看簪紳。

宅相惟公久，伊余忝後塵。十年追桂籍，兩禁踵詞臣。接武參吾舅，承顔奉老親。幸成三學士，何意失斯人。

一别屢經歲，歸舟已及門。方期情話悦，空訝語音存。善行傳千載，蕪詞媿九原。傷心歌楚些，無地可招魂。

端明殿學士張公挽詞 构

天分已高明，樂哉賢父兄。勳名希葛亮，問學本諸程。襟滿英雄淚，琴亡手足情。相從九泉下，何處覓三英。

籍甚張京兆，精神滿腹中。才高解牛刃，手敏運斤風。河滸恩波遠，廛閒狡穴空。章臺舊時柳，無復映金猊。

英略古無對，外庸今最良。衆方期共政，人已歎云亡。不聽尚書履，猶懷太守章。康廬星忽墮，丹旐臬清湘。

昔幸參朝列，於公更有連。規橅包世界，風義薄雲天。送别詩猶在，貽書墨尚鮮。偉人無復見，惟務寶青氈。

仲舅敷文閣學士汪公挽詞

籍甚牢之舅，難追宅相風。惟公能愛我，獨我最知公。潭府書無繼，西州事已空。形容盡心力，庶或慰幽宫。

外氏桂成叢，諸甥長養中。名稱無酷似，宦達偶相同。澮室既長往，適齋俄考終。絶憐三學士，只賸一衰翁。

楊待制挽詞 王休

望重威無怒，仁深勇有餘。百年憂國志，滿篋薦賢書。德政不勝載，才猷未盡攄。佳兒人物似，真可大門閭。

蜀道名天險，馳驅敢憚勞。劍頭懸六印，夢裏益三刀。漢殿聯簪槖，燕山擁節旄。惜哉覘國意，不得試龍韜。

蜀用東南彦，皇家屬意深。貳卿頻報政，上相最知心。泛宅俱杭葦，同朝擬斷金。廟廊期引類，疾病兩侵尋。

事契因同薦，交情晚益親。半生文會少，萬里宦游頻。别後書猶濕，歸來迹遽陳。何能發潛德，空有淚霑巾。

沈憲敏公挽詞 樞

天使魁鄉薦，上令卿改官。蚤嵗烏府豸，終著侍臣冠。持節威行惠，專城猛濟寬。紹熙多舊學，胡不相宫端。

仕宦接王楊，諸公嘆老蒼。門生多紫禁，子舍屢黄堂。自得垂車樂，誰傳却老方。桃花千樹滿，空憶舊劉郎。

徐邈今非介，申棖焉得剛。立朝無附麗，受謫更芬香。戲綵衣冠盛，圍棋日月長。典刑今已矣，無復巋靈光。

持論真遺直，操心本至公。嬴貲寧市寵，平寇不言功。光禄文階峻，嘉興色養豐。誰能死生際，猶得教之忠。

晚出荷公知，登門未覺遲。通班依漢橐，試郡守蕭規。藻翰猶頻寄，宮牆不再窺。新阡何處是，西望不勝悲。

尚書湯公挽詞 碩

先正真良弼，彤墀四拜麻。決科承奕世，摛藻擅傳家。禁路優持橐，侯藩幾建牙。相門宜出相，恨不見隄沙。

奏邸崇先契，周旋古括州。殿庭觀唱第，海郡繼承流。方快飛騰上，俄聞汗漫游。鳳凰山下路，丹旐想悠悠。自注：隆興初，先君除進奏代之，後知括蒼又與周旋。淳熙二年，某為殿試諸位官預覆考，唱名日侍立殿上，親見臚傳。十六年，永嘉得召赴行在奏事，湯為代。

商侍郎挽詞 飛卿

矯矯真御史，風生白筆端。出持膚使節，始著侍臣冠。給饟鬢先雪，籌邊心為寒。天乎驚玉折，不及上金鑾。

所至仁聲著，甘棠幾去思。敬姜嗟哭子，伯道痛無兒。郎省傷連璧，文闈見刻辭。邊民紛墮淚，忍讀峴山碑。

尚書張公挽詞 抑

文靖饒風度，高皇記曲江。賢孫真是似，才氣號無雙。幾見持英簜，終看擁碧幢。誠齋主詩社，到此亦心降。

撫字推循吏，論思領從班。宏才名北闕，高興屬東山。同歲叨崇篤，比鄰足往還。舊游成昨夢，衰涕不勝潸。

曾侍郎挽詞 炎

文獻南豐裔，源流曲阜公。巖巖雙法從，凜凜舊家風。金玉方交映，人琴忽併空。平生心地直，流慶尚無窮。

紫陌尋春日，惟公最少年。鱣堂慙隗始，熊軾媿盧前。寄我書猶濕，思君迹遽僊。同登今有幾，揮淚撫遺編。

余給事挽詞 崇龜

烏府仍螭陛，銀臺更掖垣。事幾無弗論，外似不能言。厚德鎮浮薄，平心剸劇煩。用才殊未盡，無地可招魂。

桂籍兄聯弟，蘭階子克家。上恩嘉踵武，京秩為增華。朝著蒙傾蓋，綸闈覩判花。遽成千古別，南望想悲笳。

鄭司法挽詞 頡

襟袍空無礙，精神老不衰。家傳司業學，句逼簡齋詩。荒瘠留陰德，平反有去思。功名賫志没，回施稱家兒。

傾蓋歡如故，相從滄海隅。方將理詩社，忽已閟泉途。歸路孤飛旐，交情一束芻。梅霖將客淚，凄澹灑平蕪。

梁仲蒼挽詞

延賞高三讓，殊科擅一鳴。元賓文未極，長吉記先成。妙語遺膏馥，玄談悟死生。行人痛埋璧，父子若為情。

人物如君少，相期上石渠。博文該四部，篤學富三餘。淚盡知無及，交深未覺疎。何時酹墳草，細讀茂陵書。

吴通判挽詞

一死交情見，鄉評重此翁。素車奔夕夢，繐被落天風。身任朋僚責，心忘尺寸功。毋書卓行傳，非介亦非通。

翁府君挽詞

骯髒翁夫子，高才噤不施。床頭癡叔易，夢裏阿連詩。德喪嗟何及，天胡弗憖遺。清風終未泯，吹拆謝庭芝。

徐府君挽詞

孺子人如玉，功名不在身。死生齊物外，孝友篤天倫。已有傳家子，曾充觀國賓。他年芳五桂，傷不見靈椿。

陳崇道挽詞

學造龜山藴，詩傳汝水餘。于公足陰德，陶令竟閑居。白業追蓮社，丹經授寢虚。自注：其父號寢虚先生。平生了無恨，善類勿欷歔。

未第聲先振，繩官節已奇。精誠與神合，隱行畏人知。晚境終無玷，遺文尚可師。功名齎志殁，回施稱家兒。

魯少卿挽詞 訔

棣蕚儀鴛綴，翛然兩鬢斑。時清嗟歲晚，游倦得身閑。人在羲皇上，經傳伯仲間。桂枝芳未已，何止倍燕山。自注：六十年間登科者十人。

前輩風流泯，靈光獨巋然。指囷推甲族，跪履記丁年。有子傷埋璧，惟翁亦蜕蟬。功名雖已矣，千載尚遺編。

魏監丞挽詞 叔玠

元老餘風烈，優游挹美官。朝行喜銀艾，鄰好許金蘭。醫謾肱三折，生惟指一彈。難兄秋夜感，風雨舊盟寒。

族兄道州挽詞

出守春陵遠，相思瀟水深。精神雖滿腹，撫字亦勞心。人去成千古，書來失萬金。懷哉季公諾，已矣漢碑陰。

周太博挽詞 汝能

雨漲雙溪水，風高五柳堂。論交成莫逆，撫事祇堪傷。訪雪無回櫂，面山空夕陽。亂鶯穿綠樹，誰復為傳觴。

碩人居氏挽詞 蔡尚書之室

頃侍尚書坐，曾聞閫助賢。晤言成勇退，裹謁戒私專。夢斷松江路，神傷薤露篇。悼亡千里淚，疊嶂想新阡。自注：葬於平江。

扶風馬君挽詞

閭里久湛浮，真成馬少游。有才堪辦劇，無命盍歸休。雞唱言何達，鴻冥逝不留。佳城送君處，風撼白楊秋。

豁野真連璧，一齋寧遺金。齊家平日學，憂世百年心。折券無難色，傾囷想義襟。月評何處見，名士列碑陰。

黄君挽詞周子及為銘

積慶源流遠，鄉評數大門。吏才堪世用，心事與誰論。骯髒纔三徑，淒涼遽九原。傳家五男子，留眼看騰騫。

陳祕撰挽詞舉善

陳氏多名德，玆來慕典刑。宫端驚宿草，自注：邦彦。冷撰又泉扃。自古有遺直，秖今誰獨醒。蒼蒼何可問，耆舊日彫零。

跬步不忘孝，掇皮皆是真。移忠思致主，務實見臨民。三諫言猶炳，平生迹遽陳。清風凛衰俗，自足盪秋旻。

徐季節挽詞

公府推徐穉，山陽薦仲車。盛時遺此老，没世竟窮廬。行道嗟無命，傳家幸有書。魯山終不識，撫卷倍欷歔。

周德遠挽詞汝能之兄

家世傳儒業，鄉邦聳義風。將迎無倦色，交友盡名公。太學飛聲早，浮生轉首空。恰如堂下月，猶照紫荆叢。

盧夫人挽詞武岡邃之姊

名族著崗頭，幽閨女教修。良人驚夢蝶，衆子慕桑鳩。物化了難問，壺彝誰為收。于公有佳兆，衮衮看公侯。

王夫人挽詞周子及之室

閫内誰無助，夫人事特明。傾囊資色養，勉學就清名。遯世期高節，辭風歎落英。丁寧猶在耳，伉儷若為情。

荆國風流遠，幽閨女教循。鴒原驚逝水，鶴髮倍沾巾。厚夜招香魄，英詞列翠珉。祇愁書字拙，貽笑衛夫人。

鹿夫人挽詞同年應尉振之母

内外言無間，初終志不移。白頭供婦職，彤管著賢規。慶衍珠三樹，芳先桂一枝。鳳岑歸去路，含笑不應悲。

慶霈疏封日，姑慈不忍違。人方侈君賜，我獨避恩輝。孝篤神應勞，風高家愈肥。新傳快女壻，亦復掛冠歸。

旌表門閭安人陳氏挽詞簽事良翰之姊

婦德高千古，鄉評徹九重。柏舟終自誓，石窌啟新封。孫子傳清白，閨門慕肅雍。死生無憾處，了不媿三從。

族姓朱陳盛，夫人事愈明。老姑俱上壽，難弟各清名。節行輝彤管，門閭照赤城。賨鄰方有託，何忍送銘旌。

孺人陳氏挽詞 同前

追憶宫端舊典刑，三貞况復是難兄。豈惟門户生光彩，直使朝廷列姓名。煙海乘桴誰可奪，天風反火報尤明。雖云弟娣相從去，自有英靈凛若生。

王通判挽詞 琰

世篤青箱學，驊騮更著鞭。半山分近派，巖壑誦新篇。竹馬迎雙舄，棠陰憶二天。黄扉伸讜論，風節尚翹然。

才具盍時用，拂衣俄去之。善藏經世手，回施稱家兒。嬴博延陵恨，人琴子敬悲。連年事如許，天道杳難知。

何司業挽詞 伯謹

頃歲游孤嶼，名門説二何。胡為終璧水，自合上鑾坡。器重連城價，心澄古井波。傳家衣鉢在，衮衮並儒科。

骯髒陽司業，作州如理家。源流知有自，悃愊信無華。方喜亨途遠，俄驚暮景斜。傷心傾蓋舊，何處望東嘉。

太碩人潘氏挽詞 葉尚書翥之母

玉映清心著壺彝，閨房賓敬到齊眉。豈惟山水協高趣，更為國家生好兒。萬口共推諸福備，八旬猶負一年期。伯仁冬日應腸斷，不見堂前舉酒時。自注：宗少文每遊山水，往輒忘歸。妻羅氏亦有高情，與少文協趣。太宗賜張文定齊賢母詔曰：「婆婆有福，生得好兒，為國家分憂。」

孺人曾氏挽詞 葉寺正之室

婉嫕應眉壽，天胡弗與齡。情深孫楚詠，淚盡女挐銘。蘋藻空南澗，芝蘭有謝庭。越山埋璧處，秋雨濕銘旌。

孺人陳氏挽詞 周子及之母

教子推陶母，相望百代前。詩書經口授，名節誦家傳。藝苑高鴻筆，忠言徹細氈。源流知有自，何止父兒賢。

令子齊年好，相從識壺彝。蕭生結綬日，孟母卜鄰時。未下升堂拜，俄聞陟屺悲。天涯致芻束，淚落薤歌辭。

孺人林氏挽詞 盧彥德之室

家世甘泉舊，幽閨有令名。賢明教陶侃，勤苦佐淵明。蘋澗今何處，鳩桑空復情。誰知悼亡意，揮涕望佳城。

石南康挽詞 嶅

挺挺石可轉，恂恂衣不勝。平生憂國志，長夜讀書燈。大易窺三古，中庸進百能。惜哉天不憖，無復見川增。

家有春秋學，淵源更得師。風高蓋公舍，淚落蔡邕碑。官早終難進，才全竟弗施。遺編屬賢子，孝謹不應衰。

伊昔為君御，儒流賴主盟。執經容後進，傾蓋若平生。坐見埋黄壤，空勞望赤城。友朋相與泣，反袂不勝情。

臧温叟挽詞 春卿

白首行逾恭，鄉評敬此翁。心開上池水，氣襲舞雩風。禮貌諸公厚，聲華一瞬空。臧孫知有後，三世著陰功。

陸宣城挽詞 梓

奕世承家學，諸公薦吏能。政傳花縣美，心與練江澄。易簀去何遠，四庫本作速攀轅悲不勝。傷哉嬴博葬，淚盡老延陵。

戴縣丞挽詞 樟

蚤歲鄉書薦弟兄，羡君再舉上青冥。藍田方欲新漫壁，處士寧知却應星。忍向伯高將束帛，誰從小戴授遺經。佳城得卜真前定，忍看一翁衰淚零。

姜總管挽詞 浩

及見開元盛，曾聞正始音。雕蟲徒壯歲，冠鶡豈初心。論事風生席，疏恩帶錫金。精神空滿腹，愁絶病沈沈。

富盛俄遭變，艱難却起家。田園新活計，詩禮舊生涯。仙桂應傳秀，庭蘭更茁芽。真歸了無恨，超徹妙蓮華。

胡監嶽挽詞 祗叙

賦就八叉手，文高三折肱。青衫雙鬢雪，黄卷短檠燈。夢斷采芹水，神凄下馬陵。諸郎追五桂，洗眼看飛騰。

余永彦挽詞

户外諸生屨，門前長者車。柳袍空自染，瓶粟竟無儲。隱行刑宗黨，清風照里閭。沉冥誰為表，賴有子雲書。

趙路鈐挽詞 不枯

蚤歲游金闕，霞冠拜紫宸。可堪天寶亂，及見會昌春。宛宛王孫態，飄飄物外身。靈光愴陳迹，遺老更何人。

諸父論交久，忘年許與盟。登山陪躡屐，泛月共飛觥。來往開三徑，安閑羡一生。山深凄薤露，愁憶醉歌聲。

令人王氏挽詞 表兄陳左史之室

嫁早仍知孝，夫賢自不貧。事姑如事母，憂物勝憂身。鳳誥恩榮渥，鳩桑德意均。孺哀聲不絶，淚柏不成春。

宦達方資助，家肥忽悼亡。一區終異室，千載尚高岡。奉倩神猶慘，安仁鬢欲蒼。黄昏愁絶處，誰伴紫微郎。

太淑人葉氏挽詞單侍郎夔之母

婦職躬蘋澗，芳年誓柏舟。壼彝全肅睦，梵行極清修。貝葉開空性，神篦豁病眸。飄然指歸路，浄觀日西流。

為國生賢子，三遷備母慈。版輿崇色養，從橐四庫本作槖勉論思。戲舞老萊子，平反雋不疑。孝心天罔極，腸斷蓼莪詩。

從姑太令人挽詞

伯祖八賢女，惟姑壽且康。又聞歌薤露，誰復是靈光。采藻空南澗，生萱愴北堂。平生好心地，持以遺諸郎。

太恭人劉氏挽詞王台州之母

籍甚成天助，薫然藹婦容。家肥身愈約，福備禮彌恭。上壽九開秩，湛恩四受封。何人紀遺德，女壻正乘龍。

衛氏一兒足，他人總不如。一麾欣義檄，千騎擁潘輿。台嶽傷歸旐，青山滿送車。佳城流慶遠，旁可萬家居。

蔣慈谿挽詞鶚

伊昔丹丘去，相逢意氣傾。樓前巾子秀，山下育泉清。敬梓情逾厚，交梨論益明。淒涼千古意，潮落又潮生。

下筆欲生風，磨礱日有功。推敲詩益鍊，駢儷語尤工。經問南雷叟，家傳十八公。詞人誰可繼，文陣滑稽雄。

吴大監挽詞 飛英

庠校聲名早，朝廷譽望尊。忠言如日皎，笑語若春温。四擁皇華節，屢登金馬門。用才終不盡，流慶在仍昆。

曠典將行日，南宫得舍人。銓衡輕易地，造化漫勞神。舊事誰能記，交情我獨親。吁嗟三昧手，不見掌絲綸。

梁運使挽詞

風月詩千首，煙霞宅一區。三年著朝蹟，一節儐亨途。南海瞻遺堞，西門破老巫。才高不盡用，無地寄長吁。

李撫州挽詞 庚

與物初無忤，臺評反謂傾。麾符成漫仕，林壑寄平生。跪履嗟何晚，揮犀空復情。天台隔風浪，無地拜佳城。

李下真無徑，門前可設羅。詩如翰林逸，書似鄴侯多。奇字今誰問，遺編尚不磨。從來好哀挽，薤露忍興歌。

蚤歲文聲振，長沙見賈生。積薪看晚輩，推轂致名卿。子舍真連璧，生涯付短檠。風流今李漢，極口贊冰清。

王遂安挽詞 時叙

淮水占王氏，生平熟義方。三珠欣競秀，兩桂蚤聯芳。才大用何嗇，源深流自長。青氈傳令子，一箭取雙鶬。

學問自冰翁，詞章聳巨公。不慙循吏傳，真有古人風。捫蝨書猶在，飛梟迹遽空。人琴悲子敬，三讀愴深衷。

趙提刑挽詞 子濛

毓秀從天派，旰衡動至尊。使星方炳耀，卿月遽侵昏。已矣悲吴館，誰歟護北門。慶源流未艾，文獻藹諸孫。

處事才游刃，論文辯粲花。英姿凜熊豹，健華走龍蛇。持橐身終外，垂車夢到家。平泉花木在，愁絶舊生涯。

客授早登龍，襟期一笑同。門清心似水，論正氣如虹。近問書猶濕，重來跡遂空。無因送丹旐，老淚灑西風。

李度支挽詞 嘉言

忽作堂堂去，門前爵已羅。夢隨彈指斷，事向蓋棺多。心繫六州鐵，身傾千丈坡。喑喑晝夜哭，柰此敬姜何。

孰匪同升素，君於我最親。詞章傳自舊，翰墨恍猶新。别去情逾篤，歸來跡遽陳。無從效經紀，悲結淚沾巾。

安人鄭氏挽詞木待事為銘

勤儉佐家肥，猶齊舉案眉。錦封俱被寵，鸞鑑可勝悲。謝砌森群玉，郄林先一枝。木華文雋麗，銘德粲堂碑。

王夫人挽詞陳少南之室

淑質依名士，身期百不憂。藁砧家萬里，蓬首日三秋。隨母傳遺業，嵇孤託舊游。幽原誦詩傳，無媿柏為舟。

方運使挽詞有開

聖主一見決，孤忠自致身。籌邊滿軀膽，處事掇皮真。氣直老彌壯，言高用未伸。留屯十二事，公論付淮民。

祝通判挽詞鍔

坦坦曾無我，休休蚤見幾。虛舟寧忤物，抱甕自忘機。老去心逾壯，歸來事已非。賞延推不及，有子尚家肥。

花縣弦歌化，蓮城水竹居。舊寮情義厚，近别信音疎。不作三刀夢，空垂别駕車。新阡何處是，東望倍欷歔。

王武陵挽詞銖

胡虜久未殄，功名誰與同。惟公負才氣，遇事等英雄。井井清邊瑣，駸駸有父風。惜哉天不憖，遺恨渺無窮。

以上《攻媿先生文集》卷八六

全宋詩卷二五四七

樓鑰 一二

袁府君挽詞 文和叔之父

家學傳三世，几間無二書。力行真勇猛，進取故舒徐。前輩多遺墨，先人祇故廬。後來窺甕牖，志士為欷歔。

坦坦幽人履，恂恂長者言。憂時見顏色，樂道竟丘園。隱行推同氣，高賢萃一門。四明耆舊傳，他日數諸袁。

朱婺州挽詞 安國

治行古循吏，風稜真諫官。鋤姦清遠徼，持重息羣讙。久弄趙堯印，重彈貢禹冠。去天才尺五，惜不見長安。

莫銅陵挽詞 堂

經學高餘子，躬行慕古人。儒風三葉秀，和氣一門春。台嶺漸摩久，銅官撫字均。庠東亡二老，凝望倍沾巾。

張泰州挽詞 禮本

燕趙多奇士，如公名不虛。胸中九域志，筆底百家書。報國心尤壯，籌邊智有餘。功名竟齎恨，西望倍欷歔。

周路分挽詞 良臣

蚤負功名志，從戎豈素心。治軍先肅靖，游藝亦精深。湖海開豪氣，雲天廓義襟。高門尚餘慶，蘭玉正森森。

台嶺論交契，天街惜別離。飛書能幾到，埋璧遽成悲。舊識歸樵句，愁看結局詩。紫髯無復夢，空有淚交頤。自注：在丹丘時探梅浮江，李史君有樵字韵詩，公和篇最工，云「却從谷口問歸樵」。

彭宜義挽詞 汝知　子復父

種德不在大，至誠天所親。但能存一念，何用活千人。經笥儒風遠，香山句法新。功名付兒輩，不必在吾身。

籍甚清湘守，脩名所在聞。宦途資畏友，家訓仰嚴君。歸路飛丹旐，長空慘白雲。生芻不成奠，揮涕想江濆。

沈朝奉挽詞 雲章　宜之之父

相業富青箱，丁年稔義方。生兒有如此，與世遂相忘。終老三牲養，凌晨一炷香。浮休了無恨，流慶尚深長。

石通直挽詞 莊問　純度之父

籍甚新昌族，真成萬石家。源流端有自，悃愊更無華。奉職冰同潔，持身璧不瑕。慶門傳未艾，蘭玉茁新芽。

王檢正挽詞 回

到處稱循吏，星軺復郡侯。威名致降虜，恩信感亡牛。省闥主公議，祠庭尋舊游。善人天不憗，愁絶峴湖秋。

客授蒙傾盖，朝參喜綴班。開藩才一水，去國遂千山。晚遇名方重，言歸鬢未斑。功名付諸子，含笑謝塵寰。

張欽州挽詞 舟之

少誦東窗句，從君見典刑。義襟希竇十，才刃比庖丁。古鏡悲鸞偶，寒原愴脊令。恂恂守家法，蘭玉滿階庭。

游宦二毛侵，欽山繼鬱林。精神雖滿腹，撫字亦勞心。膚使章交上，雌堂疾遽深。護喪嗟季子，又復喪清潯。

姻好自諸馮，東床取阿戎。平時深念我，晚歲忍銘公。書字今猶濕，心期誰與同。回頭三十載，灑涕向西風。

陸郎中挽詞 沅

壯歲聯雙捷，衰年困百罹。肉身心佛子，霜髮貌嬰兒。萬事幾樽酒，百年千首詩。浮生成夢覺，吾道竟何之。

從弟忝東床，相從二十霜。人琴一何苦，冰玉兩俱傷。别久成今昔，歸來失老蒼。稽陰終反葬，西望倍凄涼。

齊國夫人曹氏挽詞趙知宗之母

痛哭王孫去，南來萬里餘。解衣傕艇子，扶杖擁籃輿。已矣空鸞鏡，誰歟得鴈書。辛勤立門户，地下勿欷歔。

宗子今曾子，夫人古敬姜。邛郲承孝養，涪水刻恩章。湯沐封逾寵，芝蘭晚更芳。九齡天報遠，餘慶尚流光。

信國夫人秦氏挽詞林子長之室

夫人富貴出懷綳，擇配和鳴得仲卿。鸞誥蚤能封大國，魚軒不及伴雙旌。肥家得法晚無倦，教子登科新有聲。難息南谿未成屋，鳳凰山下啟佳城。

王夫人挽詞羅尚書外祖母

婦德勝賢士，嫠居成大家。陰功宜有後，餘慶尚無涯。楊惲出司馬，陶潛傳孟嘉。文昌紀遺範，外氏倍增華。

恭人强氏挽詞曾南仲之母

祠部源流遠，來嬪曲阜孫。事夫終婦道，訓子大吾門。頒誥恩光渥，升堂笑語温。相期送丹旐，馬鬣近周原。

恭人董氏挽詞劉侍郎顯之母

敬饁尊夫子，升堂乳阿姑。鄉評推至行，家慶展新圖。半世悲鸞舞，高年樂鳳雛。蜜章應未艾，卿月映階符。

恭人胡氏挽詞 陳奉直千能之室

懿行表閨房，情親共盡傷。繡衣來宅相，彤管著銘章。蘋澗誰供祀，藁砧空悼亡。芝蘭俱秀發，所恨失元方。自注：時參議外生劉提舉誠之為作銘。因行郡送其葬。先喪其長子。

趙司户挽詞 琇夫

奕奕佳公子，詞場早策勳。願為新進士，終屈病參軍。舊事成清夢，高標想斷雲。傷心桑落酒，無復到孤墳。

王大卿挽詞 正己

少壯節先著，年侵氣不衰。忠雖由父教，清亦畏人知。處世無求合，安時竟數奇。甘泉人物會，一老漢空遺。

麾節東南半，澄清冠一時。權輿周翰傳，頂踵阜陵知。自謂二宜去，人稱三不欺。卷懷終未盡，流慶稱家兒。

圖史但環堵，江湖幾問津。雖多暮年樂，誰忍半生貧。海内清名滿，毫端秀句新。風流嗟頓盡，晉韵更何人。

老去王摩詰，歸來道更全。賸添天美禄，真得地行仙。日欲增三徑，君胡欠百年。桃源不無路，重上慘風煙。

上世總儒先，猶傳夢雪篇。惟應佳壻選，可配老姑賢。父行偏知我，交情不問年。槁梧誰共語，愁斷伯牙絃。

徐少卿挽詞 子寅

聖主一言痞，長淮千耦耕。山川皆在目，草木尚知名。盍被腰金寵，徒為攬轡行。諸郎襲餘慶，定自不慙卿。

所至多遺愛，丹丘最有聲。奉常千載久，攀戀一城傾。已恨數離别，寧知隔死生。湖邊舊門巷，一到一心驚。

陸提刑挽詞 洸

數馬謙恭甚，揮犀色笑温。風流士龍裔，文采左丞孫。晚幸成三徑，身胡遽九原。素欽仁者勇，大獄竟平反。

早歲擅詞場，夷途列鴈行。一麾分楚甸，雙節照江鄉。蓮社容寒晚，葭莩接老蒼。八旬俱已矣，回首倍淒涼。

史敷文挽詞 彌正

八行諸孫盛，三公嗣子賢。連收四鶚薦，祇欠一青氈。郎省刑章肅，侯邦政譽傳。平生憂國意，齎志入重泉。

學問源流遠，樂哉賢父兄。人琴亡舊曲，風木愴寒聲。深痛幾成毀，沉痾汔喪生。孝恭無可憾，猶得傍佳城。

少小相從久，自慙雌甲辰。交情日加厚，姻好晚逾親。别去驚葭律，歸來見棘人。西莊行樂地，望斷為沾巾。

寧海劉君挽詞 次皐之父

不識紫芝眉，空傳有道碑。義方真可法，闇室肯容欺。未覺山川改，深明晝夜知。薤歌慙不稱，冢子素能詩。

丁寺丞挽詞 允元

家世傳經術，膠庠藹雋聲。上方思舊學，公乃擅專城。滁上功尤著，潮陽政愈明。哀哉鍔流水，猶解不平鳴。

巖冷不可向，其中實曠然。行藏睽素志，燕樂了餘年。鶴化人何處，鸞孤影自憐。才高不盡用，流慶尚綿綿。

曹工部挽詞 耜

箕潁文章士，儀同社稷功。惟公承慶裔，有意振家風。祠禄真崇道，郎潛歎老馮。傷心循吏手，齎志九原中。

宦達推公早，丁年備皁衣。幾為銅虎去，終向石橋歸。齊國世臣少，貞元朝士稀。松風談笑地，回首倍歔欷。

范致政挽詞 錞

義俠久無迹，吾鄉見此翁。紫微欣税駕，飛將許同功。銀茜聯恩渥，金蘭藹義風。雖增嬴博恨，猶喜桂成叢。

酒後昇平曲，閑中安樂窩。千金曾累致，一醉竟無何。老驥志空在，孤鸞悲亦多。相望才歲許，託體共山阿。

王觀國挽詞 覯

晚識三珠樹，方知獨笑翁。舊游虧半面，遺恨想高風。小楷墨猶濕，殘膏澤未窮。梅花縞寒夜，埋璧衆香中。

高端叔挽詞 元之

百氏極旁搜，潛心老不休。鄰光時自照，簞食孰堪憂。弟子多藍綬，先生竟白頭。淒涼數間屋，知我獨春秋。

鐵石賦梅花，閑情白玉瑕。兩公終磊落，千載敢諠譁。清節成瑰偉，浮詞尚蘗芽。君看死生際，不見一毫差。

滿卷變離騷，歐公一素袍。豈惟將厚意，要使丐殘膏。宿草成千古，生芻為一號。雖無韓子誄，貞曜本來高。

錢江陰挽詞 佖

庾嶺梅花暖，賢侯惠愛深。精神雖滿腹，撫字亦勞心。九轉竟難遇，二毛何遽侵。傷哉東逝水，無復大江陰。自注：前知南安軍，移知江陰。

客授向東歐，四庫本作甌君為郡督郵。豈惟寮契篤，更喜吏才優。每嘆頻年別，俄驚一夢休。虞山渺何許，淚落不能收。

李刪定挽詞 叔益

積善務增厚，求名惟恐多。白圭寧有玷，古井竟無波。議法資修定，監州極撫摩。佳兒傳素業，留眼看巍科。

冰玉心相照，誰云内舉私。深居無浪出，清節畏人知。尚憶紫芝宇，無慙有道碑。填空雨黄葉，西望不勝悲。

趙左司挽詞 鞏

行誼高餘子，文章自一家。嶽神均客禮，敵國歎才華。直節曾無苦，全瑜更不瑕。儒流有遺恨，不見草黄麻。

淮甸争錢幣，夔城辯戍兵。詔歸南郡近，公去北門輕。避寵若將浼，求閑竟不成。亦齊無適莫，一笑老于行。

許國終無撓，居家不願餘。深蒙明主眷，未覺故人疎。高論三千牘，陰功四一書。佳兒承積慶，端可大門閭。

鄉貢蚤馳譽，郎潛方比肩。求仙容我學，成佛歎君先。天癸年將暮，金丹語未圓。忽傳長别偈，天闊散雲煙。

袁通判挽詞 章

大道知如路，一心長似齋。耄期稱不倦，胸次樂無涯。孝謹古難及，友恭人自懷。無瑕夜光璧，黄壤痛深埋。

盛德不容贊，多言可柰何。大圭元不琢，古井竟無波。前輩苦凋謝，後生誰琢磨。同庚適齋老，託體共山阿。

僅有一區宅，曾無二頃田。相過惟載酒，至老不言錢。幾得拜牀下，何堪哭道邊。門人多著籍，下馬向新阡。

方興化挽詞 叔珪

廟乏著靴鬼，夢中言更明。起家尤感勵，為吏極廉平。薦口聲名重，朝行去就輕。奏篇真確論，何日遂施行。

鴈塔深論契，鵷班試著行。參亡聞易簀，越弔後除喪。支郡難留鄧，佳城久夢方。吁嗟德浮位，回施與諸郎。

寧海駱君挽詞 季友

古易人皆學，惟君志益堅。研朱滴秋露，讀簡斷韋編。空谷甘無用，佳兒尚有傳。清風誰得似，竹滿卧牀前。

朱坡史居士挽詞

巖邑富人物，才惟史氏多。流傳有丹桂，遺逸歎朱坡。學飽終難售，詩成祇自哦。空餘著書在，令子挹餘波。

交友俱名士，儀曹禮意周。使華臨夏口，詩興共南樓。喜得江山助，還同汗漫游。更煩賢宅相，相與發潛幽。

劉吏部挽詞 俁

總角異羣兒，庭趨蚤學詩。一鳴登桂籍，百里静潢池。所至清民瘼，平生號吏師。郎闈方進用，何乃棄明時。

剸劇最雲間，題輿上越山。洞庭王澤遠，庾嶺使星還。中道趨臺治，名曹切近班。陰功多及物，陽報看循環。

誰擾奚山衆，焚林獸已窮。徙薪能遠慮，下瀨得深攻。南嶠肩隨息，中朝論愈公。但知分謗喜，寧肯自論功。

兄長與慈恩，相親色笑温。公方持使節，余忝代王言。共約游三徑，俄悲作九原。佳城隔風浪，丹旐愴飛翻。

戴縣丞挽詞 璣

小戴久偲去，何堪更哭君。舊游驚昨夢，陳迹愴遺文。晚暮期相與，死生俄遽分。銘成媿潛德，揮涕望新墳。

高士終為簿，豈惟勾小稽。鸞凰雖在棘，桃李自成蹊。官府資斶决，儒流仰品題。定知餘慶遠，遺愛滿雙谿。

王提刑挽詞 正功

廉白真家法，原由金紫賢。兄辭嶺南聘，弟却澧陽錢。築屋吾將老，藏書手自編。老成俄已矣，聞者為潸然。

籍甚青箱學，醇乎赤子心。片言皆可復，一偽不容侵。處事幾游刃，論交欲斷金。諸郎傳素業，桂子看成林。

二廣外臺首，威稜著一門。志期諸郡肅，忍見匹夫冤。奮繫猶鷹鷙，興讒有兔爰。投閒了無恨，此意與誰論。

伯仲三珠樹，優為一世才。人琴先起恨，金玉遂俱摧。南阮方深痛，阿連尤可哀。桃花源上路，老眼更堪開。

鄭華文挽詞 若容

蚤擅春秋學，賢關第一流。少公清澤國，贊府著神州。試邑人交薦，還朝譽更優。如何急流退，不使上瀛洲。

籍甚柯山政，兒童識貴温。歡謡聞魏闕，殊寵鎮吴門。就養家傳子，休官澤及孫。吾鄉耆舊傳，千載德彌尊。

兄弟忝同登，論交最有情。頹波知勁節，徹底歎真清。正爾尋姻好，胡然喪老成。抱痾難執紼，揮涕望佳城。

姜鍾離挽詞 柄

門户期興起，交朋務琢磨。反身求大學，決意取儒科。贊府聲尤著，鄰封惠亦多。傷心濠上路，無復聽弦歌。

别去期三載，伻來痛一書。死生誠大矣，力量果何如。平日真知我，遺言苦問予。作銘雖不媿，回首倍欷歔。

顧養直挽詞義剛

萬頃東湖下，曾門起大家。子孫昌世業，文字作生涯。堂後萱猶樹，庭中桂欲華。惜哉時不待，誰忍送悲笳。

舊向君家去，宜齋屢舉觴。人哀誦諸顧，里不見他楊。身世驚春暮，湖山愴夕陽。園林未成趣，鷗鷺亦淒涼。

孫子才挽詞

身後名何用，人亡意愈深。蓋棺悲昨夢，掛劍荅初心。潛德仍能發，遺言尚可尋。悼元情更切，接隴柏森森。自注：潘安仁《懷舊賦》：既興慕於戴侯，亦悼元而哀嗣。墳累累以接隴，柏森森以攢植。元謂道元，楊戴侯之子也。

俞通判挽詞茂系

强仕賦歸去，頻年亦漫行。宦情雖淡泊，官事極精明。贊畫王公幕，監州亞父城。佳兒守遺訓，清白勝金籯。

象邑推三俊，靈光賴此賢。老成俄已矣，遠邇為潸然。孝敬心何極，公平録尚傳。佳城隔風浪，忍賦薤歌篇。

求四庫本作裘**參議挽詞**子紹

累世朱陳舊，宦游多向鄞。飛鳧觀政美，展驥愈情親。久草歸田賦，欣迎入幕賓。斯人忽千古，望斷剡溪濱。

玉立期清貴，厖眉望壽齡。父兄嗟奄忽，姑姊亦凋零。厚德今誰在，佳城慘欲扃。孫曾聞競爽，蘭玉在階庭。

魏郎中挽詞 態夢

相公鍾鼎蔽詩聲，鯉也聞詩蚤得名。高隱碧谿心更遠，今游湘浦句尤清。握蘭未足酬吾志，攬轡寧知老此行。今日哭君誰最切，山房門下老門生。

宋南雄挽詞 价

二宋久云遠，遺風君庶幾。才華試文戰，政譽藹王畿。梅嶺方騰最，雪谿俄賦歸。情親今已矣，老淚不勝揮。

莫子執挽詞 珪

樂有父兄賢，談經絳帳前。桂林孤素志，芹泮老遺編。小阮情何切，童烏業未傳。棒閒最崇篤，口口話齊年。

繆伯恭挽詞

我實由汪出，垂髫托外門。非惟拜先德，猶及見新婚。謹厚推鄉曲，恩慈篤弟昆。善人今已矣，餘慶在兒孫。

朱南劍挽詞

再世文章伯，三朝侍從臣。傳家推篤學，游宦肯謀身。別駕歌章水，甘棠想劍津。虛堂兩遺像，誰不倍傷神。

朔望第一客，巡寮意更親。有詩欣和韵，不飲喜娛賓。名帖藏中古，珍茶試早春。據鞍猶矍鑠，何遽迹成陳。棋戰久不對，詩盟亦寢寒。方期會真率，乃爾變悲歡。歲晚本無憾，情深那忍看。佳城何處是，東望涕汍瀾。

盛夫人挽詞

婉嫕閨中秀，清高林下風。相夫能盡禮，教子使移忠。邊郡官無曠，都城養得終。壺彝今具在，流慶復何窮。

宜人史氏挽詞

閥閱冠三朝，尊公兩珥貂。夫賢能盡禮，家貴肯期驕。教子門風振，澄神性地超。悼亡無可憾，直筆付孫樵。

太令人軒氏挽詞趙山甫母，自號覺庵居士

緣斷身先隱，年侵鬢未華。死生猶曉夢，富貴更空花。佛祖親提印，兒孫競起家。無因拜靈几，一奠趙州茶。

舊說蘇無著，夫人亦正宗。毒蛇横在路，栗棘更無蹤。蕭散超塵界，扶持禮紺容。覺庵誰嗣法，別去德雲峰。自注：無著贊臨濟宗旨云：「一條毒蛇，横在路上。」覺庵云：「栗棘蓬，栗棘蓬，一口吞却更無蹤。」

宜人聞人氏挽詞趙婺州之室

四郡歌賢牧，魚軒從隼旟。深閨無裏謁，色養謹安輿。故里稱家法，諸郎讀父書。美哉彤史筆，三誦為欷歔。

太孺人蔣氏挽詞

之死靡他志，天乎不諒人。嫠孤蓬在首，艱苦棘成薪。晚福容千指，心空滅六塵。平生貞烈意，終作坐忘身。

潤屋惟純儉，居然法度循。松楸先壟下，風月舊湖濱。子婦皆知孝，孫曾亦可人。浦江如可贖，真欲百其身。

百四從妹挽詞

姊妹二十四，凋零餘二人。他鄉忽傳訃，老子倍傷神。已歎嫠居久，何堪逆境頻。佳城千里外，西望淚沾巾。

孝養全終始，真成乳阿姑。衾裯幾年共，甘毳四時須。衆子俱傳業，諸孫足自娱。吾家女兄弟，似此亦幾無。

去歲桐川弟，新從姊處歸。備言家慶事，猶著嫁時衣。尚欲尋松社，寧堪哭素幃。人生真一夢，回首事皆非。

蘇江陰挽詞十能

萬卷蟠胸次，千篇秀筆端。朝行期奮迅，賢路竟艱難。雖號循良守，欠為文字官。遺編幸無恙，留與後人看。

伊昔初傾盖，摛文已甚工。親聞南澗語，謂有魏公風。既往言多驗，歸來道更窮。誨言非教佞，後裔報宜豐。

趙縣丞挽詞 彦棠

玉立佳公子，哦松始戍瓜。拳拳飭邊瑣，寸寸畫江沙。慷慨志憂國，清修僧在家。送行詩尚濕，身世遽空華。

鮑潮州挽詞 潚

三試皆前列，一官何後時。低佪廣文舍，齟齬使君麾。遇事有如燭，衛生寧及葵。舊游成隔世，流涕讀新碑。

客授壬辰歲，巍科盛永嘉。芹宫屢揮麈，竹院幾烹茶。假守深交誼，清談及道家。猶懷郡齋晚，群雀噪簷蛇。

張運使挽詞 孝仲

惠周劍外與淮南，歸卧空山且避讒。宴坐幾年期不死，臨行一著信非凡。不應杜乂束高閣，真使謝鯤居石巖。欲向西陵尋宿草，秋風何日送歸帆。

張工部挽詞 季樗

忠簡傳清白，家聲屬弟昆。惟公殿諸老，積善見多孫。兩桂昌書種，雙椿藹慶門。壽終無可憾，況有典刑存。

壯歲登郎省，旌麾歷五州。仁聲號循吏，治行最諸侯。憂國言多切，籌邊慮更周。積薪無恨望，終老得夷猶。

敕局同寅舊，雌堂屢肯過。故人今有幾，朝士更無多。問信書猶濕，相望鬢已皤。忽聞埋璧痛，薤露不成歌。

戴迪功挽詞應龍

猶記天街會，同為乳竇游。姻家頻會聚，親意愈綢繆。吉德宜多壽，奇痾竟不瘳。無由見安道，汎雪悵回舟。

好學數仍奇，躬行家遂肥。時將詩自樂，晚悟世俱非。教子惟黄卷，高門看緑衣。阿連悲未泯，無淚為君揮。

宜人楊氏挽詞鄭華文之室

里閈依楊氏，年家託鄭門。升堂從壯歲，擇壻得賢孫。婦德儀中壼，陰功燕後昆。尤憐吾女子，流涕説慈尊。

夢入枌榆社，心游水竹灣。丐歸期拜壽，近侍望承顔。一昨聞微恙，寧知竟大還。佳城無路到，夫婦淚俱潸。

孺人錢氏挽詞丞相之女，適曹氏

家世戟如林，來嬪藹德音。功容俱可度，疾疹遽相侵。已矣空蘋澗，誰歟助藁砧。佳兒隨玉折，尤切悼亡心。

齊安郡夫人金氏挽詞趙左司公碩之室

避地供湯餅，當筵接縞衣。倉皇奉神版，巖險遂征騑。遇事智尤敏，相夫家寖肥。考終無可憾，蝶夢遶芳菲。

五子俱英發，尤知仲氏賢。勤明真世濟，廉儉信家傳。別乘徑為郡，高城欲捍邊。版輿俄棄養，事業待他年。

太令人趙氏挽詞王帥楠之母

令德比鳲鳩，芳年誓柏舟。承平猶有態，曠達了無憂。方奉平反笑，俄成汗漫游。哀榮誰得似，同穴樂哉丘。

節愍名驚代，浮光孝絶人。宜生克家子，賴有斷機親。勉使方張虜，終能不帝秦。一杯扶上馬，孰不為沾巾。

姻婭託三槐，同朝得往來。迎春煩設席，舉壽荷携杯。京尹俄遭難，都人亦助哀。琅琅垂絶語，烈婦信高哉。

安恭皇后挽詞

天作周文合，褘褕禮可觀。屢陪金輦幸，幾奉玉巵歡。吴女簪新柰，梁房掩舊蘭。春深蠶事起，誰復上桑壇。

鬱鬱南山路，傷心鳳翣紅。哀歌淒薤露，秘殿掩椒風。故劍恩雖厚，中璫事已空。但餘彤史筆，内傳紀陰功。

玉勝標祥兆，褘衣配至尊。柔儀高馬鄧，盛德邁娀嫄。鸞掖空陳迹，蜺軒服厚恩。傷心臨七夕，素柰已花繁。

圖史懷規鑒，篇章妙剪裁。承歡方祕殿，委化已泉臺。幽壤湖濱秀，清笳日暮哀。未央當月望，不見翟車來。

楊武恭王挽詞 存中

歷數中興將，誰為第一功。兩朝忠衛上，四海雅推公。富貴無危溢，哀榮有始終。吾知尚遺恨，不見朔庭空。

勇氣真虓虎，仁心劇放麑。推鋒多折馘，解縛屢招攜。細柳門堅閉，長楊馬不嘶。夜深星忽墮，何處問撐犁。

父祖成完節，丹心激懦夫。枕戈梟逆虜，撫劍志伊吾。忠孝公何媿，哀榮世所無。從今紫荷槖，接武上亨衢。

王爵報元勳，臨危更致身。鯨波飛戰艦，狼子歎江神。木落淮南暮，塵清塞外春。功臣誰第一，圖畫在麒麟。

陳文恭公挽詞 康伯

唐虞千載道重光，奕奕元臣任贊襄。謝傅風流冠江左，晉公威譽比汾陽。折衝曾不勞聲色，輔政惟先振紀綱。天意高高誰可問，坐令邦國歎云亡。

德量汪汪萬頃陂，直將去就佩安危。干戈雖在相尋日，休沐宛如無事時。奏罷未聞宮漏轉，歸來俄見哲人萎。哀榮終始誰能及，百世旌忠頌德碑。

輔贊藏諸用，庸人自擾之。惟公知好静，與物盡忘私。德望儀群辟，威名憺遠夷。傷心白雞夢，梁木有餘悲。

致主唐虞上，東山志不渝。衮衣重入覲，胡騎敢長驅。夢已商楹奠，朝猶漢殿趨。哀榮極終始，何止渡江無。

何内翰挽詞 溥

豪奪錦標天下聞，慨然有志整乾坤。諫坡論事言皆合，帝幄談經道益尊。千古高文在鼇禁，一時名士上龍門。經綸未究身先死，痛惜誰能作九原。

姜祕監挽詞 師仲

文筆無勞巧剪裁，一時妙斵冠蘭臺。王楊仕宦曾相接，游夏淵源有自來。治獄心知有陰德，立朝人嘆有餘才。功名回施與孫子，公亦何為不豫哉。

久聞政績最淮淝，鄖嶺循良親見之。梓里尚遺前日愛，棠陰還長舊年枝。釣璜方兆非熊卜，曳杖俄興梁木悲。千里佳城空望斷，他時歸哭峴山碑。

許待制挽詞 尹

吏事緣儒術，人材第一流。宦游幾五紀，遺愛滿諸州。叱馭無長阪，籌邊有舊樓。遺安陰德在，衮衮見公侯。

蚤擅文章價，名公屢品題。碑銘摹諫省，丘壑訪愚溪。得句追飛兔，摛毫走怒猊。遺編聞好在，後學仰筌蹄。

十載更麾節，陽春萬里同。時時逢蜀士，一一話文翁。到處留遺愛，諸郎守教忠。慶源知未艾，往日有陰功。

唐舍人挽詞 闕

鴈塔名三世，螭蚴侍九重。循循儀學館，諤諤著囊封。至性悲三釜，高懷薄萬鍾。典刑傷不見，衰涕忽無從。

夷路方馳轡，甘泉四庫本作棠喜問津。廟廊平日志，露雷百年身。招掌雖多恨，為箕自有人。發棠陰德在，陽報質蒼旻。

李公執挽詞

乃翁志欲卧煙霞，宅枕清江欲泛槎。心地共知容渤澥，夢魂曾不到京華。伯魚久已聞賢訓，魏子端能起外家。瀰望三江梁下水，隴西德澤信無涯。

未甘辛苦去朝天，故作逍遥陸地仙。老子平生萬事足，人間五福一身全。厭看日月同奔驥，擺脱塵煩等蜕蟬。重到江頭人不見，曉風吹淚忽潸然。

呂崇德挽詞 書問

剸劇推才刃，臨機妙斵輪。傳家得清白，滿腹是精神。未上金閨籍，空留花縣春。善人陽報在，蘭玉正詵詵。

回首情親處，相過瀨水陽。十年能幾見，一疾痛云亡。縣郭山空秀，家園橘自霜。主人今已矣，鷗鷺亦凄涼。

王縣尉挽詞 彦正

幹蠱恢才刃，誰能貨殖私。人皆競毫髮，我獨破藩籬。風雨空殘夢，池臺愴昔時。板輿臨穴處，行道亦興悲。

潤屋公餘事，能爲人所難。蓼莪遺恨在，夜雨舊盟寒。家有書堪讀，囊無錢爲看。情親悲不那，望絶旐飛丹。

潘大卿挽詞

直上青雲不作難，壯年何事掛衣冠。功名已矣乖時望，風節翹然見歲寒。鴻去冥冥矰不到，蝶飛栩栩夢驚殘。傷心耆老今無有，留得遺編向後看。

樊運使挽詞 光遠

妙齡便有老成風，孝友丹心天與通。師友淵源得西洛，文章聲價冠南宮。固知夫子才難用，猶喜先生道不窮。他日鳳泉山下路，幾人下馬拜塋中。

樊侯勳德佐中興，百世兒孫尚典刑。闔境民蘇御史雨，列城人仰使君星。憲臺嚴冷獨寂豸，道院清閑誰掣鈴。謠頌洋洋在人耳，不須樂石更刊銘。

科目公餘事，南宮第一人。七閩新使節，三署舊儒臣。倦拜方辭魄，哀良莫贖身。家聲知有繼，仙桂兩枝春。

横浦云亡後，斯文付此賢。命其隨道喪，學又絶心傳。河洛湮來派，西州憶舊緣。傷心耆老盡，揮淚對霜天。

莫將仕挽詞 隨

自歎清才久陸沉，晚從内典用工深。諦觀烔烔死生際，寧復紛紛利禄心。載酒今誰問奇字，遺經古亦勝黄金。十年契闊遽如許，老淚臨風自不禁。

伍主簿挽詞 景善

好賢元不減緇衣，客到公家如所歸。二浙聲名三鶚薦，四山風物一翬飛。桑榆冉冉身先蜕，蘭玉森森家正肥。人有百身寧可贖，發棠誰復濟齊饑。

由來風誼獨穹然，坐享家肥不計年。墮幘何妨分百萬，指囷寧復問三千。靈椿老去仁宜壽，玉樹種成身已仙。衮衮公侯殊未已，正應含笑入重泉。

晚年朋舊益彫零，歎絶斯人奠兩楹。不忍銜悲讀佳傳，可堪回首念平生。交情君獨全終始，人物誰能繼老成。清些楚魂招不得，朔風淒切淚縱横。

梁審計挽詞 季琦

壯歲嶄頭角，夷塗試著鞭。羣公争倒屣，諸老亦忘年。論議傾朝譽，功名短世緣。神傷賢伯仲，風雨夜無眠。

壽夭固難問，吁嗟不忍言。嬰啼摧玉樹，衰淚灑芳萱。事契深羣從，英才愴九原。悲吟慙楚些，無地與招魂。

太淑人管氏挽詞

彤史久不作，誰能有婦功。寧知貴家子，乃有昔人風。鈿軸恩何渥，芝庭澤不窮。死生無可憾，況已悟真空。

陳夫人挽詞 程吏部之母

作配知名士，周旋内則篇。宜家兼四德，訓子見三遷。就養榮方逮，歸寧病忽纏。慶源流未已，佳兆得牛眠。

陸參議挽詞 沆

中外衣冠盛，流傳識後凋。聲名三語掾，身世半僧寮。寶晉書尤逸，坡仙隱可招。梅溪殘月墮，蕪没舊風標。

飾吏先儒雅，低徊五十霜。萑蒲掃韶石，桑柘滿黄岡。知己平津老，傳家删定郎。八龍無半在，風雨夜侵床。

李堯卿挽詞 唐佐

里社久相從，知君陰有功。救人多藥喜，持論耻雷同。素業諸郎在，浮生一夢空。淒涼宋清傳，健筆媿河東。

周左司挽詞 頡

從政心無媿，敢言人所難。精忠憂世切，清節照人寒。交臂失持橐，乞身終考槃。老成今已矣，西望涕汍瀾。

乙丑慈恩會，今幾六十霜。軺車來握節，相府記傳觴。詩藪懷高隱，郵筒見短章。不堪千里隔，丹旐想飛揚。

王夷仲夫人挽詞

彤史無人續，誰能識壼彝。蘋蘩奉先祖，詩禮付佳兒。未見魚軒樂，俄興鸞鏡悲。藁砧方得路，腸斷悼亡詩。

陳夫人挽詞

族姓甲休陽，夫人懿範彰。奇男已南省，快婿更東床。珍錫人加嘆，佳城神所藏。平生陰德在，餘慶尚難量。

雅有幽閒操，來嬪清白家。相夫全禮敬，見子致清華。方享乘軒樂，俄興陟屺嗟。誰將彤史紀，大筆為雄誇。

茅夫人挽詞 鄭貴虛之母

清心玉映許誰同，更有飄飄林下風。政爾高情協宗老，故宜嘉遯樂龐公。遠謀蚤識身為重，晚境還知性亦空。已擬張林碑婦德，合歸彤史巨編中。

張夫人挽詞 余元老之母

婦德天然備，肥家五十年。平生勤內則，晚歲識真詮。倒廩非徼福，翻經亦應緣。于門有孫子，佳氣藹新阡。

王修撰挽詞

十載頻褰刺史帷，名卿風裁映紳緌。慶門共仰聯三鳳，禁路咸嗟欠一夔。神武衣冠終遂志，平泉花木總成詩。傷心積翠樓前月，斜入欄干欲向誰。

賤子何能直一錢，夫君於我獨知憐。樽罍談笑幾侵夜，琴劍周旋不計年。此去空懸徐孺榻，重來無復孝廉船。百身願贖嗟何及，衰涕滿四庫本、殿本作霑襟如迸泉。

以上《攻媿先生文集》卷八七

全宋詩卷二五四八

樓鑰一三

雙峰二偈

莫把資深兩處尋，此心心外更無心。道人欲問資深話，自得元無古與今。

道非身外亦非中，左右逢原作麽逢。遠寺尋山無好處，不知門外有雙峰。

新昌石佛

費盡三生心與力，造成石像一百尺。相好端嚴具足尊，五彩黄金妙裝飾。道不是佛却不得，若道便是也不得。上盡層樓却下來，何曾見得真彌勒。

遊金焦兩山以雨而輟

余沿檄行浙西，冒秋陽之暴烈，漕河絶流，日有焦槁之歎。至京口，假舟游二山。適是日風雨大作，江頭尤甚，豈俗語所謂平生不賣漿者耶。回城道中，因憶本長老《金山偈》，戲續其韵。

金山寺裹山，焦山山裹寺。風雨勸我歸，也省兩頭事。自注：本長老《金山偈》云：「水裹有塊石，石上有箇寺。千人萬人題，只是這箇事。」

跋惠峰詢老所編類海

古德手段決裂，剗地破勞地折。説道不立文字，未免横説竪説。草庵文字太多，只為老婆心切。若不作恁麽看，將謂多口饒舌。

題老融畫彌勒

乘風欲去東南，回頭此意誰參。當時蹉過足庵，却來攻媿同龕。

西山僅老失牛求一言於邑宰數語代書

一介扣門，尺書在手。不是長鬚饋鯉，乃知中夜忘牛。拽杷牽犁，能耕百畝。披毛戴角，方得五春。是何西山之餓夫，輒挽桃林之處士。拽轉鼻孔，不解一鳴。剖破藩籬，已行十里。莫走溈山舊話，重修雪竇新圖。解若庖丁，恐遭游刃。鄙如謝大，且自煖心。見角便知，必有伶俐衲子。幪頭徑取，更煩明正官司。

戲贈怡雲平老

深山中拔出閑身，鬧市裏尋得静處。相逢了白話三通，那箇是末後一句。不因聞所聞而來，不為見所見而去。嶺上白雲君自怡，何時許得同龕住。

送清道者住投子山

一鉢一衲，一丘一壑。非去非住，無相無作。一脚踏著投子機，不被傍人輕摸索。

戲題珪老借菴

莫道菴子是借底，只你也是借將來。勸君莫作來生債，盡底還他亦快哉。不知當初問誰借，至今久假而不歸。畢竟還了方是了，却須還我未生時。

次仲舅韵寄拙菴

涵秋古澗落珠旒，幾欲相將作勝遊。芒屩未穿心已懶，不如莫莫且休休。
明月堂前玉几山，倦游雙徑却來還。舅甥相與成三隱，城郭山林等是閑。
公居山外我城中，不見成疎見亦空。要是歸來當一見，待携藜杖訪支公。
莫把坐忘成坐馳，歸來須是識真歸。壺籌投盡無人拾，澹坐藤牀風掩扉。

送雪竇壁老住雪峰

雪竇移將住雪峰，兩山雪色本皆同。莫言此去人千里，明月往來含太空。

游雪竇雙塔登雲簷有懷海印雲老

來禮二師遺像，小立雲簷一餉。欲見德雲比丘，却在别峰頂上。

金峨本老領優婆塞衆求寫選僧堂三大字示以數語

行者堂中選僧，衆僧堂中選佛。人道是，我却不。不如莫待僧伽梨，便與竪起脊梁骨。大丈夫，休汩没。一粒爆起冷灰豆，十分鈍似遼天鶻。赤脚踏透祖師關，神錐擊碎精靈窟。君不見盧能只在碓坊前，解道本來無一物。

題壽居仁獨説圖

向來八萬四千偈，舌端辯才若翻水。山空月落説向誰，不如出口入吾耳。當時受者亡是公，烏有先生子虚子。我却曾見語録來，祇有空空數張紙。

題壁老笑菴

笑甚底，笑甚底，若要笑時笑殺你。説夢夢中，洗泥泥裏。頭上安頭，以水濟水。箇箇一般，滔滔皆是。

我也要笑來，終不欲開唇露齒。

題宏老空谷

君看空谷自然空，聲有洪纖應則同。正為中虛聲自應，莫將應處做神通。

昕老自號鑑堂來住蘆山山中先有鑑堂

鑑堂來住鑑堂中，兩鑑相磨只一同。要是非臺四庫本作堂亦非鑑，但見寂照含虛空。

跋塗毒與惠老偈

我銘師塔，而不識面。一瞻頂相，爛爛巖電。橫説豎説，不待饒舌。塗毒一聲，百獸腦裂。

次韵伯父與心聞偈

紹興二十四年，伯父帥惟揚時，在郡齋見所與心聞一偈。慶元六年，昕老示及真蹟，恍如隔世。敬次舊韵。

法器何妨待晚成，一朝點鐵便成金。拽開鼻孔力無限，坐斷舌頭功更深。揚子江頭言在耳，靈山會上笑傳心。自憐鈍置無香氣，四十年來只似今。

汪耐翁以最首座十玄談見示

十首玄談已贅疣，勞君頭上更安頭。若還又有九百漢，葛藤相纏幾時休。

題龍眠畫西域聖僧

放兩不借疊雙足，自在在心機在目。默然深入不二門，不知師唱誰家曲。

戲答益老寄方竹杖

瑞巖益老寄方竹杖書云：不可削圓也。一笑。又舉大德拈起柱杖全得這箇力話，謂攻媿下語，下得一任提持，下不家家竹杖只圓光，此竹如何得許方。削得團欒無可笑，驀然奪去亦何妨。咄哉，得力處不在這箇。得奪却。作麼生區處，快道，快道。

答東山一老二偈

即心是佛本無難，挫却絲毫隔萬山。知有毗盧五千卷，誰能分寸費躋攀。

閉門深坐日知味，無限好山都懶游。城裏山中俱是隱，江湖不若兩忘休。

送一老住廬山歸宗

久向東山捲藏經，鬼神推出舉軍驚。從來要去廬山住，好就山中過此生。

啐啄同時不偶然，史君提起正當年。向來鬧市難行道，今日人天聽説禪。

千古名山大道場，止因賦重遂荒涼。後之君子誰能弛，試向山前問老蒼。

歸宗法窟寖湮微，拭眼餘風靡孑遺。法鼓一聲精彩變，要如光弼用軍時。

廬山面目非難識，横嶺側峰皆是真。若待出來方識破，不知何用箇中人。

題庠老頤菴

下震上艮，下動上止。分明兩片口脣，包著許多牙齒。禍自此出，故以言語為戒。病自此入，故以飲食為忌。庠者養也，頤者養也。名庠而住頤菴，知他養箇甚底。直待吞却栗棘蓬，更與吸盡西江水。莫問這邊那邊，都是一箇道理。

題慈溪張氏坐化頌

慈溪董君之妻張氏坐化，作頌云：「有身有苦，無身無礙。撒手便行，這回自在。」柏泉諸人稱之，為下一轉語。

苦是自苦，有誰縛汝。礙是自礙，非身為害。既知一物本來無，何待行時方自在。

書全無用語録

全公無用，無用之用。生前已自無用，死後葛藤何用。雖然如是，善用者必自有用，不善用者不如勿用。試問大衆，如何則為善用。有時拈起一枝草作丈六金身，有時把丈六金身却作一枝草用。

跋正法眼藏

正法眼藏當時滅却，那得許多落落索索。問著則差，答著則錯。喝也喝不住，棒也打不著。妙喜更得工夫，時與下箇注脚。休休休，莫莫莫。若要拈花微笑底事，不二法門也低一著。以上《攻媿先生文集》卷六五

殘月如新月詩

近晦月猶在，蕭騷夜向晨。已殘幾欲盡，忽見恍如新。老桂沈清影，餘輝釦半輪。纖纖兩頭玉，皎皎一鈎銀。明似哉生際，光疑太逼真。粧樓誰起早，深拜誤佳人。

炙背俯晴軒詩

炙背情方適，融霜日正暾。何妨憑曲几，相與俯晴軒。愛景欣亭午，閑身得負暄。映簷成白醉，挾纊謝奇温。豈止寬寒色，猶思奉至尊。桃花滿肌骨，佳句憶王孫。

置酒沛宫詩

漢祖功成後，時因過沛宫。還鄉上心喜，置酒故人同。高會延遺老，酣歌和衆童。窮歡新笑樂，起舞舊英雄。原校：一云威方加海内，欒已勝關中慷慨悲游子，軒昂賦大風。永為湯沐邑，何用築新豐。

天寒割蜜房詩

場圃功初畢，天寒樂歲穰。山居收蜜課，簷外割蜂房。弱羽依晴日，纖腰怯曉霜。鉛刀開户牖，棘匕薦甘香。作室何時再，趨衙未用忙。百花辛苦處，今日為君嘗。

黄知橘柚來詩

一舸放長江，遥林底處黄。自知來橘柚，先已照滄浪。緑葉凝烟密，金苞射日光。相迎蒼縣雨，暗識洞庭霜。味詑江陵種，庭垂禹廟荒。何如船上看，數里更飛香。

背水陣詩

十里當勍敵，臨機事寢危。革山兵已遣，背水陣尤奇。前澤書誠有，行權我獨知。正須投死地，何用恤羣疑。拔幟終如約，傳餐亦應期。孫吴非紙上，方略要從宜。

鯤化爲鵬詩

鯤大幾千里，揚鬐氣日增。一時俄化羽，萬古記為鵬。鱗族疇能比，龍門不足登。天池將轉徙，雲翼快飛騰。怪矣齊諧志，壯哉莊叟稱。鳶飛與魚躍，曾不事誇矜。

一月三捷詩

勇甚鷹揚將，身從虎穴探。六師心不二，一月捷凡三。戎卒時非久，邊庭戰已酣。神戈窮逐北，露布屢馳南。貔旅彌思奮，狼心敢肆貪。七旬有苗格，較德可無慚。

清泉潔塵襟詩

騷客事幽尋，清泉一派深。居然浮爽氣，聊用潔塵襟。徹底明蒼石，澄波漾碧岑。應添山澤趣，盡滌市朝心。洗耳何妨聽，吟詩更喜臨。至哉天下樂，穩坐讀書林。

復見官軍詩

元帥平京邑，歡聲夾道聞。不圖當此日，復得見官軍。將鉞來何莫，壺漿意已勤。重瞻貔虎士，盡掃犬羊羣。王旅方馳電，民心極望雲。長安十萬户，拭目待吾君。

物色訪嚴光詩

肥遯推嚴子，招賢仰漢光。營求思舊學，物色訪羣方。聘問期終得，形容尚未忘。羊裘方審識，蒲乘遂搜揚。不羨雲臺繪，還歸釣瀨傍。高風今尚在，江水與俱長。

冀北馬羣空詩

冀北雖多馬，知惟伯樂工。祇因良種去，便覺舉羣空。過視千蹄衆，先收八駿雄。謾聞餘布野，無復見追風。騏驥方奔逸，駑駘豈混同。儻非承一顧，鳴意孰能通。

習馬長楊詩

强漢承平後，兢兢武不忘。整師臨五柞，習馬向長楊。冀野來騏驥，天閑出驌驦。驤騰射熊館，馳驟華山陽。輦路千蹄穩，瑶池八駿良。上方勤閲武，願賦翰林章。

飛泉漱鳴玉詩

翠巘幽深處，飛泉觸石鳴。跳珠不勝亂，漱玉有餘清。水落千尋險，風傳萬壑聲。玲瓏鏗璧韵，激濺破瓊英。漢水思遺珮，滄浪想濯纓。何須韓吏部，聯句賦琮琤。

以上《攻媿先生文集》卷一一七《課稿》

全宋詩卷二五四九

樓鑰一四

適齋慕香山之高續達哉行集香山詩句次韻

脱衣典酒曲江邊，不作閑游即醉眠。大抵浮榮何足道，生理何曾得自全。朝廷雇我作閑人，髩鬚緡錢二三千。一種共君官職冷，收得身來已五年。五年炎涼凡十變，老後誰能惜酒錢。塵纓世網重重縛，七十八十百病纏。千萬人中無一人，自喜天教我少緣。六十三翁頭雪白，貧家强健亦天憐。每媿尚書情眷眷，與君一醉一陶然。其間氣味都相似，猶在病羸昏耄前。月夜徐行石橋上，累累棟宇相連延。歲種薄田一頃餘，薄産處置有後先。更無俗物當人眼，遊魚鱍鱍蓮田田。為君舉酒歌短歌，不妨兼有散花天。

適齋示池水大篇效元白體相答

適齋一片心，它人難與比。少時發此念，樂施到莫齒。婚姻成者衆，葬埋不知幾。義氣追古人，仁風動桑梓。利益及物物，方便形事事。先正有此言，源流固有自。外家有大池，清波照叢桂。來者不問誰，小大聽盈器。及其旱將涸，一雨復清泚。我舅為欣然，作詩自言志。平生欲濟人，往往多割己。向來俸可分，掛冠踰一紀。心勤力不逮，不得盡如意。安得有貲財，如此池中水。來求則應之，吾心斯足矣。長篇筆餘力，亹亹遂滿紙。病足正僵卧，三誦為之起。韵險不容次，愚言不能止。公曰汝答我，只用元白體。公心與天通，言合孟軻氏。菽粟如水火，此意豈不美。黄金土同價，但恐無此理。求水易足用，近止及鄰里。上不過飲食，下亦止濯洗。求財則無厭，來不問遠邇。應者力已竭，求者殊未已。有如一富翁，獨處百家市。始焉逐什一，貧富本相濟。餘波被四鄰，人情皆可喜。久之責望重，争訟隨謗毁。不言理曲直，但謂富者鄙。堯舜有至仁，猶病在博施。所以漢劉德，其言有深旨。富者民之怨，百萬輒散棄。貧富各有分，取予尤不易。生長在舅側，義事熟於耳。頗亦知為人，緩急力不計。舅言出於仁，甥言裁以義。二者若不同，同歸於一揆。愛苟無差等，兼愛幾墨子。豈惟道非中，安有力及此。仁民與愛物，要自親親始。

約同社往來無事形迹次韵

家舅年益高，何止七十稀。神明曾未衰，髮黄齒如兒。義槩同古人，閭里咸歸依。度量海深闊，仁愛佛慈悲。居然三達尊，後生願影隨。為作真率集，率以月為期。平生持謙柄，自牧何太卑。善學柳下惠，不欲慕伯夷。一鄉有善士，收拾略不遺。以此娱我老，今是勝昨非。何必汗漫游，據龜食蛤蜊。但欲客長滿，痛飲真吾師。鄉黨既恂恂，朋友亦偲偲。凡我同盟人，共當惜此時。間或造竹所，寧容掩朱扉。耆英古有約，不勸亦不辭。此意豈不美，謹當守蕭規。達哉杜陵客，從它人見嗤。

表兄陳安行遷右司仲兄遷大理丞余遷太府丞寄詩爲賀次韵

東塾談經歲月輕，外家生長復何營。王生此舅若無有，楊惲一書安得成。首寄新詩欽厚意，却思往事念平生。當時更荷外祖母，幼惠尤憐盛氏甥。

為親敢説宦情輕，公退委蛇懶自營。朝路一時偕寸進，適齋新句已先成。圉師況復今同里，武子非惟愛外生。舊日阿重今欲冠，此恩更欲到彌甥。

適齋掛冠次韻

致仕吾非不待年，禮經自合許求田。祇圖徑取衣冠掛，不願更尋香火緣。富貴鼎來先瞥地，是非衮處獨翩然。鄭峰相對兩真隱，共仰元台與大天。

世事相牽無了期，平生待足是何時。抛官不作九閽夢，納禄尚餘三徑資。紫綬金章寧復戀，黄冠野服自相宜。耳根贏得長清浄，理亂從今不用知。

余初除西掖適齋惠詩以二甥相繼繽綸爲喜安行表兄貽書喜溢于辭謹次二篇爲謝末章以屬安行

漕臺生處寢之床，叢桂還分一葉芳。紅藥階邊懷老謝，桃花觀裏憶劉郎。首煩賢舅書增喜，想見慈親色更康。無忌安能真酷似，願從外氏借餘光。

敢謂封倫據此床，幸從科級紹餘芳。紫薇繼直中書省，叢桂猶為同舍郎。太史書傳得楊惲，渭陽情厚為秦康。外家宅相君餘事，魚目何堪比夜光。

余丐郡得婺以詩相迎次韻

風際端宜鷁退飛，青雲高處有危機。屢遮西日成何事，幾向東風詠式微。塞馬云何真是福，鱸魚正不為知幾。休論五馬人生貴，且奉潘輿得賦歸。

約訪王卿正己已而中輟次韻

歸來親戚話通情，準擬流花得再行。已荷適齋容接武，敢從酉古遽渝盟。烏衣門巷人非遠，緑野樽罍計未成。官已得閑身未暇，因仍恐或過清明。

謝太守送雪次韵

一冬衹見曉霜寒，未得飛霙萬里看。多謝黄堂贈圭璧，欲從乳竇倚欄干。簷高安有冰成柱，坐久空餘水在盤。歲晚願呈三白瑞，要觀積玉滿林端。

清高閣觀雪次韵

衝雪上層閣，真成清且高。主人風節峻，坐客笑談豪。泛剡訪安道，賦梅思水曹。好因窗映夜，痛飲讀離騷。

真率會次韵

喜奉潘輿得退身，烏衣相會總情親。樽前正好醉千日，林下何妨見兩人。閑暇止應開口笑，談諧尤稱掇皮真。夜歸更作驚人語，舅氏從來筆有神。

楊聖可棋集余方歸自桃源不及預次韵

屏處尤便野性慵，故人何幸總相逢。賦歸敢慕陶彭澤，自免猶晞邴曼容。棋酒交歡情正洽，江山得助景方濃。嗟余誤入桃源去，歸路滿城聞晚鐘。

汪達可招游臧園次韵

城下名園稱老懷，乳鶯飛燕共低徊。寒梅送臘曾先到，嫩緑留春喜再來。眼底芳時能幾許，樓頭衙鼓謾相催。主人好事不嫌客，素壁揮毫又一回。滿架酴醾愜雅懷，更添林下紫徘徊。平湖不怕重門阻，勝賞何妨後日來。酒興已隨斜照遠，詩情無待片雲催。黄昏鼓棹欲歸去，望望煙林首重回。

士穎弟作真率會次韻

何羨祖希情好隆，朱陳累世意交通。舅甥巾屨頻相接，兄弟樽罍喜更同。參坐幸容攻媿子，主盟全賴適齋翁。日來愈得清閑趣，斗酒不妨時一中。

吊王卿之喪次韻

去歲同登百尺樓，相期春晚更重游。舟藏大壑夜俄去，橋跨清溪花自流。五紀情親真是夢，四山風物總成愁。一朝千古尚何及，空使文皇歎薛收。

喜雨次韻併呈郡守吴居父

一旱禱而雨，此心天與通。爲霖三日足，起舞萬家同。破塊朝方爽，翻盆夜正中。隨車真響應，巫覡又何功。

洗印日無幾，載芟春已祈。龍神來鄮嶺，香炷爇流眉。自笑受廛許，堪爲學稼遲。洋洋添野水，已足樂吾飢。

雨師争自效，風伯尚何施。膏澤由分閫，空餐媿奉祠。農功今可濟，水利更毋隳。喜雨無煩記，行人口似碑。

安行表兄除華文閣直學士奉祠次韻爲賀

屢報銀臺給事中，忽聞唤渡浙江東。長安幸免手遮日，圓嶠莫嗟船引風。廩繼真祠身暫逸，班聯内閣眷方隆。且歸同伴適齋老，便看鋒車召此翁。

送安行表兄葬次韻

深沈仙洞鎖神清，萬壑松聲不似晴。宿草它年空悵望，生芻今日寓精誠。山川氣象渾如舊，劍佩風姿儼若生。猶記玉音稱酷似，始知無忌乃其甥。

尋春次韵

一自東皇天上來，坐看芽蘖起枯荄。化工潛有洪鈞轉，春事何勞疊鼓催。晚景鬢凋寧再緑，去年花謝又重開。賞花携酒那容緩，走遍郊原莫便回。

曉來陌上雨斑斑，同社相將便出闕。席地亦堪尋酒所，得園徑與坐花間。從教多病須行樂，任是清貧也破慳。門外紅塵深幾許，誰人能得此身閑。

次韵十絶

休官

人生寧問草堂資，乞得閑身且徑歸。慙媿舅甥俱就隱，澹然相對兩忘機。

發書

故人惟賴幾行書，今日誰能更訪吾。舊日熱心今就冷，向來已自得揶揄。

見客

客至何妨送與迎，門前羅爵亦人情。可憐寒士猶相望，時有飢來柳絮輕。

出謁

杜門却掃寢多時，間傍人門亦漫為。茶竈筆床煙浪去，自疑身是老天隨。

赴會

幸身未老已先閑，到處時時盡醉還。更欲相邀蓮社客，共尋精舍上孱顔。

病起

老去情懷百不宜，上樓腰脚覺舒遲。適齋異禀人難及，病起精神略不衰。

安心

但使心如水在槃，坐令四體自然胖。有人來問安心法，將汝心來與汝安。

讀書

佚老無如大字書，聊將遮眼度三餘。有時忠義忽相激，間遇包胥與子胥。

染鬚

染鬚欲學少年時，笑殺當年榮啟期。公道世間惟此耳，年來猶幸不相欺。

修養

聞道壺中別有天，能將俄頃比千年。千年俄頃俱成夢，只任天真却晏然。

同年鄭貴温寺丞直華文閣致仕次韻爲賀

先生久矣愛吾廬，絶勝揚雄宅一區。牘有珠宫來海石，不妨茅屋繞畦蔬。來書已許尋前諾，同社方將約並驅。更欲相邀預真率，車公豈可坐間無。

倦游歸騎自吴門，尋上封章叩帝閽。俞旨肆頒旌素節，華文進直示優恩。淵明妙句群賢和，疎傅佳名萬古存。加我數年祈謝事，此心難與俗人論。

次韻四絶

初得曾孫女

外子惟知媿可攻，羡公八十未衰癃。曾孫喜見親文褓，尚想當年擲鏡翁。

末莉花

江南創見喜孤芳，見説閩花徧海鄉。安得一居香盛處，帳中巧作寶毬粧。

從子澡滌築屋荷池上

樓臺牆宇家家月，楊柳荷花處處風。最喜兩涯相映帶，一時倒影入池中。

山亭納凉

不嫌西照與朝曦，城郭誰知住翠微。天幸外門才咫尺，欲陪杖屨夜忘歸。

次韻五詩

山行野老問年

田夫笑把褐衣牽，爭問壺中別有天。齒髮雖衰渾未覺，精神愈勝果何緣。公言已老偶能爾，我本無心只自然。再禱百分才及一，定應椿壽八千年。

堅鄭貴温棋社

二公休致我來歸，儘可同裁隱士衣。此已屢謀登竹所，君其無吝造城扉。人間厭見手翻覆，樂處但當頤指揮。凉氣一新宜近酒，盍簪莫似向來稀。

秋凉有感

公看魚躍與鳶飛，鶴脛雖長斷則悲。世事不容人苦較，秋風自有葉先知。青奴難免交新絶，素扇寧須手自持。宋玉賦篇終未達，不如老子笑成詩。

諭悲秋者

黄雲萬頃一時收，喜見高空風露秋。歲事及今將告畢，人生到老盍歸休。固知景物能興感，亦有癡人苦過憂。胸次果然無一累，豈容秋月使人愁。

舅甥賡酬之樂

神明未覺晉公衰，老母尤欣兄弟怡。范寧王枕無許壽，牢之無忌不聞詩。秋風對酒勸酬處，夜月乘橋來往時。但要兩家同此適，不須更遣外間知。

八月十四日携家泛月次韵

月到平湖金作波，一城惟此占秋多。水晶宫裏清無比，何用重登漢馺娑。
九秋風月正分平，盛滿金晶分外明。老子此行端不惡，夜深幾得聖之清。
稍先一日我中秋，行徧芙蓉與菊洲。作意安排却非適，不如乘興徑行舟。
猶記年時看水嬉，不如此夜月相宜。仙翁一醉非塵世，為問姮娥知未知。
草草真成一段奇，比鄰非不借餘輝。板輿何敢侵風露，略望簷間且勸歸。

次韵十詩

懶學仙家煉大還，但欣晚節在林間。鴛行免奏三千牘，鵉駕難參十二閑。短艇有時浮渌水，輕輿到處賞佳山。莫言冷淡為生活，冷淡終然無後艱。

秋來病體費支吾，深閉柴門卧草廬。藥裏多尋醫者問，酒樽寖與故人疎。時須勉强陪來客，未免辛勤答遠書。此外儒生真氣習，簡編猶欲趁三餘。

大率舟行岸自移，機緘何必更深思。雨餘坐見水三尺，雲净喜看天四垂。荷沼已殘霜後蓋，桂林初綻月邊枝。閑中氣味深長甚，問却西風總不知。

幸堪擊壤樂清時，衰病情懷百不宜。衹好灌畦陪漢叟，更欣學圃慕樊遲。逢人草草須傾酒，得韵匆匆且和詩。琴意高低尤自適，高山流水久心知。

甥舅相尋向酒邊，相忘情話更怡然。人言難遇雙延閣，自媿叨聯兩大天。只覺光陰詩裏過，何妨枕簟醉時眠。此中別有真消息，莫為人間醒者傳。

從來憂道不憂貧，晚向閑中得此身。直把宦途如夢過，任他世事似棋新。坐間可説舊時話，眼底幸多同社人。賡唱本求閑燕樂，莫夸末路費精神。

自憐鶴髮奉慈親，家舅還欣託寶鄰。已向雲間收倦翼，甘從波底作潛鱗。幸然松菊連三徑，誰謂神僊隔一塵。野服相從成二叟，不須更現宰官身。

笑它咄咄向空書，既老投閑計未疎。釜裏有魚長自足，門前無爵是吾居。休論仙子生塵襪，莫問高軒織翠裾。百念已如灰樣冷，更無驕色與人鋤。

秋宵坐到玉繩低，歷歷明蟾數桂枝。重露半翻蕉葉徑，好風時颭豆花籬。不妨起舞弄清影，何用撞鍾夸小詩。濁酒困人垂欲睡，更揩病眼一揚眉。

秋到先生舊草堂，涼飈林葉已飄黄。漸看天宇清霜肅，更覺人家白晝長。歷世既經三折臂，坐愁何必九回腸。世間萬事消磨盡，衹有詩情未遽忘。

客目四庫本作省**中次韻**

三年此月綺筵開，盛意勤拳不待催。預約行人須已集，先欣數客肯俱來。詩筒才到先賡韻，酒興方濃莫算盃。更欲秋深窮勝踐，鄒枚後乘可容陪。

花若開時定自開，芳心深靚不容催。主人又有新詩出，佳客應尋舊雨來。樓上已聞香撲鼻，堂前儘放酒盈盃。高燒銀燭照花睡，更到更深亦願陪。

次病足韻

定數無過偶與奇，達人處順更安時。不於椿菌量長短，豈為彭殤較疾遲。雖是一時身有疾，行開九秩壽無期。外生六十頭先白，杖屨相從最得宜。

戲和三絶

脫　索

纏縛千遭趁酒巡，環觀巧手競稱神。莫言名利如韁鎖，猛烈抽身亦在人。

藏　擫

儘教逞技儘多般，畢竟甘心受面謾。解把人間等嬉戲，不妨笑與大家看。

傀　儡

假合陰陽有此身，使形全在氣和神。王家幻戲猶堅固，線索休時尚木人。

晝寢正酣以二十韻詩來亟爲次韻

老氏正求知我希，吾今老矣更何之。極知仕宦皆由命，縱有功名已過時。覽鏡形容寧復我，還鄉交友定從誰。慈親多幸方難老，家舅尤欣未覺衰。教誨至今仍似舊，襟期暗合自相知。新詩必使篇篇和，勝地還容處處隨。晝永劇談俱喜聽，夜深清坐更忘疲。素欽行己初無玷，願學持心不自欺。紫橐清班叨預列，黃金橫帶忝同垂。六旬顧我猶加懶，八秩如公尚自持。但仰三尊知共慶，孰云十拗敢輕嗤。無情到此方為達，省病從它不用治。世事只將同蝶夢，人生幾得見雞皮。觀書自適非求解，杖策徐行莫厭遲。儉素何妨貧勝富，優游真是樂忘飢。雖然調樂無千指，儘喜當歌有十眉。報謁要須親自到，赴筵直以散為期。醉翁雅意非謀醉，棋社清歡豈為棋。白髮只宜甘散誕，紅塵任彼自奔馳。安輿來往長陪侍，此意終身誓不移。

次贈少微兄韻

汪樓比屋古城隅，彼此清貧不願餘。南阮諸賢今有幾，東床佳壻竟誰如。歸鄉年亦非全老，對酒情猶未覺疎。來往兩家無倦色，此身端合老犂鋤。

桂花方開約客次韻

久疑巖桂儘遲開，留待生朝伴舉杯。老去欲尋千日醉，客來同引百花醅。况臨高閣枝枝秀，好判閑身日日陪。家釀盡傾君不惜，莫教瓶罄恥為罍。

蔣德尚棋會展日次韻

棋社經年能幾回，身閑深幸屢參陪。一旬又見朋簪集，三徑還因聽屨開。休苦索居徒面壁，何如相遇且銜盃。雖由藥裹寬初約，不礙重尋舊雨來。

太上皇帝聖體清康老母進封信安郡太夫人適齋除敷文閣學士有詩爲賀次韻

清朝孝治古無倫，通籍推恩總及親。八秩升班惟二老，九齡拜命更何人。春初慶席歡猶在，歲晚宸綸喜共新。須信長年多富貴，衹因同見會昌春。

吾母年高絶等倫，癡兒何幸得榮親。九重錫類真千載，八座承恩只一人。共仰外門流慶遠，喜同介弟寵光新。兩家盛事人争賀，和氣薰為臘裏春。

次題曉上人閑静軒韵

我居城郭子居山，兩地相望數里間。我已得閑猶未静，子雖處静少曾閑。莫將花與夢相似，之四庫本作只用心如石樣頑。要識箇中真信息，孤雲僧事兩相關。

次韵十詩

棋　會

歸來鄉曲大家閑，同社仍欣取友端。無事銜盃何不可，有時會面亦良難。少曾環坐坐長滿，賴有主盟盟未寒。琴弈相尋詩間作，笑談終日有餘歡。

老　態

舅甥身退不為遲，肥遯猶當未老時。東晉雖慙古元亮，晚唐知慕老天隨。公開九秩身方健，我甫六旬心已疲。不敢自言成酷似，腹心惟喜兩相知。

晨朝懶起

坐見一翁雙鬢皤，只贏曉夢到無何。窗凉風透真成適，日出事生還更多。足弱已難堪蠟屐，齒摇初不為鄰梭。回思螭陛班心處，日日奔趨向駁娑。

見客

車轍長多長者臨，相過肯笑席門深。寒暄固有三分話，臭味還傾一寸心。客至自應閑不厭，年來寢覺老難禁。應酬既了無餘事，面壁何妨學少林。

晝寢

才盡甘為世所捐，不如高卧了餘年。時逢毁譽心無諍，間有詩文手自編。老去已知身是夢，閑來更得酒中天。簾深午寂渾無念，只與白鷗相對眠。

喜閑

投閑時以醉為鄉，人既相忘我亦忘。雨足已期南畝熟，風清更愛北窗凉。晝觀碧落雲千疊，夜看中庭月一方。時援素琴聊自遣，誰能更作鳳求皇。

杜陵鄭老共襟期，門外紅塵弗與知。近日頗荒攻媿課，多時不見適齋詩。竹深荷浄相留處，月白風清偶會時。地僻衣裳俱自懶，黄冠野服澹相宜。

讀香山詩

詩到香山不計篇，想逢佳處輒欣然。明知無子可傳業，每遇為文自入編。舉世慕名多諷誦，惟公著句得純全。胸中相似詩方似，一等不為名利牽。

即事

旋插杉枝蔽曉曦，緩摇輕箑自融怡。調琴不用求成曲，得句何須凑作詩。無復趨炎同褦襶，但能尋睡學希夷。太倉日食五升米，老矣不嫌人更嗤。

西　山

兩岸杉松翠蔭長，輕輿連日得彷徉。絶憐林下朝還莫，不問人間炎與涼。睡起閑情方自樂，齋餘歸路未須忙。何時更向月溪去，願著青鞋走侍旁。

燕　居

大老今居東海濱，燕居晚歲更申申。外生但喜長依教，一笑相從莫問貧。閑裏只將詩作活，酒邊猶有筆如神。乞言授几俱休論，且作羲皇以上人。

子成兄年八十六史子久八十二舅氏八十一會于適齋次韻二絶

堂中三壽喜同時，黄髪相逢齒更兒。參坐共談宣政舊，風流不許後生知。

閭里舊游能幾人，適齋猶有筆如神。莫言二老升沈異，各現宰官居士身。以上《攻媿先生文集》卷一一八《和舅氏適齋汪公尚書詩》

竹

蟄宫驚起兩龍角，蛟室未呈雙水犀。同本君為分魯衛，清風應不愧夷齊。宋陳景沂《全芳備祖》後集卷一六

半月軒

莫要作圓月，纔圓却又虧。不如作一半，猶有向圓時。影印《詩淵》册五頁三〇七七

壽戴君

人日過，四日中，蓬壺此際誕仙翁。香飄寶篆纖餘碧，酒泛金樽瀲灔紅。安道家聲知有許，于公陰德自無窮。祝君壽算將何似，千仞螺山聳碧空。同上書册六頁四五七五

郭熙秋山平遠用東坡韵

槐花忙過舉子閒，舊遊憶在夷門山。玉堂會見郭熙畫，拂拭縑素塵埃間。楚天極目江天遠，楓林渡頭秋思晚。煙中一葉認扁舟，雨外數峰横翠巘。誰安客宦踰三霜，雲夢澤連襄漢陽。平生獨不見寫本，慣飲山緑餐湖光。老來思歸真日月，夢想林泉對華髮。丹青安得此一流，畫我横笻水中石。　清《歷代題畫詩類》卷二一

次曾子固韵

按：曾鞏有《千丈巖瀑布》詩，與樓鑰世代不合，是否隔代相和，已不詳。

驚見銀河空外翻，奔湍千丈有餘寒。下流不用長勞望，祇向懸崖頂上看。　清黄宗羲《四明山志》卷一

句

門前莫約頻來客，坐上同觀未見書。　宋王應麟《困學紀聞》卷一八

（張希清　趙冬梅　李立整理）

全宋詩卷二五五〇

王信

王信（？—一一九四），字誠之，處州麗水（今屬浙江）人。高宗紹興三十年（一一六〇）進士。孝宗隆興二年（一一六四），爲建康府教授（《景定建康志》卷二八）。以進《唐太宗論贊》等，添差温州教授，召爲敕令所删定官。淳熙二年（一一七五），權考功郎官（《宋會要輯稿》職官一〇之三二）丁母憂，起知永州，留爲將作少監。七年，除軍器監（同上書選舉二一之二）。累遷給事中兼修玉牒官（同上書職官二〇之四三）。以事求去，提舉崇福宫。起知湖州，歷知紹興府、池州。以通議大夫致仕。光宗紹熙五年卒。有《是齋集》，已佚。事見《括蒼金石志》卷六《王給事墓志銘》，《宋史》卷四〇〇有傳。今録詩五首。

第一山

禹迹茫茫萬里天，望中皆我舊山川。誰將淮水分南北，直到幽燕始是邊。宋王象之《輿地紀勝》卷四四《淮南東路·盱眙軍》

題椿桂堂

鄉與子直游膠庠，是時子明居侍旁。友于學問相激昂，聲華日馳翰墨場。仲氏一第如探囊，伯氏隨即淩雲翔，已快雁塔書雁行。君家餘慶未易量，二龍三鳳同呈祥。一門競爽如圭璋，前後繼踵名相望。夥為十佛經中光。聯翩不羨金華堂，會稽何獨誇諸黄。世言燕山竇十郎，一枝椿老五桂芳，君今取此名其堂。薦紳榮之富篇章，幾與竇氏争頡頏。吾家亦頗推吾鄉，自從仲父闓天荒，五登科第于太常。枝分派别各一房，敢與君家相比方。夫人更喜壽且康，歲時羅列稱壽觴。綵衣青紫交焜煌，人生至樂見未嘗。源深允矣流必長，孫枝更接秋風香。

元徐碩《至元嘉禾志》卷三二

題石洞書院

不到兹山又十秋，欲題名字記重遊。轉頭前日夢相似，拭目諸公墨尚留。俗裏塵埃隨酒却，淡中生活為詩愁。晚來得趣無人解，一鳥不鳴山更幽。

飛　瀑

聞道東陽水樂亭，一經坡句萬年聲。我來石洞得飛瀑，誰賦新詩留美名。平地有雷鳴不斷，半天無雨勢如傾。欲知山水醉翁意，且請主人遲酒行。

以上明郭鐵《石洞貽芳集》卷一

詠揚州后土祠瓊花

愛奇造物剪瓊瑰，為鎮靈祠特地栽。事紀揚州千古勝，名傳天下萬花魁。何人斫却依然在，是處移將不肯開。謾説八仙模樣似，八仙那得有香來。

清曹璿《瓊花集》卷二

（崔統華整理）

王　信

句

托名庾公何區區，天造地設非關渠。

《輿地紀勝》卷六七《荆湖北路·鄂州下》

張孝伯

張孝伯（一一三七—？），字伯子，號篤素居士（《誠齋集》卷九八《張伯子尚書畫像贊》），和州（今安徽和縣）人。孝宗隆興元年（一一六三）進士（《寶慶四明志》卷九）。淳熙九年（一一八二）知江寧縣（《景定建康志》卷二七）。寧宗慶元元年（一一九五）爲監察御史（《宋會要輯稿》職官七三之六三），四年，權刑部侍郎兼實録院同修撰。五年，權禮部尚書（《南宋館閣續録》卷九）。嘉泰元年（一二〇一），知隆興府兼江南西路安撫使（《于湖集序》）。次年，改知鎮江府（《嘉定鎮江志》卷一五）。三年，同知樞密院事，四年，擢參知政事（《宋宰輔編年録》卷二〇），尋罷（《宋會要輯稿》職官七八之六一）。今録詩三首。

視旱田賦呈上元簿楊明卿

輪蹄旦旦風塵表，入眼群山青未了。刺藤迎日子先紅，蕎麥得霜花漸老。叢祠詭怪畫村疃，古寺騫騰出林杪。征衫多次逐飛鳶，下擔有時隨宿鳥。初晴得去恨遲遲，獨夜不眠憂悄悄。公如老驥暫伏櫪，我類游鱗終屈沼。一朝王事有期會，百里民情同探討。詳於禹貢辨等級，明似離婁燭幽眇。高依丘壠或微收，低近陂塘翻盡槁。凶荒有數合均一，報應於中又分曉。不能究實害非淺，儻使從寬恩豈小。茲行到處欲春風，批放莫教分數少。

宋馬光祖《景定建康志》卷三七

雪窗 閣名，在軍治正衙

先生原是山中客，僅能揚雄一區宅。窮冬十日不出門，群玉峯前看三白。誰將名字落人間，丹陛入對天開顏。江城作牧多暇日，猶有餘力窮躋攀。膏肓不除泉石念，勝處何如眼中見。四明風月豈無情，要是

歲寒心不變。晴簷初晃雲母光，庭中已休雁鶩行。玲瓏元不礙達觀，下視萬物俱清凉。明張衮嘉靖《江陰縣志》卷一

哭宣教郎趙壘之原注：建炎四年，金人犯建康，宣教郎趙壘之以前任上元縣丞迎敵陣亡，與子恩澤一資。

長江天險失，鐵騎逼金陵。拒敵無留守，捐軀有縣丞。戈揮天日皎，血灑陣雲騰。蔣尉英靈在，千秋配食能。清朱緒曾《金陵詩徵》卷七

（李更整理）

王時會

王時會（一一三七—一二〇〇），字季嘉，奉化（今屬浙江）人。孝宗乾道五年（一一六九）進士。歷台州司户參軍，袁州教授，監行在左倉西庫，知會稽縣，湖南轉運司主管文字。寧宗慶元六年卒，年六十四。有《泰庵存稿》三十卷，已佚。事見《渭南文集》卷三七《王季嘉墓誌銘》。

徐凫島

絕壑攙空雲與平，横飛寒瀑萬年聲。杖藜平過人間險，獨向千山頂上行。宋羅濬《寶慶四明志》卷一四

（崔統華整理）

釋淨全

釋淨全（一一三七—一二〇七），號無用，俗姓翁，諸暨（今屬浙江）人。年二十出家，後師宗杲，祝髮受戒。累典大刹，最後住慶元府天童寺。寧宗開禧三年卒，年七十一。爲南嶽下十六世，徑山宗杲禪師法嗣。《五燈會元》卷二〇、《寶慶會稽續志》卷六有傳。今録詩七首。

摘椒頌

含烟帶露已經秋，顆顆通紅氣味周。突出眼睛開口笑，這回不戀舊枝頭。　宋張淏《寶慶會稽續志》卷六

答松源和尚舉竹篦話頌

黑漆竹篦握起，迅雷不及掩耳。德山臨濟茫然，懵底如何插嘴。

答大慧舉靈雲悟桃花頌

靈雲一見兩眉横，引得漁翁良計生。白浪起時拋一釣，任教魚鼈競頭争。

自贊

匙挑不上箇村夫，文墨胸中一點無。曾把虚空揣出骨，惡聲赢得滿江湖。　以上宋普濟《五燈會元》卷二〇

頌古三首

世尊初於臘月八日明星出時忽云：奇哉，一切衆生具有如來智慧德相，但以妄想執著不能證得。

此老從來謾自誇，無端病眼見空華。直教當下超三際，檢點將來未到家。

世尊因長爪梵志索論義預約云：我義若墮，我自斬首以謝。世尊云：汝義以何為宗？梵志云：我義以一切不受為宗。

是見受時眼著屑，見如不受事猶乖。賊身已露徒回首，鬼面神頭一處埋。　以上宋法應、元普會《頌古聯珠通集》卷二

《維摩經》：三十二菩薩各説不二法門。

毗耶城裏老維摩，一默無言詭詐多。三萬二千師子座，一時掀倒看如何。　同上書卷五

（閆賢整理）

易元矩

易元矩，生平不詳。《全芳備祖》次其詩於任斯庵等和樓鑰之閒，姑依之。

竹

一别虞妃去未還，愁雲空鎖九疑山。世間多少相思淚，洒遍修篁染不斑。宋陳景沂《全芳備祖》卷一六

（于博文整理）

黄倫

黄倫，字彝卿，閩縣（今福建福州）人。孝宗乾道三年（一一六七）授國子録（《宋會要輯稿》崇儒一之三九）。四年，除太學録（同上書崇儒一之三九）。淳熙十年（一一八三）遷秘書丞。十三年，爲著作郎兼權金部郎官（同上書選舉二一之四）。十五年，擢軍器少監。有《尚書精義》六十卷（《宋史·藝文志》）。已佚。事見《南宋館閣續録》卷七、八。今録詩二首。

高宗皇帝挽詞二首

大業由身濟，中興邁百王。憂勤三紀治，壽考九齡長。棄屣遺天下，乘雲返帝鄉。典謨應不泯，奎畫焕堯章。

湖鼎丹成日，中天瑞鶴迎。愁雲迷帝幄，淚雨洒都城。黼翣增摧割，龍輴忽啟行。千官陪素仗，九殞欲無聲。宋魏齊賢、葉芬《五百家播芳大全文粹》卷一〇二

（崔統華整理）

胡有開

胡有開，字益之，建昌南城（今屬江西）人。孝宗淳熙二年（一一七五）進士。寧宗開禧元年（一二〇五），爲秘書郎。二年，兼國史院編纂、實録院檢討官。三年致仕。事見《南宋館閣續録》卷八、九。

句

一百八景蟠繞，三十六峰囘環。青城山　《輿地紀勝》卷一五一《成都府路·永康軍》

（蔣岳紅整理）

邵經國

邵經國，永嘉（今浙江温州）人。與樓鑰同時。

上樓參政

聞道先生欲挂冠，先生幾日出長安。去時莫待淋頭雨，歸日須防徹骨寒。已遂平生多少志，莫令末路去留難。二疏畢竟成何事，留取他年作畫看。　宋俞文豹《吹劍録》

（崔統華整理）

周良臣

周良臣，宣州（今安徽宣城）人。孝宗乾道二年（一一六六），有向葉顒姪行賄得官事（《宋會要輯稿》職官七八之五一）。

句

却從谷口問歸樵。

《攻媿集》卷一三《周路分良臣挽詞》自注

（朱寶模整理）

全宋詩卷二五五一

林用中

林用中，字擇之，古田（今福建古田東北）人。初遇朱熹於屏山，後爲熹高弟。孝宗乾道三年（一一六七），曾與朱熹、張栻同游衡山，三人游山唱和之詩，集爲《南嶽倡酬集》。後曾入轉運使幕（《朱文公文集》卷六《小詩奉送擇之仁友赴漕臺之招……》）。事見《南嶽倡酬集》附録宋朱熹《林允中字序》。

林用中詩，以影印文淵閣《四庫全書·南岳倡酬集》爲底本。由于《南岳倡酬集》系後人所編，多有舛誤，兹據《朱文公文集》、《南軒集》相關詩題酌予訂正，編爲一卷。

七日發嶽麓道中尋梅不獲至十日遇雪賦此

昨日來時萬里林，長江雪厚侵猶深。蒼茫不見梅花意，重對晴天豁晚襟。

十三晨起雪晴前言果驗用定王臺韵賦詩 按：此爲朱熹詩，見《朱文公集》卷五。

今朝風日好，抱病起登臺。山色愁無盡，江波去不回。客懷無老草，節物又踈梅。且莫催歸騎，憑欄更一杯。

敬夫用定王臺韵賦詩因復次韵 按：此爲朱熹詩，見《朱文公集》卷五。

寂寞番君後，光華帝子來。千年遺故國，萬事只空臺。日月東西見，湖山表裏開。從知爽鳩樂，莫倣雍門哀。

至上封

嶽背三冬雪，真同不夜城。野烟何晃蕩，澗水助空明。行橐多新句，青山有舊盟。堂堂身世事，渠漫説三生。

後洞山口晚賦

按：此詩兩見《南軒集》：一為卷四，題作《由西嶺行後洞山路》，前四句不同，一為卷七，題作《和元晦後洞山口晚賦》，末四句不同。

西嶺更西路，雲嵐最窈深。水流千澗底，樹合四時陰。更得尋幽侶，何妨擁鼻吟。笑看雲出岫，誰似此無心。

馬上口占次敬夫韵

寒雪飄飄白晝昏，征驄曉發向孤村。途中風物來時異，吟罷新詩擊酒尊。

馬上舉韓退之話口占

天寒愁思正茫茫，匹馬周行野樹蒼。遥想韓公昔年事，聲名留得後來香。

雪消溪漲見山色可喜口占

雪消山色自青青，水漲溪流拍小汀。行客悠悠心目快，漫題新句在空屏。

登山有作次敬夫韵

壁立崔嵬不計尋，千峰羅列獻奇深。等閑佇立遥觀徧，流水高山萬古心。

馬跡橋

此日驅車馬跡橋，遠從師友步青霄。登臨不用還岐想，為愛山翁喜見招。

方廣道中半嶺少憩次敬夫韻

嶺峻山高且息肩，芒鞋踏破野雲烟。須臾直入上方去，又是乾坤一洞天。

道中景物甚勝吟賞不暇敬夫有詩因次其韻

天外雲端磬有聲，道中景物信增新。徘徊吟賞天將暮，好向平原問主人。

崖邊積雪取食清甚次敬夫韻

崖邊瓊玖吐清光，偶到山間得味嘗。一段奇香今已會，冰牙冷齒裂人腸。

後洞雪壓竹枝横道

山中景物自新奇，乘興幽人寫小詩。洞里竹枝遭雪壓，何人扶起向明時。

方廣聖燈次敬夫韻

燈長三世火長明，千里遺蹤子細尋。自是神光能永夜，不妨金偈更降心。

壁間古畫精絶未聞有賞音者賦此

老樹參横傍古陰，濃煙淡月試追尋。自來無會丹青意，可惜良工苦片心。

方廣奉懷定叟

相從偶到招提寺，獨對西風憶羽人。澹泊煙霞深處卧，百年衣鉢此生身。

賦羅漢果

團團碩果自流黄，羅漢芳名托上方。寄語山僧留待客，多些滋味煮成湯。

方廣版屋

上方古棟宇，年久自參差。動我行人想，相看各賦詩。

泉聲

穿雲絡日苦悲吟，澗底潺潺覓好音。絃管笙簧寒碎玉，源頭深處細追尋。

霜月

雪霽雲收月滿天，冰輪碾轉浄無煙。幾迴寒色侵人冷，底信清光永夜娟。

枯木

數年抱葉不萌芽，終歲淹淹絶蘚花。廊廟大材工舍用，何須把節向人誇。

夜宿方廣聞長老守榮化去敬夫感而賦詩次韻

上方長老已尋真，禪室空存錫杖新。自是屋梁留夜月，可憐飄泊係留身。

蓮花峰次敬夫韻

十丈花開自白蓮，峰頭花色更鮮妍。分明會得濂溪趣，强作新詩續古篇。

殘雪未消

凍壓林巢欲墮鴉，素花飄落結煙霞。陰風慘淡青山老，不辨梅花與雪花。

行林間幾三十里寒甚道旁有殘火温酒舉白方覺有暖意次敬夫韻

高山絶頂雪千堆，凜裂冰膚這幾回。行到林間得殘火，借它燃燼暖寒杯。

福巖寺回望嶽市

福巖寶地幾千年，宫殿朦朧鎖暮煙。遊客回頭懷想望，自知身在寂寥天。

福巖寺讀張南湖舊詩

名公有意著新書，翰墨精神碧玉姿。今日山中纔讀罷，經行已續少陵詩。

登祝融口占

托身天際外，寄足在雲端。俯仰心猶壯，登臨眼盡寬。乾坤真景界，風雪倍朝寒。忽起煙霞想，相從結大還。

晚　霞

晚霞掩映祝融峰，衡嶽高低爛熳紅。願學陵陽修煉術，朝餐一片趁天風。

贈上封諸老

上封臺觀静，夕霽景偏清。月下聞禪語，風中有磬聲。龍池留古蹟，雁塔寄餘情。借問房前樹，東窗忽偃生。

醉下祝融峰

祝融高處怯寒風，浩蕩飄凌震我胸。今日與君同飲罷，願狂酩酊下遥峰。

林間殘雪時落鏘然有聲賦此

天花亂落類瓊瑶，遊賞行人覺路遥。林畔殘枝猶被壓，數聲佩玉遍青霄。

石廩峰次敬夫韵

石廪峰高直插天，芳名耿耿舊流傳。好推佳惠敷寰宇，始信人間大有年。

自西園登山宿方廣寺

登山極目望，梵宇自鮮明。風度閑花落，雲低野樹清。夜長人不寐，地僻月初生。明發又歸去，何能已此情。

十五日再登祝融峰用臺字韻

惆悵獨徘徊，晴嵐遶古臺。日從東海上，人自北山回。峰老曾經雪，天寒不放梅。野僧憐我倦，相觀酒盈杯。

方廣寺睡覺次敬夫韻

寒溜山房太慘情，夜長枕畔聽泉聲。起來獨自渾無語，牢落凄涼澹泊清。

渡興樂江望祝融按：此題原誤收張栻「日上寧容曉霧遮」一首，見《南軒集》卷五，今調整。

今日溪雲迷小槎，層層錦浪映晴霞。須臾直至前村去，遥望羣峰真可誇。

嶽後步月

轉缺霜輪出海邊，故人千里共嬋娟。山陰此夜明如練，月白風清人未眠。

過高臺獲信老詩集

今朝移步野雲端，幸得新詩讀夜闌。識破中間真隱訣，月明風雪道休寒。

自上封下福巖道旁訪李鄴侯書堂山路榛合原缺，據《南軒集》卷五補**不可往矣遂賦此**

百年古路已成荒，今日人稱相國堂。麟鳳已歸天上去，空留遺像在斜陽。

夜得嶽後菴僧家園新茶甚不多輒分數碗奉伯承

芽吐金英風味長，我于僧舍得先嘗。飲時各盡盧仝量，去膩除繁有遠香。

自方廣過高臺賦此

山雲迷古寺，曙色照孤城。禪境風偏好，空門眼倍明。逢僧敘舊話，對客結新盟。□□□□□，□□□□生。

胡文廣仲與范伯崇自嶽市來同登絶頂舉酒極談得聞比日講論之樂

自得中峰住，憐君冒雪來。共登福岩寺，齊上古層臺。斗酒酬佳興，詩懷喜獨開。飄然塵世隔，談論轉堪哀。

題福巖寺

久慕雲間寺，相從此日來。山僧留客坐，野老把松栽。地拱千尋險，天遮四面開。殷勤方外望，塵事不勝哀。

題南臺

山高聳樓觀，天際有瑶臺。地僻煙霞静，門空雲霧開。輿圖真絶域，形勝實崔巍。久以平生慕，今年始得來。

同遊嶽麓道遇大雪馬上次敬夫韵

遥瞻衡嶽頂，雲盡碧参差。人從南方至，雪墜西崖垂。談玄問老子，鳴佩邀神妃。飛花舞瓊瑶，青壁比珠璣。平生山水興，行止只自知。飄飖凌浩蕩，猶恐太白低。松持歲寒操，梅放冰雪姿。迢遞崑崙顛，俯仰動遐思。兹峰名天下，突兀真絶奇。行行將易晚，去去尚追隨。我愛君飲酒，君愛我賦詩。相看各惆悵，勉旃在明時。

遊南嶽風雪未已決策登山用敬夫春風樓韵

按：此為張栻詩，見《南軒集》卷一。

人言南山顛，煙霞聳樓觀。俯瞰了坤倪，仰攀接天漢。勇往愧未能，長吟湘水畔。兹來渺遐思，風雪豈中斷。行行重行行，敢起自晝嘆。我聞精神交，石裂冰可泮。陰沴驅層霄，杲日麗旭旦。決策君勿疑，此理或通貫。

將下山有作

昔日乘輿住此山，愛山五日住山間。今朝忽動思歸興，得伴先生杖屨還。

十六日下山各賦一篇以紀時事云

匹馬返歸程，天寒雪眼明。無窮身外事，難了世間情。客向天邊去，風含玉佩聲。别離與僧約，明歲再來迎。

又和敬夫韵

按：此題下原誤收張栻「山中好景年年在」一首，見《南軒集》卷七，今調整。

青山不老千年在，白髮如絲兩鬢新。歷盡高山數萬里，未知何路是為真。

登山回

勝概峰頭寺，尋幽客自來。泉聲潤分細，山色翠成堆。踏破千崖雪，還聞一夜雷。東林期擬結，卧石夢忘回。

以上《南嶽酬倡集》

（王德保整理）

全宋詩卷二二五五二

舒邦佐

舒邦佐(一一三七—一二一四),字輔國,更字平叔,隆興府靖安(今屬江西)人。孝宗淳熙八年(一一八一)進士。初授鄂州蒲圻簿,改潭州善化簿,遷衡州録事參軍。寧宗嘉泰二年(一二〇二)致仕。嘉定七年卒,年七十八。有《雙峰猥稿》九卷傳世。事見本集卷首《譜系》及《舒公墓誌銘》。

舒邦佐詩,以清道光二十九年刻《雙峰猥稿》(其中卷八爲詩)爲底本。校以明崇禎六年舒氏家刻《雙峰先生存稿》(簡稱崇禎本,共六卷,卷六爲詩)及清初抄本《雙峰先生文集》(簡稱清抄本,共九卷,卷八爲詩,藏北京圖書館)。編爲一卷。

于尉以書室新成惠詩次韻

無數雲山簇眼前,又聽風葉響琤然。近于此處開三徑,準擬歸來受一廛。終日看山忘坐卧,有時扃户鎖風烟。尋花問柳如乘興,且莫輕回訪戴船。

于尉惠詩有流落之歎次韻招飲

一紙西風書客愁,愁來如瀉滿汀洲。從他夢鹿還争鹿,休問封侯與不侯。百歲光陰草頭露,一年好景菊花秋。人生能著幾緉屐,且為重陽一醉不。

書堂前植竹今日移梅於其間

三徑向來孤竹弟，一枝今日伴梅兄。歲寒圖上曾相識，一笑相看自有情。

戴氏樓名折桂來覓詩賦二十八字

秋入高樓風露凉，疑從月裏送清香。五枝高折非難事，問取燕山竇十郎。

偶　書

酒盡瓶乾一再添，朔風吹葉響階前。起來水墨圖中望，正是江南欲雪天。

和許宰于尉問字韻詩後一首送其子赴太學

原注：《靖安縣志·職官門》：宋縣令許鏜，臨川人，承直郎，淳熙九年任。

連珠疊璧照窗間，得句須知出等閒。有似弟兄花蕚集，更如大小淮南山。言詩自愧知來賜，聞十如何敢望顔。一夜不眠追險韻，起來疏髮有詩斑。

籥雲追電笑談間，争看驊騮出帝閑。暫借短檠賒眼力，莫因遠别夢眉山。詩聞庭下頻趨鯉，易在牀頭久鑄顔。趁取雙親皆未老，緑衣歸换綵衣斑。

和懶窩嚴上人紙被詩

身清不受人間辱，只崇禎本作更倩溪翁擣冰縠。素濤照眼絶針痕，暖玉遮頭無臉粟。參寥已似絮沾泥，天女雖來暖非肉。華鯨吼吼不成眠，蝴蝶蘧蘧猶未足。

雨後書懷

策策西風兩鬢秋，瘦藤獨倚思悠悠。送凉小雨勾牽睡，潑面新醅斷送愁。涉世已經三折臂，浮生空白一分頭。流行坎止隨天意，且著烟簑上釣舟。

和于湖集茶韻三首

倒牀鼻息欲鳴雷，須仗靈芽一喚回。此味直教真性在，切防勾賊用鹽梅。

金沙泉下喊春雷，貢茗先隨造化回。欲望頭綱分八餅，恨無筆力繼歐梅。

氣味相投陳與雷，有時煎點兩三回。午窗睡著呼湯急，止渴還應似望梅。

曉起

風葉下宿雨，菰蒲作秋聲。起頭望天宇，凉意翛翛生。欲挽天河水，一洗塵土纓。誰人插兩翼，送我上太清。

晚出

晚徑收霜滑，青鞋踏淺沙。看雲閒活計，臨水淡生涯。籬菊猶存葉，江梅欲破花。楓林凋落盡，露出兩三家。

夜坐

霜蟾照户鼓三更，獨坐蒲團一盞燈。名利此時都踏破，分明一箇在家僧。

天寒偶成

雲凍長空鋪水墨，風鳴破屋響琅玕。憶梅探梅春已露，欲雪不雪天正寒。呵筆豈能詩句好，擁爐偏怕酒瓶乾。太平宰相非吾望，煨芋何須問懶殘。

喜雪二首

光入疎櫺曉色添，開門猶崇禎本作疑認蝶飛簾。千山陡失青絲障，萬户横拖白玉簷。壓竹重時疑緑折，着花輕處露紅尖。自慚對景無佳句，空笑當時絮與鹽。未問街頭酒價添，迎光先捲讀書簾。送寒作片頻窺户，著暖先融半溜簷。莫作檜花添項强，且隨梅點鬧眉尖。叮嚀勿壓南枝折，商鼎調羹待作鹽。

余本不能棋因病又止酒

圍棋賭别墅，斗酒博涼州。驅之奪名利，誰信可銷愁。不如陶靖節，客至空持甌。不如蘇東坡，勝敗兩忘憂。此心無外累，雲浄一天秋。

詠蒲團

細觀才滿一輪月，静坐能銷萬古心。莫向洪爐烘醉客，只宜清夜定禪林。

讀子厚乞巧文

不見牛郎不秉鈞，一時雖拙有清芬。附棋待詔皆因巧，何用翻成乞巧文。

著存亭

事亡如存死如生，以誠則著著乃形。二字貌出孝子誠，曉然如見親在庭。有人念母愁思凝，終日如癡呼不醒。自云所見政如此，觸物有感皆分明。山形作我枕扇清，風葉舞我萊衫輕。江蘆千株白皎皎，尚想鶴髮垂星星。入户宛然聞愾息，恍惚欲下來舉觥。始知至孝無間斷，聖人所以見牆羹。譬如忠信純熟者，立則參前坐崇禎本作輿倚衡。然而存著亦非真，能于吾母用吾情。所見皆從所念得，初非刻木外經營。雖然銘鏤在中扃，何待扁榜垂丹青。要令目擊助心想，不然安得名吾亭。

挽黄助教四首

舒邦佐

金鎞刮膜妙通靈，從此昏花不再生。聞道向來昏醉眼，而今黑白儘分明。
有客携來幼婦碑，細看一字是褒辭。觸蠻索戰吾無此，方信黄家萬頃陂。
楊枝一放任西東，已把浮生比夢中。今日算來真是夢，翩翩丹旐引春風。
春歸平日館池中，想是園崇禎本作桃花三四紅。還有舊時王謝燕，喃喃來弔主人翁。

于尉燈夜招飲酒酣援筆成詩繼韻

低唱雖無金步蓮，公來處處已聞絃。滿街燈火作元夕，此段風光勝去年。紙上飛雲驚落筆，崇禎本、清抄本作筆落盤中走彈喜詩圓。便宜歸侍傳柑宴，滿泛錢塘蘂玉船。

和洪龜父歲暮韻

兩鬢點秋霜，黑白交相互。倒指數行年，如日斜歲暮。始汙千佛經，頗歎儒冠誤。夜聲喧爆竹，曉炬驚鴉樹。又是一年新，三百六十度。

睡起二首

雙雙燕語落簷牙，驚破春屏夢到家。睡起拈書無意緒，開窗隱几看桃花。
蝶夢驚回思尚迷，起煎蟹眼試新旗。桃花貼地楊花起，正是江南二月時。

慕容簿送題寶峰石刻并中秋詞以詩謝之

步屧尋僧到日西，亂山深處見新碑。却驚天上披風手，亦卷波瀾入小詩。
月入中秋色滿林，摹將好景寄清音。自從句奪天工巧，景物無聊直至今。

以魯直露溼何郎試湯餅爲韻賦酴醿七首

石竹麝香臍，博山水沈炷。勾引愛香人，攀花春筍露。
江南萬玉妃，肌膚冰雪立。平生愛淡粧，不作胭脂溼。
金沙與同架，並蔕更連柯。紅白雖相宜，品藻當如何。
倚窗春睡覺，折玉滿手香。篸雲疑未穩，指點問檀郎。
何面與荀香，美丈夫可試。不學海棠花，只如妃子睡。
昨日落酒杯，引我卧醉鄉。對午猶未醒，支頤聽煮湯。
愛花莫看花，如饑貪畫餅。一笑大江横，此句須參請。

以昌黎驗長常携尺爲韻賦筍五首

前晚尚錐鋒，昨日突鎗劍。今朝又稍長，吾曾刻竹驗。
突兀出藩來，頗似逞狂蕩。高下列階前，又如識少長。
行矣脱錦綳，笙竽奏風篁。歲晚尤可敬，霜雪不改常。
吾家蒼頭奴，斫玉手自携。云恐春風惡，吹開枝高低。
我至再三惜，恨不長百尺。要夏結清陰，蔭我醉眠石。

雨後即事

昨日雨不歇，薄晚雲未收。更闌望天宇，雲净月如鈎。曉開讀書窗，日光潑雙眸。蔬飯羹一盂，起傍吾廬游。一洗塵土昏，水竹清更幽。問花無恙否，低面含嬌羞。驗筍長幾何，突角凌羊牛。前日移新荷，常恐水蓋頭。池邊報平安，小葉三四浮。竹林叫鈎輈，柳陰鳴栗留。趁晴欲雙飛，更著唤婦鳩。物適吾亦適，投笻思悠悠。却歸堂上坐，蒼頭獻茶甌。兒聲清且美，讀書如瀉油。静裏無聲樂，閒中不繫舟。不知腰金公，曾識此樂不。我生微官縛，有如冠沐猴。長恐舍此去，永愧池上鷗。

回廟山放船

快時一箭走飛篷，緩也委蛇碧玉中。遲速無心安樂法，從今不怕打頭風。

三衢阻雪至永豐道中又雪

前日堆銀凍未消，今朝滿地踏瓊瑶。一杯蘸甲寒威退，只要行人著酒澆。

回進賢道中

遥憐兒女數還期，自秣歸驂趁曉雞。乾鵲有靈煩送喜，馬蹄今日踏江西。

蠶婦歎

舍南舍北争采桑，欲老未老蠶滿筐。曉切葉縷細且長，夜萝繭簇白間黄。繰成萬絲手中香，醫得三月眼前瘡。有餘更著輸官忙，無衣敢歌卒歲章。

謾　題

世網角雄雌，官途争是非。人方酣蟻戰，吾自送鴻飛。

小　院

小院無人到，徐徐影轉花。池平初鬫清抄本作鬧蛤，柳老半藏鴉。矛戟猶封筍，槍旗欲試茶。一邱并一壑，只此是生涯。

隱　几

隱几香一炷，時于静裏求。心源須得得，世路任悠悠。佛國菩提樹，莊園不繫舟。忘機吾自信，何必驗沙鷗。

仿古

雪花點破潘郎鬢，始得荷衣上釣蓑。蠶經一眠再眠後，船歷順風逆風多。雲烟過眼竟何有，星斗在天終不磨。著鞭古人乃吾事，長檠莫换短檠歌。

晚步

晚來頗憶林塘幽，又拄烏籐款款游。細雨斜風三日後，落花啼鳥半春休。不知何處數聲笛，唤起幽人一點愁。賴有青蛙知客恨，笙歌一部起池頭。

夢覺

夢覺還尋夢，胚胎一想中。失身邯鄲枕，得意大槐宫。周在蝶何在，蕉空鹿亦空。自憐心未静，起坐究幡風。

伏枕

索索葉多崇禎本、清抄本作夜雨，夢驚窗月明。一念墮世網，百慮戰心兵。天上麒麟閣，沙邊鷗鷺盟。展轉復展轉，孤鴻三兩聲。

贈太素脉王道人爲端夫病起解嘲

按指如醫細切膚，對人便肯説榮枯。我今跳出榮枯外，試問先生脈得無。

贈畫魚童秀才

我本江湖崇禎本作南一釣徒，錦鱗到眼便歡呼。他年蓴鱠歸來日，添箇漁竿入畫圖。

讀退之傳

退之二十八，三上宰相書。晚折王廷湊，罵佛戒鱷魚。少時及壯時，君試觀何如。士養要如此，合抱凌太虛。

讀廣平梅花賦

子猷清雅如此君，菊花冷淡如淵明。古人嗜物非著物，風味相似因適情。不見鐵心宋廣平，乃肯一賦寫梅兄。愛渠風雪不改清，似我不肯郎張卿。

咏昭君

奉春前日策和親，夷夏雌雄恰始分。今日呼韓朝渭上，如何萬里嫁昭君。

讀開元遺事

錦綳兒啼妃子笑，雞頭肉念禄山來。三郎若肯憐湯餅，豈被香囊作禍胎。

讀東坡韓文公廟碑

盡道潮陽因罵佛，誰知忠諫得天知。鱷魚夜徙衡雲散，請看而今玉局碑。

送簡賀州五首原注：《江西通志》：簡世傑，字伯俊，自進賢徙居靖安，隆興進士。初任靖江府司理參軍，改知蒲圻縣，知賀州。

人生五馬貴，畫戟擁朱輪。朱輪亦細事，舒卷方在身。官至二千石，此手要活人。請將胸中書，散作五嶺春。

朔風撼木落，莫驚客店霜。桂林雪片深，成都碧雞坊。西南幕中去，尚趣萬里裝。今乘刺史車，何嫌驛路長。

曩時鹽令更，官貧如負債。而今舊法復，私販奪公賣。且莫作是想，亟欲目前快。有錢藏之民，畢竟根本在。

摩挲風月堂，應記中庸公。牆頭荔子熟，勿翦比國風。此翁出嶺來，兩頰丹砂紅。但云身力健，不言檳榔功。

我作送行詩，勸終鋪美意。吾君方急賢，侍從有虛位。兩府多故人，東閣欠奇士。如送鄭尚書，韻必以來字。

送陳糾

我昔場屋計，夜傍讀書螢。開卷啖公文，如味五侯鯖。今年觸熱來，著脚湘山青。暗中摸索著，紫髯照天庭。風前笑語香，陡豁病眼醒。一日駕征車，問訊短長亭。買酒酌別君，我歌君試聽。命薄成雌甲，字慙識一丁。文場與宦海，從公與乞靈。飄然舍我去，却作參商星。我歌雖不滿，民謠如轟霆。謂公三年留，陰德滿幽圄。束縛老奸手，兩造必細聆。民自以不冤，刑期于無刑。是宜薦鶚書，風吹上青冥。更鋪錦上花，姓名記御屏。不揮玉堂翰，必勒燕然銘。文章特一技，九鼎重朝廷。人生幾緉屐，早畫凌烟形。衡陽有來雁，一字訪風萍。

送湖南潘帥赴召

道傳伊洛政龔黃，肯為人間富貴忙。愛滿棠陰踰五嶺，種成荔子又三湘。貪賢急召恩雖渥，因病求閒策本長。聞説晦翁天下士，更將出處細商量。

和林帥喜湯王二魁將還

爛醉春風玉不頽，自封喜信入湘來。同鄉多少同年士，兩榜何如兩奪魁。瓊苑宴開應共醉，西湖賞罷更同回。早歸多謝文翁力，莫待平安家信催。

挽余倅二首 原注：《江西通志》：余紹祖，字光裔，奉新人，紹興進士，爲潭州觀察推官，知廬陵縣，通判江陵府，辟守巴東，命下，以疾卒。

自踏功名地，斯心每淡如。東南雖數任，來往祇單車。上相逢知己，清時草辟書。才寬天命窄，輤左换靈輿。

仕接湖南北，逢人問起居。蚤曾師硯席，非但托鄉閭。夢裏詩春草，毫端賦子虚。諸郎圖不朽，當共葺遺書。

以詩追墨

萬竈燒松有妙功，分張猶未及隣翁。陶泓毛穎來呼友，要爲幽齋草送窮。

遺術士

欲壽莫誇堯丙子，欲貴莫疑雌甲辰。學取燕山人姓竇，自然五桂一靈椿。

聞杜鵑

衆禽栖息不聞聲，獨向三更月裏鳴。終日勸歸歸未肯，故教枕上聽分明。

送張倉移漕廣西

賓鴻度月叫秋寒，天怕炎方雨露乾。繡衣使者持玉節，先送春風入蛋蠻。嶺南日日望行色，湖南百姓爭卧轍。兩路行人界上爭，去思來暮歌謳接。廣鹽變法是誰謀，直至而今病未瘳。嶺上逢人須細問，遠方根本是深憂。廣吏從來恃天遠，北歸南載無空返。埋輪家世本澄清，無使老蠶自營繭。莫嫌嶺路去逡巡，桂林見説最宜人。筍樣山峰羅樣水，錦囊收得越精神。直聲曾動天顔喜，更有元台作知己。諫坡言路著此翁，所謂如尊乃勇爾。大蘇文章繼老蘇，魏徵勳業付魏謩。傳家况有黄金印，行入衣冠盛事圖。門下書生知此意，戀戀不為兒女計。黄花時節送君行，梅花時節迎歸騎。

送孫憲就任除祕監赴召原注：《宋史·孫逢吉傳》：改國子司業，求去，為湖南提刑，以秘書監召，兼吏部侍郎。

閶闔排雲叫玉旒，延齡不相白麻收。圜橋留住不肯住，古來只説陽道州。千載風流正相似，難處郊裡能有幾。不顧諸郎尚白丁，扁舟夜發浮湘水。富貴耽人如蜜甜，小兒嗜蜜幾曾嫌。全家先遁無人覺，惟有誠齋句裏拈。回鴈峰前再秋色，哀矜折獄多陰德。彈壓湖山處處春，楚波不動平如席。不論朱墨細如麻，夜判千張燭有花。老吏相看驚吐舌，如箭中的無少差。世上紛紛幾桃李，過却韶華盡紛委。老松閱世傲風霜，萬牛挽入明光裏。蓬萊弱水多逆船，人生一到已稱仙。重來况是文章伯，豈但舊物王青氈。一佛出世從此度，紫薇花下皆平步。更看健筆繳詞頭，恰似當時在言路。六一老僊贊萬微，益公首轉造化機。廬陵自有三台種，他日聲名翦樣齊。三十年前韓一識，三十年後供吏役。朝天好施一丸丹，教我春風生羽翼。

張推上巳出郊尋花送至詩軸四字原缺，據清抄本補**次韻**

重三投曉出郊坰，躍馬歸來趁晚晴。筆卷雲烟歸賦詠，軸聯珠玉鬬晶明。我從多病三春裏，轉覺浮生萬事輕。夜半惟歌盤谷序，肯如仲叔請繁纓。

張推水亭賞蓮惠詩二字原缺，據清抄本補次韻

玉環妖血不飛天，化作芙蕖滿眼前。恰有六郎來比似，便哦七字鬬清妍。曉粧洗露漢宫女，晚步凌波水府仙。得待清抄本作待得蜜房成玉蛹，送煩纖手剥新蓮。

花光寺送使者書壁

白沙翠竹釣魚磯，家在江南未得歸。最恨花光山下路，數聲杜宇背人飛。

桃花

恨崇禎本、清抄本作憤題玄都觀，歡入武陵谿。花面無今古，人心自笑啼。

題三石屏

烟霧冥濛雨意垂，遠山隱隱抹修眉。急催行李投前店，似我當年在道時。一作烟霞崇禎本作霧昏濛欲雨遠山在有無中。

正是江南雪霽天，素娥特地弄嬋娟。山川一望皆如剡，只欠渠儂訪戴船。一作月色當空山川平地皆如雪後。

月姊携爐出廣寒，鎔銀為水又為山。夜來崇禎本、清抄本作闌歸去忘收却，陷崇禎本作溜入浯溪石壁間。一作月出雲間山川皆如瓊玉。

春日即事五首

正晝東風自展扉，雙雙燕子望巢飛。楊花却是元無定，吹落南隣不肯歸。

架上酴醾萬玉浮，當年攀折為遲留。而今老病空相對，花不羞人人自羞。

桃杏酣酣著意紅，當時只要嫁東風。而今却被東風誤，一片西飛一片東。

鳴鳩乳燕寂無聲，蜜熟花蜂亦懶營。睡起卷簾春已晚，竹籬穿筍兩三莖。

穀雨催秧蠶再眠，采桑女伴罷鞦韆。前村亦少游人到，牛歇濃陰人餉田。

春暮

日月一箭過，春光又別人。竹孫纔解籜，梅子已生仁。閱世真旋磨，看詩老斲輪。壯懷因病落，孤負百年身。

睡起

睡起挼挲兩眼眵，卷簾惟見水平池。小窗幽寂無人到，自撥爐薰試一旗。

聞野有飢殍感歎

豌豆斬新緑，櫻桃爛熟紅。一年春色過，大半雨聲中。仆野傷飢殍，祈天願歲豐。有誰捐白粲，相伴減青銅。

初夏二首

稍久梅黄雨，新晴麥熟天。寸懷煎百慮，一病費三年。方册强遮眼，短窗時送眠。三生償業盡，四體合安便。

盧橘金珠似，楊梅火齊如。燕銜春去後，蟬噪夏陰初。藥訪三年艾，心凝一束書。老身仍著病，節物最闌渠。

立夏後熱甚既而楝花風作極寒

炎官司印未十日，暑氣駸駸著病翁。卷地吹來忽驚散，今朝還遇楝花風。

讀陳黄詩

四海黄太史，百年陳後山。意深識者少，味永到尤難。夜静參禪悦，天晴窺管斑。心知言未契，猶隔一重關。

自歎二首

莫莫更莫莫，休休復休休。平生都是錯，一病盡堪羞。龜為靈鑽殼，膏因明出油。細思根本悴，端的是招憂。

怡顔今得盼庭柯，黄鳥啼邊緑蔭多。回歎此生肝肺涸，只因雕篆損天和。

榴花

萬緑枝頭幾點春，逢人偏喜上烏雲。出來只為當時暑，故翦紅綃皺作裙。

寄端夫三首

萱草榴花照眼明，水團角黍滿盤清。文殊問疾移秋晚，空想敲門剥啄聲。

遲子來時細講論，未須著語策奇勳。庖丁妙在牛先解，水上風行自有文。

求田未用太匆忙，且况毛錐覓太倉。擇地讀書終不惡，莫教辜負北窗涼。

午睡

博山烟斷嬾重添，屋角無聲雀去簷。午夢欲成雞唤醒，卧看修竹映疎簾。

春晚

桑柘枝頭一一空，林巒放出畫屏風。鷺鷥驚晚歸飛急，零亂昏(崇禎本作青)烟一抹中。

捲簾

隔簾見竹早清幽，卷起疎簾滿眼秋。一搭(崇禎本作段)夕陽收不得，被人都送上簾鈎。

憶官舍芙蕖

官池無數擁紅妝，日日全家坐晚涼。官職已抛無夢去，尚疑身繞一池香。

秋暑極熾而雨作凉氣翛然

日輪停午汗珠融，簾箔都無半點風。唤起睡龍行一雨，病身移入水晶宫。

聞蟬

紗幮紋簟北窗眠，只道清聲比管絃。誰念夕陽官道裏，幾多客旅聽凄然。

立秋後十日

萬緑枝頭一葉黄，秋風恰則到林塘。晚雲更作瀟瀟雨，拾得人間一夜凉。

雨後

積雨洗殘暑，翛然窗户凉。蠅蚊不須驅，時至自退藏。琤然一葉下，梧桐隕秋黄。仰視天宇闊，賓鴻初南翔。兒時親燈火，二尺便宜光。咀嚼復吟哦，惟恐更漏忙。老來病如縛，空對書滿箱。短檠置牀頭，猶渴不能漿。人生捨此樂，百年謾風狂。

至後有感

舒邦佐

窮冬萬木脱，風葉無停計。老樹露槎牙，四旁誰擁蔽。泛視崇禎本、清抄本作觀林莽間，一一獻憔悴。昨夜新陽復，根荄抱生意。天將九轉丹，一粒回元氣。三陽即為泰，原野争明媚。老樹亦逢春，緑陰看垂地。

殘臘書懷

冰池照日暖初融，準擬迎春更餞冬。盃酒乍疎情少緒，尺緘稽報病多慵。殘年斷送風和雪，晚節相依竹與松。回首思量十年事，倦投孤枕聽鳴鐘。

梅花

千林氣脈未全歸，一點清香已著枝。每愛月窗横瘦影，敢將水墨污冰姿。淡妝出屋新相見，索笑巡簷舊有詩。不見化工先著力，雪中風韻最相宜。

小巷

蕭條一徑微，來往覺人稀。忽聽隣家鬧，歡尋稚子歸。卷書真是懶，添火且相依。强起扶行處，斜陽正滿扉。

瓶梅

病眼因君得再明，依前風骨照人清。憑誰説與司花女，伴我長開過一生。

丁巳正月五日

春滯崇禎本、清抄本作來猶為臘，年移已换正。節從忙裏過，愁向病邊生。小雨止還作，虚窗暗又明。時光與心事，無一可娱情。

春半即事

春來晴景少，晝夜已平分。寒鎖花藏萼，風微水皺紋。端成空識字，誰可共論文。惟有銅爐在，時拈柏子焚。

病中口占

拂枕投牀鼻息鳴，鄰雞報午夢還驚。一春已過半春了，十日曾無五日晴。唤客難同藉草飲，隔牆虚認賣花聲。十年前憶西湖上，柳蔭蘇隄取次行。

嘲燕子

去歲相過日，朱簾正上鈎。雙雙如舊識，一一話離愁。留為荷花夏，歸因梧葉秋。今年頭轉白，還識主人不。

爲端夫病起解嘲

折臂三公古尚傳，神全何必問形全。前身恐是婁師德，試向沙頭覓渡船。

至日見梅

插向書窗小小瓶，看來看去眼增明。花瓶萼子能多少，占却人間無限情。

紀秀野之景

秀野吾曾到，名新景亦嘉。雨移新到崇禎本作長竹，晴接舊來花。矗矗山圍立，崇禎本、清抄本作坐團團樹繞家。病中心漫往，無計聚摶沙。

和王令尹游園之作

官事何時了，偷忙得餉閒。清風寒食裏，飛絮落花間。靈運池生草，淵明鞠見山。詩來令細讀，玉佩響珊珊。

久雨望晴十月六日夜雷雨大作

十月天猶暖，渾如二月晴。雷聲兼雨勢，春令已冬行。稻穟多生耳，田家有歎聲。官倉須玉粒，早為挂銅鉦。

送履正赴省

萬里雲衢著脚初，臨行尚肯過吾廬。風雲得助子方快，冰玉相依我不如。驛路響鈴看報捷，殿門放鑰待傳臚。逾科又見龍飛榜，此度傳衣應（清抄本作定）不虛。

送致遠赴耒陽酒官

雲凍長空晝亦昏，誰歟剥啄扣柴門。故人言向瀟湘去，此別應須歲月論。衡嶽五峰瞻勝槩，耒江（崇禎本作陽）千載弔詩魂。舊游倘有人相問，為說扶犂教子孫。

挽左相京太師四首

皇華方北返，植纛指西風。蜀謂今清獻，戎言昔富公。民夷兩心服，勳業百年同。贈與（崇禎本、清抄本作典）齊溫國，功高報亦隆。

聖代多名相，誰如德量寬。平心消黨與，著力援孤寒。禮極三宮養，天開二聖歡。盡忠扶孝治，烽火自平安。

堯考聞憂日，公身病瘁時。哀情知痛極，疾勢轉增危。梁壞將安放，天胡不憖遺。此為天下慟，未敢哭其私。

自際朱紘賞，逢人説項斯。蜚章先剡上，薦墨更交馳。遽卧漳濱疾，如轟薦福碑。空流一襟淚，無路送靈輀。

題同年郭丞遯齋 郭，清江人

清江子郭子，作齋以遯名。傍人或不解，謂將拋塵纓。著語競挽住，軒翥九萬程。吾聞遯之象，山止而天行。止如子橐木，行如亞夫兵。養静以須動，淵嘿藏雷聲。乃識箇中趣，非專隱遯情。雖然遯六爻，四陽理分明。雖有艮在内，二陰要研精。尾厲苟不審，嘉肥何由亨。艮齋謝夫子，江南老先生。君齋雖名遯，三爻自艮萌。南豐一瓣香，好請子細評。再拜若有得，為語年弟兄。

送馮勉仲赴省

客餞旗亭酒半酣，摶風九萬送鵬南。薄勞汗馬功收一，肯怨長途玉獻三。去去梅花催驛騎，看看柳色闕恩藍。長篇好上劉蕡策，莫作書生無用談。

和許宰寓武邑賡楊丞靖安八詠 原注：《靖安縣志》：楊方，字子直，長汀人。嘗從朱晦庵學。淳熙中為武甯丞，轉靖安知縣，廉静和平。自題詩有云：堂上官人似野人，村人相見且相親。又云：高陂約水歸田急，不管灘聲入縣門。其風致可想。按：原詩三首，見《宋詩紀事》，此蓋和韻作也。許宰見前註。

市人常是醉昏昏，買盡青銅酒已渾。健倒投床都不問，日高猶未啟重門。

君似春風自襲人，無情鷗鳥亦相親。莫驚仕路風波惡，便憶家園自在身。

我有淵明日涉園，桃蹊柳徑漸清繁。却嫌市井喧囂近，悔崇禎本作恨不誅茆住遠村。

風旗獵獵半欹斜，日日相傳便到家。幾度兒童騎竹馬，斜崇禎本作夕陽影裏簇汀沙。

帥幕潭潭庇萬間，已知流水與高山。定應不負刀頭約，合浦明珠早早還。

好語飛來散綺霞，清新俊逸屬詩家。著人似醉菖蒲酒，有味如嘗橄欖茶。

家書寫罷報平安，酒坐團紅且醉觀。别後雙溪春色散，應無賣鏡去尋官。

里巷繰車日日忙，今年又喜熟蠶桑。公家無欠私家樂，細葛含風簟更長。

以上《雙峰猥稿》卷八

（許紅霞整理）

全宋詩卷二二五五三

滕岑

滕岑(一一三七—一二二四),字元秀,嚴州建德(今浙江建德東北)人。高宗紹興二十九年(一一五九)領鄉薦,屢試進士不第。光宗紹熙元年(一一九〇)特奏名,調徽州歙縣尉。終母憂,再調温州平陽縣丞,秩滿監南嶽廟。寧宗嘉定十七年卒,年八十八。有詩集,已佚。事見《桐江集》卷一《滕元秀詩集序》。

滕岑詩,據《瀛奎律髓》、《永樂大典》等書所録,編爲一卷。

秋晚

槭槭霜風勁,騣騣物象彫。屢遷憐蟋蟀,一敗笑芭蕉。林葉疎逾響,山雲薄易消。雖無遠行役,對此亦何聊。元方回《瀛奎律髓》卷一二

拄杖

久矣相隨若弟昆,周全險阻可須論。斷橋測水露半影,野路擉泥留亂痕。癡坐自憐今日嬾,顛持敢忘昔年恩。得君分付吾何恨,休向林間打睡門。同上書卷二七

蔣中丞庭下芙蓉三首

西風吹下一庭秋,秋自無聊花更愁。醉臉晚來紅拂掠,未妨蕭瑟却風流。

莫把秋芳與春比，物生各各以時行。只今獨步西風裏，那得春花與抗衡。

菊與為朋竹與隣，閉門誰見曉粧新。不須多羨蘇堤好，車馬往來塵污人。《永樂大典》卷五四〇

上鄭廣文

瓦注非真巧，昌歜非衆嗜。我詩本不工，好之弗肯置。胡能致温飽，頗復作災祟。無鹽不自知，刻畫要妍媚。先生六藝學，已得聖賢秘。三絶笑鄭虔，詩律乃遊戲。伊予亦何幸，茲獲巾屨侍。豈惟怯大巫，正自慚小技。却嗟賈長江，哦詩尹不避。文公倘見容，願教推敲字。

鼓腹無所思朝起暮歸眠淵明詩也以詩定韻爲十詩

郊墟遠人煙，棲迹在衡宇。年齡迫衰謝，漸覺有病苦。眼如隔羅縠，耳僅聞鍾鼓。手中一枝筇，藉以扶傴僂。

少習舉子業，不能中科目。暮竟為尉丞，州縣甘碌碌。四任奉真祠，一家仰寸禄。勿云腹負予，予亦負此腹。

居閑閱往史，掩卷忽長吁。兒聞翁吁聲，取酒滿注盂。悠然盡三酌，雜慮散如驅。乃知此神物，不可一日無。

我居西山下，距城半里所。門前有雀羅，户內無阿堵。小園桃李空，數稜獨苦苣。同心相過時，小摘為烹煮。

我前有萬古，昨夢那無追。我後有萬世，未夢安可期。欲知今現在，正似昨夢時。夢中無實事，徒自勞心思。

立夏少半月，穀雨是今朝。梅子酸着齒，麥穗長半腰。天運不暫停，又將轉斗杓。無復冬裘御，重取夏扇摇。

芳菲去無迹，人家緑陰裏。有園屋西偏，足以縱步履。酴醾香絶奇，橘花香更美。日烘香自發，不待微風起。

萬籟止不作，寂寂山居夜。鼓聲起神祠，磬聲來佛舍。幽人啟樓窗，片月光相射。此景不可孤，呼兒具杯斝。

神龍固難豢，天馬豈易羈。淵明肯折腰，為此五斗微。我本田野人，初不慕輕肥。食未從人乞，隱不待賦歸。

我讀淵明詩，或至忘食眠。人物葛天民，度越羲黄前。胸中抱真淳，筆下雜言詮。妄譏閑情賦，詎識其超然。

三月十二日晚雨因取淵明詩微雨洗高林清飈矯雲翮之句定韻賦十詩翌日雨未已姪坦師來相招時方賦六首暮雨暗還舍遂足十韻原注：原本闕第十首。

中年知學道，所得不造微。老來衰拙甚，動與世俗違。詩書束高閣，蓬藋掩壞扉。自應車馬絶，不待門牆揮。

蠶婦正望晴，耕夫又須雨。蠶既惡濕葉，牛惟便潤土。我不事農桑，薄禄仰官府。衣食有不足，何敢怨貧窶。

自得林下趣，窮處甘如薺。白雲為朋友，青山是昆弟。幽池萍未生，閑來弄清泚。照影不能悟，徒自塵纓洗。

風吹飛絮亂，日照遊絲高。晴景方可愛，暮雨忽瀟瀟。老人蚤睡眠，夢覺鷄戒朝。簷聲鳴階除，雲氣冒山椒。

去歲所種竹，今歲望成林。竹萌猶未見，時節春已深。逮茲一雨潤，犢角庶可尋。切勿輕剪鋮，長養令蕭森。

久雨愛晴色，久晴欣雨聲。下人自分别，上天了無情。人喜春色麗，又悲秋氣清。是皆妄心耳，四序奚虧成。

遠寺有緇徒，殷勤久見招。是日籃輿出，輕雨颯晨飈。稽首謁佛像，焚香坐僧寮。豈惟飯滿鉢，兼有酒盈瓢。

静觀一世人，忙多閑者少。鬢髮已剥除，應接亦紛擾。何術生羽翼，物外得輕矯。難求九轉丹，且盡一尊醥。

老人見桃花，悟者有靈雲。我見亦有悟，花前飲玉醺。可憐南北家，論説事紛紜。為問參老禪，何如參麵君。

閑　題

漏雲殘日淒欲陰，占巢歸鷺紛投林。風吹曠野暮色白，山近小窗秋意深。已將夢事了得喪，更憑杯酒寄浮沉。書生習氣難料理，有底苦吟勞此心。　以上同上書卷八九九

遊西湖五首

白浪吹船投跨浦，黄塵撲帽走沙河。若無西湖一慰眼，奈此客中勞悴何。雪寒映湖湖水明，西子淡粧仍淺顰。不會吴兒底心性，冒寒湖上去尋春。林君廬不存已久，蘇公堤比舊尤佳。絶憐夾堤柳漸暗，誰見傍廬梅正花。乍來乍去堤邊鷺，似有似無煙裏山。何人為展古畫軸，塵暗縑綃濃淡間。豐樂樓頭沸管絃，拍床唤酒記當年。而今寂寞空欄楯，樓下漣漪自宛然。

同上書卷二二六四

江上望西興

跨浦橋邊萬里風，客帆去盡暮江空。西興只在斜陽裏，白壁青林淡染紅。

同上書卷七九六二

次韻樂天目昏

百年今已八十五，此去光陰能幾多。足病半生為我祟，目昏今日奈渠何。也知亂膜無方法，正為躭書被折磨。瞽者欲行須用杖，不如安穩坐盤陀。

同上書卷一九六三七

記前身

廣智紹興初，有僧清首坐。頗亦有禪學，非但嚴經課。吾祖知其人，尊之如達磨。延歸羞香飯，間亦閑相過。祖時年已老，無孫繼耕播。耿耿常在念，不敢與人言。此僧偶聞之，使之禱佛前。且云韶國師，道場在玉泉。凡人求男女，如觀音應緣。祖遂相約往，此僧遽欣然。是夕僧坐逝，有偈人共傳。祖即焚香拜，前諾師豈負。靈魄決不昧，請與師同去。祖如師在日，拱手侍行步。既至即影響，幡脚轉不住。已而得吉卜，有孫生歲暮。人云所生孫，即是師前身。往來無處驗，虚實何足論。識者聞之笑，愚者以為真。可憐滕氏子，一生命窮薄。晚逃儒事佛，兩皆無所覺。若果是此僧，無乃行路錯。聊復成此詩，一

任人貶駁。　影印《詩淵》册一頁一二三

九日求米

絶糧缺酒兩堪悲，寧可無盃不可飢。謾有黄花供老眼，正無紅粒續晨炊。太官羔酒何須羡，朝士茱萸亦謾思。聊與重陽添故事，不妨乞米賦新詩。　同上書册一頁一二四

和陶淵明飲酒詩

風浪渺平陸，吾行將安之。酒中有樂國，猶是太古時。孰云道里長，一觴自臻兹。不知有先死，况復憂與疑。何辭日一往，蟹螯正堪持。

拏舟漾明月，把酒對青山。月影涵山扉，妙處端難言。回觴勸鷗鷺，吾與爾忘年。適意祇自知，詎可他人傳。

人性政自静，動者乃妄情。紛紛相傾奪，富貴與功名。形存神已亡，嗟汝難久生。豈知曠士懷，古井波不驚。醪酒輔吾體，不待金丹成。

今我思故里，身不能奮飛。登高眺山川，孰知予心悲。却思大化中，萬類本無依。何者為我廬，是處皆可歸。幽憂不自釋，齒髪日變衰。不如傾兹酒，杯行無固違。

秋風入我室，百蟲自相喧。中夜卧不周，起視河漢偏。念我平生友，託體歸青山。遊魂往何方，千載不復還。人生共如此，但醉勿復言。

古人不可見，滔滔天下是。淵明捨之歸，惜此三徑毁。樽中幸有酒，飲事付自爾。我觀飲酒詩，信矣質而綺。

堂堂東坡公，文章萬人英。嘗和飲酒詩，曲盡今古情。平生不解飲，而獨喜客傾。仇池一仙去，九韶瘖不鳴。不知幾百年，斯人還復生。

嵇康故人達，醉中凜英姿。因送孤飛鴻，手撫枯桐枝。聊將絃上意，寓此胸中奇。才高身不容，諒非人力為。麟傷終可歎，龍化真難羈。

我遊桐君山，霽色天地開。秋水净遠矚，秋山入奇懷。兹遊有夙約，所願喜不乖。巖巖彼高閣，上有浮雲棲。其下插奫淪，百尺不見泥。同來二三友，斗酒相戲諧。笑語飛鳥上，醉眼風煙迷。醒時日已墮，明月照我回。

壯士志四方，小夫守一隅。所禀既殊科，所趣亦異塗。毋論賢與愚，等為造物驅。豈如飲家流，一醉不願餘。兩忘適與莫，畢世醉鄉居。

煌煌佳菊花，開遍溪傍道。後時難獨立，得伴秋光老。孤芳迫霜露，采采及未槁。浮我白玉醪，色香相媚好。悠然盡數酌，人棄我所寶。一榻醉曲肱，何必遊人表。

止酒盟諸神，覆杯未幾時。有客苦相勸，持杯前致辭。人生足煩惱，至樂實在兹。欲飲恐渝盟，不飲客見疑。我性本嗜飲，强止良自欺。為客盡一醉，惟神其聽之。

嗣宗初亦仕，偶愛東平境。復求步兵尉，在職未嘗醒。當世疾如仇，妙音誰復領。吾詳竹林人，此士誠脱穎。至今群蝨喻，言與丹青炳。

佳辰菊始華，白衣適爾至。開樽且復坐，徑向叢邊醉。陶死向千載，風流孰其次。達人豈在酒，寓意乃為貴。吾知元亮賢，嗜酒不嗜味。

愛酒揚子雲，家世一區宅。校書登天禄，落拓聊寓迹。彼視漢公卿，何啻相什百。著書效周易，人笑玄尚白。儻非桓譚輩，詆誚誰與惜。

佛氏苦戒酒，詳見所譯經。謂人諸罪業，多以酒故成。酒豈能造罪，心爲物變更。心空罪亦空，徑造金仙庭。今我舉兹酒，聊救飢腸鳴。雖云違佛戒，初匪墮俗情。

少小慕至道，壯大無所得。歲月忽如流，行年向不惑。爾來涉憂患，視聽半昏塞。誰能更苦辛，舉戰蠻觸國。但願常醉眠，萬事付一默。

有客衣百衲，狂言如病風。一飲至數斗，醉卧官道中。我嘗延之飲，問對略可通。告我珠異雀，無輕發其弓。

昔人揣才力，寧隱不願仕。仕者要及物，隱者止爲己。禄豐責已重，外勞中愧耻。何如未仕時，優游安井里。吾觀隱者傳，沉湎亦見紀。而於公卿輩，小累譏不止。布衣有真樂，勢位何足恃。

是非俱幻影，妄别僞與真。世界如空華，謾分澆與淳。古人今何在，千載一夢新。唐虞且空虚，豈復有隋秦。况我此之身，天地一微塵。區區欲徇世，用力嗟徒勤。邇來稍自悟，遂與杯酌親。世味如嚼蠟，説酒猶生津。朝醉忘盥櫛，暮醉忘冠巾。世人自我異，我豈異世人。

同上書册一頁一四四—一四五

贈徐谷三絶

解后逢君醉山縣，殷勤訪我到江城。閑携箬笠無人識，狂殺癡兒問五行。

裂去儒冠今幾年，顛毛蕭索任垂肩。相逢記得初相識，回首西風一泫然。

曾向林間對酒巵，不嫌俗物亦伸眉。江湖若許同歸去，能爲先生理釣絲。

同上書册一頁五〇五

贈何應叔

一面玉泉三載前，重來雲翩已翩然。筆端何自得許妙，林下不當迍此賢。作箇分明蟻宮夢，勝渠辛苦鳥窠禪。無鹽定自廢刻畫，索我惡詩何處傳。同上書册一頁五一〇

寄友人王晋老

送君行日雪揚飛，曾幾何時畫箑揮。自别空驚鬚髮變，得書聊證夢魂非。紫樞白簡家聲在，黄卷青燈生事微。悟得隨緣安樂法，不應羈旅更沾衣。同上書册一頁六四六

緑柿寄開欲遊釣臺以詩謝

西城好在朱夫子，屈指經年隔笑談。忽枉尺書相勞苦，更蒙緑柿遠分甘。似聞欲訪嚴陵瀨，何惜暫辭彌勒龕。已約桐君候舟楫，當令風月往迎參。同上書册二頁九八七

酴醿

紅紫從渠巧鬬新，不妨自着素衣巾。中庭今夜群仙戲，總是廣寒宫裏人。

向人未肯吐芳心，玉困香融已不禁。久矣禪心無色想，如何對此獨沉吟。

群芳誰不讓天柔，笑殺金沙敢並遊。少借餘妍入樽酒，真堪一斗博凉州。同上書册二頁一一四八

杏花

君家兩杏鬧春色，濃淡臙脂染不齊。試唤趙昌來貌取，若邊好着白鷴棲。同上書册二頁一一七一

次韻歐公殘杏

春風雖高却不寒，扶杖起散腰脚頑。昨朝陰晦忽開霽，造物變化胡可原。休嫌出遊日色薄，大勝坐聽簷聲潺。百歲光陰人易老，一年時節春易闌。但知良辰合大醉，豈羡顯官乘高軒。桃花飄零李花在，垂柳

嫋娜芳草繁。誰能有藥扶我足，使我郊野窮躋攀。山公接䍦自倒着，吾髮已禿久不冠。　同上書册二頁一一七二

梅花

欲尋好句乞梅花，從實平章不要誇。且道色香誰可比，口緣擬議即成差。

論白人惟議冰雪，言香佛亦取旃檀。旃檀冰雪固大好，只恐將渠比並難。

色香其實無與比，摹寫百端良可嗟。我今與下語一則，此是梅花非別花。　同上書册二頁一一八四

擬名都篇

名都一何綺，宇內第一州。富貴習奢靡，瞽御乃其尤。沈沈彼大屋，繚垣峻而脩。主人正恩幸，執事近冕旒。金多不可計，勢張渠得儔。藻幄群艷女，雕輿盛華騶。器用尚方亞，服食中禁侔。園池亦何似，三島與十洲。稱者不勝談，觀者徒眩眸。迅雷忽下擊，飛電仍窮搜。方恃金玉堅，遽為烟霧收。天道不可欺，崇替定難籌。陳迹變陵谷，誰復為悲憂。　同上書册三頁一九一九

甲申大水二首

吾州背山面江流，一雨便有泛溢憂。況復梅霖倒江海，白晝汹若龍移湫。眼看上流没高樹，下流屋廬渺無處。君不見甲子之歲至甲申，如此災變已三度。

歙水震蕩方流東，婺水南來塞其衝。二水争雄屹不去，孤城匯為河伯宮。經旬水落流民復，身存不用嗟無屋。君不見去年金虜破淮壖，城郭千里無人煙。

辛丑大水

天公哀此生人苦，潸然出涕灑下土。五晝五夜涕不已，平陸成河山作渚。是方為邑本霔下，今者之變頃未覩。何止人家水半扉，或壓或溺遍處所。舉家老稚幾為魚，夜乘一葉投山塢。雖知此邦禍可免，頗念吾廬欹莫拄。朝登山巔聊放目，流尸蔽江可勝數。何處奔洪之所擠，一旦至斯辜非汝。天公用是涕愈流，陽侯正自喜且舞。我願天公且收涕，憂之反傷亦奚補。但令老眼開日月，蒼生自然得安堵。 以上同上書冊三頁二一三九

秋江四絶

十日江頭一向風，差差寒浪白吹空。漁舠輕小不如葉，信意低昂風浪中。

風色蕭蕭日色晴，晚潮未到水波平。繫槎艇子關蓬睡，不管溪南喚渡聲。

一川晚色澹煙浮，不覺潮生水倒流。人語津亭燈火鬧，客帆椎鼓過沙洲。

玉輪推上暮雲端，金甓波心一片瀾。隱隱漁舟橫絶去，何人江岸倚樓看。 同上書冊三頁二一二七

山礬

水仙委蛇江梅老，架上酴醿雪未翻。千斛妙香留不用，一時分付與山礬。 同上書冊四頁二三二五

折花

清晨折新花，插向玉瓶水。休云離本根，且復新案几。置酒就之飲，芳片落杯裏。猶勝向中園，容易污泥滓。 同上書冊四頁二四八七

惜梅

沙晴日暖雪消時，春到南枝未覺遲。東崦人家三百樹，與君扶杖試尋之。

沈瘦難禁詩作魔，年年詩句為花多。亦知習氣要除盡，奈此高風勝韻何。

牧孺樵童不管春，亂攀曾不比荆榛。那知立馬江南客，一萼真香淚一巾。　同上書册四頁二五四三

玩松竹

蕭蕭園中竹，不復數萱草。蒼蒼池上松，豈更問蘋藻。二物吾所愛，難為俗人道。竹如吾之節，松似吾之老。煙雨風月中，形聲俱媚好。

馬目在屋南，龍峰在屋北。南為山所障，北半露山色。賴有竹與松，足供予燕息。竹乃前歲栽，種自別墅得。松長已百年，不知誰所植。　同上書册四頁二五九五

寒雞

寒雞强知曉，初鳴夢驚破。我事不在早，擐衾且復卧。待旦枕戈寢，將朝盛服坐。吾生無怨仇，吾責非輔佐。况當苦寒月，北風正掀簸。且復待午暄，徐起畢經課。　同上書册四頁二七六六

擬白馬篇

白馬紫遊韁，意氣何飄揚。五陵富貴子，人謂天上郎。春華動新鞭，□蓋生輝光。行經幾臺觀，下馬毬鞠場。吹彈陳妙伎，歌舞集名倡。歡醉未云足，揮散千金彊。朝遊嘌莫返，訖春以為常。天禄揚子雲，矻矻事文章。草玄既自苦，投閣仍自傷。平生甚愛酒，何曾酣杯觴。較彼萬不如，虚名何足臧。　同上書册四頁二七九七

官捕虎行

世無壯士力扼虎，群虎食人人莫禦。上官付之無奈何，懸賞謾令招獵户。獵户徒能逐麕麃，初非法中虎

匠比。心膽既怯賞又輕，誰肯向前判一死。官遣弓兵相助佐，獵户見之氣先挫。心憂得賞為所分，眼見有虎容渠過。弓兵散在村落中，村民鷄犬為一空。四足之虎未可捕，兩足之人與虎同。真虎為患時一出，人虎為患朝連久。東鄉聞虎在西隣，人虎又向西鄉集。野外哺時即掩關，椎蘇不復更登山。人虎難避愈真虎，縱為虎食不聞官。　同上書册四頁二八三七

次韻樂天山居

不能蚕歲作農夫，强學為儒途路迂。老有微官沾薄禄，鈍無捷徑上榮衢。遥峰窣堵似屏展，近岸拒霜如錦鋪。莫笑吾廬大幽寂，眼前此景一村無。　同上書册五頁三一五一

和方薄疑當作溥山居

江村宜晚景，老眼見來稀。遠岫屏六出，殘霞錦一機。月華池上好，暑氣竹間微。不羡御風列，旬餘五日歸。　同上書册五頁三一五二

次韻樂天村居

池水浮黄葉，窗扉列翠嵐。蟻歷新夢破，鷗已舊盟寒。足病喜安坐，目昏愁遠看。無人來問道，不用倒幡竿。　同上書册五頁三一五四

題釣臺對嚴氏樓三首

扁舟江上幾曾經，山崦層樓似畫屏。豈料今為倚樓客，誰能添我入丹青。

乃祖高懷傲帝王，遠孫依舊晦文章。不須苦要為官去，看水看山味最長。

秋江不許一塵染，只有青山倒影寒。我欲移家來住此，煩君先為斬魚竿。

樓上偶成

高閣前依柳，幽窗下見池。廢書凡累日，倚檻獨多時。谷暖花開遍，山長鳥去遲。千窮坐一拙，元自不關詩。

隴麥已抽穟，山田未立苗。雨聲愁昨夕，晴色喜今朝。柳絮青天雪，松風陸地潮。山居足幽事，吾隱不須招。　同上書册五頁三四一八

次韻樂天村居卧病

巖桂花已空，時節秋尚暮。叢菊夾徑幽，猶未金鈿露。好客喚不來，衰疾推不去。山園何寂寥，秋聲起竹樹。西郊遠塵境，更在山崦住。自應親友絶，休問何以故。

平林卷宿霧，白日行黄道。窗横四圍山，門掩三徑草。老人苦夜永，褰衣起常早。既無姬妾侍，寧有衾裯抱。身心兩清淨，衰病反為好。問我年幾何，年已踰綽老。

瓦盞茅柴濁，磚鑪榾柮紅。味如飲醽醁，暖勝燎蒿蓬。萬種皆幻事，一真惟太空。舊氈敷故絮，小閤卧衰翁。　同上書册五頁三五二一

題永泰顯上人箇中菴

葛藤遍諸方，悟者能幾箇。誰知箇中庵，鑪火但趺坐。齋鉢幸不空，法輪常自磨。飢餐困來眠，工夫没量大。

内外及中間，無處尋這箇。若捨内外中，又向鬼窟坐。團團踏故迹，笑殺牛挽磨。隨處即箇中，始顯機用大。　同上書册五頁三七六四

南新慈照寺

平生不踏南新路，早歲嘗誦東坡詩。青牛聾僧今不見，慈照乃有那律師。君不見世間萬事皆兒嬉，不如聾盲百不知。雙明閣上夕陽時，一笑二子閑争棋。　同上書册五頁三八二九

中興碑

字畫端重無傾欹，文辭簡古有刺譏。高堂一見為却立，知是浯水中興碑。當時長安望浯水，相去不知幾千里。斯文自合上送官，如何鑱向千巖底。二公用意深復深，知我罪我俱無心。不向一時求賞音，億代寶之如璆琳。孽臣之事置莫説，尚喜鼉頭未訛缺。紛紛理亂墮空虚，千古斷崖懸日月。　同上書册六頁三九八〇

白紵歌

白紵舞女楊花輕，玉笙學得悲鳳鳴。爛然繁星上華檠，凉苑夜宴風氣清。美人酒半粧臉明，寶釵綰髻歌欲傾。良宵人人願君醉，豈問徧誰得君意，君其歡娱至萬歲。白紵舞衫記初着，月明侍宴臨飛閣。舞餘香暖苒浮襟，進前持酒力不任。君王凝笑盃未覆，不惜低徊重舞曲。當時一身備百好，月不長圓秋易老。白紵凄凉棄篋中，不悲見棄悲秋風。　同上書册六頁三九九一、三九九二

短歌行

鑄黄金，服白玉，方法難成日月促。十年著書五車讀，功名未就鬢髮秃。海水可盡山可平，人心何日息營營。安期羨門果何在，賈誼劉向終奚成。前人不悟已如此，後人還復躡其軌。玉東西，金叵羅，君不

肯醉當奈何。　同上書册六頁四〇〇三

行路難

行路難，東南地傾水瀰漫。三江五湖滄海寬，魚龍出没肆神姦。萬斛不勞一蹴翻，江水有潮溪有灘。錢塘潮頭平越山，乘潮寄命呼吸間。上灘篙挽寸步慳，下灘小跌淪奔湍。我行河道差若安，亡奈衆堰為阻艱。兩牛力盡費躋攀，咫尺猶如限重關。行路難，西南之險更莫言。一山至有百八盤，猿猱欲上愁復還。汝如憚行要登船，恐汝膽落漬淖旋。此去投北經中原，崑崙萬里傾濁瀾。一呑數舟歲常然，舟楫么麼吁難全。陸行崤函車不前，况復羊腸萬屈蟠。其餘禹歷諸山川，深入無底高撴天。行路難，有如此，不如閉門且隱几。門前有地平如砥，無憂那憂勃堆起。　同上書册六頁四〇三五

樂天狂歌詞

憶昔少狂逸，無酒即典衣。痛飲至爛醉，危坐讀楚詞。今我已衰老，不復如前癡。尚要飲酒醪，聊用度歲時。為儒不登第，為郎又乏貲。無衣以準酒，狂歌徒爾為。　同上書册六頁四二三二

句

苔痕遺鳥爪，菊本寄蛩音。秋晚

客櫓行何晚，鄰機織未休。又

老屋險不仆，寒袍半欲紕。又　以上《瀛奎律髓》卷一二

（徐永强整理）

全宋詩卷二五五四

楊冠卿一

楊冠卿（一一三八—？），字夢錫，江陵（今屬湖北）人。嘗舉進士，官位不顯，以詩文游各地幕府。與范成大、陸游等多有唱和。撰有《客亭類稿》、《草堂集》等。清四庫館臣據舊刊《客亭類稿》巾箱小字本，并補綴《永樂大典》所收詩文，釐爲《客亭類稿》十四卷，其中詩三卷。事見本集有關詩文。

楊冠卿詩，以影印文淵閣《四庫全書·客亭類稿》爲底本。校以宋刊巾箱本（簡稱巾箱本，藏北京圖書館）、影印文津閣本（簡稱文津本）等。新輯集外詩附于卷末。

西北有高樓

西北有高樓，氤氳臨大路。飛簷轉春風，綺窗鏁雲霧。姣服者誰子，傾城此容與。娟娟長眉青，不受脂澤汙。娉婷惜不嫁，恐為蕩子悞。寫心泬清瑟，獨不怨遲暮。

東方有一士

東方有一士，不見心忡忡。尺璧未足多，夙好良所同。永懷不能寐，攬衣出房櫳。遥夜未渠央，取琴和秋蟲。豈無時世交，諒彼不相容。

銅雀妓

分盡餘香空寶奩，罷臨歌舞夜厭厭。清蹕不傳虛繡帳，洞房月在西陵上。玉殿塵埃閑御仗，翠眉忍上平臺望。宮車一去不復還，畫羅金縷尚斑斑。

赤玉簫

玉簫早入涼王墓，弓劍衣冠只同處。千年邂逅出人間，顏色聲音幸如故。雲門曲譜不分明，趙瑟齊竽各自名。傳看樂府無人識，此簫收聲甘棄擲。

秋懷十首微雲淡河漢疏雨滴梧桐爲韻

寒蟬初停號，客燕催將歸。吾亦客一世，去此復焉依。歛衽聽物變，著書明化機。深參漆園吏，渠語甚精微。

秋風不肯來，如挽弓百斤。忽然徑排户，態度殊不文。方深裘褐憂，暮雨低行雲。焚香快熟睡，夢破尚微曛。

呼船下平湖，山如髻鬟暾。物華逼搖落，水明天淡淡。中藏今古愁，歲月不可勘。為語羊征南，聲名本來暫。

饑來詎堪忍，振履商頌歌。時人不料理，政可著巖阿。喻龜且曳尾，勸公無渡河。一朝失脚去，寧得此婆娑。

古人例躬耕，我坐老無斷。勇為梁父吟，已媿杜鵑喚。幽幽桃華源，尚不知有漢。婦子彼何為，徒使人意亂。

月上天無雲，樹陰散扶踈。秋聲生寂歷，涼飈滿吾廬。幸此尊有酒，敢歌食無魚。陶然且一醉，世間各賢愚。

春秧困深寒，夏穗仍愍雨。書來西江西，赤地掃瓜芋。墨數食指多，坐羞長袖舞。憂憂米如珠，南山采薇去。

晚雲蹔垂陰，零露不成滴。隣牆幾好樹，葉下聲策策。一燈同夜闌，此抱誰與適。前身豈壁魚，甘擅文字癖。

憂來抵挨（原作探，據文津本改）人，衰（文津本作哀）懷小城孤。解圍賴從事，幾成不支梧。所憂豈其私，天高信難呼。努力加餐飯，世緣久崎嶇。

幽花上籬落，寒煙媲楸桐。絡緯勉婦織，暮色凄房櫳。日月如跳丸，蟲魚不書攻。（文津本作功）髮黑今益白，脫巾成老翁。

北亭

北風無時休，荒山路綿綿。老馬被吹揚，却立不肯前。我僕行且仆，竟日數里間。悠然欲何適，正坐歸無田。

感事

我車昔載脂，柳色初濯濯。及歸脫征驂，柳葉半黃落。怳然僅一夢，已費十晦朔。祇應為客老，惘惘不自覺。

赴城南隱居小集

白雨濯青山，孤雲靄餘姿。溶溶荒江水，近岸生清（文津本作新）漪。扶輿出城府，眷此幽人期。茅茨倚林麓，秀薄相參差。欣兹蹔解帶，虚白明朝曦。向來旅窮儌，抑鬱中懷悲。相逢輒顧笑，觴酒相淋漓。春風不日去，淹留我何為。

悲秋

秋色遽如許，客心徒自驚。盈盈露花泣，策策風樹鳴。别影詎可吊，强懷不能平。軒車幾時還，惻愴難為情。

沄沄西江水，送我沙邊舟。當時送行客，勉我無久留。晤言宛如昨，庭葉忽再秋。人生寸心違，何以消吾憂。

夜坐看月

南風掃陰翳，快若誅神姦。日暮天無雲，月出房心間。幽人倦蒸溽，癡坐山中山。連連甲子雨，幸此天破慳。清明皆我有，何但窺一斑。

春泥少曾乾，天漏幾不補。冥觀赤烏飛，喜見長虹吐。修竹來清風，孤光相媚嫵。心神濯冰壺，何必須起舞。更欲尋斷橋，前溪有饑虎。

春夏季孟間，草木蔽山骨。青蒼靄芳華，煙霏相出没。適從憂患場，觀化超理窟。無心岫間雲，有定水中月。我方意如如，誰尚書咄咄。

暮景

鞍馬來殊方，祇園已秋寂。虚堂耿清夜，卧聽寒雨滴。永懷平生願，浩蕩誰與適。愁心正紛如，西風韻鄰笛。

客行無常期，遠適亦有歸。家人具膏沐，垢髮幸一晞。可憐兒時面，坐受塞色欺。看鏡恍如失，功名定何時。

九日

晨風戰枯荷，清霜殺高柳。人生俯仰間，能得幾重九。節序來無停，已及黄花酒。流落拾遺心，西江獨回首。

寒花有餘馨，香醪甜勝蜜。紅萸爾相宜，飣餖雜梨栗。家家事行樂，似恐更無日。時日豈不佳，人意自難詰。

淒涼少陵老，梓州九日詩。朝廷入夢想，弟妹天一涯。我亦困羈旅，千古同其悲。不忍嗅新菊，惟思詠江蘺。

晚思

花意就銷歇，芳樹初陰陰。薄帷受清吹，鳥聲幽院深。感此時節改，素標不勝簪。取酒洗玉船，慰我懷古心。小醉睨落景，歸盟猶可尋。

久客倦遊歸憩僧坊有懷蓬居梵竺卿寂光常不輕

志士長骯髒，曲鈎封公侯。得喪亦何有，賢愚同一丘。日月如跳丸，少年今白頭。胡為浪自苦，九折不停輈。龐眉碧眼禪，一笑萬事休。遼鶴我言歸，君其來與遊。

冬半山間忽見桃花客云江梅已芳且約一笑花下

緣雲梯逕穿林麓，歲晚山寒風折木。司花為我發春妍，繁紅幾樹驚愁目。有美人兮在空谷，似笑漫山總粗俗。淡煙疎雨羅浮村，萬里相將跨黄鵠。

秋日麻姑山

擲米作珠璣，麻姑已僊去。滄海變桑田，乾坤自今古。我來訪靈蹤，日落青山暮。玉殿瑣清秋，霞裾隔煙霧。户外黄冠師，三問三不顧。騎麟翳鳳凰，笑指虚無路。

未至池陽五里有齊山寺寺後巖石巉然緣崖而上絶頂有翠微亭即杜樊川九日携壺地也自亭而西憩集仙洞

泉石吾膏肓，佳處每忘返。携壺上翠微，一雨秋政晚。千巖如獻狀，秀色疊層巘。緣雲梯逕入，危磴石偃蹇。洞户訪真僊，丹成骨已换。羽化今幾年，鸞鵠若在眼。

自馬當而上至壺口三鍾石蒼崖壁立下瞰層淵湍流急甚釣叟穴其傍往來自若吾恐其爲蜚僊也故作是詩

千崖削蒼壁，萬仞臨深淵。老翁立其傍，習慣若自然。笑歌驚波瀾，步武生雲煙。我欲從之遊，結茅山之巔。舉瓢酌天漿，醉拍洪崖肩。明月夜横玉，共看凌波僊。

古有採鞠茱萸篇而無一語及淵明長房舊事鞠茱於此其亦有憾矣乎九日戲爲鞠茱補闕其體則凖之簡文

落英拾秋鞠，委佩紉芳蘭。以其清且芬，可服仍可餐。吴茱味苦辛，奚亦登君盤。囊紗縈臂玉，恍記汝南山。黄鵠招不來，僊子何時還。自注：茱萸。

紅塵着脚雙鬢斑，折腰五斗真作難。巾車一去不復還，歸卧柴桑紫翠間。東籬悠然見南山，欲辯忘言心自閑。自注：採菊。

又漁社李先生寵以和篇復用韻

南國有秋茱，芳馨襲椒蘭。腫儒山澤間，晨霞却朝餐。置之紅錦囊，薦以黄金盤。瓶乳下青雲，一笑頽玉山。雞犬聽湛浮，遼鶴將自還。自注：茱萸。西風寒巖鞠蘗斑，索米長安得路難。投林倦翼蚤知還，袖手歸來三徑間。雲屏萬疊匡廬山，鶴唳猿啼千古閑。自注：採菊。

三輔黄圖載趙飛燕太液池結裾遊宋公雞跖載飛燕太液池歸風送遠曲俱謂飛燕欲御風仙去雜用古語戲題於後

飲飛挾宸舟，彩鷁粲雲母。波涵太液秋，影動靈鼉吼。觀雲棹水擷菱蕖，馮夷擊鼓羣龍趍。飄飄仙袂隨風舉，帝憐飛燕結纓裾。當時得意更深眷，承恩日在昭陽殿。兹遊奇絶冠平生，三十六宫俱健羡。自注：太液結裾遊。瑶池翠水波粼粼，日暮寒生碧草春。阿嬌厭貯黄金屋，來歌送遠歸風曲。仙乎去故而就新，歌聲嘹亮遏行雲。黄鵠一去無消息，人間有情淚沾臆。自注：歸風送遠曲。

秋夜吟

銅壺漏澀秋宵永，翠梧葉落敲金井。錦帳香消枕玉寒，鷩廻昨夢難重省。起來刁斗連營静，碧雲飛下征鴻影。鸞牋誰遣寄相思，鏁窗笑剪并刀冷。

秋琴詠

巖花月彩浮，井桐露珠滴。悲秋適有念，擁琴坐西壁。古音拂朱弦，一倡千慮滌。無雲山雨飛，松風寒淅瀝。魚龍盡出聽，萬籟天地寂。

秋夜對酒用前韻

夜雨急復疎，簷溜秋聲滴。虚堂夢乍驚，青燈餘四壁。牢愁推不去，濁酒詎能滌。蒲萄出西凉，瓶耻無餘瀝。兀坐倚枯木，棲心寄禪寂。

採芙蓉詞

采采芙蓉華，集之以為裳。自彼若耶谿，登于君子堂。馨香壓紉蘭，把玩卑瓊芳。佩服古無斁，懷人思沅湘。

商婦吟

妾本良家子，嫁作商人婦。蕩子去不歸，幽閨長獨守。平生松栢心，歲晚柯葉茂。飄絮亂因風，肯若道傍柳。朝來尋姪娣，典衣换春酒。郵籤訪水程，去問夫健否。白面誰家郎，下馬清谿口。却立不肯前，邀妾相先後。寧知天壤間，貴賤從其偶。妾身雖同塗，妾心終不負。

少年樂用李賀韻

青雲年少歡娱地，脆弦繁筦東風裏。金猧醉倚玉驄驕，歸去畫橋臨緑水。釵梁斜彈雲鬟墜，錦帳美人初睡起。促上紅茵翻舞袂，春愁不展眉峰翠。

美人在空谷

有美人兮在空谷，肌膚冰雪顔如玉。珠袖輕綃卷翠雲，日暮天寒倚修竹。自言久住黄金屋，舞遍霓裳羽衣曲。昭陽春盡音信稀，傷心暗蹙眉峰緑。百年日月雙車轂，富貴榮華如轉燭。蓬海迢迢天六六，馭風歸去騎黄鵠。

山阿步月吟

遊子莫何之，攬衣出京華。松舟逐桂檝，渺然下驚波。夜久羣動息，明星耿斜河。維舟亂石間，步月前山阿。霞佩凌空僊，瑶章方詠歌。見我若舊識，問訊今如何。我欲從之遊，長嘯入雲蘿。可仰不可攀，高峰鬱嵯峨。

久雨新霽蚤過松竹道院復以雨歸因用汪彦章一春略無十日晴之句

一春略無十日晴，竈前溅溅蛙黽生。晨興登視雲霽平，攬衣出門聊意行。東風吹拂酒面醒，花光掠我雙眼明。舉頭還聽鳩婦鳴，歸來有酒愁獨傾。

翌日晴霽復用韻述所見

癡雲挾雨雨不晴，門外野田春水生。登臨一望莽然平，滄波十里舟可行。農人枵腹愁弗醒，今朝喜見天日明。前村相去幾牛鳴，試問誰家廪粟傾。

趙仲實如吴江扁舟來别因以送之

少年結交翰墨場，舉頭不覺雙鬢蒼。世途巇嶮如羊腸，交情耐久無炎凉。我今讀書松竹莊，君兮去去吴松江。音書莫惜頻寄將，新詩分我古錦囊。

九月二十一夜夢至亂山叢石間出憩道傍拂石坐古榕下仰視木杪蘿蔓凌空輿欲蜚舉既覺哦成古篇

古榕夾道周，老榦參天碧。溜雨四十圍，下視庭前栢。垂根相勾聯，敷蔭接南國。凌寒不改柯，閱人如過客。山空秋月明，路遠車塵寂。清遊記昨夢，危坐倚孤石。矯首睇雲蘿，雙鳧生羽翼。

秦侯不調累年識者嘆息茲以規恢祕略親簡上知有詔復其官亨衢自此發軔聞之喜甚爲作古篇

天驕飽肉氣勇決，憶昨彎弧射漢月。玉關保障烽燧驚，豺狼塞路人蹤絕。將軍方著從事衫，指揮義士征河南。設奇間道依嵩谷，百戰崎嶇不解驂。攻城陷陣收殊績，捷書夜到甘泉北。天子興嗟恨見晚，俾將樓船護江國。將軍擊檝誓中流，英風凜凜氣橫秋。胡為拘縶不得逞，歸戴南冠效楚囚。一朝奮激肝膽露，刺刺羞聞婢子語。袖携文字幾千言，徑趍閶闔排雲去。帝敕天丁下取將，玉音誦之聲琅琅。侍臣却立屏東箱，奇謀創見驚未嘗。明日北門天子詔，似怪十年猶不調。盡還故秩問所從，豪傑中原資號召。我今塵敝黑貂裘，藥裹關心萬事休。挑燈看劍夜無寐，耿耿猶懷嫠婦憂。相期談笑青油幕，關河去展規恢略。燕然碣石與天齊，為君重勒千丈碑。

秋日自武林病歸漁社李使君惠以長篇誦之再四沈痾脱然

憶昨走京華，炎曦晝方赫。終日無一欣，夢遶舊泉石。西風趁驚波，兹焉掛帆席。千年遼鶴歸，客履户外積。雕胡飯新炊，雲腴飲甘液。杞狗雜苓龜，夜吠更晨吸。榮華風中煙，得喪付兒劇。寧復效轅駒，長鳴悲伏櫪。李侯金閨彦，氣與嵩華敵。龍門世莫攀，冰鑑古無匹。駃騠千里駿，晨炊共蓐食。高吟動鬼神，落筆風雨疾。句誦血模糊，妙理難致詰。

古意

渥窪天馬俠，虎脊而龍膺。追電籥浮雲，滅没如流星。絡以黄金羈，閑之白玉京。王良驂帝御，望舒引前旌。朝踏交河冰，暮清瀚海塵。歸憇華山陽，談笑静甲兵。胡為芻豆拘，下與駑駘并。羊腸困九折，鹽車縶長纓。懸金方市駿，引脰聊一鳴。伯樂肯回顧，價其十倍增。

以上《客亭類稿》卷一一

全宋詩卷二二五五

楊冠卿二

天孫徠 以下四首上趙丞相

珠宮貝闕天女孫，膠轕璇璣緯星辰。徠遊河漢儷於神，神儲崧嶽生甫申。胸中文字覷天巧，黼黻帝躬臨下民。

平郴蠻

孽狐甝鬼嘯篁竹，紅綃帕首郴江曲。萬牛臠炙饔行酒，黨伍穰穰萃林藪。牙璋夜半起兵符，雲旗驛騎争馳驅。搜原剔藪殲渠魁，巢顛子覆苕葦枯。虎臣獻凱錫珪組，玉帛金錢充棟宇。追踪漢相不言功，山河帶礪傳無窮。

祀明堂

總章備物嚴秋饗，尊祖合祠規汶上。宰臣恭肅相明禋，精意潛交通肸蠁。殊庭朝薦燎煙升，陰雲剥落天日明。百神駿奔風馬下，休嘉協應年穀成。

除關征

翠華憶昨臨吴津，駕言直欲蘇遠民。三尺土階茅不剪，舜循堯道慈而儉。姬公制國有常經，什一更除關市征。男畊女織餘布粟，却笑二吾猶不足。

天孫吟

天孫黼黻文，膠轕璇璣外。大巧本無為，女工卑組繪。胡為小兒女，纓弁雜環珮。庭羅餚餌香，設祠祈且拜。臨池五綵絲，更結相連愛。

仙遊

迢迢秋夜長，娟娟霜月明。隱几觀萬變，頫仰周八紘。人間厭謫墮，翳鳳騎長鯨。寥天排雲征，高步撫流星。羣僊羅道周，有若相逢迎。旌羽絢虹蜺，環珮鏘葱珩。問我來何遲，携手上玉京。陛級扣靈瑣，班聯簉紫庭。綠章奏封事，清問殊哀矜。飲之以雲腴，錫之以瓊英。下拜亟登受，倏然雲霧興。杳不知其所，變化無留形。俄頃雙青鸞，銜牋報歸程。望舒肅前驅，徒御了不驚。歸時夜未央，仰視河漢横。天風西南來，隱隱笙竽聲。鈞天認帝所，昨夢愴難成。

從李使君假記室吏

阿孾嘔心兒，佩囊有奚奴。杜陵短褐翁，抄詩聽小胥。我生昧風雅，古人思與俱。家無儋石儲，誰其供指呼。主翁居專城，鵷鷺紛庭除。記史飽餘閑，願言假一夫。授以烏絲欄，副之玉蟾蜍。晴窗掃桐葉，細字蠅頭書。

倚梧歎

白首寄人間，萍泛無休日。撑腸五千卷，豈乏濟時術。富貴不可期，惆悵難再述。日暮倚庭梧，寒風聽蕭瑟。

懷古

干將補弊履，鉛刀割全牛。千金市駿骨，鼓車役騹騮。薛燭已云遠，伯樂不可求。此理難致詰，吾其賦歸休。

冬十月百卉盡芳

淳熙戊戌冬十月，恰似東風三月時。冰霜不變沍寒色，溪壑次第回春姿。花情柳意已無耐，紅英粉艷争紛披。道傍牛喘不復問，欲了公事真癡兒。

麻姑山東涉千堆壠至射亭宿黄氏新館

姑山鏁靈壇，千阜如堆玉。山回路轉間，射亭見新築。主人雅好事，借我南窗宿。一夢到無何，夢覺黄粱熟。

别鄭大用于潯陽

子真千載士，流風凛然存。襟期輩古人，喜見雲礽孫。客裏青燈連夜語，痛飲忘形到爾汝。掀髯一笑倚胡床，浩歌赤壁凌雲句。楓葉荻花秋，送客令人愁。挽君君不留，今日具扁舟。我欠蓋頭茅一把，何時去結雞豚社。澤畔行吟醉復醒，共看屬玉雙飛下。

辛丑殘臘前一日扁舟東歸阻風馬當乞靈祠下

維舟桑落洲，十日風和雨。雨餘江波平，山横眉黛嫵。急呼黄帽郎，來扣靈真宇。椒桂薦芳馨，魚龍忽掀舞。巨浪拍天浮，萬疊震鼉鼓。淮洲十里間，蜚檝不可渡。三老前跪陳，珍貝非神予。願言點歸裝，勿為神所怒。我生窶且貧，窮塗一羈旅。照乘乏明珠，落霞有佳句。稽首謝龍君，放我扁舟去。

壬寅夏五月將治嚴陵之裝欲用李長吉故事買奚奴負詩囊以歸呈谷隱趙使君

少年學書劍，矯首睨八荒。閶闔記昔遊，霞佩高頡頏。一跌下青雲，意氣久不揚。乞取平頭奴，提攜古錦囊。歸釣富春瀨，濯纓歌滄浪。

壬寅仲冬晦日同吳監丞游延祥宮延祥蓋和靖原作静，據文津本改，正文同**所居也**

霜日炫晴晝，湖光掠眼明。散策事幽討，出門聊意行。柳塘和靖居，宮殿若化成。霞裾赤城仙，笑語相逢迎。雲腴飲甘液，琅函披內經。趺坐縱名談，妙處俱忘形。須臾啟靈鑠，臺沼列萬楹。逕路通深杳，宮花不知名。石泉鳴佩環，松篁奏竽笙。髣髴如鈞天，音韻鏗譈諲。吾皇香案臣，筆力雕陽春。危亭倚高寒，意氣干青雲。飲酣視八極，神馳白玉京。日月看跳丸，羲輪忽西傾。歸來十里塘，問訊江梅英。斷橋流水香，一枝疎影橫。煙淡月昏黃，清於玉壺冰。錦囊搜好句，山阿紀前盟。

填維揚已下四首投中隱

古人肉食無遠謀，腰錢騎鶴向揚州。春風十里珠簾捲，但看竹西歌吹樓。天朝選用詩書帥，上策公言須自治。屏翰堅持保障功，江淮益壯金湯勢。强敵不敢縱南牧，關塞煙迷芳草緑。兒童歌舞樂昇平，一曲梅花細柳營。

都作院

天子除戎戒不虞，修車備器會東都。羽林憶昨厭弓矢，剡木弦弧兒戲爾。我公號令何精明，武庫森嚴耀五兵。威震天驕奠京邑，繇漢以來真鮮及。

春大閱

波澄青海無傳箭，我公獻納紓皇眷。修嚴武備選車徒，天下雖安不忘戰。車如流水馬如龍，甲耀日兮旌蔽空。攙槍熒惑不敢動，獨任朔方無限功。天威震疊軍聲壯，會見龍庭焚老上。燕然碣石與天齊，為公重勒千丈碑。

御書東坡雪詩石刻

殘更皎月垂半破，西鄰促席寒威挫。風流玉局老坡仙，雪夜清吟躡郊賀。流落人間古錦囊，帝恐天丁下取將。賡歌餘暇染宸翰，奎壁昭回龍鳳翔。我公稽首拜嘉惠，勒以堅珉貽萬世。捲旗擬入蔡州城，傳呼夜示吴元濟。

謝人惠油炭

青藜照天禄，寶炬分金蓮。榮遇不可期，膏火徒自煎。檠短無餘輝，囊空無留錢。一燈假鄰壁，三冬廢塵編。殘膏許沾丐，繼晷欣窮年。陰崖冷徹骨，榾柮殘無煙。號寒冰氏子，炙背思負暄。主君惠窮塗，施予無所偏。爐分天地春，力奪造化權。和氣與俱游，死灰欣復然。

楚有蒻菜色潔而味辛夜對吴監丞飲飲酣薦之以此恍然如在湖湘間

山澤有臞儒，骨相無食肉。平生藜莧腸，愧負詩書腹。碧澗掇香芹，雕盤堆苜蓿。艱苦謀一飽，未免窮途哭。君今食萬錢，肥甘非不足。味厭五侯鯖，嘉蔬列瓊玉。云自楚中來，芳辛有餘馥。一笑下筯空，鯨飲薦醽醁。吟餘詩思清，如行湘水曲。湘君不復見，直欲跨黄鵠。

甲辰季冬殘臘大雪主人以糟玉面貍及尊酒爲餉

南山白額虎，暴戾日以滋。納諸罟擭中，食肉寢其皮。文貍外柔順，玉面而豐肌。與世了無忤，奚亦遭危機。得非風味殊，尊俎之所宜。焚山獵獸者，是以羅致之。主翁厭肥甘，鼎食嗤羣兒。殷勤築糟丘，遣送持酒巵。于時臘將殘，雪花一尺圍。玉樓寒起粟，墨突晨未炊。得酒且大嚼，勿令兒輩知。

唐劉雲有所思云玉井蒼苔古院深桐花落地無人掃因用其語集古句次韻

西征登隴首，薄暮有所思。所思鬱不見，殘雲傍馬飛。逢迎少壯非吾道，百壺且試開懷抱。黄帽青鞋歸去來，桐花落地無人掃。

謝石佛璉大禪

人生天地間，百年如逆旅。榮華風中煙，富貴草頭露。得喪能幾何，頫仰即今古。師具正法眼，與人一線路。紛紛輕薄兒，誰解點頭句。冥行方索塗，空滿户外屨。我提没底籃，採藥空山去。覿面偶相逢，舉手便分付。彈指了三生，無去亦無住。

寄遠曲用唐人張籍韻

江南淡蕩煙波煖，蒲萄渌漲春江滿。日暮汀洲採白蘋，芹芽出水蘭心短。美人去矣隔湘江，誰其贈我明月璫。

癸丑仲冬十日蚤晴從中使過蕁湖未幾風雪交作

黄岡之北蕁湖東，湖光萬頃磨青銅。樓船東下佽飛集，牙檣十里旌旗紅。魚龍震疊馮夷宫，雲容倏忽變晴空。鬖髿振袂玉妃舞，雪花撩亂穿疎篷。

泊舟富池乞靈祠下

大江東南來，馮夷此其宫。羣山各獻狀，奔走如游龍。將軍萬人傑，智勇摧姦凶。草木知威名，旗常紀豐功。廟食填兹土，樓閣何穹窿。我來拜靈祠，紅日方曈曨。神烏集飛檣，雪波捲晴空。椒桂薦芳馨，精誠冀感通。謂言身半百，扁舟吾欲東。羞作賈胡留，願借一帆風。

題郭季寬曉耕宿釣二圖

牛角横素書，春犁破朝雨。鴻鵠志安知，功名心自許。

羊裘晦山澤，貂蟬等鴻毛。直鈎道可行，一釣聯六鰲。

栖霞高士以詩鳴於時方幸締交而赴玉隆之請鶴馭西去挽之不留臨岐告别爲賦二詩

大雅久不作，正音寂無聞。金門栖霞仙，派續修水濆。學海障鯨波，筆力扛龍文。我誦錦囊句，十年思見君。相逢一杯酒，和氣蒸春雲。去我鼻端堊，君其揮郢斤。

蛟窟蕩羣妖，霞帷快飛舉。横江餘鐵鎖，中流屹砥柱。主人謫仙人，道學侔千古。紫皇香案前，掉頭不肯住。亭懸孺子榻，簾捲西山雨。鷄犬許同昇，我欲騎鯨去。

公無渡河并引

古樂府有《公無渡河》篇，從昔詩人賦詠，俱與本意不相侔。余謂翁之勇於渡河者，特以一壺之力為可恃，遂冒險而不之恤。曾不知壺之力甚微，而河之險不可玩，終遂致於淪厥軀。兹亦可為後世鑒矣。因原其指，為作數語，用以自警云。

河流决崑崙，微禹其為魚。龍門雖已鑿，犀棧孰可踰。老翁被髮鬢如絲，臨流欲渡將何之。嫗止翁留翁勿渡，翁不嫗從捨之去。中流憑一壺，意謂千金俱。一壺勢莫支，千金淪其軀。壺兮壺兮翁之覬，鼉吼鯨吞方得意。曲終哀怨寫箜篌，鄰女為君雙墮淚。

以浯溪磨崖頌爲友人壽

明皇蠱妖孽，顛倒由禄兒。真人奮靈武，羣公任安危。笑談收兩京，鑾輅還京師。廟社喜重安，鐘簴曾不移。詞臣有元結，歌頌鎸浯溪。余生千載後，每恨不同時。半世看墨本，長哦山谷詩。嗚劍馳伊吾，有策原作客，據文津本改噤未施。十年客衛府，斗粟不療饑。君今聯上閣，婉畫贊籌帷。眷簡隆三宫，復始可指期。持以為君壽，勳名書鼎彝。明年奉漢觴，重修前殿儀。摩挲古崖石，更紀中興碑。

崧高詩爲九江趙使君壽十二章，章四句

崧高維嶽，美良守趙公也。公以周召間平文津本作出之才，斂大惠於定江。越九月，政成民和，課最南國。生申盛旦，歌舞誦詠者溢於塗。門下貢士楊冠卿揆骫骳蕪陋，不足以形容公之盛也。採摭古詩語韻而歌之，九頓首，以薦公壽。

崧高維嶽，四方之極。維嶽降神，生此王國。
綿綿瓜瓞，莫莫葛藟。周公之孫，齊侯之子。
柔惠且直，小心翼翼。王親命之，南國是式。
盡瘁以仕，不懈于位。四方于宣，南國之紀。
之綱之紀，允文允武。荆舒是懲，四方無侮。
旱既太甚，以祈甘雨。零雨其濛，介我稷黍。
黍稷彧彧，去其螟螣。實維豐年，我庾維億。
萬億及秭，物其旨矣。此邦之人，云胡不喜。

周邦咸喜，式歌且舞。于時語語，厥聲載路。
其告維何，自今以始。俾熾而昌，既多受祉。
永錫難老，眉壽保魯。以佐天子，為周室輔。
我來自東，小大稽首。是用作歌，以介眉壽。

以上《客亭類稿》卷一二

全宋詩卷二一五五六

楊冠卿三

庭　草

庭草凄餘碧，江風吹早寒。帶圍愁裏減，詩律病中寬。隱几閑留客，迎門懶不冠。蕭然有真處，未易俗人看。

別襄陽帥

淮海棠陰已著行，却移小隊入襄陽。江山尚帶戎馬氣，齋閤遽聞編簡香。自昔聲名滿梁楚，向來為政壓龔黃。風流高出山翁上，不用擎鞭問葛彊。

宿前崗鋪

老去心猶壯，天邊歲欲除。喜行新過路，如讀未看書。溪水縈回淨，人家遠近居。梅花正愁絶，薄暮雨疎疎。

暮　雨

飄飄為客久，在在與春期。暮雨森寒意，花香閟舊枝。看成南國老，慚誦北山移。已悞世緣惡，懷哉歸去遲。

無　題

鶯語丁寧隔曉窗，露翻紅藥鬬新粧。玉笙莫作相思調，猶恐春歸得見郎。

記夢

欹巖松檜轉龍蛇，洞户仙人字少霞。炯炯長眉非是畫，翠翹斜倚碧桃花。

問訊人間幾日期，謂言何處是瑶池。玉盃飲罷夢中醉，不記神遊話别時。

壬午雜詩

黄屋非堯意，謳歌有啟歸。德參羲昊古，事與漢唐非。喜氣傳千嶂，巾箱本、文津本作障皇風浹九圍。胡亡固原作功成詎，據巾箱本改無日，智勇巾箱本、文津本作勇智舊沈機。

寒甚王親駕，春歸虜原作敵，據巾箱本改請和。北軍方擁衆，小戍或投戈。形勢中朝壯，衰離偽境多。燕雲可中裂，豈限白溝河。

不逆凶渠原作强鄰，據巾箱本改詐，當須報使回。君恩固寬大，虜原作敵，據巾箱本改意每嫌猜。義舉初難廢，兵端莫浪開。要知情偽審，往事驗方來。

關內攻城戰，淮東却敵兵。敗亡初妄作，狼狽坐虚名。賊勢雖亡命，君心實好生。不知他日事，誰築受降城。

已分依人老，猶期振袂還。有愁供白髮，無力買青山。北駕方傳蹕，西師已度關。孤臣憂國泪，東首落餘潸。

寄别友生馬千里

秋鴻社燕幾時休，萬里無家天盡頭。青蒻緑蓑今已辦，江湖歸去老漁舟。

瘴雨蠻煙道路賒，囊書匣劍是生涯。海山佳處能相憶，好寄新詩鴈字斜。

齊安

寂寞東坡對竹樓，兩公陳跡是前修。津亭倚柁還商子，雪後獨為江上遊。隻輪不返笑曹瞞，赤壁空臨江水寒。想得周郎鐃鼓競，小喬相與對春山。

病後暑退

寬作遲留計，難期歲月功。方驚鼠輩舞，未覺馬羣空。度暑蘇病骨，涉秋悲候蟲。長江二千里，只欠一帆風。

甲申歲作

渺渺冰雪盡，欣欣花柳蘇。江澄炫初日，沙潤茁新蔞。久客亦勞止，我行猶載驅。乾坤如許大，何處著吾廬。

急雨來排難，餘蒸頓解嚴。時蜩鳴露柳，客燕度風簾。屈指秋無幾，安心氣自恬。夜凉都不寐，落月瑩虛簷。

讀杜工部集

平生忠義不忘君，末路升沈付九原。千古神交真未泯，一時人事可重論。摩挲醉眼朝廷在，消息他鄉弟妹存。獨閱遺編堪墮淚，秋窗燈火雨昏昏。

讀親征詔

詔語深醇告萬方，便知九鼎不勞扛。波臣奔走扶黃屋，約束風濤過大江。

君王神武不恬兵，氣讋中原一掃平。可笑西江喜歸客，便裝行槖待還京。

塞上雪中

雪色迷江國，人誰入蔡城。窗虚元自白，梅破不勝清。佳客苦難唤，清尊只細傾。吾衰便静退，不忍浪談兵。

代别張憲

澤國春强半，餘寒燕子飛。絶知懸榻久，故作買舟歸。歲月空荒老，行藏有是非。功名遊戲爾，此意尚依稀。老去安為客，春來不着家。江湖遂良覿，身世入長嗟。處死寧無地，謀生信有涯。分携感時節，楊柳又藏鴉。

回紋四時

輕風透幕羅衾薄，滿萼嬌紅綴小桃。明月對愁縈錦字，斷絃空暗紫檀槽。

冰盤瑩静風簾闔，酪粉嘗殘日影曛。稜枕印紅斜玉頰，碧衫原作山，據文津本改揎袖整輕雲。

紋簟浥原作挹，據文津本改香餘汗粉，緑眉攢恨舊愁新。焚香夜拜初生月，暮色窗紗薄霧匀。

霜驚葉落催寒曉，夢破人愁覺夜長。香暗折梅初點玉，鏡鸞呵手試新粧。

九里松六言

風聲不斷天籟，鐘韻初知日曛。人語驚飛幽鳥，馬蹄踏破輕雲。

王幹竹枕甚簡古客有得之者爲賦二絶

榮枯已熟槐安境，妄幻敢藏鴻寶書。一節黑甜參已透，漆園胡蝶浪分疎。夜明已賜虢國姊，曲肱又屬東家丘。娱寢有人君得計，睡鄉留我取通侯。

吴江道中

野色蒼煙闊，篷籠宿雨開。湖光與天接，林彩覺春回。心事歸雙鬢，年華付一盃。松江元赴海，流駛更須催。

壞郭郊丘裏，長橋煙浪間。幽花經雨潤，獨鳥受風還。春水圍叢薄，晴雲吐亂山。莫將吴越恨，添入二毛斑。

即　事

歡悰憑淺酌，衰相怯單衣。詩向貧中好，春從雨際歸。氣寒憂麥瘦，桑濕恐蠶饑。豫學田園計，他時恐願違。

人事悲懽裏，交情冷暖中。山林催晚計，顔面久秋風。有傳記耆舊，無書問子公。反關違世久，幽事亦怱怱。

未辨因人出，時歌不我過。墨泓雲脚亂，藥鼎雨聲多。三篋閲浮世，把茆營懶窠。肯將猶在舌，容易説干戈。

讀　書

憂世終何補，忠懷悵不平。收回長太息，翻作短歌行。是事且復置，今人誰可盟。湘中千樹橘，墨墨了餘生。

題凌波采蓮圖

綽約風姿雲霧衣，波心新月映巾箱本、文津本作漾明輝。更深折得清香去，煙靄不知何處歸。

歸塗春晚

待得春歸人亦歸，風花撩亂撲征衣。清香十里荼蘼路，零落珠幢對晚暉。點點更籌清夜徂，昏昏鄉月瑣窗虚。夢回忽聽狂風雨，明日前村花更疎。蹔解征驂野水湄，卷衣上馬夜何其。客愁政自不堪説，殘月一聲聞子規。

山茶

緑葉蘢嵷襯渥丹，疎林殘雪尚班班。先驅特為東君至，怕向春風桃李間。

道間所見

窄窄山腰路，娟娟屋角花。谿回蔽修竹，鷗暖戲春沙。

夾江

雨洗山容静，江流塞水通。征塗萬煙樹，行色一秋蓬。黯澹平郊霧，清徐邃谷風。直須歌緩緩，莫作去忽忽。

麥浪浮濃緑，山眉暈遠青。光風來婉娩，客意獨伶俜。回鴈鳴何許，輕鷗下遠汀。人家總幽隱，煙雨竹門扃。

漫題

著雨林花暗，敲風檻竹幽。翠屏疎得夢，紅葉忽驚秋。

適安旅次

山郭蕭條晚，秋堂窈窕深。輕寒籠暮靄，横吹度疎砧。叢竹深藏翠，孤雲帶晚巾箱本、文津本作晚帶陰。淹留有幽趣，不礙短長吟。

檻蒲行碧瘦，林葉得紅深。客子倦長夜，居人催暮砧。風梢窗紙急，月轉藥欄陰。高枕已無睡，寒蛩休苦吟。

曉　思

山鳥春猶咽，城烏曉亂啼。危譙初罷角，落月已催雞。地迥來何事，家遥夢到迷。片懷如許惡，深覺負瓜畦。

雪　後

野日茅茨短，荒村霰雪餘。溪流山足裂，谷迥鳥聲虚。矯首懷新隱，歸窗有舊書。殘年甘飽飯，何必事名譽。

觀諸園接花果

花木聊觀化，芳菲觸處同。大都知歲晚，各自占春風。巧着移根力，陰争造物功。化鈞均播埴，此理杳冥中。

寒食雨中

無家可耐異鄉何，怪底愁邊萬感多。今夜雨昏山月暗，泪痕元不減金波。

晚風一再花狼籍，春去忽忽不可尋。蜂蝶亦如人意薄，便無消息到牆陰。

渡口

欲繫孤舟日已斜，秋霜一岸著蒹葭。若為唤得愁魂醒，柱杖穿沙尋酒家。

絶句

東閤官梅已退粧，遠村沙柳發新黄。遥知歸去西江路，定有飛花觸地香。
忽憶前時小院歸，杏花牆角兩三枝。夜香燒斷黄昏月，縹緲隣家玉笛吹。

始覺

始覺躬耕晚，從誰話此情。但能安食息，敢復計聲名。留滯煩書信，驅馳愧友生。有懷愁不盡，歸鳥暮雲横。

自檇李至毗陵道中

風捲雲歸雨忽晴，月輪安穩上青冥。怪來枕底流泉急，去去短梔初不停。
朱槿碧蘆相間栽，蓬棚車水過塍來。茸茸秋色濃如染，已有陂塘似鏡開。
極目雲天意已舒，迎人草樹緑扶疎。望中孤塔松江近，便有小船來賣魚。
滿目江山無限情，夫差城郭暮雲平。當時不競黄池長，一再何由致越兵。
晉陵城東窣堵坡，兩尖高並下臨河。昔年曾醉隣牆酒，卧聽扁舟唱踏歌。

癸卯春雜用古語繼吴監簿水月即事

霜日炫晴晝，意行春色隨。平林花淡淡，荒墅草離離。竹徑通幽處，山雲薄暮時。壺觴情未極，飛鞚返青絲。

爲谷隱和虞參議韻

誅茅秖合老僧龕，一笑欣陪麈尾談。天末冥鴻方避弋，遼東白豕忍懷慚。折腰我已宦情薄，嚼蠟誰言世味甘。萬事轉頭俱夢幻，試將此語静中參。

谷隱之東芍藥酴醾涉夏尚有存者籜龍頭角且森列於前次前韻呈九江趙使君

衣鉢相傳書一龕，晴窗時許聽名談。詩成與客探囊取，句好令人下筆慚。别墅經春花未老，芳畦過雨薺尤甘。明朝更欲從公去，玉版堂頭作小參。

歸自淮右讀楚辭有感

憶昔淮山戰骨高，行人持節過臨洮。匣中劍氣徒干斗，袖裏綸鈎莫釣鼇。世事從來兩蝸角，男兒不遇一鴻毛。功名槐國吾深省，痛飲何妨讀楚騷。

頃歲如番禺與慶傳十六兄遇上饒後五年胥會於霅時太學增置生試竟不遂志將别去理朱方棹因詠昔人風雨對床之語慨然有感作是詩

囊空未辦買山錢，壯志隨人秖自憐。千里鄉關愁夢裏，幾年蹤跡瘴江邊。回谿重困南摶翼，異縣還尋東去船。何日蒼崖結茅屋，與君風雨對床眠。

繼詩社諸友韻

休將龜筴問窮通，往事邯鄲午枕中。南郭吹竽羞濫食，北山運畚笑愚公。酒邊賴有賡酬在，客裏還欣臭味同。得句不妨頻寄我，從今莫效馬牛風。

復用前韻且約携琴尋花下之盟

吟牋寫就訊難通，人在千巖紫翠中。談笑尊罍有餘樂，交遊氣槩壓羣公。忘年許締金蘭好，佳處何妨杖履同。我欲携琴坐花底，乞君妙曲奏松風。

淮楚春晚病中

絶塞驅馳有底忙，病餘歸思遶江鄉。鴈飛不到楚天遠，蝶夢可堪春晝長。滿地香紅初過雨，一簾風絮正斜陽。愁邊賴有新詩在，强劈吟牋付錦囊。

遊交廣用帳幹趙德縱韻

家聲久矣愧長楊，浪説男兒志四方。鼎鼎百年半流落，悠悠萬里益凄凉。羇懷嶺表芙蓉幕，歸夢江南雲水鄉。欲訪匡廬近消息，試憑征雁到潯陽。

琴久不作客問其故戲爲説偈

昭琴不鼓任虧成，澤畔行吟且獨醒。自信榮枯本同轍，誰云得喪有殊形。古今幾見桑田變，日月常循晝夜經。去去來來祗如此，風前別調不須聽。

代秦幹上刑部張尚書津

疇昔持衡冰鑑清，議刑今去刻為明。坐令几閣文書静，馴致齋居獄訟平。疏闊漢朝新禁網，風流廷尉舊家聲。哀窮悼屈心如砥，應笑張湯有重輕。

平生報國劍鋩寒，萬里漂流困一簞。貧劇方思毛義檄，歸來却戴楚囚冠。解驂舊事無人繼，慟哭窮塗祗自嘆。倚伏循環知有待，春回寒谷在毫端。

繼朱叔謙所寄韻

湖海三十載，窮觀未見書。文章恥沿襲，體製薄浮虛。老去情懷惡，生平習氣除。交親應笑我，術業廢三餘。

王鷗盟別去久之有詩繼韻

急槳衝煙去，奚奴喚不譍。清吟繼囊錦，妙句琢壺冰。天遠暮雲碧，江寒秋練澄。懷人心欲折，愁坐對青燈。

秋日懷松竹舊友

松竹隱君子，別來安穩不。音書遲寄雁，風雨又驚秋。金井葉黄落，青燈人白頭。客懷難著語，誰共賦牢愁。

烏免不停軌，蒹葭鬢已蒼。囊空携古錦，賦未奏長楊。林下松風曲，爐邊栢子香。朝昏作禪供，榮辱已俱忘。

倦　遊

歸去陶彭澤，重來丁令威。逢場真戲劇，閱世識危機。蠻雨沾烏帽，京塵黯素衣。回頭今自笑，三十六年非。

水亭晚坐

煙波渺渺白鷗雙，遠樹微紅襯夕陽。坐久江風起蘋末，馮夷借我一襟凉。

詩僧常不輕以梅花句得名于時雪後踏月相過論詩終夕退得二絶以謝

十年袖裏梅花句，夢遶江南煙雨村。今日相看更愁絶，天低雲淡月黄昏。

荒江落日孤鴻影，遠趁幽人踏月來。雪屋雲林淡相對，月邊依約有寒梅。

題張安國舍人平沙落雁圖

渚雲低壓雲文津本作青山暮，煙素横空落日斜。秋老江鄉稻粱熟，一行征雁下平沙。

九江春半雨中寒甚忽見梨花

江城一雨春强半，寒色著人芳信遲。賴有梨花遮病眼，一枝帶雨出疎籬。

乙未秋賦不遂志歸寓水村

歸來不負白鷗盟，要聽雲山韶濩聲。鐘鼎軒裳非我事，從教水到自渠成。原作成渠，據文津本改

自仙潭治歸舟呈王鷗盟

江頭重整舊漁衣，觸起眠沙鷗鷺機。煙渚蘆花留不住，葉舟還趁夕陽歸。

絶嶂雲煙乍有無，蒼崖茅屋近何如。西風拍手唤征雁，恐有平安錦字書。

扁舟夜泊蓼花叢，曉掛風帆苕水東。擬辦蓋頭茅一把，十年湖海浪飄蓬。

江村煙雨暗霏微，正是鷗盟得句時。雨後屏山展新緑，更煩摹寫送新詩。

次韻王鷗盟秋日郊居即事

老去柴桑晝掩關，悠然得意在南山。忘言妙處無人解，目送孤鴻天際還。

不貪薏苡與明珠，曳屣狂歌信杖扶。誰道先生貧徹骨，先生清處若冰壺。

松菊依然遶舊廬，西風歸興動鱸魚。歸來有酒輒成醉，旋摘秋園雨後蔬。

次李提舉桂花韻

緑帷深護黄金粟，嫵媚似嫌紅粉粧。年來不作廣寒夢，喜對孤標時踞床。

人間初未識奇木，子落蟾宫秋政芳。託根底事在幽谷，要伴清都山水郎。

春雨未霽有載歌姬遊道場山者

濛濛煙雨暗空山，驕馬行春翠袖寒。待得春文津本作東風捲雲幕，却愁春色又闌珊。

塞上與鄭將夜飲

白髮將軍夜枕戈，樓蘭未斬奈愁何。挑燈看劍淚如洗，那聽蕭蕭易水歌。

幾年京洛暗胡原作飛，據巾箱本改塵，老上龍庭恨未焚。安得君王倚天劍，提携直上决浮雲。

次韻李提舉秋日雜詠

羊坂路岐險，燕巢生計疎。萍蓬三尺劍，衣鉢一床書。葉露泣金井，簷牙掛玉鈎。魂清了無寐，詩思不禁秋。

次歸耕堂稀字韻

精忠貫日古來稀，帷幄從容扈六飛。風虎雲龍方際會，故鄉未許我公歸。

神京千里雁書稀，關塞傳聞驛騎飛。報道天驕遁沙漠，衮衣行從翠華歸。

功業汾陽千載稀，龍庭單騎去如飛。笑談整頓乾坤了，黄鉞金鉦奏凱歸。

湖山春老杏花稀，柳絮漫空作雪飛。横槊賦詩有餘暇，不妨倒載送春歸。

又用韻

弱水蓬山到者稀，凌空須仗羽輪飛。羣仙拍手山頭笑，笑我漂零胡不歸。

窮巷無人車轍稀，尋巢燕子故飛飛。似嫌茅屋太低小，廣厦千間欣有歸。
杏壇鏗爾瑟聲稀，劍佩三千羽蓋飛。獨對春風吟詠處，從今願學舞雩歸。

乙巳春次中隱先生韻

密勿籌帷今幾春，故山猿鶴尚關情。中書歷徧令公考，樂道要從莘野耕。
種滿人間桃李春，門闌舊物詎忘情。江湖若也有閑地，著我一犁春雨耕。

挽葉南仲

疇昔丈人行，典型詩禮家。剛方排武叔，詞賦敵張華。造膝陳經濟，凝旒屢嘆嘉。他年想遺烈，拊髀諒興嗟。

次韻王宣幹秋懷

囊錐脱穎久巾箱本、文津本作競崢嶸，劍氣干霄恨莫平。江左方思見王導，兒曹誰敢吏淵明。悲秋欲賦情難極，憂國忘言酒細傾。高卧東山歲將晚，何如一起為蒼生。

送堵修遠歸湖城

十載讀書松竹林，壺觴歌詠有知音。君今别我市朝去，誰伴寒窗擁鼻吟。
雲卧江村煙樹林，懸知出岫本無心。亭皐若也有歸雁，得句不妨頻寄音。

西　樓

平頭四十悮儒冠，獨立西樓憂萬端。兩鬢飄蕭半華髪，羞將勳業鏡頻看。

次韻葉無咎梔子花

樓石山前薝蔔花，品題從昔屬詩家。君看五字齊梁句，句好當令屈宋衙。

從郭中隱覓酒併呈張君量

百斛龍文鼎可扛，揮毫曾寄碧油幢。酒兵若有三千騎，肯向詩壇築受降。

又示同志

寂寂寥寥揚子居，雲山相對一床書。無人載酒問奇字，自把殘編時卷舒。

歸途用李泉野韻

乾坤萬古幾昏曉，兔走烏飛不暫停。去日荻花秋索索，歸時芳草又青青。

癸丑生朝舟行有感

懸弧初度日，鞠育念劬勞。未了詩書債，見輕兒女曹。爭知兩蝸角，等是一鴻毛。所貴盡忠孝，結交英與豪。

題畫扇

斷橋流水小舟横，卧看林梢素月明。雙鶴不知何事舞，風前時送九皋聲。

與金陵傅漕余預鄉薦時傅兄持文衡

著作承明近玉堂，云何持節尚為郎。運儲巧思蜀諸葛，攬轡澄清漢范滂。自昔謀猷資啟沃，於今軍國欠平章。商巖事業公須繼，好趁春風朝未央。

鄉書憶昔獻賢能，姓字曾叨天府登。闕里摳衣欣附鳳，雲程歛翼愧飛鵬。流年自信一彈指，末路誰憐三折肱。若見金昆問消息，為言霜鬢已鬅鬙。

繼韓尚書春日舟行韻

河水拍堤清且漣，堤聯南陌與東阡。浮家泛宅苕溪路，老却春光又一年。
蜀魄思歸晝夜啼，漆園蝴蝶夢魂飛。簞瓢陋巷心如水，惟有顔淵殆庶幾。

與鄂州都統張提刑

五雲樓閣武昌宫，曾挫曹瞞百萬雄。今古興亡付流水，江山彈壓賴元戎。折衝尊俎笑談裏，極目關河指顧中。準擬明年會京洛，為君沽酒醉春風。
貔虎雲屯細柳營，旌旗號令轉精明。人言郤縠詩書帥，自有孫卿仁義兵。關塞金湯今奠枕，江淮草木舊知名。家聲凛凛漢人傑，看取籌帷功業成。
江湖疇昔受恩深，歲晚漂流傷客心。雨檝風帆倦行役，雪車冰柱少知音。價高肯羨連城璧，才謭難希諛墓金。但得扁舟從此去，成虧寧復問昭琴。

和京尚書上元日同禁從遊鳳山韻

苔封石磴遶層欄，欄外行厨薦玉盤。座揖湖山詩興遠，氣吞雲海酒杯寬。籃輿竟日有餘樂，蓮市只今無此歡。我愧么微難接武，飛牋亦欲寄青翰。

洪溪口

短短桃華宿雨餘，風輕春水縠紋鋪。柁師苦要貪行色，不肯繫船尋酒酤。

蠟梅四絶

遊蜂辛苦事芳菲，嚼蕊偷香釀蜜脾。還被東風巧收拾，又隨春色上南枝。

枝上編鍾萬顆垂，凌寒傲視雪霜姿。從今疎影暗香句，不數西湖處士詩。塗黄不學漢宫粧，一點檀心萬斛香。嚼蠟我今忘世味，羞將花譜細平章。阿嬌厭貯《永樂大典》卷二八二作處黄金屋，洗盡鉛華兒女粧。香魂寒夜《永樂大典》作夜寒伴幽獨，青《永樂大典》作書燈相對吟胡床。

同韓吴二寺丞飲西湖梅花下酒酣繼韓韻

冉冉山雲薄暮時，壺觴歌詠欲忘歸。一盃且為梅花醉，莫待梅花作雪飛。

港口

野寺雲山迴，人家煙火稀。水腥漁市近，帆落晚風微。拂樹昏鴉去，迎船白鳥飛。吾生樂江海，猶恐與心違。

以上《客亭類稿》卷一三

古梅

雪後古梅正芳，月夜常不輕來訪，相與一笑梅下。

幽棲地僻經過少，花徑不曾緣客掃。積雪飛霜此夜寒，不知明月為誰好。公來肯訪浣花老，但話宿昔傷懷抱。忽憶兩京梅發時，巡簷索共梅花笑。

《永樂大典》二八〇八引《草堂集》

美人隔秋水

美人娟娟隔秋水，寂寞江天雲霧裏。□中間消息兩茫然，咫尺應須論萬里。多病馬卿無日起，青眼高歌望吾子。安得送我置汝傍，攬環結佩相終始。

同上書卷三〇〇六引《草堂詩集》

麻姑之東涉千堆壠至射亭宿黄氏新館

宴宇新成苦未嘉，忽膺朝委易軍牙。張侯暫喜留歡客，開檻憑誰種好花。北沼不難平釣岸，自注：釣岸未成。西峰猶欠入窗紗。自注：城樓未立。後賢政敏多餘暇，高會何妨月影斜。同上書卷一一三一三

同張帥出郊客有欲别去者作詩留之

元戎小隊出郊坰，落絮遊絲亦有情。縱酒欲謀良夜醉，繫帆何惜片時程。同上書卷一五一三九引《客亭類稿》

春江極目

荆揚春冬異風土，江北江南春冬花。跨馬出郊時極目，應須美酒送生涯。同上書卷一九六三七引《楊冠卿詩》

（岳仁堂整理）

全宋詩卷二五五七

常不輕

常不輕，僧人，生平不詳，以詠梅花句得名。與楊冠卿有交，《客亭類稿》卷一三有《詩僧常不輕以梅花句得名以時雪後踏月相過論詩終夕退得二絶以謝》等詩。

次楊夢錫雪後古梅正芳韵兼呈李史君

郭相謀深古來少，詞翰升堂為君掃。憶君誦詩神凛然，相逢苦覺人情好。歌詞自作風格老，百壺且試開懷抱。皀蓋能忘折野梅，浣花溪裏花饒笑。《永樂大典》卷二八〇八

（虞行整理）

胡泳

胡泳（一一三八—一一七五），字季永，吉州廬陵（今江西吉安）人。銓長子。孝宗隆興初補右承務郎。乾道七年（一一七一）調監淮西江東總領所太平惠民局兼行宫雜買場。淳熙二年卒，年三十八。事見《周文忠集》卷三二《承務郎胡君泳墓誌銘》、《宋元學案》卷三四。

句

閣下大書三姓字，海南惟見兩翁還。宋王象之《輿地紀勝》卷一二七《廣南西路·吉陽軍》

《輿地紀勝》：趙鼎貶吉陽，居郡四年薨。胡澹庵之子詠有詩云云。時秦相檜格天閣下書趙李胡姓名，趙公薨十年，放

還海外逐客，而李胡北歸。

王卿月

王卿月（一一三八—一一九二），字清叔，號星齋，又號星庵，世居開封，曾祖徙居台州，遂爲台州（今浙江臨海）人。孝宗乾道五年（一一六九）進士，調温州樂清尉。淳熙元年（一一七四），除起居舍人，權中書舍人。四年，知廬州，改湖南轉運副使。十五年，爲利州路提刑。光宗紹熙三年以吏部尚書爲金國生辰使，行次揚州病卒，年五十五。事見《攻媿集》卷一〇二《太府卿王公墓誌銘》、《嘉定赤城志》卷三三。

長淮晚望

目斷長淮渺莽中，孤城突兀倚層空。寒砧幾許遞秋信，漁笛一聲橫晚風。龍吐晴雲嵐氣白，鵶翻落日水天紅。扁舟今夜宿何許，赤壁斷磯蘆葦叢。　明柳瑛成化《中都志》卷八

趙燁

趙燁（一一三八—一一八五），字景明，號拙齋，三山（今福建福州）人。孝宗乾道二年（一一六六）進士，授簽書奉國軍節度判官。召爲詳定一司敕令所删定官。淳熙間知撫州。官終江東提點刑獄。十二年卒，年四十八。事見《定齋集》卷一五《朝奉郎提點江南東路刑獄趙公墓誌銘》、《晦庵集》卷七八《拙齋記》。

挽吕東萊

道統誰傳授，源流易失真。滔滔皆四海，亹亹獨斯人。業履羣經粹，詞華一世新。可嗟天不憖，難贖百年身。

近接南軒訃，公今事亦休。彫零數耆舊，牢落一山丘。吾道將窮矣，蒼天可問不。雙溪樓下水，應共哭聲流。宋吕祖謙《東萊集》附録卷三

劉玶

劉玶(一一三八—一一八五)，字平甫，號七者翁，崇安(今福建武夷山市)人。子翬嗣子。以蔭爲從事郎，監潭州南嶽廟，歷邵武軍司户參軍。與朱熹等交遊倡和。孝宗淳熙十二年卒，年四十八。有詩集十卷，已佚。事見《晦庵集》卷九二《從事郎監潭州南嶽廟劉君墓誌銘》。

句

攀條嚼蕊繞千回，日暮碧雲驚四合。宋朱熹《晦庵集》卷六《次劉圭甫和人梅花韻》注

馬登

馬登(?—一一九八)，字遂良，居樂平(今屬江西)。早年應科舉不利，後棄去，以詩酒自遣。寧宗慶元四年卒。事見《夷堅三志》壬卷六。

今日

載記編為令，今朝是暮春。燕飛高雁塞，魚躍過龍門。雨大添泥濘，風清減浪痕。鳥啼花濕濕，江日未騰輪。　宋洪邁《夷堅三志》壬卷六《馬遂良口占》

（以上徐永强整理）

京鏜

京鏜（一一三八—一二〇〇），字仲遠，晚號松坡居士，豫章（今江西南昌）人。高宗紹興二十七年（一一五七）進士。歷知江州瑞昌縣。孝宗召對稱旨，擢監察御史，累遷右司郎官。金人弔高宗喪，鏜爲報謝使。還，除權工部侍郎。淳熙十五年（一一八八），授四川安撫制置使，知成都府。光宗紹熙二年（一一九一），召爲刑部尚書。五年，簽書樞密院事、參知政事。寧宗慶元元年（一一九五），除知樞密院事，累遷左丞相。與韓侂胄共執國柄，申黨人之禁。六年卒，年六十三。有詩集七卷、詞集二卷，均佚。事見《誠齋集》卷一二三《京公墓誌銘》。《宋史》卷三九四有傳。今録詩二首。

留金館作

鼎湖龍馭去無蹤，三遣行人意則同。凶禮强更為吉禮，夷風終未變華風。設令耳與笙鏞末，只願身糜鼎鑊中。已辦淹留期得請，不辭築館汴江東。　宋羅大經《鶴林玉露》甲編卷五

《鶴林玉露》：光堯之喪，金來弔祭，京仲遠以檢正假禮部尚書為報謝使，康元弼館伴。錫燕汴京，仲遠與郊勞使康元弼言，請免燕，不許。請撤樂，亦不許。仲遠趨退復位，甲士露刃閉門，仲遠命左右叱曰：「南使執禮，何物卒徒，乃敢無禮！」排闥而出，元弼等以聞其主。仲遠留館俟命，賦詩云云。越七日，竟獲免樂之命。

漳河疑塚

疑塚多留七十餘，謀身自謂永無虞。不知三馬同槽夢，曾為兒童遠慮無。明彭大翼《山堂肆考》卷三〇

句

八千里隔東西境，十二時分晝夜泉。《輿地紀勝》卷一五一《成都府路·永康軍》

湖邊春色十分深。宋紹嵩《亞愚江浙紀行集句詩》

釋達觀

（吴鷗整理）

釋達觀（一一三八—一二一二），號息庵，俗姓趙，婺州義烏（今屬浙江）人。出家於本縣之法惠寺，師正覺。遊方參天童應庵、道場無庵、天封水庵。開法於嚴之靈岩，閲四五刹。晚自金山被旨靈隱，越四載，告老請歸天童。寧宗嘉定五年卒，年七十五。事見《北磵集》卷一〇《天童山息庵禪師塔銘》。今録詩六首。

爲李端愿居士説偈

三十八歲，懵然無知。及其有知，何異無知。滔滔汴水，隱隱隋堤。師其歸矣，箭浪東馳。宋普濟《五燈會元》卷一二《節使李端愿居士傳》

頌古五首

二祖慧可大師初至少林，參承達磨，立雪斷臂，悲淚求法。祖曰：我心未寧，乞師安心。磨曰：將心來與汝安。祖曰：覓心了不可得。曰：與汝安心竟。祖於此悟入。

長安深夜雪漫漫，欲覓心安轉不安。縱使言前開活眼，那知已被老胡謾。　宋法應、元普會《頌古聯珠通集》卷七

南泉曰：江西馬祖説即心即佛。王老師不恁麽道，不是心，不是佛，不是物。

慣弄瑶琴與琵琶，清音歷歷徧天涯。堪嗟不入聾人耳，空使西山月又斜。　同上書卷一〇

趙州因學人問：乍入叢林，乞師指示。師曰：喫粥了也未？曰：喫粥了也。師曰：洗鉢盂去。其僧忽然省悟。

鶴立松梢月，魚行水底天。風光都占斷，不費一文錢。　同上書卷一九

睦州因僧問：一氣還轉得一大藏教也無？師曰：有甚子饆饠鎚快下將來。

良玉不雕，美言不文。烟村三月裏，别是一家春。　同上書卷二二

巖頭因僧問：塵中如何辨主？師曰：銅砂鑼裏盛油。

村飲夜歸來，健倒三四五。摩挲青莓苔，莫嗔驚著汝。　同上書卷二八

（聞賢整理）

黄度

黄度（一一三八——一二一三），字文叔，新昌（今屬浙江）人。孝宗隆興元年（一一六三）進士。授瑞安縣尉。淳熙三年（一一七六），爲隆興府教授，尋兩易平江府教授。十二年，知嘉興縣。光宗嗣位，監登聞鼓院。紹熙二年（一一九一），除國子監主簿。四年，除監察御史。寧宗即位，改右正言，以忤韓侂胄罷歸。嘉泰二年（一二〇二），起知泉州。嘉定元年（一二〇八），除太常少卿兼國史院編修官、實録院檢討官，尋除權吏部侍郎兼實録院同修撰（《南宋館閣續録》卷九）。二年，知福州。

移知建康府兼江淮制置使。五年，爲禮部尚書兼侍讀。以病致仕。六年卒，年七十六。事見《絜齋集》卷一三《黄公行狀》、《水心集》卷二〇《龍圖閣學士黄公墓誌銘》。《宋史》卷三九三有傳。今録詩九首。

梅嶺岡

梅岡丘壟已難尋，堪恨吴兒太忍心。聞道土山標璧處，原頭叢薄不成陰。宋周應合《景定建康志》卷一七

玄武湖

玄武湖中春草生，依稀想見竹籬城。後來萬堞如雲起，方恨圖王事不成。
萬騎連山噪虎熊，千艘激浪泣魚龍。變遷陵谷有如此，應笑銅駝無定蹤。同上書卷一八

冶城樓

果然當國擅功名，著屐閑來上冶城。久欲乘風還海道，江山佳處尚關情。
春秋將絶書劉子，漢史雖終述武侯。舊國不知遺烈在，我來偶作冶城樓。

青溪閣

江家舊宅枕溪頭，誰向溪灣著小樓。無奈當年亡國恨，潮生潮落幾時休。以上同上書卷二一

白鷺亭

白鷺亭前白鷺飛，定知公子未忘機。我來猶識難馴意，江際翩翩趁落暉。

鳳凰臺

江淮表裏拱神州，底事干戈不肯休。試上鳳凰臺上望，定山盡處是瓜洲。以上同上書卷二二

隆蔭堂

意得壺觴外，心清杖屨間。簿書休吏早，花鳥向人閑。《輿地紀勝》卷九八《廣南東路·南恩州》

章天與

章天與，孝宗乾道四年（一一六八）舉遺逸，官大理評事。事見明萬曆《新昌縣志》卷一〇。

醴泉

和平德化醴泉通，千古濠梁武舊踪。光閃雪花微動月，影浮璚夜浄涵空。迢迢脈路流無盡，混混源泉出不窮。滿引一瓢更清徹，萬年仁壽祝重瞳。明田琯萬曆《新昌縣志》卷三

（以上劉雯整理）

鄧遠舉

鄧遠舉，原名似愷，沙縣（今屬福建）人。孝宗乾道四年（一一六八）鄉舉獲解。事見《夷堅志·補》卷二〇《大乾廟》。

句

翠雲卧石千巖冷，黄葉呼風萬里秋。灊湧巖《永樂大典》卷七八九一引《臨汀志》

（徐永强整理）

吴端

吴端，字子方，號湖山樵隱，永嘉（今浙江温州）人。曾爲翰林書藝局藝學、硾紙待詔（《摛文堂集》卷五《翰林書藝局藝學吴端可翰林書藝局硾紙待詔制》）。孝宗淳熙十五年（一一八八），爲平陽郡王府教授（《宋會要輯稿》職官七之四三）。事見《東甌詩存》卷七。今録詩四首。

山居漫興

莫笑山莊小，偏於隱者宜。門當八字路，園葺五經籬。地暖花開早，天寒酒熟遲。不須雞報曉，已得數聯詩。

草　堂

草堂長寂寂，無事且徘徊。幽鳥啼清嶂，閒雲覆緑苔。古琴邀月聽，新酒對花開。俗駕何為者，移文招不來。

春　懷

柳陰滿地水平池，門掩青春刻漏遲。蝶夢任渠分爾汝，蛙聲誰復計公私。劉伶混世酒一石，梁叔逃名歌五噫。午睡覺來風動竹，自收隔夜着殘棋。

春日山行

雲峰疊疊路斜斜，隔洞炊烟三兩家。何處有香來不斷，嫩風微雨落松花。

以上清曾唯《東甌詩存》卷七

（孟憲忠整理）

釋了悟

釋了悟，號笑庵。爲南嶽下十八世，密庵咸傑禪師法嗣。事見《續藏經·續古尊宿語要》卷四。

今録詩七首。

偈頌五首

今朝七月半，叢林解制忙。當頭老水牯，筋骨不堪當。大家團欒禮三拜，栴檀薝蔔一般香。

今朝開爐向火，諸方説禪浩浩。靈山一字也無，普請大家證據。開爐

一即三，三即一，碧眼胡僧數不出。少林面壁九年，大似抱贓叫屈。屈屈，黄檗樹頭，討甚木蜜。

倒嶽傾湫與麽來，小根魔子謾疑猜。神駒一躍三千界，空説門前下馬臺。舉德山入門便棒

昨日栽茄子，今日種冬瓜。一聲河滿子，和月落誰家。舉僧問睦州：以一重去一重，即不問。不以一重去一重時如何？州云：昨日栽茄子，今日種冬瓜。

讀政黄牛

清曠情懷世莫羈，放心異類樂斯時。千山萬水無窮意，只許灘頭白鷺知。以上宋師明《續古尊宿語要》卷四

頌　古

雲門上堂，因聞鐘聲乃曰：世界與麽廣闊，為甚麽向鐘聲披七條？僧無語。師曰：七里灘頭多蛤子。

試問鐘聲披七條，輕輕擊著無明發。買來餬餅是饅頭，苦哉觀世音菩薩。《頌古聯珠通集》卷三四

釋道生

釋道生，號曹源，住饒州妙果寺。爲南嶽下十八世，密庵咸傑禪師法嗣。有《曹源道生禪師語録》一卷，收入《續藏經》。今録詩三十二首。

偈頌二十二首

佛法二字，人人知有。狼毒砒霜，那容下口。直饒透出威音前，也是癡狂外邊走。

今朝八月十五，天色半陰半雨。幾多門外遊人，不覩月圓當户。也好笑，又堪嗟。争似西湖寺裏一隊古佛，參退歸堂喫茶。

飛金烏，走玉兔，閏月十日又過去。無位真人不可尋，一夜霜風打門户。

一九與二九，相逢不出手。巍巍不動尊，脚不離地走。出鄉歸

披毛帶角入廛來，跳出驢胎墮馬胎。佛手明明遮不得，從教平地起風雷。

古帆高挂入曹源，雷動風行海嶽昏。三十二峰親坐斷，一毛頭上定乾坤。

始見臘月初，立春又四日。白日走波波，肚裏黑似漆。擂鼓上堂來，一字說不出。

三月既望，惠風和暢。龜峰擂鼓陞堂，雲集五湖龍象。人人鼻孔遼天，好箇西來榜樣。

時節循環四月一，大道何曾有得失。夜來針眼魚兒，吞却新昌石佛。阿呵呵，識不識，明眼衲僧跳不出。

阿剌剌，快雨快晴天漸熱，看取而今甚時節。了即萬法本來空，未了吾今為君決。

聽著則聾，覷著則瞎。靠倒達磨老臊胡，打殺臨濟白拈賊。

衲僧門下，三月一結。把斷要津，聖凡路絶。一夜簷頭雨滴聲，剛把真機俱漏泄，切忌守著繫驢橛。

龜峰一訣，千聖罔測。硬似泥團，爛如生鐵。是何之訣，有口無舌。舉真如喆和尚道：慧光一訣，千聖齊列。臘月和風，炎天冰雪。是何之訣，鋒鋩結舌。

南邊是黑雲，今日應有雨。宜麻宜豆，宜禾宜黍。雖然歲稔年豐，粒粒幾多辛苦。為報參玄人，要須知落處。舉睦州和尚看《華嚴經》，僧問：和尚看什麼經？州云：大光明雲，青色光明雲，紫色光明雲，那邊是什麼雲？僧

云：南邊是黑雲。州云：今日應有雨。

浮雲散盡月當空，兔子懷胎產大蟲。跳出風前弄牙爪，至今撼動廣寒宮。舉長沙岑與仰山翫月次，仰山指月云：人人盡有這箇，只是用不得。長沙云：恰是倩汝用去。仰山云：作麼生用？長沙近前一踏，踏倒仰山。山起來云：直下似箇大蟲。

兩曜劈箭急，一年彈指間。始見大暑小暑，又是小寒大寒。通身寒暑無回互，笑倒當年老洞山。

雨雪落紛紛，簷頭水滴滴。良哉觀世音，草裏跳不出。跳不出，也大屈，水裏烏龜鑽鐵壁。

月生一，撈倒銀山并鐵壁。月生二，土宿騎牛穿鬧市。月生三，屋頭幽鳥語喃喃。不是葛藤露布，亦非入理深談。

平旦清晨三月朝，南山蒼翠插雲霄。不須更覓西來意，窗外數聲婆餅焦。

我佛生辰四月八，地涌金蓮隨步發。天上天下獨稱尊，微妙真機俱漏泄。雪山成道度衆生，四十九年無剩說。滔滔苦海架舟航，杳杳昏衢懸日月。文仲宣義濟陽公，曾向靈山蒙記莂。示現人間長者身，日用機輪活鱍鱍。一壽二富三康寧，總是前生修種得。今生福上更增修，果報來生愈超越。六門晝夜放毫光，萬罪紅爐飛片雪。安然端坐白牛車，金鎖玄關盡透脫。殊勝功德利無邊，宜爾子孫皆顯達。自知作佛更無疑，何必當來問彌勒。龜峰末後為全提，鐵卵生兒樹上飛。江迪功請說偈

明星覷著眼睛枯，絕後何曾得再蘇。堪笑堪悲緣底事，一年一度被茶糊。臘八

弋陽溪上諸檀越，勇猛精進難比況。年年歲歲入山來，總是如來親眷屬。如來法身等虛空，隨彼願心而顯發。譬如月輪出霄漢，照耀一切衆生前。衆生性水無有邊，我此一月能普現。水靜而清現全體，月非取水而遽來。水動而濁無定光，月非捨水而遽去。水有清濁有動靜，月無取捨無去來。於無取捨去來

中，不見清濁動静相。既無清濁動静相，一一含攝無有餘。我心佛心衆生心，心佛衆生本平等。佛子當作如是觀，即獲世間諸利益。為施主説偈

年盡不燒錢，鼠穴被蛇穿。直饒玄會得，對面隔西天。舉僧問古德：生死以何為舟航？古德云：年盡不燒錢。

讚密庵禪師

狼毒肝腸，生鐵面具。滿口鄉談，唱喏破句。滅臨濟正宗，起東山門户。恁麽出世為人，未免秤鎚蘸醋。

題廬山楞伽院

蘇内翰木三五筆，李夫人竹一二竿。會得楞伽印心法，不應來作畫圖看。

題廬山圓通

水聲山色裏，猿嘯月明天。唤作圓通境，更參三十年。

題烈山

舟船來往此登臨，酹酒燒錢慮轉深。大抵人心自巇嶮，心空山嶽自平沈。

題長干塔

舍利無端應念來，浮圖平地擁崔嵬。當年不假金鎚力，争得光明耀九垓。

送雪峰化主

三毬輥動錯流傳，大用何曾得現前。千五百僧無頓放，累人走得脚皮穿。

送聞兄持鉢

聞聲悟道鳥投籠，祇麽無聞道未充。和劍拂開慳悋穴，全身輥入是非叢。脚頭脚尾無虚弁，山北山南有

路通。一笑歸來能事畢，真金百鍊見全功。

送觀禪客

西淛江邊話別時，斷頭船子疾如飛。白拈手裏分贓去，臨濟休誇小厮兒。

送道者幹瀾溪橋

萬古瀾溪上，無風浪拍空。路窮橋斷處，看子展神通。

贈不欺信公監總餘杭建接待

衲僧自有通人愛，笑捏空拳開接待。十字縱横古路頭，做成活計潑天大。阿呵呵，也奇怪，是聖是凡俱捉敗。接取一箇半箇來，要與叢林作殃害。以上宋道沖《曹源道生禪師語録》

釋允韶

釋允韶，號鐵鞭，住泉州光孝寺。爲南嶽下十八世，密庵咸傑禪師法嗣。有《鐵鞭允韶禪師語要》一卷，收入《續古尊宿語要》卷四。事見《語要》。今録詩七首。

偈七首

一五二五，機輪無阻。南山起雲，北山下雨。有人却道錦上添花，有人又道泥中洗土。有人又道離此二途，便見丹霄獨步。若總如斯論量，山僧未敢相許。

老漢當年臘月八，三更夜半顛狂發。剛把長釘釘眼睛，直至而今未能拔。佛涅槃日

月月初一十五，處處槌鍾打鼓。若不毁謗禪道，便是呵罵佛祖。盡道慈悲接人，畢竟無過於此。承天鼻

孔笑伊，直是未敢相許。坐人舌頭即不無，争教無舌人解語。秋光清淺時，白鷺和烟島。良哉觀世音，全身入荒草。寶劍未出匣，神光射斗牛。千兵雖易得，一將實難求。八月秋，何處熱。風入松，聲瑟瑟。落霞孤鶩齊飛，秋水長天一色。不是對景對機，不是應時應節。下座巡堂去，喫茶珍重歇。籬畔黄花含曉露，庭前丹桂噴秋香。明明此物非他物，脱體承當不斷當。《續古尊宿語要》卷四《鐵鞭和尚語》

（以上聞賢整理）

吕元錫

吕元錫，吕公著後裔。孝宗淳熙五年（一一七八）遊南山。事見清《金石苑》第四册、陳垣《道家金石略》宋代部分《玉城山醮壇詩》注。

南山留題

龍穴潛幽通海潮，璇宫突兀插雲霄。三千世界諸天近，百二山河故國遥。寥落偏城連谷口，荒涼古寺倚山腰。溪南可款門脩竹，何况丁寧已見招。清劉喜海《金石苑》第四册《玉城山醮壇詩》

（崔統華整理）

全宋詩卷二五五八

趙善括

趙善括，字無咎，號應齋居士，寓隆興（今江西南昌）（《應齋雜著》卷二《迓黄樞密知隆興府啓》）。太宗七世孫（《宋史·宗室世系表》一七）。第進士。孝宗乾道四年（一一六八）知常熟。七年，通判平江府（宋《重修琴川志》卷三）。淳熙間歷知鄂州、連州、常州（《宋會要輯稿》職官七二之二五、三八、五五）。後入荆湖北路轉運使幕。有《應齋雜著》，已佚。清四庫館臣據《永樂大典》輯爲六卷，其中詩一卷。事見《誠齋集》卷八四《應齋雜著序》。

趙善括詩，以影印文淵閣《四庫全書》本爲底本，新輯集外詩附於卷末。

和邦承所贈中隱古風

少年麋鹿姿，待價非結緑。東湖嗜紅芰，西山茹黄獨。雖無負郭田，僅有環堵屋。稍知親簡編，豈意分符竹。不作梁甫吟，徒歌采薇曲。軒冕本無心，泉石慕幽躅。疏才偶計偕，微名玷宦牘。擾客書掣肘，蹈險車脱軸。為米一折腰，獻玉三刖足。人情冰復炭，世路岸為谷。奔走三十年，塵埃幾千斛。歸訪舊園林，要識真面目。敝廬他人居，故友半鬼録。誅茅傾客囊，千日笑神速。堂成屢留醉，夜闌更秉燭。冬霜孤松秀，春霖萬花霂。薰風自生凉，秋雲不待族。魚鳥樂欣欣，柴荆紛楸楸。曳杖時往還，拊缶誰拘束。敲門聞剥啄，開緘佩謙牧。初讀少陵詩，再對淵明菊。試聽句擲金，坐想人如玉。搜腸嗣高吟，深愧窘邊幅。

和羅倅竹園唱和之什

平生抱迂疏，舉世無兩箇。每為饑所驅，奔走不可奈。嘗聞伯夷風，粗爾立頑懦。初試巖邑宰，再作侯藩佐。一麾來江湖，不容暖席坐。流行遇坎止，留落寓江左。軻毀遭臧倉，孔厄類陽貨。從來宦情薄，況已心力惰。二兒可應門，肯堂復肯播。東湖五畝宅，喜賦歸來些。林亭足遐觀，竹齋宜醉卧。自謂景物幽，絕唱無人和。朅來憇水濱，光禄静無涴。一見羅夫子，道眼俱看破。始知蠛蠓飛，未識天壤大。萬竿旌旗林，五車牛馬馱。羡君如籍咸，媿我非白賀。續貂慙斐然，君恕毋督過。

清明後一日泛湖遊園聯句

清明過一日，甲子喜新霽。理櫂汎平湖，趙 吹風掃微曀。巧剪翠縠紋，何 忽展畫屏勢。千里入寸眸，吴 萬物猶一贅。寄傲天地闊，郭 放意江山麗。指點村市井，張 蕩漾漁家計。小泊楊柳堤，趙 徐行蘭蕙砌。滿月射堵牆，何 乘風彈雲髻。彩舟簫鼓喧，吴 花亭翠紅蔽。石龍漱寒玉，郭 竹鳳摇清篲。鬧花如有言，張 閑草遠無際。梅豆點微酸，趙 櫻珠綴纖脆。荇帶牽風長，何 鷗雪點波細。怪山疊青巒，吴 仙巖排緑桂。親友宴樽俎，郭 泉石爽襟袂。曲徑濃香浮，張 深院幽人憇。日暖蜂蝶喧，趙 沙軟鴛鴦儷。春秀猶未晚，何 櫂遊端可繼。歸舠泝洄洑，吴 嘉圃芘林翳。景勝詩愈豪，郭 酒闌情未替。解帆竚別墅，張 尋芳適佳第。畫樓月初挂，趙 朱欄春可繫。燒燭照紅粧，何 墮簪空緑鬟。笑歌誠有餘，吴 金貂尚能貰。醉墨寫欹斜，錦囊收短製。郭

和浙憲同諸公遊梅園

趙善括

梓里德星聚，寶馬如雲屯。揚鞭東城去，趁此梅正繁。林烟引輕素，晻曖連遥村。須臾日色高，客情舒宴温。露晞潤玉瀣，雪粲融朝暾。千林秀松竹，萬點鋪蘭蓀。開落犯春早，塵埃迷晝昏。埋没顔色好，孤負眉宇軒。疏野空自適，何人共清尊。諸公盡豪隽，逸飲如鯨吞。對花相慰藉，悲歡俱勿論。吹嘘賴椽筆，欲謝終忘言。

庭除大槐安，人世甚蟻屯。俯仰穹壤間，樂少憂且繁。何如置悲歡，訪梅東城村。羣賢負瑰奇，即之和氣温。峭寒著春衣，輕烟翳晨暾。簪花愧華髮，席地依香蓀。誰許嫁東風，留香坐曉昏。密塢横清溪，我欲創幽軒。所願花長開，日日同一尊。静對影亦好，清味蕊可吞。此心無厭時，何物堪比論。哦詩愧續貂，勿以人廢言。

和伍解元喜祈雨有感

癡龍偃蹇玩歲月，深居白雲抱幽石。有時江海肆貪殘，坐視天焦地皮拆。分疆守職各有方，止沸詎可揚其湯。曰暘而暘雨而雨，何待酹酒焚爐香。不謂神心有城府，必需精禱方降雨。刑鵝割牲厭口腹，緇衣黄冠誦章句。上天有意生斯人，假爾羣祀江之濆。弄權推怨吝所施，帝怒碎戮猶微塵。吁嗟癡龍今已矣，異日憂深目前喜。勿將風雨希民求，歲歲豐穰盡天賜。我家亦有二頃田，膏澤霈然長有年。神心儻不悖天意，與民共賦噫嘻篇。

過金陵有感和韻

五馬渡江思典午，祖龍謾鑿秦淮浦。未登三代盛明時，曾是六朝文物祖。中興事業由憂勤，風流千載還芬薰。謝安王導亦可罪，至今遂使南北分。

紀遊

幾重濃雲潑黑墨，數點疏雨飛的皪。桃花李花紅更白，不覺東風掃蹤跡。深山緑暗新樹密，懸崖倒掛春空碧。泉聲瀉出萬霹靂，長虹飛過三百尺。蹇驢倒騎回語客，目端春事俱可識。茅舍敲門傾琥珀，古寺擊鼓非玉食。我今已飽天工力，風吹浮雲露白日。崎嶮不復厭登陟，高處更窮低處逼。下瞰羣峰五頑石，回首一笑天地窄。興來策杖遶山側，竇深巖遠不可側。相思澗邊酌寒滴，一抹暝煙壯山色。尋真不見空回憶，使我傷今復傷昔。道人山房遍幽歷，醉裏疑從仙籍謫。鈞天廣樂夢中得，更問騰空好消息。

樂塘鋪和周師禹韻

遲日醉花春影長，村醪引入無何鄉。碧林啼鳥驚夢斷，行客紅塵吹去忙。憂心悄悄誰知道，且是不關春事了。雨暘今歲定豐年，慇懃更問農家老。

奉和章冠之長蘆壁間韻

征帆來去方旁午，觸我扁舟維荻浦。疏林隱約響鐘魚，一葦可航參佛祖。西風留客意如勤，永日閑消一炷薫。詰朝霜重風力軟，千里翠縠并刀分。

追和外舅郭倅定香院題詩

我家冰清酒星魄，倏忽筆下驅雷風。萬里去家煙瘴裏，一行作吏簿書中。高才不許在廊廟，仙跡且復歸瀛蓬。聲容杳杳水天闊，目斷波底斜陽紅。

和張尉食字韻

玉杯春酌金盤食，曾憶雪香同醉色。歸來信宿未能忘，欲洗羇懷亂愁織。青山相對雲歸堂，一觴聊爾非瓊漿。羡君佳篇效伯良，要知使我搜枯腸。

謝葛守詩軸

君不見靈椿一株傳義方，僖儀接武躋金堂。又不見老蘇獨步為文主，軾轍聯芳入瓊府。始知盛德天所親，于門棨戟高拂雲。又知碩才世所貴，鯉庭詩禮超凡羣。司成藴蓄何如厚，萬頃淵源海波秀。劉郎少俊首辱和，揚善推賢宜有後。司成問學何如深，六經表裏金玉音。王氏拘攣了無取，雄文傑句由諸心。廬陵昔歲曾分教，甲子一周夢驚覺。賢郎賜得銅虎符，今日重遊想前效。黌堂咳唾遺明珠，翠琰刊成惠陋儒。請為野史進青瑣，要繼皇朝竇與蘇。

送外舅杜侍御使陝西

建隆以來論人物，得士與古相低昂。人才歷數仁祖世，後生嵬瑣無復望。老成寂寞典刑在，杜公玉立映班行。少時學問聖賢説，松柏歲寒觀老節。得官烏府不須臾，正色空聞動帷闥。鑠金衆口未必然，天與石城慰蕭屑。王師頃縛山西酋，朝廷却懷西顧憂。凉州旄鉞何足恃，岐隴須公勤傳郵。平生經國有雅意，乘流得坎惟所植。作官施設要近民，金馬嚴徐等兒戲。詔書寛大人樂生，吏民安業政令行。金城那可無粟守，堯舜與民寧並耕。茶鹽資國何必古，俗儒狥民不知務。精神折衝在本疆，要以雍容待倉遽。知無不為公自期，豈弟君子神所私。秦山渭水照車馬，屬城列縣觀威儀。此行屬任良不惡，金魚新佩明光幄。誰言直諫居同少，淮南盜鑄煩撫綏。時平王度式金玉，歲晚汲公還見思。

真妃祠

碧潭無底潛蛟龍，神居下宅琉璃宫。一水鏡奠撓不濁，兩山角抵常争雄。鵶啼古廟樹色黑，魚躍急湍波影紅。鬢霧鬟烟森拱竦，棟雲簾雨飛冥濛。蕙肴時展朝暮奠，蒲席快分南北風。假威老巫腹恣飽，乞靈行客心潛通。無求小舸疾飛鳥，不恨孤蹤成斷蓬。去秋浙右盡淹没，今夏江西尤蘊隆。尾銜萬斛去不返，鱗次千倉皆屢空。農背赤裂魚釜滿，田毛焦枯龜兆同。炎官張皇掉旗旆，海若羞澀藏冲融。一方雖藉訶護力，四海正思霖雨功。片帆短棹利極細，醴酒割牲酬易窮。好乘雲車命箕伯，去擊雷鼓驅豐隆。晶熒燭物掣長電，剨勒掃空消霽虹。不須犀角照百怪，何待牛蹄翻巨谼。挽起天河盡傾瀉，坐令人物還熙豐。笑談可活萬民命，頃刻已回元氣工。上帝報功賜褒敕，真妃錫號榮清躬。元圭華衮依約裏，介族水類驅馳中。山高水深千萬祀，南面血食無時終。

上王右司三十韻

丱角從親後，摳衣拱座隅。辭章窺雅制，翰墨景良模。零露哀先德，青雲激壯圖。睽違十五載，流落二三孤。蹇澀憑鄉薦，崎嶇達上都。芝眉重晤對，桂籍偶叨踰。勞苦温言重，開明鄙性迂。一雷初綰綬，千里遇分符。琴浦催科拙，澄江德政殊。美瓜滋灌水，良醖寄兵厨。社雁驚飛楚，邊鴻不到吴。色辭思益遠，憂患痛多虞。風樹親難待，林泉誓與俱。啼號真有累，韁鎖復相拘。華節來臨鎮，荒城獲走趨。二天蒙芘覆，半載幸馳驅。郡政慚幡蓋，民歌愧袴襦。深期展四體，寧復顧微軀。厚意平生在，高風振古無。親依方款密，聚散忽須臾。鵷首浮仙路，烏臺接禁塗。苕溪雖近甸，宣室賴嘉謨。德盛應難外，民思覬少蘇。甘泉躋法從，膏澤下寰區。自歎如巢幕，人憐數守株。寸心隨履舄，隻影在江湖。鳥倦一枝穩，龍須大手屠。閑情驗蕉鹿，浩思憶蓴鱸。已困三眠繭，還窮五技鼯。楓宸清問處，回首念疎愚。

題古圳鋪

趙善括

去郭十五里，依山三兩家。剪茅成棟宇，沽酒是生涯。雨過鳩休婦，日斜蜂趁衙。親闈原作門，據《永樂大典》卷一四五七六改今咫尺，停夢看燈花。

結茅守冢偶携子弟散策郊遊有感借用壁間韻

天地一蟻磨，人生何日閑。此身真土木，到處即溪山。血點居苫淚，衣餘戲綵斑。春遊板輿在，無復奉慈顔。

蠖屈地容壯，鳥還天宇閑。漁樵苕水市，薇蕨首陽山。瓮下金貂友，林中玉筍班。誰能齊萬物，為我辨彭顔。

題定光壁

護雨雲初斷，登山眼便明。楓彫丹舞葉，松古緑摇聲。覺宿無窮老，禪關有底清。小春天不冷，歸路尚餘情。

和龔同叔春日即事五首

苦雨不肯霽，花愁都落紅。老農欣歲兆，游子恨途窮。寒尚衣難褪，春侵酒易中。城頭喧角弄，輕度一簾風。

柳綿飛撲撲，荷葉散田田。物幻無窮意，春歸何處天。事隨鸞鏡改，人逐燕巢遷。一笑千金價，吾羞魯仲連。

鶯簧方報暖，鳩喚未容晴。新漲長還減，癡雲暗復明。我生隨分樂，春事有餘情。聞道東湖好，相邀散策行。

春已堂堂去，那聞杜宇啼。江山驚異土，桃李謾成蹊。我自無心了，誰能與物齊。功名儻相貸，深卷碧雲溪。

邂逅相逢好，初心各壯圖。金蘭期永好，銀艾願同紆。恨逐芳樽遣，情煩綵筆鋪。風雲偶然會，携手上天衢。

世事二首

世事今如此，惟堪一笑譁。空持衝斗劍，安得上天槎。遠信憑飛翼，流年付落花。平戎須大度，何必顧纖瑕。

我貧非道病，生計恝然疏。數畝田常旱，一溪雲有餘。幸無貧外樂，贏得靜中虛。已斷聲華念，臨深肯羨魚。

再用前韻

枕席方相好，兒童且勿譁。窗蕉鸞曳尾，簷樹鵲鳴槎。有客談飛屑，無才筆吐花。倦餘題短句，誰為指瑜瑕。

我是忘機士，初非學二疏。瓮醅常得醉，瓶粟任無餘。天下衆生病，山中四壁虛。昔年芻豢口，今日伴鐘魚。

遊香社寺

山水興方逸，塵埃縛暫寬。菜腸甘久素，酒頰助微丹。江闊煙光薄，霜滋葉暈殘。不妨走幽寺，或可叩禪端。

清明偶題

曲沼一泓碧，亂花雙徑紅。欹梅驚北客，舞柳認東風。欲買春無價，常令酒不空。我生隨分樂，初不問窮通。

同王秘校和同年五使君韻餞送嚴文守江陰

江左詞章伯，朝端俊偉人。燕居文會友，得志澤加民。自是無心鏡，俱傳有脚春。成風運斤斧，何處不參神。

欲説澄江好，丹青百雉樓。山明新雨澤，潮涌亂雲流。賢守聲先至，疲民疾已瘳。中興待良佐，千里未分憂。

題儀真天寧寺

短棹客千里，炷香人小留。禪房深寂寂，世事易悠悠。去此兩槐夏，驚予雙鬢秋。鐘魚發新響，作意為重遊。

挽王漕稚川

紫荷餘愛在，皂蓋填名城。膏澤流千里，嘉謀肅五兵。林泉多雅趣，桑梓有深情。道大雖難用，詳觀月旦評。

昆玉皆龍鳳，唯公最白眉。鄉邦好人物，翰墨妙詞詩。南浦言猶在，西山夢可疑。我歸公已逝，霰淚不勝悲。

挽朱倅周卿

戚畹芝蘭秀，儒宗金玉相。解牛無肯綮，馳驥阻康莊。政術今猶誦，家風久益彰。蘊藏初未試，盛德付諸郎。

自灑膏粱習，人推道義尊。蟾宮看桂子，鳳穴見蘭孫。遺戒垂家法，新詩斷客魂。從今渭陽念，極目灌城村。

挽陳提舉

蘭璧雖期復，蘇書竟不還。慶餘鍾令緒，才大壓塵寰。勁正三朝老，從容半世閑。會心真是老，一笑別人間。

志學屢辭爵，傳家蔚有聲。小官能抗疏，文吏乃知兵。守法摧强禦，輸忠沃聖明。平生無所負，讒口任蠅營。

持斧威全振，分符盜易殲。真祠方賜逸，榮養遽難淹。許國心如在，繩家法正嚴。莫悲才不盡，祥覽卧寒苦。

王提舉閣政錢夫人挽詩

閥閱由忠孝，閨門仰静專。儉勤天所賦，容德古難全。雲誥疏華國，霓旌返洞天。風霜孤鶴恨，銜羽唳寒煙。

山敞神仙宅，人辭富貴家。靚容深莫識，清節瑩無瑕。蚌脱珠方瑑，椿靈桂始華。他年容萬馬，今日送千車。

中秋下瀨次計幕諸公佳什之韻

趙善括

駒隙匆匆不暫留，誰能宴坐學裴休。君携嘉客江亭醉，我泛扁舟楚澤秋。水浸斜陽紅影濕，煙横疊巘翠光浮。何時再卜秋屏約，共踏西風爛熳遊。

短櫂夷猶任去留，塵勞今日暫休休。飛觴莫問重城晚，攬鏡須驚兩鬢秋。千里歸艎何日到，一眉晴緑與雲浮。殷勤更問黄花信，準擬重陽一再遊。

次龔丈同叔高韻

備嘗險阻與艱難，久别松楸水一灣。孤憤未申思北闕，雙眉初展見西山。化工已定休言命，巧匠于今亦汗顏。它日中興籌廟略，為君一露管中斑。

再用同叔韻

風定舟行力不難，一鉤新月照溪灣。斷烟横抹岸頭樹，落日斜欹江上山。魚鳥久知思舊侶，桑榆歸去亦慙顏。兒童見我應相怪，兩鬢如何雪樣斑。

題馬氏避暑宫開福寺蓮湖

金仙樓觀鬱嵯峨，昔日曾容萬原作開盛，據《永樂大典》卷二二六六改綺羅。不見園林蒙錦繡，空教鐘鼓唤笙歌。印花寶甃封蒼蘚，倚檻晴山擁翠螺。凉夜尚疑旌蓋在，三千宫女襪凌波。

和莫謙父韻

扁舟昨夜過黄州，準擬篮輿作勝遊。卷地駭風迴岸脚，撲天驚浪打船頭。一尊欲訪東坡隱，兩鬢難禁宋玉秋。江上亂山雲色重，却疑眉黛鎖閑愁。

和葉宰

暫時行李已堪憂，况是經年成漫遊。三月曉風紅掃地，一犁春雨緑盈疇。從教征袖塵埃滿，賴有新詩篋笥收。桃李主人能好事，未歸誰復嘆淹流。

過清江懷莫謙父

春來乘興泛孤篷，櫂影頻移鑑影中。昨夜忽添三寸雨，今朝尤喜一帆風。桃紅李白年年好，水緑青山處處同。屈指歸時花未老，一樽携手過湖東。

過前岡見毀松有感

夾道松陰若剪齊，前人種得幾多時。曾經行客頻相戀，試問鄉翁總不知。暗引風聲號緑野，密留雲影掛蒼枝。今人惠物能如否，祇有摧殘樵牧兒。

當年種植到于今，用力雖勞用意深。巨蔭已容車馬過，盤根寧畏雪霜侵。兩行冠劍大夫職，十萬旌旗勇士林。烈日流金路無盡，此時方識古人心。

送運幹陳聖嘉解組還朝

月明千里正嬋娟，且莫匆匆便放船。三載泛蓮依緑水，一朝薦鶚上青天。西樓未作經笥夢，自注：六經詩詞貯樓上。北闕先分御鼎煙。且向蓬山讎校了，却持荷橐從甘泉。

登梅仙壇觀中作

梅尉棲真昔已仙，祇餘巖谷正巍然。老松作勢龍千尺，怪石拏空虎一拳。樓與雲齊曾觀日，壇因斗建欲捫天。如今勝景能長在，塵世應無海變田。

醮成作

心格崇霄禁路通，纖埃收盡見天容。三千絳闕雲開鎖，十萬霓旌月印蹤。香裊鬱葱翔鼎鳳，松摇寥廓狀雲龍。虚皇夜宴長生殿，九奏瓊璈動曉鐘。

醮畢作

醮闌星斗挂脩甍，綵蹕丹輿上玉清。百尺壇空雲弄影，一鈎簾捲月輪明。靈香匝地寒無力，寶奏鈞天静有聲。萬里好風吹目斷，松篁猶學珮環鳴。

登壇作

一壇横壓紺天低，好向雲端覲紫微。林鶴慣聞金磬舞，烟鸞疑認玉臺飛。步虚聲徹空猶響，寶篆香銷露未晞。星斗繡天長不夜，疑乘風馭扣瑶扉。

登裴公亭借用杜牧之登齊山詩韻二首

春晚風花片片飛，登臨共惜景熹微。人生待足誰如意，官况苦無胡不歸。且向園林窮勝事，更憑山水發清暉。酒酣起舞君休笑，直欲淋漓身上衣。

風簾斜捲燕于飛，天氣清和酒力微。極目烟波無盡藏，關心春夢有時歸。香飄十里喧朝市，翠積千山斷晚暉。杖履不妨頻一到，塵埃那解點征衣。

同葉宰餞春浄衆寺

千尺飛虹跨碧溪，緑陰沉水暗連堤。馬蹄一踏沙頭滑，雲脚半垂山頂齊。招隱疏鐘曾破夢，洗春微雨不成泥。晚來放目郊園外，萬點翻鴉散麥畦。

游梅仙壇口占

籃輿破曉雨初收，天氣正和麥正秋。四合平林空翠滴，一川芳草亂青浮。梅仙道館松全古，馬祖禪關山更幽。擾擾紅塵竟何事，此身宜老白雲秋。

挽趙龍圖大卿

膠庠昔日共虀鹽，窮達分携四十年。南北阮門殊少長，東西施子異媸妍。判花雋嗣躋三品，司稼名卿正九遷。世事只須聊復爾，秋堂明月豈長圓。

臨江玉虚觀有牡丹思後圃亦正開恨不與集

絳苞翠幄壓朱欄，秀色生香覷裏看。小圃想須春爛熳，大家應是醉團欒。名韁久縱心無累，利徑雖馳興易闌。但願對花常酩酊，莫思身外有悲懽。

贈趙舍人

季父英名上玉津，瞿曇抱送石麒麟。龍文寶册傳青瑣，鳳閣鸞坡近紫宸。親老侍行知有子，才高見忌豈無人。洪崖百仞泉飛玉，一洗人間萬斛塵。

挽韓漕直閣

忠憲勳名冠本朝，傳芳五葉盡金貂。芝蘭生子競秀發，松柏如公合後凋。淮縣劇繁迎刃解，蜀邊姦慝望風銷。才高見忌何須病，公道于今久寂寥。

孳孳善政被民編，謇謇嘉謨黼扆前。萬卷詩書門户壯，一生功業子孫賢。夢回芳圃猶樽俎，淚落虚堂絶管絃。

平山堂

我始卜鄰君已逝，茂林修竹亦凄然。

平山堂對妙高峰，極目郊原萬里同。杳靄四垂天不盡，縈紆一帶水無窮。城闉遥隔芙蓉浦，欄檻幾經楊柳風。想見風流賢太守，一尊時復酹歐翁。

躍馬西湖原作西湖，據《永樂大典》卷二二六四補

曉來何事到湖西，風急飛紅襯馬蹄。望信只愁秋雁斷，愛春還恨早鶯啼。山連樓閣雲容重，水浸欄干月影低。歸棹採菱重惜晚，一聲歌過緑楊堤。

過清渚

横岡櫛比路彎環，茅店無人晝亦關。桑圃霜枯乾葉舞，麥畦雨潤翠苗斑。山風力壯嘯空谷，溪水流清露瘦灘。斜崦乍明天地闊，只疑身在碧壺間。

清明日醉普光閣上

東郊緑暗已紅稀，指準酴醾待我歸。細葉急隨流水去，片心常望白雲飛。半規殘日穿林薄，一帶遥山抹黛微。起舞高歌共春酌，憑欄無語欲忘機。

發舟至至德觀

風細檣高去路遲，曉烟秋色正霏微。彎環沙觜村市井，突兀江心古釣磯。湧月小軒無盡藏，參天老檜不勝圍。山川好處都輸與，不是緇袍即羽衣。

題本覺寺

春禽嚼徵更含宫，喚我精藍路易窮。雨雪不垂成暮靄，花開都盡怨東風。一川芳草低隨水，滿眼青山半插空。躍馬歸來尤寂寞，此懷欲與故人同。

題長沙倅廳磬沼

嘉名雅合泗濱浮，玉振金聲第一流。曲尺映橋横錦帶，灣環沉月並瑶鈎。清如有韻應儀鳳，擊若無心可狎鷗。好向新亭按宫徵，凌波聲動一簾秋。

用子存韻寄乃兄雪香

要識居塵不染塵，小窗容膝近東鄰。香梢不老偏宜曉，瘦節常寒別是春。侑坐圖書情頗厚，對床風雨夢還新。擬將梅竹方兄弟，若説清高更逼真。

和帥座勸農三首

光風駘蕩滿春亭，嶽麓雲開九疊屏。珍重元戎奉明詔，一犁膏雨曉痕青。

指日追鋒數驛亭，論恩便合對丹屏。行看功業掀天地，陳跡俱堪入汗青。

投老歸歟一草亭，華門蕙帳對蘭屏。自從濫吹紅蓮幕，孤負東風柳眼青。

隔凡石

見説仙凡事不同，道旁先問石屏風。十洲三島不須去，絳闕瑶臺在此中。

和陽運幹見招集句

漠漠窮陰斷送秋，簡齋 杖藜徐步向芳洲。杜子美 但將酩酊酬佳節，杜牧之 一笑相從萬事休。簡齋

題　壁

平蕪行盡又青山，水遶寒堤緑一灣。征客紅塵自來去，碧林鳴鳥獨幽閑。

以上《應齋雜著》卷五

天寶洞天

趙善括

扳緣石磴入青冥，霧廓雲開萬象清。夭嬌老杉龍欲舞，縱横卧石虎方獰。一仙昔被桃源誤，四皓今餘橘隱情。自注：觀前橘甚多。擬入清都真洞府，一簾寒溜隔飛瓊。《永樂大典》卷一三〇七五

乙酉端午聯句

離騷讀罷意沉沉，痛飲狂歌作楚吟。無咎　魚腹有靈應瞑目，後來猶自有孫心。勿軒　宋熊禾《勿軒集》卷八

（吴企明　徐永强整理）

圖書在版編目(CIP)數據

全宋詩（47）/北京大學古文獻研究所編.-北京:北京大學出版社,1998.12

ISBN 7-301-03964-6

Ⅰ.全… Ⅱ.北… Ⅲ.古體詩-中國-宋代-總集 Ⅳ.I222.744

書　　名:全宋詩第四七册
著作責任者:北京大學古文獻研究所
責任編輯:徐建華
標準書號:ISBN 7-301-03964-6/I.0509
出　版　者:北京大學出版社
地　　址:北京市海淀區中關村北京大學校内　100871
電　　話:出版部 62752015　發行部 62559712　編輯部 62752032
排　版　者:北京華倫公司排版部 62756343
印　刷　者:中国科学院印刷厂
發　行　者:北京大學出版社
經　銷　者:新華書店
850×1168 毫米　32 開本　23.875 印張　623 千字
1998 年 12 月第一版　1998 年 12 月第一次印刷
定　　價:40.00 元

魁梧數百年斧斤